Zu diesem Buch

Das begehrteste Mädchen der Londoner Gesellschaft gerät in die Netze eines höchst zweifelhaften Freiers. Judith Taverner, eine junge Aristokratin vom Lande, Erbin eines stattlichen Vermögens, ist nicht ganz unschuldig an den Abenteuern, die sie und Peregrine, ihr temperamentvoller Bruder, in der Welt des Luxus und der Moden, der reichen Lords und Dandies, der rauschenden Feste und galanten Kavaliere erleben. Schon bald spricht ganz London von den Extravaganzen der eigenwilligen Miss Taverner und von den Streichen ihres lebenslustigen Bruders. Erst nach vielen Versuchungen und Intrigen, nach einem tollkühnen Duell, einer skandalösen Wettfahrt und höchst merkwürdigen Erlebnissen im Märchenschloß des lüsternen Regenten klärt sich das geheimnisvolle Verhalten von Lord Worth, dem Vormund der beiden Geschwister, auf, und Judiths uneingestandene Liebe zu diesem großherzigen Mann findet ihre Erfüllung. Eine graziös-amouröse Romanze aus dem englischen Biedermeier.

Die Engländerin Georgette Heyer, geboren am 16. August 1902, schrieb mit siebzehn Jahren ihren ersten Roman, der zwei Jahre später, 1921, veröffentlicht wurde. Seit dieser Zeit hat sie eine lange Reihe charmant unterhaltender Romane verfaßt, die weit über die Grenzen Englands hinaus Widerhall fanden. Ihre Bücher erreichten eine Gesamtauflage von mehreren Millionen. 1925 heiratete Georgette Heyer und ging mit ihrem Mann nach Ostafrika. Dort lebte sie bis 1928 und reiste dann für ein Jahr nach Jugoslawien. Georgette Heyer starb am 5. Juli 1974 in London.

Als rororo-Taschenbücher erschienen von Georgette Heyer: «Die bezaubernde Arabella» (Nr. 357), «Die Vernunftehe» (Nr. 477), «Die drei Ehen der Grand Sophy» (Nr. 531), «Geliebte Hasardeurin» (Nr. 569), «Der Page und die Herzogin» (Nr. 643), «Die spanische Braut» (Nr. 698), «Venetia und der Wüstling» (Nr. 728), «Penelope und der Dandy» (Nr. 736), «Die widerspenstige Witwe» (Nr. 757), «Frühlingsluft» (Nr. 790), «April Lady» (Nr. 854), «Falsches Spiel» (Nr. 881), «Serena und das Ungeheuer» (Nr. 892), «Lord ‹Sherry›» (Nr. 910), «Ehevertrag» (Nr. 949), «Liebe unverzollt» (Nr. 979), «Barbara und die Schlacht von Waterloo» (Nr. 1003), «Der schweigsame Gentleman» (Nr. 1053), «Heiratsmarkt» (Nr. 1104), «Die galante Entführung» (Nr. 1170), «Verführung zur Ehe» (Nr. 1212), «Brautjagd» (Nr. 1370), «Verlobung zu dritt» (Nr. 1416), «Damenwahl» (Nr. 1480), «Die Liebesschule» (Nr. 1515), «Skandal im Ballsaal» (Nr. 1618), «Der schwarze Falter» (Nr. 1689), «Ein Mädchen ohne Mitgift» (Nr. 1727), «Eskapaden» (Nr. 1800), «Findelkind» (Nr. 1837), «Lord Ajax» (Nr. 1900), «Herzdame» (Nr. 1954), «Junggesellentage» (Nr. 4009), «Zärtliches Duell» (Nr. 4125), «Lord John» (Nr. 4560) sowie die Detektiv-Romane «Ein Mord mit stumpfer Waffe» (Nr. 1627), «Der Mörder von nebenan» (Nr. 1752), «Mord ohne Mörder» (Nr. 1859), «Der Tip des Toten» (Nr. 1919), «Der Tote am Pranger» (Nr. 1971), «Mord vor dem Dinner» (Nr. 4026) «Der Trumpf des Toten» (Nr. 4069), «. . . und sie fanden einen Toten» (Nr. 4162), «Warum den Butler erschießen?» (Nr. 4217) und «Mord beim Bridge» (Nr. 4325).

Gesamtauflage der Werke von Georgette Heyer in den rororo-Taschenbüchern: Über 4,1 Millionen Exemplare.

Georgette Heyer

Die Jungfernfalle

Roman

rororo

Rowohlt

Titel der Originalausgabe «Regency Buck»
Aus dem Englischen übertragen von Emi Ehm
Umschlagentwurf Eva Kausche-Kongsbak

1.–100. Tausend	1970–1975
101.–108. Tausend	November 1976
109.–113. Tausend	Juni 1978
114.–118. Tausend	August 1979
119.–123. Tausend	Januar 1982

Veröffentlicht im Rowohlt Taschenbuch Verlag GmbH,
Reinbek bei Hamburg, Mai 1970

Gesetzt aus der Linotype-Aldus-Buchschrift
und der Palatino (D. Stempel AG)
Gesamtherstellung Clausen & Bosse, Leck
Printed in Germany
680-ISBN 3 499 11289 2

1

Sie hatten Newark hinter sich gelassen, und der vierspännige Reisewagen fuhr nun durch flaches Land, das dem Auge wenig bot und kaum Anlaß zu einer Bemerkung gab. Miss Taverner wandte also den Blick von der Landschaft ab und kehrte sich ihrem Gefährten zu, einem blonden Jüngling, der sich in einer Ecke der Kutsche rekelte und schläfrig den Rücken des ihm zunächst sitzenden Postjungen betrachtete. «Wie langweilig, stundenlang ununterbrochen stillsitzen zu müssen!» bemerkte sie. «Wann kommen wir eigentlich nach Grantham, Perry?»

Ihr Bruder gähnte. «Himmel, weiß *ich* doch nicht! Du warst es ja, die unbedingt nach London wollte.»

Darauf erwiderte Miss Taverner nichts, sondern griff nach dem Reiseführer, der auf dem Sitz neben ihr lag, und begann ihn durchzublättern. Der junge Sir Peregrine gähnte wieder und bemerkte, die beiden Stangenpferde, die in Newark vorgespannt worden waren, seien ansehnliche, starke Biester, ganz anders als das letzte kurzatmige Paar. Miss Taverner war in den Reiseführer vertieft und stimmte ihm zu, ohne die Augen von der engbedruckten Seite zu heben.

Sie war ein schönes junges Frauenzimmer, überdurchschnittlich groß und seit den letzten vier Jahren daran gewöhnt, daß man sie als ein bemerkenswert hübsches Mädchen bezeichnete. Sie selbst fand ihre Schönheit durchaus nicht bewundernswert, sondern war eher geneigt, ihren Typ geringzuschätzen. Sie wäre viel lieber schwarzhaarig gewesen und hielt das Blond ihrer goldenen Locken für langweilig. Zum Glück waren ihre Brauen und Wimpern dunkel; die Augen, von einem aufsehenerregenden Blau (wie bei einer Wachspuppe, hatte sie einmal verächtlich zu ihrem Bruder gesagt), waren von einer Offenheit und einem Feuer, die ihrem Gesicht sehr viel Eigenart verliehen. Auf den ersten Blick hätte man sie als eine hübsche, langweilige Meißner-Porzellan-Figur abtun können, sah man aber näher hin, entdeckte man unweigerlich Intelligenz in ihren Augen, und im Schwung ihrer Lippen einen Zug von Entschlossenheit.

Sie war zwar nett, jedoch keineswegs nach der letzten Mode gekleidet; über dem schlichten Kleid mit weitem Rock aus französischem Batist und einer Rüsche aus Languettenspitze um den Hals trug sie einen ärmellosen, enganliegenden Mantel aus geköpertem Seidentaft. Eine Schute aus Strohgeflecht mit einem gestreiften Samtband umrahmte schmeichelnd ihr Gesicht; die lohfarbenen Yorker Handschuhe waren eng um die Handgelenke geknöpft.

Der junge Mann, der seine schläfrige Betrachtung des Postillonrükkens wiederaufgenommen hatte, sah ihr sehr ähnlich. Seine Haarfarbe neigte allerdings eher zu Braun, und seine Augen hatten nicht das gleiche tiefe Blau, aber er war unverkennbar ihr Bruder. Er war ein Jahr jünger als Miss Taverner und ließ es, sei es aus Gewohnheit, sei es aus Sorglosigkeit, durchaus zu, daß sie alles so ordnete, wie es ihr gefiel.

«Von Newark nach Grantham sind es vierzehn Meilen», verkündete Miss Taverner und hob die Augen vom Reiseführer. «Ich hätte nicht gedacht, daß es so weit ist.» Sie beugte sich wieder über das Buch. «Hier steht – es ist Kearsleys ‹Unterhaltsamer Reiseführer›, den du ja in Scarborough für mich besorgt hast –, es sei eine hübsche, dichtbevölkerte Stadt am Witham-Fluß. Nach den ausgegrabenen Resten eines Kastells zu schließen, dürfte es eine römische Garnison gewesen sein. Ich muß schon sagen, ich möchte mich dort gern ein bißchen umsehen, wenn wir Zeit dazu haben, Perry.»

«Ach Himmel, weißt du, Ruinen schauen doch überall gleich aus!» wandte Sir Peregrine ein und vergrub die Hände in den Taschen seiner Wildlederhose. «Ich sage dir schon im voraus, Judith, wie das ausgeht: Wenn du darauf aus bist, in allen Kastellen, die am Weg liegen, herumzuschnüffeln, werden wir eine ganze Woche unterwegs sein. Ich bin dafür, daß wir nach London durchfahren.»

«Na schön», sagte Miss Taverner nachgiebig, klappte den Reiseführer zu und legte ihn wieder auf den Sitz. «Wir werden also im ‹George› ein zeitliches Frühstück bestellen, und du mußt ihnen sagen, wann du angespannt haben willst.»

«Ich dachte, wir steigen im ‹Engel› ab?» bemerkte Sir Peregrine.

«Nein», erwiderte seine Schwester entschieden. «Du hast den miserablen Bericht vergessen, den uns die Mincemans über die Unterbringung dort gegeben haben. Es ist das ‹George-Hotel›, und ich habe unsere Zimmer schriftlich bestellt, weil mich Mrs. Minceman gewarnt hat, was für Aufregung und Getue sie einmal hatte, als man ihr zumutete, zwei Treppen hoch zu einem elenden Appartement im Hintertrakt hinaufzusteigen.»

Sir Peregrine wandte den Kopf und grinste sie freundschaftlich an. «Na ja, ich glaube, es gelingt ihnen bestimmt nicht, dich mit einem Hinterzimmer abzuspeisen, Ju.»

«Bestimmt nicht», erwiderte Miss Taverner mit einer Strenge, die von dem Zwinkern in ihren Augen Lügen gestraft wurde.

«Nein, das steht fest», fuhr Peregrine fort. «Aber ich bin gespannt darauf, wie du mit dem Alten zurechtkommen wirst, mein Liebling.»

Miss Taverner sah etwas ängstlich drein. «Ich bin doch auch mit Papa zurechtgekommen, Perry, nicht? Wenn Lord Worth bloß keine Gicht hat! Ich glaube, das war das einzige Mal, daß Papa wirklich schwierig zu behandeln war.»

«Alle alten Leute haben Gicht», sagte Peregrine.

Miss Taverner, die die Wahrheit dieser Bemerkung anerkennen mußte, seufzte.

«Und ich glaube», fügte Peregrine hinzu, «er will nicht, daß wir nach

London kommen. Wenn ich es recht bedenke – hat er das nicht sogar geschrieben?»

Miss Taverner lockerte die Schnüre ihres Retiküls und grub darin nach einem schmalen Briefpäckchen. Einen davon entfaltete sie.

«‹Lord Worth läßt sich Sir Peregrine und Miss Taverner empfehlen, hält es aber nicht für ratsam, daß sie die Ermüdungen einer Reise nach London in dieser Jahreszeit auf sich nehmen. Seine Lordschaft werden sich die Ehre geben, sie in Yorkshire aufzusuchen, wenn er demnächst im Norden ist.› Und das», schloß Miss Taverner, «wurde vor drei Monaten geschrieben – schau dir nur das Datum an, Perry: 29. Juni 1811 –, und nicht einmal persönlich. Ich bin überzeugt, das hat irgendein Sekretär geschrieben, oder diese gräßlichen Anwälte. Verlaß dich darauf, Lord Worth hat vergessen, daß wir überhaupt vorhanden sind, denn du weißt ja, alle Vorkehrungen wegen des Geldes, das wir bekommen sollen, sind von den Anwälten getroffen – und wann immer ein Problem zu regeln ist, sind sie es, die uns darüber schreiben. Wenn er also nicht mag, daß wir nach London kommen, ist es nur seine Schuld, denn er hat nicht den geringsten Versuch unternommen, zu uns zu kommen oder uns zu sagen, was wir tun sollen. Ich halte ihn für einen armseligen Vormund. Ich wollte, Vater hätte einen unserer Freunde in Yorkshire ernannt, irgend jemanden, den wir kennen. Es ist sehr unangenehm, unter der Vormundschaft eines Fremden zu stehen.»

«Na ja, wenn sich Lord Worth nicht die Mühe machen will, unser Leben zu lenken, um so besser», sagte Peregrine. «Du willst in London eine Rolle spielen, und ich bin überzeugt, ich werde mich königlich unterhalten, wenn wir keinen mürrischen alten Vormund haben, der uns fortwährend den Spaß verdirbt.»

«Ja», stimmte ihm Miss Taverner, wenn auch etwas zweifelnd, zu. «Aber die bloße Höflichkeit verlangt es, daß wir seine Erlaubnis einholen, wenn wir uns in London einrichten. Hoffentlich entdecken wir, daß er nichts gegen uns hat, ich meine, daß er uns als Bürde empfindet; vielleicht denkt er, es hätte eher unser Onkel als er zu unserem Vormund ernannt werden sollen. Es muß ihm sehr eigenartig vorkommen. Es ist eine peinliche Sache, Perry.»

Da als einzige Antwort darauf nur ein Brummen kam, sagte sie nichts weiter, sondern lehnte sich in ihre Ecke zurück und studierte die unbefriedigenden Botschaften, die sie bisher von Lord Worth erhalten hatte.

Es war wirklich eine peinliche Sache. Seine Lordschaft, der, wie sie überlegte, etwa fünfundfünfzig oder sechsundfünfzig sein mußte, zeigte eine betonte Abneigung, sich mit den Angelegenheiten seiner Mündel zu befassen; das war zwar in einiger Hinsicht als vorteilhaft, in anderer hingegen als ausgesprochenes Übel zu betrachten. Weder sie noch Peregrine waren von daheim je weiter als bis Scarborough gekommen. Sie wußten nichts über London und hatten keine Bekannten dort, die ihnen hätten behilflich sein können. Die einzigen Leute in der ganzen Stadt, die sie kannten, waren ihr Onkel und eine Kusine, die, zwar achtbar, aber in kleinen Verhältnissen, in Kensington lebte. Miss Taverner konnte nur hoffen, daß diese Dame sie in die Gesellschaft einführte, denn ihr Onkel, ein pensionierter Admiral der Blue Squadrons, war dank gegenseitiger Abneigung und tiefem Mißtrauen auf derart schlechtem Fuß mit ihrem Vater gestanden, daß es von vornherein ausgeschlossen war, seine Unterstützung oder auch nur seine Bekanntschaft zu suchen.

Sir John Taverner hatte niemals freundlich von seinem Bruder gesprochen, und wenn ihn seine Gicht am schlimmsten plagte, bezeichnete er ihn immer als einen verdammt schuftigen Kerl, dem er nicht über den Weg trauen würde. Es gab sehr wenige Menschen, über die Sir John je nett gesprochen hatte, aber vom üblen Verhalten ihres Onkels hatte er seinen Kindern so viele Beispiele angeführt, daß sie überzeugt waren, er müsse tatsächlich ein schäbiger Mensch sein, nicht etwa nur das Opfer eines Vorurteils von Sir John.

Lord Worth mochte es für eigenartig halten, daß er, der seinen alten Freund in den letzten zehn Jahren nicht mehr gesehen hatte, zum Vormund seiner Kinder ernannt worden war, aber die Geschwister, die ja Sir John kannten, fanden es leicht verständlich. Sir John, seit jeher jähzornig, konnte in seinen letzten Lebensjahren auch nicht mehr dazu gebracht werden, mit seinen Nachbarn freundschaftlich zu verkehren; es kam immer wieder zu Streit. Da er aber seit dem Tod seiner Frau zurückgezogen auf seinen Gütern gelebt und Lord Worth in einem Dutzend Jahren nicht öfter als dreimal begegnet war, hatte er mit ihm nicht gestritten und war allmählich und unmerklich so weit gelangt, ihn für den einzig richtigen Mann zu halten, der im Fall seines eigenen Ablebens seine Kinder in Obhut nehmen müsse. Worth war ein prächtiger Bursche; Sir John konnte sich darauf verlassen, daß er das sehr beträchtliche Vermögen, das Sir John seinen Kindern hinterlassen würde, gut verwaltete; bei Worth brauchte man keine Angst zu haben, daß er sich die eigenen Taschen füllen würde. Gesagt, getan. Die Sache wurde durchgeführt, das Testament verfaßt, ohne die geringste Erwähnung, daß es auf Worth oder auf die Kinder selbst ausgestellt wurde – ein Umstand, der, wie Miss Taverner wider Willen überlegen mußte, völlig mit Sir Johns anmaßender Handlungsweise übereinstimmte.

Aus diesen Überlegungen wurde sie durch das Geratter und Geholper der Kutschenräder geweckt, die jetzt über Kopfsteinpflaster fuhren; sie blickte auf und sah, daß Grantham erreicht war.

Bei der Einfahrt in die Stadt mußten die Postburschen das Tempo sehr verringern, so viel Verkehr herrschte auf den Straßen und so groß war die Menschenmenge, die sich auf den Gehsteigen, ja sogar bis auf die Fahrbahn herunter drängte.

Alles war in Geschäftigkeit und Bewegung, und als die Chaise endlich auf Sichtweite des George-Hotels kam, eines riesigen Backsteinbaus an der Hauptstraße, war Miss Taverner überrascht, als sie jede nur denkbare Zahl von Kutschen, Karriols, Gigs und Phaetons davor stehen sah.

«Nun, ich bin froh, daß ich Mrs. Mincemans Rat gefolgt bin und unsere Zimmer vorbestellt habe», sagte sie. «Ich hatte keine Ahnung, daß Grantham so überfüllt sein könnte.»

Sir Peregrine hatte sich aufgerafft und beugte sich nun vor, um aus dem Fenster zu schauen. «Der Ort scheint ja in einer teuflischen Aufregung zu sein», bemerkte er. «Da muß etwas Außergewöhnliches los sein.»

Gleich darauf war ihr Reisewagen in die Einfahrt zum Hof eingebogen und hielt an. Hier herrschte sogar noch größere Geschäftigkeit, und jeder Stallknecht hatte derart viel zu tun, daß eine Weile niemand zu ihrer Chaise herankam oder auch nur das geringste Anzeichen von sich gab, daß ihre Ankunft überhaupt bemerkt worden wäre.

Ein schon gestiefelter und gespornter Postbursche in einem weißen Arbeitskittel über seiner Uniform, der sich an die Wand lehnte und an einem Strohhalm kaute, betrachtete zwar die Kutsche, aber teilnahmslos, denn es gehörte nicht zu seinen Obliegenheiten, Pferde zu wechseln oder nach den Wünschen der Reisenden zu fragen; daher rührte er sich nicht von der Stelle.

Mit einem ungeduldigen Ausruf stieß Sir Peregrine den Wagenschlag auf, sprang hinaus und wies seine Schwester kurz an, still sitzen zu bleiben und zu warten. Er ging auf den lümmelnden Postburschen zu, der sich bei seinem Herannahen respektvoll aufrichtete und den Strohhalm aus dem Mund nahm. Nach einem kurzen Gespräch mit dem Burschen kam Sir Peregrine zu der Chaise zurückgelaufen; seine Langeweile war verschwunden, seine Augen blitzten vor Erwartung.

«Judith, das nenn ich ein Riesenglück! Ein Boxkampf! Denk nur! Ausgerechnet an diesem einzigen Tag im Jahr nach Grantham zu kommen, und durch den reinsten Zufall!»

«Ein Boxkampf?!» wiederholte Miss Taverner und runzelte die Stirn.

«Ja, sag ich dir doch! Der Champion – Tom Cribb, du weißt ja – soll morgen hier irgendwo gegen Molyneux antreten – ich habe den Namen nicht genau verstanden, aber ganz in der Nähe. Gott sei Dank, daß du so vernünftig warst und unsere Zimmer vorbestellt hast, denn es heißt, zwanzig Meilen in der Runde sei kein Bett mehr zu haben! Also komm doch schon, Ju, trödle nicht herum!»

Die Nachricht, daß sie am Vorabend eines Preisboxens nach Grantham gekommen waren, konnte Miss Taverner kaum Freude bereiten; da sie jedoch den größten Teil ihres Lebens in der Gesellschaft ihres Vaters und ihres Bruders verbracht hatte, war sie daran gewöhnt, sehr viel über Männersport zu hören. Sie hielt es daher für völlig schicklich, daß Herren an ihm teilnahmen, und fügte sich bereitwillig in Peregrines Wunsch, sich dieses Match anzusehen. Was sie selbst betraf, so wäre sie lieber anderswo gewesen. Boxkämpfe konnten sie nur anwidern, und obwohl es natürlich nicht in Frage kam, daß sie dem Schauspiel beiwohnte, würde sie sich alles darüber anhören müssen und aller Wahrscheinlichkeit nach das einzige weibliche Wesen in einem Gasthof sein, der vor sportlich gesinnten Herren überquoll. Sie versuchte zwar einen Einwand, jedoch ohne viel Hoffnung, gehört zu werden. «Aber Perry, bedenke doch! Wenn der Boxkampf morgen stattfindet, ist es Sonnabend, und dann müssen wir bis Montag hierbleiben, denn du willst doch sicher sonntags nicht reisen. Wir haben aber damit gerechnet, morgen in London zu sein.»

«Ah, pah, was, um alles in der Welt, hat das schon zu sagen?» antwortete er. «Ich möchte diesen Kampf auf gar keinen Fall versäumen! Ich sage dir etwas: Du kannst deine römischen Ruinen erforschen, soviel du willst. Das hast du ja gewollt. Bedenke: Cribb und Molyneux! Du mußt dich doch erinnern, daß ich von dem Match im letzten Jahr gesprochen habe, bei dem ich gern dabeigewesen wäre. Dreiunddreißig Runden, und der Schwarze gab auf! Aber es heißt, diesmal sei er besser in Form. Es wird ein großartiger Kampf – du wirst doch bestimmt nicht wollen, daß ich ihn versäume! Als sie das letzte Mal aufeinandertrafen, dauerte er fünfundfünfzig Minuten! Sie müssen verteufelt gleichwertig sein. So steig doch schon aus, Ju!»

Nein, Miss Taverner wollte wirklich nicht, daß Peregrine etwas versäumte, das ihm Freude machte. Also nahm sie den Reiseführer und ihr Retikül, ergriff seine dargebotene Hand und stieg aus der Chaise in den Hof hinunter.

Bei ihrem Eintritt in den Gasthof kam ihnen der Wirt zwar entgegen, schien ihnen jedoch nur sehr wenig Zeit widmen zu können. Der Kaffeesalon war bereits überfüllt, und es waren ein Dutzend Herren von Rang anwesend, die seine Aufmerksamkeit verlangten. Zimmer? In seinem Haus gab es nicht einen Winkel, der nicht bestellt gewesen wäre. Er würde ihnen raten, ein frisches Gespann zu nehmen und nach Greetham oder Stamford weiterzufahren. Er wußte es nicht – aber seiner Meinung nach gab es diesseits des Norman's Cross wohl keinen Gasthof mit freien Zimmern. Es täte ihm leid, aber sie würden verstehen, daß das Ereignis außergewöhnlich war, und alle seine Schlafzimmer seien seit Tagen besetzt.

Das jedoch ging bei Judith Taverner nicht an, die ihr ganzes Leben lang zu befehlen gewöhnt war. «Da muß ein Irrtum vorliegen», sagte sie mit ihrer kühlen, entschiedenen Stimme. «Ich bin Miss Taverner. Sie müssen meinen Brief schon vor einer Woche bekommen haben. Ich brauche zwei Schlafzimmer, Unterbringung für meine Zofe und den Kammerdiener meines Bruders, die gleich hier eintreffen werden, und ein eigenes Wohnzimmer.»

Der Wirt warf verzweifelt die Hände hoch, wurde jedoch durch ihr sicheres Auftreten einigermaßen beeindruckt. Zuerst war er geneigt gewesen, ein so bescheiden gekleidetes Paar zu unterschätzen, aber die Erwähnung einer Zofe und eines Kammerdieners überzeugte ihn, daß er es mit Persönlichkeiten von Rang zu tun hatte, die er nicht beleidigen wollte. Er begann mit einer Flut von Erklärungen und Entschuldigungen.

Er war sicher, Miss Taverner würde unter den obwaltenden Umständen nicht zu bleiben wünschen.

Judith hob die Brauen. «Wirklich? Ich nehme an, das kann ich wohl selbst am besten beurteilen. Ich verzichte auf das Wohnzimmer, aber sei Er so gut, sofort Maßnahmen wegen unserer Schlafzimmer zu treffen.»

«Das ist unmöglich, Ma'am!» erklärte der Wirt. «Das Haus ist zum Bersten voll. Jedes Zimmer ist belegt! Ich müßte einen der Herren hinauswerfen, um Ihnen gefällig zu sein.»

«Dann tue Er es», sagte Judith.

Der Wirt sah flehend Peregrine an. «Sie müssen doch einsehen, Sir, ich kann mir nicht helfen. Es tut mir sehr leid wegen des Irrtums, aber da kann man nichts machen, und die Gesellschaft hier ist wirklich nicht so, daß sie der Dame gefallen würde.»

«Judith, es scheint tatsächlich, daß wir anderswohin gehen müssen», wagte Peregrine sehr vernünftig zu sagen. «Vielleicht nach Stamford – ich könnte von dort oder sogar von noch weiter her zu dem Wettkampf fahren.»

«O nein», sagte Judith. «Du hast gehört, was dieser Mann hier gesagt hat – daß er glaubt, diesseits von Norman's Cross sei nicht ein einziges Zimmer zu haben. Ich habe nicht die Absicht, ins Blaue zu fahren. Unsere Zimmer wurden hier bestellt, und wenn ein Fehler gemacht wurde, dann muß er eben berichtigt werden.»

Ihre Stimme, die sehr klar war, schien an die Ohren einer Gruppe von Männern gedrungen zu sein, die drüben am Fenster standen. Ein, zwei neugierige Blicke richteten sich auf sie, und nach kurzem Zögern kam ein Mann, der Miss Taverner seit ihrem Eintritt beobachtet hatte, zu ihnen herüber und verbeugte sich vor ihr.

«Ich bitte um Verzeihung – ich möchte mich nicht aufdrängen, aber es scheint hier irgendeine Verwirrung zu geben. Ich werde mich freuen, Ihnen meine Zimmer zur Verfügung stellen zu dürfen, Ma'am, wenn Sie mir die Ehre geben, sie anzunehmen.»

Der Mann schien siebenundzwanzig bis dreißig Jahre alt zu sein. Sein Benehmen verriet den Herrn; er hatte entschieden ein modisches Air; und sein Gesicht, zwar nicht schön, war recht angenehm. Judith deutete einen Knicks an. «Sehr freundlich von Ihnen, Sir, aber Sie werden Ihre Zimmer doch nicht zwei Fremden überlassen.»

Er lächelte. «Keineswegs, Ma'am. Wer weiß, aber vielleicht sollten meine Zimmer eigentlich ursprünglich die Ihren sein. Mein Freund und ich» – er machte eine leichte Geste, als wolle er jemanden in der Gruppe hinter sich bezeichnen – «haben Bekannte in der Gegend und können leicht eine Unterkunft in Hungerton Lodge bekommen. Ich – eigentlich sollte ich sagen, wir – freuen uns, zu Diensten sein zu können.»

Es blieb nichts übrig, als ihm zu danken und sein Angebot anzunehmen. Er machte wieder eine Verbeugung und zog sich zu seinen Freunden zurück. Der Wirt, erleichtert, daß er aus einer schwierigen Lage erlöst worden war, ging aus dem Kaffeesalon voraus und übergab seine neuen Gäste der Obhut eines Stubenmädchens. Kurz darauf sahen sie sich im Besitz zweier anständiger Zimmer im ersten Stock und hatten weiter nichts mehr zu tun, als auf das Eintreffen ihrer Koffer zu warten.

Es war eines der ersten Anliegen Miss Taverners, den Namen ihres unbekannten Wohltäters zu erfahren, als sie aber ihr Gepäck untergebracht sah und dafür gesorgt hatte, daß in ihrem Zimmer ein Feldbett für ihre Zofe aufgestellt wurde, hatte er schon den Gasthof verlassen. Der Wirt kannte ihn nicht; er war erst kurz vor den Geschwistern angekommen; er war kein ständiger Reisender auf dieser Straße.

Judith war enttäuscht, mußte sich aber zufriedengeben. Es war unmöglich, in der Menge, die nach Grantham strömte, herauszufinden, wer ein einzelner sein mochte. Sie gestand, daß sie angenehm von ihm berührt war. Er hatte etwas Wohlerzogenes an sich; der Takt, mit dem er die ganze Sache geregelt hatte, weiter, daß er sich zur passenden Zeit zurückgezogen hatte – all das machte einen günstigen Eindruck auf sie. Es hätte ihr nicht leid getan, ihn näher kennenzulernen. Peregrine stimmte zu, daß es ein höflicher Bursche war, gestand, daß er ihm sehr verbunden sei, sich freuen würde, ihn wiederzutreffen, hielt es auch für durchaus möglich, daß sie einander in der Stadt in den Weg liefen, war jedoch eher mit der Frage beschäftigt, wie er am nächsten Tag zu dem für den Boxkampf festgesetzten Ort kommen sollte. Das Match sollte am Thistleton Gap stattfinden, gute acht Meilen südwestlich von Grantham. Er mußte ein Fahrzeug finden; in seinem Reisewagen konnte er nicht fahren, das war undenkbar. Er mußte ein Karriol oder ein Gig mieten, daher mußte er noch vor dem Abendessen fort und zusehen, ob er zu einem kommen konnte.

Es war vier Uhr, und Miss Taverner war nicht an mondäne Essenszeiten gewöhnt. Sie wollte sofort, und zwar in ihrem Zimmer, zu Abend essen. Peregrine klopfte ihr auf die Schulter und sagte, sie würde es auf ihrem Zimmer wirklich behaglicher haben.

Judith kräuselte spöttisch die Lippen. «Na ja, weil du es gern glaubst, mein Lieber.»

«Im Kaffeesalon könntest du wirklich nicht essen», versicherte er ihr. «Bei mir geht das sehr gut, aber nicht bei dir.»

«Also geh schon und such dir dein Karriol», sagte Judith halb belustigt, halb ärgerlich.

Eine weitere Ermutigung war nicht nötig; im Nu war er weg und kam erst nach fünf Uhr zurück. Dann aber trat er höchst erfreut und von seinem Glück erfüllt herein. Es war unmöglich gewesen, an ein Karriol heranzukommen – es war überhaupt kein Herrenfahrzeug zu haben, er hatte jedoch von einem Gig erfahren, das irgendeinem Bauern gehörte, eine schäbige Angelegenheit, kaum mehr ein Zoll Farbe daran, aber es würde genügen – er war sofort hingegangen, um den Handel abzuschließen. Kurz und gut, er hatte das Gig hergefahren und war jetzt bereit, alles zu tun, was ein Bruder zur Unterhaltung für seine Schwester tun konnte: entweder eine Ausfahrt mit ihm zur Besichtigung von Ruinen, oder was sie sonst gern unternehmen wollte. Abendessen? Oh, er hatte schon ein nettes kleines Beefsteak im Kaffeesalon verzehrt und stand ihr ganz zur Verfügung. Miss Taverner hatte zwar das Gefühl, daß eine Stadt, die vor Sportsfreunden überquoll, wohl kaum das richtige für eine Ausfahrt war, hatte jedoch ihr Zimmer herzlich satt und stimmte dem Plan zu.

Als das Gig näher untersucht wurde, stellte sich heraus, daß es nicht ganz so schlecht war, wie Peregrine es beschrieben hatte, wenn auch ein schäbiges Ding. Miss Taverner schnitt eine Grimasse, als sie es sah. «Mein lieber Peregrine, da möchte ich lieber zu Fuß gehen!»

«Zu Fuß gehen? Himmel, davon habe ich schon genug, kann ich dir sagen! Ich dürfte bereits eine gute Meile getrampt sein. Sei doch nicht so zimperlich, Ju! Ich hätte es mir ja auch nicht ausgesucht, aber hier kennt uns doch niemand.»

«Laß lieber mich kutschieren», bemerkte sie.

Das jedoch ging natürlich nicht an. Wenn sie meinte, sie könne es besser als er, dann irrte sie gewaltig. Das Biest war hart im Maul, hatte keineswegs eine weiche Gangart, war nichts für eine Dame.

Die Hauptstraße fuhren sie in mäßigem Tempo hinunter, kaum aber waren sie aus der Stadt draußen, als Sir Peregrine die Zügel schießen ließ, und sie in hoher Geschwindigkeit, wenn auch nicht im besten Stil, dahinholperten, über jede Unebenheit hopsten und um die Ecken schwankten.

«Perry, das ist unerträglich», sagte Judith schließlich. «Mir wackelt jeder Zahn im Mund. Du wirst noch etwas anstellen. Erinnere dich doch bitte, daß du mich zu dem römischen Kastell führen wolltest. Ich bin überzeugt, du bist auf der falschen Straße.»

«Oh, dieses verdammte Kastell habe ich ganz vergessen!» sagte er reuig. «Ich wollte sehen, welche Straße ich morgen nehmen muß – du weißt ja, nach Thistleton Gap. Schön, schön, ich wende und fahre zurück!» Er zügelte das Pferd, während er sprach, und begann sofort zu wenden, ohne die Enge der Straße an dieser Stelle und eine besonders scharfe Kurve in nächster Nähe auch nur im geringsten zu beachten.

«Guter Gott, was wirst du als nächstes tun?» rief Judith aus. «Wenn irgend etwas um die Ecke kommt! Überlaß die Zügel doch mir!»

Zu spät. Er hatte das Gig genau quer zur Straße gestellt, und es bestand Gefahr, daß er in den Graben geriet, wenn seine Aufmerksamkeit abgelenkt wurde. Judith hörte das Geräusch von rasch näher kommenden Pferden und wollte die Zügel an sich reißen.

In halsbrecherischem Tempo raste ein vierspänniges Karriol um die Ecke. Schon stürmte es auf sie zu; es mußte mit ihnen zusammenprallen, denn es aufzuhalten war bei dieser Fahrt unmöglich. Peregrine versuchte, leise fluchend, sein Pferd herumzuwerfen; Judith war unfähig, sich zu rühren. Sie hatte in einem Albtraum die Vision von vier prachtvollen Kastanienbraunen, die auf sie zudonnerten, und von einer hochaufgerichteten Gestalt in einem Kutschiermantel mit Schultercapes, die sie lenkte. Alles war blitzartig vorüber. Die Goldfüchse wurden wie durch ein Wunder nach rechts gerissen. Das schmutzige Spritzbrett des Gigs streifte nur die Räder des Karriols, und die Goldfüchse kamen mit einem Sprung im Aufbäumen zum Stehen.

Obwohl der Anprall kaum mehr als ein klirrendes Kratzen war, erschreckte er das Bauernpferd. Es versuchte durchzugehen, im nächsten Augenblick stak ein Rad des Gigs im seichten Graben, und Miss Taverner wurde fast von ihrem Sitz geschleudert.

Sie richtete sich auf, spürte, daß ihr Hut schief saß und ihre Geduld zu Ende war, und sah, daß der Herr in dem Karriol völlig unbewegt dasaß und seine Pferde leicht am Zügel hielt. Als sie sich umdrehte, um ihn anzusehen, sagte er, nicht zu ihr, sondern über die Schulter zu einem winzigen Pagen, der hinter ihm hockte: «Räum es aus dem Weg, Henry, räum's weg.»

Einen Wutanfall, Vorwürfe, ja selbst Flüche hätte Miss Taverner verzeihen können. Die Herausforderung war groß; sie sehnte sich selbst danach, Peregrine zu ohrfeigen. Aber diese ruhige Gleichgültigkeit überstieg alles. Ihr Zorn wandte sich unvernünftigerweise gegen den Fremden. Seine Art, seine ganze Haltung erfüllten sie mit Widerwillen. Vom ersten Augenblick an, da sie ihn erblickte, wußte sie, daß sie ihn nicht mochte. Nun hatte sie Muße, ihn näher zu betrachten, und entdeckte, daß sie ihn darum nicht weniger verabscheute. Er bot das wahre Bild des eleganten Mannes. Sein Biberhut saß auf schwarzen Locken, die sorgfältig zu scheinbarer Unordnung gebürstet waren; das Halstuch aus gestärktem Musselin stützte sein Kinn mit einer Reihe wunderschöner Falten; der Kutschiermantel aus gelbbraunem Tuch wies nicht weniger als fünfzehn Capes und eine Doppelreihe von Silberknöpfen auf. Miss Taverner mußte zugeben, daß er ein sehr schöner Mensch war, es fiel ihr jedoch nicht schwer, den Schnitt seines Gesichtes zu verabscheuen. Er sah selbstbewußt aus; seine Augen, die Judith ironisch unter müden Lidern betrachteten, waren die härtesten, die sie je gesehen hatte, und verrieten kein anderes Gefühl als Langeweile. Die Nase war für ihren Geschmack zu gerade. Der Mund war sehr gut geformt, fest, aber dünnlippig. Sie hatte das Gefühl, daß er höhnisch lächelte.

Am allerschlimmsten war seine Lässigkeit. Es interessierte ihn weder, daß er geschickt einen Unfall vermieden hatte, noch die schlimme Lage des Gigs. Er hatte prächtig kutschiert; in diesen elegant behandschuhten Händen, welche die Zügel scheinbar so nachlässig hielten, mußte eine unvermutete Kraft stecken – aber warum, um Himmels willen, mußte er eine Miene stutzerhafter Geziertheit zur Schau tragen?

Als der Page behend auf die Straße sprang, machte sich Miss Taverners Ärger plötzlich Luft, und sie sagte: «Wir brauchen Seine Hilfe nicht! – Wollen Sie bitte weiterfahren, Sir!»

Die kalten Augen überflogen sie. Ihr Ausdruck brachte ihr die Schäbigkeit des Gigs, ihres von einer Landschneiderin genähten Kleides, die

Erscheinung, die sie und Peregrine bieten mußten, zu Bewußtsein. «Ich wäre sehr erfreut, weiterfahren zu können, mein gutes Mädchen», sagte der Herr im Karriol, «aber eure anscheinend unlenksame Stute macht mir – wie Sie vielleicht bemerkt haben – das Weiterfahren unmöglich.»

Miss Taverner war es nicht gewöhnt, so angesprochen zu werden, und ihre Laune wurde dadurch keineswegs besser. Das Bauernpferd sprang in seinen verängstigten Versuchen, das Gig aus dem Graben zu ziehen, tatsächlich quer zur Straße wie wild hin und her, aber wenn Peregrine bloß das Pferd am Kopf geführt hätte, statt an ihm herumzuzerren, dann wäre alles gut gewesen. Der Page, ein scharfgesichtiges Geschöpf unbestimmten Alters in einer schicken blau-gelben Livree, war drauf und dran, die Leitung der Angelegenheit in seine Hände zu nehmen. Unfähig, diese Würdelosigkeit zu ertragen, sagte Miss Taverner wütend: «Sir, ich habe Ihnen bereits gesagt, daß wir Ihre Hilfe nicht brauchen! Steig ab, Perry! Gib mir die Zügel!»

«Ich habe nicht die geringste Absicht, Ihnen meine Hilfe anzubieten», sagte der noble Herr und hob ziemlich hochmütig die Brauen. «Sie werden entdecken, daß Henry durchaus imstande ist, die Straße für mich frei zu machen.»

Und jetzt hatte der Page tatsächlich die Zügel des Pferdes oberhalb des Gebisses gepackt und war damit beschäftigt, das arme Tier zu beruhigen. Das gelang bald, und im nächsten Augenblick war das Gig aus dem Graben gezogen und knapp am Straßenrand aufgestellt.

«Sie sehen, es war ganz leicht», sagte diese Stimme, die einen rasend machen konnte.

Peregrine, der bisher zu sehr damit beschäftigt war, sein Pferd zu bändigen, um an dem Gespräch teilzunehmen, sagte zornig: «Ich bin mir bewußt, daß der Fehler auf meiner Seite lag, Sir! Durchaus bewußt!»

«Dessen sind wir uns alle bewußt», antwortete der Fremde freundschaftlich. «Nur ein Narr hätte versucht, sein Fahrzeug ausgerechnet an dieser Stelle zu wenden. Willst du mich eigentlich noch viel länger warten lassen, Henry?»

«Ich habe gesagt, ich gebe meinen Fehler zu», sagte Peregrine hitzig und wurde rot, «und es tut mir sehr leid! Aber ich nehme mir die Freiheit, Ihnen zu sagen, Sir, daß Sie in einem empörenden Tempo gefahren sind!»

Unerwarteterweise wurde er von dem Pagen unterbrochen, der sein plötzlich wütendes Gesicht hob und in schrillem Cockney sagte: «Du halt die Klappe, Unverschämter! Er ist der beste Fahrer im ganzen Land, ah, und dabei vergeß ich Sir John Lade durchaus nicht! Es gibt keinen, der ihn schlagen tät, und die Vollblüter, die wir da fahren, auch nicht, und wenn sich die Stangenpferde nicht jeder eine Sehne gezerrt haben, dann ist das bestimmt auch nicht deine Schuld!»

Der Herr im Karriol lachte. «Sehr richtig, Henry, aber du wirst bemerkt haben, daß ich noch immer warte.»

«Ja, um Christi willen, Chef, komm ich denn nicht eh schon?» protestierte der Page und kletterte auf seinen Sitz zurück.

Peregrine, der sich von seinem Erstaunen über den Ausbruch des Pagen erholte, sagte mit zusammengebissenen Zähnen: «Wir treffen uns wieder, Sir, das verspreche ich Ihnen!»

«Glauben Sie wirklich?» sagte der Herr im Karriol. «Ich hoffe, es stellt sich heraus, daß Sie nicht recht haben.»

Das Gespann schien mit einem Sprung vorwärtszupreschen. In der nächsten Sekunde war das Karriol verschwunden.

«Unerträglich!» sagte Judith leidenschaftlich. «Einfach unerträglich!»

2

Für jemanden, der die nächtliche Stille auf dem Land gewöhnt war, wurde der Schlaf im George-Gasthof in Grantham am Vorabend eines großen Boxkampfes fast unmöglich. Die Geräusche ausgelassener Lustbarkeit aus dem Kaffeesalon fluteten bis in die frühe Morgenstunde zu Miss Taverners Schlafzimmer herauf; sie schlummerte unruhig, immer wieder von einem Lachausbruch unten, von Stimmen auf der Straße unter ihrem Fenster oder einem eiligen Schritt vor ihrer Tür geweckt. Nach zwei Uhr ließ der Lärm allmählich nach, und sie konnte endlich in einen Schlaf sinken, der durch drei lange Hornstöße dreiundzwanzig Minuten nach sieben rüde unterbrochen wurde.

Sie fuhr im Bett hoch. «Guter Gott, was ist denn jetzt wieder los?»

Ihre Zofe, ebenfalls durch den plötzlichen Aufruhr geweckt, schlüpfte aus dem Feldbett und lief zum Fenster, um durch die Jalousienbrettchen hinunterzuspähen. Sie berichtete, daß es nur die Edinburgher Postkutsche war, und blieb am Fenster, um über die Erscheinung der Passagiere in Nachtmützen zu kichern, die aus der Kutsche stiegen, um im Gasthof zu frühstücken. Miss Taverner sank völlig uninteressiert in die Kissen zurück, merkte aber bald, daß es Schluß mit der Friedlichkeit war. Das Haus war wach und rührte sich geschäftig. In kürzester Zeit gab sie jeden Versuch auf, wieder einzuschlafen, und stand auf.

Vor neun Uhr klopfte Peregrine an ihre Tür. Sie mußte zum Frühstück hinunterkommen; man hatte ihm geraten, zeitlich nach Thistleton Gap aufzubrechen, wenn er sich einen guten Platz sichern wollte. Er konnte daher keine Zeit vertrödeln. Sie ging mit ihm in den Kaffeesalon hinunter. Es waren nur wenige Gäste anwesend, die Passagiere der Edinburgher Postkutsche waren bereits wieder auf ihre Reise südwärts getrieben worden, und die Sportliebhaber, die am Abend zuvor einen so großen Lärm vollführt hatten, zogen es anscheinend vor, in ihren Zimmern zu frühstücken.

Wie Judith vermutet hatte, war Peregrine bei der nächtlichen Gesellschaft mit von der Partie gewesen. Er hatte Bekanntschaft mit einer

Gruppe von wirklich prima Burschen geschlossen, obwohl er sich im Augenblick nicht an ihre Namen erinnern konnte, und hatte mit ihnen zusammen einer Flasche den Hals gebrochen. Das Gespräch hatte sich nur um den Boxkampf gedreht; und er blieb bei diesem Thema. Er würde auf den Champion setzen; Judith mußte wissen, daß er von Hauptmann Barclay von – von –, er glaubte, es war Ury oder so irgendein komischer Name gewesen, trainiert worden war, aber Perry war da nicht ganz sicher. Jedenfalls war das der Mann, der ständig Gehwettkämpfe durchführte – vielleicht hatte sie schon von ihm gehört. Es hieß, er habe Cribbs Gewicht auf vierundneunzig Kilo heruntergebracht. Cribb war in Hochform; über den Schwarzen wußte Perry nichts, obwohl man nicht leugnen konnte, daß er um vier Jahre jünger als Cribb war. Cribb mußte jetzt auf die Dreißig zugehen. So ging das immer weiter, während Judith frühstückte und ein Ja oder Nein einwarf, wo es verlangt wurde.

Peregrine hatte keinerlei Gewissensbisse, sie am Vormittag ihren eigenen Plänen zu überlassen; die Stadt würde ausgestorben sein, und sie konnte mit völligem Anstand allein ausgehen; sie brauchte nicht einmal ihre Zofe mitzunehmen.

Sowie er gefrühstückt hatte, war er mit einem Päckchen belegter Brote in der einen und einer Flasche in der anderen Tasche auf und davon. Es war nicht schwer für ihn, den Weg zum Kampfplatz zu finden: er brauchte nur dem Verkehrsstrom über eine Entfernung von acht Meilen zu folgen. Alles war nach Thistleton Gap unterwegs, in jedem nur erdenklichen Gefährt von plumpen Kutschen bis zu Bauernkarren, und sehr viele, die sich keinen Platz auf einem Leiterwagen erbitten oder kaufen konnten, gingen zu Fuß. Natürlich kam man nur langsam vorwärts, aber endlich war der Schauplatz des Kampfes erreicht, ein Stoppelfeld nicht weit von Crown Point. Er schien bereits überfüllt zu sein. In seiner Mitte waren Männer eifrig damit beschäftigt, ein siebeneinhalb Meter hohes Gerüst für den Boxring zu errichten.

Peregrine wurde zu einem Teil des Platzes gewiesen, wo sich die Fahrzeuge der Vornehmen aufstellen sollten, und rückte dort so nahe wie nur möglich an den Ring heran. Es war noch etwas Zeit bis zum Beginn des Kampfes, er war jedoch in gehobener Stimmung und entdeckte sehr viel, was ihn fesselte, während er die allmählich dichter werdende Menge interessiert beobachtete. Das Publikum war zum Großteil ziemlich derb, aber gegen Mittag wurde die Zahl der Kutschen größer als die der Bauernwagen. Das einzige, was Peregrines Vergnügen etwas trübte, war der Umstand, daß er keinen einzigen Bekannten unter den ihn umgebenden Lebemännern hatte, daß sein Gig ungewöhnlich schäbig war und sich sein Kutschiermantel nur dreier bescheidener Schulterkragen rühmen konnte. Das waren einige Übel, aber er vergaß sie sofort, als jemand dicht neben ihm sagte: «Da – Jackson ist eingetroffen!»

Einsamkeit, Mantel und Gig wurden sofort unwichtig: da war also

Gentleman Jackson, der einstige Champion und jetzt der berühmteste Boxlehrer Englands.

Er ging mit einem Mann auf den Ring zu. Sowie er auf die Bretter sprang, jubelte ihm die Menge zu, was er mit einem Lächeln und einem gutgelaunten Winken zur Kenntnis nahm.

Sein Gesicht war keineswegs einnehmend, da die Stirn zu niedrig, Nase und Mund ziemlich derb und die Ohren abstehend waren; aber er hatte schöne Augen, die einen voll und durchdringend ansahen, und seine Gestalt war, obwohl er über Vierzig war, mit ihrer Anmut und ihren vollkommenen Maßen noch immer bemerkenswert. Er hatte sehr kleine Hände, und von seinen Fesseln, von denen es hieß, sie seien wunderschön geformt, waren Gipsabgüsse gemacht worden. Er war gut, aber unauffällig angezogen und benahm sich ruhig und bescheiden.

Gleich darauf verließ er den Ring und kam herüber, um mit einem rothaarigen Mann in einem Tilbury in der Nähe von Peregrines Gig zu sprechen. Ein paar junge Stutzer begrüßten ihn lauthals, und es wurde sehr viel gescherzt und gelacht, worein Peregrine liebend gern eingestimmt hätte. Aber es würde ja nun nicht mehr sehr lange dauern, hoffte er, bis auch er eine Wette anbieten konnte, daß er bei Jackson während ihres nächsten gemeinsamen Sparrings unversehens einen Schlag landen würde. Und zweifellos würde John Jackson die Wette ablehnen, genauso, wie er jetzt mit humorvollem Lächeln und dem liebenswürdigen Scherz ablehnte, daß das der reinste Raub wäre. Jeder, selbst Sir Peregrine Taverner, der in seinem Leben London noch nicht näher gekommen war als bis zu der Stelle, an der er sich jetzt befand, wußte, daß es keinem von Jacksons Schülern je gelungen war, bei dem Meister einen Schlag zu landen, wenn es ihm beliebte, jemandem dieses Privileg zu verweigern.

Bald darauf kehrte Jackson zu einer Gruppe von Herren dicht am Ring zurück, denn er sollte gleich als Schiedsrichter fungieren und leitete wie gewöhnlich die Vorbereitungen.

Peregine war so sehr damit beschäftigt, ihn zu beobachten und an Jacksons berühmte Boxschule in der Old Bond Street Nr. 13 zu denken und wie bald er selbst dort Unterricht nehmen würde, daß er die Ankunft eines vierspännigen Karriols übersah, das sich geschickt auf einen Platz unmittelbar neben seinem Gig einreihte und anhielt.

Eine Stimme sagte: «Kraft ist etwas Vortreffliches, aber mit Maß und Ziel, Worcester, um Himmels willen, mit Maß und Ziel! Ich dachte, George hätte dir einen Wink zukommen lassen?»

Die Stimme war ganz leise, hatte jedoch zur Folge, daß Peregrine den Kopf mit einem Ruck umwandte und daß er zusammenfuhr. Sie gehörte einem Herrn, der ein Gespann von braunen Vollblütern fuhr und einen Kutschiermantel mit fünfzehn Schulterkragen trug. Er hatte zu einem Stutzer mit einem ungeheuer hohen Kragen und Halstuch gesprochen, der rot wurde und sagte: «Oh, sei verdammt, Julian!»

Wie es das Pech haben wollte, hatte Peregrine, als er zusammenfuhr, unwillkürlich die Zügel gestrafft, und das Bauernpferd begann rückwärts zu gehen. Peregrine hielt es sofort wieder an, aber doch nicht rechtzeitig genug, so daß die rechte Seite seines Spritzbretts ganz leicht die linke des Karriols streifte. Er hätte vor Ärger laut fluchen können.

Der Herr im Karriol drehte sich um, die Brauen schmerzlich erstaunt gehoben. «Mein liebenswertester Herr», begann er und verstummte. Das Erstaunen wich einem resignierten Ausdruck. «Das hätte ich wissen können», sagte er. «Schließlich haben Sie sich ja diese Begegnung versprochen, nicht?»

Es wurde ganz leise gesagt, aber Peregrine, rot vor Verdruß, hatte das Gefühl, daß nun aller Augen auf ihn gerichtet waren. Jedenfalls beugte sich der Herr mit dem hohen Kragen vor, um ihn über das dazwischen stehende Karriol hinweg anzusehen. Peregrine stieß hervor: «Ich habe Ihren Wagen kaum berührt! Ich konnte nichts dafür, wenn ich es tat!»

«Nein, das ist es ja, was ich beklage», seufzte sein Quäler. «Ich bin überzeugt, daß Sie nichts dafür konnten.»

Sehr rot geworden, sagte Peregrine: «Sie brauchen keine Angst zu haben, Sir! Dieser Platz ist mir nicht mehr gut genug, versichere ich Ihnen!»

«Aber was ist denn los? Was hast du gesagt, Julian?» fragte Lord Worcester neugierig. «Wer ist das?»

«Ein Bekannter von mir», antwortete der Herr im Karriol. «Ungesucht, aber verdammt oft wiederkehrend.»

Peregrine nahm die Zügel in die Hände, die keineswegs ruhig waren. Vielleicht fand er keinen anderen Platz mehr, aber hierbleiben, das würde er nicht. Er sagte: «Ich werde Sie von meiner Anwesenheit erlösen, Sir!»

«Danke», murmelte der andere mit einem leisen Lächeln.

Das Gig fuhr ohne Zwischenfall aus der Reihe und wurde mit ungewöhnlicher Umsicht durch das Gedränge gelenkt. In der ersten Wagenreihe gab es jetzt keine Lücke mehr, in die sich ein Gig hätte quetschen können. Nachdem Peregrine die lange Reihe entlanggefahren war, begann er seine Voreiligkeit zu bedauern. Aber gerade als er in einen Weg, der zwischen den Reihen offengelassen worden war, einbiegen wollte, um nach hinten zu gelangen, rief ihn ein junger Herr in einem schicken Rennwagen gutmütig an und machte sich erbötig, etwas näher an die Kutsche zu seiner Rechten zu rücken und somit einen Platz für das Gig zu schaffen.

Peregrine nahm dieses Angebot dankbar an, und nach einigem Manövrieren und einigen Protesten der Männer, die auf dem Kutschendach saßen, war Platz geschaffen, und Peregrine konnte sich wieder wohl fühlen.

Der Besitzer des Rennwagens schien ein freundlicher junger Mann zu sein. Er hatte ein pausbäckiges, lächelndes Gesicht mit etwas verschmitzten Augen und war in eine blaue einreihige Jacke mit langer Taille gekleidet, trug eine blaue Weste mit zollbreiten gelben Streifen, eine Hose aus Plüsch, die am Knie mit Bändern und Rosetten gebunden war, Kurzstiefel mit sehr langen Stulpen und eine erstaunliche Krawatte aus weißem, schwarzgetupftem Musselin. Über alledem trug er einen Kutschiermantel aus gelbbraunem Tuch, der nachlässig offenstand und zwei Reihen Taschen, ein Belcherbrusttuch, unzählige Schulterkragen und eine große Knopflochblume aufwies.

Nachdem dieser junge Mann befriedigt festgestellt hatte, daß Peregrine trotz seines Gigs und seiner altmodischen Kleidung kein bloßer Bauernlümmel war, begann er ein Gespräch mit ihm; und Peregrine erfuhr sehr schnell, daß der junge Mann Henry Fitzjohn hieß, in der Cork Street wohnte, noch nicht lange von Oxford abgegangen und in der Erwartung nach Thistleton Gap gekommen war, sich hier einigen Freunden anzuschließen. Er hatte sie jedoch verfehlt, entweder weil sie noch nicht eingetroffen waren oder weil die Menschenmenge zu groß war, als daß er ihren Standplatz hätte entdecken können, und er war daher gezwungen gewesen, sich ohne sie einen Platz zu sichern oder aber die Chance zu verpassen, sich den Kampf anzusehen. Sein Anzug war die Klubtracht des Four Horse-Klubs, in den er, wie er Peregrine naiv informierte, eben erst in diesem Jahr als Mitglied aufgenommen worden war.

Er hatte auf den Champion als Gewinner dieses Kampfes gesetzt, und als er entdeckte, daß Peregrine ihn noch nie gesehen hatte – noch auch sonst jemanden der anwesenden Prominenten –, übernahm er es, ihm jede interessante Persönlichkeit zu zeigen. Das dort war Berkeley Craven, einer der Unparteiischen, der die Wetteinsätze verwahrte und jetzt mit Oberst Hervey Aston neben dem Ring stand. Aston war einer der engsten Freunde des Herzogs von York und ein großer Gönner des Boxsports. Sah Peregrine dort den etwas beleibten Mann mit der schiefen Schulter, der auf Jackson zuging? Das war Lord Sefton, ein großartiger Kerl! Und dort drüben rechts stand Hauptmann Barclay und sprach mit Sir Watkin Williams Wynne, der bei jedem Kampf anzutreffen war. Mr. Fitzjohn nahm an, daß keiner der Herzöge des königlichen Hofs anwesend war; er konnte keinen erblicken, obwohl er gehört hatte, daß man die «Alte Teerjacke» erwartete – Clarence natürlich.

Peregrine verschlang das alles und fühlte sich sehr klein und unwissend. In Yorkshire kannte er jedermann und war selbst überall bekannt, aber in Londoner Kreisen war das offenkundig anders. Beverley Hall und das Vermögen der Taverner zählte nichts; hier war er nichts als ein unbekannter Provinzler.

Mr. Fitzjohn zog eine riesige Zwiebel heraus und sah nach, wie spät es war. «Schon zwölf vorbei», verkündete er. «Wenn die Behörden von dem hier Wind bekommen haben und es verhindern wollen, wird das einen verdammten Stunk geben!»

Eben in diesem Augenblick erhob sich ein Hurrageschrei, gemischt mit Buh-Rufen und einigem verächtlichem Gebrüll, und Tom Molyneux, von seinen Sekundanten, dem Schwarzen Bill Richmond, und Bill Gibbons, dem Schiedsrichter, begleitet, ging auf den Ring zu.

«Er sieht aus, als sei er ein starker Kerl», sagte Peregrine und betrachtete prüfend das, was er von dem Neger sehen konnte, der in einen Mantel gehüllt war.

«Wiegt etwa zwischen einundneunzig und achtundneunzig Kilo», sagte Mr. Fitzjohn kenntnisreich. «Es heißt, es gehe leicht mit ihm durch. Sie haben den Kampf im Vorjahr nicht gesehen? Nein, natürlich nicht – ich habe vergessen. Nun, wissen Sie, er war schlecht, sehr schlecht. Man hat ihn ausgepfiffen. Weiß nicht, warum, denn Richmond pfeifen sie nicht aus, und der ist auch ein Schwarzer. Vermutlich nur deshalb, weil alle wollten, daß Cribb gewinnt. Aber es war durchaus nicht das Richtige, und der Schwarze bildete sich deshalb ein, daß er nicht fair behandelt wurde, obwohl alles natürlich barer Unsinn war. Cribb ist eben der Bessere, der beste Kämpfer, den ich im Leben gesehen habe.»

«Haben Sie je Belcher gesehen?» fragte Peregrine.

«Nein, leider», sagte Mr. Fitzjohn bedauernd. «War noch vor meiner Zeit, obwohl ich doch die Möglichkeit gehabt hätte, bei seinem letzten Kampf vor einigen Jahren dabeizusein, als er von Cribb geschlagen wurde. Aber es tut mir eigentlich nicht leid, daß ich es versäumt habe. Es heißt, es sei ohnehin mit ihm vorbei gewesen, und dann war da natürlich diese Sache mit seinem Auge – er hatte damals nur noch eines, müssen Sie wissen. Mein Vater sagt, es habe zu seiner Zeit keinen Boxer gegeben, der ihm das Wasser hätte reichen können. Ich werde nie vergessen, was mir mein Vater über Wimbledon erzählte, als Belcher dort Gamble in fünf Runden knock-out geschlagen hatte. Zwanzigtausend Zuschauer waren damals dabei. Mein Vater erzählte mir, daß der Ring in Sichtweite des Galgens stand und man die ganze Zeit hören konnte, wie es knarrte, wenn der Wind Jerry Avershaw, der dort in Ketten hing, bewegte. Holla, es sieht danach aus, daß es losgeht! Da bindet der alte Gibbons schon die Fähnchen in den Farben seines Mannes an die Seile. Sehen Sie, Hochrot und Orange. Cribb trägt das alte blaue Adonisröschen. Ha, dort ist John Gully! Cribb muß eingetroffen sein! Wer wohl sein Helfer ist? Jetzt werden sie jeden Augenblick ihre Hüte in den Ring werfen. Cribb hat heute im Blauen Ochsen im Witham Common übernachtet, und ich glaube, Molyneux im Ram Jam. Ich kann nicht genau erkennen, warum sie sich verspätet haben. Himmel, hören Sie sie nur johlen! Das muß bestimmt Cribb sein! Ja, dort geht er. Er hat Joe Ward bei sich, das muß sein Helfer sein. Sieht so aus, daß er gut in Form ist, nicht? Ich habe 500 Pfund Sterling auf ihn gesetzt, und noch einmal dasselbe, daß er als erster seinen Gegner zu Boden gehen läßt. Das einzige ist nur, daß er langsam ist, das ist nicht zu leugnen. Aber vorzüglicher Kampfgeist, und kneift nie.»

Der Hut des Champions war nun in den Ring geworfen worden, er selbst war ihm gefolgt und beantwortete das ihn begrüßende, ermutigende Hurrageschrei und Johlen mit einem breiten Lächeln und Winken. Er war ein wenig größer als der Schwarze, ein schwer gebauter, aber leichtfüßiger Kämpfer. Er schien tatsächlich in guter Form zu sein, aber so wirkte auch Molyneux, als er sich aus seinem Mantel schälte. Der Schwarze hatte eine ungeheure Reichweite und einen muskulösen Oberkörper. Er sah ganz so aus, als sei er ein furchterregender Gegner, aber die Wette stand unentwegt auf drei zu eins für Cribb.

Kurz darauf verließen die Sekundanten und Helfer den Ring, und genau achtzehn Minuten nach zwölf (wie Mr. Fitzjohn mit einem Blick auf seine Uhr feststellte) begann der Kampf.

Ungefähr eine Minute lang sparrten beide Männer vorsichtig, dann ging Cribb spielerisch mit der Rechten und Linken vor, Molyneux gab leicht ins Gesicht zurück, und es erfolgte ein schneller Schlagwechsel. Der Champion legte einen Kehlschlag ein, und Molyneux ging zu Boden.

«Beide gleichwertig, bis jetzt», sagte Mr. Fitzjohn weise. «Reiner Schaukampf. Aber Cribb kommt ja immer langsam in Fahrt. Kämpft regelgerecht, nicht?»

In der nächsten Kampfphase begann der Champion als erster zu bluten, am Mund, und plötzlich begann ein flotter Schlagwechsel. Cribb legte einen guten mit der Rechten ein; Molyneux gab wie der Blitz zurück, mit einem linken Haken ins Gesicht, worauf sich ein schneller Kampf auf Halbdistanz entwickelte. Sie klammerten, und nach einem wilden Ringen warf Molyneux Cribb mit einem Cross.

Mr. Fitzjohn, der erregt aufgesprungen war, setzte sich wieder hin und sagte, es sei nichts passiert. Peregrine, der bemerkte, daß das rechte Auge des Champions seit dem letzten Schlagwechsel fast geschlossen war, hatte wider Willen das Gefühl, daß Molyneux der Bessere sei. Er besaß eine ungeheure Schlagkraft, kämpfte draufgängerisch und schien schneller als Cribb zu sein.

Die dritte Runde begann mit einem kurzen Scheinkampf; dann brachte Cribb einen Doppelschlag an, der Molyneux zurücktaumeln ließ. Die Menge brüllte auf, aber der Schwarze blieb auf den Beinen und griff wieder an. Eineinhalb Minuten kämpften sie schnell und verbissen, dann klammerten sie wieder, und von neuem warf Molyneux Cribb.

«Der Schwarze gewinnt!» rief Peregrine aus. «Er kämpft wie ein Tiger. Ich wette zwei zu eins in fünfzig Pfund mit Ihnen, daß der Schwarze gewinnt!»

«Abgemacht!» sagte Mr. Fitzjohn prompt, obwohl er eine Spur ängstlich aussah.

In der vierten Runde schlug Molyneux weiter ins Gesicht, legte einige Haken ein und ließ Cribb bluten. Mr. Fitzjohn wurde unruhig, denn es war zu sehen, daß Cribb an beiden Augen verletzt war. Molyneux schien jedoch in arger Bedrängnis zu sein, sein mächtiger Brustkasten hob und senkte sich, und der Schweiß floß in Strömen an ihm herunter.

Der Champion lächelte, aber die Runde endete doch wieder damit, daß er zu Boden ging.

Peregrine war völlig überzeugt, daß der Schwarze gewinnen würde, und konnte nicht verstehen, wieso noch immer sieben zu vier zugunsten Cribbs geboten wurde.

«Pah, Cribb hat noch gar nicht begonnen!» sagte Mr. Fitzjohn tapfer. «Der Schwarze sieht schon mächtig hergenommen aus.»

«Aber sehen Sie Cribbs Gesicht an!» erwiderte Peregrine.

«Himmel, da ist nichts dabei, daß ihm der Schwarze Blut abgezapft hat. Er schlägt ja die ganze Zeit ins Gesicht. Aber ich sage Ihnen, geben Sie acht, wie Cribb aufs Ganze geht. Der wird seinen Mann schon noch niederprügeln, obwohl ich nicht leugne, daß der Schwarze Mumm zeigt.»

Beide Boxer gingen in der nächsten Runde rechtzeitig aufeinander los. Molyneux behielt jedoch entschieden die Oberhand im Schlagwechsel. Cribb ging zu Boden, und die Menge stieß ein zorniges Gebrüll der Mißbilligung aus. Einige schrien «Foul!», und kurze Zeit sah es danach aus, als würde der Ring gestürmt werden.

«Ich glaube, der Schwarze hat zugeschlagen, während Cribb niederging», sagte Mr. Fitzjohn. «Ich glaube, das muß es gewesen sein. Aber Sie sehen, Jackson macht kein Zeichen; also kann es kein fauler Schlag gewesen sein.»

Der Aufruhr legte sich, als beide Kämpfer zur sechsten Runde antraten. Es war jetzt zu sehen, daß Molyneux nach Luft rang. Cribb war noch immer sehr munter. Er wich einem ziemlich wilden Ausfall von links und rechts aus und legte einen Schlag gegen den Körper ein. Molyneux gelang es, ihn abzufangen, er krümmte sich aber sofort darauf nach einem schauerlichen Schlag gegen den Hals. Zwar entkam er, blutete jedoch gräßlich.

«Was habe ich gesagt?» schrie Mr. Fitzjohn. «Guter Gott, dem Schwarzen ist speiübel! Der ist ganz weg! Cribb treibt ihn vor sich her!»

Der Schlag schien den Schwarzen tatsächlich arg erschüttert zu haben. Er schlug zu kurz zu und taumelte derart um den Ring, daß es den rüderen Teil der Zuschauer zu Hohngelächter und gellendem Geschrei reizte. Cribb folgte ihm um den Ring herum und ließ ihn durch einen Schlag auf volle Armeslänge zu Boden gehen.

Die angebotenen Wetten stiegen auf fünf zu eins, und Mr. Fitzjohn konnte vor Aufregung kaum stillsitzen. «In der nächsten Runde ist Schluß», sagte er. «Der Schwarze ist außer sich vor Wut.»

Er behielt jedoch nicht recht. Molyneux kam rechtzeitig hoch, ging in den Angriff und brachte ein, zwei Schläge an. Cribb legte einige Gerade an die Kehle ein und trat nach jedem Schlag zurück. Der Schwarze folgte ihm nach und stürzte, aber ob von einem Schlag oder aus Erschöpfung, konnten weder Peregrine noch Fitzjohn erkennen.

Richmond brachte Molyneux rechtzeitig wieder hoch. Er kämpfte mutig, schätzte aber seine Distanz schlecht ein. Cribb tat mit ihm, was er wollte, nahm seinen Kopf in den Schwitzkasten und schlug so lange zu, bis der Schwarze zu Boden ging.

«Eine todsichere Sache!» rief Mr. Fitzjohn aus. «Man sieht, wie Richmond und Bill Gibbons an ihm arbeiten, aber ich glaube, er ist erledigt ... Nein, bei Gott, er kommt doch wieder hoch! Verdammich, der Bursche hat einen vortrefflichen Kampfgeist, sag einer, was er will! Aber erledigt ist er, Taverner. Möcht wissen, warum Richmond das Handtuch nicht wirft ... He, das hat ihn fertiggemacht! Was für eine Linke! Genug, um ihm den Kiefer einzudreschen!»

Der Schwarze war wie ein Holzklotz zu Boden gegangen. Er wurde zu seiner Ecke gezogen, anscheinend besinnungslos, und es schien unmöglich, daß er sich in der halben Minute erholen konnte. Cribb jedoch, der trotz seines entstellten Gesichts munter wie eh und je schien, vergab seine Chance und entzückte die Zuschauer ungeheuer, indem er einen Schottischen um den Ring tanzte.

Molyneux machte sich vom Knie seines Sekundanten los, aber es war klar, daß er nichts mehr auszurichten vermochte. Er wagte den mutigen Versuch, loszugehen, stürzte aber fast sofort.

«Ich glaube, Cribb hat ihm den Kiefer gebrochen», sagte Mr. Fitzjohn, der den Schwarzen genau beobachtete. «Verdammt, der Mann ist erledigt. Richmond sollte das Handtuch werfen. Das ist doch nicht mehr sportlich. Gott, er ist wieder auf, voller Courage! Nein, aber fertig ist er doch. Jetzt kriegt ihn nichts mehr auf die Beine. Ah, sehen Sie – Richmond erkennt es auch! Er wird sein Handtuch werfen.» Hier brach Mr. Fitzjohn ab, um in das Hurragebrüll einzustimmen.

Auf der Bühne tanzten der Champion und Gully, sein Sekundant, einen schottischen Rundtanz, um den Sieg zu verkünden. Peregrine schwenkte ebenso wie Mr. Fitzjohn seinen Hut, brüllte mit und setzte sich mit dem Gefühl, daß er einen großartigen Kampf gesehen hatte. Es machte ihm nicht das geringste aus, daß er eine ziemlich große Summe an ihn verloren hatte. Er tauschte Visitenkarten mit Mr. Fitzjohn aus, ließ sich von diesem kenntnisreichen jungen Herrn das beste Hotel sagen, in dem man in London absteigen konnte, versprach ihm, ihn bei erster Gelegenheit in der Cork Street zu besuchen, um seine Schuld zu begleichen, und trennte sich von ihm in der angenehmen Überzeugung, daß er jetzt wenigstens einen Bekannten in London besaß.

3

Miss Taverner verbrachte einen angenehmen Vormittag mit der Besichtigung der Stadt. Es war kaum jemand auf der Straße, und dieser Umstand sowie das schöne Wetter verlockten sie, nach ihrem Mittagsimbiß – bestehend aus Kuchen und Wein – noch einen weiteren Spaziergang zu unternehmen. Im George gab es für sie nichts zu tun, als an ihrem

Schlafzimmerfenster zu sitzen und auf Peregrines Rückkehr zu warten, und diese Aussicht empfahl sich ihr nicht. Das Umherschlendern in der Stadt hatte sie nicht ermüdet; vom Stubenmädchen erfuhr sie, daß die Kirche von Great Ponton, nur drei Meilen von Grantham entfernt, allgemein für besichtigenswert gehalten wurde. Miss Taverner beschloß, zu Fuß hinzugehen, lehnte die Begleitung ihrer Zofe ab und machte sich kurz vor Mittag auf den Weg.

Der Spaziergang war hübsch, und das Erklettern der steilen Landstraße zu dem winzigen Dorf Great Ponton belohnte Miss Taverner durchaus für ihren Unternehmungsgeist. Plötzlich tat sich vor ihr ein schöner Ausblick ins Land auf, und einige Schritte bergab über einen Seitenweg führten sie zu der Kirche, einem sehr schönen Beispiel spätgotischen Stils, mit einem zinnenbewehrten Turm und einer eigenartigen Wetterfahne in Form einer Geige auf einer seiner Zinnen. Sie fand niemanden, von dem sie die Geschichte dieser seltsamen Wetterfahne hätte erfahren können; nachdem sie also die Kirche besichtigt und kurze Zeit auf einer Bank davor ausgeruht hatte, begab sie sich auf den Rückweg nach Grantham.

Am Fuß des Dorfhügels schlüpfte ein Stein in ihre rechte Sandale, und nach einem kurzen Stück Weges wurde das Gehen unbehaglich. Miss Taverner bemühte sich, den Stein mit den Zehen zu verschieben, aber es half nichts. Wenn sie nicht den ganzen Weg nach Grantham humpeln wollte, mußte sie den Schuh ausziehen und den Stein herausschütteln. Sie zögerte, denn sie befand sich auf der Landstraße und wollte nicht von irgendeinem zufällig daherkommenden Reisenden in Strümpfen angetroffen werden. Ein, zwei Wagen waren schon vorbeigefahren, und sie nahm an, daß sie von Thistleton Gap zurückkamen. Im Augenblick war jedoch nichts in Sicht. Sie setzte sich auf die Böschung am Straßenrand und zog ihren Rüschenrock ein paar Zentimeter hoch, um an die Bänder ihrer Sandale heranzukommen. Wie es das Pech haben wollte, hatten sich diese zu einem Knoten verwickelt, und sie brauchte eine Weile, um ihn aufzuknüpfen. Das war ihr eben gelungen, und sie schüttelte den Stein aus dem Schuh, als ein vierspänniges Karriol in Sicht kam, das in flottem Tempo in Richtung Grantham fuhr.

Miss Taverner warf die Sandale hinter sich und ließ hastig den Rock fallen, nicht jedoch, wie sie unbehaglich fühlte, bevor der Besitzer des Karriols einen Blick auf ihre wohlgeformte Fessel erhascht hatte. Sie hob ihren Sonnenschirm auf, den sie am Fuß der Böschung hatte fallen lassen, und tat, als betrachte sie interessiert die gegenüberliegende Straßenseite.

Das Karriol fuhr neben ihr vor und verlangsamte die Fahrt. Miss Taverner warf einen flüchtigen Blick hinauf und wurde steif. Das Karriol hielt. «Wieder einmal die Schönheit in Nöten?» erkundigte sich eine wohlbekannte Stimme.

Miss Taverner hätte alles in der Welt darum gegeben, aufstehen und in entgegengesetzter Richtung davongehen zu können. Das jedoch stand nicht in ihrer Macht. Sie konnte nur ihren Fuß unter dem Rock verstecken und sich taub stellen.

Das Karriol fuhr dicht an den Straßenrand. Auf ein Zeichen seines Fahrers sprang der Page, der hinten hockte, ab und lief zu den Köpfen der Seitenpferde vor. Miss Taverner wütete innerlich und wandte den Kopf ab.

Der Besitzer des Karriols stieg gemächlich ab und kam auf sie zu. «Warum so schüchtern?» fragte er. «Sie hatten doch eine Menge zu sagen, als ich Sie gestern traf?»

Miss Taverner drehte sich um und sah ihn an. Ihre Wangen waren rot geworden, aber sie antwortete ohne das geringste Zeichen von Schüchternheit: «Wollen Sie bitte weiterfahren, Sir. Ich habe Ihnen nichts zu sagen, und meine Angelegenheiten gehen Sie nichts an.»

«Das – oder etwas sehr Ähnliches – haben Sie mir schon einmal gesagt», bemerkte er. «Verraten Sie mir: sind Sie sogar noch hübscher, wenn Sie lächeln? Ich habe nichts auszusetzen, überhaupt nichts: die Gesamtwirkung ist reizend – und noch dazu in Grantham gefunden, von allen unwahrscheinlichen Orten! –, aber ich möchte Sie ohne den finsteren Blick sehen.»

Miss Taverners Augen blitzten.

«Prachtvoll!» sagte der Herr. «Blondinen sind zwar derzeit nicht gerade in Mode, aber Sie sind etwas völlig Ungewöhnliches.»

«Und Sie sind unverschämt, Sir!» sagte Miss Taverner.

Er lachte. «Im Gegenteil, ich bin äußerst höflich.»

Sie sah ihm voll in die Augen. «Wenn mein Bruder bei mir wäre, hätten Sie mich nicht auf diese Weise angesprochen.»

«Bestimmt nicht», stimmte er ihr vollkommen unerschüttert zu. «Er wäre sehr im Weg gewesen. Wie heißen Sie?»

«Auch das, Sir, geht Sie nichts an.»

«Ein Geheimnis», sagte er. «Ich werde Sie Clorinda nennen müssen. Darf ich Ihnen den Schuh anziehen?»

Sie fuhr zusammen; ihre Wangen wurden flammend rot. «Nein», sagte sie mit erstickter Stimme. «Sie dürfen nichts für mich tun als weiterfahren!»

«Nun, das ist leicht getan!» antwortete er, beugte sich nieder, und bevor sie Zeit hatte, seine Absicht zu erkennen, hob er sie auf die Arme und trug sie zu seinem Karriol.

Miss Taverner hätte kreischen oder in Ohnmacht fallen müssen. Sie war viel zu überrascht, um eines von beiden zu tun; aber sowie sie sich von ihrem Erstaunen erholt hatte, so leicht aufgehoben zu werden (als sei sie ein Federgewicht, das sie ihres Wissens nicht war), versetzte sie ihrem Eroberer mit der ganzen Kraft ihres Armes eine schallende Ohrfeige. Er zuckte etwas zusammen, ließ aber nicht locker; ja seine Arme hielten sie sogar noch etwas fester. «Schlag nie mit offener Hand zu, Clorinda», sagte er. «Ich zeige dir sofort, wie man es machen muß. Hinauf mit dir!»

Miss Taverner wurde in das Karriol hinaufgeschubst und fiel etwas unordentlich auf den Sitz. Der Herr im Kutschiermantel mit den Schulterkragen hob ihren Sonnenschirm auf und reichte ihn hinauf, nahm ihr die Sandale aus dem widerstandslosen Griff und hielt sie ruhig bereit, um sie ihr an den Fuß zu stecken.

Um deren Besitz zu kämpfen, wäre unwürdig gewesen; vom Karriol hinunterklettern war unmöglich. Miss Taverner, zitternd vor Wut, streckte ihren bestrumpften Fuß aus.

Er ließ die Sandale darübergleiten und band die Bänder zu. «Danke!» sagte Miss Taverner mit eiskalter Höflichkeit. «Wenn Sie mir jetzt die Hand reichen, damit ich von Ihrem Wagen hinuntersteigen kann, kann ich meinen Spaziergang fortsetzen.»

«Ich werde Ihnen aber nicht die Hand reichen», sagte er. «Ich werde Sie nach Grantham zurückfahren.»

Sein Ton reizte sie, verächtlich zu erwidern: «Sie mögen es ja für eine große Ehre halten, Sir, aber –»

«Es ist eine große Ehre», sagte er. «Ich fahre Frauenzimmer nie.»

«Nein», sagte sein Page plötzlich. «Sonst säß ich nicht hier. Keine Minute tät ich's.»

«Henry, müssen Sie wissen, ist ein Frauenhasser», erklärte der Herr, anscheinend nicht im geringsten über diese formlose Unterbrechung ververärgert.

«Ich interessiere mich nicht für Sie und nicht für Ihren Diener!» fuhr ihn Miss Taverner an.

«Das gefällt mir ja so an Ihnen», sagte er zustimmend, sprang leicht in das Karriol hinauf und stieg an ihr vorbei zum Kutschiersitz. «Jetzt lassen Sie mich Ihnen zeigen, wie Sie mich schlagen müssen.»

Miss Taverner widerstrebte, er bemächtigte sich jedoch ihrer behandschuhten Hand und schloß sie zu einer Faust. «Halten Sie Ihren Daumen so hinunter und schlagen Sie so zu. Nicht auf mein Kinn, glaube ich. Zielen Sie auf die Augen oder die Nase, wenn Ihnen das lieber ist.»

Miss Taverner blieb stocksteif sitzen.

«Ich werde nicht zurückschlagen», versprach er. Als sie sich noch immer nicht rührte, sagte er: «Ich sehe schon, ich muß Sie reizen.» Dann küßte er sie rasch.

Miss Taverner ballte die Hände zu zwei bewundernswert festen Fäusten, aber sie beherrschte eine undamenhafte Regung und behielt sie im Schoß. Sie war von dem Kuß erschüttert und wütend und wußte kaum, wohin sie blicken sollte. Außer ihrem Vater und Peregrine hatte es noch nie ein Mann gewagt, sie zu küssen. Sie vermutete, daß sie der Herr für die Tochter irgendeines ländlichen Kaufmanns hielt, frisch aus einem Pensionat am Queen's Square. Daran waren ihr altmodisches Kleid und zweifellos jenes scheußliche Gig schuld. Sie wünschte, sie wäre nicht so blutrot geworden, aber sie sagte mit so viel Verachtung, wie sie nur in die Stimme legen konnte: «Selbst ein Stutzer könnte sich an die Höflichkeit erinnern, die einer Edelfrau gebührt. Ich werde Sie nicht schlagen.»

«Da bin ich aber enttäuscht», sagte er. «Es bleibt also nichts übrig, als auf Suche nach Ihrem Bruder zu gehen. Beiseite, Henry.»

Der Page sprang zurück, lief nach hinten und kletterte auf seinen Sitz zurück. Das Karriol setzte sich in Bewegung und ratterte im nächsten Augenblick schnell die Straße nach Grantham dahin.

«Sie dürfen mich am ‹George› absetzen, Sir», sagte Miss Taverner kalt. «Sollte mein Bruder schon von dem Boxkampf zurückgekommen sein, wird er Ihnen zweifellos so entgegentreten, wie ich es leider nicht tun kann.»

Er lachte. «Mich schlagen, meinen Sie? Möglich ist ja alles, Clorinda, einiges aber – wir wollen es so ausdrücken: unwahrscheinlich.»

Sie biß die Lippen zusammen und sprach eine Weile nicht. Ihr Begleiter plauderte zwanglos dahin, bis sie Neugierde zwang, ihn mit der Frage zu unterbrechen, die sie beschäftigte: «Warum wollen Sie mich eigentlich nach Grantham fahren?»

Er blickte ziemlich spöttisch auf sie herunter. «Nur um Sie zu ärgern, Clorinda. Glauben Sie mir, der Drang war unwiderstehlich.»

Sie flüchtete sich wieder in Schweigen, denn sie konnte keine passenden Worte zu einer Antwort finden. In ihrem ganzen Leben hatte noch nie jemand so zu ihr gesprochen; sie war sehr geneigt, ihn für verrückt zu halten.

Grantham kam in Sicht, und kurz darauf fuhr das Karriol am George-Hotel vor. Das erste, was Miss Taverner erblickte, war das Gesicht ihres Bruders über der Blende eines der Fenster im Erdgeschoß.

Der Herr stieg ab und streckte ihr die Hand hinauf. «Lächeln Sie doch!» sagte er.

Miss Taverner ließ es zu, daß er ihr herunterhalf, bewahrte jedoch eine eisige Miene. Sie fegte vor ihm in den Gasthof hinein und stieß fast mit Peregrine zusammen, der ihr entgegengeeilt war. «Judith, was zum Teufel –?!» rief er aus. «Hast du einen Unfall gehabt?»

«Judith», wiederholte der Herr aus dem Karriol nachdenklich. «Clorinda gefällt mir besser.»

«Nein», sagte Judith. «Nichts dergleichen. Dieser – Herr zwang mich, in seinem Gefährt mitzufahren, das ist alles.»

«Zwang dich!» Peregrine trat einen hastigen Schritt vor.

Sie bedauerte, so viel gesagt zu haben, und fügte sofort hinzu: «Stehen wir doch nicht hier herum und reden darüber! Ich glaube, er ist verrückt.»

Der Herr lachte sein tiefes Lachen, zog eine Schnupftabaksdose aus der Tasche und hielt eine Prise an das eine und dann an das andere Nasenloch.

Peregrine ging auf ihn zu und sagte stürmisch: «Sir, ich muß Sie um eine Erklärung ersuchen!»

«Sie haben vergessen, ihm zu sagen, daß ich Sie geküßt habe, Clorinda», murmelte der Herr.

«Was?!» schrie Peregrine.

«Sei still, um Himmels willen!» fuhr ihn seine Schwester an.

Peregrine überging das. «Dafür werden Sie mir einstehen, Sir! Ich habe gehofft, daß ich Ihnen wieder begegne, und jetzt ist es soweit. Und noch dazu, um zu entdecken, daß Sie es gewagt haben, meine Schwester zu beleidigen. Sie werden von mir hören!»

Der Herr hob die Brauen. «Mein guter Junge, das ist zwar sehr heldenhaft, aber glauben Sie wirklich, daß ich mit jedem provinzlerischen Niemand, dem es gefällt, sich von mir beleidigt zu fühlen, die Klinge kreuze?»

«Also Julian, Julian, was machst du denn da eigentlich?» fragte eine Stimme vom Eingang des Kaffeesalons. «Oh, Verzeihung, Ma'am! Verzeihung!» Lord Worcester kam mit einem Glas in der Hand in die Halle und blieb unentschlossen stehen.

Außer einem flüchtigen Blick beachtete ihn Peregrine nicht. Er stöberte in seiner Tasche nach einer Visitenkarte und drängte sie dem Herrn im Kutschiermantel auf. «Hier meine Karte, Sir!»

Der Herr nahm sie zwischen Zeigefinger und Daumen und hob ein Lorgnon am Ende eines goldenen Stiels hoch, das an einem Band um seinen Hals hing. «Taverner», sagte er nachdenklich. «Wo habe ich diesen Namen schon einmal gehört?»

«Ich erwarte nicht, daß ich Ihnen bekannt bin», sagte Peregrine und versuchte, seine Stimme ruhig zu halten. «Vielleicht bin ich ein Niemand aus der Provinz, aber es gibt einen Herrn, der, wie ich glaubte – wie ich überzeugt bin –, sich freuen wird, mein Sekundant zu sein: Mr. Henry Fitzjohn aus der Cork Street!»

«Oh, Fitz!» sagte Lord Worcester und nickte. «Den kennen Sie also, ja?»

«Taverner», wiederholte der Herr im Kutschiermantel, ohne Peregrines Worte im geringsten zu beachten. «Es klingt mir irgendwie bekannt, glaube ich.»

«Admiral Taverner», sagte Lord Worcester hilfreich. «Ist ständig bei Fladong anzutreffen.»

«Und wenn das nicht genügt, Sie zu überzeugen, daß ich Ihrer Klinge nicht unwürdig bin, verweise ich Sie an Lord Worth, dessen Mündel ich bin!» verkündete Peregrine.

«Eh?» sagte Lord Worcester. «Haben Sie gesagt, Sie seien ausgerechnet Worths Mündel?»

Der Herr im Kutschiermantel gab Peregrine die Visitenkarte zurück. «Da sind Sie beide also Mylord Worths Mündel?» sagte er. «Heiliger Himmel! Und – äh – kennen Sie denn überhaupt Ihren Vormund?»

«Das, Sir, hat nichts mit Ihnen zu tun! Wir sind soeben auf unserem Weg zu einem Besuch Seiner Lordschaft.»

«Na schön», sagte der Herr sanft, «dann übermitteln Sie ihm meine Empfehlungen, wenn Sie ihn sehen. Vergessen Sie es nicht.»

«Das steht nicht zur Debatte!» rief Peregrine aus. «Ich habe Sie gefordert, Sir!»

«Ich glaube nicht, daß Ihr Vormund Ihnen raten wird, auf dem Duell zu bestehen», erwiderte der Herr mit einem leichten Lächeln.

Judith legte die Hand auf den Arm ihres Bruders und sagte kühl: «Sie haben uns noch nicht Ihren Namen genannt, den wir Lord Worth sagen könnten.»

Er lächelte noch immer. «Ich glaube, Sie werden entdecken, daß Seine Lordschaft weiß, wer ich bin», sagte er, nahm Lord Worcesters Arm und schlenderte mit ihm in den Kaffeesalon.

4

Miss Taverner konnte nur mit Mühe verhindern, daß ihr Bruder dem Fremden und Lord Worcester in den Kaffeesalon folgte und dort versuchte, eine Entscheidung zu erzwingen. Er war über die Maßen zornig, als ihm jedoch Judith vorhielt, daß eine solche Szene nur in einem öffentlichen Skandal enden konnte, in den sie als dessen Ursache hineingezogen würde, ließ er sich von ihr wegzerren, obwohl er noch immer erklärte, er wolle zumindest den Namen des Fremden wissen.

Sie drängte ihn vor sich die Treppe hinauf und berichtete ihm in der Abgeschlossenheit ihres Zimmers von ihrem Abenteuer. Schließlich war es doch nicht ganz so schlimm; es hatte nichts gegeben, was sie erschreckt hätte, wohl aber viel, das sie wütend machte. Es kümmerte sie nicht, daß der Fremde sie geküßt hatte – er würde genauso einem hübschen Stubenmädchen einen nachlässigen Kuß gegeben haben, vermutete sie. Bestimmt irrte er sich in ihrer gesellschaftlichen Stellung.

Damit konnte sich Peregrine nicht zufriedengeben. Sie war beleidigt worden, und an ihm lag es, den Fremden zur Rechenschaft zu ziehen. Als sie sich an die Aufgabe machte, ihn von diesem Entschluß abzubringen, erkannte Judith, daß sie den Herrn lieber selbst zur Rechenschaft gezogen hätte. Es konnte ihr keine Genugtuung verschaffen, wenn sie Peregrine die Angelegenheit regeln ließ; es lag an ihr, den Fremden für seine Frechheit zu strafen, und sie nahm an, daß sie fähig war, es ohne Hilfe zustande zu bringen.

Als Peregrine wieder in den Kaffeesalon hinunterging, war der fremde Herr verschwunden. Der Wirt, noch immer gehetzt und mit der Gesellschaft beschäftigt, konnte Peregrine seinen Namen nicht sagen, ja sich nicht einmal erinnern, Lord Worcester bedient zu haben. Es waren heute so viele Herren in seinem Gasthof eingekehrt, daß man ihm keinen Vorwurf daraus machen konnte, wenn er die Hälfte davon vergessen hatte. Was ein Gespann von braunen Vollblütern betraf, so konnte er ihm ein halbes Dutzend solcher Gespanne nennen; soweit er wußte, konnten sie alle miteinander vor dem George-Hotel angehalten haben. Peregrine tat es nur leid, daß Mr. Fitzjohn bereits auf dem Heimweg nach London war: er hätte vielleicht den Namen des Fremden gewußt.

Zur Abendessenszeit war in Grantham wieder Ruhe eingekehrt. Einige Herren blieben noch über Nacht, aber es waren ihrer nicht viele. Miss Taverner konnte in Erwartung einer ungestörten Nachtruhe zu Bett gehen.

Sie hielt es für ziemlich sicher, daß ihr ein weiteres Gerede über den Boxkampf erspart blieb. Er war ihr mindestens fünfmal in allen Einzelheiten beschrieben worden. Mehr konnte es darüber nicht mehr zu sagen geben.

Es gab auch nichts mehr darüber zu sagen. Das wurde auch Peregrine klar. Abgesehen davon, daß er während des Frühstücks am nächsten Morgen ein-, zweimal ausrief, er hätte nie gehofft, einen besseren Boxkampf mitzuerleben, und seine Schwester fragte, ob er ihr schon von diesem oder jenem Schlag erzählt habe, sprach er nicht mehr darüber. Er war schlechter Laune; nach der Aufregung des Vortags war der Sonntag in Grantham bis zur Unerträglichkeit langweilig. Peregrine war verdammt niedergeschlagen, und es tat ihm nur leid, daß Judiths Skrupel es ihnen verbaten, sofort nach London aufzubrechen.

Es gab nichts anderes zu unternehmen, als zur Kirche zu gehen und mit der Schwester am Arm etwas in der Stadt umherzuschlendern. Selbst das Gig hatte man seinem Besitzer zurückgeben müssen.

Sie wohnten dem Gottesdienst gemeinsam bei und gingen nachher langsam zum «George» zurück. Peregrine war nichts als Gähnen und Geistesabwesenheit. Er war nicht dazu zu bringen, etwas zu bewundern, interessierte sich nicht einmal für die Geschichte des Gasthofs «Zum Engel», von dem es hieß, daß dort einmal Richard III. genächtigt habe. Judith mußte doch wissen, daß ihm noch nie ein Deut an solchem muffigen alten Zeug gelegen war. Er wünschte nur, es hätte irgend etwas gegeben, um die Zeit totzuschlagen; er konnte sich nicht vorstellen, was er bis zum Abendessen mit sich anfangen sollte.

So murrte er weiter, als der Druck von Judiths Fingern auf seinem Arm seine Aufmerksamkeit erzwang. Sie sagte leise: «Perry, der Herr, der uns seine Zimmer abgetreten hat! Ich wollte, du sprächst mit ihm – wir schulden ihm mehr als die übliche Höflichkeit.»

Perry strahlte sofort auf und sah sich um. Er würde sich freuen, dem Burschen die Hand zu drücken; könnte ihn sogar, falls Judith einverstanden wäre, einladen, mit ihnen zu Abend zu essen.

Der Herr kam auf derselben Straßenseite heran. Es war offenkundig, daß er sie erkannt hatte; er sah etwas verlegen drein, schien aber nicht stehenbleiben zu wollen. Als er näher kam, zog er den Hut, verneigte sich leicht und wäre weitergegangen, wenn Peregrine nicht den Arm seiner Schwester losgelassen und ihm den Weg verstellt hätte.

«Verzeihung», sagte er «aber ich glaube, Sie sind der Herr, der am Freitag so zuvorkommend zu uns war?»

Der andere verbeugte sich wieder und murmelte etwas über «Nicht der Rede wert» sein.

«Aber für uns war es der Rede wert, Sir», sagte Judith. «Wir haben uns leider nur ziemlich kurz bedankt, und Sie haben uns vielleicht für sehr unhöflich gehalten.»

Er hob die Augen, um sie anzublicken, und sagte ernst: «Nein, wirklich nicht, Ma'am. Ich war glücklich, Ihnen dienen zu dürfen; für mich war es eine Kleinigkeit, denn ich konnte mir anderweitig eine Unterkunft sichern. Bitte, denken Sie nicht mehr daran.»

Er wäre weitergegangen, und als Miss Taverner merkte, daß er so eifrig darauf aus war, zu gehen, bemühte sie sich nicht weiter, ihn aufzuhalten. Peregrine jedoch war weniger einsichtig und versperrte ihm noch immer den Weg. «Nun, ich freue mich, daß ich Sie wiedergetroffen habe, Sir. Sagen Sie, was Sie wollen, ich stehe in Ihrer Schuld. Ich heiße Taverner – Peregrine Taverner. Das hier ist meine Schwester, wie Sie vielleicht wissen.»

Der Herr zögerte einen Augenblick. Dann sagte er sehr leise: «Ich wußte es wirklich. Das heißt, ich hörte Ihren Namen erwähnen.»

«Nein, wirklich? Wahrscheinlich ja. Wir aber haben den Ihren noch nicht gehört, Sir», sagte Peregrine lachend.

«Nein, ich wollte nicht – ich wünschte nicht, mich Ihrer Aufmerksamkeit aufzudrängen», sagte der Herr. Ein Lächeln schlich in seine Augen; er sagte etwas kläglich: «Auch ich heiße Taverner.»

«Guter Gott!» rief Peregrine erstaunt. «Sie wollen doch nicht sagen – Sie sind doch nicht mit uns verwandt, oder?»

«Leider doch», sagte Mr. Taverner. «Mein Vater ist Admiral Taverner.»

«Also, das ist ja großartig!» rief Peregrine aus. «Ich wußte nicht, daß er einen Sohn hat!»

Judith hörte mit gemischten Gefühlen zu. Sie war verblüfft, aber gleichzeitig entzückt, zu entdecken, daß sie einen so unerwartet liebenswürdigen Verwandten hatte, und es tat ihr leid, daß er der Sohn eines Mannes war, dem ihr Vater so gründlich mißtraut hatte. Seine Bescheidenheit, das Taktgefühl, das ihn gehindert hatte, sich sofort mit ihnen bekannt zu machen, seine äußerst einnehmenden Manieren überwogen alles übrige. Sie streckte ihm die Hand hin und sagte freundschaftlich: «Dann sind wir also Geschwisterkinder und sollten einander besser kennenlernen.»

Er beugte sich über ihre Hand. «Sie sind sehr gütig. Ich hätte gern mit Ihnen gesprochen, aber die Unstimmigkeiten – eher die Entfremdung unserer Väter ließ mich davor zurückschrecken.»

«Ach was, das ist doch kein Grund, warum das uns kümmern sollte!» sagte Peregrine und tat es mit einer sorglosen Geste ab. «Bestimmt ist mein Onkel ebenso jähzornig wie es unser Vater war, nicht, Judith?»

Dem konnte sie nicht zustimmen; er sollte von ihrem Vater jemandem gegenüber, der ihnen völlig fremd war, nicht in dieser Art sprechen.

Auch Mr. Taverner schien das so zu empfinden. Er sagte: «Ich glaube, es sind auf beiden Seiten große Fehler gemacht worden, aber das können wir wohl kaum beurteilen – ich auf alle Fälle nicht. Sie werden verstehen – es ist schwierig für mich – aber ich habe schon zuviel gesagt.»

Er sprach eher zu Judith gewandt. Sie meinte, eine leichte Bitterkeit in der Art zu spüren, wie er es sagte. Sie entdeckte, daß sie mehr denn je geneigt war, ihn nett zu finden. Sein Benehmen wies darauf hin – zumindest glaubte sie das –, daß er irgend etwas im Verhalten seines Vaters nicht billigte. Sie achtete ihn wegen seiner Verschwiegenheit; er schien genau das richtige Gefühl zu haben. Erfreut vernahm sie Peregrines Einladung, mit ihnen zu Abend zu essen. Er mußte sich leider entschuldigen, da er bereits mit seinen Freunden verabredet war; wenn es nur in seiner Macht gelegen wäre, die Einladung anzunehmen!

Er meinte das sichtlich aufrichtig, denn er sah untröstlich drein. Judith ihrerseits war sehr enttäuscht, wollte ihn jedoch nicht drängen, und auch Peregrine durfte es nicht tun.

Mr. Taverner beugte sich wieder über ihre Hand und hielt sie einen Augenblick fest. «Es tut mir unendlich leid. Ich hätte äußerst gern – aber es darf nicht sein. Ich bin verabredet. Darf ich – seien Sie bitte aufrichtig zu mir, Base –, darf ich mir das Vergnügen machen, Sie in London zu besuchen?»

Sie lächelte und erlaubte es.

«Sie haben einen Vormund, der Sie beraten wird», sagte er. «Ich kenne Lord Worth nicht, glaube jedoch, daß er allgemein sehr beliebt ist. Er wird Sie überall einführen. Aber wann immer ich etwas für Sie tun kann – sollten Sie einen Freund brauchen –, ich hoffe, Sie werden sich daran erinnern, daß der böse Vetter nur zu glücklich sein wird, Ihnen zu Diensten zu sein.» Das wurde mit einem schalkhaften Blick und der Andeutung eines Lächelns gesagt. Er gab Peregrine seine Visitenkarte.

Peregrine hielt sie zwischen den Fingern. «Danke. Wir hoffen, mehr von Ihnen zu sehen, Vetter. Wir haben vor, zunächst in Grillon abzusteigen, meine Schwester plant jedoch, einen Haushalt einzurichten. Ich weiß nicht, wie es ausgehen wird, aber im Grillon wird man wissen, wo wir zu finden sein werden.»

Mr. Taverner notierte es sich in seinem Notizbuch, verbeugte sich wieder und verabschiedete sich. Sie sahen ihm nach, als er die Straße hinunterging.

«Ich will dir etwas sagen, Ju», sagte Peregrine plötzlich. «Ich wollte, er verriete mir seinen Schneider. Hast du seinen Rock bemerkt?»

Das hatte sie nicht; sie hatte nur eine gewisse Eleganz festgestellt. Von einem Gecken hatte er nichts an sich.

Sie schlenderten zum «George» zurück und stellten Vermutungen über ihren Vetter an. Ein Blick auf seine Karte unterrichtete sie, daß er Bernard hieß und in der Harley Street wohnte, von der Miss Taverner, nach dem, was ihr Vater über einen dort wohnenden Bekannten gesagt hatte, wußte, daß es eine gute Gegend war.

Der Rest des Tages verging ruhig; sie gingen zeitig zu Bett, um für einen frühen Aufbruch am Morgen bereit zu sein.

Als Miss Taverner im Reiseführer nachschlug, war sie schließlich überzeugt, daß der Rest der Reise nicht bequem an einem Tag zurückgelegt werden konnte. Umsonst argumentierte Peregrine, daß sie, wenn sie um acht Uhr morgens aufbrachen, London spätestens um neun Uhr abends erreichen würden. Miss Taverner verließ sich nicht auf seine Berechnung. Die Postpferde mochten ja, wie er schwor, neun Meilen pro Stunde machen, aber er rechnete weder den Pferdewechsel noch die Aufenthalte an den Zollschranken, noch andere Aufenthalte, die sich bestimmt ergeben würden. Sie wollte nicht zwölf Stunden ununterbrochen reisen und wollte auch nicht nach Einbruch der Dunkelheit in London ankommen. Peregrine mußte, wenn auch widerwillig, nachgeben.

Als sie jedoch am nächsten Nachmittag kurz nach drei Stevenage erreichten, hatte er es herzlich satt, im Reisewagen zu sitzen, und war sehr froh, im Gasthof «Zum Schwan» abzusteigen, sich die Beine vertreten und Abendessen und Zimmer zur Übernachtung bestellen zu können.

Am folgenden Morgen brachen sie sofort nach dem Frühstück auf. Nun hatten sie nur noch einunddreißig Meilen zurückzulegen, und da London immer näher kam, konnten sie die Ankunft kaum erwarten und achteten auf jeden Meilenstein. Barnet war ihre letzte Etappe, und hier schienen sie endlich in Rufweite von London zu sein. Die Stadt war geschäftig, denn der Verkehr der Holyhead-Straße ebenso wie der großen Nordstraße zog durch sie hindurch. Es gab viele Gasthöfe, darunter zwei große, die ausschließlich dem Postkutschenverkehr dienten. Der kleinere, der «Rote Löwe», nahm die meisten der nordwärts fahrenden Verkehrsmittel auf, während der größere, der «Grüne Mann», der mitten in der Stadt lag und nicht weniger als sechsundzwanzig Paar Pferde und elf Postburschen hielt, die südwärts fahrenden Kutschen versorgte. Zwischen den beiden Häusern herrschte heftige Rivalität; es hieß, daß bei mehr als einer Gelegenheit Privatkutschen abgefangen und die Pferde in dem einen oder anderen Gasthof zwangsweise gewechselt worden seien.

Ein Anzeichen davon war an der Art zu merken, wie die Stallknechte des «Grünen Mannes» bei der Annäherung des Reisewagens der Taverners herausgelaufen kamen und ihn in den großen Stallhof führten. Peregrine wurde ein Glas Sherry hinaufgereicht, seiner Schwester wurden belegte Brote angeboten; es war eine der großen Attraktionen des «Grünen Mannes», die er dem «Roten Löwen» voraushatte, daß seiner Kundschaft kostenlose Erfrischungen aufgedrängt wurden.

Der Pferdewechsel war im Handumdrehen durchgeführt; ein paar Postburschen warfen die Arbeitskittel ab, die sie über ihren blauen Jakken trugen, um sie reinzuhalten, und sprangen in die Sättel; und ehe die Reisenden noch Zeit hatten, Atem zu holen, waren sie schon wieder aus dem Stallhof draußen und fuhren im Trab auf London zu.

Weitere zwei Meilen brachten sie zu dem Dorf Whetstone und dem Schlagbaum, der den Anfang des Finchley Common bezeichnete.

Allein der Name dieser berühmten Strecke Landes genügte, um erschreckende Gedanken heraufzubeschwören, aber an diesem schönen, warmen Oktobertag sah die Heide wirklich freundlich aus. Keine maskierten Gestalten kamen dahergaloppiert, um die Reisewagen zu überfallen; es begegnete ihnen nichts Alarmierenderes als eine in allen Regenbogenfarben bemalte Postkutsche. In überraschend kurzer Zeit war das Dorf East End erreicht, und welche Schrecken der Common auch bergen mochte, sie hatten sie sicher hinter sich gelassen.

Highgate bot den Geschwistern ihren ersten Blick auf London. Als der Reisewagen die Höhe erreicht hatte und die Abwärtsfahrt auf der Südseite begann, breitete sich vor Miss Taverners erstaunten Augen die Aussicht auf die Stadt aus. Im dunstigen Sonnenlicht lagen unter ihr die Kirchtürme, das Band der Themse und die große, dichtgedrängte Masse der Gebäude, über die sie schon so viel gehört hatte. Sie konnte die Augen von dem Bild nicht losreißen und nicht glauben, daß sie wirklich und endlich in die Stadt gekommen war, von der sie so lange geträumt hatte.

Der Weg führte abwärts, bis sich die Aussicht verlor und der Wagen in die Holloway Road kam, eine einsame Strecke, die zwischen hohen Böschungen ständig abwärts führte, bis Islington Spa erreicht war. Es war ein reizendes Dorf, mit hohen Ulmen auf dem Rasen der Gemeindewiese, einer Hürde für verirrtes Vieh und einer Anzahl von Postgasthöfen.

Das letzte Zolltor war durchfahren, und die Karte, die es öffnete, dem Mautner übergeben. Kurz darauf ratterte der Wagen zwischen Häuserzeilen über Kopfsteinpflaster dahin. Alles schien in einem Augenblick vorbeizuflitzen. Miss Taverner versuchte, die Namen der Straßen zu lesen, durch die sie fuhren, aber es gab zuviel zu schauen; allmählich wurde sie verwirrt. Es war alles so sehr groß und so sehr geschäftig.

Die Fahrt durch die Stadt schien eine Ewigkeit zu dauern, bis der Wagen endlich anhielt. Als sich Miss Taverner vorbeugte, stellte sie fest, daß die Straße, in der sie sich jetzt befanden, beiderseits von sehr vornehmen Häusern gesäumt und – zum Unterschied von einigen anderen, durch die sie gefahren waren – äußerst gepflegt war.

Der Wagenschlag wurde geöffnet, der Tritt heruntergelassen, und im nächsten Augenblick stand Miss Taverner im Grillon-Hotel.

Es war bald zu merken, daß Mr. Fitzjohn Peregrine keinen schlechten Rat gegeben hatte. Das «Grillon» bot seinen Gästen alles, was man sich an Komfort nur vorstellen konnte. Die Schlafzimmer, Salons, die Möblierung, alles zeugte von bestem Geschmack. Miss Taverner, die geneigt gewesen war, daran zu zweifeln, ob es gut sei, dem Rat eines fremden jungen Herrn zu folgen, war zufrieden. Es konnte keine Rede davon sein, im Grillon-Hotel die Bettücher inspizieren zu müssen.

Zuerst mußten die Koffer ausgepackt und ihre Kleider ordentlich untergebracht werden; das nächste war, den Klingelzug zu betätigen, um das Stubenmädchen und heißes Wasser zu bestellen.

Auf dem Weg durch einen der Salons zur Treppe hatte sie einige der übrigen Hotelgäste gesehen: einen Herrn in enganliegenden Kniehosen, der eine Zeitung las; zwei Damen in durchsichtigen Musselinkleidern, die am Fenster plauderten; und eine stattliche Witwe mit Turban, die Miss Taverner so hochmütig anstarrte, daß diese das Gefühl hatte, ihr Hütchen sei provinziell und ihr Kleid verdrückt, weil sie darin so lange im Reisewagen gesessen war.

Zum Abendessen zog sie ihr bestes Kleid an, fürchtete jedoch, als sie zweifelnd ihr Bild in dem hohen Spiegel betrachtete, daß es für ein so elegantes Hotel nicht modisch genug war. Zumindest aber ihre Perlen waren unvergleichlich. Sie legte die Schnur um den Hals, zog ein Paar seidener Handschuhe ohne Finger über die Hände und setzte sich, um auf Peregrine zu warten.

Sie speisten um sechs, was Judith sehr spät vorkam, aber durchaus nicht so war, sondern im Gegenteil unelegant früh, wie Peregrine ihr versicherte; er hatte schon mit einigen Gästen gesprochen, während sie auspackte, und es war ihm gelungen, allerlei Auskünfte einzuholen.

Peregrine war springlebendig vor Aufregung, seine blauen Augen funkelten, seine Mieselsucht war verschwunden. Er wollte aufbleiben und etwas tun und versuchte Judith zu beschwatzen, nach dem Abendessen mit ihm ins Theater zu gehen. Sie lehnte ab, redete ihm jedoch zu, ohne sie hinzugehen und ja nicht zu glauben, daß er an ihrem Schürzenband hänge. Was sie betraf, so war sie sehr müde und wollte bald zu Bett.

Er ging, und sie sah ihn erst am nächsten Morgen beim Frühstück wieder. Er war im Covent Garden gewesen, um sich Kemble anzusehen; er hatte den Theaterzettel für sie aufgehoben; es tat ihm verflixt leid, daß sie nicht mitgegangen war, denn es hätte ihr großartig gefallen. Ein so großes Theater mit weiß Gott wie vielen Logen, alle mit Vorhängen und auf Säulen, und das denkbar geräumigste Parkett! Er wagte nicht zu schätzen, wie viele Kerzen gebrannt hatten, ein einziges Lichtermeer, und was die Gesellschaft betraf, nun, so hatte er im Leben noch nicht so viele aufgeputzte Leute gesehen; nein, und auch noch nie halb so viele komische Figuren!

Sie hörte dem allen zu und stellte ihm Dutzende Fragen. Über das Stück konnte er ihr nicht sehr viel erzählen; er war viel zu gefesselt gewesen, alle diese mondänen Leute zu beobachten. Er glaubte, es sei «Othello» gewesen, oder so irgend etwas. Er war fast sicher, es war «Othello», wenn er es jetzt recht bedachte; berühmtes Zeug, aber die Komödie hatte ihm besser gefallen. Und was sollten sie jetzt unternehmen? Er seinerseits glaubte, es sei am besten, sie besuchten Lord Worth, damit sie das hinter sich gebracht hätten.

Judith stimmte ihm zu und ging nach dem Frühstück um Hut und Handschuhe in ihr Zimmer hinauf. Sie hoffte, Lord Worth würde nicht böse auf sie sein, weil sie gegen seinen Rat nach London gekommen waren, aber jetzt, da sie ihn bald persönlich kennenlernen sollten, gestand sie, daß sie doch etwas nervös sei. Aber Peregrine hatte recht: sie konnten nichts unternehmen, bevor sie sich nicht ihrem Vormund vorgestellt hatten.

Da sie nicht die geringste Ahnung hatten, wo der Cavendish Square lag, und da keinem von beiden daran lag, ihre Unwissenheit zu verraten, indem sie sich nach dem Weg erkundigten, rief Peregrine eine der Mietdroschken herbei, von denen die Straßen zu wimmeln schienen, und nannte dem Kutscher die Adresse.

Der Cavendish Square war bald erreicht, und als die Droschke vor einem großen, stuckverzierten Haus mit einem imposanten Portal vorfuhr, half Peregrine seiner Schwester aussteigen, entlohnte den Kutscher und sagte mannhaft: «Na ja, Ju, fressen kann er uns schließlich nicht.»

«Nein», sagte Miss Taverner. «Nein, natürlich nicht. O Perry, warte! Klopf noch nicht. In deinem Schuh steckt ein Strohhalm; du mußt ihn vom Boden dieses gräßlichen Wagens aufgelesen haben.»

«Himmel, was für ein Glück, daß du es gesehen hast!» meinte Peregrine, zog den Strohhalm heraus und gab seinen Rockaufschlägen einen letzten Ruck. «Und jetzt los, Ju!» Er hob die Hand zum Türklopfer und trommelte leicht an die Tür.

«Das hören die doch nie!» sagte seine Schwester verächtlich. «Wenn du Angst hast – ich nicht!» Sie trat vor, ergriff energisch den Klopfer und schlug herrisch an.

Zu Miss Taverners Unbehagen öffnete sich noch mitten in dieser Tätigkeit die Tür. Ein sehr großer Lakai stand vor ihnen und neigte ihnen leicht den Kopf zu, um zu erfahren, was sie wünschten.

Miss Taverner gewann ihre Fassung wieder und erkundigte sich, ob Lord Worth daheim sei, und nachdem sie höflich nach ihrem Namen gefragt worden war, antwortete sie großartig: «Will Er bitte Seine Lordschaft unterrichten, daß Sir Peregrine und Miss Taverner hier sind.»

Der Lakai verbeugte sich, als sei er von dieser Rede tief beeindruckt, und hielt die Tür für sie weit auf. Im Haus nahm sich ihrer ein zweiter Lakai an, bat sie, ihm zu folgen, und ging durch eine riesige Halle zu einer Mahagonitür, die in einen Salon führte. Er schritt ihnen feierlich in diesen Raum voran und ließ sie dort allein zurück.

Peregrine lockerte mit einem Finger seine Krawatte. «Das hast du sehr gut gemacht, Ju», sagte er beifällig. «Ich hoffe, daß du mit dem alten Herrn genauso geschickt zurechtkommst.»

«Oh», sagte Miss Taverner, «ich glaube nicht, daß dazu die geringste Geschicklichkeit nötig sein wird. Weißt du, Perry, ich denke mir schon die ganze Zeit, daß wir Lord Worth zu einem Menschenfresser gemacht haben, und zehn zu eins gewettet, ist er absolut liebenswürdig!»

«Das kann natürlich sein», gab Peregrine ohne viel Hoffnung zu. «Er hat ein verteufelt schönes Haus, nicht wahr?»

Es war tatsächlich ein schönes Haus, in erstklassig elegantem Stil eingerichtet. Der Salon, in dem sie standen, war sehr nobel, mit einer zartblauen Tapete und hohen Fenstern, die auf den Platz hinausgingen. Die Vorhänge aus blauer und roter Seide waren geschmackvoll mit Schnüren gerafft, an denen riesige Seidenquasten hingen. Ein Axminsterteppich bedeckte den Boden; es gab ein, zwei rot tapezierte Sitzbänke mit vergoldeten Schnörkeln; einen Sofatisch aus Satinholz; einige Sheraton-Stühle; einen bauchigen Sekretär, dessen Aufsatz mit Spiegeltüren verschlossen war; ein paar Fensterhocker mit Metallbeinen; und einen schönen, von vergoldeten Sphinxen getragenen Konsolentisch.

An den Wänden hingen einige Bilder, und Miss Taverner betrachtete eben eines von ihnen, als sich die Tür wieder öffnete und jemand eintrat.

Sie drehte sich schnell um, gerade als Peregrine einen unterdrückten Ausruf von sich gab, stand wie angewurzelt da und starrte in blankem Erstaunen den Mann an, der eingetreten war. Es war der Herr aus dem Karriol.

Er war nicht im Kutschiermantel mit Schulterkragen und in Stiefeln, aber trotz seines enganliegenden Rocks aus blauem Tuch, seiner knapp sitzenden Kniehose und seiner glänzend polierten Hessenstiefel mit ihren kleinen Goldquasten konnte sie ihn nicht verkennen. Er war es.

Er gab kein Zeichen von sich, daß er sie erkannt hätte, sondern kam durch das Zimmer auf sie zu und verneigte sich förmlich. «Miss Taverner, wenn ich nicht irre?» sagte er. Als sie nicht antwortete, weil sie vollkommen sprachlos war, wandte er sich an Peregrine und streckte ihm die Hand hin. «Und Sie sind vermutlich Peregrine», sagte er. «*How do you do?*»

Peregrine streckte instinktiv die Hand aus, riß sie jedoch fast zurück. «Was tun denn Sie in diesem Haus?» stieß er hervor.

Die schmalen schwarzen Brauen hoben sich in einem Ausdruck leisen Hochmuts. «Ich könnte mir niemanden vorstellen, der ein größeres Recht hätte, sich in diesem Haus aufzuhalten», antwortete der Herr. «Ich bin Lord Worth.»

Peregrine wich zurück. «Was?!» Zornesröte stieg in seinen Wangen hoch. «Das ist nichts als ein schlechter Witz! Sie sind nicht Lord Worth! Sie können es nicht sein!»

«Warum kann ich nicht Lord Worth sein?» fragte der Herr.

«Das ist unmöglich! Ich glaube es nicht! Lord Worth ist – muß – älter sein!» rief Peregrine.

Der Herr lächelte leicht, zog eine emaillierte Schnupftabaksdose aus der Tasche und öffnete sie mit einer schnellen Bewegung des Zeigefingers. Die Geste erinnerte Judith an das Bild, das er in der Halle des «George» geboten hatte. Plötzlich fand sie die Sprache wieder, brachte Peregrine mit einer Handbewegung zum Schweigen und sagte mit beherrschter Stimme: «Ist es wahr? Sind Sie wirklich Lord Worth?»

Sein Blick überflog ihr Gesicht. «Sicherlich», sagte er, nahm eine Prise aus der Dose und schnupfte sie genießerisch auf.

Sie hatte das Gefühl, daß sich alles in ihrem Kopf drehte. «Aber es ist doch bestimmt – Sie können doch gar nicht ein Freund meines Vaters gewesen sein?»

Er schloß die Dose und ließ sie in die Tasche zurückgleiten. «Leider, Ma'am, hatte ich nicht die Ehre», sagte er.

«Dann – oh, dann liegt irgendein Irrtum vor!» sagte sie. «Da muß einfach ein Irrtum vorliegen!»

«Durchaus möglich», sagte Seine Lordschaft zustimmend. «Aber der Irrtum, Miss Taverner, lag nicht bei mir.»

«Aber Sie sind doch nicht unser Vormund!» platzte Peregrine heraus.

«Ich fürchte, hier gibt es keine Lücke, zu entschlüpfen», erwiderte Worth. «Ich bin Ihr Vormund.» – Er fügte gütig hinzu: «Ich versichere Ihnen, Sie können den Umstand nicht stärker bedauern als ich.»

«Wie kann das nur sein?!» fragte Judith. «Mein Vater meinte das nicht so!»

«Unglücklicherweise», sagte Worth, «wurde das Testament Ihres Vaters neun Monate nach dem Tod des meinen abgefaßt.»

«Oh!» stöhnte Miss Taverner und sank auf eine der rotgoldenen Sitzbänke.

«Aber der Name!» sagte Peregrine. «Mein Vater muß doch den Namen niedergeschrieben haben!»

«Ihr Vater», sagte Worth, «überließ Sie der ausschließlichen Vormundschaft des Julian St. John Audley, des fünften Earl of Worth. Der Name war wirklich der meines Vaters. Aber es ist auch der meine. Der Irrtum – wenn es ein Irrtum war – liegt im Titel. Ihr Vater bezeichnete den meinen irrtümlich als den fünften Earl. Der fünfte Earl bin ich.»

Miss Taverner entrang sich eine Äußerung, der es etwas an dem schuldigen Respekt ihrem Vater gegenüber mangelte. «Natürlich!» sagte sie bitter. «Oh, das glaube ich gern!»

Peregrine schluckte und sagte: «Das muß richtiggestellt werden. Wir sind nicht Ihre Mündel. Wir möchten lieber alles andere in der Welt als Ihre Mündel sein!»

«Möglich», sagte der Earl ungerührt. «Aber die betrübliche Tatsache bleibt, daß Sie beide meine Mündel sind.»

«Ich gehe sofort zum Anwalt meines Vaters!» erklärte Peregrine.

«Aber sicher. Tun Sie, was Sie wollen», sagte der Earl. «Nur versuchen Sie doch bitte, sich von der Vorstellung zu befreien, daß Sie der einzige sind, der unter dem Testament leidet.»

Miss Taverner, die stumm dagesessen war und die Augen mit einer behandschuhten Hand bedeckt hatte, richtete sich nun auf und faltete die Hände im Schoß. Es war ihr klar, daß dieses Gespräch kein Ergebnis zeitigen konnte. Sie vermutete, daß Worth die Wahrheit gesagt hatte und sie beide entdecken würden, daß es unmöglich war, das Testament umzustoßen. Falls dem so war, dann war dieses Gezänk ebenso fruchtlos wie unwürdig. Sie dämpfte Peregrine mit einem Stirnrunzeln und wandte sich an den Earl. «Also schön, Sir, wenn Sie wirklich unser Vormund sind, dann wollen Sie vielleicht so gütig sein und uns mitteilen, ob wir die Freiheit haben, uns in London niederzulassen?»

«Meine Erlaubnis vorausgesetzt, ja», erwiderte Worth.

Peregrine knirschte mit den Zähnen, wandte sich heftig zum Fenster und starrte auf den Platz hinaus.

Miss Taverners wütende blaue Augen trafen sich mit den kühlen grauen ihres Vormundes in einem langen Blick, der Bände sprach. «Sie mögen vielleicht durch einen Irrtum im Testament meines Vaters dem Namen nach unser Vormund sein, Sir, das aber ist auch alles.»

«Dann können Sie das Testament nicht gelesen haben, Miss Taverner», sagte der Earl.

«Ich bin mir bewußt, daß die Aufsicht über unser Vermögen in Ihren Händen liegt», fuhr ihn Miss Taverner an. «Und ich bin bestrebt, mit Ihnen zu einer Verständigung zu gelangen!»

«Auf jeden Fall», stimmte ihr Worth zu. «Sie werden entdecken, daß ich durchaus keine Schwierigkeiten mache. Ich werde mich hoffentlich nicht gezwungen sehen, mich allzusehr in Ihr und Ihres Bruders Leben einzumischen.» Er fügte mit der Spur eines Lächelns hinzu: «Ich werde nicht einmal im Hinblick auf Ihre Übersiedlung nach London gegen meinen Rat unangenehm werden.»

«Danke», sagte Miss Taverner vernichtend.

Er ging zum Sekretär und öffnete ihn. «Das war schließlich ein Rat den ich meiner eigenen Bequemlichkeit zuliebe erteilte. Ich habe nicht wirklich etwas dagegen, daß Sie nach London gekommen sind, und werde alles in meiner Macht Stehende tun, um Sie behaglich untergebracht zu sehen.» Er nahm ein Dokument und hielt es Miss Taverner hin. «Hier habe ich den Mietvertrag für ein möbliertes Haus in der Brook Street, in das Sie einziehen können, sobald es Ihnen genehm ist. Ich glaube, es wird Ihnen gefallen.»

«Sie sind äußerst liebenswürdig», sagte Miss Taverner, «aber ich weiß nicht, ob mir daran liegt, in der Brook Street zu wohnen.»

Wieder schimmerte das Lächeln auf. «So, Miss Taverner? Und in welcher Straße möchten Sie denn gern wohnen?»

Sie biß sich auf die Lippen, erwiderte jedoch würdevoll: «London ist mir noch ganz unbekannt, Sir. Ich möchte lieber warten, bis ich selbst entscheiden kann, wo ich zu leben wünsche.»

«Während Sie sich zu einer Entscheidung durchringen», sagte Worth, «können Sie in der Brook Street wohnen.» Er legte den Mietvertrag in sein Fach zurück und schloß es ab. «Die Aufgabe, Ihre Dienerschaft zu engagieren, kann meinem Sekretär überlassen werden. Ich habe ihn angewiesen, sich darum zu kümmern.»

«Ich ziehe es vor, meine Dienerschaft selbst zu engagieren», sagte Miss Taverner gereizt.

«Aber sicher», erwiderte Worth liebenswürdig. «Ich werde Blackader anweisen, Ihnen diejenigen, die er am passendsten findet, zur Vorsprache in Ihr Hotel zu schicken. Wo sind Sie abgestiegen?»

«Im Grillon», sagte Miss Taverner mit hohler Stimme. Eine Vision von Butlern, Lakaien, Wirtschafterinnen, Dienstmädchen, Reitknechten, die alle zur Vorsprache ins Grillon-Hotel strömten, tat sich höchst eindrucksvoll vor ihrem geistigen Auge auf. Sie gewann allmählich den Eindruck, daß der Earl of Worth ein Feind war, der sich ihrer Klinge sehr würdig erwies.

Der Earl senkte seine Waffe – so schien es ihr zumindest. «Falls Sie nicht lieber Blackader selbst sehen und ihm Ihre Aufträge geben wollen?»

Miss Taverner nahm dieses Angebot mit eisigem Hochmut an, der ihre innere Dankbarkeit verbarg.

Peregrine blickte über die Schulter zurück und sagte kriegerisch: «Ich werde mir aus dem Yorkshire einige meiner Pferde senden lassen, aber wir werden noch welche brauchen und einen Wagen für meine Schwester.»

«Sie können doch sicherlich einen Wagen ohne meinen Beistand erstehen?» sagte Worth mit müder Stimme. «Beim Kauf Ihrer Pferde werden Sie bestimmt betrogen werden, aber die Erfahrung wird Ihnen nicht schaden.»

Peregrine würgte. «Das habe ich nicht gemeint! Ich brauche Ihre Hilfe bestimmt nicht. Was ich meinte, war bloß – was ich klarzumachen wünschte, war –»

«Ich verstehe», sagte Worth. «Sie wollen wissen, ob Sie sich einen eigenen Stall zulegen dürfen. Sicherlich. Dagegen habe ich nicht im geringsten etwas einzuwenden.» Er ging vom Sekretär langsam durch das Zimmer zum Kamin. «Es bleibt noch das Problem, Miss Taverner, eine Dame zu finden, die bei Ihnen lebt.»

«Ich habe eine Kusine in Kensington, Sir», sagte Miss Taverner. «Ich werde sie fragen, ob sie zu mir kommen will.»

Er sah nachdenklich auf sie herunter. «Würden Sie mir genau sagen, Miss Taverner, warum Sie eigentlich nach London gekommen sind?»

«Was hat das mit der Sache zu tun, Sir?»

«Wenn Sie mich besser kennen werden», sagte der Earl, «werden Sie wissen, daß ich nie zwecklose Fragen stelle. Ist es Ihre Absicht, am Rand der Gesellschaft zu leben, oder haben Sie vor, den Ihnen gebührenden Platz in der großen Welt einzunehmen? Genügt Ihnen der Pantheon-Klub oder muß es Almack sein?»

Sie erwiderte sofort: «Es muß das Beste sein, Sir.»

«Dann brauchen wir die in Kensington lebende Kusine nicht in Betracht zu ziehen», sagte Worth. «Zum Glück weiß ich von einer Dame (obwohl ich fürchte, daß Sie sie vielleicht in einiger Hinsicht äußerst närrisch finden werden), die nicht allein bereit ist, die Aufgabe einer Anstandsdame für Sie zu übernehmen, sondern zweifellos das Entree zu jener Welt besitzt, in der Sie eine Rolle zu spielen wünschen. Sie heißt Scattergood, ist Witwe und irgendeine Kusine von mir. Ich bringe sie Ihnen zu einem Besuch.»

Miss Taverner stand mit einer schnellen, anmutigen Bewegung auf.

«Ich hätte lieber alles andere eher als eine Kusine von Ihnen, Lord Worth!» erklärte sie.

Wieder zog er seine Schnupftabaksdose heraus und nahm eine Prise zwischen Finger und Daumen. Darüber hinweg trafen seine Augen die ihren. «Wollen wir uns darauf einigen, Miss Taverner, diese Bemerkung als ungesagt zu betrachten?» schlug er sanft vor.

Sie wurde bis an die Haarwurzeln rot und hätte weinen können vor Ärger, daß sie es ihrer ungebärdigen Zunge erlaubt hatte, sie zu schulmädchenhafter Ungezogenheit hingerissen zu haben. «Verzeihung!» sagte sie steif.

Er verbeugte sich und legte seine Schnupftabaksdose offen auf den Tisch. Anscheinend hatte er ihr nichts mehr zu sagen, denn er wandte sich an Peregrine und rief ihn vom Fenster zurück. «Wenn Sie einen Schneider besucht haben», sagte er, «kommen Sie zu mir, und wir werden überlegen, in welche Klubs Sie mich Ihren Namen eintragen lassen wollen.»

Peregrine kam zum Tisch, halb mürrisch, halb eifrig. «Können Sie mich zu einem Mitglied des White-Klub machen lassen?» fragte er ziemlich schüchtern.

«Ja, ich kann Sie zu einem Mitglied des White-Klubs machen lassen», sagte der Earl.

«Und – und – Watiers, nicht wahr?»

«Das wird mein Freund Mr. Brummell entscheiden müssen. Seine Entscheidung wird jedoch nicht zu Ihren Gunsten ausfallen, wenn Sie sich bei ihm in diesem Rock sehen lassen. Gehen Sie zu Weston in der Conduit Street oder zu Schweitzer und Davidson, und erwähnen Sie dort meinen Namen.»

«Ich dachte daran, zu Stoltz zu gehen», sagte Peregrine in einem Versuch zur Unabhängigkeit.

«Tun Sie das auf alle Fälle, wenn Sie wünschen, daß ganz London auf einen Blick Ihren Schneider erkennt», sagte Seine Lordschaft achselzuckend.

«Oh!» erwiderte Peregrine etwas eingeschüchtert. «Mr. Fitzjohn empfahl in mir.»

«Das kann ich mir denken», bemerkte der Earl.

Miss Taverner sagte mit etwas Schärfe in der Stimme: «Ich bitte sehr, Sir, haben Sie mir in bezug auf meine Kleidung keinen Rat anzubieten?»

Er drehte sich um. «Mein Rat für Sie, Miss Taverner, ist der, sich vorbehaltlos in die Hände von Mrs. Scattergood zu geben. Noch eines: Solange Sie unter meiner Vormundschaft stehen, werden Sie davon absehen, in Städten anwesend zu sein, wo ein Boxkampf abgehalten wird.»

Sie hielt den Atem an. «Ja, Mylord. Meinen Sie vielleicht, daß mich meine Anwesenheit in solchen Städten irgendeiner Beleidigung ausliefern könnte?»

«Im Gegenteil», erwiderte der Earl. «Ich meine, Ihre Anwesenheit könnte Sie einem Übermaß an Artigkeiten ausliefern.»

5

Die Ereignisse und Eindrücke ihrer ersten Woche in London hinterließen in Miss Taverners Gehirn ein wirbelndes Chaos. Gleich am Nachmittag des Tages, an dem sie und Peregrine ihren Vormund besucht hatten, brachte dieser nicht nur Mrs. Scattergood zu ihr zu Besuch, sondern sandte ihr später auch seinen Sekretär, Mr. Blackader, zur Besprechung der Dienstbotenfrage.

Mrs. Scattergood verschlug Miss Taverner den Atem. Es war eine sehr schlanke Dame, gerade nur mittelgroß, bestimmt schon über vierzig Jahre alt, jedoch erstaunlich jugendlich gekleidet. Ihr unwahrscheinlich kastanienbraunes Haar war hinten kurz geschnitten und vorne zu Löckchen geringelt, und ihr scharfgeschnittenes, lebendiges Gesicht so reichlich bemalt, daß es die auf dem Land erzogene Judith ziemlich schockierte.

Mrs. Scattergood trug ein fast durchsichtiges Kleid aus Jackonettmusselin, das den Hals mit einer dreifachen Rüsche aus Klöppelspitze umschloß und auf dem Rücken mit unzähligen kleinen Knöpfen geschlossen war. Das Kleid endete in einem breiten gestickten Volant. An den Füßen trug Mrs. Scattergood Spitzenstrümpfe und gelbe römische Ziegenlederstiefelchen. Ein lavendelblauer Basthut, mit langen gelben Bändern unter dem Kinn gebunden, saß auf einem kleinen weißen Satinkäppchen; in der Hand trug sie einen langstieligen Sonnenschirm und ein seidenes Retikül.

Ihre zwinkernden Augen schätzten Judith mit einem einzigen Blick ab. Sie trat zurück, als wollte sie das Mädchen in der Perspektive sehen, und nickte dann energisch. «Ich bin bezaubert! Mein lieber Worth, ich bin ganz bezaubert! Kind, Sie müssen – Sie werden mich einfach für Ihre Toilette sorgen lassen! Wie heißen Sie – o nein, doch nicht dieses steife ‹Miss Taverner›! Judith! Worth, wozu bist du noch hier? Ich werde jetzt über Mode reden. Du mußt sofort gehen!»

Miss Taverner hatte die Absicht gehabt, Mrs. Scattergoods Dienste höflich abzulehnen, aber sie fühlte sich machtlos. Der Earl verbeugte sich und ließ die beiden Damen allein. Mrs. Scattergood nahm unverzüglich eine von Judiths wohlgeformten Händen in die ihren, eng behandschuhten, und sagte schmeichelnd: «Sie werden mich doch herkommen und bei Ihnen leben lassen, nicht wahr? Ich bin entsetzlich kostspielig, aber das dürfte Ihnen bestimmt nichts ausmachen. Oh, Sie sehen mein Kleid an und denken sich, was für eine äußerst seltsame Erscheinung ich biete. Sehen Sie: ich bin nicht hübsch, nicht im geringsten, war es nie, und daher muß ich eben ausgefallen sein. Es gibt nichts Besseres und wirkt sich köstlich aus. Und da hat also Worth für Sie ein Haus in der Brook Street gemietet. Genau wie es sein soll – eine reizende Lage! Wissen Sie, ich habe mich fest entschlossen, daß Sie der letzte Schrei werden. Ich glaube, ich sollte sofort zu Ihnen ziehen. Grillon! Nun, ich glaube, es dürfte kein vornehmeres Hotel in London geben, aber eine junge Dame allein – oh, Sie haben einen Bruder, aber was nützt das schon? Ich sollte lieber meine Koffer sofort packen lassen. Wie ich doch dahinschwätze! Vermutlich wünschen Sie gar nicht, daß ich bei Ihnen lebe. Aber eine Kusine in Kensington! Sie würden entdecken, daß sie nicht zu Ihrer gesellschaftlichen Stellung beiträgt, meine Liebe. Ich bin überzeugt, eine unelegante alte Dame. Sonst würde sie nicht in Kensington leben, nehmen Sie mein Wort dafür.»

Also gab Miss Taverner nach, und noch am selben Abend traf ihre Anstandsdame im Grillon ein, in einer leichten Kutsche, die sich unter Koffern und Hutschachteln bog.

Mit Mr. Blackader, der um ungefähr vier Uhr nachmittags seine Visitenkarte hereinsenden ließ, konnte Judith viel leichter fertig werden. Er war ein schüchterner junger Mann, der die Erbin mit unverhüllter Bewunderung ansah. Anscheinend war er äußerst gewissenhaft und eifrigst darauf bedacht, gefällig zu sein. Stirnrunzelnd betrachtete er die Zeugnisse von mindestens einem Dutzend Dienstboten und durchblätterte eifrig ein ganzes Bündel Papiere, bis Miss Taverner ihn lachend anflehte, aufzuhören.

Mr. Blackaders Feierlichkeit verschwand unter einer Grimasse, die einem Grinsen bemerkenswert ähnlich sah. «Nun ja, wissen Sie, Ma'am, ich glaube, wenn Sie mich das alles für Sie regeln ließen, wäre es schneller getan», schlug er in entschuldigendem Ton vor.

Man einigte sich also darauf, Mr. Blackader eilte fort, um eine Köchin zu engagieren, und Miss Taverner ging aus, um einen Blick auf London zu werfen.

Sie bog in den Piccadilly Square ein und wußte, daß sie sich mitten im mondänen Viertel befand. Es gab hier so viel zu sehen, so viel zu bestaunen! Sie hätte nicht geglaubt, daß es so viele modische Leute gab, und was die Kutschen betraf, so hatte sie auch noch nie so elegante gesehen. Die Läden, die Häuser, alle waren köstlich. Da war die berühmte Buchhandlung Hatchard, deren Frontfenster mit sämtlichen Neuerscheinungen angefüllt waren. Sie konnte sich fast vorstellen, daß der Herr, der soeben aus dem Laden kam, der große Mr. Walter Scott persönlich war, oder vielleicht, wenn sich der Autor der «Lady of the Lake» gerade in Schottland aufhielt, was traurigerweise wahrscheinlich war, dann konnte es Mr. Rogers sein, dessen «Pleasures of Memory» ihr soviel müßige Zeit vertrieben hatten.

Sie ging in den Laden und kam nach einer begeisternden halben Stunde, in der sie eine Menge Bücher durchgeblättert hatte, mit einem Exemplar von Mr. Southeys jüngster Dichtung, dem «Curse of Kehama», unter dem Arm wieder heraus.

Als sie ins Grillon zurückkehrte, war ihre Anstandsdame eingetroffen und erwartete sie. Miss Taverner überfiel sie stürmisch mit dem Ausruf: «Oh, Ma'am, zu denken, daß Hatchard direkt vor unserer Tür liegt! Imstande zu sein, jedes Buch der Welt dort kaufen zu können, was man ganz bestimmt tun kann!»

«Himmel, meine Liebe», sagte Mrs. Scattergood etwas bestürzt. «Sagen Sie nur ja nie, daß Sie ein Bücherwurm sind! Gedichte – na schön, das ist vielleicht harmlos, man muß schließlich imstande sein, über die neuesten Gedichte reden zu können, falls sie zufällig Mode werden. Marmion! Das gefiel mir äußerst gut, erinnere ich mich, obwohl es mir zu lang war, um es zu Ende zu lesen. Es heißt, dieser junge Mann, der im Ausland so seltsame Dinge tat, kommt in Mode, aber ich weiß nicht... Er war dem armen Lord Carlisle gegenüber äußerst rüde, in dem gräßlichen Gedicht! Deshalb kann er mir nicht gefallen, abgesehen davon, daß mir irgend jemand erzählte, in allen Byrons stecke schlechtes Blut. Aber natürlich, wenn er Mode wird, dann muß man ein Auge auf ihn haben. Lassen Sie sich raten, mein Liebes, bleiben Sie nie hinter der Zeit zurück!»

Es war der erste von vielen Ratschlägen der Weltklugheit. Miss Taverner, von Warenhaus zu Warenhaus, von der Schneiderin zum Schuhmacher geführt, wurde vieles eingetrichtert. Sie erfuhr, daß eine Dame niemals durch die St. James Street fuhr, noch zu Fuß ging; daß jede Dame zwischen fünf und sechs auf einem Spaziergang im Hyde Park gesehen werden mußte. Sie durfte nicht wagen, Walzer zu tanzen, solange sie noch nicht von den Patronessen des Almack-Klubs gebilligt war; sie durfte nicht warme Umhänge oder Schals tragen; die leichtesten Hüllen mußten ihr bei jedem Wetter genügen; dem und jenem brauchte sie gerade nur die notwendigste Höflichkeit zu erweisen; zu dem und dem hingegen mußte sie konziliant sein. Und vor allem, höchst wichtig, ja lebenswichtig: sie mußte Himmel und Hölle in Bewegung setzen, um Mr. Brummells Billigung zu erringen.

«Wenn Mr. Brummell Sie nicht für das *Wahre* hält, sind Sie verloren!» sagte Mrs. Scattergood eindringlich. «Nichts könnte Sie vor dem gesellschaftlichen Ruin retten, nehmen Sie mein Wort darauf! Er braucht über Sie bloß die Augenbraue zu heben, und die ganze Welt weiß, daß er nichts Bewundernswertes an Ihnen findet.»

Miss Taverners Abneigung war sofort geweckt. «Ich mache mir keinen Deut aus Mr. Brummell!» sagte sie.

Mrs. Scattergood kreischte leise auf und flehte sie an, vorsichtig zu sein.

Miss Taverner hatte jedoch allein den Klang des Namens von diesem Dandy herzlich satt. Mr. Brummell hatte das gestärkte Halstuch erfunden; Mr. Brummell hatte die Mode der weißen Stiefelstulpen eingeführt; Mr. Brummell hatte festgelegt, daß kein Gentleman in einer Mietdroschke gesehen werden durfte; Mr. Brummell hatte seine eigene Sänfte, mit weißem Satin ausgelegt und den gleichen Kissen; Mr. Brummell hatte die Militärlaufbahn aufgegeben, weil man sein Regiment nach Manchester verlegt hatte; Mr. Brummell hatte verfügt, daß keiner von der «Frontfenster-Gruppe» im White-Klub einen Gruß von Bekannten auf der Straße erwidern durfte, wenn er gerade am Klubfenster saß. Und Mr. Brummell, sagte Mrs. Scattergood, würde ihr eine seiner ätzenden Abfuhren erteilen, wenn sie seine Vorstellungen von Anstand beleidige.

«Aber nein, wirklich?» sagte Miss Taverner mit einem kriegerischen Funkeln im Auge. «Wird er das?!»

Sie ärgerte sich, als sie entdeckte, daß ihr Bruder geneigt war, sich von dem bloßen Schatten dieses ungekrönten Modekönigs beeindrucken zu lassen. Peregrine ging in Begleitung von Mr. Fitzjohn zu Weston, um sich für einige Anzüge Maß nehmen zu lassen, und als er vor zwei Tuchrollen nicht imstande war, sich zu entscheiden, hüstelte der Schneider und sagte hilfreich: «Der Prinzregent, mein Herr, zieht das superfeine Tuch vor, und Mr. Brummell Bath-Tuch, aber es ist unwesentlich, welches Sie wählen, Sie haben auf alle Fälle recht. Wie wär's, Sir, wenn wir das Bath-Tuch wählten? – Ich glaube, Mr. Brummell ist um eine Spur vorzuziehen.»

Peregrines Tage in jener ersten Woche waren ebenso ausgefüllt wie die seiner Schwester. Sein Freund, Mr. Fitzjohn, nahm ihn gründlich in die Hand. Wenn er sich nicht gerade Schuhe bei Hoby oder Hüte bei Locks anmessen ließ, dann suchte er Uhrkettenanhänger in der Wells Street aus oder fuhr nach Long Acre, um sich einen Tilbury anzusehen oder kennerhaft Kutschenpferde bei Tattersall zu begutachten.

Das Haus in der Brook Street erwies sich, ein wenig zu Miss Taverners Ärger, in jeder Hinsicht als wunderbar; die Salons waren schön und die Möblierung genau das, was ihr gefiel. Sie hatte sich drei Tage nach Mr. Blackaders Besuch darin eingerichtet, und nachdem eine Anzahl ihrer neuen Kleider in säuberlichen Schachteln abgeliefert, ihr Haar modisch geschnitten worden war und ihre Jungfer gelernt hatte, es in mehreren modernen «klassischen» Stilen zu frisieren, erklärte Mrs. Scattergood, Judith sei nunmehr bereit, Morgenbesucher zu empfangen.

Die ersten waren ihr Onkel, der Admiral, und sein Sohn, Mr. Bernard Taverner. Sie kamen zu ungelegener Zeit, als Peregrine, der den Großteil des Vormittags in einem Brokatmorgenmantel verbracht hatte, während sich der Friseur, der Barbier und ein Schneider um ihn bemühten, eben mit dem Versuch beschäftigt war, sein gestärktes Halstuch in Falten zu legen.

Seine Schwester, die ohne Umstände in sein Zimmer gekommn war, um seine Begleitung zu Colburns Leihbücherei zu verlangen, war eine interessierte, aber ziemlich verachtungsvolle Zuschauerin. «Was für ein Unsinn das doch ist, Perry!» rief sie aus, als er mit einem gereizten Fluch seine vierte verdrückte und mißhandelte Krawatte wegwarf. «Das ist jetzt die vierte, die du verdorben hast! Wenn du sie dir doch bloß schmäler machen ließest!»

Peregrine, Gesicht und Kopf von dem aufgestellten Hemdkragen fast versteckt, sagte verdrießlich: «Frauen verstehen so etwas nicht. Fitz sagt, sie müsse fußhoch sein. Was vier verdorbene betrifft, pah, so ist das noch gar nichts! Fitz sagt, Brummell verdirbt manchmal sogar bis zu zwanzig. Jetzt versuch es noch einmal, John! So leg doch zuerst meinen Kragen um, du Dummkopf!»

Es klopfte. Peregrine, mit einem dreißig Zentimeter breiten Halstuch um den Hals, das Kinn zur Decke erhoben, schrie: «Herein!» und legte damit eine Falte in das Tuch, die seinem Gefühl nach selbst vom Beau persönlich nicht mehr hätte verbessert werden können.

Der Lakai trat ein und meldete Admiral und Mr. Taverner. Peregrine war viel zu sehr damit beschäftigt, weitere Falten durch das einfache Mittel hervorzubringen, das Kinn allmählich zu senken, um sich darum zu kümmern, aber Judith sprang sofort auf. «O Perry, so beeil dich doch! Es ist unser Vetter! Bitte Er den Admiral zu warten, Perkins. Wir kommen sofort. Ist Mrs. Scattergood unten? Oh, dann wird sie sich um alles kümmern. Perry, wirst du denn nie fertig werden?»

Da die Krawatte inzwischen auf normalere Ausmaße gebracht worden war, betrachtete Peregrine sie eifrig im Spiegel, versuchte vorsichtig, eine der Falten mit einem Finger zu vervollkommnen, und verkündete düster, es müsse eben genügen. Das Tuch war noch immer zu hoch, als daß er den Kopf mehr als ein, zwei Zoll nach beiden Seiten hätte drehen können, aber das, versicherte er Judith, war überhaupt nichts Ungewöhnliches.

Die nächste Aufgabe war, ihn in seine neue Jacke hineinzubekommen, eine elegante blaue Kreation aus dem vorgeschriebenen Bath-Tuch mit langen Schößen und Silberknöpfen. Sie saß ihm derart angegossen, daß auch die Dienste des Lakaien in Anspruch genommen werden mußten, um ihn in sie hineinzuzwängen. Einmal schien es fast, als würden selbst die vereinten Anstrengungen zweier körperlich sehr kräftiger Männer keinen Erfolg damit haben, aber nach einem grimmigen Kampf gelang es doch, und Peregrine, von der Anstrengung leise keuchend, wandte sich seiner Schwester zu und fragte sie stolz, wie er aussehe.

In ihren Augen stand ein Lachen, sie versicherte ihm jedoch, daß er durchaus in Ordnung sei. Bei jedem anderen Mann hätte sie brutal einen so albern eng taillierten Rock, eine so monströse Krawatte, so hautenge Kniehosen verurteilt, aber Peregrine war eben ihr Liebling, und ihm mußte es erlaubt sein, sich so stutzerhaft aufzuputzen, wie es ihm nur gefiel. Sie wies allerdings darauf hin, daß seine goldenen Locken ziemlich wirr waren, aber nachdem sie unterrichtet wurde, daß dies Absicht sei und er eine halbe Stunde gebraucht hatte, um diese Wirkung zu erreichen, sagte sie nichts mehr, sondern nahm seinen Arm und ging mit ihm in den Salon im ersten Stock hinunter.

Hier trafen sie Mrs. Scattergood, die auf einer Confidante saß, neben ihr ein stämmiger, rotgesichtiger Herr mit graumeliertem Haar, in dem Miss Taverner mühelos den Bruder ihres verstorbenen Vaters erkannte. Mr. Bernard Taverner saß auf einem Stuhl ihnen gegenüber. Sowie sich die Tür öffnete, um seine Base und seinen Vetter einzulassen, stand er auf und verbeugte sich. In seinem Lächeln lag eine gewisse Wärme; sein Blick schien mit Wohlgefallen, ja sogar mit Bewunderung auf Judith zu ruhen. Judith konnte nur froh darüber sein, daß sie an diesem Morgen das narzissenfarbene Musselinkleid mit dem Spitzenaufputz und die neuen himmelblauen Ziegenlederschuhe gewählt hatte.

Der Admiral hatte sich gewichtig von der Confidante erhoben und kam nun mit ausgestreckter Hand und einer Miene entschiedenen Wohlgefallens auf seinem geröteten Gesicht auf Judith zu. «Ei!» sagte er. «Mein Nichtchen! Ei, meine Liebe, ei!»

Einen Augenblick fürchtete sie schon, daß er sie küssen würde, ein Umstand, dem sie durchaus nicht mit Gleichmut entgegensehen konnte, da er stark nach Schnaps roch. Sie streckte sehr entschieden die Hand aus, und nach kurzem Zögern nahm er sie und hielt sie mit beiden Händen fest. «Du also bist die Tochter des armen John!» sagte er mit einem etwas stürmischen Seufzer. «Ah, das war eine traurige Geschichte! Ich war noch nie im Leben so entsetzt.»

Sie zog die Brauen leicht zusammen, verneigte sich und zog ihre Hand zurück. Es war nicht anzunehmen, daß er es aufrichtig meinte, und obwohl sie entschlossen war, ihm alle Achtung zu bezeugen, die ihr Verwandtschaftsverhältnis verlangte, gefiel er ihr doch nicht. Sie sagte nur: «Mein Bruder Peregrine, Sir.»

Die beiden Männer reichten einander die Hände. Der Admiral schlug seinem Neffen auf die Schulter, nahm an, er sei nach London gekommen, um Aufsehen zu erregen, bat ihn jedoch, vorsichtig bei der Wahl seiner Gesellschaft zu sein, sonst stünde er bald mit leeren Taschen da. Das alles wurde mit äußerst jovialer Miene vorgebracht, während Peregrine höflich lächelte und innerlich seinen Onkel zum Teufel wünschte.

Mr. Taverner war zu Judith gegangen, stand neben ihr und schob ihr nun einen Stuhl hin. Sie setzte sich und zog den Schluß, daß er seinem Vater in keiner Weise günstig gesinnt war.

Er zog für sich einen Hocker heran. «Gefällt London meiner Base?» fragte er lächelnd.

«Ja, wirklich», antwortete sie. «Obwohl ich noch sehr wenig davon gesehen habe. Nur einige Läden und die wilden Tiere an der Exeter Exchange, wohin mich Perry gestern mitnahm.»

Er lachte. «Nun, das ist immerhin ein Anfang.» Er blickte zu Mrs. Scattergood hinüber, die sich an dem Gespräch des Admirals mit Peregrine beteiligte, und senkte die Stimme. «Sie haben eine vornehme Dame bei sich, wie ich sehe. Das ist genau so, wie es sein soll. Ich hatte bis heute noch nicht das Vergnügen, sie persönlich kennenzulernen, aber ich kenne sie ein wenig vom Hörensagen. Ich glaube, ihr Rang ist genau das Richtige. Sie haben Glück.»

«Wir haben sie sehr gern», antwortete Judith in ihrer ruhigen Art.

«Und Peregrine war, wie ich merke, schon eifrig», sagte er, und wieder lauerte das Lächeln in seinen Augen. «Sind Sie mir böse, wenn ich gestehe, daß ich zweimal hinsehen mußte, um in ihm den jungen Herrn wiederzuerkennen, den ich in Grantham kennenlernte?»

Auch in ihren Augen stand ein Zwinkern. «Vielleicht bei uns beiden, Sir?»

«Nein», sagte er ernst. «Sie würde ich immer wiedererkennen, Base.» Er merkte, daß der Admiral neben ihm stand und mit Judith sprechen wollte. Sofort erhob er sich. «Verzeihung, Sir. Haben Sie etwas gesagt?»

«Oh, dich freut es ohne Zweifel, daß du hier an Land gegangen bist, mein Junge, was?» sagte sein Vater und stupste ihn mit einem Finger in die Rippen. «Ich habe eben gesagt, meine Liebe, wie jammerschade es ist, daß man den jungen Perry hier nicht in die Marine gesteckt hat. Das ist das richtige Leben für euch Jungen – jawohl, und das gilt auch für dich, Bernard. Bei diesem Krieg, weißt du, kann jeder halbwegs taugliche Bursche sein Glück auf See machen. Verdammich, wenn ich bloß zwanzig Jahre jünger wäre, dann würde mir nichts mehr gefallen, als heute eine nette kleine Fregatte zu befehligen! Aber so ist das mit den jungen Männern heutzutage! Alle miteinander scheuen sich verdammt, auch nur auf eine Meile weit von London wegzugehen!»

«Na, na, Sir, so ist das nicht!» protestierte Mrs. Scattergood. «Ich bin überzeugt, es ist ganz gräßlich, bloß daran zu denken, daß alle Offiziere in dieses abscheuliche Spanien gegangen sind, und dann sagen Sie, daß sich die jungen Männer nicht aus London herausrühren! Ich könnte Ihnen ein Dutzend reizender junger Leute nennen, die fortgegangen sind, um sich von den Franzosen ermorden zu lassen. Ich persönlich habe einen jungen Verwandten» – sie nickte Judith zu – «Worths Bruder, weißt du – Charles Audley –, der entzückendste, wagemutigste Bengel! –, der jetzt dort ist.»

«Och, die Armee! Die Armee rechnen wir nicht mit, kann ich Ihnen sagen, Ma'am», sagte der Admiral. «Was verstehen die schon von der Sache, bei der Kriegsspielerei, die sie betreiben? Sie hätten bei uns in der Trafalgarschlacht sein sollen! Jawohl, das war echter Kampf!»

«Das ist nicht Ihr Ernst, Vater», warf sein Sohn ein. «Sie haben einige harte Kämpfe in Spanien zu bestehen gehabt.» Er sprach ruhig, aber entschieden vorwurfsvoll und heftete dabei seine ausdrucksvollen Augen auf den Vater. Der Admiral sah etwas verwirrt drein, überspielte es aber mit einem Lächeln. Er hatte nichts gegen die Burschen in der Armee; er zweifelte nicht daran, daß sie eine sehr gute Bande seien; alles, was er gemeint hatte, war, daß sie lieber hätten zur See gehen sollen.

Aus seinen Bemerkungen war ersichtlich, daß er ziemlich töricht war. Miss Taverner, die von ihm zu seinem Sohn blickte, entdeckte einen leisen Ausdruck der Verachtung im Gesicht Bernards. Das tat ihr leid, dennoch konnte sie ihn kaum dafür tadeln. Um über die Peinlichkeit des Augenblicks hinwegzukommen, wandte sie sich dem Admiral zu und begann sich mit ihm über die Schlacht bei Trafalgar zu unterhalten.

Es freute ihn sehr, ihr alles erzählen zu können, aber sein Bericht, mit zahlreichen Flüchen und derben Ausdrücken gespickt, bei dem es bloß um seine eigenen Handlungen an jenem wichtigen Tag ging, konnte sie nur wenig interessieren. Sie wollte über Lord Nelson hören, der natürlich der Held ihrer Schulmädchenzeit gewesen war. In ihren Augen hatte ihr Onkel das einzige Verdienst, daß er persönlich mit dem großen Mann gesprochen haben mußte, aber sie konnte ihn nicht dazu bringen, Nelson anders als in den übelsten Ausdrücken zu beschreiben. Er hatte ihn nicht gemocht, sah nicht ein, daß er gar so bemerkenswert gewesen wäre, konnte einfach nicht verstehen, was die Frauen an ihm sahen – ein wuschelhaariger Bursche: nichts zum Anschauen, auf sein Wort.

Mr. Taverner war mit Peregrine an ein Fenster getreten und sprach mit ihm über Pferde. Ein Diener kam mit einer Botschaft für Mrs. Scattergood herein, die in einem Gewirr von Entschuldigungen und flatternden Gazefalten verschwand. Kaum hatte sich die Tür hinter ihr geschlossen, als das Gespräch des Admirals eine jähe Wendung nahm. Er zog seinen Stuhl etwas näher an Judith heran und sagte leise: «Ich bin froh, daß sie weg ist. Vermutlich ist sie schon sehr gut, aber ein armseliges kleines Nichts von einem Frauenzimmer, nicht? Wissen Sie, meine Liebe, die Dinge sind in einem sehr peinlichen Zustand hinterlassen worden. Es wird Ihnen nicht gefallen, in den Händen eines Fremden zu sein. Und dieser Kerl, Worth, daß der euer Vermögen verwalten soll! Gefällt mir nicht. Er ist ein Spieler und hat die Taschen nicht allzu wohlgefüllt, wie ich gehört habe. Nicht zu leugnen, ein verrücktes Testament Ihres armen Vaters. Aber ich vermute, er war wohl nicht mehr ganz richtig da oben, wie?»

Mr. Taverner mußte ein bemerkenswert scharfes Gehör haben, denn er drehte scharf den Kopf, sah seinen Vater sehr eindringlich an, und bevor noch Judith auf einen Ausspruch antworten mußte, der ihrem Gefühl nach eine Unverschämtheit war, war ihr Vetter schon quer durch das Zimmer zu ihnen herübergekommen und sagte liebenswürdig: «Entschuldigen Sie, Vater, ich glaube, eine solche Erörterung muß für meine Base schmerzlich sein. Judith – darf ich es wagen, Sie so zu nennen? –, ich habe Peregrine gebeten, mir das Vergnügen seiner Gesellschaft im Theater zu machen. Darf ich hoffen, daß Sie und Mrs. Scattergood mir ebenfalls die Ehre geben? Ich glaube, Sie haben das Theater noch nicht besucht.» Er lächelte auf sie nieder. «Darf es mein Privileg sein, Sie zu Ihrem ersten Theaterabend zu begleiten? Was soll es sein? Im Covent Garden spielen Kemble und Mrs. Siddons, im Drury Lane Bannister, falls Ihr Sinn nach einer Komödie steht. Sie müssen es nur sagen.»

Ihre Wangen erglühten vor Freude. Sie dankte ihm, nahm die Einladung an und wählte – zu Peregrines Verdruß – die Tragödie. Ihr Onkel war noch immer damit beschäftigt, seinem Sohn zu seinem Glück zu gratulieren, daß er sich eine solche Schönheit als Gast gesichert hatte, als sich die Tür öffnete und der Butler den Earl of Worth meldete.

Miss Taverner, völlig überrascht, tauschte einen schnellen Blick mit ihrem Bruder und begann den Butler anzuweisen, Seiner Lordschaft ihre Entschuldigungen zu überbringen. Es war jedoch zu spät. Der Earl mußte dem Diener die Treppe herauf gefolgt sein, denn er betrat das Zimmer, noch während sich Judith verleugnen lassen wollte.

Er hörte ihre Worte ganz sicher, zeigte es jedoch nicht anders als durch ein leichtes Kräuseln der Lippen. Sein kalt abschätzender Blick nahm die Gesellschaft auf: er verneigte sich leicht und sagte mit seiner trägen Stimme, er habe Glück gehabt, seine Mündel daheim anzutreffen.

Judith war gezwungen, ihren Onkel und Vetter vorzustellen. Der Besuch des Earl hätte zeitlich nicht schlechter abgestimmt sein können; Judith lag nichts an seiner Meinung, aber ihm den Admiral vorstellen zu müssen, war dennoch demütigend. Sie bildete sich ein, einen Ausdruck der Verachtung im Gesicht des Earl zu merken und brachte ihm erleichtert ihren Vetter zur Kenntnis. Hier zumindest brauchte sie sich nicht zu schämen.

Es wurden einige Höflichkeiten ausgetauscht, wobei der Earl seine Rolle mit einer Förmlichkeit spielte, die Mr. Bernard Taverners ungezwungeneres, offeneres Benehmen vorteilhaft zur Geltung brachte. Bald entstand ein Schweigen, das zu brechen sich der Earl durchaus nicht bemühte. Während Judith krampfhaft nach Gesprächsstoff suchte und Mrs. Scattergood herbeisehnte, erinnerte ihr Vetter den Admiral mit einem Judiths Gefühl nach instinktiv guten Geschmack, daß sie noch eine zweite Verabredung in der Gegend hatten und sich verabschieden sollten.

Der Klingelzug wurde bewegt, der Lakai kam herauf, um die Besucher hinauszubegleiten, und kurz darauf waren sie gegangen.

Der Earl, der Judith ruhig durch sein Lorgnon betrachtet hatte, ließ es fallen und sagte: «Ich sehe, daß Sie meinen Rat befolgt haben, Miss Taverner.» Er sah sich im Zimmer um. «Ist dieses Haus nach Ihrem Geschmack? Es scheint über dem allgemein Üblichen bei möblierten Häusern zu stehen.»

«Waren Sie noch nie hier?» fragte sie.

«Nicht daß ich wüßte», sagte er und hob die Brauen. «Warum hätte ich das sollen?»

«Ich dachte, es seien Sie gewesen, der –» Sie brach ab und ärgerte sich, daß sie schon so viel gesagt hatte.

«O nein», erwiderte er. «Blackader hat es ausgesucht.» Er wandte den Kopf, um Peregrine anzusehen, und ein schmerzlicher Ausdruck huschte über sein Gesicht. «Mein guter Junge, ahmst du den Stil Mr. Fitzjohns und seiner Freunde nach, oder ist diese ungeheuerliche Erhebung um deinen Hals bloß auf die Ungeschicklichkeit deines Kammerdieners zurückzuführen?»

«Ich hatte es eilig», sagte Peregrine, sich verteidigend, und wurde wider Willen rot.

«Dann habe es nie wieder eilig. Krawatten sind nicht im Nu zu binden. Ich höre, du hast Scruttons braune Stute bei Tattersall gekauft.»

«Ja», sagte Peregrine.

«Das hab ich mir gedacht», murmelte Seine Lordschaft.

Peregrine sah mißtrauisch drein, hielt es jedoch für klüger, nicht zu fragen, was diese etwas geheimnisvolle Bemerkung bedeuten sollte.

Der Blick des Earl kehrte zu Miss Taverner zurück. Er sagte leise: «Sie sollten mich eigentlich bitten, Platz zu nehmen.»

Ihre Lippen zitterten – sie konnte nicht umhin, die Methoden Seiner Lordschaft anzuerkennen. «Bitte, nehmen Sie Platz, Sir!»

«Danke, Miss Taverner, aber ich bleibe nicht lange. Ich bin nur gekommen, um Ihrer beider Angelegenheiten mit Peregrine zu besprechen», sagte Worth betont höflich.

Es war zu albern – sie mußte lachen. «Sehr schön, Sir. Ich verstehe. Soweit ich höre, ist mit dem unglückseligen Testament meines Vaters nichts zu machen.»

«Ganz und gar nichts», sagte er. «Besser, Sie nehmen mich mit Anstand in Kauf. Sie machen sich nämlich nur lächerlich, wenn Sie es nicht tun.» Als sie steif wurde, lachte er, streckte die Hand aus und hob ihr Kinn mit einem nachlässigen Finger hoch. «Arme Schönheit in Not!» sagte er. «Aber das Lächeln war genau so, wie ich es erhoffte.» Er drehte sich um. «Also, Peregrine, wenn ich bitten darf.»

Sie gingen miteinander aus dem Zimmer, und Judith bekam den Earl an diesem Tag nicht wieder zu Gesicht. Peregrine kam eine halbe Stunde später die Treppe heraufgelaufen, und als er seine Schwester in Gesellschaft von Mrs. Scattergood antraf, die in die Seiten eines Modejournals vertieft war, verkündete er stürmisch, er sei ganz der Meinung, sie würden mit Worth als ihrem Vormund sehr gut fahren.

Judith blickte warnend zu Mrs. Scattergood hin, aber Peregrine war nicht aufzuhalten. Er hatte sich sehr bald nach ihrer Bekanntschaft in die Gunst dieser Dame eingeschmeichelt und behandelte sie bereits mit einem deutlichen Mangel an Respekt und sehr viel Zuneigung. «Oh, Base Maria gibt keinen Deut für Worth!» sagte er leichthin. «Aber er hat mit mir gesprochen, und ich kann dir sagen, Judith, er hat nicht vor, uns zu knappzuhalten. Wir werden überhaupt keine Schwierigkeiten mit ihm haben. Base Maria, glauben Sie, daß Worth uns Unannehmlichkeiten machen wird?»

«Nein, wirklich, warum sollte er denn das? Meine Liebe, ich lese hier gerade, daß zerquetschte Erdbeeren, aufs Gesicht gelegt und die ganze Nacht dort gelassen, Sonnenbräune klären und einen zarten Teint verschaffen. Ich frage mich, ob wir das versuchen sollen? Sie haben nämlich eine Spur Sommersprossen, Judith. Sie gehen ja auch immer bei Wind und Sonne aus, und meine Liebe, nichts ist für weibliche Reize so verheerend wie die Berührung mit frischer Luft.»

«Meine liebe Ma'am, wo wollen Sie in dieser Jahreszeit Erdbeeren finden?» fragte Miss Taverner amüsiert.

«Ach richtig, mein Liebes, das habe ich nicht bedacht. Dann also muß es doch das dänische Gesichtswasser sein. Ich wünschte, Sie würden es besorgen, wenn Sie mit Perry ausfahren wollen.»

Judith versprach es und ging, um Hut und Handschuhe zu holen.

Als sie gleich darauf mit ihrem Bruder allein ausfuhr, sprach sie ernsthaft mit ihm über ihren Vormund. «Er kann mir nicht gefallen, Perry. Es ist etwas in seinen Augen, eine Härte, ein – spöttischer Blick –, dem ich nicht traue. Und auch ein Mangel an Höflichkeit – oh, schlimmer! Sein ganzes Benehmen, so familiär mit mir zu sein – mit uns! Es ist sehr schlimm. Ich verstehe ihn nicht. Er will, daß wir glauben, seine Mündel zu sein, und dennoch – ist es nicht seltsam, daß er sich so ganz besonders mit unseren Angelegenheiten beschäftigt? Selbst Mrs. Scattergood hält es für seltsam, daß er sich nicht damit zufriedengibt, die Anwälte alles ordnen zu lassen. Sie sagt, sie habe es bei ihm noch nie erlebt, daß er sich so sehr bemüht, wie er das jetzt tut.»

Also sprach Miss Taverner voller Unruhe.

Der Earl schien es jedoch nicht eilig zu haben, seinen Besuch zu wiederholen. Einige Tage lang sahen sie nichts von ihm, obwohl sie viele Besucher hatten. Lady Sefton kam mit einer ihrer Töchter sowie Mr. Skeffington, ein sehr großer, magerer Mann mit geschminktem Gesicht und gelber Weste. Er war verschwenderisch parfümiert, was die Taverners auf der Stelle gegen ihn einnahm, und sprach sehr viel über Theater. Es schien keinen einzigen lebenden Schauspieler zu geben, mit dem er nicht eng befreundet war. Später entdeckten sie, daß er selbst einige Bühnenstücke geschrieben und sie sogar aufgeführt hatte. Sein Benehmen war äußerst sanft und erfreulich, und es dauerte nicht lange, bis er die Taverners für sich gewonnen hatte. Er war so nett, daß man ihm Schminke und Parfum verzeihen mußte.

Auch Lady Sefton mußte man gern haben; und Mrs. Scattergood versicherte ihren Schützlingen, daß weder die Lady noch deren beliebter Gatte einen einzigen Feind auf der Welt hatten.

Lady Jersey, eine weitere der allmächtigen Patronessen des Almack-Klubs, kam mit Mrs. Drummond-Burrell, einer Dame von eisig gutem Benehmen, die wenig sagte und aussah, als sei sie unerträglich hochmütig. Lady Jersey schien bei all ihrer rastlosen Art sehr gutmütig zu sein. Sie redete während ihres kurzen Besuchs ununterbrochen und spielte mit allem herum, was ihr in die flatternden Hände geriet. Als sie nach ihrem Besuch wieder in ihre Kutsche stieg, sagte sie: «Also, meine Liebe, ich glaube – Sie nicht auch? –, ein reizendes Mädchen. Sehr schön! Und natürlich das Vermögen! Man erzählte mir, allermindestens 80 000 Pfund! Wir werden alle Mitgiftjäger an der Arbeit sehen! Alvanley erzählte mir, der arme liebe Wellesley Poole habe bereits seine Visitenkarte in der Brook Street abgegeben. Nun, ich wünsche dem Mädchen wirklich einen guten Gatten. Ich halte sie für ungewöhnlich.»

Mrs. Drummond-Burrell zuckte leicht die Achseln. «*Farouche*», sagte sie in ihrer kalten Art. «Ich verabscheue Provinzler.»

Miss Taverner hatte das Pech, daß dieses Urteil bald von einem zweiten bestätigt werden sollte. Mr. John Mills, mit dem Spitznamen «der mosaische Dandy», stattete aus Neugierde einen Morgenbesuch in der Brook Street ab und verbreitete nachher in London, die neue Schönheit sollte lieber als «das Milchmädchen» bekannt werden. Sein Benehmen hatte Miss Taverner nicht gefallen. Er war affektiert, sprach äußerst eingebildet und setzte sich mit so viel unverschämter Herablassung in Szne, daß sie gezwungen war, ihm eine scharfe Abfuhr zu erteilen.

Mrs. Scattergood gab zu, daß er aufreizend gewesen sei, war jedoch bekümmert. «Ich mag die Kreatur auch nicht – ich glaube, niemand mag ihn. Brummell haßt ihn, wie ich weiß – aber es ist nicht zu leugnen, meine Liebe, daß er eine scharfe Zunge hat und Unfug stiften kann. Ich hoffe, er versucht nicht, dich zu ruinieren.»

Aber der Spitzname, den er Miss Taverner verliehen hatte, war genügend dazu angetan, die Phantasie der mondänen Welt zu fesseln. Mr. Mills erklärte, kein Herr von Geschmack würde eine solche pausbäckige Hübschheit bewundern. Sehr viele Leute, die im Zweifel waren, ob sie Judith billigen oder verdammen sollten (denn ihr offenes, entschiedenes Betragen war etwas ganz Neues und konnte nur bei Personen von Rang geduldet werden), waren sofort überzeugt, daß sie vorlaut und anmaßend sei. Einige Abfuhren wurden ihr erteilt, das Gedränge zukünftiger Verehrer begann nachzulassen, und mehr als eine Dame von Welt zeigte ihr die kalte Schulter.

Der Spitzname kam Judith zu Ohren und machte sie wütend. Daß es in der Macht irgendeines Stutzers stehen sollte, die öffentliche Meinung zu beeinflussen, war unerträglich. Als sie das Ausmaß des von ihm bewirkten Schadens entdeckte, war sie nicht entsetzt oder tränenselig, sondern im Gegenteil kampflustig. Sie würde ihr Benehmen nicht ändern, um dem Geschmack eines Dandys zu entsprechen; sie würde im Gegenteil die Gesellschaft zwingen, sie allen zum Trotz zu akzeptieren, Brummell mit inbegriffen.

In dieser gefährlichen Stimmung brach sie mit ihrem Bruder und Mrs. Scattergood auf, um zum erstenmal bei Almack zu erscheinen. Lady Jersey, die selbst angesichts der von Mrs. Drummond-Burrell geäußerten ausdrücklichen Mißbilligung bei ihrer ursprünglichen Meinung blieb, hatte die Karten gesandt; die wichtigste Tür in die Gesellschaft stand Miss Taverner offen. Es lag nun an ihr, sagte Mrs. Scattergood eindringlich, das übrige zu tun. Die Tür konnte immer noch zugeschlagen werden.

Insgeheim dachte sie, die Erscheinung des Mädchens müßte einfach siegen. Judith in einem Ballkleid aus weißem Krepp mit goldflitterbesetzten Samtbändern, das Haar in Tausenden loser Locken, die von einem Band mit einer Schleife über dem linken Auge eingefangen wurden, war ein Anblick, der selbst den anspruchsvollsten Kritiker erfreuen mußte. Wenn sie doch bloß etwas umgänglicher gewesen wäre!

Der Abend begann schlecht. Mrs. Scattergood war so sehr mit ihrer eigenen und Judiths Toilette beschäftigt, daß sie keinen Blick für Peregrine übrig hatte. Erst als der Wagen auf halbem Weg zur King Street war, entdeckte sie plötzlich, daß Peregrine lange Hosen trug, die mit Riemchen unter den Schuhen strammgehalten wurden.

Sie schrie leise auf. «Perry! Guter Gott, hat es je einen aufreizenderen Menschen gegeben? Peregrine, wie wagtest du nur, diese Dinger anzuziehen! Oh, du mußt sofort den Wagen anhalten lassen! Niemand – aber auch schon niemand, verstanden? –, nicht einmal der Prinzregent persönlich, wird bei Almack mit langer Hose zugelassen! Kniehosen, du dummer, lästiger Junge! Du wirst alles ruinieren. Zieh sofort die Anhalteschnur! Wir müssen dich absetzen.»

Peregrine disputierte umsonst; er war sich nicht klar, wie unerbittlich die Regeln im Almack-Klub waren; er mußte heimgehen und seinen Anzug wechseln – und es ginge auch nicht, daß er eine einzige Minute nach elf im Almack einträfe: er würde abgewiesen werden.

Judith brach in Gelächter aus, aber ihre bekümmerte Anstandsdame beförderte Peregrine schnell auf die Straße und versicherte ihr, da gäbe es nichts zum Lachen.

Als die beiden Damen schließlich bei Almack ankamen, schien es Judith nicht so, daß der Klub dieses ganze Getue wert sei. Es war nichts Bemerkenswertes vorhanden. Die Räume waren groß, aber nicht prächtig; die Erfrischungen, die aus Tee, Mandelmilch, Limonade, Kuchen und Butterbrot bestanden, schienen Miss Taverner mehr als dürftig. Tanzen, nicht Kartenspiel, war der Zweck des Klubs; hohe Einsätze waren nicht erlaubt, so daß sich im Spielzimmer nur Witwen und bescheidene Herren befanden, die sich damit zufriedengaben, Whist um Sixpenny pro Punkt zu spielen.

Lady Sefton, Prinzessin Eszterhazy und Gräfin Lieven waren die einzigen anwesenden Patronessen. Die Gattin des österreichischen Gesandten war eine kleine, rundliche Dame von großer Lebhaftigkeit, die Gräfin Lieven, berühmt als die bestangezogene und kenntnisreichste Dame Londons, sah wirklich aus, als sei sie klug, und war fast so stolz wie Mrs. Drummond-Burrell. Weder sie noch die Prinzessin waren mit Mrs. Scattergood bekannt. Sie starrten zwar mit der besonderen Unverschämtheit der Wohlerzogenen Miss Taverner an, nahmen aber kein weiteres Interesse an ihr. Die Prinzessin ging sogar so weit, ihren Partner, Sir Henry Mildmay, zu fragen, wer die goldene Bohnenstange wohl sein könnte, und als sie Judiths Namen hörte, lachte sie und sagte ziemlich vernehmbar: «Oh, Mr. Mills' Milchmädchen!»

Es blieb Lady Sefton überlassen, den Neuankömmlingen entgegenzugehen, was sie auch wirklich tat, sowie sie sie erblickte. Miss Taverner wurde vorgestellt, und gleich darauf tanzte sie auch schon mit Lord Molyneux, dem Sohn Ihrer Gnaden.

Sie hatte die Bemerkung der Prinzessin Eszterhazy nicht gehört, wohl aber den sprechenden Blick aufgefangen, der sie begleitete. In ihrem Hals stak ein Klumpen vor Zorn; ihre Augen funkelten noch mehr als sonst. Sie sah prächtig aus, aber so streng, daß sie Lord Molyneux in panische Angst versetzte. Der Anblick Mr. John Mills, der im Gespräch mit einer Dame an einem Fenster stand, trug nicht dazu bei, Miss Taverners Stimmung zu besänftigen. Lord Molyneux empfand nichts als Erleichterung, als der Tanz zu Ende war, und nachdem er Judith zu einem Stuhl an der Wand geführt hatte, entfloh er unter dem Vorwand, ihr ein Glas Limonade zu besorgen.

Es fehlten noch zehn Minuten auf elf, aber obwohl ständig Leute ankamen, war von Peregrine nichts zu sehen. Judith vermutete, daß er nur zu froh um eine Ausrede war, nicht kommen zu müssen, denn es lag ihm nichts am Tanzen, aber sie hatte sich im Leben noch nie so einsam gefühlt und hoffte, ihn jeden Augenblick hereinkommen zu sehen.

Mrs. Scattergood, die einige ihrer Freundinnen getroffen hatte, war ins Gespräch vertieft, brach aber plötzlich ab und schoß zu ihrem Schützling. «Mr. Brummell!» zischelte sie Judith ins Ohr. «Ich flehe dich an, Liebes, nimm dich zusammen, und sollte er mit dir sprechen, flehe ich dich weiter an, denk daran, was es bedeuten könnte!»

Die bloße Erwähnung des Namens irgendeines Dandys genügte in diesem Augenblick völlig, Miss Taverners Wut hoch auflodern zu lassen. Sie sah alles andere als versöhnlich drein, und als sie die Augen zur Tür wandte und den Herrn betrachtete, der soeben eingetreten war, flog ein Ausdruck unverhüllter Verachtung über ihr Gesicht.

Eine Dame mit einem aigrettengeschmückten Purpurturban segelte auf Mrs. Scattergood zu und zog sie mit soviel Herablassung beiseite, daß Judith kaum überrascht gewesen wäre, wenn man ihr gesagt hätte, es sei die Königin Charlotte persönlich. Sie wandte sich ab, um ihren ersten Anblick des Mr. George Bryan Brummell voll zu genießen.

Sie konnte sich kaum das Lachen verbeißen, denn es konnte wirklich keine komischere Firgur geben. Er stand einen Augenblick hochaufgerichtet am Eingang still, eine richtige Marionette, so schön gewandet, daß er die beiden Herren, die hinter ihm eintraten, in den Schatten stellte. Es konnte nicht besser sein: Von seinem grünen Satinrock bis zu den lächerlich hohen Absätzen herunter war er genau so, wie sie es sich von ihm erwartet hatte. Seine Eitelkeit war sichtlich grenzenlos. Er überblickte den Raum durch sein Monokel, das er mindestens dreißig Zentimeter vom Auge weghielt, ging geziert auf die Prinzessin Eszterhazy zu und machte eine schwungvolle Verbeugung vor ihr.

Judith konnte die Augen nicht von ihm wenden; er sah nicht in ihre Richtung, also konnte sie es sich erlauben, zu lächeln. Ja, die Wut war aus ihrem Gesicht geschwunden und war einer zwinkernden Heiterkeit gewichen. Das also war der König der Mode!

Sie wurde sich ihrer Umgebung erst wieder bewußt, als eine ruhige Stimme neben ihr sagte: «Verzeihung, Ma'am – ich glaube, Sie haben Ihren Fächer fallen gelassen?»

Sie wandte sich mit einem Ruck um und entdeckte, daß ein Herr, den sie als den einen der beiden erkannte, die hinter dem Beau eingetreten waren, mit ihrem Fächer in der Hand neben ihr stand.

Sie nahm den Fächer mit einem Wort des Dankes und ihrem klaren, prüfenden Blick entgegen. Was sie sah, gefiel ihr. Der Herr war mittelgroß, hatte lichtbraunes, *à la* Brutus gebürstetes Haar und ein Gesicht, das, ohne wirklich schön zu sein, doch im allgemeinen angenehm war. Um seinen Mund lag sehr viel Humor, und seine Augen, die grau und auffallend klug waren, waren von höchst ausdrucksvollen Brauen überwölbt. Er war sehr gut gekleidet, aber so unauffällig, daß es Judith schwergefallen wäre, hätte sie beschreiben müssen, was er trug.

Er erwiderte ihren Blick mit etwas wie Schalkhaftigkeit in den Augen. «Miss Taverner, nicht wahr?» fragte er.

Sie bemerkte, daß er eine besonders gute Stimme hatte und sein Benehmen ruhig und bescheiden war. Entschieden freundlich sagte sie: «Ja, ich bin Miss Taverner, Sir. Ich weiß aber nicht, wieso Sie mich erkennen, denn ich glaube nicht, daß wir einander schon begegnet sind – oder?»

«Nein, ich war diese Woche nicht in London», antwortete er. «Ich hätte Ihnen natürlich einen Besuch machen müssen. Ihr Vormund ist ein Freund von mir.»

Dieser Umstand war für Miss Taverner kaum eine Empfehlung, sie sagte jedoch nur: «Sie sind sehr gütig, Sir. Aber wie kommt es, daß Sie mich kennen?»

«Sie sind mir beschrieben worden, Miss Taverner. Ich konnte mich nicht irren.»

Eine leichte Röte stahl sich in ihre Wangen, sie hob die Augen und sah ihn sehr fest an. «Vielleicht von Mr. Mills, Sir?»

Eine seiner beweglichen Brauen ging hoch. «Nein, Ma'am, nicht von Mr. Mills. Darf ich fragen – oder ist es eine Unverschämtheit? –, warum Sie das denken?»

«Mr. Mills hat es sich angelegen sein lassen, mich an so vielen Stellen zu beschreiben, daß es eine natürliche Schlußfolgerung war», sagte Judith bitter.

«Nein, wirklich?» Er sah ziemlich durchdringend auf sie herunter. «Ich bin ein neugieriger Mensch, Miss Taverner. Ich hoffe, Sie sagen mir, warum Sie so zornig dreinsehen?» fragte er.

Sie lächelte. «Ich weiß, das sollte ich nicht. Aber ich muß Sie warnen, Sir, es ist nicht das richtige, mit mir im Gespräch gesehen zu werden.»

Daraufhin hoben sich beide Brauen. «Aus Machtbefugnis des Mr. Mills?» erkundigte sich der Herr.

«Ja, soweit ich weiß. Mr. Mills war so gütig, mich das ‹Milchmädchen› zu taufen und zu erklären, daß niemand von Welt meine – meine Person tolerieren könne.» Sie versuchte, leichthin zu sprechen, es gelang ihr jedoch nur, ihre Empörung durchblicken zu lassen.

Er zog einen Stuhl heran. «Lassen Sie mich Ihnen versichern, Miss Taverner, daß Sie es nicht im geringsten nötig haben, über Mr. Mills' Unverschämtheit betrübt zu sein. Darf ich mich setzen?»

Sie nickte; sie konnte nur froh sein, daß er es wollte. Er mochte ja keinen goldbetreßten grünen Rock tragen und nicht ganz London an der Nase herumführen, aber sie sprach lieber mit ihm als mit irgendeinem Dandy. Freimütig sagte sie: «Ich weiß, ich sollte es nicht – und in Wirklichkeit betrübt es mich gar nicht. Es macht mich nur wütend. Sehen Sie, wir – mein Bruder und ich – waren bisher noch nie in London, und wir wollten so sehr – in die guten Kreise kommen. Aber anscheinend stimmt die Gesellschaft mit Mr. Mills überein – obwohl natürlich viele Leute sehr nett waren.»

«Wissen Sie, Miss Taverner, daß Sie mir das Gefühl geben, ich sei länger von London fortgewesen, als es mir bewußt war?» sagte der Herr mit einem seiner humorvollen Blicke. «Als ich London verließ, um nach Cheveley zu fahren, führte Mr. Mills die Gesellschaft noch nicht an, versichere ich Ihnen.»

«Oh», sagte sie, «Sie dürfen nicht glauben, ich wüßte nicht, wer das tut! Man hat mir den Namen des Beau Brummell so lange in die Ohren getrommelt, bis ich ihn herzlich satt hatte! Man erzählt mir, daß ich um jeden Preis seinen Beifall gewinnen muß, wenn ich Erfolg haben soll, und ich sage Ihnen offen, Sir, ich habe nicht die geringste Absicht, es zu tun!» Sie sah einen leicht erschrockenen Blick in seinen Augen und fügte trotzig hinzu: «Es tut mir leid, falls er ein Freund von Ihnen ist, aber ich habe mich entschlossen, daß ich weder seine gute Meinung noch seine Bekanntschaft wünsche.»

«Sie können mir ganz ruhig sagen, was Sie von ihm denken», erwiderte der Herr ernst. «Aber was hat er denn getan, um Ihre Verachtung zu erringen, Ma'am?»

«Nun, Sir, Sie brauchen ihn doch nur anzusehen!» sagte Judith und ließ ihre Augen bedeutsam zu der prächtigen Gestalt am anderen Ende des Saals schweifen. «Ein goldbetreßter Rock!» verkündete sie verachtungsvoll.

Sein Blick folgte dem ihren. «Ich stimme mit Ihnen überein, Miss Taverner», sagte er. «Obwohl ich persönlich dieses Ding nicht einmal einen Rock nennen würde.»

«Oh, aber das ist noch nicht alles!» sagte sie. «Ich höre ständig von seinen Ziereien und Unverschämtheiten! Ich bin sehr aufgebracht gegen ihn!»

Sie hatte den Eindruck, daß er über sie lachte, aber als er sprach, tat er es vollkommen ernst. «Ah, Ma'am, aber es ist gerade Mr. Brummells Verrücktheit, die sein Glück ist. Wenn er Herzoginnen nicht mit einem Blick aus der Fassung brächte und Prinzen nicht über die Schulter zunickte, dann wäre er in einer Woche vergessen. Und wenn die Welt so dumm ist, seine Albernheiten zu bewundern – Sie und ich wissen es vielleicht besser –, was bedeutet das schon?»

«Nichts, vermutlich», sagte Judith. «Aber wenn ich keinen Erfolg haben kann, ohne gezwungen zu sein, um seine Billigung zu buhlen, dann möchte ich lieber ein Mißerfolg sein.»

«Miss Taverner», erwiderte er, und wieder tanzte das Lächeln in seinen Augen. «Ich prophezeie Ihnen, daß Sie der letzte Schrei werden.»

Sie schüttelte den Kopf. «Wie können Sie das glauben, Sir?»

Er erhob sich. «Nun, ich glaube es nicht nur, Ma'am, ich bin davon überzeugt. Sogar jetzt schon ruht jedes Auge auf Ihnen. Sie haben mich fast eine halbe Stunde lang mit Ihrem Gespräch gefesselt.» Er verneigte sich. «Darf ich mir die Ehre geben, Sie zu besuchen?»

«Wir werden uns freuen, Sir.»

«Wer weiß?» sagte er mit einem neckenden Blick und ging zu Lord Alvanley hinüber, der gegenüber an der Wand lehnte.

Miss Taverner bemerkte eine aufgeregt zwitschernde Mrs. Scattergood neben sich. «Mein Liebes, was hat er dir gesagt? Erzähl es mir auf der Stelle!»

Judith wandte sich zu ihr. «Zu mir gesagt?» wiederholte sie verblüfft. «Er fragte, ob er uns besuchen dürfte, und –»

«Judith! Das ist nicht dein Ernst! Oh, hat es je etwas so – Nun, und du hast ja ewig dahingeschwätzt! Bitte, was wurde sonst noch gesprochen?»

Judith sah sie sehr überrascht an. «Aber was kann daran schon wichtig sein, Ma'am?»

Mrs. Scattergood unterdrückte einen Aufschrei. «Heiliger Himmel! Du hast Mr. Brummell eine halbe Stunde an deiner Seite festgehalten, und da fragst du noch, was daran schon wichtig sein kann!»

Judith stockte der Atem, und sie wurde blaß. «Ma'am! O guter Gott, Ma'am, das war doch bestimmt nicht Mr. Brummell?»

«Nicht Mr. Brummell? Natürlich war er es! Aber meine Liebste, ich habe dich doch besonders gewarnt! Was hast du getrieben?»

«Ich dachte, Sie meinten dieses gräßliche Geschöpf in dem grünen Rock», sagte Judith benommen. «Wie konnte ich mir auch vorstellen –» Sie brach ab und blickte über den Saal hinweg zu Mr. Brummell. Ihre Augen trafen sich; er lächelte; unverkennbar – er lächelte.

«Ich erkläre, ich könnte ihn einfach umarmen!» sagte Mrs. Scattergood, die diesen Austausch der Blicke gierig einsog. «Du bist gemacht, meine Liebe! Welch eine Abfuhr für John Mills! Brummell muß gehört haben, was er über dich gesagt hat und daß er es wagte, die Leute gegen dich aufzubringen! Eine solche Frechheit!»

«Er hat es gehört», sagte Miss Taverner trocken. «Ich habe es ihm selbst erzählt.»

6

Zwei Tage später machte Mr. Brummell seinen Besuch in der Brook Street und blieb dreiviertel Stunden. Miss Taverner entschuldigte sich freimütig für ihre unwissentliche Grobheit, aber er schüttelte den Kopf. «Sehr viele Leute haben mich grobe Dinge sagen gehört, Ma'am, aber niemand hat je gehört, daß ich die Torheit begangen hätte, mich dafür zu entschuldigen», sagte er. «Das einzige, wofür Sie sich bei mir entschuldigen sollten, ist, daß Sie mich mit Mr. Frensham verwechselt haben. Ein Schlag, Ma'am, gestehe ich. Ich dachte, das wäre nie möglich gewesen.»

«Verstehen Sie doch, Sie kamen hinter ihm herein – und er war so wunderschön», entschuldigte sie sich.

«Ihn macht sein Schneider», sagte Mr. Brummell. «Ich jedoch mache meinen Schneider.»

Miss Taverner wünschte, Peregrine wäre anwesend gewesen, um diesen Ausspruch zu hören.

Als Mr. Brummell sich erhob, um zu gehen, war aller günstiger Eindruck, den er im Almack auf sie gemacht hatte, bestätigt. Er war ein bezaubernder Gesellschafter, sein Betragen war besonders gut, und seine Manieren anmutig und ungeziert. Er hatte eine drollige Art, seine Aussprüche vorzubringen, die sie amüsierte, und sei es, daß es ihn amüsierte, eine genau entgegengesetzte Ansicht von der Mr. Mills' zu haben, oder aber, daß er seinem Freund Worth gefällig sein wollte – er war jedenfalls so gütig, sich für ihr Debüt zu interessieren. Er riet ihr, kein Fünkchen von ihrem katastrophalen Freimut aufzugeben. Sie konnte so ehrlich sein, wie sie nur wollte.

Miss Taverner warf einen triumphierenden Blick auf ihre Anstandsdame. «Und darf ich meinen Phaeton im Park selbst kutschieren, Sir?»

«Auf jeden Fall», sagte Mr. Brummell. «Es könnte nichts Besseres geben. Sie müssen möglichst ausgefallen sein.»

Miss Taverner nahm diesen Rat an und beauftragte Peregrine sofort, ihr einen hochrädrigen Phaeton und ein Paar Renner zu besorgen. Nichts in seinem Stall war ihr gut genug; sie wünschte nur, sie hätte mit ihm zum Tattersall gehen können, um das Pferd selbst auszusuchen.

Glücklicherweise schaltete sich der Earl in die Sache ein, bevor Peregrine noch mehr als ein halbes Dutzend Gelegenheitskäufe lammfrommer, vorzüglicher Renner besichtigt hatte, die in den Spalten der *Morning Post* angeboten wurden. Worth kam eines späten Nachmittags in die Brook Street, sein Karriol selbst lenkend, und traf Miss Taverner gerade beim Aufbruch zum Spaziergang im Hyde Park an.

«Ich werde Sie nicht lange aufhalten», sagte er und legte Hut und Handschuhe auf den Tisch. «Sie haben, glaube ich, einen hochrädrigen Phaeton für Ihren persönlichen Gebrauch erworben?»

«Gewiß», sagte Miss Taverner.

Er maß sie. «Sind Sie imstande, ihn zu fahren?»

«Sonst hätte ich ihn nicht gekauft, Lord Worth.»

«Darf ich Ihnen nahelegen, daß ein gewöhnlicher Phaeton ein sichereres Beförderungsmittel für eine Dame ist?»

«Sie können mir nahelegen, was Sie wollen, Sir. Ich fahre einen Sportphaeton.»

«Ich bin nicht dessen so sicher», sagte er. «Sie haben mich noch nicht überzeugt, daß Sie ihn fahren können.»

Sie warf einen Blick aus dem Fenster auf seinen Pagen, der an den Köpfen der unruhigen, an das Karriol gespannten Seitenpferde stand. Der Earl fuhr heute nicht seine Goldfüchse, sondern ein Gespann Grauer. «Lassen Sie mich Ihnen versichern, Sir, daß ich nicht nur fähig bin, ein Paar zu handhaben, ich könnte genauso leicht auch Ihr Viergespann fahren!» erklärte sie.

«Sehr gut», sagte der Earl unerwartet. «Fahren Sie es!»

Sie war völlig verblüfft. «Meinen Sie – jetzt?»

«Warum nicht? Haben Sie Angst?»

«Angst! Ich täte nichts lieber, aber ich bin nicht zum Fahren angezogen.»

«Ich gebe Ihnen zwanzig Minuten», sagte der Earl und ging zu einem Stuhl.

Miss Taverner war über diese kühle Art, sie wegzuschicken, keineswegs erfreut, aber sie war zu eifrig darauf aus, ihre Fahrkunst zu beweisen, um zu bleiben und über den Punkt zu streiten. Sie schoß aus dem Zimmer und die Treppe hinauf, läutete stürmisch nach ihrer Jungfer und teilte ihrer erstaunten Anstandsdame mit, daß es keinen Spaziergang im Park gab. Sie würde mit Mylord Worth fahren.

Genau eine Viertelstunde später kam sie wieder zu Seiner Lordschaft herunter, nachdem sie ihre fließenden Musselingewänder gegen einen streng geschnittenen Fahranzug aus dunklem Tuch und einen kleinen Samthut vertauscht hatte, der auf einer Seite ihrer dichten goldenen Locken aufgeschlagen war und auf der anderen Seite eine gekräuselte Feder trug. «Ich bin bereit, Mylord», sagte sie und zog dabei ein Paar praktischer lohfarbener Yorkhandschuhe an.

Er hielt die Tür für sie auf. «Erlauben Sie mir, Ihnen zu sagen, Miss Taverner, was immer Sie für Fehler haben mögen – Ihr Geschmack in Kleiderfragen ist unanfechtbar.»

«Ich gebe nicht zu, Sir, daß ich irgendwelche Fehler habe», flammte Miss Taverner auf.

Bei ihrem Anblick berührte der wartende Page seine Mütze, richtete jedoch einen streng fragenden Blick auf seinen Herrn. Miss Taverner nahm Peitsche und Zügel in die Hand und kletterte, Hilfe verschmähend, auf den Bock.

«Du nimmst deine Befehle von Miss Taverner entgegen, Henry», sagte der Earl, als er neben sein Mündel stieg.

«Mylord, Sie werden uns doch nie im Leben von einem Frauenzimmer fahren lassen?» sagte Henry fast weinend. «Was ist mit meinem Stolz?»

«Schluck ihn, Henry», erwiderte der Earl freundschaftlich. Die Brust des Pagen schwoll. Er starrte ausdruckslos auf einen Laternenpfahl in der Nähe und sagte unheilverkündend: «Ich hab gehört, daß Major Forrester mich als Pagen haben wollte. Ist mir so zu Ohren gekommen. Lord Barrymore auch. Ich weiß nicht, wieviel der dafür geben tät, mich zu schnappen.»

«Du solltest lieber zu Sir Harry Peyton gehen», empfahl ihm Worth. «Ich werde dir eine Zeile für ihn mitgeben.»

Der Page wandte ihm einen Blick empörten Vorwurfs zu. «Ja, und wenn ich's tät – was wird dann aus Ihnen?» fragte er.

Miss Taverner ließ ihre Pferde starten und sagte herrisch: «Trete Er zurück! Wenn Er Angst hat, erwarte Er uns hier.»

Der Page ließ die Seitenpferde los und rettete sich mit einem Sprung auf seinen Sitz. Als er hinaufkrabbelte, sagte er mit starkem Gefühl:

«Ich bin hinter Ihnen gesessen, wenn Sie nüchtern waren, Chef, und ich bin hinter Ihnen gesessen, wenn Sie blau waren, und ich bin hinter Ihnen gesessen, als Sie mit Sir John die Wettfahrt nach Brighton machten, und ich hab mich nie beklagt, aber ich bin noch nie hinter Ihnen gesessen, wenn Sie verrückt geworden sind!» Worauf er die Arme verschränkte, düster nickte und in mißbilligendes Schweigen versank.

Feurig lenkte Miss Taverner das Gespann in einem flotten Trab, alle vier Pferde ausgeglichen, die Straße hinab. Sie hatte feinfühlige, leichte Hände, wußte, wie die Leitpferde auszurichten waren, und zeigte dem Earl bald, daß sie Erfahrung im Gebrauch der Peitsche hatte. Sie berührte das Leitpferd verhalten und fing die Schnur mit einer leichten Wendung des Handgelenks wieder ein, so daß diese geräuschlos den Stiel hinaufglitt. Miss Taverner fuhr Seine Lordschaft ohne den geringsten Zwischenfall in den Hyde Park und zweimal in der Runde. Sie vergaß, kalt und förmlich zu sein, und sagte impulsiv: «Ich habe alle Pferde meines Vaters gefahren, aber ich habe noch nie ein so weichmäuliges Gespann in der Hand gehabt wie das hier.»

«Man hält mich für etwas wie einen Pferdekenner, Miss Taverner», sagte der Earl.

Sir Harry Peyton schlenderte Arm in Arm mit dem Ehrenwerten Frederick Byng die Promenade entlang, hielt den Atem an und rief aus: «Guter Gott, Pudel, schau! Das Worth-Karriol!»

«Das ist es», stimmte ihm Mr. Byng zu und beäugte weiter eine Gruppe junger Damen.

«Aber mit einem Frauenzimmer, das seine Grauen fährt! Und ein verteufelt schönes Frauenzimmer auch noch dazu!»

Das berührte Mr. Byng immerhin genügend, um dem Karriol nachzuschauen. «Sehr seltsam von ihm. Vielleicht ist es Miss Taverner – sein Mündel, weißt du. Ich habe gehört, sie ist ein wirklich reizendes Mädel. Achtzigtausend Pfund, glaube ich.»

Sir Harry beachtete das nicht sehr. «Das hätte ich nie für möglich gehalten! Entweder ist Worth verrückt oder verliebt! Und Henry noch dazu! Ich sage dir etwas, Pudel: das bedeutet, daß ich Henry endlich doch kriege.»

Mr. Byng schüttelte weise das Haupt. «Worth wird ihn nicht gehen lassen. Du weißt, wie das ist – Karriol Worth und sein Henry – fast sprichwörtlich. Man erzählt mir, er war ein Kaminfegerjunge, bevor Worth ihn aufgegabelt hat.»

«Das war er. Und wie ich Henry kenne, bleibt der nicht mehr bei Worth.»

Er behielt nicht recht. Als das Karriol wieder in der Brook Street vorfuhr, sah Henry Miss Taverner mit etwas wie Respekt in seinen scharfen Augen an. «Es ist nicht, was ich gewohnt bin, und auch nicht, was ich billige», sagte er, «aber Sie handhaben sie sehr gut, Miss – sehr gut handhaben Sie sie!»

Der Earl half seinem Mündel vom Karriol herunter. «Sie dürfen Ihren Sportphaeton haben», sagte er. «Aber informieren Sie Peregrine, daß ich es auf mich nehme, ein passendes Paar für Sie zu besorgen.»

«Das ist sehr freundlich von Ihnen, Sir, aber Peregrine ist durchaus imstande, meine Pferde für mich auszusuchen.»

«Ich gestehe Ihnen Ihre natürliche Parteilichkeit durchaus zu, Miss Taverner, aber hierin geht sie zu weit», sagte der Earl.

Der Butler hatte die Tür geöffnet, bevor sie sich eine genügend niederschmetternde Erwiderung ausdenken konnte. Sie hatte das Gefühl, daß es nicht schicklich wäre, vor einem Diener mit ihrem Vormund zu streiten, daher fragte sie ihn nur, ob er mit ihr eintreten wolle.

Er lehnte ab, verbeugte sich und stieg wieder die Stufen zu seinem Karriol hinunter.

Miss Taverner war hin und her gerissen zwischen ihrem Ärger über seine hochfahrende Einmischung in ihre Pläne und der Befriedigung, daß sie jetzt völlig sicher sein konnte, genau die Pferde zu bekommen, die sie brauchte.

Einige Tage später wurde die mondäne Welt im Hyde Park durch das Erscheinen der reichen Miss Taverner aufgescheucht, die ein prachtvolles Paar Brauner in einem sehr schicken Sportphaeton mit Doppelstangen im Schwanenhalsstil fuhr. Sie wurde von einem Groom in Livree begleitet und hielt sich (Mr. Brummells Rat im Auge haltend) mit einem Selbstbewußtsein, das sich sehr hübsch mit einer scheinbaren Gleichgültigkeit der Sensation gegenüber, die sie hervorrief, mischte. Wie es das Glück haben wollte, ging eben Mr. Brummell mit seinem Freund Jack Lee spazieren. Er winkte ihr erfreut zu, Miss Taverner hielt an, um mit ihm zu sprechen, und sagte mit einem Zwinkern: «Ich bin erstaunt, Sir, daß Sie sich mit einer so unmondänen Person wie mir im Gespräch sehen lassen.»

«Aber bitte, meine teuerste Gnädige, das ist doch nicht der Rede wert», erwiderte Brummell ernst. «Es ist ja niemand in der Nähe.»

Sie lachte, erlaubte ihm, ihr Mr. Lee vorzustellen, und fuhr nach einem kurzen Gespräch weiter.

In einer Woche war der Phaeton der reichen Miss Taverner zu einer der Sehenswürdigkeiten Londons geworden, und einige ehrgeizige Damen hatten etwas in gleichem Stil versucht. Da aber keine einzige selbst nur ein Pferd, geschweige denn ein Paar mit auch nur annähernd der Kunst Miss Taverners fahren konnte, ausgenommen Lady Lade, die so ordinär und von niedriger Geburt war, daß sie nicht mitgezählt wurde (und vor ihrer Heirat mit Sir John die Geliebte eines als Sechzehn-Schnüre-Jack bekannten Straßenräubers gewesen war) – wurden alle derartigen Versuche aufgegeben. Und mit einem widerspenstigen Pferd zu kämpfen oder nüchtern hinter einem trägen dahinzurattern, während Miss Taverner in ihrem Sportphaeton vorbeiflitzte, konnte keiner Dame zur Ehre beitragen. Miss Taverner durfte also ihr Paar ohne Rivalinnen fahren.

Sie kutschierte jedoch nicht immer. Manchmal ritt sie auch aus, meist mit ihrem Bruder, gelegentlich mit den reizenden Töchtern des Lord Anglesey und sehr oft mit ihrem Vetter, Mr. Bernard Taverner. Sie ritt einen sehr feurigen Rappen, und es dauerte nicht lange, bis Miss Taverners Rappe genauso bekannt war wie Lord Mortons langschwänziger Grauer. Sie hatte den Trick benützt, sich eine eigene Note zuzulegen. In einem Monat waren die Taverners so fest in die Gesellschaft eingeführt, daß selbst Mrs. Scattergood zugab, es sei anscheinend nichts mehr zu fürchten. Peregrine war nicht nur Mitglied des White-Klubs geworden, sondern es war ihm auch gelungen, sich in den Watier-Klub wählen zu lassen, dessen ständiger Präsident, Mr. Brummell, dazu gebracht worden war, eine weiße statt einer schwarzen Kugel zu wählen, dank der entschiedenen Versicherung des Lord Sefton, daß Peregrine nicht das leiseste Aroma weder aus den Ställen noch von schlechter Schuhcreme in den Klub bringen würde – ein Aroma, das nach der Erfahrung Mr. Brummells Landedelleuten nur allzuoft anhing.

Als Mr. Fitzjohns Gast ging Peregrine zu einem Treffen der *Sublime Society of Beefsteaks* im Lyceum und hatte das Glück, dort der erstaunlichen Gestalt des Herzogs von Norfolk zu begegnen, der hereinrollte, wie ein derber Gastwirt aussah und in schmutziger Wäsche und einer alten blauen Jacke den Vorsitz über das Diner führte, mehr Beefsteaks als sonst jemand aß, sehr natürlich und gut gelaunt war und noch vor Ende der Veranstaltung in festen Schlaf verfiel.

Peregrine nahm Boxunterricht in Jacksons Saloon; schoß in Mantons Schießstätte; focht bei Angelo; trank Blue Ruin in Cribb's Parlour; fuhr in seinem eigenen Tilbury zu Rennen und benahm sich im allgemeinen ganz so wie jeder andere reiche junge Herr, der sich für einen mondänen Stutzer hielt. Seine Rede wurde mit Dialektausdrücken durchsetzt, er verlor eine Menge Geld beim Macao oder bei Wetten mit seinen Kumpanen, trank viel zuviel und begann seine Schwester zu beunruhigen. Wenn sie ihm Vorwürfe machte, lachte er bloß, versicherte, sie könne sicher sein, daß er sich in Grenzen halte, ging fort, um sich mit einer Gesellschaft von Sportleuten zu treffen, und kehrte in den frühen Morgenstunden ziemlich betrunken oder – wie er es selbst nannte – «ein bißchen über Pari» zurück.

Judith wandte sich an ihren Vetter um Rat. Mit dem Admiral konnte sie nicht auf vertrauten Fuß kommen, aber Bernard Taverner war sehr bald ein enger Freund geworden. Er hörte ihr ernst zu; er stimmte mit ihr überein, daß Peregrine viel zu wild lebte, sagte jedoch sanft: «Sie wissen, ich würde alles in meiner Macht Stehende für Sie tun. Ich habe mich gewundert, daß Lord Worth nicht einschreitet.»

Sie sah ihn an. «Könnten nicht Sie es tun?» fragte sie.

Er lächelte. «Ich habe kein Recht dazu, Base. Glauben Sie, Perry würde auf mich hören? Ich bin überzeugt, daß er es nicht täte. Er würde mich als einen langweiligen Kerl abtun, und ich wäre für ihn erledigt. Es ist –» er zögerte. «Darf ich offen sprechen?»

«Ich bitte Sie darum.»

«Dann will ich Ihnen sagen, daß es meiner Meinung nach Lord Worth obliegt, seine Autorität geltend zu machen. Er allein hat das Recht dazu.»

«Es war Lord Worth, der Perry in den Watier-Klub brachte», sagte Judith bitter. «Zuerst war ich froh darüber, wußte jedoch nicht, daß dort nur gespielt wird. Er war es auch, der ihn in dieses gräßliche Lokal mitnahm, das sie Cribb's Palour nennen, wo er all die Preisboxer trifft, von denen er ununterbrochen redet.»

Mr. Taverner schwieg einen Augenblick. Schließlich sagte er: «Das wußte ich nicht. Dennoch kann man Lord Worth kaum einen Vorwurf daraus machen – es ist seine eigene Welt und diejenige, in die Perry so eifrig hineinkommen wollte. Lord Worth selbst ist ein Spieler, ein sehr bekannter Lebemann. Er gehört zu der Carlton House-Gruppe, dem intimen Kreis des Prinzregenten. Es kann sein, daß ihm an Perrys Treiben nicht viel liegt. Sprechen Sie mit ihm, Judith; auf Sie muß er hören.»

«Warum sagen Sie das?» fragte sie stirnrunzelnd.

«Verzeihen Sie mir, meine liebe Base, manchmal scheint mir, daß Seine Lordschaft eine gewisse besondere Vorliebe für Sie verrät – mehr will ich nicht sagen.»

«O nein!» sagte sie mit starkem Widerwillen. «Sie irren. Eine solche Vorstellung ist undenkbar.»

Er machte eine Bewegung, als wollte er ihre Hand ergreifen, beherrschte sich jedoch und sagte mit einem ernsten Blick: «Ich freue mich darüber.»

«Haben Sie etwas gegen ihn?» fragte sie schnell.

«Nichts. Wenn ich fürchtete – wenn mir der Gedanke mißfiel, daß eine Vorliebe vorhanden wäre, dann müssen Sie es mir verzeihen. Ich konnte mir darin nicht helfen. Aber ich habe schon zuviel gesagt. Sprechen Sie mit Lord Worth über Perry. Bestimmt kann er nicht wollen, daß er über die Stränge schlägt!»

Sie war von dieser Rede und von dem Blick, der sie begleitete, sehr bewegt. Beides mißfiel ihr nicht – sie konnte ihn viel zu gut leiden. Aber sie wünschte, daß er nicht mehr sagte. Eine Erklärung schien bevorzustehen; sie war dankbar, daß er sie nicht ablegte. Sie kannte ihr Herz noch nicht.

Sein Rat war zu vernünftig, um leichtherzig übersehen zu werden. Sie dachte über ihn nach und erkannte, wie richtig es war, was er gesagt hatte. Ihren Phaeton selbst kutschierend, fuhr sie bei Worth vor. Hätte sie ihn ersucht, in die Brook Street zu kommen, dann wäre Mrs. Scattergood anwesend gewesen; sie nahm an, es könne nichts Unschickliches daran sein, wenn ein Mündel seinen Vormund besuchte.

Sie wurde in den Salon geführt, aber nach einiger Zeit kam der Lakai zurück und bat sie, ihm zu folgen. Sie wurde eine Treppe hoch in das Privatzimmer Seiner Lordschaft geleitet und angemeldet.

Der Earl stand an einem Tisch beim Fenster und tauchte eine Art Eisenspan in etwas, das wie eine Weinflasche aussah. Auf dem Tisch lagen mehrere Pergamentblätter, ein Sieb, zwei Glasphiolen und ein Mörser mit Pistill aus gedrechseltem Buchsbaumholz.

Miss Taverner starrte den Earl ziemlich überrascht an, denn sie konnte sich unmöglich vorstellen, was er da wohl tat. Das Zimmer war von Regalen gesäumt, die eine Unzahl glasierter Töpfe und Blechbüchsen trugen. An allen Gefäßen waren Schildchen mit seltsam klingenden Namen wie Scholten, Curaçao, Masulipatam, Bureau Demi-gros, Bolongaro, Old Paris angebracht. Fragend blickte sie Seine Lordschaft an, der noch immer mit seiner Flasche und dem Stäbchen beschäftigt war.

«Sie müssen entschuldigen, daß ich Sie hier empfange, Miss Taverner, aber ich bin äußerst beschäftigt», sagte er. «Es wäre fatal für mich, wollte ich die Mixtur in ihrem gegenwärtigen Zustand stehenlassen, sonst wäre ich zu Ihnen hinuntergekommen. Haben Sie Maria Scattergood unten gelassen, wenn ich fragen darf?»

«Sie ist nicht mitgekommen. Ich bin allein hier, Sir.»

In der Weinflasche schien ein feines Pulver zu sein. Der Earl hatte etwas davon mit Hilfe des Eisenspans herausgeholt, in den Mörser getan und begonnen, es mit dem, was sich bereits in ihm befand, zu mischen, aber bei Miss Taverners Worten hielt er inne und sah sie in einer Art an, die schwer zu deuten war. Dann wandte er den Blick wieder dem Mörser zu und fuhr mit seiner Arbeit fort. «Wirklich? Sie ehren mich. Wollen Sie sich nicht setzen?»

Sie errötete leicht, griff jedoch nach einem Stuhl. «Vielleicht erscheint es Ihnen seltsam, Sir, aber die Wahrheit ist, daß ich Ihnen etwas sagen muß, das ich nicht vor Mrs. Scattergood erörtern möchte.»

«Ich stehe Ihnen ganz zu Diensten, Miss Taverner.»

Sie zog die Handschuhe aus und begann sie zu glätten. «Ich kam nur sehr zögernd, Lord Worth. Aber mein Vetter, Mr. Taverner, riet es mir – und ich kann nicht umhin, ihm recht zu geben. Schließlich sind Sie unser Vormund.»

«Fahren Sie fort, mein Mündel. Hat Wellesley Poole Ihnen einen Heiratsantrag gemacht?»

«Lieber Himmel, nein!» sagte Judith.

«Er wird es tun», sagte Seine Lordschaft kühl.

«Ich bin nicht in eigener Angelegenheit gekommen, Sir. Ich will mit Ihnen über Peregrine sprechen.»

«Das Leben ist voller Enttäuschungen», bemerkte Worth. «In welchem Kittchen sitzt er?»

«In keinem», sagte Judith steif. «Obwohl ich wenig daran zweifle, daß er dort enden wird, wenn nicht irgend etwas geschieht, ihn daran zu hindern.»

«Mehr als wahrscheinlich», stimmte ihr Worth zu. «Es wird ihm nicht weh tun.» Er hob eine der Phiolen vom Tisch auf und goß vorsichtig einige Tropfen ihres Inhalts auf seine Mixtur.

Judith erhob sich. «Ich sehe, Sir, daß ich meine Zeit verschwende. Es interessiert Sie nicht.»

«Nicht besonders», gab der Earl zu und stellte die Flasche wieder hin. «Das, was Sie mir bisher mitgeteilt haben, war auch nicht sehr interessant, nicht wahr?»

«Es interessiert Sie nicht, Lord Worth, daß Ihr Mündel in eine wüste Gesellschaft geraten ist, die ihm nicht guttun kann?»

«Nein, überhaupt nicht; ich habe es erwartet», sagte Worth. Er sah mit einem leichten Lächeln auf. «Was hat er getan, um seine vorsichtige Schwester zu erschrecken?»

«Ich glaube, das wissen Sie sehr gut, Sir. Er ist ständig in Spielklubs und, ich fürchte – ich bin fast sicher – in Schlimmerem. Er hat von einem Haus bei der St. James' Street gesprochen.»

«Pickering Place?» fragte er.

«Ich glaube, ja», erwiderte sie bekümmert.

«Nummer fünf», sagte er und nickte. «Ich kenne es – eine Spielhölle. Wer hat ihn dort eingeführt?»

«Ich bin nicht ganz sicher, aber ich glaube, es war Mr. Farnaby.»

Er schüttete seine Mischung auf eines der Pergamentblätter. «Mr. Farnaby?» wiederholte er.

«Sie kennen ihn, Sir?»

Seine Beschäftigung schien seine ganze Aufmerksamkeit zu beanspruchen, aber nach einem Augenblick sagte er, ihre Frage übergehend: «Soviel ich verstehe, Miss Taverner, sind Sie der Meinung, es liege an mir, Peregrines Schritte – äh – zu nüchterneren Pfaden zu lenken?»

«Sie sind sein Vormund, Sir.»

«Dessen bin ich mir bewußt. Ich habe meine Rolle bewundernswert gespielt, als ich ihn in die zwei exklusivsten Klubs Londons gebracht habe. Ich kann mich nicht erinnern, in meinem ganzen Leben je so etwas für jemand anderen getan zu haben.»

«Sie glauben, Sie hätten Perry etwas Gutes getan, als Sie ihn in einen Spielklub einführten?» fragte Judith.

«Gewiß.»

«Zweifellos werden Sie das auch noch denken, wenn er sein ganzes Vermögen verspielt hat!»

«In einem Punkt können Sie ganz sicher sein, Miss Taverner – solange ich die Börse in Händen habe, wird Perry sein Vermögen nicht verspielen.»

«Und nachher? Was dann, wenn er diese Spielleidenschaft kennengelernt hat?»

«Dann, bin ich überzeugt, wird er etwas klüger geworden sein», sagte der Earl.

«Es wäre besser gewesen, nicht zu Ihnen zu kommen», sagte Judith bitter.

Er wandte den Kopf. «Durchaus nicht. Sie hatten ganz recht, zu mir zu kommen. Der Fehler, den Sie gemacht haben, war nur, zu glauben, daß ich nichts von Perrys Treiben wüßte. Er benimmt sich ganz so, wie ich das angenommen habe. Aber Sie werden zweifellos bemerkt haben, daß es mir keine besonders große Ängstlichkeit verursacht.»

«Ja», sagte Miss Taverner nachdrücklich, «das habe ich bemerkt. Ihre Ängstlichkeit ist dem vorbehalten – was immer das sein mag –, mit dem Sie so beschäftigt sind.»

«Sehr richtig», stimmte er ihr zu. «Ich mische Schnupftabak – eine heikle Sache, Miss Taverner.»

Für den Augenblick war sie abgelenkt. «Schnupftabak! Enthalten alle diese Töpfe Schnupftabak?»

«Alle.»

Sie warf einen verblüfften, ziemlich verächtlichen Blick auf die Regale. «Sie haben sich das zu einer Lebensaufgabe gemacht, vermute ich.»

«Fast. Aber sie sind nicht alle für meinen eigenen Gebrauch. Kommen Sie her.»

Sie trat zögernd näher. Er führte sie um das Zimmer und zeigte ihr die Krüge und Flaschen. «Das ist Spanish Bran; allgemein der beliebteste. Das ist Macouba, ein sehr stark parfümierter Tabak, nur zum Würzen. Das hier ist Brazil, ein grobkörniger Tabak von feinem, obwohl vielleicht zu starkem Geschmack. Ich benütze ihn nur, um meiner Mischung Note zu verleihen. In dieser Flasche ist die persönliche Mischung des Regenten. Sie ist mit Otto of Roses parfümiert. Daneben steht ein Tabak, den ich für Ihr Geschlecht aufbewahre. Er heißt Violet Strasbourg – eine üble Mischung, aber bei Frauenzimmern allgemein beliebt. Die Königin benützt sie.» Er nahm den Topf herunter, schüttete etwas von dem Tabak in seine Handfläche und streckte sie ihr hin. «Versuchen Sie ihn.»

Ein Gedanke war ihr gekommen. Sie hob die Augen zu ihm auf. «Benützen viele Damen Schnupftabak, Lord Worth?»

«Nein, nicht viele. Einige der älteren.»

Sie nahm eine Prise aus seiner Hand und schnupfte sie vorsichtig auf. «Er schmeckt mir nicht sehr. Mein Vater benützte King's Martinique.»

«Davon halte ich etwas für bestimmte meiner Gäste. Ein recht angenehmer Tabak, aber ziemlich leicht im Charakter.»

Sie staubte die Finger mit ihrem Taschentuch ab. «Wenn eine Dame zu schnupfen wünschte, um etwas exzentrisch zu erscheinen, welchen würde sie wählen, Sir?»

Er lächelte. «Sie würde entweder Lord Petersham oder Lord Worth bitten, ihr ein besonderes Rezept zu komponieren, das als Miss Taverners Sorte bekanntwerden sollte.»

Ihre Augen leuchteten. «Wollen Sie das für mich tun?»

«Ich will es für Sie tun, Miss Taverner, wenn man Ihnen vertrauen kann, daß Sie sie sorgfältig behandeln.»

«Was muß ich tun?»

«Sie dürfen sie nicht mit Parfüm tränken oder sie zu trocken werden lassen oder Ihre Dose an Stellen aufbewahren, wo er kalt werden könnte. Legen Sie sie beim Schlafen unter Ihr Kopfkissen, und wenn der Tabak aufgefrischt werden muß, schicken Sie ihn mir. Versuchen Sie es nicht selbst. Es ist nicht leicht getan.»

«Und zu jedem Kleid die passende Schnupftabaksdose», sagte Miss Taverner versonnen.

«Auf jeden Fall. Aber lernen Sie zuerst mit Ihrer Dose umgehen. Sie können nichts Besseres tun, als die Methoden von Mr. Brummell zu beobachten. Sie werden bemerken, daß er nur eine Hand benützt, die Linke, und das mit besonderer Anmut.»

Sie begann ihre Handschuhe wieder anzuziehen. «Ich wäre Ihnen sehr verbunden, wenn Sie die Güte haben wollen, mir diese Mischung anzufertigen.»

Es wurde ihr bewußt, wie weit sie von dem eigentlichen Zweck ihres Besuches abgeschweift war, und führte das Gespräch rücksichtslos zum Thema zurück. «Und Sie werden Perry davon abhalten, in Spielhöllen zu gehen und sich ewig mit dieser schlechten Gesellschaft herumzutreiben?»

«Ich bin völlig außerstande, Peregrine sowohl von dem einen wie von dem anderen abzuhalten, selbst wenn ich es wünschte», erwiderte der Earl ruhig. «Etwas Erfahrung wird ihm nicht schaden.»

«Soll ich also verstehen, daß Sie sich nicht für seine Angelegenheiten zu interessieren wünschen, Sir?»

«Es besteht nicht die geringste Wahrscheinlichkeit, daß er auf mich hört, selbst wenn ich es täte, Miss Taverner.»

«Sie können ihn zwingen, auf Sie zu hören.»

«Haben Sie keine Angst, Miss Taverner. Wenn ich die Notwendigkeit sehe, daß er auf mich hört, werde ich ihn dazu veranlassen, jenseits aller Möglichkeit, ignoriert zu werden.»

Sie war nicht zufriedengestellt, aber es war sichtlich nutzlos, weiter in ihn zu dringen; darum verabschiedete sie sich. Er begleitete sie zu ihrem Phaeton und wollte eben ins Haus zurückkehren, als er sich von zwei Reitern angerufen hörte, die in diesem Augenblick vorbeiritten. Der eine war Lord Alvanley, dessen rundes, lächelndes Gesicht wie gewöhnlich leicht von Schnupftabak bestäubt war, der auf den ziemlich dicken Wangen lag; der andere war Oberst Hanger, ein viel älterer Mann mit dem Aussehen eines Wüstlings.

Er war es auch, der Worth anrief. «Holla, Worth, das also ist die Erbin, wie? Verteufelt feines Mädel!» rief er aus, als Miss Taverners Phaeton die Holles Street hinunter verschwand. «Achtzigtausend, stimmt's? Ein Glückskerl, wie? Was Ernstes draus machen, was?»

«Sie sind so derb, Oberst», klagte Alvanley.

«Jawohl, der immer deutliche Georgy Hanger, das bin ich. Geben Sie nur acht, daß Ihnen nicht irgendein strammer Junge das Fohlen vor der Nase wegschnappt, Julian!»

«Werde ich», versprach der Earl, von diesem Gespöttel gänzlich ungerührt.

Der Oberst stieß Lord Alvanley mit dem Knauf seiner Reitgerte an. «Da ist zum Beispiel gleich William. Na, was sagst du dazu, William? Man erzählt mir, es seien noch mehr als die achtzigtausend dran, wenn ihr jüngerer Bruder stirbt. Stimmt's, Julian?»

«Aber die Chancen, daß man mit neunzehn stirbt, sind zugegebenermaßen gering», sagte der Earl.

«Oh, das kann man nie wissen!» meinte der Oberst heiter. «Lieber binde sie schnell an, bevor sie ein anderer kriegt. Da wäre jetzt zum Beispiel Browne. Der könnte eine reiche Frau brauchen, vermute ich.»

«Falls du Delabey Browne meinst, hatte ich den Eindruck, daß er vor kurzem geerbt hat», erwiderte der Earl.

«Ja», stimmte ihm Lord Alvanley traurig zu, «aber der dumme Kerl hat das ganze Vermögen vertan, indem er Rechnungen bezahlte.» Er nickte seinem Gefährten zu. «Los, Oberst, sind Sie bereit?»

Sie ritten miteinander weiter, und Worth kehrte ins Haus zurück. Anscheinend hatte der Oberst recht, denn im Zeitraum von nur vierzehn Tagen erhielt Seine Lordschaft nicht weniger als drei Ersuchen um die Erlaubnis, sich um Miss Taverners Hand zu bewerben.

Einen Tag, nachdem er dem dritten Anwärter höflich seine Zustimmung versagt hatte, erhielt Miss Taverner einen Brief durch die Two-Penny-Post. Er war sehr kurz.

«Der Earl of Worth läßt sich Miss Taverner empfehlen und bittet sie unterrichten zu dürfen, daß er ihr verbunden wäre, wollte sie jedem Herrn, der sich um ihre Hand bewirbt, versichern, daß Seine Lordschaft ihrer Verheiratung während der Dauer seiner Vormundschaft unter keinen Umständen zustimmen wird.»

Mit Recht erzürnt, setzte sich Miss Taverner an ihren eleganten kleinen Schreibtisch mit der runden Platte und warf einen ungestümen Brief aufs Papier, in dem sie um die Gunst eines Besuches Seiner Lordschaft in unmittelbarer Zukunft ersuchte. Dies ließ sie durch Boten zustellen. Eine Antwort in Mr. Blackaders sauberer Handschrift unterrichtete sie davon, daß Seine Lordschaft soeben im Aufbruch zu einem Wochenende in Woburn begriffen sei und daher Mr. Blackader beauftragt wäre, ihr mitzuteilen, daß Seine Lordschaft sich die Ehre geben würde, irgendwann im Lauf der nächsten Woche in der Brook Street vorzusprechen.

In einem Wutanfall zerriß Miss Taverner diesen höflichen Brief. Gezwungen zu sein, sich ihre Wut auf Worth aufzusparen, und zwar darüber, daß er es wagte, alle ihre Bewerber abzulehnen (wobei sie bei keinem den geringsten Wunsch verspürte, ihn zu heiraten), ohne sie, Miss Taverner, nach ihren Wünschen zu fragen, diese Wut drei ganze Tage lang und sehr wahrscheinlich noch länger aufzusparen, war so unerträglich, daß sie dem Wochenende keineswegs mit Fassung entgegensehen konnte.

Es fiel jedoch nicht so schlecht aus. Eine Kartenpartie am Samstag half die Zeit vertreiben, und der Sonntag brachte ihr eine neue und ziemlich ehrfurchtgebietende Bekanntschaft.

Sie und Mrs. Scattergood wohnten dem Vormittagsgottesdienst in der Königlichen Kapelle bei. Mrs. Scattergood beschäftigte sich ganz offen damit, nach den neuesten Moden Ausschau zu halten, und fand es nicht unter ihrer Würde, ihrem Schützling etwas zuzuflüstern, wenn sie einen besonders auffallenden Hut sah. Miss Taverner hingegen, die strenger erzogen worden war, versuchte, ihren Geist auf das gerichtet zu halten, was vor sich ging. Das war nicht sehr leicht, wenn alle ihre Gedanken von der Unverschämtheit ihres Vormundes in Anspruch genommen waren, der verkündet hatte, er würde ihrer Verheiratung nicht zustimmen. Ihre Gedanken schweiften bei der Verlesung des ersten Bibelstückes ab, wurden aber mit einem Ruck zurückgerufen.

«Und Zacchäus sagte: ‹Siehe, Herr, die Hälfte meiner Güter gebe ich den Armen›», las der Geistliche.

Eine Stimme ganz in der Nähe von Miss Taverner unterbrach die Verlesung plötzlich, indem sie laut und hastig sagte: «Zuviel, zuviel! Der Zehent macht mir ja nichts, aber das vertrage ich nicht!»

Da und dort wurde unterdrücktes Gekicher laut, und viele Köpfe drehten sich um. Mrs. Scattergood, die sich den Hals ausgerenkt hatte, um zu sehen, wer es war, der die Stimme in so unschicklicher Art erhoben hatte, kniff Judith in den Arm und flüsterte eindringlich: «Es ist der Herzog von Cambridge. Er führt nämlich Selbstgespräche. Und ich glaube, es ist sein Bruder Clarence, der mit ihm ist, aber ich kann ihn nicht gut sehen. Und wenn er es ist, mein Liebes, so glaube ich, daß er sich tatsächlich von Mrs. Jordan getrennt hat und sich nach einer reichen Frau umsieht! Stell dir nur vor, wenn er dabei an dich denken sollte!»

Miss Taverner stellte sich lieber nichts so Albernes vor und brachte ihre Anstandsdame mit einem Stirnrunzeln zum Schweigen.

Mrs. Scattergood hatte recht mit ihrer Vermutung: es war der Herzog von Clarence. Er kam nach dem Gottesdienst mit Lord und Lady Sefton aus der Kirche, ein beleibter, rotgesichtiger Herr mit sehr starren blauen Augen und einem birnenförmigen Kopf. Mrs. Scattergood, die in schlauer Strategie unter dem Vorwand zurückgeblieben war, eine Bekannte zu begrüßen, gelang es, im Weg zu stehen. Lady Sefton verneigte sich und lächelte, aber der Herzog hatte seine vorstehenden Augen auf Miss Taverner geheftet und zupfte die Lady sehr deutlich am Ärmel.

Die Gesellschaft blieb stehen, Lady Sefton bat um die Erlaubnis, Mrs. Scattergood und Miss Taverner vorstellen zu dürfen, und Judith fand sich ihren ersten Knicks vor einem Mitglied des Königshauses machen.

Der Herzog, der die gleiche belegte Aussprache wie alle Söhne des Königs hatte, sagte in seiner unverblümten, zusammenhanglosen Art: «Was ist das?! Was ist das?! Miss Taverner ist das? Na, das ist ja wirklich großartig! Ich habe mir schon die letzten drei Wochen gewünscht, Miss Taverner kennenzulernen. *How do you do?* Sie fahren einen zweispännigen Phaeton, wie ich höre, Ma'am? Na, das ist genau der richtige Kurs für ein Mündel Worths!»

Miss Taverner sagte einfach: «Ja, Sir, ich fahre einen zweispännigen Phaeton.»

«Ja, ja, man erzählt mir, Sie nehmen ihnen allen den Wind aus den Segeln. Ich werde im Park auf Ausguck nach Ihnen sein, Ma'am. Ich kenne Worth, müssen Sie wissen: er ist ein besonders guter Freund meines Bruders York. Sie brauchen keine Angst zu haben, beizudrehen und mich an Bord Ihres Phaetons zu nehmen.»

«Es wird mir eine Ehre sein, Sir», erwiderte Miss Taverner und staunte über seine dreiste Herzlichkeit. Sie konnte sich nicht vorstellen, warum er an Bord ihres Phaetons genommen werden wollte, wie er das formulierte, aber wenn ja, so hatte sie durchaus nichts dagegen. Er schien ein gutgelaunter, legerer Prinz zu sein, durchaus nicht ehrfurchtgebietend; und (obwohl ziemlich ältlich und dick) in seiner seltsamen Art recht gut zu leiden.

In diesem Augenblick kam der Herzog von Cambridge, im Gegensatz zu seinem Bruder sehr groß, mit einem klaren, schönen Gesicht, auf die Gruppe zu, und der Herzog von Clarence sagte mit seinem lärmenden Lachen: «Ah, Sie sehen, ich werde ins Schlepptau genommen; ich muß gehen. Haben Sie je einen Burschen wie meinen Bruder kennengelernt, der in der Kirche laut vor sich hinredet? Aber wissen Sie, er meint es nicht so; Sie dürfen nicht entsetzt sein, meine Dame. Ich werde im Park nach Ihnen Ausschau halten, Miss Taverner, vergessen Sie nicht, daß ich nach Ihnen ausschauen werde!»

Judith knickste, ging mit Mrs. Scattergood heim und dachte nicht mehr an diese Begegnung, außer daß sie sie Peregrine abends sehr humorvoll beschrieb. Der königliche Matrose jedoch hielt wirklich nach ihr Ausschau. Am nächsten Tag besuchte sie den Hyde Park nicht, aber am Dienstag war sie dort, ihren Groom neben sich. Sie war noch nicht sehr weit gefahren, als sie schon sah, wie der Herzog ihr von der Promenade aus zuwinkte. Er ging mit einem anderen Herrn spazieren, aber als Miss Taverner gehorsam auf sein Zeichen hin anhielt, verließ er seinen Gefährten unvermittelt, kam an den Phaeton heran und fragte Judith, ob sie ihn aufnehmen wolle.

«Es ist mir eine Ehre, Sir», sagte sie förmlich und machte dem Groom ein Zeichen, abzusteigen.

Der Herzog kletterte zu ihr hinauf und sagte: «Oh, das ist doch Unsinn – ich mach mir nie was aus Förmlichkeit. Schauen Sie, dort geht mein Vetter Gloucester. Bestimmt beneidet er mich, daß ich hier neben Ihnen sitze. Was sagen Sie dazu?»

Miss Taverner lachte. «Nichts, Sir, wie könnte ich? Wenn ich Ihnen zustimmte, wäre ich gräßlich eingebildet, was ich hoffentlich nicht bin. Und wenn ich mich ziere, werden Sie meinen, ich verlange eine nachdrückliche Versicherung.»

Die Freimütigkeit dieser Antwort schien ihn sehr zu verblüffen. Er lachte herzlich und erklärte, sie würden sich großartig vertragen.

Es war gar nicht schwer, sich mit ihm zu unterhalten, und sie waren noch nicht halben Weges um den Park gefahren, als Miss Taverner entdeckte, daß er ein enger Freund Admiral Nelsons gewesen war. Sie war sofort begeistert; er war gern bereit, ihr von dem Admiral zu erzählen, und auf diese Weise fuhren sie zweimal um den Park, äußerst erfreut übereinander. Als Miss Taverner ihn absetzte, trennte er sich mit einem kräftigen Händedruck und dem Versprechen von ihr, daß er in nicht sehr ferner Zeit in der Brook Street anlegen würde.

7

Beide Taverners aßen am selben Abend mit einer Gesellschaft in Vauxhall in einer Loge Schinkenschnitten und Wein und sahen sich nachher Mr. Blackmores Kunststücke am Hängeseil an, die von dem üblichen Feuerwerk gefolgt wurden. Die Geschwister wurden erst in den frühen Morgenstunden wieder an ihrer Tür abgesetzt und waren beide äußerst schläfrig, Peregrine noch mehr als seine Schwester, da er außer Wein große Mengen Arrak-Punsch getrunken hatte. Er ging sofort, gewaltig gähnend, zu Bett, Miss Taverner jedoch war nicht zu müde, um noch ein Päckchen Briefe durchzusehen, die sie auf der Marmorplatte des Dielentisches erwarteten. Die meisten sahen nach Einladungen aus, und da sie noch nicht lange genug in London war, um Einladungen für langweilig zu halten, nahm sie die Briefe in ihr Schlafzimmer mit.

Während ihr die Zofe das Haar bürstete, ging sie schnell die Post durch. Mitten in dem Häufchen stieß sie auf die Handschrift Mr. Blackaders, schob sofort die übrigen Briefe beiseite und erbrach das Siegel. Es war eine kurze Verständigung, daß der Earl of Worth am nächsten Vormittag in der Brook Street vorsprechen würde.

Miss Taverner war der Meinung, daß die schlichteste Höflichkeit Seine Lordschaft hätte veranlassen müssen, sich zu erkundigen, wann es ihr passen würde, ihn zu empfangen. Sie faßte daher sofort den Entschluß, den ganzen Vormittag im Botanischen Garten in Hans Town zu verbringen.

Dieser Plan wurde rücksichtslos durchgeführt, trotz der Proteste Mrs. Scattergoods, die sich nicht übermäßig für Gärten interessierte. Beim Butler wurde eine Botschaft für Lord Worth hinterlassen, des Inhalts, Miss Taverner bedauere, daß sie seine liebenswürdige Verständigung nicht früher erhalten habe, da sie an diesem Vormittag anderweitig verabredet sei. Die Botschaft wurde nie abgeliefert. Miss Taverner kehrte aus den Botanischen Gärten zurück und entdeckte, daß der Earl gar nicht vorgesprochen hatte, sondern statt dessen einen Lakaien mit einem Brief vorbeigeschickt hatte.

Miss Taverner, die empört an einen zwischen Pflanzen verbrachten Vormittag dachte, erbrach das Siegel und entfaltete den Brief. Es war wieder der allgegenwärtige Mr. Blackader, der bedauerte, daß Seine Lordschaft unglücklicherweise verhindert gewesen war, sein Versprechen zu erfüllen, aber hoffte, imstande zu sein, Miss Taverner im Lauf der nächsten Tage besuchen zu können.

Miss Taverner zerriß den Brief in winzige Fetzen und stob in höchst erbitterter Stimmung die Treppe hinauf.

Abends aß sie nur in Mrs. Scattergoods Gesellschaft zu Abend, erwartete jedoch, später ihren Vetter zu empfangen. Er hatte versprochen, ihr ein Buch aus seiner Bibliothek zu bringen, das sie seiner Meinung nach gern lesen würde, und wollte auf seinem Heimweg vom Limmers-Hotel, wo er mit Freunden zum Essen verabredet war, in der Brook Street vorsprechen.

Um zehn Uhr, als der Butler eben das Teetablett brachte, hörte man ein Klopfen an der Haustür. Mrs. Scattergood fragte gerade, wer sie wohl so spät besuchte, und Miss Taverner hatte erleichtert ihren Stickrahmen weggelegt, als nicht ihr Vetter, sondern der Earl of Worth gemeldet wurde.

«Oh, du bist's, Julian?» sagte Mrs. Scattergood. «Also, das ist wirklich sehr erfreulich. Du kommst gerade rechtzeitig, um mit uns Tee zu trinken, denn wir sind heute abend allein, wie du siehst, was bei uns etwas sehr Seltenes geworden ist, kann ich dir sagen.»

Miss Taverner, die sich leicht vor ihrem Vormund verbeugt hatte, nahm ihre Stickerei wieder auf.

Mrs. Scattergood begann den Tee zuzubereiten. «Ich dachte, du seist nicht in London, Worth. Das ist eine große Überraschung.»

«Ich war in Woburn», erwiderte er, nahm die Tasse, die sie ihm reichte, und trug sie zu Miss Taverner. «Ich habe Glück, Sie beide daheim anzutreffen.»

Miss Taverner nahm die Tasse mit einem kurzen Dank entgegen, stellte sie neben sich auf den Sofa-Tisch und handhabte ihre Sticknadel weiter.

«Das hast du wirklich», stimmte Mrs. Scattergood zu. «Wir sind in dieser Woche ständig aus gewesen. Du ahnst es nicht! Bälle, Gesellschaften, Kartenpartien und, Worth, doch tatsächlich eine Einladung von Lady Cork! Ich sagte Judith, nichts könnte besser sein, und wenn sie es für noch so langweilig hält! Keine Karten, mein Liebes – aber die gewählteste Gesellschaft, und das Gespräch nichts als Geist und Eleganz. Ich bin überzeugt, das verdenken wir dieser lieben, reizenden Emily Cowper!»

«Nichts dergleichen – das habt ihr mir zu verdanken», sagte der Earl und schlürfte seinen Tee.

«Mein lieber Worth, wirklich? Wieso habe ich das eigentlich nicht gleich erraten? Zu denken, daß ich vergesse, wie eng deine arme Mama mit Lady Cork befreundet war! Natürlich hätte ich wissen müssen, daß das allein dein Werk war. Es war sehr nett von dir; ich bin äußerst erfreut über dich, daß du daran gedacht hast. Bist du deshalb gekommen, um es uns zu erzählen?»

«Keineswegs», sagte der Earl. «Ich bin über Bitte von Miss Taverner gekommen.»

Mrs. Scattergood wandte Judith einen überraschten, fragenden Blick zu. «Du hast mir nie gesagt, daß du Worth eingeladen hast, meine Liebe?»

«Ich habe Lord Worth wirklich gebeten, vorzusprechen», sagte Miss Taverner und wählte dabei sorgfältig einen weiteren Faden Stickseide. «Ich habe jedoch keinen bestimmten Tag oder die Stunde erwähnt!»

«Stimmt», sagte der Earl. «Ich hatte die Absicht, Sie heute vormittag zu besuchen, Miss Taverner, aber – äh – gewisse Umstände kamen dazwischen.»

«Das war ein Glück, Sir. Ich war heute vormittag nicht daheim.» Judith hob die Augen eine Sekunde von ihrer Arbeit und entdeckte, daß er sie mit einem so sarkastisch amüsierten Blick betrachtete, daß ihr der unwillkommene Verdacht kam, er müsse sie ausfahren gesehen und unverzüglich seine Pläne geändert haben.

«Heute vormittag!» stieß Mrs. Scattergood hervor und erschauerte. «Ich bitte dich, sprich nicht davon! Drei Stunden – es waren bestimmt nicht weniger – in den Botanischen Gärten, und dabei hatte ich nicht die leiseste Ahnung, daß dir ein Deut an all diesen gräßlichen seltenen Pflanzen liegt!»

«Die Botanischen Gärten», murmelte der Earl. «Arme Miss Taverner!»

Jetzt war sie sicher, daß er sie irgendwo gesehen haben mußte. Sie stand auf. «Wenn Sie mit Ihrem Tee fertig sind, Sir, dann wollen Sie vielleicht so gütig sein, in den anderen Salon mitzukommen. Sie werden uns entschuldigen, Ma'am, aber ich habe Lord Worth etwas Privates zu sagen.»

«Aber sicher, mein Liebes, obwohl ich mir nicht vorstellen kann, was das sein könnte», sagte Mrs. Scattergood.

Miss Taverner klärte sie nicht auf. Sie ging durch die Tür, die Seine Lordschaft für sie offenhielt, in den hinteren Salon und stellte sich neben den Tisch in der Mitte des Zimmers. Der Earl schloß die Tür und betrachtete Judith mit gelangweiltem Amüsement. «Nun, Miss Taverner?» fragte er.

«Ich wünschte Ihren Besuch, Sir, damit Sie mir bitte diesen Brief erklären, den Sie mir geschrieben haben», sagte Judith und zog das beleidigende Dokument aus ihrem Retikül.

Er nahm ihn entgegen. «Wissen Sie, daß ich nie geglaubt hätte, Sie würden meine armseligen Briefchen so sorgfältig hegen?» sagte er.

Miss Taverner knirschte mit den Zähnen, erwiderte jedoch nichts. Der Earl, der sie, wie sie deutlich spürte, mit Herausforderung in den spöttischen Augen betrachtet hatte, hob sein Lorgnon und las seinen eigenen Brief durch. Als er das getan hatte, ließ er das Glas fallen und sah Miss Taverner fragend an. «Was ist daran verwirrend für Sie, Clorinda? Mir scheint das ganz klar zu sein.»

«Ich heiße nicht Clorinda!» fuhr ihn Miss Taverner an. «Ich staune, daß Ihnen etwas daran liegt, die Erinnerungen heraufzubeschwören, die dieser Name erwecken muß! Wenn sie Ihnen nicht verhaßt sind –»

«Wie könnten sie das?» fragte Worth. «Sie müssen zumindest eine von ihnen vergessen haben, wenn Sie das glauben.»

Sie mußte sich abwenden, um ihre Verwirrung zu verbergen. «Wie können Sie nur?!» brachte sie halberstickt hervor.

«Haben Sie keine Angst», sagte Worth. «Ich werde es nicht wiederholen, Clorinda. Erinnern Sie sich? Ich sagte Ihnen, daß Sie nicht als einzige unter dem Testament Ihres Vaters leiden.»

Die Warnung ihres Vetters blitzte in Miss Taverners Gedanken auf. Sie sagte kalt: «Diese Art zu sprechen amüsiert Sie zweifellos, Sir, für mich aber ist sie äußerst abstoßend. Ich wollte Sie nicht sehen, um die Vergangenheit zu erörtern. Die kann nur vergessen werden. In diesem Brief, den Sie da in Händen halten, schreiben Sie, es bestehe keine Möglichkeit, innerhalb des Jahres Ihrer Vormundschaft die Zustimmung zu meiner Verheiratung zu erhalten.»

«Nun, was könnte klarer sein als das?» erkundigte sich der Earl.

«Ich kann Sie einfach nicht verstehen, Sir. Es sind gewisse Ersuchen an Sie gestellt worden, die – die Erlaubnis betreffend, um meine Hand werben zu dürfen.»

«Drei?» sagte Seine Lordschaft und nickte. «Das erste kam von Wellesley Poole, aber den habe ich erwartet. Der zweite war Claud Delabey Browne, den ich ebenfalls erwartet habe. Der dritte – also, wer war eigentlich der dritte? Ach ja, der junge Matthews, nicht?»

«Das ist unwichtig, Sir. Was ich wünsche, ist, mir zu erklären, wie Sie dazu kommen, diese Herren abzulehnen, ohne auch nur die Formalität, nach meinen Wünschen zu fragen.»

«Wollen Sie einen von ihnen heiraten?» fragte der Earl besorgt. «Ich hoffe, es ist nicht Browne. Soviel ich höre, sind seine Angelegenheiten zu drängend, als daß er warten könnte, bis Sie großjährig geworden sind.»

Miss Taverner beherrschte ihre Zunge mit sichtbarer Anstrengung. «Zufällig, Sir, ziehe ich mit keinem dieser Herren eine Heirat in Betracht», sagte sie. «Aber Sie konnten das nicht wissen, als Sie sie ablehnten.»

«Um ehrlich zu sein, Miss Taverner, Ihre Wünsche in der Angelegenheit erscheinen mir nicht sehr wichtig. Ich freue mich natürlich, daß Sie nicht an gebrochenem Herzen leiden», fügte er gütig hinzu.

«Mein Herz würde kaum brechen, wenn Sie es ablehnen sollten, meiner Heirat zuzustimmen, Sir: Wenn ich heiraten will, werde ich heiraten, mit oder ohne Ihre Einwilligung.»

«Und wer», fragte der Earl, «ist der Glückliche?»

«Es gibt keinen», sagte Miss Taverner kurz angebunden. «Aber –»

Der Earl zog seine Schnupftabaksdose heraus und öffnete sie. «Aber meine liebe Miss Taverner, sind Sie nicht ein bißchen unzart? Sie haben doch sicherlich nicht vor, irgendeinem Herrn zu befehlen, Sie zu heiraten? Die Ungehörigkeit eines solchen Vorgehens muß doch selbst einem so herrischen Geist wie dem Ihren einleuchten.»

Miss Taverners Augen glühten gefährlich. «Was ich Ihnen klarzumachen wünsche, Lord Worth, ist, daß ich, falls irgendein Herr, den ich – falls mich irgendeiner bäte, ihn zu heiraten, den ich – Sie wissen sehr gut, was ich meine!»

Er lächelte. «Ja, Miss Taverner, ich weiß, was Sie meinen. Aber bewahren Sie meinen Brief auf, denn er sagt Ihnen ganz deutlich, was ich meine.»

«Warum?» fuhr sie ihn an. «Was für ein Ziel können Sie damit wohl verfolgen?»

Er nahm eine Prise und staubte die Finger leicht ab, bevor er ihr antwortete. Dann aber sagte er in seiner kühlen Art: «Sie sind eine sehr reiche junge Frau, Miss Taverner.»

«Ah!» sagte Judith. «Ich verstehe allmählich.»

«Ich würde mich freuen, wenn ich das glauben könnte», erwiderte er, «aber ich habe das Gefühl, daß es weitgehend zu bezweifeln ist. Sie besitzen persönlich ein beträchtliches Vermögen. Noch wichtiger aber ist die Tatsache, daß Sie dem Testament Ihres Vaters zufolge das Eigentum Ihres Bruders erben, soweit es nicht Fideikommiß ist.»

«Na, und?» sagte Judith.

«Da dem so ist», sagte Worth, ließ seine Schnupftabaksdose zuschnappen und steckte sie wieder in die Tasche, «besteht wenig Wahrscheinlichkeit, daß Sie meine Einwilligung zu Ihrer Heirat mit jemandem bekommen, an den ich im Augenblick denken könnte.»

«Außer», sagte Miss Taverner mit zusammengebissenen Zähnen, «mit Ihnen selbst!»

«Außer, natürlich, mit mir», stimmte er liebenswürdig zu.

«Und nehmen Sie an, Lord Worth, es bestünde große Wahrscheinlichkeit, daß ich Sie heirate?» erkundigte sich Judith mit einer trügerisch glatten Stimme.

Er hob die Brauen. «Solange ich Sie nicht darum bitte, Miss Taverner, nicht die geringste Wahrscheinlichkeit», erwiderte er sanft.

Eine volle Minute lang konnte sie ihrer Stimme nicht trauen. Am liebsten wäre sie aus dem Zimmer gestoben, aber der Earl stand zwischen ihr und der Tür, und sie konnte nicht darauf bauen, daß er sie vorbeilassen würde. «Haben Sie die Güte, Sir, mich zu verlassen. Ich habe Ihnen nichts mehr zu sagen.»

Er schlenderte auf sie zu, bis er knapp vor ihr stand. Sie hatte den Verdacht, daß er ihre Hände nehmen wollte, legte sie rasch auf den Rücken und trat einen Schritt zurück. Ein großer Porzellanschrank hinderte sie daran, sich noch weiter zurückzuziehen, und da ihr der Earl sehr kühl folgte, sah sie sich in die Enge getrieben. Er nahm ihr Kinn in die Hand, zwang sie, den Kopf zu heben, und sah mit einem leicht ironischen Lächeln auf sie herunter. «Sie sind schön, Miss Taverner; Sie sind nicht unintelligent – außer im Umgang mit mir; Sie sind ein kleiner Drachen. Nehmen Sie einen Rat an: lassen Sie Ihr Schwert in der Scheide.» Sie stand steif und schweigend da und starrte mürrisch zu seinem Gesicht auf. «O ja, ich weiß, Sie hassen mich sehr. Aber sie sind mein Mündel, Miss Taverner, und wenn Sie klug sind, nehmen Sie das mit Anstand hin.» Er ließ ihr Kinn los und tätschelte ihr kurz nachlässig die Wange. «Da – das ist ein besserer Rat, als Sie glauben. Ich bin erfahrener im Duellieren als Sie. Ich habe Ihnen Ihren Schnupftabak und das Rezept mitgebracht.»

Es lag ihr auf der Zunge, beides abzulehnen, aber sie schluckte die Worte, da sie sich bewußt war, daß sie nur kindisch klingen würden. «Ich bin Ihnen verbunden», sagte sie ausdruckslos.

Er ging zur Tür und hielt sie auf. Judith ging an ihm vorbei in die Halle. Er nickte dem wartenden Lakaien zu, der ihm sofort Hut und Handschuhe brachte. Als er sie entgegennahm, sagte er: «Bitte, entschuldigen Sie mich bei Mrs. Scattergood. Gute Nacht, Miss Taverner.»

«Gute Nacht», sagte Judith, drehte sich auf dem Absatz um und ging in den vorderen Salon zurück.

Sie trat etwas hastig ein und schloß die Tür hinter sich, wenn nicht mit einem Knall, so zumindest entschieden heftig. Ihre Augen funkelten wütend, die Wangen waren erhitzt. Sie warf einen schnellen Blick auf das Zimmer, und die Wut in ihrem Ausdruck erstarb. Mrs. Scattergood war nicht anwesend, es war nur Mr. Taverner da; er saß neben dem Fenster und blätterte in einer Zeitung.

Er stand sofort auf und legte die Zeitung beiseite. «Ich bin sehr spät dran. Verzeihen Sie, Base! Ich wurde länger aufgehalten, als ich es für möglich gehalten hätte – ich wollte Sie um diese Stunde nicht mehr aufsuchen und hätte auch wirklich nur das Buch bei Ihrem Butler hinterlassen, aber er versicherte mir, Sie hätten sich noch nicht zurückgezogen.»

«Oh, ich freue mich, daß Sie gekommen sind!» sagte Judith und streckte ihm die Hand hin. «Es war nett von Ihnen, an das Buch zu denken. Ist es das hier? Danke, Vetter.»

Sie nahm es vom Tisch und begann darin zu blättern. Sie blickte auf, als sich die Hand ihres Vetters zwingend auf die ihre legte. Er sah sie eindringlich an. «Was ist los, Judith?» fragte er in seiner ruhigen Art.

Sie lachte kurz und zornig auf. «Oh, nichts – es sollte nichts bedeuten. Ich bin nur dumm, das ist alles.»

«Nein, Sie sind nicht dumm. Irgend etwas ist geschehen, das Sie aus der Fassung gebracht hat.»

Sie versuchte ihre Hand wegzuziehen, aber er lockerte seinen Griff nicht. «Sagen Sie es mir», bat er.

Sie blickte bedeutsam auf seine Hand herunter. «Wenn ich bitten darf, Vetter.»

«Ich bitte um Entschuldigung.»

Er trat mit einer leichten Verneigung zurück.

Sie legte das Buch weg, ging auf ein dreisitziges Sofa aus lackiertem

Holz und Rohr zu und setzte sich. «Das brauchen Sie nicht. Ich weiß, Sie wollten nur freundlich sein.» Sie lächelte ihm zu. «Ich bin Ihnen nicht böse, obwohl ich vielleicht gerade einen meiner betrüblichen Wutanfälle habe.»

Er folgte ihr zu der Sitzbank, und auf ein Zeichen von ihr setzte er sich neben sie. «Ist es Worth?» fragte er ohne Umschweife.

«O ja, es ist wie gewöhnlich mein edler Vormund», erwiderte sie mit einem Achselzucken.

«Mrs. Scattergood sagte mir, daß er bei Ihnen sei. Was hat er getan – oder darf ich nicht fragen?»

«Ich habe es selbst über mich heraufbeschworen», sagte Judith unheilbar ehrlich. «Aber er benimmt sich so – oh, Vetter, wenn das mein Vater nur gewußt hätte! Wir sind in den Händen von Lord Worth. Es könnte nichts Schlimmeres geben! Ich dachte zuerst, daß er sich nur auf meine Kosten unterhalte. Jetzt fürchte ich – jetzt habe ich den Verdacht, daß er einen bestimmten Zweck verfolgt, und obwohl er damit keinen Erfolg haben wird, so kann es dieses eine Jahr sehr unbehaglich für mich machen.»

«Einen bestimmten Zweck», wiederholte er. «Ich kann ihn erraten, vermute ich.»

«Das glaube ich auch. Sie waren es ja, der mich gewarnt hat.»

Er nickte leicht stirnrunzelnd. «Sie sind sehr reich», sagte er, «und er führt ein kostspieliges Leben. Ich weiß nicht, wie groß sein Vermögen ist; ich hatte mir vorgestellt, daß es beträchtlich sei, aber er ist ein Spieler und ein Freund des Regenten. Er steht an vorderster Stelle in der mondänen Welt; seine Anzüge sind von den ersten Schneidern; seine Ställe haben nicht ihresgleichen; er gehört, ich wage nicht zu sagen, wie vielen Klubs an – White, Watier, Alfred (oder, wie ich ihn nennen gehört habe, Halb-Rot), dem *Je ne sais quoi*, dem Jockey Klub, dem Four Horse, dem Lensington – vielleicht noch einigen mehr.»

«Mit einem Wort, Vetter, er ist ein Dandy», sagte Judith.

«Mehr als das. Er gehört selbstverständlich der Frontfenster-Gruppe an, nicht aber den Einzigen Vier. Diese bestehen, wie Sie wissen, nur aus den vollkommenen Dandys – Brummell, Alvanley, Mildmay und Pierrepoint. Worth hat andere, sogar noch kostspieligere Interessen.»

«Wie auch Lord Alvanley», warf sie ein.

«Sehr richtig. Lord Alvanleys Passion zum Beispiel ist die Jagd, er hat aber, wie ich glaube, nicht den Ehrgeiz, auf so vielen Gebieten wie Worth der erste zu sein. Sie können kaum zu einem Rennen gehen, ohne zu entdecken, daß Worth ein Pferd laufen hat, und seine Wettfahrten im Karriol, die Gespanne, die er führt, sind nur zu bekannt.»

«Es ist das einzige, das meines Wissens für ihn spricht», sagte Judith. «Ich gebe zu, daß er ein vorzüglicher Rennfahrer ist, aber im übrigen ist er meiner Meinung nach nichts als ein Geck, ein gezierter Mensch, modisch herausgeputzt, der meint, Schnupftabak sei wichtiger als Ereignisse von wirklicher Bedeutung. Er ist stolz, er kann unverschämt sein. Es ist ein Mangel an Freimut an ihm – ich darf nicht mehr sagen: Ich rede mich in Wut, und das geht nicht.»

Er lächelte. «Dandys liegen Ihnen nicht, Judith?»

«Oh, was das betrifft – Mr. Brummell ist der reizendste Gesellschafter. Lord Alvanley muß einem ebenfalls immer gefallen. Aber im allgemeinen – nein, ich mag sie nicht. Ich habe es gern, wenn ein Mann ein Mann ist, und nicht eine Modepuppe.»

Er stimmte ihr zu, sagte jedoch ernst: «Ich vermute, es ist mehr geschehen, als Sie mir gesagt haben. Obwohl Sie diese Fehler verachten mögen, so genügen sie nicht, Sie derart wütend zu machen, wie Sie es heute abend meiner Meinung nach geworden sind, Base.»

Sie schwieg einen Augenblick, aber bei der Erinnerung an ihr Gespräch mit dem Earl glühten ihre Augen wieder. Mr. Taverner legte seine Hand auf die ihre und umfaßte sie. «Erzählen Sie es mir nicht, wenn Sie nicht wollen», sagte er sanft, «aber glauben Sie, daß ich Ihnen nur dienen will, Ihr – wenn ich nicht mehr sein darf –, nur Ihr Freund zu sein wünsche.»

«Sie sind nichts als Taktgefühl», sagte sie, «nichts als Güte.» Sie lächelte, aber mit zitternden Lippen. «Wirklich, ich halte Sie sehr für meinen Freund. Es gibt keinen, dem ich mich eröffnen kann, außer Perry, und der ist jung und ganz mit seinen neuen Bekannten und Vergnügungen beschäftigt. Mrs. Scattergood ist sehr liebenswürdig, aber sie ist mit Worth verwandt – ein Umstand, den ich nicht vergessen kann. Ich denke oft, wie sehr allein ich bin. Da ist nur Perry – aber ich verfalle in eine Stimmung des Selbstmitleids, was unsinnig ist. Solange ich Perry habe, kann es mir nicht an Schutz fehlen.» Sie schüttelte leicht den Kopf. «Sie sehen, wie dumm mich Lord Worth macht! Wir können einander nicht treffen, ohne daß ich nicht plötzlich Streit mit ihm anfange, und dann werde ich ebenso widerwärtig wie er. Besonders heute abend – er teilt mir mit, bitte sehr, daß er, solange er mein Vormund ist, meiner Heirat mit niemandem außer mit ihm selbst zustimmen wird! Das hat mich derart in Wut gebracht, daß ich erkläre, ich könnte fast nach Gretna Green durchbrennen, nur ihm zum Trotz.»

Er fuhr zusammen. «Meine liebe Base!»

«Oh, natürlich werde ich das nicht tun! Schauen Sie nicht so entsetzt drein!»

«Nicht das – das bestimmt nicht, aber – ich habe kein Recht, Sie zu fragen – haben Sie jemanden kennengelernt? Gibt es einen Mann, bei dem Sie in Betracht ziehen könnten, daß –»

«Keinen, auf meine Ehre!» sagte sie lachend. Ihre Augen trafen sich einen Augenblick mit den seinen, dann senkte sie sie, wurde rot, merkte, daß ihre Hand unter der seinen lag und entzog sie ihm sanft. «Wohin kann Mrs. Scattergood nur gegangen sein?»

Er erhob sich. «Ich muß gehen. Es ist schon spät.» Er schwieg und sah ernst auf sie herunter. «Ich weiß, Sie haben Peregrine, an den Sie sich wenden können. Lassen Sie mich Ihnen nur sagen, daß Sie auch einen Vetter haben, der alles in seiner Macht Stehende tun würde, nur um Ihnen zu dienen.»

«Danke», sagte sie fast unhörbar. Sie stand auf. «Es – es ist wirklich spät. Es war lieb von Ihnen, vorzusprechen, um mir das Buch zu bringen.»

Er nahm die Hand, die ihm zum Abschied entgegengestreckt wurde, und küßte sie. «Liebe Judith!» sagte er.

Mrs. Scattergood, die in diesem Augenblick ins Zimmer zurückkam, sah ihn sehr scharf an und machte nicht den geringsten Versuch, ihn zu überreden, länger zu bleiben. Er verabschiedete sich von beiden Damen und ging unter Verbeugungen hinaus.

«Du wirst allmählich äußerst intim mit diesem jungen Herrn, mein Liebes», bemerkte Mrs. Scattergood.

«Er ist mein Vetter, Ma'am», sagte Judith ruhig.

«Hm, ja. Wahrscheinlich ist er das. Ich habe sehr wenig Ahnung von Vettern, kann ich dir sagen. Nicht, daß ich etwas gegen Mr. Taverner hätte, meine Liebe, er scheint ein angenehmer Mensch zu sein. Aber so ist das immer. Je weniger passend ein Mann ist, um so reizender muß er sich betragen. Darauf kannst du dich verlassen.»

Judith begann ihre Stickerei wegzuräumen. «Meine liebe Ma'am, was kann das wohl heißen? Es besteht kein Gedanke an Heirat zwischen uns.»

«Nur kein backfischhaftes Getue mir gegenüber, Kind, ich flehe dich an!» sagte Mrs. Scattergood und warf die Hände hoch. «Das ist sicherlich sehr nettes Gerede, aber du hast eine etwas raschere Auffassungsgabe als die meisten Mädchen und weißt sehr gut, mein Liebes, daß zwischen einem unverheirateten Frauenzimmer und einem ansehnlichen Herrn immer ein Gedanke ans Heiraten besteht, wenn nicht bei ihm, dann sicherlich bei ihr. Nun mag ja dieser Vetter recht gut für eine junge Dame von keinem besonderen Stand taugen, aber du bist eine Erbin und solltest dich in viel höheren Kreisen um einen Gatten umsehen. Ich sage nicht, daß du ihm nicht die Beachtung erweisen kannst, die einem Verwandten zusteht, aber weißt du, meine Liebe, außergewöhnliche Höflichkeit schuldest du ihm nicht, und dir die Hand küssen und dich ‹liebe Judith› nennen zu lassen, ist mehr als genug!»

Judith drehte sich zu ihr um. «Ich möchte Sie gern richtig verstehen, Ma'am. In welchen höheren Kreisen muß ich mich nach einem Gatten umsehen?»

«Oh, meine Liebe, wenn ein Frauenzimmer so reich ist wie du, so hoch, wie du nur willst. Ich habe wirklich an Clarence gedacht, aber da wäre dieses gräßliche Heiratsgesetz zu überwinden, und ich vermute, der Regent würde seine Zustimmung nie erteilen.»

«Außerdem wäre auch noch Mrs. Jordan zu überwinden», sagte Judith trocken.

«Unsinn, mein Liebes, ich weiß ganz sicher, daß er mit ihr gebrochen hat. Ich vermute, sie wird alle Kinder aus der Verbindung behalten – ich glaube, es sind zehn, aber ich kann mich irren.»

«Sie haben mir selbst erzählt, Ma'am, daß der Herzog ein hingebungsvoller Vater war», sagte Judith.

Mrs. Scattergood seufzte. «Nun, und habe ich nicht auch gesagt, ich glaube, eine Heirat mit ihm dürfte nicht gehen? Obwohl ich sagen muß, meine Liebe, falls du die Möglichkeit hättest, seine Frau zu werden, dann wäre es sehr seltsam von dir, etwas dagegen zu haben, bloß wegen einiger Fitz-Clarences. Aber ich habe darüber nachgedacht und bin überzeugt, es geht nicht. Wir müssen uns anderweitig umsehen.»

«Wo sollen wir uns denn umsehen, Ma'am?» fragte Judith mit einer Spur stählerner Härte in der Stimme. «Ein Bürgerlicher ist zu niedrig für mich und ein Herzog aus der Königsfamilie zu hoch. Ich höre, Seine Gnaden von Devonshire ist unverheiratet. Soll ich den einfangen, Ma'am, oder sollte ich mich um einen Gatten unter – zum Beispiel den Earls umschauen?»

Mrs. Scattergood blickte scharf auf. «Was meinst du damit, mein Liebes?»

«Würde nicht Lord Worth einen passenden Gatten für mich abgeben?» fragte Miss Taverner glatt.

«Oh, mein liebes Kind, den besten!» rief Mrs. Scattergood. «Es lag mir im Sinn, seit ich dich erblickt habe!»

«Das dachte ich mir», sagte Judith. «Vielleicht war das der Grund, warum Seine Lordschaft so entschlossen war, daß Sie bei mir leben sollten?»

«Worth hat kein Wort zu mir gesagt, versichere ich dir», erwiderte Mrs. Scattergood mit einem Ausdruck lächerlicher Bestürzung.

Miss Taverner hob die Brauen in höflicher Ungläubigkeit. «Nein, wirklich nicht, Ma'am?»

«Wirklich nicht! Himmel, ich wollte, ich hätte nichts gesagt! Ich hatte nicht die geringste Absicht, ein Wort davon zu äußern, aber dann hast du von Earls gesprochen, und es fuhr mir heraus, bevor ich mich besinnen konnte. Jetzt habe ich dich wütend gemacht!»

Judith lachte. «Nein, das haben Sie nicht, liebe Ma'am. Ich bin überzeugt, Sie würden nicht versuchen, mich zu einer Heirat zu zwingen, bei der der bloße Gedanke an sie abstoßend für mich ist.»

«Nein», stimmte Mrs. Scattergood zu, «natürlich nicht, aber ich muß gestehen, Liebes, es tut mir leid, dich so von Worth sprechen zu hören.»

«Sprechen wir überhaupt nicht von ihm», sagte Judith leichthin. «Ich jedenfalls gehe zu Bett.»

Sie ging zu Bett und schlief gleich darauf ein, wurde aber etwas nach Mitternacht von einem leisen Klopfen an der Tür geweckt. Sie setzte sich auf und rief: «Wer ist da?»

«Bist du wach? Darf ich hinein?» fragte Peregrines Stimme. Sie erlaubte es und fragte sich, was für eine Katastrophe ihm wohl zugestoßen sei. Er kam mit einem Armleuchter herein, den er auf den Tisch neben ihrem Bett bedrohlich nahe an die rosa Seidenvorhänge stellte.

Er war im Abendanzug, in Kniehosen aus Satin und einem Samtrock, und litt augenscheinlich an einer unterdrückten Erregung. Judith sah ängstlich zu ihm auf. «Ist etwas los, Perry?» fragte sie.

«Los? Nein, wie sollte es? Du hast doch noch nicht geschlafen, nicht? Ich glaubte nicht, daß du schon schliefst. Es ist ja noch ziemlich früh.»

«Nun, jetzt schlafe ich ja wirklich nicht», sagte sie lächelnd. «Rück die Kerzen etwas beiseite, Lieber! Du wirst mich noch samt meinem Bett verbrennen.»

Er entsprach der Bitte, setzte sich auf den Bettrand und umschlang ein Knie. Judith wartete geduldig, bis er ihr erzählte, warum er gekommen war; er schien jedoch in einen angenehmen Traum versunken zu sein und starrte in die Kerzenflammen, als sähe er ein Bild in ihnen.

«Perry, hast du etwas, das du mir erzählen willst, oder nicht?» fragte seine Schwester zwischen Belustigung und Erbitterung.

Er wandte ihr den Blick zu. «Eh? O nein, nichts Besonderes. Kennst du Lady Fairford, Ju?»

Sie schüttelte den Kopf. «Ich glaube nicht. Sollte ich sie kennen?»

«Nein – das heißt – ich glaube –, ich bin fast sicher, daß sie dich besuchen wird.»

«Da bin ich ihr aber sehr verbunden. Wird sie mir gefallen?»

«O ja, über alles! Sie ist eine höchst angenehme Frau. Ich wurde ihr heute abend im Covent Garden vorgestellt. Wir dinierten dort mit Fitz, weißt du, und wir dachten, wir könnten uns ganz gut auch gleich das Stück anschauen, und sie waren da, in einer Loge. Fitz kennt die Familie flüchtig und nahm mich mit hinauf, und kurz und gut, wir schlossen uns ihnen nachher beim Ball an, und Lady Fairford erkundigte sich ganz besonders nach meiner Schwester und sagte, sie hätte daran gedacht, dich zu besuchen, aber weil sie in letzter Zeit nicht in London war – sie haben einen Besitz im Hertfordshire, glaube ich –, war es ihr bisher nicht möglich. Aber sie sagte, sie würde bestimmt kommen.» Er sah Judith flüchtig an und begann eingehend seine Fingernägel zu studieren. «Sie könnte – ich weiß nicht –, aber sie könnte ihre Tochter mitbringen», fügte er viel zu beiläufig hinzu.

«Oh!» sagte Judith. «Das hoffe ich. Hat sie nur diese eine Tochter?»

«O nein, ich glaube, sie hat eine große Kinderschar, aber Miss Fairford ist die einzige, die schon in die Gesellschaft eingeführt ist. Sie heißt – Harriet!» sagte Peregrine hingerissen.

Miss Taverner wußte, was sie ihm schuldig war, und erwiderte sofort. «Welch hübscher Name!»

«Ja, das ist er, nicht wahr?» sagte Peregrine. «Sie – ich glaube, sie selbst ist auch sehr hübsch. Ich weiß nicht, wie sie dir vorkommen wird, aber ich halte sie für ungewöhnlich schön.»

«Ist sie dunkel oder blond?» fragte seine Schwester.

Auf diese Frage konnte er jedoch keine sehr sichere Antwort geben. Er meinte, Miss Fairford habe blaue Augen, aber sie konnten auch grau sein; er war nicht sicher. Sie war nicht groß, ganz im Gegenteil, aber

Judith solle sich nicht vorstellen, sie wäre ein Nichts von einem Mädchen. Das war sie keinesfalls – aber Judith würde sie ja selbst sehen.

Nach sehr viel Ähnlichem in dieser Tonart begab sich Perry zu Bett und überließ seine Schwester ihren Überlegungen.

Sie war es nicht gewöhnt, ihn in den Fesseln einer jungen Frau zu sehen, und man konnte es ihr kaum verargen, daß sie etwas eifersüchtig war. Sie tat ihr Bestes, das Gefühl zu verbannen, und es gelang ihr recht gut. Als Lady Fairford, die sich als eine gütige, vernünftige Frau Anfang der Vierzig herausstellte, ihr den versprochenen Besuch machte, brachte sie wirklich ihre älteste Tochter mit, und Judith hatte Muße, Peregrines Zauberin zu betrachten.

Miss Fairford war noch nicht lange der Schule entwachsen und besaß die ganze natürliche Schüchternheit ihrer siebzehn Jahre. Sie sah Judith aus großen, taubensanften Augen sehr ehrfürchtig an, errötete etwas, wenn man sie direkt ansprach, und ihr weicher Mund zitterte in einem flüchtigen, anziehenden Lächeln. Sie hatte hübsche braune Locken und eine nette Figur, aber Judith, die junonischer gebaut war, konnte sie nicht anders als klein erscheinen.

Als Peregrine hereinkam, was kurz darauf der Fall war, begrüßte ihn Lady Fairford mit betonter Freundlichkeit und ergriff die Gelegenheit, ihn und seine Schwester zum Diner am folgenden Dienstag zu bitten. Die Einladung wurde angenommen. Tatsächlich hatte Peregrine sie schon angenommen, bevor sich Judith auf ihre eigenen Verabredungen besinnen konnte. Unter dem Vorwand, Miss Fairford ein Buch mit Landschaftsbildern zu zeigen, das sich Judith vorher angesehen hatte, gelang es ihm, sie etwas beiseite zu ziehen, ein Manöver, das von der Mama der kleinen Dame beobachtet wurde, ohne mehr als ein leises Lächeln zu erregen. Miss Taverner schloß daraus, daß ihre Besucherin einer möglichen Verbindung wohlgesinnt gegenüberstehen würde. Das überraschte sie nicht. Peregrine war aus gutem Hause, hübsch, und besaß ein großes Vermögen. Man konnte es einer Mutter von fünf Töchtern, die passend untergebracht werden sollten, nicht verdenken, wenn sie einem so gut entsprechenden Freier etwas Ermutigung zuteil werden ließ.

Erkundigungen ergaben, daß die Fairfords eine sehr achtbare Familie waren, die in gutem Stil in der Albemarle Street wohnten. Sie bewegten sich in den besten Kreisen, ohne den Ehrgeiz zu haben, zu der Carlton-House-Gruppe zu gehören, hatten einen Sohn in der Armee, einen, der zur Zeit in Oxford war, und einen dritten in Eton.

Als der Dienstag kam, stellte sich heraus, daß die zum Diner gebetene Gesellschaft nicht groß, aber äußerst gewählt war, und der Abend verlief reibungslos, außer einem Häkchen, das Lord Dudley and Ward zu verdanken war: Da er äußerst geistesabwesend war und sich einbildete, bei sich daheim zu sein, entschuldigte er sich sehr hörbar bei Miss Taverner, daß eine der Vorspeisen so schlecht war. Er sagte sein Koch sei krank.

Die Herren schlossen sich den Damen nach dem Diner bald wieder an; ein Whisttisch wurde zusammengestellt, und die übrige Gesellschaft ließ sich teils zu einigen Rubbern Casino, teils zu einem Lotteriespiel nieder. Da sich Miss Fairford an den Lotterietisch gesetzt hatte, amüsierte es Judith, überraschte sie jedoch nicht, daß Peregrine einen Stuhl neben ihr einnahm. Sie überlegte mit innerem Amüsement, daß dies heute genau ein Abend von der Sorte war, wie Peregrine sie noch vor einer Woche als einen sehr armseligen Spaß bezeichnet hätte.

8

Entgegen den Erwartungen seiner Schwester schien Peregrines Verliebtheit in Miss Fairford nicht nachzulassen. Er ging zwar weiterhin sehr viel aus, aber wann immer sich die Gelegenheit bot, war er, wenn nicht an der Schwelle der Fairfords, sicherlich bei jeder Gesellschaft zu finden, an der sie vermutlich auch teilnahmen. Miss Taverner vertraute ihrem Vetter an, daß sie nicht wußte, ob sie böse oder froh sein sollte. Ein heftig verliebter Peregrine war lästig, aber wenn ihn Miss Fairfords Reize von Spielklubs und Wirtshäusern fernzuhalten vermochten, dann mußte sie, Judith, wirklich froh sein. Als sie entdeckte, daß er an Heirat dachte, geriet sie etwas in Zweifel. Er schien ihr viel zu jung zu sein, um schon an so etwas zu denken.

Wie dem auch sein mochte, einen Monat, nachdem er Miss Fairford kennengelernt hatte, war er mit ihr zu einem so guten Einvernehmen gelangt, daß er seinen Mut zusammenraffte und um ein Gespräch mit ihren Eltern bat.

Lady Fairford, die, abgesehen davon, daß sie ihre Tochter so großartig untergebracht zu sehen wünschte, Peregrine schon ganz um seiner selbst willen liebte, zeigte sich sehr geneigt, ihn ohne viel Getue in ihre Familie aufzunehmen; Sir Geoffrey hingegen meinte vernünftigerweise, das junge Paar sollte lieber noch warten. Er war durchaus nicht eifrig darauf aus, seine Tochter herzugeben, und mochte begreiflicherweise einigen Zweifel an der Beständigkeit der Gefühle ihres Freiers hegen; aber selbst er mußte das Gefühl haben, daß es für seine Harriet eine bessere Verbindung war, als er sich für sie erhofft hatte. Er wollte die Verlobung zwar nicht verbieten, sein ausgeprägter Begriff von Anstand jedoch veranlaßte ihn, nichts von einem Antrag hören zu wollen, der ohne Wissen oder Billigung Lord Worths gemacht wurde. Diese Erklärung bewirkte, daß sich Peregrine eiligst zu seinem Vormund begab.

Worth jedoch war nicht zu erreichen. Drei aufeinanderfolgende Besuche bei ihm schlugen fehl, und nach einem fruchtlosen Versuch, einen Brief zu verfassen, der Seiner Lordschaft alles erklären sollte, verfiel Peregrine auf den Gedanken, Worth in seinen Klubs zu suchen.

Dieser Plan hatte mehr Erfolg. Nachdem man ihm im White-Klub sagte, der Earl sei verreist, und bei Alfred, er sei schon seit einem halben

Jahr nicht mehr im Klub gewesen, fand ihn Peregrine endlich im Watier-Klub, wo er Macao spielte.

«Oh!» sagte Peregrine. «Hier also sind Sie! Ich habe Sie in der ganzen Stadt gesucht!»

Der Earl warf ihm einen leicht überraschten Blick zu und nahm seine Karten auf. «Nun, da du mich gefunden hast, meinst du nicht auch, daß du dich hinsetzen könntest – mich bewachen, wenn du so willst –, bis das Spiel zu Ende ist?» fragte er.

«Entschuldigen Sie, ich wollte Sie nicht unterbrechen!» sagte Peregrine. «Nur sagte man mir im White, Sie seien nicht in London, und als ich im Alfred vorsprach, hieß es, Sie seien seit Monaten nicht mehr dort gewesen.»

«Kommen Sie und tun Sie mit», sagte Lord Alvanley freundlich. «Sie hätten Ihre Zeit nicht im Half-Read vergeuden sollen, mein Junge. Die haben dort, wie ich höre, siebzehn Bischöfe. Nach dem achten haben Worth und ich den Klub aufgegeben. Was den White betrifft, so glaube ich, Worth hat ihnen beigebracht, immer zu sagen, daß er nicht in London sei. Möchten Sie sich uns nicht anschließen?»

Sehr geschmeichelt dankte ihm Peregrine und nahm Platz zwischen Sir Henry Mildmay und einem Herrn mit sehr rotem Haar und sehr blauen Augen, von dem er später entdeckte, daß es Lord Yarmouth war. Die Einsätze an dem Tisch waren äußerst hoch, und bald entdeckte Peregrine, daß er überhaupt kein Glück hatte. Das bekümmerte ihn nicht sehr, denn er dachte, Worth könnte sich nicht gut weigern, Schulden für ihn zu bezahlen, die über das hinausgingen, was von seiner Vierteljahresapanage geblieben war. Er nahm seine Verluste mit Haltung hin und schrieb heiter einige Schuldscheine aus, die Worth, der die Bank hielt, mit unbewegtem Gesicht entgegennahm.

Mr. Brummell, der herübergekommen war, um dem Spiel zuzusehen, hob eine Braue, sagte aber nichts. Die Zeit war beträchtlich fortgeschritten, und der Tisch brach auf, bevor die Bank in andere Hände überging. Mr. Brummell nahm den Earl auf Suche nach eisgekühltem Champagner mit und murmelte: «Mußte er an deinem Tisch spielen, Julian? Wirklich, du weißt, es sieht nicht gut aus.»

«Der junge Narr», sagte der Earl ungerührt.

«Nur etwas fehl am Platz», sagte Brummell und nahm ein Glas von dem Tablett, das ein Kellner ihm darbot.

In diesem Augenblick kam der Herzog von Bedford mit Lord Frederick Bentinck und Mr. Skeffington herbei. Sie bildeten den Kern des Kreises, der sich sehr bald um Mr. Brummell bildete, und es wurde nichts mehr über Peregrine und seine Verluste gesagt. Der Herzog, ein großer persönlicher Freund des Beau, wollte dessen Meinung über eine einigermaßen wichtige Sache hören. «Wie du weißt, George», sagte er ernst, «habe ich meinen Schneider gewechselt, und das ist der Rock, den mir der neue gemacht hat. Was sagst du dazu? Entspricht er? Gefällt dir der Schnitt?»

Mr. Brummell schlürfte seinen Champagner weiter, blickte jedoch über den Rand des Glases nachdenklich Seine Gnaden an, während der Kreis um ihn in interessiertem Schweigen auf sein Urteil wartete. Der Herzog stand ängstlich da und ließ sich betrachten. Mr. Brummells Augen weilten lange auf den sehr hellen vergoldeten Knöpfen des Rocks; er seufzte leicht, und der Herzog erbleichte.

«Er sitzt gut, mir gefallen die langen Schöße», sagte Lord Frederick. «Wer hat ihn gemacht, Herzog? Nugee?»

«Dreh dich um», sagte Mr. Brummell.

Der Herzog drehte sich gehorsam um und verrenkte den Hals, um über die Schulter zu sehen, welche Wirkung diese Seite des Kleidungsstückes beim Beau hervorrief. Mr. Brummel prüfte ihn von Kopf bis Fuß und ging langsam um ihn herum. Er studierte die Länge der Schöße und schürzte die Lippen; er betrachtete den Schnitt an den Schultern und hob die Brauen. Schließlich nahm er einen der Aufschläge zwischen Zeigefinger und Daumen und befühlte ihn sorgfältig. «Bedford», sagte er ernst, «nennst du dieses Ding wirklich einen Rock?»

Mit einem komischen, halb bestürzten, halb belustigten Ausdruck unterbrach der Herzog das Gelächter des Kreises. «Nein, wirklich, George, das ist zu schlecht von dir! Auf mein Wort, ich hätte gute Lust, dich deshalb zu fordern!»

«Du kannst mich fordern, Bedford, aber dabei würde es auch schon enden, warne ich dich», erwiderte Brummell. «Ich habe nicht die geringste Absicht, hinter mein Dasein in einer so abscheulichen Weise einen Punkt zu setzen.»

«Hast du je ein Duell gefochten, Brummell?» fragte Mr. Montague, rittlings auf einem Stuhl sitzend.

«Gott sei Dank, nein!» sagte der Beau mit einem Schauder. «Aber einmal hatte ich eine Sache bei der Chalk Farm, und ich war in einem schrecklichen Zustand – nie im Leben werde ich die Schrecken der Nacht vorher vergessen!»

«Überhaupt geschlafen, George?» fragte Worth lächelnd.

«Keinen Augenblick. Das stand außer Frage. Die Morgendämmerung war für mich die Vorbotin des Todes, und dennoch begrüßte ich sie fast mit Freude. Aber der Schritt meines Sekundanten auf der Treppe verdarb dieses Gefühl sehr bald, denn was mußte er tun, als mir sorgfältig all die gräßlichen Einzelheiten zu erklären und damit den wenigen, den sehr wenigen Mut vernichten, der die Ängste der Nacht überlebt hatte! Wir verließen das Haus, und kein Unfall, kein glückliches Umwerfen des Wagens ereignete sich auf unserem Weg zu dem Stelldichein, wo wir meiner Meinung nach viel zu bald ankamen, eine Viertelstunde vor der festgesetzten Zeit.» Er hielt inne und schloß die Augen, wie überwältigt von der Erinnerung.

«Weiter, George, was geschah dann?» fragte der Herzog höchst belustigt.

Mr. Brummell öffnete wieder die Augen und stärkte sich mit Champagner. «Nun, Bedford, niemand war auf dem Platz, und jede Minute erschien mir wie ein Jahrhundert, als ich entsetzt und halb erstickt die Ankunft meines Gegners erwartete. Endlich verkündete die Kirchturmuhr in der Nähe, daß die Stunde gekommen war. Wir blickten in die Richtung der Stadt, aber mein Gegner erschien nicht. Mein militärischer Freund machte gütigerweise die Andeutung, daß Kirchturmuhren und Taschenuhren verschiedene Zeiten anzeigen können, eine Tatsache, der ich mir vollkommen bewußt war, und ich dachte, er hätte mir das Vergnügen ersparen können, darüber Bemerkungen zu machen: aber ein Sekundant ist ja immer ein so verdammt gutmütiger Freund! Die nächste Viertelstunde verging in gräßlichem Schweigen. Mein Freund pfiff und – zum Teufel mit ihm – sah sehr enttäuscht drein. Es schlug die halbe Stunde – noch immer niemand; die dreiviertel; endlich die Stunde. Mein Centurion von den Coldstream Guards kam jetzt herbei, diesmal wirklich mein Freund, und sagte – und ich kann euch verraten, es waren die süßesten Töne, die je mein Ohr trafen –: ‹Na, George, ich glaube, wir dürfen gehen.› Ihr könnt euch meine Erleichterung vorstellen! – ‹Mein lieber Junge›, erwiderte ich, ‹du hast mir einen Stein vom Herzen genommen. Gehen wir – aber sofort!›»

Das brüllende Gelächter, das diesen Höhepunkt begrüßte, führte mehrere andere Herren zu der Gruppe, unter ihnen Peregrine, der rechtzeitig genug kam, um seinen Vormund sagen zu hören: «Hatte dein blutrünstiger Gegner den Unfall, der dir nicht passierte, George, oder war sein Sekundant weniger entschlossen als der deine?»

«Ich neige zu der Vermutung», erwiderte der Beau ernsthaft, daß er rechtzeitig den gesellschaftlichen Fehltritt erkannt hat, den er beging, mich überhaupt zu fordern.»

Peregrine drängte sich durch die Gruppe an Worths Seite und berührte dessen Ärmel. Der Earl wandte sich mit leichtem Stirnrunzeln nach ihm um. «Nun, Peregrine, was ist los?»

«Ich dachte, Sie seien schon gegangen», sagte Peregrine leise. «Ich muß ein Wort mit Ihnen sprechen; Sie wissen – deshalb bin ich ja hergekommen.»

«Mein guter Junge, im Watier-Klub kannst du nicht mit mir privat reden, wenn es das ist, was du willst. Du darfst mich morgen vormittag daheim besuchen.»

«Ja, aber werden Sie da sein?» wandte Peregrine ein. «Ich war schon dreimal bei Ihnen, und Sie waren nie daheim. Könnte ich nicht jetzt mit Ihnen heimgehen?»

«Du darfst mich morgen daheim besuchen», wiederholte der Earl müde. «Aber du unterbrichst Mr. Brummell.»

Peregrine errötete, entschuldigte sich und zog sich etwas hastig zurück, gerade als Lord Alvanley herankam. Lord Alvanleys pausbäckiges Gesicht trug einen Ausdruck der Besorgnis. Er legte Worth die Hand auf die Schulter. «Julian, ich bin ein so dummer Bursche! Bitte, entschuldige wirklich! Aber weißt du, du warst so kurz angebunden mit dem Jungen, und er sah so unbehaglich drein, daß ich ihn einfach bitten mußte, sich zu uns zu setzen.»

«Wenn du doch bloß nicht so herzensgut wärst!» sagte der Earl. «Ich hatte ihn soeben recht erfolgreich angeschnauzt, als du dich einmischtest.»

«Na ja, natürlich hätte er nicht in die Tischrunde hereinplatzen sollen, wie er das getan hat», gab Alvanley zu. «Aber er ist schließlich sehr jung und ein sehr netter Kerl, soviel ich gesehen habe.»

«Sehr», sagte Worth. «Er wird noch netter werden, wenn er öfter angeschnauzt worden ist. George, das könntest du übernehmen.»

Mr. Brummell schüttelte den Kopf. «Mein lieber Worth, du kannst wirklich nicht von mir erwarten, daß ich noch mehr für dein Mündel tue. Ich habe ihm doch einmal den ganzen Weg von White hierher meinen Arm geliehen!»

«Ach, vielleicht ist darauf seine Anmaßung zurückzuführen», sagte Worth. «Du hättest ihm lieber eine deiner Abfuhren verpassen sollen.»

«Aber ich dachte, du wolltest, ich sollte alles nur mögliche tun, um ihn in Mode zu bringen», sagte der Beau klagend.

Ob aus verständlicher Ungeduld oder aus Angst, seinen Vormund wieder zu versäumen, war Peregrine am nächsten Morgen schon um halb elf Uhr am Cavendish Square, nur um die Auskunft zu erhalten, daß Seine Lordschaft soeben beim Ankleiden war. Peregrine blieb daher nichts übrig, als eine halbe Stunde lang müßig im Salon zu warten, die Zeitungen zu überfliegen und stumm alles zu proben, was er gleich darauf zu sagen gedachte.

Um elf Uhr kam der Lakai zurück und teilte ihm mit, Seine Lordschaft würde ihn nun empfangen. Er folgte dem Mann die breite Treppe hinauf und wurde in das Schlafzimmer des Earl geführt. Es war ein großer Raum mit einem Baldachinbett, das eine ganze Wand einnahm, ein äußerst schönes Stück, von zwei Bronzegreifen getragen, die karmesinrote Seidenvorhänge in den Klauen hielten. Zwei kleinere Greife auf Sockeln hielten sie gerafft. Ein fünfter Greif überragte den Baldachin, die Flügel ausgebreitet, und alle vier Vorhänge hingen anscheinend aus seinen Klauen. Peregrine war von der Pracht dieses Aufbaues derart betroffen, daß er einige Augenblicke nur stehen und ihn ansehen konnte. Der Earl saß vor einem Mahagoni-Toilettentisch, dessen Lade herausgezogen und dessen Platte mit dem Mittelspiegel zurückgeschoben war. Er warf Peregrine einen flüchtigen Blick zu und beschäftigte sich weiter mit seiner Toilette.

Als Peregrine den Anblick des Bettes mit allen seinen Einzelheiten aufgenommen hatte, sah er sich nach seinem Vormund um. Er machte große Augen bei der Eleganz des Brokatmorgenrocks des Earl und wünschte, einmal die köstliche Unordnung der schwarzen Locken Seiner Lordschaft zustande bringen zu können. Sie waren in einem Stil gebürstet, den Peregrine sofort als «Windstoßfrisur» erkannte. Er selbst hatte eine halbe Stunde daran verschwendet, seine blonden Locken in der gleichen Weise zu ordnen, und hatte sich schließlich mit einem Cherubinstil zufriedengeben müssen.

«Guten Morgen, Peregrine. Du wählst eine sehr frühe Stunde für deine Besuche», sagte der Earl. «Sie brauchen nicht zu warten, Foster. Halt, reichen Sie mir doch das Päckchen, das Sie auf dem Tisch dort finden. Danke. Sie können gehen.»

Der Kammerdiener schob einen Stuhl für Peregrine zurecht und ging. Peregrine setzte sich und sah ziemlich unbehaglich auf die Papiere, die der Diener für den Earl geholt hatte. Es fiel ihm nicht schwer, sie zu erkennen. Er stieß hervor: «Das sind meine Schuldscheine, nicht?»

«Ja», sagte der Earl. «Das sind deine Schuldscheine. Wollen wir das bereinigen, bevor wir anderes besprechen?»

Peregrine heftete die Augen ängstlich auf dieses ruhige Profil und befeuchtete seine Lippen. «Aber – aber, die Sache ist nämlich die – ich glaube, ich kann nicht», gestand er. «Ich bin nicht völlig sicher, wieviel ich gestern abend verloren habe, aber –»

«Oh, nicht viel über viertausend, glaube ich», sagte der Earl.

«Nicht viel über – oh! Nun – nun, das ist schließlich keine so ungeheure Summe, nicht?» sagte Peregrine tapfer.

«Das», sagte der Earl, nahm ein schmales Messer aus der offenen Lade und begann sich die Nägel damit zu schneiden, «hängt weitgehend von der Größe deines Vermögens ab.»

«Ja», stimmte Peregrine zu. «Sehr richtig. Ich – ich habe ein beträchtliches Vermögen, nicht?»

«Im Augenblick», erwiderte Worth, hast du das, was ich eher eine gewisse Unabhängigkeit nennen würde.»

«Sie meinen, ich habe, was Sie mir zugestehen», sagte Peregrine unbefriedigt.

«Ich freue mich zu entdecken, daß du das erkennst», meinte Worth. «Ich hatte allmählich schon Angst, daß dir das nicht klar ist.»

«Natürlich ist mir das klar. Aber das Geld ist doch vorhanden, nicht? Es handelt sich nur darum, mir etwas davon vorzustrecken.»

Der Earl legte das Messer hin und tauchte die Hände in eine Schale Wasser neben sich. Nachdem er sie abgespült hatte, begann er sie sorgfältig mit einem feinen Handtuch abzutrocknen. «Aber ich habe nicht die geringste Absicht, dir etwas davon vorzustrecken», sagte er.

Peregrine wurde steif. «Was meinen Sie damit?» fragte er.

Der Earl hob eine Sekunde die Augen und maß sein Mündel kalt. «Ihr beide, du und deine Schwester, schreibt mir eine Unklarheit meiner Äußerungen zu, die ich mir keineswegs verdient habe. Das ist für mich durchaus nicht amüsant. Ich meine genau das, was ich sage.»

«Aber Sie können doch nicht ablehnen, mir Geld zu geben, um meine Ehrenschulden zu bezahlen!» sagte Peregrine empört.

«Nein?» sagte der Earl. «Ich hatte den Eindruck, ich könnte es.»

«Verdammt, so etwas habe ich noch nie gehört! Ich muß doch meine Schulden bezahlen!»

«Natürlich», stimmte der Earl zu.

«Na, und wie, zum Teufel, kann ich das, wenn Sie nicht die Börse lockern?» fragte Peregrine. «Sie müssen doch wissen, daß meine Taschen bis zum nächsten Quartal ziemlich leck sind!»

«Das wußte ich nicht, aber es fällt mir nicht schwer, das zu glauben. Du hast mein ganzes Mitgefühl.»

«Mitgefühl! Was nützt mir denn das!?» rief Peregrine verletzt aus.

«Es nützt dir leider gar nichts», sagte Worth. «Wir schweifen ein wenig vom Thema ab, nicht? Du schuldest mir etwas über viertausend Pfund – wenn du diese Schuldscheine durchsiehst, findest du die genaue Summe wohl selbst heraus –, und ich möchte gern erfahren, wann du das zu begleichen gedenkst.»

«Sie sind mein Vormund», sagte Peregrine hitzig. «Sie haben die Macht über mein ganzes Vermögen.»

Der Earl hob eine schönmanikürte Hand. «O nein, Peregrine! Als deinen Vormund mußt du mich bei dieser Erörterung völlig aus dem Spiel lassen, wenn ich bitten darf. Als dein Vormund habe ich bereits angedeutet, daß ich keine Absicht habe, dir dabei zu helfen, dein Vermögen zu verspielen. Als dein Gläubiger wünsche ich nur zu wissen, wann es dir gefällig ist, diese Schuldscheine einzulösen.»

Jetzt fühlte sich Peregrine wirklich schlapp. Er hielt aber das Kinn hoch und sagte mit einer so ausgeglichenen Stimme, wie es ihm möglich war: «In diesem Fall, Sir, muß ich Sie bitten, die Güte zu haben, bis zum nächsten Zahltag zu warten, wenn ich imstande sein werde, Sie zu bezahlen – nicht die ganze Summe, die ich Ihnen schulde, aber einen großen Teil.»

Der Earl maß ihn wieder in einer Art, daß sich der unglückliche Peregrine sehr klein und heiß und unbehaglich fühlte. «Vielleicht hätte ich dir sagen sollen – in meiner Eigenschaft als Vormund –, daß es üblich ist, Ehrenschulden sofort zu begleichen», sagte er sanft.

Peregrine wurde rot, verkrampfte die Hände auf dem Knie und murmelte: «Ich weiß.»

«Denn sonst», sagte der Earl und richtete vorsichtig eine Falte seiner Krawatte, «fändest du dich gezwungen, aus deinen Klubs auszutreten.»

Peregrine stand plötzlich auf. «Sie sollen das Geld morgen früh haben, Lord Worth», sagte er mit zitternder Stimme. «Hätte ich gewußt – hätte ich die Einstellung geahnt, die Sie einzunehmen belieben, hätte ich die Bezahlung noch vor meinem Besuch hier geregelt.»

«Laß mich dir eine Sache klarmachen – ich spreche wieder als dein Vormund, Peregrine –: Falls ich irgendwann in den nächsten zwei Jahren entdecke, daß du meine Freunde Howard und Gibbs oder praktisch überhaupt einen Geldleiher besucht hast, wirst du bis zu deiner Großjährigkeit ins Yorkshire zurückkehren.»

Sehr weiß um den Mund starrte Peregrine auf den Earl hinunter und sagte ziemlich benommen: «Was soll ich tun? Was kann ich tun?»

Der Earl wies auf den Stuhl. «Setz dich.»

Peregrine gehorchte und heftete die Augen ängstlich auf das Gesicht seines Vormundes.

«Verstehst du richtig, daß es mir ernst ist mit dem, was ich gesagt habe? Ich will dir weder Geld für deine Spielschulden vorstrecken noch dir erlauben, zu den Geldleihern zu gehen.»

«Ja, ich verstehe», sagte der arme Peregrine und fragte sich, was aus ihm werden sollte.

«Also schön», sagte Worth, nahm das kleine Bündel Papier, riß es einmal durch und warf es in den Papierkorb unter dem Toilettentisch.

Peregrines erste Regung bei dieser unerwarteten Handlung war eine überwältigende Erleichterung. Er keuchte auf, und die Farbe kehrte wieder in seine Wangen zurück. Dann aber stand er schnell auf und fuhr mit der Hand in den Papierkorb. «Nein!» sagte er krampfhaft. «Spielen und nicht bezahlen, das tue ich nicht, Sir! Wenn Sie mir weder das Geld vorstrecken noch mir erlauben, es auf meine eigene Weise zu beschaffen, dann behalten Sie meine Schuldscheine, bis ich großjährig bin, bitte!»

Die Hand des Earl schloß sich um Peregrines Handgelenk, und der Griff seiner schlanken Finger ließ Peregrine zusammenzucken. «Laß sie los», sagte er ruhig.

Peregrine umkrallte die zerrissenen Scheine weiter mit seiner gefangenen Hand. «Ich will nicht! Ich habe das Geld bei fairem Spiel verloren, und ich wünsche mich Ihnen nicht derart zu verpflichten! Sie sind sehr gut – äußerst gütig, wirklich –, aber ich möchte lieber mein ganzes Vermögen verlieren, als eine solche Großzügigkeit anzunehmen!»

«Laß sie los», wiederholte der Earl. «Und schmeichle dir ja nicht, daß ich versuche, dir gegenüber gütig zu sein, indem ich die Scheine vernichte. Ich will nur nicht als der Mann dastehen, der seinem eigenen Mündel über 4000 Pfund abgewonnen hat.»

Peregrine sagte mürrisch: «Ich sehe nicht ein, daß das wichtig ist.»

«Dann mußt du sehr stumpfsinnig sein», erwiderte der Earl. «Ich muß dich warnen, daß meine Geduld keineswegs unerschöpflich ist. Laß diese Scheine fallen!» Er verstärkte seinen Griff, während er sprach. Peregrine sog scharf den Atem ein und ließ die zerknitterten Papiere in den Korb zurückfallen. Worth löste den Griff. «Was wolltest du mit mir besprechen?» fragte er ruhig.

Peregrine wandte sich heftig zum Fenster und starrte blind hinaus, während seine Hand unruhig mit der Vorhangquaste spielte. Seine ganze Haltung verriet, daß er unter starkem Verdruß litt. Der Earl beobachtete ihn mit einem leichten Lächeln. Nach einem Augenblick, während Peregrine noch immer mit sich zu kämpfen schien, stand er auf, ließ seinen Morgenrock von den Schultern gleiten und warf ihn auf das Bett. Er schlenderte zu seinem Rock und zog ihn an. Nachdem er ihn sorgfältig zurechtgezogen, ein Stäubchen von seinen glänzenden Hessenstiefeln geschnippt und seine Erscheinung im Ankleidespiegel kritisch geprüft hatte, nahm er eine Schupftabaksdose aus Sèvresporzellan von

Mitgefühl! Was nützt mir das!? . . .

... Recht hat er: Was nützt ihm Mitgefühl, wenn er Geld braucht? Geld ist durch nichts zu ersetzen. Zwar kann man mitunter jemandem in anderer Münze heimzahlen, aber Geld bleibt eben doch Geld. Geld ist das beste Mittel, um aus finanziellen Verlegenheiten zu kommen, das einzige Mittel, um drängende Gläubiger loszuwerden. Geld hat nur einen Haken: Man muß es haben, verdient haben, geschenkt bekommen haben, gewonnen haben, geerbt haben, gespart haben, nur eben haben muß man es.

seinem Toilettentisch und sagte: «Komm! Wir wollen das Gespräch unten zu Ende führen.»

Peregrine drehte sich zögernd um. «Lord Worth!» begann er nach einem tiefen Atemholen.

«Ja – wenn wir unten sind», sagte der Earl, während er die Tür öffnete.

Peregrine machte eine kleine steife Verbeugung und trat zurück, um den Earl vorangehen zu lassen.

Dieser stieg in seiner gelassenen Art die Treppe hinunter und ging in eine gemütliche Bibliothek hinter dem Salon voraus. Der Butler setzte eben ein Tablett mit Gläsern und einer Karaffe auf den Tisch. Er rückte sie zurecht, bis er mit der Anordnung zufrieden war, und zog sich zurück, die Tür hinter sich schließend.

Der Earl hob die Karaffe und goß zwei Gläser Wein ein. Das eine reichte er Peregrine. «Madeira, aber wenn dir Sherry lieber ist, kann ich dir auch den anbieten», sagte er.

«Danke, für mich nichts», sagte Peregrine mit einer, wie er hoffte, guten Nachahmung der kalten Würde des Earl.

Anscheinend war sie nicht so gut. «Sei nicht dumm, Peregrine», sagte Worth.

Peregrine sah ihn einen Augenblick an, nahm dann gesenkten Blickes das Glas mit einem gemurmelten «Danke» entgegen und setzte sich.

Der Earl ging auf einen tiefen Ohrensessel zu. «Und jetzt – was gibt's?» fragte er. «Ich vermute, etwas ziemlich Wichtiges, da du mich deshalb in der ganzen Stadt gesucht hast.»

Da die Stimme seines Vormunds ausnahmsweise einmal frei von ihrer vernichtenden Kälte war, änderte Peregrine, der schon fest entschlossen gewesen war, forzugehen, ohne die Angelegenheit, die ihn hergeführt hatte, zu erwähnen, seine Absicht. Er warf einen schnellen, schüchternen Blick auf den Earl und platzte heraus: «Ich will mit Ihnen über ein – ein sehr heikles Thema sprechen. Nämlich – Heirat!» Er stürzte die Hälfte des Weines in seinem Glas hinunter und sah den Earl, jetzt leicht trotzig, an.

Worth hob jedoch nur die Brauen. «Wessen Heirat?»

«Meine!» sagte Peregrine.

«Tatsächlich!» Worth drehte den Stiel seines Weinglases zwischen Zeigefinger und Daumen und beobachtete müßig, wie das Licht in dem gelbbraunen Wein spielte. «Es erscheint ein bißchen plötzlich. Wer ist die Dame?»

Peregrine, der völlig darauf vorbereitet gewesen war, gleich von Anfang an auf eine glatte Ablehnung zu stoßen, ohne überhaupt nur angehört zu werden, faßte sich bei dieser ruhigen Art, mit der die Neuigkeit aufgenommen wurde, ein Herz und rückte auf seinem Stuhl vor. «Vermutlich kennen Sie sie nicht, Sir, obwohl ich glaube, ihre Eltern müßten Ihnen, zumindest dem Ruf nach, bekannt sein.»

Der Earl wollte eben sein Glas an die Lippen heben, senkte es jedoch wieder. «Sie hat also Eltern?» fragte er mit einem Ton der Überraschung in der Stimme.

Peregrine starrte ihn an. «Natürlich hat sie Eltern. Was denken Sie denn?»

«Offenkundig etwas ganz anderes», murmelte Seine Lordschaft. «Aber berichte weiter: Wer sind diese Eltern, die mir dem Ruf nach bekannt sein sollen?»

«Sir Geoffrey und Lady Fairford», sagte Peregrine und beobachtete den Earl ängstlich, um zu sehen, wie diese Enthüllung aufgenommen wurde. «Sir Geoffrey ist Mitglied des Brook-Klubs, glaube ich. Sie leben in der Albemarle Street und haben einen Besitz bei St. Albans. Er ist Parlamentsmitglied.»

«Das klingt höchst achtbar», sagte Worth. «Schenk dir noch ein Glas ein und erzähle mir, seit wann du diese Familie kennst.»

«Oh, schon einen ganzen Monat!» versicherte ihm Peregrine, stand auf und ging zum Tisch.

«Das ist wirklich schon eine ganz hübsche Zeit», sagte der Earl ernst.

«O ja», erwiderte Peregrine. «Sie brauchen keine Angst zu haben, daß ich mich erst gestern verliebt hätte. Ich bin mir in dieser Sache völlig sicher. Ein Monat ist durchaus lang genug dafür.»

«Oder ein Tag oder eine Stunde», sagte der Earl träumerisch.

«Nun, um Ihnen die Wahrheit zu gestehen», vertraute ihm Peregrine an und wurde rot, «ich war mir in dem Augenblick sicher, als ich Miss Fairford erblickte, aber ich wartete, weil ich wußte, Sie würden nur etwas Schnei –» Er brach etwas verwirrt ab. «Ich meine –»

«Etwas Schneidendes darauf erwidern», ergänzte der Earl. «Da hast du wahrscheinlich recht gehabt.»

«Nun, vermutlich hätten Sie mir gar nicht zugehört», sagte Peregrine, sich verteidigend. «Jetzt müssen Sie erkennen, daß es eine vollkommen ernste Sache ist. Nur wollte Sir Geoffrey, weil ich noch nicht großjährig bin, nichts festlegen, bevor nicht Ihre Zustimmung gewonnen war.»

«Sehr korrekt», bemerkte der Earl.

«Sir Geoffrey wird keine Bedenken haben, zuzustimmen, wenn Sie nicht dagegen sind», drängte Peregrine. «Auch Lady Fairford ist nichts als Wohlwollen. Von dieser Seite her besteht kein Einwand.»

Der Earl warf ihm einen etwas verächtlichen, aber nicht unfreundlichen Blick zu. «Es würde mich sehr überraschen, wenn ein Einwand bestünde», sagte er.

«Nun, habe ich Ihre Erlaubnis, mich Miss Fairford zu erklären?» fragte Peregrine. «Ihnen kann es schließlich nicht das geringste bedeuten!»

Darauf erwiderte der Earl nicht sofort. Er sah sein Mündel einige Augenblicke ziemlich rätselhaft an, öffnete dann seine Dose und nahm nachdenklich eine Prise.

Peregrine wanderte unruhig im Zimmer auf und ab und sprudelte schließlich heraus: «Zum Teufel, warum sollten Sie auch etwas dagegen haben?»

«Ich bin mir nicht bewußt, etwas dagegen gesagt zu haben», sagte Worth. «Ja, ich bezweifle sogar kaum, daß ich, wenn du in sechs Monaten noch derselben Meinung bist, meine Zustimmung bereitwillig geben werde.»

«In sechs Monaten!» stieß Peregrine bestürzt aus.

«Hast du vorgehabt, Miss Fairford sofort zu heiraten?» fragte Worth.

«Nein, aber wir – ich hatte gehofft, mich zumindest sofort zu verloben.»

«Aber sicher. Warum nicht?» fragte der Earl.

Peregrine strahlte auf. «Na, das ist wenigstens schon etwas, aber ich sehe nicht ein, daß wir so lange warten sollen, um zu heiraten. Wenn wir, sagen wir, drei Monate verlobt wären, dann wäre doch bestimmt –»

«In sechs Monaten», sagte Worth, «sprechen wir über die Hochzeit. Heute bin ich nicht in der Stimmung dazu.»

Peregrine konnte nicht zufrieden sein, da er aber Schlimmeres erwartet hatte, nahm er es mit Anstand hin und fragte nur, ob die Verlobung offiziell bekanntgegeben werden durfte.

«Das kann wohl sehr wenig Unterschied machen», sagte der Earl, der schnell sein Interesse an der Angelegenheit zu verlieren schien. «Mach, wie es dir gefällt – deine zukünftige Schwiegermutter wird zweifellos alle ihre Bekannten davon informieren, also kann es ebensogut so offiziell gemacht werden, wie du willst.»

«Lady Fairford», sagte Peregrine streng, «ist eine sehr überlegene Frau, Sir, weit über so etwas hinaus.»

«Wenn sie darüber hinaus ist, einen Gatten mit einem Vermögen von zwölftausend Pfund jährlich für ihre Tochter zu sichern, steht sie wirklich allein da», sagte der Earl etwas schroff.

9

Die Verlobung wurde in den Spalten der *Morning Post* bekanntgegeben, und die unmittelbarste Wirkung der Nachricht war die, daß sie Admiral Taverner mit einem Exemplar der Zeitung unter dem Arm und einem Ausdruck starker Empörung im Gesicht in die Brook Street führte. Er verlor keine Zeit mit Höflichkeiten, und nicht einmal die Anwesenheit Mrs. Scattergoods konnte ihn davon abhalten, bekanntzugeben, was er dachte. Er verlangte zu wissen, was sie da alle eigentlich damit bezweckten, Peregrine die Zukunft so elend zu ruinieren. «Miss Harriet Fairford!» sagte er. «Wer ist schon Miss Harriet Fairford? Ich dachte, es sei nicht möglich, als ich es las. ‹Verlaß dich drauf›, sagte ich, denn Bernard war bei mir, ‹verlaß dich drauf, das ist alles ein verdammter Humbug! Der Bursche wird sich nicht an das erste hübsche Gesicht, in das er sich vergafft, wegschmeißen.› Aber Sie reden nichts; Sie sagen nichts! Also ist es doch wahr?»

Miss Taverner bat ihn, Platz zu nehmen. «Ja, Sir, es ist durchaus wahr.»

Der Admiral murmelte etwas, das wie ein Fluch klang, zerknitterte die Zeitung und feuerte sie in eine Ecke. «Es hat keinen Sinn, zu reden!» sagte er. «Hat es je eine so schlecht geführte Sache gegeben! Verdammich, der Junge ist doch erst neunzehn! In seinem Alter darf er nicht heiraten. Meiner Seel', ich staune über Worth! Aber vermutlich ist das ohne sein Wissen gemacht worden?»

Miss Taverner war gezwungen, den Hoffnungsschimmer aus den Augen ihres Onkels zu verbannen, indem sie ruhig antwortete, die Verlobung sei mit voller Zustimmung des Earls bekanntgegeben worden.

Dem Admiral fiel es anscheinend schwer, das zu glauben. Er erging sich in erstaunten Ausrufen, bekreuzigte sich und sagte schließlich, er könne es einfach nicht verstehen. «Worth hat irgendein teuflisch hinterlistiges Spiel vor!» sagte er. «Ich wollte, ich wüßte, was es wohl ist! Verheiratet, bevor er noch zwanzig ist! Ja, ja, das wird bedeuten, daß Perry verdammt draufzahlt.»

Worauf Mrs. Scattergood, die dem Admiral nie wohlwollend gesinnt gewesen war, ihr Handarbeitskästchen mit der Netzarbeit schloß und in entschieden verweisendem Ton sagte: «Ich weiß wirklich nicht, was Sie wohl meinen können, Sir. Bitte sehr, was für ein Spiel sollte mein Vetter spielen? Es ist nicht so schlecht, kann ich Ihnen sagen, wenn ein junger Mann, der zu Ungestüm neigt, mit einem so achtbaren Frauenzimmer wie Miss Fairford verlobt ist. Es wird ihn festigen, und ich meinerseits zweifle nicht im geringsten daran, daß sie ihm eine reizende Frau sein wird.»

Der Admiral riß sich zusammen. «Was ich meine! Oh, verdammich, gar nichts meine ich! Ich habe vergessen, daß Sie mit dem Kerl verwandt sind. Aber Perry mit seinem Vermögen – und sich an die Tochter eines schäbigen Baronets wegzuwerfen! Es ist wirklich ein jammervolles Stückchen!»

Er war sichtlich fassungslos, und Miss Taverner, die den wahren Grund seines Ärgers ja wirklich erkennen mußte, konnte es nur leid tun, daß er sich so deutlich bloßgestellt hatte. Sie erfuhren nicht, was er sonst noch gesagt hätte, denn der Lakai öffnete die Tür, um einen weiteren Besucher zu melden, daher mußte das Gespräch eingestellt werden.

Dieser zweite Besucher war niemand anderer als der Herzog von Clarence, der mit einem Lächeln auf seinem gutgelaunten Gesicht und einem jovialen Gruß für beide Damen hereinkam.

Miss Taverner war unglücklich, daß er gerade kommen mußte, während ihr Onkel anwesend war, aber das Benehmen des Admirals änderte sich merklich, als er einem Mitglied des Königshauses gegenüberstand. Wenn er auch mit seinem roten Gesicht und den blutunterlaufenen Augen keine rühmliche Erscheinung bot, so sagte er im Lauf des herzoglichen Besuchs wenigstens nichts, das seine Nichte hätte demütigen müssen. Seine Höflichkeiten waren zu unterwürfig, um Judiths Sinn für Charakterstärke anzusprechen, aber der Herzog schien nichts dabei zu finden, so daß sie annahm, er sei es zu sehr gewöhnt, solcher Schmeichelei zu begegnen, um sie für ungewöhnlich zu halten. Er blieb nur eine halbe Stunde, aber seine Vorliebe für Miss Taverner, die er nicht zu verbergen suchte, entging dem Admiral nicht. Kaum hatte der Herzog seine Verbeugung gemacht und war gegangen, als er sagte: «Du hast mir nicht erzählt, daß du auf so gutem Fuß mit Clarence stehst, meine liebe Nichte. Das heißt ja wirklich hoch hinaus streben. Aber weißt du, du bist sehr schlecht beraten, wenn du seine Aufmerksamkeiten ermutigst. Na ja, du kannst ja rot werden, aber du wirst nicht leugnen, daß er darauf aus ist, dich zum Gegenstand seiner Galanterie zu machen. Aber in der Gegend gibt's nichts zu erhoffen. Diese morganatischen Ehen sind nichts für dich. Es könnte nichts Schlimmeres geben! Denke an Mrs. Fitzherbert, die jetzt in Golders Green leben muß! Denke an dieses arme Sussex-Frauenzimmer, in Rom verheiratet – und die war von besserer Geburt als du, meine Liebe, aber es wurde alles annulliert, und da sitzt sie jetzt, ich weiß nicht wo, mit zwei Kindern und einem Bettel von Apanage, einfach weggeschmissen!»

«Ihre Warnung, Sir, ist völlig überflüssig», sagte Miss Taverner kalt. «Ich habe nicht die Absicht, den Herzog von Clarence zu heiraten, selbst wenn er mich bitten würde – ein Ereignis, das ich durchaus nicht erwarte.»

Der Admiral hatte sichtlich das Gefühl, daß er genug gesagt hatte. Er entschuldigte sich und verließ sie gleich darauf.

«Na, meine Liebe», sagte Mrs Scattergood, «ich möchte ja nicht gegen einen deiner Verwandten streng sein, aber ich muß schon sagen, den Admiral halte ich durchaus nicht für das Richtige.»

«Das weiß ich», erwiderte Miss Taverner.

«Es ist mir ganz klar, daß er nicht gern an Perry mit einem Kinderzimmer voll stämmiger Kleiner denkt, die zwischen ihm und dem Titel stehen. Du mußt mir verzeihen, aber ich weiß nicht genau, wie die Dinge hinterlassen wurden.»

«Mein Onkel würde den Titel erben, wenn Perry ohne Sohn stürbe, und auch einen Teil des Vermögens – nur was Fideikommiß ist, und das ist sehr wenig», antwortete Judith. «Die Hauptmasse des Vermögens würde nämlich ich erben.»

«Ich verstehe», sagte Mrs. Scattergood nachdenklich. Sie schien eine weitere Bemerkung machen zu wollen, besann sich jedoch anders und schlug nur vor, die Kutsche vorfahren zu lassen und zu einem Laden in der Bond Street zu fahren, wo sie vermutlich die passende Ergänzung zu einer besonders feinen Netzbaumwolle zu finden glaubte.

Da Miss Taverner ein Buch in Hookhams Bibliothek umtauschen mußte, war sie mit dem Vorschlag durchaus einverstanden, und kurz darauf brachen die beiden Damen in einem offenen Landauer auf, da das Wetter so äußerst mild war (obwohl man November schrieb), daß selbst Mrs. Scattergood keine Lungenentzündung oder einen Schaden für den Teint befürchten konnte.

Sie kamen bald nach zwei Uhr in der Bond Street an und fanden sie wie gewöhnlich um diese Stunde voll von Kutschen und eleganten Leuten. Mehrere Tilburies und Sattelpferde warteten vor Stephens Hotel, und als Miss Taverners Landauer an der Tür von Jacksons Box-Saloon vorbeifuhr, sah sie ihren Bruder Arm in Arm mit Mr. Fitzjohn hineingehen. Sie winkte ihm zu, blieb jedoch nicht stehen, und als der Landauer gleich darauf vor dem Laden eines Kurzwarenhändlers hielt, setzte sie Mrs. Scattergood ab und fuhr zur Buchhandlung weiter.

Sie hatte soeben die «Tales of Fashionable Life» abgegeben und sah eine der Neuerscheinungen durch, als sie eine Berührung an ihrem Ärmel fühlte, sich umwandte und ihren Vetter neben sich stehen sah.

Sie gab ihm die in zitronenfarbenes Ziegenleder gekleidete Hand. «Wie geht es Ihnen? Ich glaube, bei Hookham trifft man früher oder später bestimmt jedermann. Sagen Sie, haben Sie diesen Roman schon gelesen? Ich habe ihn eben aufs Geratewohl vom Bücherbord geholt. Ich weiß nicht, von wem er ist, aber lesen Sie doch, lieber Vetter, die Stelle, an der ich den Band rein zufällig aufgeschlagen habe.»

Er blickte ihr über die Schulter. Sie wies mit dem Finger auf die Zeile. Während er las, beobachtete sie ihn lächelnd, um zu sehen, welche Wirkung die Worte auf ihn hatten.

«Ich freue mich darüber. Er schien durchaus ein Herr zu sein; und ich glaube, Elinor, ich darf dich zu der Aussicht einer sehr achtbaren Stellung im Leben beglückwünschen.»

«Mich, Bruder? Was meinst du damit?»

«Du gefällst ihm. Ich habe ihn sehr genau beobachtet und bin davon überzeugt. Wie groß ist sein Vermögen?»

«Ich glaube, ungefähr zweitausend pro Jahr.»

«Zweitausend pro Jahr?» Dann schwang er sich zu begeisterter Großmut auf und fügte hinzu: «Elinor, ich wünschte um deinetwillen aus ganzem Herzen, es wäre doppelt soviel.»

Ein Lachen versicherte Miss Taverner, daß diese Stelle ihren Vetter genauso berührt hatte, wie sie das vorausgesetzt hatte. Sie sagte, als sie das Buch schloß: «Der Autor muß bestimmt eine sehr lebendige Natur haben. Ich will dieses Buch nehmen. Es scheint nur von gewöhnlichen Leuten zu handeln, und wissen Sie, ich habe die Sizilianer und die italienischen Grafen satt, die sich immer so seltsam betragen. ‹Vernunft und Empfindsamkeit!› Nun, nach ‹Mitternachtsglocken› und ‹Gräßlichen Geheimnissen› klingt es nett, meinen Sie nicht auch?»

«Zweifellos. Ich glaube, es ist mir noch nicht untergekommen, aber wenn Sie es gut finden, dann werde ich es bestimmt bestellen. Gehen Sie zu Fuß? Darf ich Sie begleiten?»

«Mein Wagen wartet draußen. Ich muß Mrs. Scattergood bei Jones abholen. Können Sie mich nicht begleiten?»

Er war ganz Zuvorkommenheit, und nachdem er ihr in den Wagen geholfen hatte, setzte er sich neben sie und sagte mit ernstem Blick: «Ich glaube, mein Vater hat Sie heute vormittag besucht.»

Sie nickte. «Ja, mein Onkel war ungefähr eine Stunde bei uns.»

«Ich kann erraten, was ihn hinführte. Ich bedauere es.»

«Das brauchen Sie nicht. Er meint, Perry sei zu jung, um ans Heiraten zu denken, und zum Teil bin ich seiner Meinung.»

«Perrys Freunde müssen alle empfinden, wie wahr das ist. Es ist ein Jammer. Er hat noch sehr wenig von der Welt gesehen, und mit neunzehn steht der Geschmack noch nicht fest. Mein Vater hat nie etwas von frühen Ehen gehalten. Aber es braucht vermutlich nichts daraus zu werden.»

«Das glaube ich nicht», sagte Judith entschieden. «Perry ist jung, aber er weiß genau, was er will, und sobald er einmal einen Entschluß gefaßt hat, ändert er ihn im allgemeinen nicht mehr. Ich halte die Zuneigung für tief; gegenseitig ist sie bestimmt. Und wissen Sie, sosehr ich eine so frühe Verbindung bedauern muß, könnte ich doch nicht wünschen, daß sie auseinanderginge.»

Er stimmte ihr zu. «Das wäre sehr schlimm. Wir können ihm nur Glück wünschen. Ich kenne Miss Fairford nicht. Gefällt sie Ihnen?»

«Sie ist ein sehr liebenswertes, gutes Mädchen», erwiderte Judith.

«Das freut mich. Die Hochzeit wird, nehme ich an, nicht lange hinausgeschoben werden?»

«Da bin ich nicht völlig sicher. Lord Worth sprach von sechs Monaten, aber Perry hofft, ihn soweit zu bringen, daß er einem früheren Termin zustimmt. Ich weiß nicht, wie ihm das gelingen soll.»

«Ich halte es für wahrscheinlicher, daß Lord Worth Mittel findet, sie hinauszuschieben.»

Sie wandte ihm einen fragenden Blick zu. Er schüttelte den Kopf. «Wir werden ja sehen, aber ich gestehe, ich bin etwas besorgt. Ich verstehe nicht, wieso Worth dieser Heirat zustimmte. Aber es ist möglich, daß ich ihn falsch beurteile.»

Der Landauer fuhr bei dem Kurzwarenhändler vor, und da Mrs. Scattergood sofort aus dem Laden trat, konnte Judith das Thema nicht weiter verfolgen. Ihr Vetter stieg aus, um Mrs. Scattergood in den Wagen zu helfen. Er lehnte es ab, wieder einzusteigen; er hatte in der Gegend zu tun; sie ließen ihn auf dem Gehsteig stehen und fuhren langsam die Straße hinunter. Als sie wieder an Jacksons Boxhalle vorbeikamen, zwang ein kleines Verkehrsgedränge den Kutscher, anzuhalten. Noch bevor sie weiterfahren konnten, traten zwei Herren aus der Halle und blieben einen Augenblick unmittelbar neben dem Landauer stehen. Der eine war der Earl of Worth, der andere Oberst Armstrong, ein enger Freund des Herzogs von York, den Miss Taverner nur flüchtig kannte. Beide Herren verbeugten sich, Oberst Armstrong ging weiter; Worth trat an den Landauer heran. «Nun, mein Mündel?» sagte er. «Wie geht es dir, Base?»

«Gehst du in unsere Richtung?» fragte Mrs. Scattergood. «Dürfen wir dich mitnehmen?»

«Bis zum Ende der Straße, wenn du willst», antwortete er und stieg ein.

Miss Taverner blickte zur Auslage einer Modistin auf der gegenüberliegenden Straßenseite, anscheinend hingerissen vor Bewunderung für ein gelbes Satinhütchen mit erhabenen orangefarbenen Leopardflecken und mit einem grüngemusterten Band gebunden, aber bei den nächsten Worten Mrs. Scattergoods drehte sie den Kopf und hörte wider Willen zu, was gesprochen wurde.

«Ich bin äußerst froh, dich getroffen zu haben, Julian», erklärte Mrs. Scattergood. «Ich wollte dich schon seit drei Tagen fragen, was du dir eigentlich dabei gedacht hast, Perry sich auf diese Art binden zu lassen. Nicht daß ich ein Wort gegen Miss Fairford sagen könnte – ich bin überzeugt, sie ist absolut liebenswert, ein reizendes Mädchen! Aber du weißt, er könnte eine so viel bessere Partie machen! Wie kommt es, daß du so bereitwillig deine Zustimmung gegeben hast?»

Er sagte träge: «Ich muß ungewöhnlich guter Laune gewesen sein, nehme ich an. Gefällt dir die Verbindung nicht?»

«Sie ist achtbar, aber nicht glänzend, und ich muß sagen, Worth, ich halte Perry für viel zu jung zum Heiraten.»

Er antwortete nichts. Miss Taverner hob den Blick zu seinem Gesicht. «Halten Sie es für klug, ihn heiraten zu lassen?» fragte sie.

«Er ist noch nicht verheiratet, Miss Taverner», erwiderte Worth.

Der Wagen fuhr wieder an. Judith sagte: «Jetzt, da es offiziell bekanntgegeben wurde, muß es eine abgemachte Sache bleiben.»

«Oh, keinesfalls», sagte Worth. «Es kann dutzenderlei geschehen, was die Hochzeit verhindert.»

«Er kann nicht von einer Verlobung zurücktreten.»

«Stimmt, aber ich könnte ihn von ihr zurücktreten lassen, wenn ich es für richtig hielte, es zu tun», sagte der Earl.

«Wenn Ihnen die Verlobung nicht gefällt, warum haben Sie ihm dann erlaubt, sie einzugehen?» fragte Miss Taverner ziemlich streng.

«Weil ich nicht den geringsten Wunsch habe, zu erleben, daß er Miss Fairford zum Durchbrennen und einer heimlichen Hochzeit überredet», erwiderte Worth.

Sie runzelte die Stirn. «Soll ich daraus verstehen, daß Sie nicht wünschen, ihn verheiratet zu sehen?»

«Durchaus nicht. Warum sollte ich es nicht wünschen?» Er drehte sich herum, um dem Kutscher zu sagen, daß er an der Ecke abgesetzt zu werden wünschte. Der Wagen bog in den Piccadilly ein und blieb stehen. Der Earl stieg aus und stand einen Augenblick mit der Hand am Schlag da. Sein Gesicht wurde weich, als er Miss Taverner ansah, aber er sagte nur: «Glauben Sie mir, ich habe Ihre Angelegenheiten gut in der Hand. Wohin fahren Sie von hier aus? Soll ich Ihrem Kutscher Anweisung geben?»

«Oh, wir fahren uns die neue Brücke über den Strom ansehen», sagte Mrs. Scattergood. «Aber das weiß er. Nun, ich bin froh, daß wir dich getroffen haben, und ich zweifle nicht, daß sehr viel an dem ist, was du da sagtest. Du bist auf deinem Weg in den White-Klub, nehme ich an? Ich weiß wirklich nicht, was ihr Herren tätet, wenn es keine Klubs gäbe, in denen man den Tag verbringen kann!»

Auf diese Bemerkung antwortete er nichts, sondern verbeugte sich nur und trat zurück.

«Nun, mein Liebes», sagte Mrs. Scattergood, als der Wagen weiterfuhr, «du kannst sagen, was du willst, aber einzig mit Ausnahme von Mr. Brummell gibt es keinen zweiten in der Stadt, der sich so gut anzieht wie Worth! Ein solch modisches Air! Ich glaube, man könnte sich in seinen Stiefeln genausogut sehen wie in einem Spiegel.»

«Ich habe Lord Worths Fähigkeit, mit der Mode zu gehen, nie geleugnet», erwiderte Miss Taverner gleichgültig. «Das einzige, was mich überrascht, ist, ihn aus einer Boxhalle kommen zu sehen.»

«O meine Liebe, bestimmt ging er nur hin, um Oberst Armstrong zu begleiten», sagte Mrs. Scattergood entschuldigend.

«Mehr als wahrscheinlich», stimmte Judith mit einem verächtlichen Lächeln zu.

Peregrine, der die Halle eben betreten hatte, als Worth sie verließ, war ebenfalls überrascht gewesen. Daß Seine Lordschaft sich einem Boxtraining gewidmet hatte, war offenkundig, denn er kam gerade aus dem Umkleideraum und war unter der Tür stehengeblieben, um einige Worte mit Mr. Jackson zu wechseln. Er erblickte Peregrine am anderen Ende der Halle, nickte ihm zu und sagte: «Wie macht sich mein Mündel, Jackson?»

Jackson blickte über die Schulter zu Perry. «Sir Peregrine Taverner, Mylord? Nun, er hat Courage; immer bereit, die Initiative zu übernehmen, aber wissen Sie, manchmal schauerlich überhastet. Guter Kampfgeist, aber nicht genug Kopf. Wollen Sie ihn bei ein, zwei Runden sehen?»

«Gott behüte!» sagte Worth. «Ich kann es mir gut vorstellen. Sagen Sie Jackson, könnten Sie einen vielversprechenden jungen Schwergewichtler finden, der gern etwas Geld nebenbei verdienen möchte – nicht im Ring?»

Jackson sah ihn ziemlich neugierig an. «Cribb kennt die meisten Jungen, Mylord, Burschen, die froh sind, wenn sie für eine Börse von fünf Guineen kämpfen können – wäre es so etwas?» Worth nickte. «Jede Menge von ihnen zu finden», sagte Jackson. «Das wissen Sie, Mylord. Aber brauchen denn gerade Sie einen?»

«Es ist mir gerade nur eingefallen, daß es möglich wäre», sagte der Earl und spielte nachlässig mit seinen Handschuhen. «Ich werde Cribb aufsuchen.» Er drehte sich um, als Oberst Armstrong aus dem Umkleideraum trat. «Bist du fertig, Armstrong?»

«Und ob», erwiderte der Oberst, der sehr erhitzt aussah. «Ich könnte schwören, Jackson, Sie haben mir Pfunde heruntergeschwitzt. Ich weiß nicht, wie es euch beiden gelingt, so kühl auszusehen.»

Der Exweltmeister lächelte. «Seine Lordschaft hat es heute sehr gemütlich genommen.»

«Was – ausgekniffen?» fragte der Oberst mit einem Zwinkern.

«Nein, nicht ausgekniffen; nur herumgespielt», sagte Jackson. «Aber Sie, Oberst, sollten regelmäßiger zu mir kommen. Sie waren nach drei Minuten außer Atem, und außerdem gefallen mir Ihre Ausfälle nicht.»

«Ich habe versucht, bei Ihnen einen Kopftreffer zu landen, Jackson», sagte der Oberst grinsend.

«Auf die Art wird Ihnen das nicht gelingen, Sir», sagte Jackson kopfschüttelnd. «Wenn Sie mich jetzt entschuldigen wollen, meine Herren, dann will ich hinübergehen und Mr. Fitzjohn mit einem meiner jungen Leute zu einem kleinen Stockfechten ansetzen.»

«O ja, wir sind schon gegangen», sagte Armstrong. «Kommst du, Worth?»

«Ja, ich komme», antwortete der Earl. Er sah Jackson an. «Tun Sie für mein Mündel, was Sie können. Und Jackson, übrigens – in dieser anderen Sache kann ich mich bestimmt auf Ihre Diskretion verlassen.»

«Deren können Sie immer sicher sein, Mylord.»

Der Earl nickte und ging mit seinem Freund hinaus. Mr. Jackson wandte seine Aufmerksamkeit den Neuankömmlingen zu, stellte Mr. Fitzjohn zum Stockfechten gegen einen seiner Instruktoren auf und stand kritisch neben Peregrine, während dieser, nackt bis zur Mitte, einen Punchingball bearbeitete. Gleich darauf nahm er sich den eifrigen jungen Mann zu einem Sparring vor, dann kam Mr. Fitzjohn ebenfalls an die Reihe. Schließlich schickte er sie beide zum Abkühlen.

«O verdammt, warum kann ich nicht mit einem Zünftigen Ihre Deckung durchbrechen?» keuchte Mr. Fitzjohn. «Ich versuche es wirklich nach Kräften!»

«Sie sind nicht schnell genug, Mr. Fitzjohn. Sie müssen mehr auf Ihre Beinarbeit achten. Ich lasse Sie mich so lange nicht treffen, bis Sie es verdienen.»

«Und was ist mit mir?» fragte Peregrine, sich den Schweiß aus den Augen wischend.

«Sie machen sich, Sir, aber Sie müssen mehr mit Kopf arbeiten. Sie gehen zu wild drauflos. Gehen Sie nächsten Dienstag zu dem Schaukampf im Fives Court, und Sie werden dort sehr anständiges Boxen sehen.»

«Kann ich nicht», sagte Peregrine und wand sich ein Handtuch um die Schultern. «Ich gehe zum Hahnenkampf. Die Gentlemen of Yorkshire gegen die Gentlemen of Kent, für eintausend Guineen pro Seite, und jeder Kampf vierzig Guineen. Sie sollten auch hinkommen, Jackson. Ich setze einen grauen Wednesbury ein – noch nie geschlagen worden!»

«Es geht nichts über einen roten Hahn!» sagte Mr. Fitzjohn. «Ich mag keinen von den grauen oder blauen oder schwarzen. Rot ist die einzig mögliche Farbe für einen echten Kampfhahn.»

«Guter Gott, Fitz, das ist doch der größte Unsinn, den ich je gehört habe! An einen grauen Wednesbury kommt bei weitem nichts heran!»

«Außer einem roten Hahn», sagte Mr. Fitzjohn störrisch.

«Es gibt in allen Farben gute Hähne», warf Jackson ein.

«Ich hoffe, der Ihre gewinnt seinen Kampf, Sir Peregrine. Ich würde kommen, aber ich habe Mr. Jones versprochen, ihm bei den Vorbereitungen im Fives Court zu helfen.»

Die beiden jungen Männer gingen miteinander in den Umkleideraum und vergaßen ihre Meinungsverschiedenheit, als sie sich mit Wasser übergossen und vom Diener abgerieben wurden. Als Peregrine sein Hemd anzog, erinnerte er sich jedoch genügend an den Streit, um Mr. Fitzjohn einzuladen, am Dienstag zum Cock-Pit Royal zu kommen und sich den Kampf anzusehen. Mr. Fitzjohn nahm die Einladung sehr bereitwillig an. Es tat ihm nur leid, daß er dank dem Umstand, daß er in Sussex geboren war, seinen eigenen roten Hahn nicht in einem Kampf mit Peregrines grauem einsetzen konnte. «Wieviel wiegt er?» fragte er. «Der meine hat genau vier Pfund.»

«Der meine knapp darüber», erwiderte Peregrine. «Drei Jahre alt, und den schärfsten Sporn, den man je gesehen hat. Mein Hahnenwärter hat ihn sechs Wochen lang vorbereitet. Jetzt läßt er ihn rasten.» Es fiel ihm etwas ein. «Übrigens, Fitz, solltest du zufällig meine Schwester treffen, brauchst du es ihr gegenüber nicht zu erwähnen. Sie mag den Hahnenkampf überhaupt nicht, und ich habe ihr nicht erzählt, daß ich meinen Vogel aus dem Yorkshire herüberbringen ließ.»

«Himmel, ich rede doch nicht mit Frauenzimmern über Hahnenkämpfe, Perry», sagte Mr. Fitzjohn verächtlich. «Ich bin am Dienstag dort. Wieviel Kämpfe insgesamt?»

«Sechzehn.»

«Schlechte Zahl – ich mag keine geraden Gruppen», sagte Mr. Fitzjohn kopfschüttelnd. «Vermutlich um halb sechs Uhr? Ich treffe dich dort.»

Er zählte nicht zu den jungen Herren, die sich Pünktlichkeit zur Gewohnheit machten, da jedoch seine Uhr, was er nicht wußte, um zwanzig Minuten vorging, kam er zum Cock-Pit Royal am Bordcage Walk Dienstag abend gerade an, als die Hähne gewogen und gegeneinander aufgestellt wurden. Er schloß sich Peregrine an, sah zu, wie der Graue aus seinem Sack genommen wurde, und betrachtete ihn fachmännisch. Er gab zu, daß er stark war, untersuchte genau seinen Umfang, billigte die Stärke seiner Beine, und wollte wissen, gegen wessen Hahn er eingesetzt wurde.

«Gegen Farnabys messingfarbenen. Es war Farnaby, der vorschlug, ich sollte meinen Vogel nominieren, aber neben meinem wird dieser messingfarbene wie ein Misthaufengockel aussehen, wie, Flood?»

Der Hahnenwärter steckte den Grauen in seinen Sack zurück und sah zweifelnd drein. «Ich weiß nicht, ob ich gerade das sagen tät, Sir», antwortete er. «Er ist in guter Form, wie noch nie; aber wir werden ja sehen.»

«Ich halte nicht viel von deinem Sack», bemerkte Mr. Fitzjohn, der grelle Farben liebte.

Der Hahnenwärter grinste. «Ein guter Hahn kann auch aus einem zerlumpten Sack kommen, Sir», zitierte er, «aber wir werden ja sehen.»

Die beiden jungen Männer nickten verständig zu dem Sprichwort und gingen zu ihren Plätzen in der ersten Bankreihe. Hier schloß sich ihnen Mr. Farnaby an, der sich zu ihnen durchdrängelte und nach einer kleinen Auseinandersetzung einen Herrn mittleren Alters in einem graubraunen Rock dazu brachte, daß er ihm Platz machte, damit er sich neben Peregrine setzen konnte. Die Bänke hinter ihnen füllten sich schnell, und weiter oben war der äußere Ring der Stehplätze vollgepackt mit dem derberen Teil des Publikums. In der Mitte der Kampfgrube stand die Plattform, die ausschließlich von den Ansetzern betreten werden durfte. Sie war einige Fuß hoch, von einem Teppich mit einer Linie in der Mitte bedeckt und wurde von einem riesigen Kristallüster beleuchtet, der unmittelbar über ihr hing.

Der erste Kampf, zwischen zwei roten Hähnen, dauerte nur neun Minuten; der zweite fand zwischen einem schwarzgrauen und einem roten Hahn statt, auf dem Kampfplatz wurde hart zugestoßen, unter den Zuschauern viel und laut gewettet. Bei diesem und dem nächsten Kampf, der sich zwischen einem entenflügeligen grauen und einem roten Hahn abspielte, wurden Peregrine und Mr. Fitzjohn sehr aufgeregt; Mr. Fitzjohn setzte hoch auf die Chancen des Roten, lobte dessen Taktik und verurteilte den Grauen, weil er seinen Gegner zu lange ins Auge faßte. Peregrine mußte ehrenhalber auf den Grauen setzen und informierte Mr. Fitzjohn, daß Krähen nicht Kämpfen sei, und Ausbrechen auch nicht.

«Ausbrechen! Einen roten Hahn hat noch nie jemand ausbrechen gesehen!» sagte Mr. Fitzjohn empört. «Da, schau ihn dir an! Er ist fest in den Grauen verkrallt; sie werden seine Sporen herausziehen müssen.»

Der Kampf dauerte eine Viertelstunde, und beide Vögel wurden bös zugerichtet; aber schließlich brachte der Rote den Grauen um, und Mr. Fitzjohn schüttelte einem völlig Fremden die Hand und sagte, es gäbe nichts, was einen roten Hahn schlagen könne.

«Gute Vögel, leugne ich nicht, aber ich setze auf meinen Messingfarbenen gegen jeden, der je ausgebrütet wurde», sagte Mr. Farnaby, der das gehört hatte. «Sie werden sehen, wie er Taverners Grauen zu Boden streckt, oder ich will nicht Ned Farnaby heißen.»

«Na, dann denken Sie sich lieber gleich einen neuen Namen aus, denn jetzt kommt unser Kampf», gab Peregrine zurück.

«Pah, Ihr Vogel hat keine Chance!» spottete Farnaby.

Die Ansetzer hatten jetzt die Hähne in die Arena geholt, und Mr. Fitzjohn, der sie kritisch betrachtete, erklärte, es gäbe wenig Unterschied zwischen ihnen. Sie paßten gut zusammen; ihre Köpfe waren von einem tiefen Scharlachrot; Schwänze, Kammfedern und Flügel sauber gestutzt; und die sehr langen, scharfen Sporen gut nach innen gebogen. «Wenn überhaupt, dann gefällt mir Taverners Vogel besser», verkündete Mr. Fitzjohn. «Er sieht verteufelt stramm aus, und ich vermute, er hat den größeren Umfang. Aber daran liegt nicht viel.»

Die Vögel beäugten einander nicht lange; sie gerieten fast sofort aneinander und hieben aufeinander los, daß die Federn flogen. Der Messingfarbene wurde zu Boden gestreckt, kam jedoch wieder auf und scharrte kampflustig. Beide Vögel wußten sich zurückzuhalten und hatten eine derart listige Taktik, daß die Zuschauer in Begeisterung gerieten. Die Wetten standen etwas zugunsten des Grauen, was Peregrine sehr entzückte und Mr. Fitzjohn veranlaßte, den Kopf zu schütteln und zu sagen, er wisse nicht, wann er mit Ausnahme seines eigenen roten Hahns je einen gesehen habe, der ihm besser gefallen hätte. Mr. Farnaby sagte nichts, sondern sah Peregrine ein-, zweimal von der Seite an und schob die Unterlippe vor.

Die Hähne hatten ungefähr zehn Minuten gekämpft, als der Messingfarbene, der bismehr mehr als der Graue Verteidigungstaktik angewandt hatte, plötzlich vorschoß und in großartigem Stil hieb und mit den Sporen kämpfte. Der Graue reagierte tapfer, und Mr. Fitzjohn schrie: «Das bestzusammengestellte Paar, das ich je gesehen habe! Da gehen sie hin, Schlag auf Schlag! Ich gehe jede Wette ein, daß der Graue gewinnt! Nein, bei Gott, er ist unten! Ja, die Sporen sitzen wieder fest!»

Die Ansetzer hatten ihre Vögel geholt, die Sporen des Messingfarbenen freigemacht, und beide wurden wieder eingesetzt. Der Graue schien etwas benommen zu sein, der Messingfarbene kaum weniger. Beide bluteten, und keiner schien sehr darauf aus zu sein, wieder auf seinen Gegner loszugehen. Sie hielten sich vorsichtig auseinander und beäugten einander, während der Zeitnehmer zählte, und da die Zahl fünfzig erreicht war, bevor einer der beiden die Neigung zeigte, den Kampf fortzusetzen, wurde das Aneinandersetzen zugelassen. Jeder Ansetzer nahm seinen Vogel, brachte ihn zur Mitte der Arena und setzte ihn Schnabel an Schnabel an den Gegner. Der Graue schlug als erster zu, einen vernichtenden Hieb, der den Messingfarbenen glatt wegschlug. Unter den Zuschauern entstand plötzlich Aufregung. Mr. Farnaby sprang auf und schrie: «Foul! Foul! Der Graue wurde gezwickt!»

Jemand rief aus: «Unsinn! Nichts dergleichen! Setzen!»

Peregrine drehte sich rasch herum und starrte Farnaby an: «Er wurde nicht gezwickt! Ich habe die ganze Zeit genau hingesehen und bin bereit, zu schwören, daß mein Mann nicht mehr getan hat, als ihn an den Gegner zu setzen.»

Jeder Ansetzer hatte bis zur Entscheidung des Schiedsrichters seinen Vogel eingefangen, ein glücklicher Umstand für den Messingfarbenen, der von dem letzten Hieb schlimm verletzt zu sein schien. Der Schiedsrichter entschied zugunsten des Grauen, und Mr. Fitzjohn sagte gereizt: «Natürlich wurde der Graue nicht gezwickt! Setzen Sie sich,

Mann, setzen Sie sich! Hej, kein Wunder, daß Ihr Hahn kneift! Ich glaube, der Graue hat bei diesem letzten Zusammenstoß sein Auge erwischt. Perry, dein Vogel ist aber ein ganz Rarer! Wir werden ihn einmal bei mir daheim mit dem meinen kämpfen lassen! Ha, damit ist aber auch schon Schluß! Der Messingfarbene dürfte jetzt ein Einäugiger sein – oder tot. Tot, glaube ich. Gut gemacht, Perry! Gut gemacht!»

Mr. Farnaby drehte sich mit einem bösen Ausdruck um. «Ja, wahrhaftig gut gemacht! Ihr Hahn war feig und wurde gezwickt, damit er kämpft.»

«Schluß jetzt, sage ich, Farnaby, lernen Sie verlieren!» sagte Mr. Fitzjohn äußerst mißbilligend.

Peregrine, dessen knabenhaftes Gesicht immer finsterer wurde, hob die Hand, um seinen Freund zum Schweigen zu bringen und heftete die Augen auf Farnaby. «Sie wissen unmöglich, was Sie da sagen. Wenn ein Fehler gemacht wurde, dann muß ihn der Schiedsrichter gesehen haben.»

«Oh», sagte Farnaby höhnisch, «wenn Reiche ihre Hähne kämpfen lassen, können sich die Schiedsrichter manchmal irren.»

Es wurde nicht laut genug gesagt, um sehr weit zu dringen, brachte jedoch Peregrine mit einem Sprung auf die Beine. «Was?!» schrie er wütend. «Sagen Sie das noch einmal, wenn Sie es wagen!»

Obwohl niemand außer den unmittelbar neben Farnaby Sitzenden seine Worte gehört haben konnte, war es nunmehr für jedermann sichtbar, daß ein Streit im Gange war, und der rauhere Teil des Publikums begann sofort Stellung zu nehmen, einige (die ihr Geld mit dem Messingfarbenen verloren hatten) versicherten laut, daß der Graue gezwickt worden sei, andere erklärten ebenso hitzig, es sei ein fairer Kampf gewesen. Über den Tumult hinweg flehte eine schrille Cockneystimme Peregrine an, Mr. Farnabys «Lichter zu verdunkeln» – ein Rat, den er anscheinend nicht sehr nötig hatte, denn er ballte bereits drohend die Fäuste.

Mr. Fitzjohn, der Farnabys letzten Ausspruch ebenfalls gehört hatte, versuchte sich zwischen ihn und Peregrine zu drängen und sagte energisch: «Schluß jetzt mit diesem Unsinn. Sie sind betrunken, Farnaby. Sollten sich schämen.»

«Oh, betrunken bin ich, ja?» sagte Farnaby, Peregrine im Auge behaltend. «So betrunken bin ich nicht, um sehen zu können, wenn ein Vogel gezwickt wird, damit er kämpft, und ich wiederhole, Sir Peregrine Taverner, daß Geld allerlei Seltsames bewirken kann, wenn man genug davon besitzt.»

«Oh, verdammt!» sagte Mr. Fitzjohn aufgebracht. «Hör nicht auf ihn, Perry!»

Peregrine hatte jedoch nicht auf diesen Rat gewartet. Noch während Mr. Fitzjohn sprach, schoß seine Linke in einem schmetternden Schlag gegen Farnabys Gesicht und schickte diesen Herrn über die Bank rücklings zu Boden. Es gab lautes Hurrageschrei, einen Ruf: «Eine Rauferei, eine Rauferei!» Einige Proteste vor den ruhigeren Angehörigen des Publikums, und der Mann in der gelbbraunen Jacke, über dessen Knie Mr. Farnaby gefallen war, verlangte nach der Wache.

Mr. Farnaby rappelte sich hoch und zeigte dem Haus eine blutende Nase. Dieselbe Stimme, die Peregrine geraten hatte, zuzuschlagen, schrie heiter: «Ihm den Zahn gezogen! Gib ihm's, Chef! Verpaß ihm einen Zünftigen!»

Mr. Farnaby hielt sich das Taschentuch an die Nase und sagte: «Mein Freund wird morgen früh den Ihren besuchen, Sir! Seien Sie so gut, Ihren Mann zu nennen!»

«Fitz?» fragte Peregrine kurz angebunden über die Schulter.

«Zu deinen Diensten», antwortete Mr. Fitzjohn.

«Mr. Fitzjohn ist mein Sekundant, Sir», sagte Peregrine blaß, aber völlig entschlossen.

«Sie hören noch von mir, Sir», versprach Farnaby heiser und schritt hinaus, sein gerötetes Taschentuch noch immer an die Nase haltend.

10

Als Mr. Fitzjohn am nächsten Morgen in seiner Wohnung in der Cork Street frühstückte, trug er einen ungewöhnlich ernsten Ausdruck zur Schau, und als sein Diener hereinkam, um ihm zu melden, daß ihn ein Herr zu sprechen wünsche, stand er kopfschüttelnd und mit einem Seufzer vom Tisch auf.

Die Karte des Herrn, die Mr. Fitzjohn zwischen Zeigefinger und Daumen hielt, sagte ihm sehr wenig. Der Name war ihm unbekannt, und die Adresse, eine Straße in dem Labyrinth zwischen Northumberland House und St. James' Square, machte ihm keinen guten Eindruck.

Captain Crake wurde in das Zimmer geführt, und Mr. Fitzjohn entschied sofort mit einer Schlauheit, die sein engelhaftes Gesicht Lügen strafte, daß sich der Herr den militärischen Rang aus eigener Machtvollkommenheit zugelegt hatte. Das gefiel Mr. Fitzjohn nicht. Er war von einem umsichtigen Vater mit geziemender Achtung vor Etikette erzogen worden, und ein Blick auf Captain Crake genügte, ihn zu überzeugen, daß das kein Mann war, den ein Gentleman bei einem Ehrenhandel gern als Sekundanten gehabt hätte. Die erste Pflicht eines Sekundanten war, eine Versöhnung anzustreben; es war klar, daß Captain Crake nichts dergleichen im Sinn hatte. Er kam nur, um einen Ort und eine Zeit des Treffens zu vereinbaren und seitens seines Kontrahenten Pistolen als Waffe zu wählen.

Dem stimmte Mr. Fitzjohn zu, als jedoch der Captain, in der Annahme, der Beleidigte sei Mr. Farnaby, einen Abstand von fünfundzwanzig Meter festsetzen wollte, lehnte das Fitzjohn sofort ab. Eine solche Entfernung war ausschließlich ein Vorteil für den erfahreneren Duellanten, und wie viele Scheiben Peregrine auch in Mantons Schießstätte abzuknallen vermochte, so hatte Mr. Fitzjohn doch das ziemlich sichere Gefühl, daß Perry noch nie in ein wirkliches Duell verwickelt gewesen war.

Er wollte nicht zustimmen, und als der Captain versuchte, hochfahrend zu werden, sagte er unumwunden, er könne keinesfalls zustimmen, daß Mr. Farnaby der Beleidigte sei. Sir Peregrine hatte ihm zwar den Schlag versetzt, aber die Herausforderung war groß gewesen.

Nach einigem Hin und Her gab der Captain in diesem Punkt nach, und man einigte sich auf einen Abstand von zwölf Meter. Eine Hoffnung auf Versöhnung bestand nicht mehr. Mr. Fitzjohn, im Ehrenkodex gut bewandert, wußte, daß nach einem Schlag keine Entschuldigung angeboten noch angenommen werden konnte. Captain Crakes Haltung überzeugte ihn jetzt, daß man, wie sehr vielleicht Mr. Farnaby auch wußte, daß er im Unrecht war, nicht auf ein stillschweigendes Eingeständnis rechnen konnte, indem er dem Duell fernbleiben oder in die Luft schießen würde.

Als Captain Crake hinausgeleitet worden war, nahm Mr. Fitzjohn sein unterbrochenes Mahl nicht sofort wieder auf, sondern stand da und starrte düster ins Feuer. Er kannte zwar Mr. Farnaby persönlich nicht sehr gut, wohl aber seinen Ruf. Der Mann klammerte sich an den Rand der Gesellschaft, und man sah ihn im allgemeinen in Begleitung unerfahrener reicher junger Männer. Er hatte einen schlechten Leumund. Man wußte nichts Genaues, das gegen ihn gesprochen hätte, aber er war in mehr als eine unrühmliche Angelegenheit verwickelt gewesen und als Meisterschütze bekannt. Mr. Fitzjohn erwartete sich keinen tödlichen Ausgang des Treffens am nächsten Tag; die Folgen wären zu ernst gewesen, meinte er; aber ganz wohl war ihm doch nicht zumute. Farnaby war nicht betrunken gewesen, und es hatte auch nicht das geringste Anzeichen von *foul play* in der Hahnenkampfarena gegeben. Es sah verdächtig danach aus, daß dieser Streit Peregrine aufgedrängt worden war. Fitzjohn konnte jedoch keinen Zweck darin erblicken und war zu dem Schluß gezwungen, daß er sich da nichts als Phantasterei erlaubte. Sowie er gefrühstückt hatte, nahm er Hut und Handschuhe und ging zur Brook Street. Am Haus der Taverners angelangt, nannte er seinen Namen und wurde sofort in Peregrines Schlafzimmer hinaufgeführt.

Peregrine war noch immer mit der schwierigen Aufgabe des Ankleidens beschäftigt und richtete eben eifrig seine Krawatte, als Mr. Fitzjohn eintrat. Er sagte fröhlich: «Setz dich, Fitz, rühr dich nicht und sprich nicht, bis ich mit diesem Halstuch fertig bin!»

Mr. Fitzjohn gehorchte und wählte einen Stuhl, von dem aus er die Bemühungen seines Freundes verfolgen konnte. Da er erraten hatte, daß das Treffen am nächsten Morgen Peregrines erstes Duell sein würde, war er von dessen Sorglosigkeit sehr befriedigt. Es war klar, Fitzjohn würde sich seines Kontrahenten nicht zu schämen brauchen; der Bursche war schneidig wie nur etwas. Fitz sollte nicht erfahren, mit welch verzweifeltem Mut sich Peregrine gezwungen hatte, seine Begrüßung vorzubringen, noch auch, wie viele schlaflose Stunden er in der Nacht verbracht hatte.

Als die Krawatte endlich saß, schickte Peregrine seinen Kammerdiener hinaus und drehte sich um. «Na, hast du alles verabredet, Fitz?» fragte er.

«Morgen um acht, Westbourn Green», sagte Mr. Fitzjohn kurz. «Ich hole dich ab.»

Peregrine hatte das höchst seltsame Gefühl, daß nichts davon wirklich geschah. Er hörte seine eigene Stimme überraschend ruhig sagen: «Westbourn Green? Ist das bei Paddington?»

Mr. Fitzjohn nickte. «Bist du ein guter Schütze, Perry? Der Kerl hat Pistolen gewählt.»

«Du hast mich doch bei Manton gesehen – oder nicht?»

«Ich habe dich nicht bei Manton gesehen, aber ich habe Farnaby gesehen», sagte Mr. Fitzjohn ziemlich grimmig. «Du wirst einen kühlen Kopf bewahren, Perry, nicht wahr, und daran denken, daß alles davon abhängt, sofort abzudrücken?»

Peregrines Mund war unangenehm trocken, aber er sagte in einem gelungenen Versuch, nonchalant zu sein: «Natürlich. Aber ich werde nicht zielen, um ihn zu töten.»

«Nein, das tu nicht», stimmte ihm Mr. Fitzjohn zu. «Nicht daß ich glaube, er hätte vor, es zum Äußersten zu treiben. Ich sehe nicht ein, warum eigentlich er es sollte. Er würde Reißaus nehmen müssen, wenn er es täte, und ich glaube, das würde ihm nicht behagen. Was unternimmst du heute?»

Peregrine gelang es, die Achseln zu zucken. «Oh, die übliche Runde, mein Guter! Ich bin zum Essen im ‹Star› verabredet, glaube ich. Vermutlich gehen wir auf einen Sprung ins Theater und nachher in die ‹Piazza› soupieren.»

«Gut so», sagte Mr. Fitzjohn beifällig. «Aber sieh darauf, daß es keine Saufpartie wird, und bleib nicht zu lange auf. Ich werde jetzt einen Arzt engagieren. Ich glaube nicht, daß wir ihn brauchen werden, aber dabei muß er sein. Deine Weste da gefällt mir.»

«Ja, ich schmeichle mir, daß sie ungewöhnlich schön ist», erwiderte Peregrine. Er fuhr sich mit der Zunge über die Lippen. «Fitz, mir fällt plötzlich ein – weißt du, daß ich glaube, ich habe keine Duellpistolen mit?»

«Überlaß das mir, ich werde mich darum kümmern», sagte Mr. Fitzjohn und stand auf. «Ich gehe jetzt. Ich hole dich morgen um ein Viertel nach sieben ab.»

Peregrine lächelte munter. «Ich werde bereit sein. Verschlaf nicht!»

«Keine Angst!» sagte Mr. Fitzjohn.

Er verließ Peregrines Schlafzimmer und stieg die Treppe zur Halle hinunter. Hier traf er unglücklicherweise Miss Taverner, die zum Ausgehen gekleidet war und eben aus dem Frühstückszimmer kam.

Sie sah etwas überrascht drein, ihm so früh am Morgen zu begegnen, und blickte lachend auf die Uhr. «*How do you do?* Entschuldigen Sie, aber ich hätte nicht gedacht, daß Sie je vor Mittag ausgehen! Was Perry betrifft, so ist er ein trauriger Fall – haben Sie ihn noch im Bett angetroffen?»

«Nein, nein, er ist schon auf», versicherte ihr Mr. Fitzjohn. «Ich hatte eine Kleinigkeit bei ihm zu erledigen; nichts Wichtiges, aber ich dachte, ich könnte eben einmal vorsprechen.»

Miss Taverner, die eine sehr hübsche Boule-Schnupftabaksdose in der Linken hielt, ließ sie aufschnappen und nahm mit einer eleganten Drehung des Handgelenks eine Prise. «Ich glaube, es mußte doch wichtig sein, um Sie vor Mittag aus dem Haus zu jagen», sagte sie.

Mr. Fitzjohn, der ihrem Manöver mit der Schnupftabaksdose höchst erstaunt zugesehen hatte, sagte: «O nein, die nebensächliche Frage eines Pferdes, das er gern gekauft hätte. Aber, Miss Taverner – seien Sie nicht böse –, im allgemeinen sehe ich es ja nicht gern, wenn eine Dame schnupft – aber, auf mein Wort, Sie tun das mit einer derartigen Noblesse! Es übersteigt einfach alles!»

Miss Taverner, welche diese Kunst eine Woche lang geübt hatte, war mehr als befriedigt über die Wirkung, die es auf ihr erstes Publikum ausgeübt hatte.

Da in diesem Augenblick Mrs. Scattergood oben an der Treppe erschien, verabschiedete sich Mr. Fitzjohn und trat aus dem Haus auf die Straße. Einen Augenblick blieb er auf den Stufen stehen und überlegte, welchen Arzt er engagieren sollte. Er schüttelte den Kopf, als einige Sesselträger ihm ihre Bereitwilligkeit andeuteten, ihn, wohin immer er wollte, zu tragen, und nachdem er geistesabwesend einen schäbigen Jungen angestarrt hatte, der am Gitter eines Nachbarhauses lehnte, begab er sich in die Richtung der Great Ormond Street.

Dort angelangt, lief er die Stufen zu Dr. Lanes Praxis hinauf, klopfte laut an die Tür und wurde bald eingelassen. Kurz darauf kam er wieder heraus, ganz mit der befriedigten Miene eines Mannes, der seine Aufgabe erfolgreich erfüllt hat. Er rief eine Mietdroschke herbei und fuhr in die Cork Street zurück.

Eine halbe Stunde später kam ein Tilbury die Great Ormond Street heraufgefahren und blieb vor Dr. Lanes Haus stehen. Ein zweiter Herr klopfte an die Tür des Arztes und wurde eingelassen. Sein Besuch dauerte etwas länger als der Mr. Fitzjohns, aber als er schließlich auftauchte, zeigte auch er die Miene eines Mannes, der von dem Erfolg seiner Mission voll befriedigt ist.

Nach dem Weggang Mr. Fitzjohns beendete Peregrine seine Toilette mit etwas weniger als seiner üblichen Sorgfalt und versuchte, nicht zuviel an das Morgen zu denken. Seine Gedanken zeigten jedoch eine Neigung, dazu zurückzuschleichen, und er entdeckte, daß er sich sämtliche Duelle mit tödlichem Ausgang ins Gedächtnis rief, von denen er je gehört hatte. Zum Glück hatte keines von ihnen erst kürzlich stattgefunden. Die einzigen Duelle jüngeren Datums, an die er sich erinnern konnte, waren das Treffen des Herzogs von York mit Oberst Lennox (drei Jahre vor Perrys Geburt) und die spätere Angelegenheit Lord Castlereaghs mit Mr. Canning. Keines dieser Treffen hatte sich als tödlich erwiesen, aber Peregrine mußte sich eingestehen, daß es Dutzende anderer zwischen Leuten geringeren Standes gegeben haben konnte, von denen er nie gehört hatte. Ein Kugelwechsel zwischen ihm und Farnaby würde aller Wahrscheinlichkeit nach den Streit beenden, aber der Möglichkeit eines ernsteren Ausganges mußte ins Auge gesehen werden. Mit einem Seufzer und schweren Herzens ging Peregrine in den Salon hinunter, um einen Brief an seine Schwester abzufassen.

Er war mit dieser schwierigen Aufgabe beschäftigt, als Mr. Bernard Taverner hereingeführt wurde.

Peregrine zuckte zusammen, blickte auf und verbarg seinen Brief schnell unter einem unbeschriebenen Blatt Papier. «Oh, du bist's, ja? Guten Morgen. Kommst du zu mir oder zu Judith? Sie ist mit Maria ausgegangen, einkaufen.»

Mr. Taverner sah ihn einen Augenblick prüfend an. Dann sagte er, während er näher herankam: «Dann habe ich Pech. Sie erwähnte unlängst, daß sie sehr gern Madame Tussauds Wachsfiguren sehen möchte, und ich bin mit dem Vorschlag gekommen, sie hinzubegleiten. Aber es kann genausogut an einem anderen Vormittag sein. Ich störe dich doch hoffentlich nicht? Ich glaube, du warst beschäftigt, als ich hereinkam.»

«Oh, nicht im geringsten; es ist nicht besonders wichtig», sagte Peregrine und streckte die Hand nach dem Klingelzug aus. «Du nimmst doch ein Glas Wein, nicht?»

«Danke ja, etwas Sherry, wenn ich bitten darf.»

Der Diener kam, der Auftrag wurde erteilt, und Peregrine bat seinen Vetter, Platz zu nehmen. Mr. Taverner begann über eine Anzahl müßiger Themen zu sprechen. Peregrine antwortete mechanisch; es war klar, daß seine Gedanken anderswo weilten. Als der Wein gebracht worden und der Diener wieder gegangen war, sagte Mr. Taverner mit seiner ruhigen Stimme: «Verzeih, Perry, aber ist etwas geschehen, das dich aus der Fassung gebracht hat?»

Peregrine verneinte sofort und versuchte es mit einem anderen Gesprächsthema. Die Augen seines Vetters blieben jedoch auf ihn geheftet; kurz darauf gab Perry den Versuch auf, ungezwungen zu erscheinen, und sagte mit einem krampfhaften kleinen Auflachen: «Ich sehe, du hast es erraten; meine Gedanken sind mit etwas anderem beschäftigt. Ich habe gewisse Anordnungen zu treffen. Nun, du bist ein guter Bursche, Bernard: dir kann ich vertrauen. Tatsache ist, ich muß morgen früh auf Farnaby treffen in – na, wo ist ja gleichgültig.»

Mr. Taverner stellte sein Glas nieder. «Soll ich einen Ehrenhandel darunter verstehen? Das kann doch nicht dein Ernst sein!»

Peregrine zuckte die Achseln. «Es war nicht zu vermeiden. Der Kerl beleidigte mich, ich habe ihm einen Kopftreffer versetzt, und er hat mich gefordert.»

«Das tut mir leid», sagte Mr. Taverner mit ernstem Blick.

«Oh, was das betrifft, so erwarte ich keine sehr ernsten Folgen», sagte Peregrine. «Aber es ist gut, wenn man vorbereitet ist. Ich schrieb eben einen Brief an Judith und einen zweiten an – an Miss Fairford, als du hereinkamst, für den Fall, daß ich tödlich verwundet würde.»

«Ich nehme an, es ist unmöglich, daß du zurückziehst?»

«Ganz ausgeschlossen», sagte Peregrine entschieden. «Ich brauche dich bestimmt nicht um Schweigen zu bitten. Du verstehst, ich will nicht, daß die Affäre meiner Schwester oder Miss Fairford zu Ohren kommt.»

Mr. Taverner verbeugte sich. «Sicherlich. Du kannst mir diesbezüglich vertrauen. Wer ist dein Sekundant?»

«Fitzjohn.» Peregrine fingerte an seiner Uhrkette. «Bernard, falls mir etwas zustoßen sollte – kurz, falls ich nicht zurückkehren sollte –, wirst du ein Auge auf Judith halten, nicht wahr? Sie ist natürlich in den Händen Worths, aber sie mag ihn nicht, und du bist unser Vetter und wirst darauf sehen, daß sie nicht zu Schaden kommt.»

«Ja», sagte Mr. Taverner ziemlich kurz angebunden. Er stand auf. «Ich verlasse dich jetzt; du mußt deine Angelegenheiten regeln. Glaube mir, die Sache tut mir leid.»

Peregrine verbrachte den Rest des Tages sehr vernünftig. Er ging in Jacksons Boxhalle und vergaß seine Kümmernisse beim Sparren; von dort fuhr er in die Albemarle Street, um die Erlaubnis zu erwirken, Miss Fairford in seinem Tilbury in den Hyde Park zu führen. Mittagessen in Richardsons Hotel, ein Besuch in der Drury Lane und Abendessen im Piazza-Kaffeehaus beendeten den Tag. Er kehrte bald nach Mitternacht in die Brook Street zurück, zu müde, um von seinen Gedanken lange wachgehalten zu werden.

Sein Kammerdiener, den er notgedrungenermaßen ins Vertrauen hatte ziehen müssen, schlug am nächsten Morgen um sechs Uhr die Bettvorhänge zurück und begann das Rasierzeug zurechtzulegen, während sich Peregrine, die Nachtmütze über einem Auge, aufsetzte und eine Tasse heißer Schokolade schlürfte. Eines der Stubenmädchen brachte ein Reisigbündel herein und machte Feuer in dem leeren Kamin. Es war ein trüber Morgen, und gezwungen zu sein, sich bei Kerzenlicht anzuziehen, war seltsam deprimierend. Als das Stubenmädchen gegangen war, stand Peregrine auf, zog seinen Morgenmantel an und setzte sich vor den Spiegel, um sich rasieren zu lassen. Sein Kammerdiener, den er aus dem Yorkshire mitgebracht hatte, sah sehr düster drein, und als Peregrine sorgfältig zwischen seinen vielen Anzügen wählte, seufzte er tief auf und schien eine solche Akkuratesse für leichtfertig zu halten. Aber Peregrine, der sich innerlich fragte, ob das vielleicht die letzte Wahl war, die er traf, war entschlossen, es nicht so erscheinen zu lassen, als läge ihm nichts daran, seine ganze übliche Aufmerksamkeit auf seine Erscheinung zu verwenden. Er zog ein Paar lederbrauner Beinkleider und eine helle Weste an, ordnete seine Krawatte mit großer Sorgfalt, kämpfte sich in einen blauen Rock mit Silberknöpfen und schlüpfte in ein Paar Hessenstiefel mit baumelnden Quasten. «Meinen neuen Hut, John, und ich nehme den großen Kutschiermantel mit dem Belchertuch.»

«Oh, Sir!» stöhnte der Kammerdiener. «Ich hätte nie geglaubt, daß ich diesen Tag erleben muß!»

Peregrines Unterlippe zitterte leicht, aber ein Glitzern erschien in seinen Augen, und er sagte mit der Spur eines schwankenden Lachens: «Du? Aber ich bin es doch, der sich fragen sollte, ob ich wohl leben werde, um noch viel von diesem Tag zu sehen!»

«Wenn wir doch bloß nie nach London gekommen wären!» sagte der Kammerdiener.

«Pah!» machte Peregrine, der dieses Gespräch nicht gerade tröstlich fand. «Wie spät ist es? Sieben vorbei, ja? Sehr gut. Hilf mir in den Mantel, und ich gehe. Du kannst jetzt die Kerzen löschen; es wird schon ziemlich hell. Hast du die Briefe, die ich dir gegeben habe?»

«Hier in meiner Tasche, Sir, aber wollte Gott, daß ich nicht mehr tun muß, als sie zu verbrennen!»

«Aber ganz bestimmt!» sagte Peregrine und nahm Hut und Handschuhe. Er streckte die rechte Hand aus und beobachtete sie genau. Sie war ziemlich ruhig. Das heiterte ihn etwas auf. Er ging leise aus dem Zimmer und die Treppe hinunter, vom Kammerdiener gefolgt, der einen Armleuchter trug, und zog die Riegel der Haustür zurück.

Eine hübsche Stadtkutsche hielt vor dem Haus. Mr. Fitzjohn stand auf dem Gehsteig, fest in einen Überzieher gewickelt, und sah auf die Uhr.

«Adieu, John», sagte Peregrine. «Und wenn ich dich nicht wiedersehe – na, adieu, und vergiß die Briefe nicht. Ich bin doch nicht zu spät dran, Fitz, oder?»

«Auf die Minute genau», versicherte ihm Mr. Fitzjohn. Er musterte Peregrine und schien zufrieden zu sein. «Steig ein, Perry. Hast du gut geschlafen?»

«Geschlafen? Himmel, ja. Ohne mich zu rühren, bis mich mein Diener weckte», antwortete Peregrine und nahm in der Kutsche Platz.

«Verdammich, du könntest ein alter Hase sein!» bemerkte Mr. Fitzjohn beifällig. «Ist das dein erstes Duell, oder warst du schon früher draußen?»

«Nein, es ist tatsächlich mein erstes», gestand Peregrine. «Aber, wie ich hoffe, nicht mein letztes.»

«Keine Angst», sagte Mr. Fitzjohn viel zu herzlich. Er begann mit der Spitze seines Spazierstockes an dem gegenüberliegenden Sitz herumzubohren. «Du willst ihn nicht töten, und ich kann beim besten Willen nicht einsehen, warum er dich töten sollte. Dennoch, Perry, kann man nichts riskieren, also drückst du augenblicklich los, wenn das Kommando ertönt, verstehst du? Du hast doch bei Manton geschossen, nicht? Also weißt du ja, wie schnell du zielen mußt. Du brauchst dir nur vorzustellen, daß du in der Schießstätte bist und auf eine Scheibe schießt, das ist alles. Es besteht kein Unterschied.»

Peregrine wandte seinen Blick von den vorbeiziehenden Häusern ab und sah seinen Freund lange und klar an. «Wirklich kein Unterschied?» fragte er.

Mr. Fitzjohn hielt seinem Blick eine Sekunde lang stand und betrachtete dann den Knauf seines Stockes. «Ja, es besteht ein Unterschied», sagte er. «Aber mein Vater hat mir einmal gesagt, das Geheimnis eines guten Duellanten sei, sich vorzustellen, daß es keinen Unterschied gebe.»

Peregrine nickte, hob die flache Kassette auf, die auf dem Sitz gegenüber lag, und öffnete sie. Sie enthielt ein Paar schlichter Duellpistolen.

«Du kannst sie in die Hand nehmen, sie sind nicht geladen», sagte Mr. Fitzjohn.

Peregrine nahm eine aus ihrem Bett, wog sie in der Hand und prüfte den Zug. Dann legte er sie wieder hin und schloß die Kassette. «Liegt gut in der Hand», bemerkte er.

«Ja, ein erstklassiges Paar», stimmte Mr. Fitzjohn zu. «Natürlich Stechschloß. Geht bei der bloßen Berührung los.»

Die Kutsche blieb in der Great Ormond Street stehen, um den Doktor aufzunehmen, der aus dem Haus trat, sowie die Pferde anhielten, und behende in die Kutsche sprang. Er hatte eine schwarze Tasche unter dem Arm, die, wie Peregrine wußte, die Instrumente seines Berufs enthielt. Seltsamerweise berührte ihn der Anblick unangenehmer als derjenige der Pistolenkassette.

«Sie sind pünktlich, meine Herren», sagte der Arzt und rieb sich die Hände. «Kalt heute morgen, nicht?»

«Ziemlich kalt», sagte Mr. Fitzjohn. «Aber es dauert nicht lange, bis wir alle miteinander heißen Kaffee in einem Lokal trinken, das ich dicht am Green kenne.»

«Kaffee rühre ich nie an», sagte der Arzt. «Ich halte ihn für schädlich für den Magen. Kakao jedoch – an einer Tasse Kakao ist nichts Schlechtes. Ich habe sogar die Erfahrung gemacht, daß er sich in einigen Fällen äußerst heilsam auswirkte.»

An seinem Thema interessiert, vielleicht aber auch in der Absicht, Peregrine von dem bevorstehenden Duell abzulenken, fuhr er fort, die Wirkungen von Wein und Tee auf den menschlichen Organismus zu erörtern und sprach immer noch, als die Kutsche am Weiler Westbourn Green ankam.

Der Treffpunkt war nicht weit von der Straße entfernt; die Kutsche konnte in seiner Sichtweite über ein Feld fahren.

«Die ersten an Ort und Stelle», sagte Mr. Fitzjohn und sprang aus dem Wagen. «Aber wir werden nicht lange warten müssen, denn es ist kurz vor acht. Falls es sich natürlich unser Mann nicht besser überlegt hat. Perry, wenn eine Entschuldigung angeboten wird, nehme ich sie an.»

«Sehr gut», sagte Peregrine, der entdeckte, daß ihm das Sprechen immer schwerer fiel.

Er stieg aus der Kutsche und ging neben seinem Freund zu dem Duellplatz. Der Tag war zwar trüb, aber es war jetzt schon ganz hell geworden. Ein scharfer Wind blies, und einige dahinjagende Wolken kündeten Regen an. Peregrine vergrub die Hände in den Taschen, um sie warm zu halten, und warf einen Blick zum Himmel. Er hatte ein ziemlich unbehagliches Gefühl in der Magengrube, aber abgesehen davon kam er sich seltsam unbeteiligt vor.

Kaum fünf Minuten nach ihrer Ankunft fuhr ein zweites Fahrzeug, diesmal eine Reisekutsche, auf das Feld ein, und Mr. Farnaby und Captain Crake stiegen aus.

Als Mr. Fitzjohn die Chaise beobachtete, war er sich wieder jenes schwachen Gefühls von Unbehagen bewußt. Falls er sich nicht sehr irrte, war hinten eine Kiste festgebunden, und obwohl das Fahrzeug nur zwei Pferde und einen einzigen Postjungen hatte, sah es ganz danach aus, als stünde es vor einer längeren Reise. Mr. Fitzjohns Lippen wurden schmal; er hatte den Verdacht, daß Mr. Farnaby einen finsteren Zweck verfolgte, als Fitzjohn das für möglich gehalten hatte. Er beschloß, falls Peregrine tödlich verwundet werden sollte, dessen Gegner jedes nur denkbare Hindernis in den Fluchtweg zu legen.

Beide Neuankömmlinge stampften mit den Füßen und schlugen die Hände gegen die Arme. Captain Crake kam jedoch bald über das Feld zu der Stelle, wo Mr. Fitzjohn ihn erwartete, und nach knappster Begrüßung machten sich beide an die Aufgabe, die Pistolen zu prüfen und zu laden. Ein zweiter Schuß war nicht zugelassen, so daß nur Mr. Fitzjohns Pistolen – ein sehr schönes Paar von Manton mit 2,5-cm-Lauf und Stahlkorn – geladen wurden.

Als das getan war, ging Mr. Fitzjohn zu Peregrine zurück und sagte leise: «Zwölf Schritt. Du kannst ihn nicht verfehlen, Perry. Gib ihm's!»

«Ja, wenn ich kann, tu ich's», antwortete Peregrine und knöpfte seinen Mantel auf. «Was ratest du, mit Mantel oder ohne?»

«Ohne», sagte Mr. Fitzjohn und betrachtete grimmig die großen Perlmuttknöpfe, mit denen der Mantel geschmückt war. «Ich hätte dir raten sollen, einen schwarzen Mantel zu nehmen. Schließ den Rock bis zum Hals und denk daran, biete dem Kerl nicht die Vorderseite, sondern nur die Seite, und halt den Arm dicht an dich. Und senke ihn nicht, solange Farnaby nicht geschossen hat, Perry. Da kommt der Bursche jetzt. Du mußt ihn natürlich begrüßen, aber das brauche ich dir ja nicht zu sagen.» Er wartete, bis die Formalität vorüber war, und sagte dann: «Hör mir zu, Perry! Entschließ dich, wo du ihn treffen willst, und zerbrich dir nicht den Kopf mit der Frage, wo er dich treffen will! Ziele, wenn ich ‹Achtung› sage, halte deinen Blick auf das Taschentuch gerichtet, und wenn ich es fallen lasse, schieß. Solltest du ihn töten, bring ich dich irgendwie weg.»

«Das klingt mächtig düster», sagte Peregrine und zwang seine blassen Lippen zu einem Lächeln. «Du bist ein verflucht guter Freund, Fitz. Danke und – oh, na ja, eben danke!»

Mr. Fitzjohn packte kurz seine Schulter. «Frühstück in meiner Wohnung nachher», sagte er und ging, um mit Captain Crake die Schritte auszuzählen.

Peregrine knöpfte seinen Rock bis zum Hals zu und beobachtete dabei, daß Mr. Farnaby, der Schwarz trug, dasselbe tat. Nach seiner Begrüßung hatte Mr. Farnaby ihn nicht wieder angesehen. Er schien ungeduldig zu sein, rief ständig seinem Sekundanten zu, sich zu beeilen und sie nicht hier in der Kälte herumstehen zu lassen. Als er zu seinem Standort aufgerufen wurde, kam er sofort zu der Stelle, nahm die Pistole, die ihm Mr. Fitzjohn gespannt reichte, und stand, die Pistolenmündung zu Boden gesenkt, da.

Peregrine erhielt die zweite Waffe und merkte, daß seine Handflächen leicht schwitzten. Er wischte sie an seiner Kniehose ab, nahm die Pistole vorsichtig entgegen – denn wie er sehr gut wußte, geht eine Duellpistole, wenn sie bereits gespannt ist, bei der leisesten Berührung los – und stellte sich auf.

Der Arzt kehrte ihnen den Rücken zu, und die Sekundanten zogen sich in eine Entfernung von acht Schritt zurück. Peregrine spürte, daß ihm ein scharfer Wind die blonden Locken zauste. Er heftete die Augen auf Farnaby und versuchte, sich für etwas an seinem Anzug als Ziel zu entscheiden.

Mr. Fitzjohn hob ein Taschentuch hoch; es flatterte im Wind, ein weißer Fleck gegen einen grauen Hintergrund.

Bevor jedoch das Kommando gegeben werden konnte, kam es zu einer Störung. Eine dritte Kutsche, diesmal ein schweres, rumpelndes Gefährt, war vorgefahren, und jetzt sprangen mehrere Männer ab, kamen auf die Duellanten zugelaufen und brüllten: «Im Namen des Gesetzes, halt!»

Peregrine riß den Kopf herum, hörte einen unterdrückten Fluch von Farnaby und befand sich im nächsten Augenblick im Griff eines stämmigen Polizisten. «Ich verhafte Sie im Namen des Gesetzes!» schnaufte dieses Individuum. «Versuchter Friedensbruch! Ich muß Sie vor einen Friedensrichter bringen!»

Mr. Fitzjohn gestand nachher, er sei noch nie im Leben so froh gewesen, einen Polizisten zu sehen. Er seufzte tief erleichtert auf und sagte: «Oh, na schön! Nützt nichts, Perry; zieh lieber wieder deinen Mantel an.»

Mr. Farnaby, im Griff eines zweiten Polizisten, zeigte eine Neigung, Widerstand zu leisten. «Wer hat euch auf die Spur gesetzt?» wütete er.

«Handeln auf Grund erhaltener Information», war die kurz angebundene Erwiderung. «Jetzt geben Sie mir diese Pistole, Sir. Widerstand hat keinen Zweck.»

Ein unwillkommener Verdacht schoß Peregrine durch den Kopf. Er fragte schnell: «Wissen Sie, wer die Anzeige erstattete?»

«Nein, und es geht mich auch nichts an», antwortete der Polizist. «Ziehen Sie lieber Ihren Mantel an, Sir, und kommen Sie mit.»

Mr. Fitzjohn half Peregrine in den Mantel. «Hast du jemanden in Verdacht?» fragte er leise.

«Bei Gott, ja, und ich habe vor, die Wahrheit zu erfahren!»

«Wer wußte davon?»

«Mein Vetter», sagte Peregrine. «Aber den Treffpunkt habe ich ihm nicht genannt – dessen bin ich völlig sicher! Wie er das herausgefunden hat, wenn er es war –»

«Aber Perry, bestimmt hätte er die Behörden nicht informiert, wenn du es ihm im Vertrauen gesagt hast, was du ja doch wohl getan haben mußt?»

«Ich weiß es nicht, aber ich finde es heraus!» sagte Peregrine und knöpfte den Mantel zu.

Mr. Fitzjohn wandte sich mit einem plötzlichen Verdacht an den Arzt, der neben ihnen stand. «Ich nehme an, Sie wissen nichts von dem hier, Lane?»

Der Arzt antwortete trocken: «Ich habe keine Anzeige gegen Ihren Kontrahenten erstattet, Sir, aber ich muß zugeben, es kann durchaus mit mir zusammenhängen, daß dieses Duell unterbrochen wurde. Wenn dem so war, so kann ich es nicht bedauern, obwohl ich es bestimmt nicht beabsichtigt habe.»

«Was, zum Teufel, meinen Sie damit?» fragte Mr. Fitzjohn. Der Arzt klemmte sein Bestecketui unter den Arm. «Gestern, Sir», sagte er, «kurz nachdem Sie bei mir waren, erhielt ich den Besuch eines anderen Herrn, der meine Dienste in einem heute stattfindenden Ehrenhandel verlangte. Ich sagte ihm, es sei leider ganz ausgeschlossen, da ich bereits verpflichtet sei. Er gab mir zu verstehen, daß er als Sekundant Ihres Gegners handle – eine Tatsache, die ich leicht glauben konnte, da es ein seltsamer, fast beispielloser Zufall wäre, wenn in London an ein und demselben Tag zwei Duelle ausgefochten würden. Ich informierte diesen Herrn, daß ich den Namen meines Kontrahenten nicht enthüllen könne, obwohl ich nichts dagegen hätte, seinen Mann ebenfalls zu behandeln, sollte es sich herausstellen, daß es der unbekannte Gegner sei. Er anerkannte die Anständigkeit meiner Bedenken und machte es mir sofort klar, daß er mit Ihrer Angelegenheit vertraut war, indem er mir Ihren und Sir Peregrine Taverners Namen nannte. Ich sagte, daß ich mich freuen würde, für seinen Kontrahenten zu tun, was ich könnte. Soviel ich mich erinnere, gerieten wir in ein kleines Gespräch, in dessen Verlauf ich den Treffpunkt erwähnt haben könnte. Als Ihr Gegner zum Treffpunkt kam, Sir, und ich sah, daß sein Freund meinem Besucher überhaupt nicht ähnlich sah, war ich überrascht, wie ich gestehen muß. Aber nach einiger Überlegung konnte ich mich nicht erinnern, daß mein Besucher wörtlich festgestellt hätte, er handle in der Angelegenheit als Sekundant, und ich schloß, daß ich ihn mißverstanden hatte und er an Stelle des Sekundanten zu mir gekommen war.»

«Wie sah er aus?» fragte Peregrine, der dieser Rede ungeduldig gelauscht hatte. «War er groß, ziemlich dunkel und elegant?»

«Ja», sagte der Arzt. «Groß war er wirklich. Ich würde ihn als sehr dunkel beschreiben. Er war ein Gentleman, ruhig im Benehmen und betont modisch.»

«Ich wußte es doch!» sagte Peregrine. «Mein Vetter, wie er leibt und lebt!»

Eben da kam einer der Polizisten herbei und ersuchte sie, ihm zur Kutsche zu folgen. Sie konnten nur gehorchen, und kurz darauf wurde die ganze Gesellschaft zum nächstgelegenen Amt eines Richters gefahren.

Es dauerte eine volle Stunde, bis die Kontrahenten ihrer Wege gehen konnten. Beiden wurde auferlegt, Frieden zu halten, es wurden sehr viele Formalitäten erfüllt, Kautionen bezahlt, der Richter las ihnen die Leviten, und Mr. Fitzjohn sehnte sich nach seinem Frühstück. Endlich waren sie frei. Mr. Farnaby und sein Sekundant, beide so finster wie nur möglich dreinblickend, fuhren in ihrer Chaise davon, und Peregrine und Mr. Fitzjohn in die Cork Street, da der Arzt schon früher in einer Mietdroschke weggefahren war.

11

Das Geheimnis des Duells flog bald auf. Peregrine kam kurz nach elf in die Brook Street und entdeckte, daß sein Kammerdiener, der ihn vor einer Stunde als verloren aufgegeben hatte, neben Miss Taverner stand, während sie den Abschiedsbrief ihres Bruders las.

«O Gott!» brach es von Miss Taverners Lippen, gerade als Peregrine das Zimmer betrat. Die Blätter des Briefs flatterten zu Boden. Miss Taverner sprang auf und rief: «Ich muß sofort weg! Was haben Sie ihm angetan? Wo ist Fitzjohn?» Dann erblickte sie Peregrine unter der Tür und lag im nächsten Augenblick in seinen Armen. «Perry! O Perry, mein Liebling, du lebst!»

«Ja, ja, natürlich leb ich», sagte Peregrine und tätschelte ihr unbeholfen die Schulter. «Was, zum Teufel, soll das, John, diese ganze Aufregung zu verursachen? Du Narr, habe ich dir nicht aufgetragen, zu warten, bis du etwas von Mr. Fitzjohn hörst?»

Seine Schwester packte ihn an den Rockaufschlägen. «Erzähl mir sofort, Peregrine – was ist geschehen?»

«Nichts ist geschehen. Ich kann dir sagen, ich habe eine ziemliche Wut, Ju! Ich stehe ja als ein feiner Narr da! Man hat uns angezeigt, und ich habe eine starke Ahnung, wer die Anzeige erstattet hat!»

«Wer immer es ist, er hat sich meine unauslöschliche Dankbarkeit erworben!» erklärte Judith, von der ausgestandenen Angst noch immer erschüttert. «Wie konntest du nur zu dem Duell gehen, ohne mir ein Wort zu sagen? Oh, wie ich das Duellieren hasse! Wie ich euch Männer alle verachte, weil ihr denkt, es sei der einzige Weg, einen Streit zu schlichten!»

«Unsinn!» sagte Peregrine und machte sich von ihrem Griff los. «Und was dich betrifft, John, fort mit dir zu deiner Arbeit. Für einen Tag hast du dich genug eingemischt! Wenn ich auch nur im Traum daran gedacht hätte, daß dem Burschen nicht zu trauen ist – aber ich hätte es wissen müssen! Ich hätte mich nicht von ihm hereinlegen lassen sollen. Unser Vater hat uns vor dem seinen gewarnt, und du kannst dich darauf verlassen, der Sohn ist auch nicht besser.»

«Sprichst du von unserem Vetter? Ist es möglich, daß er es war, der dich aus dieser schrecklichen Sache gerettet hat?»

«Himmel, Ju, rede doch nicht so dumm daher! Du verstehst das nicht. Jawohl, es war unser Vetter; ich bin überzeugt, daß er es war. Ich will dahin, sofort dahin, um die Sache mit ihm zu regeln.»

Sie hielt ihn zurück. «Das brauchst du nicht. Ich erwarte ihn jeden Augenblick. Er soll Mrs. Scattergood und mich zu Madame Tussauds Ausstellung bringen. Ja, ich weiß wirklich nicht, was ihn eigentlich aufgehalten hat, denn er sagte, er würde um elf hier sein, und du siehst, es ist jetzt schon nach elf.»

«Das ist doch frech, auf mein Wort!» rief Peregrine aus. «Er hat die Unverschämtheit, mich vor einen Friedensrichter schleppen zu lassen, und führt noch dazu meine Schwester aus! Ein sehr feiner Bursche, dieser Bernard Taverner!»

«Höre ich meinen Namen?» Die Stimme, eine sehr ruhige, kam von der Tür hinter Peregrine. «Ah, Peregrine! Gott sei Dank!»

Peregrine fuhr herum und trat seinem Vetter entgegen. «Jawohl, du bist überrascht, mich zu sehen, nicht wahr?»

«Ich freue mich», sagte Mr. Taverner fest. «Du hast mir Schweigen aufgetragen; es ist mir schwergefallen, dazu zu stehen. Aber ich vermutete, daß ich um diese Zeit schon bestimmte Nachrichten über dich gehört hätte. Du bist nicht verletzt worden?»

«Schweigen!» stieß Peregrine hervor. «Willst du mir erzählen, daß du darüber geschwiegen hast?»

Sein Vetter sah ihn eindringlich an und blickte von ihm zu Judith. Sie war auf das Sofa gesunken und konnte ihn nur zitternd anlächeln. «Willst du mir sagen, wie ich das verstehen soll?» fragte er in glattem Ton.

«Wer war der Mann, der uns angezeigt hat und uns auf dem Duellplatz verhaften ließ?» fuhr ihn Peregrine an.

Mr. Taverner sah ihn weiterhin an, die Brauen etwas zusammengezogen. Peregrine fragte zornig: «Wer war der Mann, der den Arzt dazu brachte, den Treffpunkt zu verraten? Wer sonst wußte von dem Treffen als du?»

«Diese Frage kann ich dir nicht beantworten, Perry. Ich kann unmöglich sagen, wer sonst noch davon wußte», antwortete Mr. Taverner.

«Ich will ein einfaches Ja oder Nein hören!» fuhr ihn Peregrine an. «Hast du die Anzeige erstattet?»

Mr. Taverner sagte langsam: «Ich kann deine Empörung verstehen und entschuldigen, aber überlege bitte einen Augenblick! Du hast verlangt, daß ich schweige: Beschuldigst du mich, daß ich dein Vertrauen mißbraucht habe?»

Für die Spitzfindigkeiten des männlichen Ehrenkodex hatte Miss Taverner nichts übrig; ungeduldig rief sie: «Was könnte das angesichts einer solchen Gefahr für Perry schon bedeuten? Was für ein anderer Weg wäre jedem seiner Freunde offengestanden als dieser, um das Treffen unter allen Umständen zu verhindern?»

Mr. Taverner lächelte, schüttelte jedoch den Kopf. Peregrine stammelte leicht verwirrt: «Ich will dir gegenüber nicht ungerecht sein, aber du antwortest mir nicht! Nur eine einzige Person außer dir wußte von dem Duell – mein Kammerdiener, und auf den paßt die Beschreibung nicht, die uns Dr. Lane gab.»

«Und wie, wenn ich fragen darf, lautete diese Beschreibung?»

«Ein großer Mann, ein Herr, dunkel und modisch.»

Mr. Taverner sah ziemlich belustigt drein. «Mein lieber Perry, bin ich der einzige in London, auf den diese Beschreibung paßt? Ist das alles, worauf du deinen Verdacht gründest? Hast du nicht überlegt, daß dein Gegner sehr wahrscheinlich ebenso von dem Treffen gesprochen haben kann wie du?»

«Farnaby?» Peregrine war aus der Fassung gebracht. «Nein, das ist mir nicht eingefallen – das heißt, ich halte es nicht für wahrscheinlich.»

«Aber was soll das jetzt heißen? Es ist also wahrscheinlicher, daß ich die Anzeige erstattet habe?»

«Wenn du mir versicherst, daß du es nicht getan hast, muß ich natürlich dein Wort dafür nehmen», sagte Peregrine steif.

«Das freut mich», sagte sein Vetter. «Ich gestehe, auf die Gefahr hin, dich neuerlich zu verletzen: wie wenig ich auch damit zu tun gehabt haben mag, bin ich doch mehr als erfreut, zu erfahren, daß eine Anzeige erstattet wurde.»

«Sehr gütig von dir», sagte Peregrine und sah ihn von der Seite an.

Mr. Taverner lachte: «Nun, warst du so eifrig darauf aus, erschossen zu werden? Komm, komm, mit mir fängst du keinen Streit an! Judith, gehen Sie zu der Ausstellung? Ist Mrs. Scattergood fertig?»

Judith stand auf. «Sie ging ins Frühstückszimmer, um einen Brief zu schreiben, bevor Sie kamen. Sollen wir sie holen?»

«Auf alle Fälle. Wir haben uns, glaube ich, etwas verspätet. Ich wurde aufgehalten und muß um Entschuldigung bitten.» Er nickte Peregrine freundlich zu und hielt für Judith die Tür auf.

In der Halle wartete sie, bis er sie geschlossen hatte, und sagte dann leise: «Sie haben es nicht geleugnet.»

Er hob die Brauen und sah spöttisch auf sie herunter: «Wollen auch Sie einen Streit mit mir anfangen, Judith?»

«Nein, wirklich nicht», sagte sie ernst. «Perry ist noch ein Junge; er hat eben diese unsinnigen Vorstellungen. Sie sind klüger. Oh, erzählen

Sie mir nichts! Wirklich, das brauchen Sie nicht! Sie haben ihn gerettet, und ich bin – Sie wissen nicht, wie – dankbar!»

Er nahm ihre Hand in seine beiden. «Es gibt nichts, das ich nicht tun würde, um Ihre gute Meinung zu erringen.»

Sie senkte die Augen vor dem Blick, der in den seinen stand. «Sie haben sie sich verdient. Ich danke Ihnen aus Herzensgrund.»

«Ich will mehr als Dankbarkeit», sagte er, sie festhaltend. «Sagen Sie mir, darf ich hoffen? Ich wage nicht, Sie zu drängen; Sie schienen nicht zu wünschen, daß ich spreche, dennoch – ich muß es tun! Versichern Sie mir nur, daß ich hoffen darf – mehr verlange ich nicht!»

Sie war höchst seltsam bewegt und wußte nicht, was sie ihm antworten sollte. Er beugte sich nieder und küßte ihre zitternde Hand. Judith murmelte: «Ich weiß nicht. Ich – ich denke nicht an Heirat. Es wäre mir lieber, Sie fragten mich noch nicht. Was kann ich antworten?»

«Sagen Sie mir zumindest, daß es keinen anderen gibt!»

«Es gibt keinen, Vetter», erwiderte sie.

Er hielt noch immer ihre Hand, die er leicht drückte, als Judith eine Bewegung machte, um sich zu befreien. Er ließ sie sofort los: «Ich bin sehr froh darüber. Wir wollen Mrs. Scattergood suchen.»

In einem anderen Teil Londons besprach Mr. Farnaby die Angelegenheit noch immer mit seinem Sekundanten, der das Thema nun schon herzlich satt hatte. Sein Kontrahent schien ihm darüber derart aus der Fassung geraten zu sein, daß er gleich darauf sagte: «Was wird da eigentlich gespielt, Ned? An der Sache ist doch mehr, als du mir erzählt hast, wie? Wer will diesen jungen Fant umbringen? Du wirst doch für die Aufgabe bezahlt, und schön bezahlt, nicht?»

«Ich weiß nicht, wovon du redest», sagte Farnaby. «Taverner hat mich ins Gesicht geschlagen.»

«Das sieht man», sagte sein Freund und betrachtete interessiert die Quetschung, die Mr. Farnabys Gesicht verunstaltete.

Farnaby wurde rot. «Du solltest wissen, daß ich nicht der Mann bin, eine Beleidigung zu schlucken!» erklärte er.

«Nicht, wenn du nicht dafür bezahlt wirst», stimmte ihm Captain Crake zu.

Würdevoll sagte Mr. Farnaby, der Captain vergesse sich.

«Ich vergesse mich nicht, aber du tust das, wie mir scheint», erwiderte der Captain aufrichtig. «Wenn in der Geschichte Geld steckte, wo war denn dann mein Anteil? Sag mir das!»

«Geld gibt's keins», sagte Mr. Farnaby und beendete die Unterhaltung.

Er verbrachte den Rest des Tages in einer Stimmung erbitterter Unzufriedenheit und begab sich abends zum «King's Arms» Ecke Duke Street und King Street, um bei Gin und in der Gesellschaft seiner Kumpane, soweit er sie dort antreffen konnte, Trost zu finden.

Das Wirtshaus «King's Arms» gehörte Thomas Cribb, dem Schwergewichtschampion von England. Männer aller Art und Rang, vom Aristokraten bis zum Kohlenschipper, verkehrten dort, es war jedoch nicht jedem Gast gegönnt, in das berühmte Extrazimmer eingelassen zu werden. Mr. Farnaby jedenfalls gehörte nicht zu den Privilegierten. Da es jedoch Gin und nicht Boxgespräche waren, worum er gekommen war, kümmerte es ihn nicht, und er war es ganz zufrieden, sich in einer gemütlichen Ecke des Schankraumes niederzulassen und Preisboxer und Stutzer an sich vorbei ins Allerheiligste schlendern zu sehen. Die Taverne war immer überfüllt; jeder junge Geck kam her, jeder Preisboxer von Ruf, und es war nicht ungewöhnlich, daß irgendein Ehrgeizling hereinkam und mit dem freundlichen Gastwirt einen Streit anfing, einzig um des Privilegs willen, nachher prahlen zu können, er habe sich mit dem Champion geprügelt. Diese Praxis war seit neuestem nicht mehr so beliebt, da Cribb es sich enttäuschenderweise zur Gewohnheit gemacht hatte, seinen Möchte-gern-Angreifer geradewegs vor einen Friedensrichter zu schleppen, mit der Begründung, wenn er jedem Mann, der von ihm niedergeschlagen werden wollte, den Gefallen täte, dann hätte er überhaupt keine Ruhe mehr.

Mr. Farnaby fand an diesem Abend einen gemütlichen Winkel im Schankraum, ließ sich zu seinem Glas Gin nieder und hielt Ausschau nach irgendeinem Bekannten, der möglicherweise hereinkommen würde.

Es kamen eine Menge Leute, aber obwohl er einigen zunickte oder eine kurze Begrüßung mit ihnen austauschte, waren seine besonderen Freunde nicht unter ihnen. Tom Belcher, der Bruder des großen Jem, schlenderte Arm in Arm mit dem guten alten Bill Gibbons herein; Warr stand eine Weile plaudernd bei Cribb, bevor er ins Extrazimmer weiterging; Gentleman Jackson kam mit einer Gesellschaft von Herren der eleganten Welt, die er mit einer seiner Geschichten unterhielt. Mr. Farnaby beobachtete sie alle neidlos und rief nach einem zweiten Glas Gin.

Die Schenke war fast zum Bersten voll, als die Tür aufgestoßen wurde und der Earl of Worth eintrat. Er blieb einen Augenblick auf der Schwelle stehen und überflog mit einem Blick den von Dutzenden Pfeifen verqualmten Raum. Tom Cribb, der eben aus dem Extrazimmer kam, erblickte ihn und ging auf ihn zu. «Guten Abend, Mylord», sagte er. «Freue mich, Eure Lordschaft zu sehen. Sie treffen heute abend eine gemütliche kleine Gesellschaft im Extrazimmer. Lord Yarmouth ist drin, Oberst Aston, Sir Henry Smyth, Mr. Jackson, und ich weiß nicht, wer noch alles. Wollen Sie hineingehen, Mylord?»

«Gleich», sagte der Earl. «Aber ich sehe hier jemanden, mit dem ich zuerst ein Wort wechseln will.»

«Hier herinnen, Mylord?» fragte Cribb und drehte sich stirnrunzelnd nach den Anwesenden um.

«Ja, hier herinnen», sagte der Earl, ging mit einem Schwung seines Kutschiermantels mit den vielen Schulterkragen an ihm vorbei und geradewegs auf den Tisch zu, an dem Mr. Farnaby saß.

Mr. Farnaby, der müßig einigen Männern an einem Nachbartisch beim Würfeln zusah, bemerkte den Earl erst, als dieser dicht neben ihm stand. Er blickte auf und erhob sich hastig.

«Guten Abend», sagte der Earl höflich.

Farnaby verbeugte sich. «Guten Abend, Sir», erwiderte er und sah den Earl von der Seite an.

Worth legte seinen Spazierstock auf den Tisch und streifte langsam seine Handschuhe ab. «Sie haben mich zweifellos erwartet», sagte er.

«O nein, kaum!» antwortete Farnaby mit einem höhnischen Grinsen. «Ich weiß, daß Eure Lordschaft die Gewohnheit haben, Cribbs Parlour zu besuchen, aber ich erwartete nicht, von Ihnen erkannt zu werden.»

Der Earl zog einen Stuhl an der gegenüberliegenden Seite des Tisches hervor und setzte sich. Im Schatten seines Hutes, den er ziemlich tief in die Stirn gezogen trug, blickten seine Augen unerfreulich spöttisch drein. «Sie meinen, ich möchte nicht gern in Ihrer Gesellschaft gesehen werden? Sehr richtig, aber ich glaube, mein Ansehen bei der großen Welt ist ziemlich gut. Mein Ruf wird es vielleicht doch überleben. Sie dürfen sich setzen.»

«Ich hatte alle Absicht, es zu tun», erwiderte Farnaby, paßte das Handeln dem Wort an und stürzte den Rest seines zweiten Glases Gin hinunter. «Ich fühle mich wirklich höchst geehrt, daß mir Eure Lordschaft Gesellschaft leisten!»

«Dann machen Sie das Beste, das Sie nur können, daraus», riet ihm der Earl, «denn es ist eine Ehre, die Ihnen wahrscheinlich kaum je wieder zuteil werden wird.»

Farnaby fingerte an seinem leeren Glas herum; er beobachtete den Earl heimlich. «Aber nein! Und was mag Eure Lordschaft damit wohl meinen?»

«Nur, daß ich nach heute abend Ihre Gesellschaft nicht mehr benötigen werde, Farnaby. Die Umstände haben unsere Wege zwar kreuzen lassen, aber jetzt gehen sie wieder auseinander; ziemlich weit auseinander, versichere ich Ihnen.»

«Wenn ich das Vergnügen hätte, Eure Lordschaft zu verstehen –»

«Ich glaube nicht, daß Sie daraus viel Vergnügen beziehen würden», sagte der Earl. «Aber falls doch, dann genießen Sie es ausgiebig, denn ich glaube, Sie verstehen mich ziemlich gut.»

«Ich versichere Ihnen, nein, Sir. Ich verstehe nicht, wieso Sie in diesem Ton mit mir reden, und ich darf hinzufügen, Mylord, daß er mir nicht paßt!»

Der Earl nahm seine Schnupftabaksdose heraus und öffnete sie. Bedächtig nahm er eine Prise. «Sie sind nicht in der Lage, einen Ton abzulehnen, den ich anzuschlagen beliebe, Farnaby», sagte er. Er legte seine Dose offen auf den Tisch und lehnte sich im Stuhl zurück, wobei sein Kutschiermantel auseinanderfiel und den Schimmer einer hellen Weste, eines blauen Rockes und die tadellosen Falten seiner Krawatte sehen ließ. «Seien wir offen miteinander», sagte er. «Sie haben eine sehr einfache Sache ziemlich dumm verpfuscht.»

Farnaby warf einen schnellen Blick in die Runde. «Sir!»

«Erschrecken Sie nicht», sagte Worth. «Es hört niemand zu. Sie wurden gedungen, Sir Peregrine Taverner umzubringen, und Sie haben sich Ihren Sold nicht verdient.»

Farnaby ballte die Fäuste und beugte sich vor. «Verdammt, Sie, halten Sie den Mund!» flüsterte er. «Wagen Sie nicht zu behaupten, daß ich gedungen wurde!»

Worth hob die Brauen. «Was veranlaßt Sie, das zu denken?» erkundigte er sich.

«Das können Sie nicht behaupten!»

«Im Gegenteil, ich kann es sogar ganz leicht behaupten, mein guter Farnaby, und wenn Sie mir Verdruß machen, werde ich es laut sagen. Und – da ich bei der Welt gut angeschrieben bin, worauf ich Sie bereits hingewiesen habe, so wird man wahrscheinlich meinem Wort eher glauben als dem Ihren. Wir können ja die Probe aufs Exempel machen, wenn Sie wollen.»

Farnaby war ziemlich bleich geworden; er sah den Earl mit großer Angst in den Augen an und sagte atemlos: «Jeder Mensch weiß, was sich zugetragen hat! Taverners Hahn wurde gezwickt, und das habe ich gesagt, und Sie sollen wissen, Mylord, daß es Dutzende gibt, die mir bezeugen werden, daß es so war. Taverner hat mich geschlagen, ich habe eine Forderung geschickt, und das ist die ganze Geschichte!»

«Nicht die ganze Geschichte», sagte Worth. «Sie vergessen hinzuzufügen, daß durch Ihren törichten Pfusch das Duell abgebrochen wurde!»

«Wenn man uns angezeigt hat, so war das nicht meine Schuld», sagte Farnaby mürrisch.

«Hier erlaube ich mir, anderer Meinung zu sein», sagte Worth kühl. «Sir Peregrine Taverner ein Duell aufzuzwingen, war eine Sache, aber es an einem so öffentlichen Ort wie dem Cock-Pit Royal zu tun, war eine ganz andere. So lauteten Ihre Anweisungen nicht, glaube ich. Es fällt mir schwer zu glauben, daß selbst Sie so etwas Dummes tun konnten, Farnaby. Ist Ihnen nicht eingefallen, daß im Cock-Pit jede Menge Leute anwesend waren, die es für ihre Pflicht halten mußten, die Nachricht davon zur richtigen Stelle zu tragen? Und doch ist es genau das, was geschehen ist. Sie haben einen Schnitzer gemacht, Farnaby, und das setzt Ihrer Rolle in der Sache ein Ende.»

Farnaby starrte den Earl fasziniert an. «Sie sind ein Teufel!» sagte er halb erstickt. «Sie können nicht behaupten, daß ich gedungen wurde. Ich habe keinen Penny dafür bekommen!»

«Sie haben nicht nur keinen Penny dafür bekommen, sondern Sie werden auch keinen Penny dafür bekommen», sagte Worth. Er nahm wieder eine Prise und staubte die Finger mit einem feinen Taschentuch ab. «Sie wurden nicht gedungen, um Sir Peregrine zu warnen. Wäre Ihnen der Anschlag gelungen – aber er ist Ihnen nicht gelungen, Farnaby, warum also sollen wir die Zeit mit müßigen Vermutungen verschwenden? Was ich mich Ihnen zu erklären bemühe, ist, daß die Belohnung zwar noch immer verdient werden muß, Sie aber nicht der Mann sind, sie zu verdienen.»

Farnaby schluckte. «Was meinen Sie damit?» fragte er schwach.

«Ich meine damit, Farnaby, daß die Aufgabe, Sir Peregrine zu beseitigen, nicht einem so ungeschickten Mietling überlassen werden darf», sagte der Earl liebenswürdig. «Ich bin überzeugt, Sie werden begreifen, daß jeder weitere Versuch Ihrerseits, ihm ans Leben zu wollen, äußerst verdächtig aussehen würde.»

«Meinen Sie – wagen Sie anzudeuten, daß ich – ich bin kein gewöhnlicher Mörder, Mylord!»

«Sie müssen mir verzeihen, daß ich Sie falsch beurteile», sagte Worth schneidend. «Die Bedenken von Personen Ihres Schlages sind mir verborgen. Rühren Sie bitte meine Tabaksdose nicht an, sonst wäre ich gezwungen, den Rest ihres Inhalts ins Feuer zu werfen.»

Farnaby, der geistesabwesend seine Hand nach der Dose ausgestreckt hatte, zog sie mit einem Ruck zurück und wurde bei dem Ton kalter Verachtung in der Stimme des Earls bis an die Haarwurzeln rot. «Sie sind beleidigend, Mylord! Sie kommen her, um mir zu drohen, aber lassen Sie sich sagen, das werden Sie mir nicht anhängen!»

«Nein?» fragte der Earl und blickte auf. «Nein?»

Farnaby versuchte diesen langen, kühlen Blick zu erwidern, aber unter dem Blick des Earls glitten seine Augen ab und senkten sich. «Nein», sagte er unsicher. «Nein, bei Gott, das werden Sie nicht! Wenn Sie es wagen, mich zu beschuldigen – wenn Sie versuchen, es mir anzuhängen, glauben Sie, dann hätte ich nichts zu sagen? Ich werde nicht allein leiden, ich –» Er brach ab und befeuchtete sich die Lippen.

Worth saß sehr still auf seinem Stuhl; sein Blick wich nicht von Farnabys Gesicht. «Fahren Sie fort, Mr. Farnaby», sagte er. «Ich warte, um zu hören, was Sie sagen wollen.»

«Nichts!» sagte Farnaby schnell.

«Nicht einmal den Namen des Mannes, der Sie gedungen hat?» sagte der Earl leise.

«Nichts, sage ich Ihnen! Mich hat niemand gedungen!»

Der Earl schloß seine Schnupftabaksdose. «Zweifellos klug von Ihnen», sagte er. «Wer weiß? Er könnte Schritte unternehmen, um nun Sie aus dem Weg zu räumen, nicht? Und ich fürchte, daß es, selbst wenn Sie den Mut hätten, seinen Namen zu verraten, nicht sehr viel Zweck hätte. Ihr Wort stünde gegen das seine, Farnaby, und um aufrichtig mit Ihnen zu sein, ich glaube kaum, daß man das Ihre beachten würde. Wie Sie sehen, habe ich das alles genau überlegt.»

«Nicht nötig!» sagte Farnaby und sah den Lord durchdringend an. «Ich werde nichts ausplaudern!»

«Ich freue mich, zu entdecken, daß Sie eine so gesunde Rücksicht auf Ihre heile Haut nehmen», murmelte Worth. «Ich hoffe, es veranlaßt Sie, sich in Zukunft von Sir Peregrine fernzuhalten. Ich an Ihrer Stelle ginge eine Zeitlang aufs Land. Ich habe das seltsame Gefühl, daß Sie, falls ihm etwas zustoßen sollte, während Sie in London sind, dafür bezahlen müßten.»

Farnaby zwang sich zu einem Lachen. «Sehr interessant, Mylord, aber ich glaube nicht an Vorahnungen!»

«Ah!» sagte der Earl. «Aber das war mehr eine Art Versprechen, Farnaby. *Ein* Pfusch kann vielleicht verziehen werden; ein zweiter würde sich als tödlich erweisen.» Er stand auf und nahm Handschuhe und Stock an sich. «Das ist alles, was ich Ihnen sagen wollte.»

Farnaby sprang auf. «Warten Sie, Mylord!» sagte er, umklammerte den Tischrand und schien nach Worten zu suchen.

«Nun?» fragte der Earl.

Farnaby fuhr sich mit der Zunge über die Lippen. «Ich könnte Ihnen von Nutzen sein!» sagte er verzweifelt.

«Sie irren», sagte der Earl in einem Ton, daß es Farnaby kalt überlief. «Ein Mann, der einmal etwas verpfuscht hat, ist nicht von geringstem Nutzen für mich.»

Farnaby sank auf den Stuhl zurück und sah der hohen Gestalt des Earls mit einem Ausdruck in den Augen nach, in dem sich Haß und Verzweiflung mischten. Worth schlenderte auf die Tür des Extrazimmers zu.

Er hatte sie noch nicht erreicht, als sein Blick an der Gestalt eines Herrn hängenblieb, der kurz zuvor die Taverne betreten hatte, am anderen Ende des Schankraums stand und ihn starr ansah.

Der Earl blieb stehen, schob einen leicht betrunkenen Matrosen, der ihm im Weg stand, sanft beiseite, und ging quer durch den Raum auf den Neuankömmling zu. «Ihr Diener, Mr. Taverner», sagte er.

Mr. Taverner verbeugte sich förmlich. «Guten Abend, Lord Worth.»

Der Earl begann mit dem Band seines Lorgnons zu spielen. «Nun, Mr. Taverner, was gibt's?» fragte er.

Bernard Taverner hob die Brauen. «Was gibt's?» wiederholte er. «Was soll es geben, Mylord?»

«Es schien mir, als seien Sie sehr an meinen Bewegungen interessiert», sagte Worth. «Oder irre ich mich?»

«Interessiert –», sagte Mr. Taverner. «Ich war nicht so sehr interessiert, Sir, wie überrascht, wenn Sie mich schon fragen.»

«Mich hier zu finden? Ich bin oft in Cribbs Parlour zu sehen», erwiderte der Earl.

«Das weiß ich. Was ich jedoch nicht wußte und was mich, wie ich gestehen muß, etwas überraschte, war, daß Sie auch in einer Gesellschaft wie der Farnabys zu sehen sind.»

Das wurde deutlich genug gesagt und mit einem Blick, der dem zynischen Ausdruck Worths fest begegnete. Es schien jedoch den Earl nicht in Verlegenheit zu bringen. «Ah, aber ich befinde mich bei Cribb häufig in seltsamer Gesellschaft, Mr. Taverner», sagte er.

Taverners Lippen wurden schmal. Nach kurzem Schweigen sagte er gemessen: «Sie werden zugeben, Lord Worth, Sie im Gespräch mit einem Menschen zu sehen, der sich erst heute morgen in einem Duell mit Ihrem Mündel schlagen wollte, muß sehr eigenartig aussehen. Oder sind Sie vielleicht in Unkenntnis des heutigen Zwischenfalls?»

Die Finger des Earls glitten am Band zum Stiel seines Lorgnons hinunter. Er hob es. «Nein, Mr. Taverner, ich war davon nicht in Unkenntnis.»

Wieder herrschte Schweigen, in dem Bernard Taverner anscheinend die Gedanken zu lesen versuchte, die hinter der liebenswürdigen Art des Earls verborgen sein mochten. «Sie waren nicht in Unkenntnis, und dennoch –»

«Seltsamerweise», sagte Worth, «war es genau das Thema, über das ich mit Mr. Farnaby sprach.»

«Wirklich!»

«Ja», sagte der Earl. «Aber warum sollen wir Spiegelfechterei betreiben, Mr. Taverner? Sie hegen den Verdacht, glaube ich, daß ich mich für die Affäre Farnaby sehr interessiere, und Sie haben ganz recht. Ich habe ihn davon informiert – und ich glaube, er hat mich ziemlich gut verstanden –, daß seine Rolle ausgespielt ist. Also brauchen Sie sich keine Sorgen um ihn machen, mein guter Mann.»

Taverner runzelte die Stirn. «Ich verstehe nicht ganz, Sir. Ich bin nicht hergekommen, um Sie mit Beschuldigungen zu beleidigen, die absurd sein müssen, aber ich glaube, es ist nicht unangebracht, Ihnen zu versichern, daß mir die Interessen meiner Geschwisterkinder am Herzen liegen und ich nicht zögern würde, ihnen beiden zu dienen, soweit es nur in meiner Macht steht.»

«Ich bin über Ihre Versicherung zutiefst gerührt, Mr. Taverner», sagte der Earl mit einem unangenehmen Lächeln, «aber ich kann mich des Gefühls nicht erwehren, daß Sie klüger daran täten, sich nicht in die Angelegenheiten Ihrer beiden Verwandten zu mischen.»

Taverner wurde steif. «Wenn ich Sie richtig verstehe, Mylord, dann wollen Sie eher sagen, ich täte klüger daran, mich nicht in Ihre Angelegenheiten zu mischen.»

«Nun, das heißt die Sache sehr derb ausdrücken», sagte der Earl, noch immer lächelnd. «Trotzdem – Sie verstehen mich durchaus richtig. Wer sich in meine Angelegenheiten mischt, dem schlägt es nicht gut an.»

«Bitte keine Drohungen, Lord Worth!» sagte Taverner leise. «Man kann mich nicht davon abhalten, mich aus natürlichen Gründen um das Wohlergehen meiner Geschwisterkinder zu kümmern.»

Der Earl sprach so leise, daß niemand außer Taverner seine Worte verstehen konnte. «Lassen Sie sich daran erinnern, Mr. Taverner, daß das Wohlergehen Ihrer Verwandten nicht in Ihren, sondern in meinen Händen liegt. Sie sind mit Ihren Aufmerksamkeiten sehr beharrlich, aber sollten Sie von einer Ehe träumen, dann verbannen Sie den Traum. Sie werden Judith Taverner nie heiraten.»

Mr. Taverner ballte unwillkürlich die Fäuste. «Ich bin Ihnen dankbar, daß Sie Ihre Karten so deutlich vor mir aufdecken, Sir», sagte er.

«Ich hinwiederum möchte Sie daran erinnern, daß Ihre Jurisdiktion über Miss Taverner in einem Jahr erlischt. Es bedurfte dieses Gespräches nicht, um mich zu überzeugen, daß Sie Pläne hegen, die ebenso skrupellos wie schamlos sind. Verstehen Sie, bitte, recht: mich kann man nicht einschüchtern, damit ich Ihnen nicht im Wege stehe!»

«Was das betrifft, Mr. Taverner, tun Sie, was Ihnen am besten dünkt», sagte der Earl. «Aber Sie werden, hoffe ich, daran denken, daß ich, wenn ich einem Hindernis auf meinem Weg begegne, imstande bin, es zu entfernen.» Das wurde nicht heftig, ja sogar ausdruckslos gesagt. Ohne abzuwarten, wie es aufgenommen wurde, verbeugte sich der Earl leicht und ging zur Eingangstür des Extrazimmers.

12

Ziemlich bald nach der Episode seines vereitelten Duells fuhr Peregrine ins Hertfordshire zu einem Aufenthalt bei den Fairfords, die Anfang Dezember mit der Absicht, einige Wochen auf dem Land zu verbringen, London verließen. Die Einladung wurde herzlich auf Miss Taverner ausgedehnt, aber sie mußte absagen, da sie kurz vorher eine sehr erfreuliche angenommen hatte, eine Woche im Schloß Belvoir beim Herzog und der Herzogin von Rutland zu verbringen.

Die Herzogin, die vor kurzem zu Besuch in London gewesen war, hatte Miss Taverner im Almack-Klub kennengelernt, wo sie ihr von Mr. Brummell, einem engen Freund der Rutlands, vorgestellt worden war. Die Herzogin erinnerte sich an Miss Taverners Vater, die Tochter schien ihr zu gefallen, sie sprach eine Weile mit ihr und sandte ihr schließlich einige Wochen später die Einladung zu einem Aufenthalt im Freundeskreis in Belvoir.

Miss Taverner reiste in ihrem Privatwagen nach dem Norden und entdeckte bei ihrer Ankunft, daß sie zu einer erlesenen Gesellschaft geladen war. Der vornehmste Gast war der Herzog von York, der einen Tag früher eingetroffen war. Sein Besuch kam ganz unerwartet und verursachte eine leichte Aufregung, denn die Räume, die ständig für York bereitgehalten wurden, waren dem Herzog von Dorset zugewiesen worden, der nun in aller Eile ausquartiert werden mußte. Da es jedoch selbstverständlich war, daß York und Brummell immer ihre bestimmten Räume im Schloß Belvoir und in Cheveley hatten, fügte sich Seine Gnaden, der Herzog von Dorset, in die Änderung und war nur zu froh, daß sich ein so hervorragender Whistspieler der Gesellschaft angeschlossen hatte.

Frederick, Herzog von York, war der zweite Sohn des Königs und hatte in den letzten Jahren infolge des Clarke-Skandals etwas zurückgezogen gelebt. Vor kurzem war er jedoch wieder in sein Amt als Oberbefehlshaber eingesetzt worden. Als Miss Taverner die Ehre hatte, ihm vorgestellt zu werden, schien er in vortrefflicher Laune und durchaus nicht der Mann zu sein, der in den Verdacht geraten konnte, durch die Machinationen seiner Geliebten Heeresbeförderungen zu verkaufen. Er war nahe an die Fünfzig, ein großer, dicker Mann mit einem blühenden Teint und einer großen Nase, hatte ein allzeit bereites Lachen, gütige blaue Augen und amüsierte sich leicht. Er war mit einer preußischen Prinzessin verheiratet, von der er zwar getrennt lebte, mit der er jedoch auf bestem Fuß stand. Die Herzogin residierte in Oatlands, wo sie ein exzentrisches, aber tadelloses Leben führte, umgeben von vierzig Lieblingshunden jeder nur denkbaren Rasse. Der Herzog pflegte seine Freunde zu Wochenenden in Oatlands mitzubringen. Die Herzogin hatte nicht das geringste dagegen, und ohne ihre eigene Lebensweise zu ändern, bewirtete sie ihre Gäste in einer reizenden, zwanglosen Art, die sie jedem, der sie kannte, teuer machte. Man hatte noch nie gehört, daß jemand eine Einladung dorthin ausgeschlagen hätte, obwohl der erste Besuch immer verblüffend und sogar bestürzend war. Der Park war nur für eine Sammlung von Aras, Affen, Straußen und Känguruhs da; die Ställe waren voller Pferde, die jedoch keinem Gast zur Verfügung standen; das Haus wimmelte von Dienerschaft, der es anscheinend nie oblag, jemandem zu dienen. Die Hausfrau frühstückte um drei Uhr morgens, verbrachte die Nacht damit, auf dem Gelände des Schlosses umherzuwandern, und hatte die Gewohnheit, sich unerwartet in eine Grotte mit vier Räumen zurückzuziehen, die sie sich im Park hatte errichten lassen. Diner war immer um acht; der Herzog stand nie vor elf Uhr von der Tafel auf, und wenn er sich erhob, dann nur, um bis vier Uhr früh um fünf Pfund pro Punkt und fünfundzwanzig Pfund pro Rubber Whist zu spielen.

Der Herzog, der seine Frau außer in Oatlands nie sah, hatte sie natürlich nicht mit nach Belvoir gebracht. Er war nur von Oberst Wyndham begleitet, einem schicken Lebemann, gegen den die Herzogin eine grenzenlose Abneigung hegte.

Außer dem Herzog und der Herzogin von Dorset schien es beim ersten Anblick eine ungeheure Zahl von Gästen zu geben, Damen und Herren, die Miss Taverner zum Großteil nicht kannte. Ihre einzigen Bekannten waren Lord und Lady Jersey, Mr. Brummell und Lord Alvanley. Sie war etwas eingeschüchtert und nicht so ungehalten, wie sie es vielleicht sonst gewesen wäre, als kaum eine Stunde nach ihrer Ankunft eine Kutsche vorfuhr und Lord Worth an der Schwelle absetzte.

Sie trug eben ihr Teil zu einem Gespräch mit einer sehr hochmütigen jungen Dame bei, die Judith mit großer Geringschätzung zu beäugen schien, als Worth mit seiner Gastgeberin den Salon betrat. Judith sah auf und ließ sich zu einem Lächeln verleiten, als sie ihn erblickte. Er kam sofort auf sie zu, sein ziemlich hartes Gesicht wurde weich, und nachdem er ein Grußwort mit ihrer Gefährtin gewechselt hatte, setzte er sich neben Judith auf das Sofa und fragte sie, wie es ihr gehe.

Die hochmütige junge Dame, die ihm gegenüber ganz schmeichelnde

Liebenswürdigkeit war, tat, was sie nur konnte, um seine Aufmerksamkeit zu erregen und zu fesseln. Miss Taverner konnte sich nur amüsieren: die Dame war so eifrig darauf aus, zu gefallen, der Herr so höflich unzugänglich. Gleich darauf kam jedoch Mr. Pierrepoint herbei und entführte die Dame zu einer Betrachtung von Mr. Brummells Aquarellskizze ihrer Gastgeberin, und der Earl wurde mit seinem Mündel allein gelassen.

Während Worth mit Miss Crewe beschäftigt gewesen war, hatte Miss Taverner Zeit zu überlegen gehabt, daß er keinerlei Überraschung verraten hatte, sie hier anzutreffen. Als Miss Crewe fort war, fragte sie ihn in ihrer unverblümten Art, ob er denn erwartet hatte, sie in Belvoir vorzufinden.

«Aber ja doch», antwortete er. «Ich glaube, man hat mich davon unterrichtet.»

Das Glitzern in seinen Augen ließ in ihr den starken Verdacht aufsteigen, daß er bei ihrer Einladung ein Wort mitzureden gehabt hatte. Sie sagte: «Oh! Ich andererseits hatte nicht die geringste Ahnung, Sie hier anzutreffen.»

«Wenn Sie die gehabt hätten, dann wären Sie vermutlich nicht gekommen!»

Sie hob die Brauen. «Ich hoffe, ich bin nicht so voreingenommen, daß ich mich nicht im selben Haus mit Ihnen aufhalten könnte.»

«Das ist sehr ermutigend», sagte der Earl. «Wissen Sie, daß ich anmaßend genug war, zu meinen, Sie seien ganz froh gewesen, mich zu erblicken, als ich hereinkam?»

Sie zögerte und sagte dann mit einem kläglichen Lächeln: «Nun ja, vielleicht war ich wirklich ein bißchen froh. Ich habe mich in einer Gesellschaft, die ich nicht kenne, ziemlich seltsam gefühlt. Diese Dame – Miss Crewe, glaube ich, haben Sie sie genannt – hat die letzten zwanzig Minuten lang versucht, mich erkennen zu lassen, was für ein Nichts vom Lande ich bin, und wenn man weiß, daß das die traurige Wahrheit ist, dann fühlt man sich ziemlich fehl am Platz.»

«Sie werden sich an ihr rächen können, wenn Sie vorhaben, morgen bei der Jagd mitzumachen», bemerkte der Earl. «Sie hat die denkbar schlechtesten Hände und fällt im allgemeinen schon beim ersten Hindernis vom Pferd.»

Sie lachte. «Ja, ich habe vor, die Jagd mitzureiten, aber ich hoffe, daß ich denn doch nicht so bösartig bin, Miss Crewe einen Sturz zu wünschen. Werden Sie auch mitkommen?»

«Sicherlich – um ein Auge auf mein Mündel zu haben.»

Mit einem schalkhaften Glitzern in den Augen warf sie den Kopf zurück. «Ich werde Ihnen die Spur geben», versprach sie.

Das amüsierte ihn. «Sieh da, wir beginnen uns ganz nett zu vertragen», sagte er. «Wie behagt Ihnen Ihr Schnupftabak?»

«Ehrlich gesagt, ich nehme ihn nicht oft», vertraute ihm Judith an. «Ich gebe nur an damit.»

«Dann befinden Sie sich in vortrefflicher Gesellschaft, denn Sie folgen dem Beispiel des Prinzregenten. Lassen Sie mich sehen, wie Sie eine Prise nehmen.»

Sie gehorchte und zog eine goldene Dose mit Emailleplatten auf dem Deckel und an den Seiten aus ihrem Retikül.

Er nahm die Dose in die Hand, um sie genauer zu betrachten. «Sehr hübsch. Woher haben Sie sie?»

«Von Rundell and Bridge. Ich habe dort einige gekauft.»

Er gab sie ihr zurück. «Sie haben einen ausgezeichneten Geschmack.»

«Danke», sagte Judith. «Die Billigung eines so hervorragenden Kenners, wie Sie es sind, muß mir Genugtuung bereiten.»

Er lächelte. «Seien Sie nicht frech, Miss Taverner.»

Sie ließ die Dose aufschnappen und bot sie ihm an. «Sie mißverstehen mich, Lord Worth: Ich war nur höflich – auf Ihre eigene Weise.»

«Diese Weise haben Sie noch nicht genau gemeistert», antwortete er. «Nein, bieten Sie mir nicht Ihre Dose an; es ist keine Mischung, die ich mag.»

«Aber nein, wie seltsam!» sagte Miss Taverner und nahm mit einer graziösen Wendung des Handgelenks eine Prise. «Ich mag sie auch nicht.»

«Das kommt wahrscheinlich daher, weil Sie sie total mit Vinagrillo durchtränkt haben», sagte der Earl ruhig. «Ich habe Ihnen gesagt, Sie sollten sparsam damit umgehen.»

«Ich habe sie nicht mit Vinagrillo total durchtränkt!» sagte Miss Taverner und schloß empört ihre Dose. «Ich habe zwei Tropfen verwendet, gerade nur, um das Ganze anzufeuchten!»

Ein Herr, der neben Oberst Wyndham in der Mitte des Salons stand, hatte Miss Taverner geistesabwesend und gleichgültig angesehen, als er sie jedoch die Tabaksdose herausholen sah, wurde sein Blick interessiert, er verließ den Oberst, kam auf sie zu und sagte sehr ernsthaft zu Worth: «Bitte, stelle mich vor! Eine so hübsche Dose! Was ich eine nette Besuchsdose nennen würde, aber nicht zum Vormittagsanzug passend. Ich geriet in Versuchung, als man sie mir vorlegte, aber zufällig war es nicht das, was ich gerade suchte.»

Judith starrte ihn sehr erstaunt an, aber Lord Worth, der keine Spur von Überraschung zeigte, sagte nur: «Lord Petersham, Miss Taverner», und stand auf.

Lord Petersham bat, sich neben Miss Taverner setzen zu dürfen. «Sagen Sie mir», fragte er eifrig, «interessieren Sie sich auch für Tee?»

Sie interessierte sich nicht für Tee, wußte aber, daß Seine Lordschaft ein Zimmer mit Regalen voller Blechdosen jeder nur denkbaren Sorte von Gunpowder bis zu Lapsang Souchong besaß. Sie gestand ihre Unkenntnis ein und hatte das Gefühl, daß sie ihn enttäuschte.

«Das ist schade, sehr schade», sagte er. «Sie würden ihn fast so interessant finden wie Schnupftabak. Und für den interessieren Sie sich doch, nicht wahr? Sie haben Ihre eigene Mischung; ich habe den Topf bei Fribourg and Treyer stehen gesehen.»

Miss Taverner zog ihre Dose hervor. «Ich wollte, Sie erwiesen mir die Ehre, meine Sorte zu versuchen», sagte sie.

«Die Ehre ist ganz meinerseits», sagte Seine Lordschaft und verneigte sich. Er tauchte mit Finger und Daumen in ihre Dose und hielt mit halb geschlossenen Augen eine Prise an die Nase. «Spanish Bran – eine Spur Brazil – außerdem noch etwas, möglicherweise eine Spur Masulipatam.» Er wandte sich Worth zu. «Es erinnert mich an eine Mischung, die ich, glaube ich, bei dir daheim bekam, Julian.»

«Unmöglich», sagte Worth.

«Nun ja, vielleicht ist es nicht ganz genau dieselbe», räumte Lord Petersham ein und wandte sich wieder Miss Taverner zu. «Eine sehr zarte Mischung, Ma'am. Es ist leicht, an ihr die Hand und den untrüglichen Geschmack der Kennerin zu entdecken.»

Miss Taverner hatte die Liebenswürdigkeit, unter dem ironischen Blick ihres Vormunds rot zu werden.

Bald war es Zeit, hinaufzugehen und sich für das Diner umzukleiden. Bei Tisch wurde sie zwischen Lord Robert Manners und Mr. Pierrepoint gesetzt, nicht in die Nähe des Earls, und als er sich nach dem Diner mit seinem Gastgeber und einem vierten eingefleischten Whistspieler, den alle Chig nannten, dem Herzog von York anschloß, hatte sie an diesem Abend keine Gelegenheit mehr, mit ihm zu sprechen.

Sie war nicht die einzige Dame, die sich am nächsten Tag der Jagd anschloß, aber nur drei andere hatten genügend Energie oder Begeisterung, zu erscheinen, und keinesfalls hatten das alle Herren. Als sie zu einem zeitlichen Frühstück herunterkam, war sie etwas erstaunt, Mr. Brummell im Reitanzug zu sehen, und machte große Augen.

Er zog einen Stuhl für sie neben seinem hervor. «Ich weiß», sagte er verständnisvoll, «aber es sieht gut aus, und man braucht ja nicht über das zweite Feld hinauszureiten.»

«Nicht über das zweite Feld hinaus!» wiederholte sie. «Ja, werden Sie denn nicht weiterreiten, Mr. Brummell?»

«Nein, ich glaube nicht», antwortete er sehr ernst. «Bestimmt gibt es irgendwo ein Bauernhaus, wo ich etwas Brot und Käse bekomme, und Sie müssen wissen, es gibt nichts, das ich lieber hätte.»

«Brot und Käse statt Hetzjagd!» sagte sie. «Ich kann nicht gelten lassen, daß es da etwas zu wählen gäbe!»

«Ja, aber sehen Sie, wenn ich sehr weit ritte, würden doch meine Stulpen und das Lederzeug von all den schmierigen galoppierenden Bauern angespritzt», erwiderte er sanft.

Selbst ihre Vorliebe für ihn konnte Miss Taverner kein Lächeln über diese Rede entlocken. Sie sah vorwurfsvoll drein und sagte nur: «Ich bin überzeugt, das ist nicht Ihr Ernst.»

Sie sollte später entdecken, daß er ausnahmsweise einmal völlig aufrichtig gesprochen hatte. Er verließ die Jagd nach den ersten Feldern und ward nicht mehr gesehen. Sie machte darüber zu ihrem Vormund, der bei einem Halt neben ihr stehengeblieben war, mit starkem Mißfallen eine Bemerkung, aber er sah nur leicht überrascht drein und sagte, sich Brummell beschmutzt und zerzaust von einem langen Tag im Sattel vorzustellen, sei zu absurd, um in Betracht gezogen zu werden. Nach einiger Überlegung mußte sie zugeben, daß er recht hatte.

Mr. Brummell, den man beim Diner wiedertraf, war durchaus nicht verlegen. Er hatte in einem Bauernhaus einen vortrefflichen Käse entdeckt, von dessen Existenz er bisher nichts gewußt hatte, hatte sich an ihm gütlich getan, und nachdem er sich überzeugt hatte, daß kein Fleckchen Schmutz seine schneeweißen Stulpen besudelte, war er gemächlich nach Belvoir zurückgeritten, um mit seiner Gastgeberin einen Plan für die Gartengestaltung zu erörtern, der ihm in wachen Nachtstunden eingefallen war.

Nach dem Diner schloß sich Lord Worth nicht der Whistgesellschaft an, sondern zog sich mit einigen anderen in den Salon zurück und wurde sofort von Lady Jersey mit Beschlag belegt. An einem Ende des Salons war ein Casino-Rubber im Gange, aber nicht sehr ernsthaft, und die Kartenspieler hatten, als man sie fragte, nicht den geringsten Einwand gegen etwas Musik. Die Herzogin bat, man solle Miss Crewes Harfe holen, und Miss Crewe erklärte sich nach gebührender Zurschaustellung von Verschämtheit und einigem Zureden ihrer Mama einverstanden. Die Ehrenwerte Mrs. Crewe, mit Turban und majestätischem Gehabe, segelte auf Lady Jersey zu und informierte sie, ihrer Meinung nach würde Ihre Gnaden mit Charlottens Leistung zufrieden sein. «Eure Gnaden Mama, die liebe Lady Westmorland, empfahl mir den jetzigen Lehrer Charlottens», verkündete sie. «Das Ergebnis ist, wie ich zu glauben wage, äußerst glücklich. Sie hat es gelernt, sich Mühe zu geben, und hat im allgemeinen eine Fertigkeit an dem Instrument erworben – aber ich erwarte Ihr Urteil, und auch Ihres, Lord Worth. Auf Ihren Geschmack kann man sich bestimmt verlassen.»

Der Earl war aufgestanden, als sie herankam. Er verbeugte sich und sagte mit seiner ausdruckslosesten Stimme: «Sie schmeicheln, Ma'am.»

«O nein, das tue ich bestimmt nicht! Das liegt mir ganz und gar nicht; Sie werden nie entdecken, daß ich jemandes Eitelkeit schmeicheln würde, wie ich Ihnen versichern kann. Ich sage nur das, was ich denke. Charlotte ist versöhnlicher, glaube ich. Ich weiß nicht, ob man ein gutmütigeres, liebenswürdigeres Mädchen finden könnte: geradezu absurd!» Wieder verneigte sich der Earl, sagte jedoch nichts. Mrs. Crewe klopfte ihm mit ihrem Fächer auf den Ärmel. «Sie sollen mir sagen, was Sie von ihrer Leistung halten, aber ich bitte Sie sehr, das Kind nicht zu genau zu beobachten, denn es hat mich alle Mühe gekostet, sie überhaupt dazu zu bringen, in Ihrer Gegenwart zu spielen. Das törichte Mädchen hält so viel auf Ihre Meinung, daß es geradezu lächerlich ist. ‹Oh, Mama!› sagte sie zu mir, als wir hereinkamen, ‹sollte Musik gemacht werden, dann bitte ich dich, mich nicht zu drängen, daß ich spiele! Ich bin überzeugt, unter Lord Worths kritischen Augen kann ich es nicht!›»

«Ich verpflichte mich, Ma'am, meine Augen anderswohin zu richten», erwiderte der Earl.

«Oh, Unsinn, ich habe nicht die Absicht, dem Mädchen in einer solchen Torheit nachzugeben», sagte Mrs. Crewe. «‹Verlassen Sie sich darauf, meine Liebe›, sagte ich zu ihr, ‹Lord Worth wird mit Ihrem Spiel sehr zufrieden sein!›»

Mittlerweile war die Harfe gebracht worden, und Mrs. Crewe segelte zurück, um viel Aufhebens um ihre Tochter zu machen, Mr. Pierrepoint anzuweisen, einen Armleuchter näher zu rücken, und Lord Alvanley, einen passenderen Stuhl zu bringen.

Worth setzte sich wieder neben Lady Jersey nieder und warf ihr einen vielsagenden Blick zu. Ihre Augen tanzten. «Oh, mein lieber Julian, verstehst du? Du mußt dasitzen und die ganze Zeit Charlotte anblicken. Bösartig von mir, nicht wahr? Aber so ein abscheuliches, ehestiftendes Frauenzimmer! Ich bitte dich, halte ja nicht um Charlotte an! Wenn du es tust, werde ich dich nie wieder nach Osterley bitten, und du weißt, das wäre zu schlimm, da du doch einer meiner ältesten Freunde bist.»

«Ich kann dir bindend versprechen, daß ich es nicht tue», erwiderte der Earl.

Seine Augen waren zufällig dorthin geschweift, wo Miss Taverner, nicht zu weit entfernt, saß, und waren einen Augenblick dort verweilt. Miss Taverner sah ihn nicht an; sie unterhielt sich leise mit einer lebhaften Brünetten.

Lady Jersey war der Richtung des Blicks gefolgt und warf dem Earl einen schnellen, klugen Blick zu. «Mein lieber Worth, ich war immer deiner Meinung», sagte sie spitzbübisch. «Sie ist bezaubernd – wunderschön!»

Der Earl sah sie an. «Sei still, Sally: du störst Miss Crewe.»

Und wirklich strich Miss Crewe mit der Hand über die Saiten und war im Begriff, zu beginnen.

Mrs. Crewe, die Seine Lordschaft eifrig beobachtete, hatte das zweifelhafte Glück, zu sehen, daß er sein Versprechen hielt. Er warf der schönen Musikantin zwar einen flüchtigen Blick zu, sah sie dann aber nicht mehr an, sondern musterte statt dessen die berühmten rosa Perlen seiner Gefährtin. Zwar schloß er sich dem Beifall, der dem Lied galt, an, aber mit all seinem gewohnten Gleichmut. Miss Crewe wurde, allerdings nicht von ihm, gebeten, noch etwas zu singen, und gab nach etwas widerstrebendem Getue nach. Mylord Worth vergrub das Kinn in seiner Krawatte und blickte geistesabwesend vor sich hin.

Als das zweite Stück zu Ende war und Miss Crewe Dank und die entsprechenden Komplimente erhielt, beugte sich Lady Jersey impulsiv vor und sprach Miss Taverner an: «Miss Taverner, ich irre bestimmt nicht, wenn ich annehme, daß auch Sie spielen und singen?»

Judith sah auf. «Sehr mittelmäßig, Ma'am. Ich kann nicht Harfe spielen.»

«Aber Klavier! Sie würden uns allen damit bestimmt große Freude machen.»

Die Herzogin schloß sich sofort der Bitte Lady Jerseys an, Lord Alvanley ließ Miss Crewe im Stich, kam zu Miss Taverner herüber und sagte in seiner heiteren Art: «O bitte, singen Sie uns doch etwas vor, Miss Taverner! Wir glauben einfach nicht, daß Sie nicht singen, wirklich! Sind Sie uns denn nicht in allem voraus?»

Judith errötete und schüttelte den Kopf. «Nein wirklich, Sie bringen mich in Verlegenheit. Ich versichere Ihnen, mein Klavierspiel ist durchaus nichts Besonderes.»

Die Herzogin sagte freundlich: «Tun Sie ja nichts, was Sie nicht gern täten, Miss Taverner. Ich glaube jedoch, Ihnen versichern zu können, daß wir Ihnen alle mit großem Vergnügen zuhören werden.»

«Worth», sagte Alvanley, «wende deine Autorität an, mein lieber Junge! Du kannst ja befehlen, wo wir nur flehen dürfen!»

«Nun, das nenne ich ja allerhand!» rief Mrs. Crewe aus, keinesfalls erfreut über die Wendung der Dinge. «Es ist doch seltsam, Sie um einen musikalischen Genuß flehen zu hören, Lord Alvanley. Ich bin überzeugt, Sie würden lieber am Kartentisch sitzen.»

«Aber, aber, Ma'am», sagte Alvanley leichthin, «Sie stellen mich ja schön hin.»

«Nun, von der Seite kenne ich Sie nicht – daß Sie je dem Whisttisch ferngeblieben wären.»

«Sie werden mir noch das Gefühl geben, daß Sie mich gern los wären», sagte er. «Wenn Sie mir sagen können, ob es eine Chance gibt, daß die Zehn Verlorenen Stämme Israels wiederentdeckt werden, dann verspreche ich, gehe ich und spiele Whist, sowie ich Miss Taverner gehört habe.»

«Was in aller Welt meinen Sie damit? Sie sind doch ein seltsamer Mensch, behaupte ich!»

«Nun, Ma'am, ich meine damit nur, daß ich die beiden bekannten Stämme schon erschöpft und meine Zwangseinziehung für das kommende Jahr herausgefordert habe. Worth, du sagst nichts! So zwinge doch Miss Taverner!»

Judith hatte sich wieder gefaßt und stand auf. «Das ist wirklich nicht nötig! Sie stellen mich als sehr unliebenswürdig hin, Sir, und ich fürchte, Sie werden nach der Vortrefflichkeit Miss Crewes von meiner Leistung enttäuscht sein.»

Lord Worth stand auf, ging zum Klavier und öffnete es für sie. Als Alvanley sie hingeleitete, sagte er leise: «Haben Sie Noten? Darf ich sie für Sie holen?»

Sie schüttelte den Kopf. «Ich habe keine mitgebracht. Ich muß auswendig spielen und bitte Sie alle, meine Mängel zu entschuldigen.»

«Ein sehr ungeziertes Mädchen mit einem reizenden Benehmen», flüsterte die Herzogin von Dorset ihrer Gastgeberin zu. «Hast du achtzig- oder neunzigtausend Pfund gesagt, meine Liebe?»

Miss Taverner setzte sich auf dem Klavierhocker zurecht und legte die Hände auf die Tasten. Der Earl setzte sich in einen Sessel neben dem Instrument und heftete seinen Blick auf ihr Gesicht.

Sie sang eine einfache Ballade; ihre Stimme war zwar nicht kräftig, aber süß und gut geschult. Sie begleitete sich recht gut und sah so wunderschön aus, daß es kein Wunder war, wenn ihre Darbietung mit verschwenderischem Beifall bedacht wurde. Man bat sie, noch etwas zu singen, und beschuldigte sie, ihr Licht unter den Scheffel zu stellen. Sie errötete, schüttelte den Kopf, sang eine zweite Ballade und stand dann entschlossen vom Klavier auf.

«Wenn Sie den Vorteil guter Lehrer gehabt hätte, würde sie ganz erträglich singen», sagte Mrs. Crewe halblaut zu Lady Jersey. «Schade, daß sie sich so wichtig nimmt. Aber so ist das ja immer bei diesen hochaufgeschossenen, überdurchschnittlich großen Frauenzimmern!»

Miss Taverner war von dem Klavier zum Erker gegangen. Der Earl folgte ihr und setzte sich neben sie. «Ihre Fertigkeiten nehmen kein Ende», bemerkte er.

«Bitte, seien Sie nicht albern!» erwiderte Miss Taverner. «Sie zumindest sind doch einigermaßen vernünftig, und so zu reden, als sei meine Singerei irgendwie überdurchschnittlich, ist sehr töricht!»

«Mir hat sie Vergnügen bereitet», antwortete er milde. «Möchten Sie lieber hören, wenn ich Ihnen sagte, daß Sie keine große Stimme haben und nicht besonders viel können?»

Sie lächelte. «Es wäre die Wahrheit und mehr, als ich allmählich von Ihnen zu hören gewöhnt bin – aber ich wollte nicht grob sein.»

«Sie sind freigesprochen», sagte er ernst. «Sagen Sie mir, sind Sie gern hier? Genießen Sie Ihren Besuch?»

«Ja, sehr. Alle sind so freundlich, als kennte ich sie schon mein ganzes Leben. Ich wollte, Perry wäre hier. Er ist bei den Fairfords.» Sie lachte kurz auf. «Seine Zuneigung zu Miss Fairford scheint sich nicht zu legen. Die Sache gefiel mir durchaus nicht, als er um sie anhielt, aber langsam glaube ich, daß sie ihm sehr gut tun wird. Sie ist ein seltsames Geschöpfchen, so jung und schüchtern, und dennoch besitzt sie sehr viel gesunden Menschenverstand. Sie hat Perry bereits so weit, daß er auf sie hört, was mir nie gelungen ist.»

«Wie lange will Peregrine im Hertfordshire bleiben?» erkundigte sich der Earl.

«Ich weiß es nicht ganz sicher. Bestimmt eine Woche, aber ich nehme an, länger.»

Er nickte. «Nun, falls er es nicht zustande bringt, sich auf der Jagd das Genick zu brechen, dürfte ihm dort nicht viel zustoßen.»

«Das wird er nicht tun; er reitet sehr gut, besser, als er kutschiert.» Sie sah ihn unentschlossen an und klappte ein-, zweimal ihren Fächer auf und zu. «Ich habe schon einmal mit Ihnen über Perry gesprochen, Lord Worth.»

«Ja.»

«Ich bin jetzt nicht weniger besorgt. Er muß gefestigt werden. Wenn es Ihnen nicht gelingt – wollen Sie nicht jemandem anderen das Recht dazu geben?»

«Wem, zum Beispiel?» fragte Seine Lordschaft.

«Miss Fairford», antwortete sie ernst.

«Ich hatte den Eindruck, daß ich es ihr schon gegeben habe.»

«Wenn Sie doch einem früheren Zeitpunkt der Hochzeit zustimmten!» sagte sie schmeichelnd. «Ich glaube wirklich, Perrys Zuneigung sitzt tief. Er wird seine Gefühle nicht ändern.»

Er schüttelte den Kopf. «Nein, Miss Taverner. Das werde ich nicht tun. Ich kann mir nicht vorstellen, was mich überkommen hat, die Verlobung überhaupt gutzuheißen.»

Sie war etwas erschrocken und drehte sich in ihrem Sessel herum, um ihn voller ansehen zu können. «Warum denn nicht? Was bedeutet diese Sinnesänderung?»

Er erwiderte ihren Blick nachdenklich, aber nach einer kleinen Pause sagte er: «Er ist zu jung.»

Sie spürte, daß er ihr nicht den wahren Grund sagte, und ärgerte sich, versuchte jedoch, es sich nicht anmerken zu lassen. «Vielleicht ist er wirklich zu jung; ich leugne nicht, daß ich zuerst auch der Meinung war. Jetzt aber habe ich das Gefühl, daß die Ehe gerade das Richtige für ihn wäre. Miss Fairford mag London nicht, und ich glaube, sie will den Großteil des Jahres im Yorkshire leben. Und für Perry wäre es schließlich das Beste. In London gerät er in gefährliche Klemmen. Erst unlängst –» Sie schwieg, sah etwas verwirrt drein und sagte nach einem Augenblick: «Nun, es ist nichts. Es ist ja jetzt vorbei, und ich hätte nichts sagen sollen. Aber – ich war etwas in Sorge um ihn.»

«Sie meinen vermutlich das Duell, das nicht stattfand», sagte der Earl.

Sie sah schnell auf. «Sie wußten davon?»

«Meine liebe Miss Taverner, wenn eine Forderung im Cock-Pit ergeht, dann ist es kein Wunder, wenn das Duell kein Geheimnis bleibt.»

«Im Cock-Pit! Das habe ich nicht gewußt! Wenn Sie ahnten, wie ich den Hahnenkampf und alles, wozu er führt, verabscheue! Ich mußte auf dem Gut meines Vaters bis zu hundert Hähne herumstolzieren sehen und wußte, daß sowohl er wie Perry – aber das gehört nicht hierher. Ich verstehe jetzt allmählich, wie es zustande kam. Wenn sich nicht jemand eingeschaltet hätte, der sich als unser großer Freund erwiesen hat, wäre Perry heute vielleicht nicht mehr am Leben.»

Der Earl wandte ihr einen eigenartig durchdringenden Blick zu. «Bitte, fahren Sie fort, Miss Taverner. Wer war diese gutgesinnte Persönlichkeit?»

«Mein Vetter, Mr. Bernard Taverner», antwortete sie.

Er hob sein Monokel. «Ihr Vetter. Sind Sie sicher, daß er es war, der eingeschritten ist?»

«Aber natürlich», sagte sie ziemlich überrascht. «Perry hat sich ihm zu einem gewissen Grad anvertraut. Perry hat es ihm nachher vorgeworfen, und er konnte es nicht leugnen. Es ist nur einer der Fälle seiner Rücksicht, seiner Achtung uns gegenüber.»

Der Earl hielt das Einglas noch immer hoch. «Dieser Herr dürfte ziemlich viel Vertrauen bei Ihnen genießen.»

«Ich wüßte keinen Grund, warum nicht», sagte Judith etwas steif. «Ich halte ihn unseres Vertrauens für würdig. Er ist nicht nur unser Vetter, sondern unser aufrichtigster Freund.»

Er senkte das Einglas. «Er hat Glück, daß er sich Ihre gute Meinung so leicht verdient hat», sagte er. «Ob er wohl zu einer frühen Ehe für Peregrine rät?»

«Das hat er mir nicht gesagt», erwiderte Judith.

«Er wird es zweifellos tun», sagte Seine Lordschaft. «Wenn er es tut, können Sie ihm sagen, daß ich nicht die geringste Absicht habe, Peregrine bald heiraten zu lassen.»

Er stand auf, sie hielt ihn jedoch zurück. «Ich weiß nicht, warum Sie diesen Ton anschlagen, Lord Worth, noch warum Sie, nachdem Sie Ihre Zustimmung zu Perrys Heirat im nächsten Jahr versprochen haben, plötzlich Ihren Sinn ändern.»

«Oh», sagte der Earl mit einem sarkastischen Lächeln, «nehmen Sie an, daß ich eine viel zu strenge Auffassung von meiner Pflicht habe, um meinem Mündel zu erlauben, sich schon so jung endgültig zu binden.»

«Diese Antwort ist nicht die Wahrheit», sagte sie. «Aus irgendeinem Grund paßt es Ihnen nicht, Perry verheiratet zu sehen. Ich wollte, ich erführe, was für ein Grund das ist.»

«Ich fürchte», erwiderte der Earl, «im Augenblick kann ich mich seiner nicht entsinnen.»

Er ließ sie ziemlich fassungslos zurück. Sie war schon im großen und ganzen bereit gewesen, sich einzugestehen, daß sie sich in ihm geirrt hatte, und gerade jetzt, da sie sich etwas für ihn erwärmt hatte, machte er sie wieder zornig. Sie sah ihm trotzig nach, bis Mr. Pierrepoint sie wieder zu sich brachte, als er mit der Frage herbeikam, ob sie sich einem Lotteriespiel im Nebenzimmer anschließen wolle.

Sie ging sofort mit und erblickte den Earl erst wieder, als sie, wie die übrigen Damen, zu Bett ging. Er stand mit einigen anderen Herren in der Halle und reichte ihr ihre Kerze. Als sie sie mit niedergeschlagenen Augen und einem sehr nüchternen Ausdruck entgegennahm, umfaßte er leicht ihr Handgelenk und sagte ruhig: «Mögen Sie mich jetzt genauso wenig wie immer? Das ist schade. Versuchen Sie, sich von Ihrem Vorurteil nicht zu einem Mißtrauen gegen mich verführen zu lassen. Das ist unnötig.» Er machte eine Pause. «Sehen Sie mich an!»

Sie hob die Augen. Er lächelte leicht. «Gehorsames Mädchen! Es wäre nicht übel, wenn Sie so viel Vertrauen in meine Rechtschaffenheit setzten wie in die Ihres Vetters.»

«Ich mißtraue Ihnen nicht», antwortete sie leise. «Wir werden auffallen. Bitte, lassen Sie mich los, Lord Worth!»

Er ließ sie los. «Eines der Vorrechte eines Vormundes ist es, daß man ihn mit seinem Mündel sprechen sehen kann, ohne daß Bemerkungen darüber gemacht werden», sagte er. «Ich kann Ihnen versichern, er hat deren nicht viele.»

Sie legte die Hand auf das Treppengeländer, bereit, Lady Jersey zu folgen, und sah etwas schalkhaft drein. «Ist Ihre Stellung als mein Vormund so mühsam, Sir?»

«Es ist eine verdammte Stellung», sagte er mit Bedacht und wandte sich ab. Sie sah ihm mit großen Augen nach.

13

Peregrines Aufenthalt im Hertfordshire verlängerte sich, nicht ganz zur Überasschung Miss Taverners, über die ursprünglich beabsichtigte Woche auf zwei und dann auf drei Wochen. Sie wurde von ihm brieflich viermal verständigt, ihn zu erwarten, nur um am nächsten Tag ein hastiges Gekritzel zu erhalten, in dem er seine Rückkehr noch etwas verschob, und sie bemerkte humorvoll ihrem Vetter gegenüber, daß der Anblick des Scharlachrockes und der Kappe mit der Kokarde des Briefträgers in der Brook Street allmählich nichts anderes als einen weiteren Aufschub bedeutete. «Aber ewig kann es nicht so weitergehen», sagte sie zwinkernd. «Sir Geoffrey muß es endlich müde werden, Perrys Briefe an mich freizumachen, und dann können wir erwarten, ihn wieder in London zu sehen.»

Inzwischen jedoch waren Miss Taverners Tage weiterhin so voll besetzt, daß sie wenig Muße hatte, ihren Bruder zu vermissen. Sie erhielt zwei weitere Heiratsanträge, die sie beide höflich ablehnte; saß über ernste Bitten ihres Vetters Hoppner zu einem Porträt und ging zweimal in Begleitung ihres Vormunds ins Theater. Er sagte bei beiden Gelegenheiten nichts, das sie geärgert hätte, sondern sprach im Gegenteil wie ein vernünftiger Mann und kümmerte sich so routiniert um ihr Behagen, daß er ihr ganz sympathisch war und sie ihm aufrichtig für zwei angenehme Abende danken konnte.

«Sie haben mir für nichts zu danken», erwiderte er. «Glauben Sie nicht, daß ich sehr viel Vergnügen an Ihrer Gesellschaft hatte?»

Sie lächelte. «Ich bin nicht gewöhnt, Sie so nette Dinge sagen zu hören, Lord Worth.»

«Nein, und ich bin ebenfalls nicht gewöhnt, mein Mündel so liebenswürdig zu erleben», erwiderte er.

Sie hob mahnend den Finger. «Erinnern wir uns nicht vergangener Meinungsverschiedenheiten, bitte! Ich bin entschlossen, nicht mit Ihnen zu streiten; es ist nutzlos, mich reizen zu wollen.»

Er sah belustigt drein. «Für immer, Miss Taverner?»

«Oh, was das betrifft, kann man das wirklich nicht wissen! Heute abend bin ich Ihr Gast und muß Ihnen etwas ungewöhnliche Höflichkeit gewähren. Morgen kann ich Sie vielleicht schon wieder mit reinem Gewissen schelten.»

«Nein wirklich, haben Sie das vor? Haben Sie etwa wieder einen Heiratsantrag erhalten, den ich ablehnen muß, ohne Sie zu fragen?»

Sie schüttelte den Kopf. «Ich halte es für geschmacklos von einem Frauenzimmer, über Heiratsanträge, die ihr gemacht werden, zu sprechen», sagte sie kurz.

«Ihre Ansicht macht Ihnen Ehre; aber Sie können sich mir mit völligem Anstand anvertrauen. Ich vermute, daß Sie mehrere erhalten haben. Warum sehen Sie so ernst drein?»

Sie hob die Augen zu ihm auf und entdeckte, daß er sie mit einem weichen Ausdruck beobachtete, den sie fast für Mitgefühl hätte halten können, wäre sie nicht überzeugt gewesen, daß ihm ein so sanftes Gefühl unbekannt war. Sie sagte niedergeschlagen: «Ganz richtig. Ich habe zahlreiche Anträge erhalten, aber es ist nichts Rühmenswertes daran, denn ich bin überzeugt, besäße ich kein großes Vermögen, wäre mir nicht einer von ihnen gemacht worden.»

Er erwiderte kühl: «Keiner, vermutlich.»

In seiner Stimme jedenfalls war keine Spur von Mitgefühl. Wenn ihre Stimmung einer Stütze bedurfte, dann war dieser sachliche Ton nicht schlecht. Sie mußte lächeln, obwohl sie mit einem leisen Seufzer sagte: «Ein betrüblicher Gedanke.»

«Da kann ich Ihnen nicht zustimmen. Da Sie in eine so schöne Unabhängigkeit hineingeboren wurden, ist es nur folgerichtig, daß Sie die gesuchteste junge Frau in London sind.»

«Ja», sagte sie ziemlich traurig, «aber um ihres Vermögens willen eine gesuchte Frau zu sein, ist kein großes Kompliment. Sie lachen mich aus, aber in dieser Hinsicht halte ich meine Lage für höchst unbehaglich.»

«Verlassen Sie sich darauf, daß Ihr Vermögen einen anständigen Mann nicht abschrecken wird.»

«Aber sicher nicht – das zu tun ist ja Ihre Sache», sagte sie scherzend.

Er lächelte. «Das gebe ich nicht zu. Ich habe Mitgiftjäger verscheucht, und Sie sollten mir dankbar dafür sein.»

«Vielleicht bin ich es? Aber ich weiß wirklich beim besten Willen nicht, warum Sie, nachdem Sie meiner Verheiratung nicht zustimmen, solange ich Ihr Mündel bin, keinen Einwand gegen Perrys Verlobung erhoben haben.»

«Miss Fairford scheint ein untadeliges Mädchen zu sein. Ich wiege mich in der Hoffnung, daß sie mich, sollte ich Peregrine je gestatten, sie zu heiraten, wenigstens einiger meiner Verantwortungen entheben wird.»

«Sie sollten daran denken, daß mein Gatte sie Ihnen alle abnehmen würde», sagte sie.

Mittlerweile hatte die Kutsche in der Brook Street angehalten; als der Schlag geöffnet wurde, sagte der Earl: «Sie irren. Ich habe nicht den Wunsch, aller enthoben zu werden.»

Es war ein Glück, daß das Herunterhelfen beim Aussteigen Judith der Notwendigkeit einer Antwort enthob. Sie hatte keine bereit. Die Worte ihres Vormunds sprachen für einen Versuch, galant zu sein, dennoch war sein Verhalten so weit davon entfernt, das eines Liebenden zu sein, daß sie nicht wußte, wie sie ihn verstehen sollte. Sie stieg also aus und bemerkte dabei nur, jetzt scheine es sicher zu sein, daß Peregrine am nächsten Tag wieder in London sein würde. Der Lord hatte anscheinend nichts dagegen, daß das Thema gewechselt wurde. «Wirklich? Sie fürchten keinen weiteren Aufschub?»

«Nein, ich glaube, wir können sicher sein, ihn diesmal zu sehen. Eines der Kinder, das Jüngste von Lady Fairford, hat Halsentzündung, und sie fürchtet, daß es ansteckend sein könnte. Perry muß heimkommen.»

«Um wieviel Uhr erwarten Sie ihn?»

«Ich weiß die Zeit nicht, aber ich nehme nicht an, daß er spät kommt.»

Der Lakai hielt die Haustür offen. Der Earl sagte: «Sehr gut; ich freue mich um Ihretwillen. Gute Nacht, mein Mündel.»

«Gute Nacht, mein Vormund», sagte Miss Taverner und reichte ihm die Hand.

Peregrine kam mitten am Nachmittag in London an und sprühte vor Gesundheit und guter Laune. Er hatte eine großartige Zeit verlebt, es hatte ihm leid getan, daß er wegfahren mußte; es gab ja doch nichts Schöneres, als auf dem Land zu leben. Er und Tom Fairford hatten die Reise in fabelhafter Zeit zurückgelegt, obwohl nicht ohne Abenteuer. Judith müsse sich erinnern, daß er statt mit der Post in seinem eigenen Karriol ins Hertfordshire gefahren war. Nun, wie sie sich denken konnte, war er auch ebenso wieder heimgefahren und hatte gewettet, daß er London vor Tom Fairford erreichen würde, der ebenfalls ein vierspänniges Karriol fuhr.

«Ich habe meine Braunen kutschiert, weißt ja. Tom hatte ein Gespann Grauer – auffallend, aber ein bißchen nach der derben Seite hin: schwere Biester, vermutlich sehr gut zum Bergauffahren, aber nicht mit meinen Braunen zu vergleichen. Ich war ihm bald voraus, weil ich die Hatfield-Straße einschlug, da das Haus der Fairfords, wie ich dir schon gesagt haben dürfte, ziemlich weit östlich von St. Albans liegt. Auf der Hinfahrt nahm ich die Straße durch Edgware und Elstree, entdeckte aber, daß sie nicht in gutem Zustand ist.»

«Nein», stimmte ihm die Schwester geduldig zu. «Du hast mir schon geschrieben, daß du beschlossen hattest, über Great North Road zurückzufahren. Ich erinnere mich, daß Vetter Bernard überrascht war, weil er meinte, der andere Weg sei direkter.»

«O ja, möglich, aber eine schlechte Straße – keine Möglichkeit, die Pferde auf ihr ausgreifen zu lassen. Worth hat es mir gesagt und riet mir gleich von Anfang an zur North Road, aber ich meinte, ich wollte lieber die andere versuchen. Nun, das ist ja egal. Wir fuhren ein heißes Rennen nach Hatfield und kamen am Bell Bar auf gleiche Höhe, weil der Mensch am Schlagbaum anscheinend taub war und mich gute drei Minuten warten ließ, bevor er das Tor öffnete. Es kann aber auch dieser neue Groom schuld dran sein, den ich mithatte. Er trägt zwar das Horn, wie du weißt, hat aber keine Ahnung, wie er es blasen soll – hat mich rasend ungeduldig gemacht. Ich vermute, daß es der Zollwärter zuerst gar nicht gehört hat. Also holte mich Tom dort ein, und wir hatten ein fabelhaftes Rennen nach Barnet. Seine Mähren keuchten inzwischen schon, und er wechselte sie beim ‹Grünen Mann›, die meinen waren ein Stück weiter wieder zu Atem gekommen, ich drückte durch bis Whetstone, ließ ein frisches Gespann anschirren – kleine Schnellgänger, großartig für eine flache Strecke – und war auf und davon, bevor noch Tom in Sicht kam. Na, wie du dich erinnern wirst, Ju, kommt man hinter Whetstone ans Finchley Common. Du erinnerst dich, daß wir, als wir Turpin's Eiche sahen, uns fragten, ob uns wohl Straßenräuber überfallen würden. Damals gab's freilich kein Zeichen von Straßenräubern weit und breit, aber ob du's glaubst oder nicht, heute wurde ich überfallen!»

«Guter Gott!» rief Judith aus. «Du bist tatsächlich beraubt worden?»

«Nichts dergleichen. Ich erzähl dir's gleich. Ich bin noch nicht weit durch den Common gefahren – hatte noch nicht einmal Tally Ho Corner erreicht –, als ich, von einigen Bäumen vor mir halb versteckt, einen Reiter erblicke. Ich fahre in einem flotten Tempo, wie du dir denken kannst – nichts auf der Straße außer einer Postkutsche, der wir vor einer halben Meile begegnet waren –, und ich denke mir nichts bei diesem Reiter, bemerke ihn kaum. Stell dir mein Erstaunen vor, als eine Kugel an meinem Kopf vorbeipfeift! Ich glaube, er hätte mich erledigt, nur daß mein Neuer, der den Schuft zufällig erblickte, als er gerade auf mich anlegte, mich fast von meinem Sitz herunterschlug. Daher ging die Kugel vorbei, und das war's. Hinkson riß an den Zügeln, und eines der Leitpferde geriet mit dem Bein über den Zugriemen. Ich glaubte schon, wir würden jeden Augenblick umschmeißen. Ich brauche dir nicht zu erzählen, daß ich nicht lange brauchte, um meine Pistole aus dem Halfter zu reißen, aber ich hatte kein Glück; konnte unseren Mann wegen der Bäume nicht gut sehen. Ich schoß aufs Geratewohl und verfehlte ihn. Hinkson drückte mir die Zügel in die Hand, und gerade als unser Mann aus dem Dickicht kommt – was tut dieser Hinkson, als eine Pistole aus der Tasche reißen und sie abfeuern! Hast du schon je einmal von einem Groom gehört, der Pistolen bei sich trägt? Aber so war's. Er schoß, und der Kerl läßt einen Quietscher los, faßt sich an den rechten Arm und läßt seine Knarre fallen. Inzwischen hatte ich unsere zweite Pistole herausgezogen, aber ich brauchte sie nicht mehr zu benützen. Der Schuft machte sich aus dem Staub, so schnell ihn sein Roß nur tragen konnte, und als Tom wiederauftauchte, war er bald danach tat, hatten wir die Leitpferde entwirrt und waren bereit, weiterzufahren.»

«Gnädiger Himmel!» rief Mrs. Scattergood. «Du hättest tot sein können!»

«Na ja, ich vermute kaum. Ich nehme an, der Spitzbube schoß nur, um uns zu erschrecken, obwohl der Schuß verteufelt knapp vorbeiging. Hätte er mich beraubt, dann hätte er Pech gehabt, denn ich hatte bloß ein paar Guineen in der Börse. Ju, du siehst ja ganz blaß aus! Dummes Mädel, es war doch nichts! Gerade nur ein Zusammenstoß!»

«Ja», sagte sie schwach. «Gerade nur ein Zusammenstoß. Dennoch, daß man auf dich schoß, die Kugel fast traf und der Mann nachher noch heranritt, wie um sein Werk zu vollenden – das entsetzt mich, muß ich gestehen! Du bist in Sicherheit und unverletzt, und das muß mir genügen – sollte mir genügen, tut es aber nicht.»

Er legte den Arm um sie. «Das ist nichts als eine Nervenüberreizung, Ju! Es sieht dir gar nicht ähnlich, wegen so einer geringfügigen Ursache zu zittern. Du grübelst zuviel darüber nach. Zehn zu eins gewettet, daß der Kerl nicht daran dachte, mich zu verletzen!»

«Vermutlich nicht. Vielleicht grüble ich wirklich zuviel darüber nach; ich gestehe, es hat mich stark erschüttert. Die Gefahr, die du erst unlängst durchgemacht hast, und jetzt das! Aber ich habe eine wilde Phantasie; das brauchst du mir nicht erst zu sagen.»

«Oh, wenn du an das Duell erinnerst, will ich nichts mehr davon hören!» sagte er ungeduldig. «Zwischen beidem kann keine Verbindung bestehen.»

Sie stimmte ihm zu und schwieg dann. Sowie er seine Geschichte erzählt hatte, wünschte er nicht mehr weiter darüber zu sprechen, und was für vage Befürchtungen sie noch hegen mochte, behielt sie für sich. Er begann von der Jagd zu erzählen, die er genossen hatte, von der Gesellschaft, die man im Hertfordshire traf, der Abendunterhaltung, die sie besucht hatten, und einem Dutzend anderer Begebenheiten seines Besuchs. Sie hatte Zeit, sich wieder zu fassen, und als Peregrine nichts mehr zu erzählen hatte, war sie bereit, von ihren Zerstreuungen in der Zeit zu berichten, in der sie einander nicht gesehen hatten. Belvoir mußte beschrieben, Worths ungewöhnlich sanftes Verhalten erwähnt und schließlich die Aufmerksamkeit des Herzogs von Clarence belacht werden.

Diese waren äußerst betont geworden. Von ihrem ersten Zusammentreffen an hatte der Herzog keine Gelegenheit vorübergehen lassen, sein Interesse an Judith zu heften. Sie konnte nicht mehr an seinen Absichten zweifeln. Wenn sie im Park fuhr, konnte sie sich ziemlich sicher darauf verlassen, daß sie ihm begegnete und gezwungen war, ihn in ihrem Phaeton aufzunehmen; wenn sie ins Theater ging, bestand die Chance, daß auch er da war und seinen Weg zu ihrer Loge finden würde; wenn ein Blumensträußchen, eine Bonbonniere mit Zuckerpflaumen oder irgendeine hübsche Kleinigkeit als Schmuck ihres Salons im Haus abgeliefert wurde, lag fast sicher eine Karte dabei. Er besuchte sie ständig in der Brook Street und unterbreitete ihr so viele Pläne zu ihrer Unterhaltung, sogar einschließlich einer Einladung zu einer Gesellschaft in seinem Haus in Bushey zu Weihnachten, daß sie nicht wußte, wie sie ihn entmutigen sollte, ohne unhöflich zu erscheinen.

Peregrine hielt das alles für einen guten Witz, und die Vorstellung, daß ein Prinz seiner Schwester den Hof machte, reizte ihn zu Gelächter, wann immer es ihm zufällig einfiel.

«Gräßlicher Junge!» sagte Judith und versuchte, rügend dreinzusehen. «Bitte sehr, warum sollte er nicht? Ich hoffe, ich bin genauso achtbar wie Miss Tylney Lond, und ich halte es für eine Tatsache, daß ihr der Herzog mehrmals einen Heiratsantrag gemacht hat.»

«Was – der Taschenvenus?» rief Peregrine aus. «Das wußte ich nicht! Ich dachte, Wellesley Poole äuge in ihre Richtung.»

«Sehr gut möglich», sagte Judith und sah verächtlich drein. «Ich sollte wahrscheinlich geschmeichelt sein, daß er zuerst in meine Richtung äugte, wie? Manchmal, Perry, könnte ich mir wünschen, daß man mir nur einen netten Wohlstand und nicht ein Vermögen vererbt hätte.»

«Blödsinn!» erwiderte Perry. «Laß dir gesagt sein, das gefiele dir gar nicht. Und was diese Vorstellung betrifft, daß Clarence, die Teerjacke, dir einen Heiratsantrag macht – pah, ich wette zehn zu eins, er tut's nicht!»

«Wird er auch nicht, wenn ich ihn nur irgendwie daran hindern kann!» sagte Judith entschieden.

Das lag jedoch nicht in ihrer Macht, wie sich herausstellte. Weder kühles Benehmen noch direkte Abfuhren machten dem Herzog den geringsten Eindruck, und nachdem er entschieden hatte, daß er in Miss Taverner eine passende Partnerin gefunden hatte, verlor er keine Zeit, sich ihr zu erklären.

Der Augenblick, den er wählte, war für ihn günstig, da Judith gerade Briefe im Salon schrieb, als er vorsprach, und Mrs. Scattergood ausgefahren war, um irgendeinen Satin für eine neue Kappe zu kaufen. Er trug einen straff gebundenen Blumenstrauß, als er ins Zimmer geführt wurde, und nachdem er Miss Taverner herzlich die Hand gedrückt hatte, drängte er ihr seinen Strauß auf und bemerkte befriedigt: «Ich sehe, Sie sind allein. Also, das ist genau das, was ich mir erhofft habe! Wie geht's? Aber ich brauch nicht zu fragen. So blühend gesund! Sie sehen doch immer prächtig aus!»

Judith nahm den Strauß mit einem Dankeswort entgegen, wußte kaum, was sie darauf erwidern sollte, und konnte ihn nur bitten, Platz zu nehmen. Er machte ihr eine sehr galante Verbeugung, wies mit einer Geste auf das Sofa, und sie setzte sich mit einem etwas hilflosen Gefühl in eine Ecke. Er nahm neben ihr Platz, heftete seine hellblauen Augen auf sie und sagte jovial: «Das ist tatsächlich etwas Seltenes, sich *tête-à-tête* mit Ihnen zu befinden! Sie wissen, daß wir noch nicht fest abgemacht haben, ob Sie Weihnachten in Bushey verbringen werden. Also los, Sie werden doch nicht so unfreundlich sein, mir abzusagen! Wir werden eine gemütliche Gesellschaft beisammen haben. Ich wette, Bushey gefällt Ihnen äußerst gut. Jedem gefällt's! Es ist eine nette kleine Kiste, kann ich Ihnen sagen. Früher hatte ich ein Haus in Richmond, aber aus dem einen oder anderen Grund habe ich es aufgegeben, und als sie mich zum Aufseher von Bushey Park machten, übersiedelte ich dorthin. Es behagt mir sehr. An der Themse liegt mir nicht sehr viel – Ihnen?»

«Vielleicht ist es an ihren Ufern etwas zu feucht zum Wohnen», sagte Judith, froh, daß sie von dem Thema Weihnachten loskam. «Ich muß jedoch gestehen, ich habe entschieden eine Vorliebe für sie.»

«Na, ich für mein Teil seh nicht ein, was so viel an der Themse dran ist», sagte der Herzog. «Ihr seid alle hingerissen von ihr, aber ich hab sie ziemlich satt. Da fließt und fließt und fließt sie hin, immer dasselbe!»

Judith mußte ein Lächeln verbergen. Bevor ihr eine passende Erwiderung einfiel, war er schon wieder im Zug. «Aber ich bin schließlich nicht gekommen, um über die Themse zu reden. Weihnachten! Also, was sagen Sie dazu?»

«Ich bin Ihnen sehr dankbar, Sir – so sehr geehrt, wirklich, wie ich es gar nicht verdiene –, aber es darf nicht sein.»

«Dankbar – geehrt! Pah, pah, mir gegenüber doch keine hochtrabenden Phrasen – ich bitte Sie! Sie sollten schon wissen, daß ich ein einfacher Mensch bin, nie etwas auf Förmlichkeit gebe, es alles für baren Unsinn halte! Warum sollten Sie nicht kommen? Wenn Sie glauben, daß es nicht ganz die Gesellschaft wäre, wie sie Ihnen gefiele, dann verpflichte ich mich, daß sie es werden wird. Sie können befehlen, wen Sie dort haben wollen, können die Gästeliste durchsehen und alles so haben, wie Sie es wünschen.»

«Danke, danke, aber Sie mißverstehen mich, Sir! Bedenken Sie doch bitte, wie eigenartig es aussähe, wenn ich mich Ihrer Gesellschaft anschlösse! Das könnten weder Sie noch ich wünschen.»

«Na, da haben Sie aber total unrecht», sagte der Herzog rundheraus. «Gerade das gefiele mir am allermeisten. Für meinen Geschmack kann es gar nicht eigenartig genug aussehen.» Er neigte sich zu ihr und ergriff ihre Hände. «Meine liebe, liebe Miss Taverner, Sie können sich doch nicht im unklaren über meine Gefühle sein! Sie werden von mir keine hübsch gedrechselten Phrasen erwarten; Sie wissen, wie das bei mir ist: ich bin nur ein Seemann und sage, was ich mir denke. Aber ich hege die tiefste Zuneigung zu Ihnen – verdammich, ich bin Hals über Kopf in Sie verliebt, meine liebe Miss Taverner, und es ist mir egal, wer es hört!»

Er hatte ihre Hände so fest gepackt, daß sie sich nicht rühren konnte. Sie konnte nur den Kopf abwenden und sehr verwirrt sagen: «Bitte, sprechen Sie nicht weiter! Sie tun mir zuviel Ehre an! Wirklich, es tut mir leid, Ihnen Schmerz zufügen zu müssen, aber es ist unmöglich.»

«Unmöglich! Wieso? Ich sehe nichts Unmögliches dran. Ah, Sie denken vermutlich, ich sei ein zu alter Bursche, um Ihnen einen Antrag zu machen, aber wissen Sie, ich bin von meiner ganzen Familie der Gesündeste. Sie werden sehen, wie ich sie alle miteinander überlebe. War es das, woran Sie gedacht haben?»

Wieder versuchte sie, sich loszumachen. «Nein wirklich, wie hätte ich nur? Sicher wünsche ich es Ihnen, aber es kann nichts mit mir zu tun haben. Nicht Ihr höheres Alter ist der Grund, aus dem ich mich gezwungen sehe, Ihren Antrag abzulehnen, sondern unsere verschiedene Stellung im Leben, meine eigenen Gefühle – ich bitte Sie, sprechen wir nie mehr davon!»

Ein Gedanke dämmerte ihm auf; seine ziemlich vorstehenden blauen Augen glitzerten vor Verständnis. «Ich verstehe!» sagte er in seiner hastigen Art. «Ich bin ein ungeschickter Kerl, ich habe mich nicht klar verständlich gemacht! Aber wissen Sie, ich biete Ihnen die Ehe an – alles richtig in der Takelage, auf mein Ehrenwort!»

«Ich habe Sie nicht mißverstanden», sagte sie mit erstickter Stimme. «Aber Sie müssen doch merken, wie unmöglich eine solche Verbindung wäre! Wenn ich zustimmte, könnten Sie dann annehmen, daß Ihre Familie keinen Widerstand leisten würde?»

«Oh, Sie meinen meinen Bruder, den Regenten! Ich weiß nicht, warum er dagegen sein sollte. Er ist durchaus kein übler Bursche, versichere ich Ihnen, was immer Sie Gegenteiliges über ihn gehört haben mögen. Charlotte ist seine Nachfolgerin, und vor mir noch mein Bruder York. Sie können sich darauf verlassen, er hält die Nachfolge für gesichert genug, ohne mit mir zu rechnen. Aber Sie sagen ja nichts! Sie schweigen! Ah, ich verstehe, was es ist – Sie denken an Mrs. Jordan! Ich sollte sie ja nicht erwähnen, aber schauen Sie, Sie sind ein vernünftiges Mädchen, Ihnen macht es nichts aus, wenn man etwas rundheraus sagt. Die Sache ist zu Ende; da brauchen Sie keine Bedenken zu haben. Wenn ich in der Vergangenheit ein etwas unstetes Wesen hatte, so ist das aus und vorbei. Sie müssen wissen, daß wir arme Teufel, als der König noch bei Sinnen war, es schwer hatten – nicht, daß ich etwas Respektloses gegen meinen Vater sagen wollte, Sie verstehen – aber so war's. Wir haben alle gelitten – Prinny und Kent und Suss und die arme Amelia. Wer weiß, ob wir nicht alle miteinander so beständig, wie Sie nur wollen, ausgefallen wären, wenn wir diejenigen hätten heiraten können, die wir gewählt hatten. Aber Sie werden sehen, daß sich das alles jetzt ändern wird. Hier bin ich, zum Beispiel, eifrig darauf aus, mich festzulegen und es behaglich zu haben. Auf Mrs. Jordan brauchen Sie keine Rücksicht zu nehmen.»

Endlich gelang es Miss Taverner, ihre Hände wegzuziehen. «Sir, wenn ich Ihre Neigung erwidern könnte, würde der Gedanke an jene Dame vielleicht bei mir nicht ins Gewicht fallen, aber sicherlich muß sie in Betracht gezogen – kann doch nicht ganz vergessen werden?»

«Oh», sagte der Herzog ernsthaft, «wissen Sie, ich war nie mit ihr verheiratet. Nein, nein, das haben Sie ganz falsch mitgekriegt! Uns bindet nichts, überhaupt nichts aneinander!»

Sie konnte es sich nicht versagen, ihm einen Blick entsetzten Vorwurfs zuzuwerfen. «Keine Bande, Sir?»

«Sie meinen die Kinder, nicht?» sagte der Herzog eifrig. «Aber die werden Ihnen äußerst gut gefallen! Ich glaube, es gibt keine besseren Kinder auf der Welt.»

«Ja, Sir, das habe ich wirklich auch immer gehört – aber Sie verstehen mich nicht! Es ist nicht aus diesem Grund, daß ich – bitte, glauben Sie mir, Sir, das, was Sie vorschlagen, kann nie sein! Sie müssen irgendeine Dame von Rang, irgendeine Prinzessin heiraten; Sie wissen, daß es so sein muß!»

«Durchaus nicht, durchaus nicht!» erklärte der Herzog und blies die Backen auf. «Es kann keinen Einwand geben, keinen Haken irgendeiner Art! Sie sollen nicht denken, daß ich mich gern in ein gemachtes Nest setzen möchte, wie man so sagt, denn wissen Sie, wenn ich verheiratet bin, wird mir das Parlament einen Zuschuß gewähren, ich werde meine Schulden bezahlen und prima in Ordnung sein. Wir werden uns großartig vertragen!»

Miss Taverner stand auf und ging zum Fenster hinüber. «Wir würden nicht zusammenpassen, Sir. Ich danke Ihnen für die Ehre, die Sie mir erwiesen haben, bitte Sie aber höchst ernsthaft, mich nicht zu quälen, indem Sie darauf beharren. Ich kann Ihre Zuneigung nicht erwidern.»

Daraufhin sah der Herzog sehr niedergeschlagen drein und fragte verzagt, ob sie ihre Liebe jemandem anderen geschenkt hätte. «Ich hab mir's ja gedacht, daß es so sein könnte; ich fürchtete, daß mir irgendwer zuvorgekommen ist, obwohl ich alle Segel hißte, um als erster bei Ihnen anzukommen.»

«Nein, Sir, meine Gefühle sind nicht gebunden, aber –»

«O fein, in dem Fall muß ich also nicht niedergeschlagen sein!» sagte der Herzog und strahlte auf. «Ich habe Sie zu sehr überrumpelt, aber wenn Sie darüber nachgedacht haben, werden Sie sehen, wie Sie sich dazu bekehren werden.»

«Ich versichere Ihnen, Sir, mein Entschluß steht fest. Ihre Freundschaft, die Sie mir so gütig schenkten, schätze ich zuhöchst; alles andere jedoch, von herzlicherer Art – Sie verstehen mich, ich brauche nicht mehr zu sagen.»

«Nein, nein, wozu auch reden?» stimmte ihr der Herzog zu. «Ich war zu schnell; Sie kennen mich noch nicht gut genug, um mir eine Antwort zu geben.»

Miss Taverner begann daran zu verzweifeln, daß sie ihn mit ihren Argumenten irgendwie beeindrucken konnte. Sie drehte sich herum. «Es ist nutzlos, Sir. Abgesehen von meinen eigenen Gefühlen, müssen Sie wissen, daß mein Vormund, Lord Worth, entschlossen ist, meiner Verheiratung, solange ich sein Mündel bin, nicht zuzustimmen. Er duldet nicht einmal eine Verlobung. Er hat es gesagt, und ich glaube, es ist ihm ernst damit.»

Daraufhin sah der Herzog sehr betroffen aus, blinzelte schnell ein-, zweimal und begann im Zimmer auf und ab zu gehen, die Hände unter den Rockschößen verschränkt. «So, so. Du meine Güte!» stieß er hervor. «Weshalb sollte er das tun? Das hört sich sehr seltsam an, auf mein Wort!»

«Ja, Sir, aber so ist es. Sein Entschluß steht fest.»

«Ein sehr seltsamer Bursche! Aber obwohl ich ja nicht mit meinem Rang herumprotze, so hoffe ich doch, daß ich nicht ein Igendwer bin. Sie können sich darauf verlassen, Worth wird aus einem ganz anderen Loch pfeifen, wenn ich ihn aufsuche. Und das tue ich auch; das wird das Beste sein. Ich lege ja keinen großen Wert auf solche Sachen, wissen Sie, aber ich möchte gern alles tipptopp haben, und ich will Worths Erlaubnis bekommen, um Sie werben zu dürfen. Ich möchte es gern mit allem Anstand haben. Jawohl, so wird man es am besten angehen: ich muß Worth aufsuchen, und dann, wissen Sie, können Sie keinen Einwand mehr haben. Und ich sage Ihnen noch was! Mir ist soeben etwas Großartiges eingefallen. Ich will, daß Worth Weihnachten mit uns in Bushey verbringt!»

Er strahlte sie so gutmütig an und schien so stolz auf seinen großartigen Einfall zu sein, daß Miss Taverner nicht das Herz hatte, weiter zu protestieren. Sie konnte nur auf die Fähigkeit ihres Vormundes vertrauen, sie aus ihren Schwierigkeiten zu retten, und verabschiedete sich vom Herzog so zurückhaltend, wie sich das nur mit der Höflichkeit vertrug, die ihm ihrem Gefühl nach zukam. Er versicherte ihr nochmals eindringlich, daß er sich an ihren Vormund wenden wolle; sie stimmte zu, und so trennten sie sich.

Sie hatte die leise Hoffnung, daß etwas ruhige Überlegung vielleicht den Eifer ihres königlichen Freiers dämpfen würde; sie hatte keine Ahnung, daß er davoneilte, um Worth auf der Stelle zu besuchen. Ihre feste Absicht war es, den Earl warnend davon zu unterrichten, was ihm bevorstand.

Aus diesem Grunde war sie froh, als sie am selben Abend im Almack ihren Vormund erblickte. Er stand neben Lady Jersey, als sie hereinkam, und hielt den schönen Kopf geneigt, um zu hören, was Ihre Gnaden sagte, erblickte jedoch Miss Taverner bald und verbeugte sich. Ein sehr freundliches Lächeln führte ihn an ihre Seite, um die Ehre eines Tanzes von ihr zu erbitten.

Judith, die in ihrem indischen, mit goldener Brüsseler Spitze drapierten Musselin großartig aussah, sagte zu; bevor sie jedoch mit ihm ihren Platz in der sich bildenden Gruppe einnahm, streckte sie die Hand aus, um Miss Fairford neben sich vorzuziehen, die in Mrs. Scattergoods Obhut zu der Abendunterhaltung mitgekommen war. «Ich glaube, Sir, Sie kennen Miss Fairford noch nicht. Harriet, erlaube mir, dir Lord Worth vorzustellen.»

Miss Fairford, die nach Peregrines wenig schmeichelhafter Beschreibung bereits große Furcht vor seinem Vormund hatte, war von dessen beherrschender Höhe und vornehmer Art völlig überwältigt. Sie wagte kaum die Augen zu ihm zu erheben. Er verbeugte sich und sagte etwas genügend Höfliches, um sie zu erkühnen, daß sie einen Augenblick verstohlen zu ihm aufsah. Ihre sanften Augen begegneten seinen harten, die sie mit gleichgültiger Kritik musterten. Sie errötete und zog sich wieder an Peregrines Seite zurück.

Lord Worth führte Judith in die Gruppe. «Haben Sie schüchterne braune Mäuse gern?» erkundigte er sich.

«Manchmal – wenn sie so lieb wie Miss Fairford sind», erwiderte sie. «Sie nicht?»

«Ich?» sagte er und hob die Brauen. «Was für eine eigenartig dumme Frage. Nein, ich mag sie nicht.»

«Ich verstehe nicht, warum das eine dumme Frage sein soll», sagte Judith temperamentvoll. «Wie soll ich wissen, was Ihnen gefällt?»

«Ich stelle mir vor, Sie könnten es erraten, aber ich werde Ihrer Eitelkeit nicht schmeicheln, indem ich es Ihnen ausdrücklich sage.»

Sie zuckte zusammen und warf ihm einen schnellen, empörten Blick zu. «Mir schmeicheln! Das würde mir nicht schmeicheln, versichere ich Ihnen!»

«Sie nehmen viel zuviel für verbürgt, Miss Taverner. Was würde Ihnen nicht schmeicheln?»

Sie biß sich auf die Lippen: «Sie versäumen doch keine Gelegenheit, mich ins Unrecht zu setzen, Lord Worth», sagte sie gekränkt.

Er lächelte, und als ihre Hände einander im Tanz begegneten, drückte er die ihre leicht. «Schauen Sie nicht so niedergeschlagen drein. Ich meinte genau, was Sie gedacht haben. Sind Sie jetzt zufrieden?»

«Nein, überhaupt nicht», sagte Judith böse. «Das ist ein dummes Gespräch; ich mag es nicht. Ich habe mich gefreut, Sie heute abend hier zu sehen, weil ich besonders dringend mit Ihnen sprechen wollte, aber ich sehe, Sie sind in einer Ihrer unangenehmen Stimmungen.»

«Im Gegenteil, ich bin in einer ungewöhnlich nachgiebigen Stimmung. Aber Sie sind zu spät dran. Ich habe die Neuigkeit schon gehört und muß Ihnen Glück wünschen.»

«Mir Glück wünschen?» wiederholte Judith und sah ihn erschrocken an. «Was können Sie damit meinen?»

«Soweit ich verstehe, sollen Sie in naher Zukunft Herzogin werden. Sie müssen mir erlauben, Ihnen meine aufrichtigen Glückwünsche zu sagen.»

In diesem Augenblick wurden sie durch die Figuren des Tanzes getrennt. In Judiths Gehirn wirbelte es, während sie die Gruppe entlangging; sie konnte kaum ihren Part im Tanz durchführen und ihre Ungeduld bezähmen, bis sie und Worth wieder zusammentrafen. Kaum standen sie einander gegenüber, fragte sie schon: «Wie können Sie so reden? Was meinen Sie?»

«Verzeihung. Soll es noch geheimgehalten werden?»

«Geheimgehalten?»

«Sie müssen mir verzeihen. Ich hatte gedacht, daß es nur meiner Zustimmung bedürfe, bis die Verlobung bekanntgegeben würde.»

Sie wurde ganz blaß. «Guter Gott! Dann haben Sie ihn also schon gesprochen.»

«Aber sicher. Haben denn nicht Sie ihn zu mir geschickt?»

«Ja – nein! Treiben Sie doch nicht Ihr Spiel mit mir! Das ist ja gräßlich!»

«Gräßlich?» sagte seine Lordschaft, zum Verrücktwerden ruhig. «Eine glänzendere Heirat könnten Sie wirklich nicht machen! Sie werden alles Behagen und Ansehen eines Hausstandes höchsten Ranges genießen, eine Stellung ersten Ranges, und einen Gatten haben, der über das Alter jugendlicher Torheiten hinaus ist. Es ist Ihnen nur zu gratulieren; ich hätte mir keine rühmlichere Versorgung für Sie wünschen können. Außerdem ist Ihnen eine passende weibliche Gesellschafterin in der Person Ihrer ältesten Stieftochter sicher, Miss Fitzclarence, von der ich glaube, daß sie Ihnen im Alter nahestehen dürfte.»

«Sie machen sich lustig über mich!» sagte Judith unsicher. «Bestimmt machen Sie sich lustig über mich! Bitte, sagen Sie mir doch, daß Sie Ihre Zustimmung verweigert haben!»

Er lächelte, wollte jedoch nicht antworten. Sie wurden wieder getrennt, und als sie einander von neuem trafen, begann er in seiner trägen Art von etwas ganz anderem zu sprechen. Sie antwortete nur aufs Geratewohl und versuchte, in seinem Gesicht zu lesen. Als der Tanz zu Ende war, litt sie es, daß er sie von ihrer Gesellschaft weg in den Teesalon führte.

Er besorgte ihr ein Glas Limonade und stellte sich neben ihren Stuhl. «Nun, mein Mündel», sagte er. «Haben Sie Clarence zu mir geschickt oder nicht?»

«Ja – das heißt, er sagte, er wolle zu Ihnen gehen, und ich stimmte zu, weil ich ihn nicht dazu bringen konnte, einzusehen, daß ich ihn nicht heiraten will. Ich dachte, ich könnte mich auf Sie verlassen!»

«Oh!» sagte Worth. «Das ist nicht ganz so, wie ich die Sache verstand. Der Herzog scheint den Ausgang nicht zu bezweifeln, sowie meine Zustimmung einmal erlangt wäre.»

«Wenn Sie dachten, daß ich je einen Mann heiraten würde, der alt genug ist, um mein Vater zu sein, dann haben Sie mir empörend Unrecht getan!» sagte Miss Taverner hitzig. «Und wenn Sie die erstaunliche Frechheit hatten, anzunehmen, daß sein Rang ihn mir annehmbar macht, dann beleidigen Sie mich geradezu unerträglich.»

«Sachte, mein Kind: Ich dachte weder das eine noch das andere», sagte Seine Lordschaft leicht belustigt. «Meine Erfahrung mit Ihnen hat mich hingegen zu der Annahme geführt, daß Sie Ihren Freier aus reinem Unfug zu mir sandten. War auch das ungerecht gedacht?»

Miss Taverner war etwas besänftigt, sagte jedoch steif: «Ja, doch, Sir. Der Herzog von Clarence wollte nicht glauben, daß es mir ernst mit dem war, was ich sagte, und das Beste, das mir einfallen konnte, war, daß Sie mir helfen. Ich war überzeugt, daß Sie ihm Ihre Zustimmung verweigern würden.»

«Das habe ich auch getan», sagte der Earl und nahm eine Prise.

«Warum also», verlangte Miss Taverner erleichtert zu wissen, «sagten Sie, Sie wünschten mir Glück?»

«Nur um Sie zu erschrecken, Clorinda, und um Sie zu lehren, mir keine Streiche zu spielen.»

«Das war kein Streich, und Sie sind gräßlich!»

«Ich bitte demütig um Verzeihung.»

Sie blitzte ihn empört an und stellte ihr leeres Glas heftig auf den Tisch. Der Earl bot ihr seine Dose an. «Wollen Sie diese Mischung versuchen? Ich finde sie ziemlich nervenberuhigend.»

Miss Taverner gab nach. «Ich bin mir sehr bewußt, welch eine Ehre das ist», sagte sie und nahm eine winzige Prise. «Ich nehme an, mehr könnten Sie gar nicht tun.»

«Nicht, solange ich die Stellung eines Vormunds bekleide», stimmte er ihr zu.

Sie senkte den Blick und sagte schnell: «Hat der Herzog seinen Plan erwähnt, mich – und auch Sie – zu Weihnachten nach Bushey einzuladen?»

«Ja», sagte der Earl. «Aber ich unterrichtete ihn davon, daß Sie Weihnachten auf Worth verbringen werden.»

Miss Taverner sog den Atem scharf ein, inhalierte viel mehr von dem Tabak Seiner Lordschaft, als sie vorgehabt hatte, und nieste. «Aber das werde ich nicht!» sagte sie.

«Es täte mir leid, wenn es Ihnen widerlich ist, aber Sie werden Weihnachten doch in Worth verbringen», antwortete er. «Es ist nicht gerade widerlich, aber –»

«Sie nehmen mir einen Stein vom Herzen», sagte Seine Lordschaft sarkastisch. «Ich fürchtete schon, es könnte so sein.»

«Es ist sehr liebenswürdig von Ihnen, aber da Sie es abgelehnt haben, daß der Herzog um mich wirbt, kann er jetzt nicht erwarten, daß ich an seiner Gesellschaft teilnehme. Ich möchte Weihnachten lieber mit Perry verbringen.»

«Natürlich», sagte der Earl. «Ich habe ja nicht vorgeschlagen, daß Sie ohne ihn nach Worth kommen sollen.»

«Aber Perry hat keine Idee davon, daß er nach Worth kommen soll», protestierte Miss Taverner. «Ich vermute, er hat ganz andere Pläne im Sinn!»

«Dann wird er sie sich aus dem Sinn schlagen», erwiderte der Earl. «Ich ziehe es vor, Perry unter meinen Augen zu haben.»

Er bot ihr den Arm, und nach leichtem Zögern erhob sie sich, legte die Hand auf ihn und ließ es zu, daß sie der Lord in den Ballsall zurückbrachte. Es war ihr aufgefallen, daß sie keineswegs dagegen war, zu Besuch nach Worth zu fahren.

14

Es war ein Glück für Miss Taverner, daß Weihnachten vor der Tür stand und sie daher bald aus der Nähe des Herzogs von Clarence entfernt wurde. Er zweifelte keineswegs daran, sie gewinnen zu können, und obwohl er im Augenblick niedergeschlagen und geneigt war, über

Worth empört zu sein, weil dieser seine Zustimmung verweigert hatte, tröstete er sich bald mit der Überlegung, daß Miss Taverner in nicht ganz einem Jahr von der Vormundschaft des Earls befreit sein würde. Er war optimistisch und versicherte Judith, als er wieder in der Brook Street vorsprach, daß sie, wenn sie ihn besser kennengelernt haben würde, alle Vorteile der Verbindung genauso klar begreifen würde wie er selbst.

Als Peregrine unterrichtet wurde, daß er nach Worth fahren sollte, nahm er den Plan durchaus nicht nachgiebig auf. Er versicherte, daß er nicht fahren würde, hielt es für eine große Strafe und verdächtigte den Earl, daß dieser versuchte, sein Interesse auf Judith zu konzentrieren. Er hatte gute Lust, eine kurzangebundene Absage zu schreiben. Die Nachricht, daß Miss Fairford eine höchst ehrende Einladung von Lady Albinia Forrest, der Tante mütterlicherseits des Earl, erhalten hatte, sich der Gesellschaft anzuschließen, setzte seiner üblen Laune jedoch sofort ein Ende. Der Earl wurde im Handumdrehen zu einem guten Burschen, und hatte Perry zuerst untröstlich eine über alles langweilige Gesellschaft vorausgesehen, war er nun ungewöhnlich vergnügt und freute sich darauf.

Judith teilte seine Freude und versprach sich großen Genuß. Sie war begierig, Worth kennenzulernen, das ihr Mrs. Scattergood in rühmendsten Ausdrücken beschrieben hatte; die Gesellschaft war erlesen und bestand zum größten Teil aus Judiths besonders guten Freunden; das einzige, was sie bedauerte, war, daß ihr bester Freund, Mr. Bernard Taverner, nicht anwesend sein würde. Als sie ihm von der Einladung erzählte und sah, wie fassungslos er dreinsah, sagte sie impulsiv, sie hätte gewünscht, daß er mitgefahren wäre.

Er lächelte, schüttelte jedoch den Kopf. «Der Earl of Worth würde mich nie zu einer Gesellschaft, der Sie angehören, einladen», sagte er. «Wir beide schätzen einander nicht.»

«Einander nicht schätzen!» rief sie aus. «Ich habe geglaubt, Sie kennen ihn kaum. Wie kommt das?»

«Der Earl of Worth», sagte er bedachtsam, «war so gütig, mich zu warnen, ich solle mir nicht Ihr Wohlergehen angelegen sein lassen. Er tut mir die Ehre an, anzunehmen, daß ich ihm im Weg sei. Wie es ausgehen wird, weiß ich nicht. Wenn man ihm glauben soll, stehe ich in Gefahr, von ihm aus dem Weg geräumt zu werden.» Er lachte kurz auf. «Der Earl of Worth hat es nicht gern, wenn man seine Wege kreuzt.»

Sie starrte ihn höchst erstaunt an. «Das übersteigt doch alles, auf mein Wort! Ich bin überzeugt, Sie können ihn nicht richtig verstanden haben! Warum sollte er Ihnen drohen? Wann sind Sie ihm begegnet? Wo fand dieses Gespräch statt?»

«Es fand in einer gewissen Kneipe statt», sagte Mr. Taverner, «die als Cribb's Parlour bekannt ist, und zwar am Abend jenes Tages, als Perry zum Duell mit Farnaby fuhr. Ich traf Seine Lordschaft dort in vertrautem Gespräch mit Farnaby persönlich.»

«Mit Farnaby! Guter Gott! Was meinen Sie wohl damit?»

Er machte eine kurze Runde um das Zimmer. «Ich weiß nicht. Ich wollte, ich wüßte es. Es war nicht meine Absicht, Ihnen davon zu erzählen, aber ich glaube, daß Seine Lordschaft in letzter Zeit bei Ihnen vorangekommen ist. Wie wenig mir auch das Amt eines Angebers schmecken mag, ist es nur richtig, wenn Sie gewarnt werden. Ich habe keine Möglichkeit, zu erfahren, was Worth mit Farnaby zu tun hatte. Es muß alles Vermutung bleiben. Ich gestehe, es war ein Schlag für mich, sie die Köpfe zusammenstecken sehen. Ich unterstelle nichts; ich erzähle Ihnen nur, was ich sah. Als mich der Earl erblickte, kam er zu mir herüber; was zwischen uns vorging, werde ich nicht wiederholen. Es genügte, um mich zu überzeugen, daß Worth in mir eine Bedrohung für jeden Plan sieht, den er im Sinn haben mag. Ich wurde gewarnt, mich nicht in Ihre Angelegenheiten zu mischen. Ob es wahrscheinlich ist, daß ich mich durch eine solche Drohung einschüchtern lasse, mögen Sie selbst entscheiden.»

Sie schwieg einen Augenblick und dachte stirnrunzelnd über das Gesagte nach. Sie konnte nur denken, daß da vielleicht Eifersucht im Spiel war, möglicherweise auf beiden Seiten. Gleich darauf sagte sie ruhig und vernünftig: «Das klingt wirklich sehr seltsam, aber ich muß glauben, daß Sie sich zumindest teilweise irren. Als Perrys Vormund kann es Lord Worth durchaus für seine Pflicht halten, die Ursache jenes geplanten Duells näher zu untersuchen.»

Er sah sie eindringlich an. «Es kann so gewesen sein, dennoch will ich Ihnen nicht verbergen, Judith, daß ich diesen Mann weder mag noch ihm traue.» Sie machte eine Geste, als wollte sie ihn zum Schweigen bringen. «Sie wünschen nicht, daß ich spreche. Vielleicht sollte ich es wirklich nicht; vielleicht habe ich unrecht. Ich will Sie nur bitten, sich vorzusehen, wie weit Sie sich in seine Gewalt begeben.»

Sie erwiderte seinen Blick etwas streng, aber so, als rätsle sie an dem herum, was er berichtet hatte. «Lord Worth bat mich, ich sollte ihm vertrauen», sagte sie langsam.

«Das ist leicht gesagt. Ich bitte Sie nicht, mir zu trauen. Mißtrauen Sie mir, wenn Sie wollen: ich werde weiterhin tun, was ich nur kann, um Ihnen zu dienen.»

Seine offene, männliche Art, zu sprechen, bewog sie, ihm die Hand hinzustrecken. «Aber natürlich vertraue ich Ihnen, Vetter», sagte sie, «obwohl ich glaube, daß Sie sich irren.»

Er küßte ihr die Hand und sagte nichts mehr, verließ sie jedoch sehr bald. Sie grübelte über das Gespräch nach und suchte sich an Vorfälle und Worte zu erinnern, die es ihr verstehen helfen sollten. In letzter Zeit hatte es ihr geschienen, als würde auch Worth sich vielleicht um ihre Hand bewerben wollen, dennoch konnte sie kein Mensch zu einer Ehe zwingen, und sie sah keinen Grund, Lord Worth zu fürchten. Sie glaubte, daß ihr Vetter eine starke Zuneigung zu ihr hegte, und einem verliebten Mann mußte man eine sehr verständliche Eifersucht zugestehen. Keiner von beiden konnte den anderen sympathisch finden, das war von allem Anfang an zu sehen gewesen. Es war anzunehmen, daß es beiden nicht schwerfiel, einander zu mißtrauen. Zwar verbannte Judith die Angelegenheit aus ihrem Sinn, aber bekümmert war sie doch.

In wenigen Tagen war Weihnachten. Die Taverners sollten in Begleitung von Mrs. Scattergood und Miss Fairford am 23. Dezember nach Worth im Hampshire reisen, und jeder Augenblick vor ihrer Abreise erschien Miss Taverner damit besetzt zu sein, liebenswürdige Dankbriefe für die Fülle der Geschenke zu schreiben, mit denen sie überschüttet wurde. Die elegantesten Kleinigkeiten wurden ihr gesandt; sie war verzweifelt und neigte schon halb dazu, alle miteinander zurückzusenden, wurde jedoch von ihrer Anstandsdame davor zurückgehalten, die jede Gabe vom Gesichtspunkt des strengsten Anstandsgefühls inspizierte und dann das Urteil ergehen ließ, sie seien alle höchst geschmackvoll, ganz einwandfrei, unmöglich abzulehnen!

Neben der Menge von Schnupftabaksdosen, Zierschachteln, Porzellanfiguren und Fächern, die für seine Schwester gekommen waren, boten die Geschenke für Peregrine einen kümmerlichen Anblick. Einige Taschentücher, von Lady Fairford handgesäumt, ein Paar Rebhühner aus Sussex, wohin sich Mr. Fitzjohn über den Monat zurückgezogen hatte, ein Medaillon mit dem Gesichtchen seiner Harriet auf Elfenbein gemalt, ein kleiner Topf Schnupftabak, an dem die Karte des Absenders fehlte, und eine Berlocke von Vetter Bernard waren alle seine Geschenke. Aber von dem Medaillon war er hingerissen und von dem übrigen sehr befriedigt. Taschentücher waren immer nützlich; die gebratenen Vögel ergaben ein Diner; die Berlocke wurde seiner schon großen Sammlung hinzugefügt; und der Schnupftabak war zweifellos eine großartige Mischung. Wie sehr viele andere junge Herren, rührte sich Peregrine nie ohne seine Dose aus dem Haus und schnupfte riesige Mengen von Tabak, ohne sehr viel dafür übrig zu haben oder unter den gewählten Sorten zu unterscheiden. Grober brauner Schnupftabak war für ihn dasselbe wie Spanish Bran, er konnte da nur wenig Unterschied entdecken. Der elegante glasierte Topf, der ihm gesandt worden war, gefiel ihm außerordentlich, und er wünschte nur, er hätte gewußt, wer der Geber war. Eine lange Suche in dem Haufen von Karten, Billetts und Silberpapier, von dem seine Schwester umgeben war, brachte die fehlende Karte nicht zutage; er mußte sich damit abfinden, daß sie verlorengegangen war.

Judith nahm eine Prise dieses Tabaks und rümpfte die Nase. «Mein lieber Perry, er stinkt nach Otto of Roses! Er ist abscheulich!»

«Bah, Unsinn, du bist viel zu heikel! Seit du schnupfst, bildest du dir ein, du seist eine große Kennerin.»

«Ich weiß, daß Lord Petersham oder Worth diese Mischung nie dulden würden», erwiderte sie. «Sie ist der Sorte, die Worth für den Regenten gemischt hat, nicht unähnlich, nur stärker parfümiert. Ich bitte dich, biete sie ihm ja nicht an! Wer kann ihn dir bloß geschickt haben? Wie peinlich, daß du die Karte verloren hast!»

«Ich glaube, da war nie eine Karte dabei. Ich glaube, man hat vergessen, sie beizulegen. Wenn du die Mischung nicht magst, dann bin ich nur froh, denn wenigstens wirst du deine Dose nicht aus meinem Topf füllen wollen.»

«Nein, wirklich nicht. Ich glaube, kein Mensch würde mich verdächtigen, parfümierten Tabak zu schnupfen», erwiderte Judith.

Endlich war der Reisetag gekommen. Die Koffer und Hutschachteln waren sicher an die Kutsche geschnallt. Mrs. Scattergood prophezeite Schnee; Peregrine bestieg sein Pferd; Miss Fairford wurde in der Arlington Street abgeholt, und die ganze Gesellschaft begab sich nur um eine Stunde später, als ursprünglich geplant, auf die Reise.

Es kam kein Schnee, um die Straßen unbefahrbar zu machen; das Wetter war zwar winterlich, aber nicht so kalt, um das Reisen unerträglich zu gestalten; und mit nur einer einzigen etwas längeren Pause unterwegs kamen sie um vier Uhr nachmittags in Worth an, wo sie mit der ganzen Behaglichkeit großer Kaminfeuer, heißer Suppe und fröhlicher Gesellschaft empfangen wurden.

Es dämmerte schon, als sie durch das Gittertor von Worth einfuhren, daher konnten sie keinen Eindruck vom Park oder dem Äußeren des Hauses gewinnen; das Innere jedoch beeindruckte Miss Taverner sofort mit seiner Eleganz, den vornehmen Räumen und schönen Möbeln. Es war genauso, wie man sich den Wohnsitz eines großen Herrn vorstellte; alles sprach für den Geschmack des Besitzers. Judith mußte einfach alles, was sie sah, gefallen, und sie wünschte, zu einer passenderen Zeit die älteren Teile des Hauses zu erforschen, das, wie sie hörte, zweihundert Jahre alt war.

Lady Albinia empfing die Reisenden. Sie war eine kurzsichtige, zerstreute Dame, nicht besonders schön, und mißachtete völlig die herrschende Mode. Ein Kaschmirschal, den sie zum Schutz gegen Zugluft trug, rutschte ihr ständig von den Schultern und verfing sich an den Möbeln. Wenn das passierte, rief sie denjenigen Herrn, der gerade in der Nähe war, herbei und befahl ihm, die lästigen Fransen loszumachen. Sie schien unfähig zu sein, sich selbst zu helfen, und wenn sie ihren Fächer oder ihr Taschentuch fallen ließ, was häufig geschah, wartete sie einfach, bis es jemand für sie aufhob. Sie brach mitten im Satz ab, den sie gerade sagte, und sprach sofort wieder weiter, wenn man ihr den Gegenstand zurückgegeben hatte. Sie hatte die Gewohnheit, laut zu denken, was Leute, die sie nicht sehr gut kannten, verwirrte, jedoch niemand, der sie kannte, im geringsten beachtete. Sie begrüßte die Taverners freundlich, und nachdem sie die Damen zum Kamin geführt und gebeten hatte, Platz zu nehmen und sich die kalten Hände zu wärmen, sah sie sich Judith mit einem Ausdruck milden Beifalls genau an und sagte dann in ihrer inkonsequenten Art: «So schlechtes Wetter zum Reisen, obwohl es ja noch nicht schneit und die Straßen heutzutage so gut sind, daß kaum je die Gefahr besteht, daß man überfallen wird. Achtzigtausend Pfund und noch dazu eine Schönheit, Worth hat wirklich Glück, wenn er bloß vernünftig genug ist, es zu erkennen.»

Miss Taverner, die von Mrs. Scattergood gewarnt worden war, was sie zu erwarten hatte, versuchte, harmlos dreinzusehen, konnte es jedoch nicht verhindern, daß ihr die Röte in die Wangen stieg. Mrs. Scattergood sagte streng: «Albinia, wo ist Julian?»

Es ergab sich, daß die Herren den Tag über auf Jagd gegangen und noch nicht zurückgekehrt waren. Die Reisenden wurden in ihre Schlafzimmer hinaufgeleitet und sich selbst überlassen, um sich von der ermüdenden Reise zu erholen, bevor sie sich zum Diner ankleideten.

Zur Dinerzeit waren die übrigen Gäste auch eingetroffen und die Herren von ihrem Jagdausflug zurückgekehrt. Unter den Neuankömmlingen befanden sich Lord Petersham und Lord Alvanley, Mr. Brummell und Mr. Forrest, Lady Albinias schweigsamer Gatte, sowie Mrs. und Miss Marley, besonders gute Freundinnen von Miss Taverner. Alle kannten einander, was besonders reizend war, wie Mrs. Scattergood erklärte. Lord Alvanley war, abgesehen von seiner Gewohnheit, seine Schlafzimmerkerze auszulöschen, indem er sie unters Kopfkissen stopfte, immer ein willkommener Gast; Lord Petersham, der vollendetste Herr unter der Sonne, war ritterlich und liebenswürdig; der Earl war ein ruhiger, aber aufmerksamer Gastgeber; Mr. Brummell war in gesprächiger Laune, und man verbrachte einen vergnügten Abend in einem der Salons mit Kartenspiel, Teetrinken und Plaudern an einem prachtvollen Kaminfeuer. Das einzig Unbehagliche, das Judith zu ertragen hatte, war der Anblick ihres Bruders, der Lord Petersham bat, ihm seine Meinung über seinen neuen Schnupftabak zu sagen, dessen ganze Geschichte er einen Augenblick vorher erzählt hatte. Lord Petersham war zuvorkommend genug, sich mit einer Prise zu bedienen und höflich zu sagen, er zweifle nicht daran, daß es eine erlesene Mischung sei. Lord Worth, weniger höflich, stellte sein Glas hin, als ihm die Dose angeboten wurde, als er jedoch hörte, daß der Tabak stark parfümiert war, winkte er ab. «Nein, danke, Peregrine. Ich will dir glauben, daß es alles so ist, wie du sagst. Ich hoffe, Sie benützen ihn nicht, Miss Taverner?»

«Nein, nein, ich halte mir meine eigene Sorte», versicherte ihm Judith. «Wenn ich Parfum haben will, gehe ich nicht zu meiner Schnupftabaksdose darum, sondern zu Mr. Brummell, der mir eine Parfumstange machen wird.»

«Eine Stange von Mr. Brummels Parfum!» rief Mrs. Marley aus. «Wollen Sie uns alle neidisch machen? Wissen Sie denn nicht, daß jede von uns eine dieser Stangen haben möchte?»

Der Beau schüttelte den Kopf. «Sehr richtig, aber wissen Sie, ich kann sie nicht jedem geben, Ma'am, das würde sie sehr billig machen. Der Regent schmachtet danach, einer habhaft zu werden, aber irgendwo muß man eine Grenze ziehen.»

«George ist heute zänkisch, weil er sich erkältet hat», bemerkte Alvanley. «Wie bist du in diesem milden Wetter eigentlich dazu gekommen, George?»

«Nun ja, weißt du, ich bin heute nachmittag unterwegs ausgestiegen, und dieser Kerl von einem Wirt hat mich in ein Zimmer mit einem naß gewordenen Fremden gesteckt!» erwiderte Brummell sofort.

Am nächsten Tag schien sich Peregrine mit der Erkältung des Beaus angesteckt zu haben. Er klagte über Halsschmerzen und hustete etwas, war aber überzeugt, daß ein Tag auf der Jagd (die ihm versprochen worden war) die Sache bald wieder in Ordnung bringen würde. Judith glaubte zwar nicht an die günstige Auswirkung eines rauhen Dezembertages, aber es war sinnlos, zu erwarten, daß Peregrine aus keinem ernsteren Grund als einer leichten Erkältung im Haus bleiben würde. Er ging mit Petersham, Alvanley und Mr. Forrest fort, um in den einige Meilen von Worth entfernten Wildgehegen zu jagen.

Mr. Brummell tauchte erst mittags auf. Die Erfordernisse seiner Toilette nahmen einige Stunden in Anspruch; man wußte, daß er zwei volle Stunden auf die Anordnung seiner Kleidung verwandte, sie jedoch vergaß, sowie er aus seinem Ankleidezimmer trat. Im Gegensatz zu den meisten Dandys sah man ihn nie einen ängstlichen Blick in einen Spiegel werfen, um sein Halstuch zu ordnen oder Falten in seinem Rock zu glätten. Wenn er sein Zimmer verließ, war er – und wußte es auch – ein vollendetes Kunstwerk, vollkommen in jeder Einzelheit, von seiner blendend weiß gewaschenen Wäsche bis zu seinen auf Hochglanz polierten Stiefeln.

Auch Mrs. Marley blieb lange auf ihrem Zimmer; die drei jungen Damen waren jedoch früh auf und verbrachten den Vormittag damit, unter Führung der Haushälterin das Haus zu durchforschen und in den Obst-, Blumen- und Beerengärten herumzuschlendern, bis sie zu einem Imbiß von in der Schale gekochten Austern, kaltem Fleisch und Obst in eines der Eßzimmer gerufen wurden.

Die Jäger wurden um drei Uhr zurückerwartet, und es überraschte nicht, daß Miss Fairford errötend das Angebot ablehnte, nach dem Mittagsimbiß an die frische Luft gefahren zu werden. Der Earl machte den Vorschlag; er traf auf einen entsetzten Blick und eine gestammelte Entschuldigung, da Miss Fairford kaum wußte, was sie sagen sollte. Einerseits hatte sie Angst, ihren Gastgeber zu verletzen, andererseits aber wollte sie anwesend sein, wenn Peregrine zurückkehrte. Der Earl nahm ihre Verwirrung belustigt zur Kenntnis, versagte es sich jedoch, Miss Fairford zu necken, wie das Judith schon halb gefürchtet hatte, sondern sagte mit nur der leisesten Andeutung eines Lachens in seiner wohlerzogenen Stimme: «Sie möchten lieber einen Brief an Ihre Mama schreiben, vermute ich.»

«O ja!» erwiderte Miss Fairford dankbar. «Ich glaube, das müßte ich wirklich tun!»

Er wandte sich an Judith. «Möchte Miss Taverner mit mir ausfahren?»

Sie stimmte erfreut zu; als sie miteinander das Zimmer verließen, blickte der Earl zurück und sagte mit der Spur eines Lächelns: «Geben Sie mir Ihren Brief, wenn er fertig ist, Miss Fairford, und ich mache ihn für Sie frei.»

Eine Stunde Fahrt über Land brachte Miss Taverner mit glühenden Wangen und in bester Laune zurück. Der Earl war in seiner angenehmsten Stimmung gewesen, ein vernünftiger Begleiter, der sie mit leichtem Gespräch unterhielt und sie lehrte, wie man einen Zügel schlingt und ihn dann wieder frei laufen läßt, wie er das so geschickt konnte.

Sie kehrten in bestem Einvernehmen zurück und trafen Lady Albinia, Mrs. Marley und Mr. Brummell in einem der Salons mit einer Dame und zwei Herren an, die von einem Nachbargut herübergefahren waren, um einen Besuch auf Worth zu machen.

Als der Earl und sein Mündel eintraten, schienen diese Besucher lebhafter zu werden. Es wurden Komplimente ausgetauscht, und die Dame verlor keine Zeit, Miss Taverner ihren Sohn vorzustellen. Der ältere der beiden Herren, der mit Mr. Brummell gesprochen hatte, war weniger an der Erbin interessiert und kehrte bald zu Brummell zurück. Der Beau saß mit einem Ausdruck schmerzlicher Resignation da, zu dem Lady Albinia eine Erklärung gab, indem sie sich nach der entsprechenden Vorstellung an den Earl wandte und sagte: «Weißt du, die Fox-Matthews sind herübergekommen, um uns zu besuchen, mein lieber Worth. So zuvorkommend von ihnen! Sie sitzen schon über eine halbe Stunde da. Ich glaube nicht, daß sie je wieder gehen.»

Mr. Fox-Matthews sprach wichtigtuerisch über die Schönheiten der Hampshire-Landschaft. Seiner Meinung nach hatte sie kaum ihresgleichen, vielleicht mit Ausnahme des Seendistrikts. Es war zu merken, daß er, da er im Sommer dort gewesen war, brennend wünschte, allen Leuten die Seen zu beschreiben, und denjenigen, die noch nicht das große Glück gehabt hatten, eine so weite Reise zu machen, zu versichern, daß sie etwas sehr Schönes versäumt hatten. Er wußte nicht, ob Mr. Brummell die Seen schon besucht habe; falls nicht, dann sollte er sich unbedingt die Mühe machen.

Mr. Brummell betrachtete ihn mit jenem Heben der Augenbraue, das Anmaßung noch immer zu unterdrücken vermocht hatte. «Doch, Sir. Ich habe die Seen besucht», sagte er.

«Ah, in dem Fall also – und welchen bewundern Sie am meisten, Sir?»

Mr. Brummell holte Atem. «Ich will es Ihnen sagen, Sir, wenn Sie mir einige Augenblicke Zeit vergönnen.» Dann wandte er sich an den Lakai, der hereingekommen war, um das Kaminfeuer zu schüren, und bat den Mann leise, ihm seinen Kammerdiener zu schicken. Mr. Fox-Matthews starrte ihn an, aber der Beau blieb völlig gelassen und schwieg nachdenklich, bis ein adretter Diener in einer schwarzen Jacke eintrat, eifrig zu ihm kam und sich verbeugte.

«Robinson», sagte Mr. Brummell, «welchen der Seen bewundere ich?»

«Windermere, Sir», antwortete der Diener respektvoll.

«Ah, Windermere – so? Danke, Robinson. Ja, am besten gefällt mir Windermere», sagte er, sich höflich an Mr. Fox-Matthews wendend.

Mrs. Fox-Matthews, die vor Empörung schwoll, stand auf und erklärte, es sei Zeit, sich zu verabschieden.

Der Husten Peregrines schien, als ihn seine Schwester wiedersah, von dem in frischer Luft verbrachten Vormittag nicht viel gewonnen zu haben. Er quälte Peregrine noch immer und wurde in den folgenden Tagen merklich schlimmer. Peregrines Hals zeigte eine leichte Entzündung. Obwohl er nichts von einem Arzt hören oder zugeben wollte, daß er sich im geringsten krank fühle, war zu sehen, daß er weit davon entfernt war, ganz gesund zu sein. In den Augen lag eine Müdigkeit, ein schwerer Blick, der seiner Schwester Sorgen machte, aber Peregrine schrieb alles der Erkältung zu und glaubte, daß vielleicht die Luft in Worth ihm nicht ganz gut tat.

«Die Luft in Worth», wiederholte Judith, «die Luft –» Sie brach ab. «Was denke ich da? Ich gehöre geprügelt, einer so wilden Phantasterei nachzugeben! Oh, unmöglich!»

«Na, was denkst du dir denn?» erkundigte sich Peregrine gähnend. «Was ist unmöglich? Warum siehst du so komisch drein?»

Sie kniete neben seinen Sessel nieder und umschlang seine Hände. «Peregrine, wie fühlst du dich?» fragte sie ernst. «Bist du sicher, daß es nicht mehr als eine Erkältung ist?»

«Ja, aber was sollte es denn sonst sein? Woran denkst du?»

«Ich weiß es kaum, wage kaum, mich zu fragen. Perry, als dieser Mann einen Streit mit dir anfing – ich spreche von Farnaby –, warst du da nicht überrascht? Erschien es dir vernünftig?»

«Was hat denn das damit zu tun?» fragte er und sah sie mit großen Augen an. «Doch, ich kann sagen, daß ich etwas überrascht war, aber weißt du, wenn Farnaby betrunken war –»

«Aber war er das? Das hast du nicht erzählt.»

«Himmel, wie konnte ich es wissen? Ich glaube es nicht, aber er kann es gewesen sein.»

Sie hielt seine Hände noch immer fest und sah ängstlich zu seinem Gesicht auf. «An dem Tag, als du über den Finchley Common kamst, wurde auf dich geschossen, ein Schuß, von dem du glaubst, er hätte dich getötet, wenn Hinkson nicht gewesen wäre. Zweimal warst du in Lebensgefahr! Und jetzt bist du krank geworden, geheimnisvollerweise, denn du bist nicht erkältet, Perry, und das weißt du, sondern hast nur diesen trockenen Husten, der immer schlimmer wird, und die Halsschmerzen!»

Er setzte sich mit einem Ruck auf und starrte sie an. Dann brach er in Gelächter aus, das einen Hustenanfall auslöste. «Himmel, Ju, du bist noch mein Tod! Glaubst du, daß man mich vergiftet? Aber wer, in aller Welt, würde mich umbringen wollen? Eine so dumme Idee!»

«Ja, ja, es ist unsinnig, es muß ja unsinnig sein!» sagte sie. «Ich sage es mir selbst, und trotzdem bin ich nicht überzeugt. Perry, hast du dir nicht überlegt, daß der größere Teil deines Vermögens, wenn dir irgend etwas zustoßen sollte, mir gehören würde?»

Darüber hatte er einen neuerlichen Lachanfall. «Was? Versuchst etwa du, mich umzubringen?» fragte er.

«Sei ernst, Perry, ich bitte dich!»

«Himmel, wie kann ich das? Einen solchen Haufen Unsinn habe ich noch nie im Leben gehört. Das kommt davon, wenn man Mrs. Radclyffes Romane liest! Ich erkläre dir, das ist ein großartiger Witz!»

«Was ist ein großartiger Witz? Darf ich das Vergnügen teilen?»

Judith sah sich schnell um. Der Earl war ins Zimmer getreten, stand am Tisch und betrachtete sie mit undurchdringlicher Miene. Wieviel er von ihren Gespräch gehört hatte, konnte sie nicht erraten, wurde aber blutrot, sprang auf und wandte den Kopf ab.

«Oh, es ist das Beste, was ich in den letzten zehn Jahren gehört habe!» sagte Peregrine. «Judith glaubt, daß man mich vergiftet!»

«Wirklich?» fragte der Earl und blickte Judith an. «Darf ich wissen, wer es ist, den Miss Taverner verdächtigt, dich zu vergiften?»

Sie warf ihrem Bruder einen zornigen, vorwurfsvollen Blick zu und ging am Earl vorbei zur Tür. «Peregrine macht Witze. Ich glaube, er hat etwas genommen, das ihm nicht bekommt, das ist alles.»

Sie ging hinaus, und der Earl, der ihr einen Augenblick schweigend nachsah, wandte sich gleich darauf Peregrine zu, legte eine silberne Schnupftabaksdose auf den Tisch und sagte: «Die gehört dir, glaube ich. Sie wurde im Blauen Salon gefunden.»

«O danke! Ja, es ist meine», sagte Peregrine, hob sie auf und ließ sie nachlässig aufschnappen. «Ich wußte nicht, daß ich noch so viel Tabak in ihr hatte; ich dachte, sie sei nur noch halbvoll. Sie wissen, Petersham fand es eine sehr gute Mischung. Sie haben es ihn sagen gehört. Ich wollte, Sie versuchten sie.»

«Na schön», sagte der Earl und tauchte Zeigefinger und Daumen in die Dose.

Sehr befriedigt nahm auch Peregrine eine Prise und schnupfte sie sorglos auf. «Ich mag diesen Tabak sehr», sagte er. «Ich weiß nicht, was gegen ihn einzuwenden ist.»

Die Augen des Earls, die aufmerksam auf sein Gesicht gerichtet waren, senkten sich. «Petershams Lob sollte genügen, dich zu befriedigen», sagte er. «Ich kenne keinen besseren Richter.»

«Judith sagt, es sei eine Sorte, die kein Herr von Geschmack benützen könnte», beklagte sich Peregrine. «Wenn auch Sie es sagen würden, dann sollte ich lieber alles wegwerfen, glaube ich, denn Petersham wollte vermutlich nur höflich sein.»

«Miss Taverner hat etwas gegen parfümierte Tabake», erwiderte der Earl. «Du kannst diese Sorte unbesorgt benützen.»

«Fein, das freut mich», sagte Peregrine. «Wissen Sie, ich habe einen ganzen Topf voll davon daheim, und es wäre ein Jammer, ihn zu verschwenden.»

«Sicher. Aber ich hoffe, du hältst den Topf in einem warmen Zimmer?»

«Oh, er steht in meinem Schlafzimmer. Ich halte nicht sehr viel Tabak im Haus, ich habe kein Zimmer eigens für ihn, wie Sie. Im allgemeinen kaufe ich, was ich brauche, und hebe ihn dort auf, wo er bequem bei der Hand ist.»

Der Earl erwiderte etwas Gleichgültiges, ging bald wieder und begab sich auf die Suche nach Judith. Er fand sie in der Bibliothek, wo sie gerade einen Band von den Regalen wählte. Als er hereinkam, errötete sie leicht, sagte aber ruhig: «Sie haben eine vortreffliche Bibliothek – vermutlich viele tausend Bände. In Beverley besteht bei uns in dieser Hinsicht ein trauriger Mangel. Es ist ein großer Luxus, sich in einer so wohlversorgten Bibliothek wie dieser zu befinden.»

«Meine Bibliothek fühlt sich geehrt, Miss Taverner», antwortete er kurz.

Sie konnte den Ernst in seinem Ausdruck und seiner Stimme einfach nicht übergehen. Er sah streng drein, und in seinem Ton lag etwas Sprödes, ganz anders als die leichte, offene Art, an die sie sich allmählich bei ihm gewöhnte. Sie zögerte, wandte sich ihm dann voll zu und sagte mit freimütiger Entschlossenheit: «Ich fürchte, es könnte eine Mißdeutung geben. Ich habe mir eine Phantasterei erlaubt, die Sie, glaube ich, mit angehört haben, als Sie vorhin in den Salon kamen.»

Er antwortete nicht sofort, und als er endlich sprach, klang es sehr trocken. «Ich glaube, Miss Taverner, Sie täten gut daran, niemandem gegenüber zu wiederholen, daß Sie annehmen, Peregrines Unwohlsein sei auf die Wirkung von Gift zurückzuführen.»

Sie errötete noch tiefer und senkte den Kopf: «Ich war sehr dumm. Wirklich, ich weiß nicht, was über mich kam, mit einer so dummen Idee herauszuplatzen. Ich mache mir Sorgen um Peregrine. Die Erinnerung an dieses Duell, das Gott sei Dank unterbrochen wurde, hat sich meiner so stark bemächtigt, daß ich seither nicht zur Ruhe komme. Es schien so mutwillig, so sinnlos zu sein! Und dann müssen Sie wissen, daß er auf seinem Heimweg aus St. Albans überfallen wurde und nur dank dem reinsten Wunder davongekommen ist. Ich kann mich nicht von der Angst befreien, daß ihm irgendeine Gefahr droht. In der Erregung des Augenblicks schien diese Unpäßlichkeit meinen Verdacht zu bestätigen, und ohne erst zu überlegen, sprach ich den Gedanken aus, der mir durch den Kopf fuhr. Ich hatte unrecht, war äußerst töricht, und ich gestehe es ein.»

Er kam auf sie zu. «Ängstigen Sie sich um Peregrine? Das brauchen Sie nicht.»

«Ich kann mir nicht helfen. Wenn ich denken müßte, daß in meinem Verdacht die geringste Spur Wahrheit steckte, ich glaube, ich würde verrückt vor Entsetzen werden.»

«In diesem Fall», sagte Seine Lordschaft bedächtig, «ist es nur gut, daß keine Wahrheit in ihm steckt. Ich zweifle nicht daran, daß Peregrine äußerst schnell wieder gesund wird. Was sein ziemlich albernes Duell und seine Begegnung am Finchley Common betrifft, so können solche Dinge jedem passieren. Ich rate Ihnen, Sie sich aus dem Kopf zu schlagen.»

«Mein Vetter hat die Sache nicht so leicht genommen», sagte sie leise.

Sein Gesicht verhärtete sich. «Haben Sie diese Angelegenheit mit Mr. Bernard Taverner besprochen?» fragte er scharf.

«Natürlich. Warum denn nicht?»

«Ich könnte Ihnen einige gute Gründe dafür nennen. Ich wäre Ihnen verbunden, Miss Taverner, wenn Sie daran dächten, daß, wie immer Ihr Verhältnis zu diesem Herrn sein mag, ich es bin, der Ihr Vormund ist, und nicht er.»

«Das vergesse ich nicht.»

«Verzeihen Sie, Miss Taverner, Sie vergessen es jedesmal, wenn Sie ihn ins Vertrauen ziehen. Er hat nichts getan, um es zu verdienen.»

Sie sah ihn mit aufkeimendem Zorn an. «Ist das nicht etwas kleinlich, Lord Worth?»

Ein sarkastisches Lächeln kräuselte seine Lippen. «Ich verstehe. Ich bin wohl eifersüchtig? Mein gutes Mädchen, Ihre Eroberungen sind Ihnen zu Kopf gestiegen. Sie sind nicht das einzige hübsche Frauenzimmer, das ich geküßt habe.»

Ihre Brust hob und senkte sich schnell. «Sie sind unerträglich!» sagte sie. «Ich habe nichts getan, um eine solche Beleidigung zu verdienen.»

«Wenn wir schon von Beleidigungen sprechen», sagte der Earl grimmig, «dann werden Sie bei der Auseinandersetzung viel schlimmer abschneiden. Die Beleidigung, Sie davon zu unterrichten, daß ich kein Bewerber um Ihre Hand bin, ist wohl kaum mit der Beleidigung zu vergleichen, mir Eifersucht auf einen Mann wie Mr. Bernard Taverner zuzuschreiben.»

«Ich bin sehr froh, glauben zu dürfen, daß Sie nicht zu meinen Freiern gehören!» Judith blitzte ihn an. «Ich könnte mir nichts Verhaßteres vorstellen!»

«Es gibt Zeiten», sagte der Earl, «zu denen ich, wenn es meine Gewohnheit wäre, übertriebene Feststellungen zu äußern, dieses Gefühl fast ebenso verspüren könnte. Schauen Sie mich nicht so durchbohrend an: Ich bin für ein solches Theater völlig unempfänglich. Ihre Wutanfälle mögen ja daheim sehr gut wirken, in mir aber wecken sie nichts als den Wunsch, Sie gründlich zu verprügeln. Und das, Miss Taverner, ist, falls ich Sie doch jemals heiraten sollte, genau das, was ich tun werde.»

Miss Taverner rang nach Luft. «Falls Sie jemals – oh, wenn ich bloß ein Mann wäre!»

«Eine dümmere Bemerkung müssen Sie erst noch von sich geben», bemerkte Seine Lordschaft darauf. «Wenn Sie ein Mann wären, dann würde dieses Gespräch nicht stattfinden.»

Miss Taverner fand keine Antwort, drehte sich auf dem Absatz um und begann so hastig im Zimmer umherzugehen, daß es deutlicher als alle Worte den Aufruhr ihres Gemüts verriet.

Der Earl lehnte mit verschränkten Armen an den Bücherregalen und beobachtete ihre Wanderung. Während er ihr zusah, erstarb der Zorn in seinen Augen; sein Mund, der zu einer geraden Linie zusammengekniffen war, entspannte sich; und er begann nur noch belustigt dreinzusehen. Nach einiger Zeit sagte er in seiner üblichen ruhigen Art: «Gehen Sie nicht weiter auf und ab, Miss Taverner. Sie sehen dabei zwar prächtig aus, aber es ist Energieverschwendung. Ich will mich für das Ganze entschuldigen.»

Sie blieb neben einem Sessel stehen und packte die Lehne mit beiden Händen. «Ihr Betragen, Ihre Manieren –»

«Beides abscheulich», sagte er. «Ich bitte um Entschuldigung, aber ‹unerträglich› war das Wort. Ich biete Ihnen meine Entschuldigung an.»

«Ihre Art, von einem Herrn zu sprechen, der mein Vetter ist –»

«Den wir, wenn ich bitten darf, bei dieser Erörterung aus dem Spiel lassen wollen.»

Sie packte die Sessellehne noch fester. «Ihre Unzartheit, der gänzliche Mangel an richtigem Gefühl, der Sie dazu herausforderte, mich mit einer Episode aus der Vergangenheit zu verhöhnen, die mich mit Scham erfüllte und noch erfüllt –»

Er streckte ihr die Hand hin. «Das war wirklich schlecht von mir», sagte er sanft. «Vergeben Sie mir!»

Sie war zum Schweigen gebracht und sah eine Zeitlang stirnrunzelnd zu ihm hinüber. Endlich sagte sie besänftigt: «Vermutlich erscheine ich als eingebildet. Wenn Sie es sagen, ist es zweifellos so. Sie dürften das ja beurteilen können. Ich kann Ihnen jedoch versichern, Lord Worth, daß meine Eroberungen, wie Sie sie freundlicherweise nennen, mich nicht zu der Annahme verführt haben, jeder Herr meiner Bekanntschaft, einschließlich Ihnen, habe den Wunsch, mich zu heiraten.»

«Natürlich nicht», stimmte er ihr zu.

Sie sagte unsicher: «Es tut mir leid, daß mir das Temperament in einer, wie Sie vielleicht denken, undamenhaften Art durchgegangen ist, aber Sie werden zugeben, daß die Herausforderung groß war.»

«Ich gebe zu, daß es unmöglich war, ihr zu widerstehen», sagte Seine Lordschaft. «Kommen Sie – wollen wir uns darauf die Hand geben?»

Miss Taverner kam langsam zu ihm herüber und legte die Hand zögernd in die seine. Er neigte sich vor und – etwas zu ihrer Überraschung – küßte ihr leicht die Hand. Als er sie losließ, sagte er: «Ich habe Ihnen noch etwas zu sagen, bevor wir dieses Gespräch vergessen. Es ist mein Wunsch, daß Sie weder Mr. Taverner noch sonst jemandem gegenüber Ihren Verdacht erwähnen, daß Perry langsam vergiftet wurde.» Sie sah ihn fragend und leicht stirnrunzelnd an. «Sie können damit nichts Gutes tun, wenn Sie einen solchen Verdacht äußern; Sie können nur Schaden anrichten.»

«Schaden! Glauben Sie – ist es möglich, daß ich recht gehabt habe?» fragte sie in schnell aufsteigender Bestürzung.

«Äußerst unwahrscheinlich», antwortete er. «Da aber diese Unpäßlichkeit ihn unter meinem Dach überfallen hat, möchte ich lieber nicht in den Verdacht geraten, daß ich ihn umbringen will.»

«Ich werde nicht darüber sprechen», sagte sie bekümmert. «Ich sollte wirklich kein solches Gerücht entstehen lassen, ohne einen positiven Beweis, daß es wahr ist.»

Er verbeugte sich und ging zur Tür. Bevor er sie erreicht hatte, blickte er zurück und sagte beiläufig: «Übrigens, Miss Taverner, können Sie Ihre Hand auf den Mietvertrag Ihres Hauses legen? Ich glaube, ich gab ihn in Ihre Obhut.»

«Er liegt in meinem Schreibtisch daheim», sagte sie. «Wünschen Sie ihn?»

«Blackader schreibt über irgendeinen Punkt, der zur Diskussion stehe. Ich werde mir den Vertrag ansehen müssen. Wenn ein Diener nach London geschickt würde, könnte Ihre Haushälterin oder irgend jemand ihn finden und ihn übergeben, damit er mir gebracht wird?»

«Aber sicher», sagte sie. «Hinkson, Perrys neuer Groom, kann um ihn geschickt werden.»

«Danke, das wird zweifellos das Beste sein», sagte er.

In diesem Augenblick erklang ein hastiger Schritt draußen, und eine fröhliche Stimme rief: «In der Bibliothek, ja? Ich finde ihn schon – bemühen Sie sich nicht, mitzukommen, meine liebe Ma'am! Ich habe meine Wege hierherum noch nicht vergessen.»

Der Earl hob die Brauen in plötzlicher Überraschung. «Das ist etwas völlig Unerwartetes», bemerkte er, öffnete die Tür und streckte beide Hände hinaus. «Charles! Was, zum Teufel –?»

Ein großer junger Mann in Husarenuniform, mit einem schönen, lachenden Gesicht, den rechten Arm in der Schlinge, ergriff eine der Hände des Earls mit seiner Linken. «Mein lieber Junge! Wie geht's? Bei Gott, es ist großartig, dich wiederzusehen! Du merkst ja, ich habe Urlaub bekommen, dank dem hier!» Er wies auf seinen unbrauchbaren Arm.

«Was soll das?» fragte Worth. «Schmerzt er noch immer? Wann bist du aus den Krankenhaus gekommen? Sehr viel scheint dir ja nicht zu fehlen, soweit ich sehen kann!»

«Himmel, nein! Nichts in der Welt. Ich bin nur heimgekommen, um mein Glück bei der Erbin zu versuchen. Wo ist sie? Schielt sie wie zehn nackte Neger? Ist sie abscheulich? Das sind sie immer!»

Der Earl trat zurück. «Das kannst du selbst beurteilen», sagte er trocken. «Miss Taverner, so wenig er sich Ihnen auch empfohlen haben mag, muß ich doch um die Erlaubnis bitten, Ihnen meinen Bruder, Captain Audley, vorstellen zu dürfen.»

Der Ehrenwerte Charles Audley, Captain, fuhr zusammen und blickte Miss Taverner mit einem Ausdruck in seinen strahlenden Augen an, in dem sich Bestürzung, Bewunderung und Ungläubigkeit mischten. Er sagte: «Guter Gott, ist das möglich?» und trat vor. «Madam, Ihr Allergehorsamster! Was kann ich nur sagen?»

«Du hast schon zuviel gesagt», bemerkte der Earl belustigt.

«Wahr, sehr wahr! Davon komme ich wirklich nicht los; Miss Taverner, Sie haben mich einfach nicht gehört, Sie waren nicht dabei!»

«Im Gegenteil, ich habe Sie sehr deutlich gehört», sagte Judith, unfähig, seinem Lächeln zu widerstehen. Sie streckte die Hand aus. «*How do you do?* Es tut mir leid, Ihren Arm in der Schlinge zu sehen. Doch keine dauernde Verletzung?»

«Nicht für meinen Arm, Ma'am. Keine, die ich mir auf der Halbinsel zugezogen hätte», sagte er prompt, als er ihre Hand ergriff und sie küßte.

Sie mußte wider Willen lachen. Seine Augen begannen zu tanzen; er sagte übermütig: «Sie müssen mich Ihnen sagen lassen, daß ich bei all meiner Erfahrung mit Erbinnen bis heute noch keiner begegnet bin, die mir keine Albträume verursacht hätte. Sie haben mir den Glauben an Wunder wiedergeschenkt, Miss Taverner.»

«Wenn du dich noch weiter bloßstellst, wird Miss Taverner verlangen, daß ihr Wagen vorfährt», bemerkte der Earl.

«Durchaus nicht», erwiderte sie. «Ich bin glücklich bei dem Gedanken, daß ich Captain Audley keine Albträume verursache.» Sie ging zur Tür. «Sie werden einander bestimmt viel zu erzählen haben. Ich will Sie lieber allein lassen.»

Captain Audley schloß die Tür hinter ihr und wandte sich dem Earl zu. «Julian, du Hund! Die hast du aber mächtig im Dunkel gehalten! Bist du mit ihr verlobt?»

«Nein», sagte Worth.

«Dann bist du verrückt», erklärte der Captain. «Erzähl mir nicht, daß du dir diesen ganzen Reichtum und diese ganze Schönheit durch die Finger schlüpfen lassen willst! Ich habe gute Lust, es selbst bei ihr zu versuchen.»

«Tu das auf jeden Fall. Du wirst zwar keinen Erfolg haben, aber vielleicht hält es dich von Unfug ab.»

«Ah, sei da nicht allzu sicher!» grinste der Captain. «Darüber weißt du nichts, mein Junge.»

«Ich weiß sehr viel darüber», erwiderte Worth. «Ich bin ihr Vormund.»

«Also, auf mein Wort!» rief Captain Audley aus. «Soll ich darunter verstehen, daß du das Aufgebot verbieten würdest?»

«Richtig», sagte Worth.

Der Captain hockte sich auf den Tischrand. «Sehr gut, also auf nach Gretna Green! Mein lieber Junge, du bist ja selbst in sie verliebt! Soll ich verschwinden?»

Worth lächelte. «Deine Gewöhnlichkeit wird nur noch durch deine Eitelkeit übertroffen, Charles. Jetzt erzähl mir, wie ist es dir denn ergangen?»

«Alles zu seiner Zeit», sagte der Captain. «Zuerst erzähl du mir, ob ich mich von der Erbin zurückhalten soll.»

«Durchaus nicht; warum auch? Ich glaube, du kannst mir sogar sehr nützlich sein. Die Erbin hat einen Bruder.»

«Ihr Bruder interessiert mich nicht im geringsten», wandte der Captain ein.

«Möglich, aber ich habe ein beträchtliches Interesse an ihm», sagte Worth. Er betrachtete den Captain nachdenklich. «Ich glaube, Charles – ich bin fast sicher –, daß du dich mit dem jungen Peregrine sehr anfreunden wirst, wenn er es zuläßt. Leider mag er mich nicht, und seine Voreingenommenheit kann sich vielleicht ebenso auf dich erstrecken.»

«Ach, ach! Und warum soll er mich mögen?»

«Weil», sagte der Earl trocken, «ich jemanden brauche, der sein Vertrauen besitzt und dem auch ich traue.»

«Guter Gott, warum?» fragte der Captain sehr erstaunt.

«Peregrine Taverner», sagte Worth mit einer gewissen Bedachtsamkeit, «ist ein äußerst reicher junger Mann, und wenn ihm irgend etwas zustoßen sollte, würde seine Schwester den größten Teil seines Vermögens erben.»

«Sehr schön, dann ertränken wir ihn auf alle Fälle im See», sagte der Captain fröhlich. «Es ist klar, der muß weg.»

«Er ist bereits im Begriff, weggeräumt zu werden», sagte der Earl ohne die geringste Spur der Erregung in seiner ausgeglichenen Stimme. «In den letzten fünf Tagen hat er vergifteten Schnupftabak inhaliert.»

15

Die Ankunft von Captain Charles Audley war ein glücklicher Umstand, denn die Abreise Mr. Brummells, Lord Petershams und der beiden Damen Marley gerade an diesem Tag hatte die ganze unvermeidliche Lustlosigkeit heraufbeschworen, die mit dem Auseinanderfallen einer Gesellschaft verbunden ist. Die Taverners, Miss Fairford und Lord Alvanley sollten noch über das Wochenende in Worth bleiben, aber obwohl der Besuch einer Abendunterhatlung in einer Nachbarstadt, wo etwas Militär einquartiert lag, ein Tag Jagd und eine Kartenpartie geplant waren, herrschte doch eine Flauheit der Stimmung, eine Langeweile, die schwer abzuschütteln war. Das Auftauchen Captain Audleys verbannte alles Gefühl des Bedauerns über die Abwesenheit von vier der ursprünglichen Gäste. Seine Fröhlichkeit war ansteckend, und seine Manieren waren trotz all ihrer Kauzigkeit im allgemeinen so bezaubernd, daß sie ihn immer willkommen machten. Daß er eben erst von der spanischen Halbinsel gekommen war, machte ihn zur Hauptperson; die Damen hingen an seinen Lippen, und die Herren waren etwas gelassener, doch sehr bereit, alles zu hören, was er ihnen über den Stand der Dinge in Spanien erzählen konnte. Das einzige, worin er zumindest die Erwartungen der Damen nicht erfüllte, war seine Weigerung, die kühne Tat zu beschreiben, der seine Verwundung zugeschrieben werden mußte. Darüber wollte er nicht sprechen, behauptete, daß die Wunde gar nicht das Ergebnis irgendeiner edlen Handlung war, und mit Ausnahme der Feststellung, daß er sie sich in der Geschichte bei Arroyo del Molinos am 28. Tag des Oktobers zugezogen hatte und seither im Krankenhaus gelegen war (was Lady Albinia und Mrs. Scattergood bereits gewußt hatten), war nichts weiter aus ihm herauszuholen. Hingegen war er bereit, sich über jedes andere Thema zu unterhalten, und man empfand seine Ankunft bald als einen Vorteil. Er machte Miss Taverner schamlos den Hof, war freundlich zu Miss Fairford, zog seine Tante und seinen Onkel auf, nahm Peregrine heimlich zu einem Hahnenkampf in eine schmuddelige Taverne in der nächstgelegenen Stadt mit, und man stimmte im Handumdrehen darin überein, daß er ein höchst liebenswerter junger Mann sei. Er hielt es nicht für unter seiner Würde, darüber erfreut zu sein; es machte ihm ebensoviel Spaß, eine Quadrille zu arrangieren, um seiner Tante eine Freude zu machen, wie ein Whistspiel mit einem Pfund pro Punkt, und unterhielt sich bei örtlichen Kränzchen ebensogut, wie er es im Almack getan hätte.

«Sie sind mit einer glücklichen Natur gesegnet, Captain Audley», sagte Miss Taverner lächelnd. «Was immer Sie tun, es macht Ihnen Spaß, und Ihre gute Laune steckt jedermann zu ebensolcher Begeisterung an.»

«Wenn ich nicht in einer Gesellschaft wie dieser Vergnügen fände, wäre ich ja ein unerträglicher Geselle», erwiderte er herzlich.

«Sie sind wirklich ein Schmeichler.»

«Das kann nur ein so bescheidenes Geschöpf wie Sie denken.»

«Ich bin zum Schweigen gebracht. Finden Sie, daß diese Art Sprache bei den Erbinnen Ihrer Bekanntschaft allgemein willkommen ist?»

«Miss Taverner, ich appelliere an Ihren Sinn für Fairness! Ist das freundlich? Ist das richtig?»

«Es war unwiderstehlich», antwortete sie spitzbübisch.

«Was ist da zu machen? Wie soll ich Sie überzeugen?»

«Das können Sie nicht. Sie sind erkannt.»

«Ich warne Sie, daß ich wieder aufholen werde. Ich verlasse mich da ganz auf meinen Bruder. Wenn er das geringste Gefühl für mich übrig hat, muß er mir helfen, Sie von meiner Selbstlosigkeit zu überzeugen.»

«Heiliger Himmel, wie soll er das wohl anstellen?»

«Aber sehr einfach! Er braucht nur Ihre sämtlichen dreiprozentigen Staatsanleihen zu verkaufen und Ihr ganzes Vermögen auf der Börse zu verspielen. Dann kann ich Ihnen mit reinem Gewissen Herz und Hand anbieten.»

«Das klingt sehr unangenehm. Danke schön, aber ich möchte doch lieber mein Vermögen behalten.»

«Miss Taverner, Sie machen sich der entsetzlichsten Grausamkeit einem Mann gegenüber schuldig, der im Dienst des Vaterlandes verwundet wurde!»

«Das ist ja sehr schlimm. Was kann ich zur Buße tun?»

«Mich in Worths Karriol ausfahren», sagte er prompt.

«Dazu bin ich durchaus bereit, aber Lord Worth dürfte die Sache vielleicht in einem anderen Licht sehen.»

«Unsinn! Sein Viehzeug muß sich geehrt fühlen, wenn es von Ihnen kutschiert wird.»

«Ich wollte, er dächte auch so, aber ich glaube, wir werden doch gut daran tun, seine Erlaubnis einzuholen.»

«Sie sollen keine Schuld daran haben», versprach er. «Sie können nichts dagegen tun, wenn ich das Karriol vorfahren lasse.»

Sie schwankte. «Sicher, und ich habe es ja wirklich schon einmal gefahren. Wenn Sie es befehlen, kann vermutlich nichts dagegen einzuwenden sein. Sie können schließlich in Ihrem eigenen Heim nichts Unrechtes tun.»

Er grinste. «Dazu werden wir uns die Bemerkungen meines Bruders anhören. Seine Grauen stehen im Stall. Können Sie mit ihnen umgehen?»

«Ja, aber ich habe das Gefühl, das sollte ich nicht. Sind – sind seine Füchse im Stall?»

«Miss Taverner», sagte Captain Audley feierlich, «Julian ist der beste Mensch unter der Sonne und der gütigste aller Brüder, aber er hat die denkbar tödlichste Linke! Offen gesagt, das wage ich nicht.»

«Ich weiß zwar nicht, was Sie mit einer tödlichen Linken meinen, aber Sie haben sehr recht, seine Füchse dürfen wir nicht nehmen. Ich vermute, er hat nichts dagegen, wenn seine Grauen bewegt werden.»

«Er wird ohnehin nichts davon erfahren, da er nach Longhampton hinübergeritten ist. Die Parole lautet – *en avant*!»

Die Grauen, die ein widerstrebender Stallbursche bald darauf vorfuhr, waren einige Tage nicht draußen gewesen und daher sehr lebhaft. Captain Audley sah sie sich an und sagte: «Wir sollten lieber Johnson mitnehmen, Miss Taverner; fühlen Sie sich der Aufgabe gewachsen, sie zu fahren, oder sollen wir sie fortschicken und das Gig herausholen lassen?»

«Ein Gig! Auf keinen Fall! Ich habe dieses Gespann schon einmal gefahren, und weiß, daß sie wunderbar weich im Maul sind. Ich verpflichte mich, sie ohne Unfall zu fahren. Wir nehmen keinen Groom mit.»

«So sei es», sagte der Captain übermütig. «Schließlich, *einen* gesunden Arm hab ich ja noch.»

Dieser Arm wurde jedoch nicht gebraucht. Miss Taverners Können zeigte sich bald, und der Captain, der noch nie mit ihr gefahren war, hatte sich zuerst bereitgehalten, die Zügel zu ergreifen, entspannte sich aber bald und machte Miss Taverner das Kompliment, daß sie eine ebenso gute Fahrerin wie Letty Lade sei. Er gab den Weg an, und da er der Straße nach Longhampton in weitem Bogen ausgewichen war, wollte es auch nur das verrückteste Pech, daß sie auf dem Rückweg nach Worth doch geradewegs auf den Earl stießen.

Seine Lordschaft hatte am Wegrand angehalten, um einige Worte mit einem seiner Pächter zu wechseln, und saß auf einer schräg zum Weg stehenden Stute. Judith erblickte ihn als erste in einer Entfernung von etwa hundert Metern. Sie hielt bestürzt den Atem an, und rief dann aus: «Was sollen wir tun? Dort steht Ihr Bruder!»

Captain Audley sah sie schalkhaft an: «Oh, oh! Ich glaube, Sie möchten am liebsten umkehren und sich in der entgegengesetzten Richtung aus dem Staub machen!»

«Unsinn!» sagte Miss Taverner und saß sehr aufrecht. «Schließlich sind ja Sie schuld.»

«Aber ich habe nur einen Arm. Ich benötige Ihren Schutz.»

«Wie können Sie so albern sein! Zehn zu eins gewettet, wird er nichts daran finden.»

«Sie sind zu optimistisch. Besser, wir drehen den Kopf zur Seite und vertrauen darauf, daß er uns nicht erkennt.»

«Ein Mann, der seine eigenen Pferde nicht erkennt!» sagte Miss Taverner verächtlich. «Oh, Sie ziehen mich auf! Sie sind ganz abscheulich.»

Beim ersten Geräusch des sich nähernden Karriols hatte der Earl den Kopf gehoben und flüchtig den Feldweg hinaufgeschaut. Er war mitten in einer höflichen Frage nach der Gesundheit der Familie seines Pächters, brach jedoch unvermittelt ab. Der Bauer folgte seinem Blick und sagte nicht wenig überrascht: «Aber da kommen ja die Grauen Eurer Lordschaft, oder ich muß mich schon sehr irren!»

«Sie irren sich nicht», sagte der Earl grimmig und riß seine Stute herum, so daß sie quer zum Weg stand.

Miss Taverner gewahrte das Manöver und sagte: «Da! Sehen Sie! Wir müssen anhalten.»

«Sehe ich nicht ein. Lassen Sie die Zügel schießen und fahren Sie ihn einfach über den Haufen.»

Miss Taverner warf ihm einen vernichtenden Blick zu und zügelte ihre Pferde. In der nächsten Minute war das Karriol an den Earl herangefahren. Miss Taverner begegnete seinem Blick mit einem halb trotzigen, halb entschuldigenden Ausdruck in ihren blauen Augen. «Ich mache mit Ihrem Bruder eine Ausfahrt, Lord Worth», sagte sie.

«Das sehe ich», sagte der Earl. «Es war sehr höflich von Ihnen, anzuhalten, um mich zu begrüßen, aber Sie dürfen sich nicht von mir aufhalten lassen.»

Miss Taverner beäugte ihn zweifelnd. «Sie müssen erstaunt darüber sein, aber –»

«Keineswegs», sagte der Earl. «Das einzige, worüber ich staune, ist, daß Sie nicht meine Füchse fahren.»

«Das hätte ich ja so gern!» sagte Miss Taverner sehnsüchtig. «Aber Captain Audley sagte, er wage es nicht, und natürlich wußte ich, daß ich das nicht ohne Erlaubnis durfte. Wenn Sie ungehalten sind, bitte ich um Entschuldigung. Captain Audley, wie abscheulich von Ihnen, dazusitzen und zu lachen und kein Wort zu meiner Verteidigung zu sagen!»

«Mein Bruder würde sich meine Entschuldigung niemals auch nur mit halb so viel Freundlichkeit anhören, versichere ich Ihnen», sagte der Captain zwinkernd.

Miss Taverner wandte ihre Aufmerksamkeit wieder dem Earl zu. «Ich hoffe, Sie sind nicht sehr böse, Sir?»

«Meine liebe Miss Taverner, ich bin nicht im geringsten böse, außer über einen Punkt: Meine Pferde stehen Ihnen zur Verfügung, aber was fällt Ihnen ein, daß Sie niemanden anderen als diesen einarmigen Schwätzer an Ihrer Seite haben? Wenn ein Unfall geschieht, wie das durchaus passieren könnte, wäre er Ihnen keine Hilfe.»

«Oh, wenn das alles ist», erwiderte Judith, «dann müssen Sie wissen, daß ich es gewöhnt war, allein zu fahren. Mein Vater hatte nichts dagegen.»

«Ihr Vater», sagte der Earl, «hat Sie nie mit einem meiner Gespanne in der Hand gesehen.»

«Sehr richtig», stimmte ihm Judith zu. «Aber was wollen wir tun? Wollen Sie die Pferde führen, oder soll Captain Audley absteigen und das Ihre führen?»

«Captain Audley bittet, so frei sein und Miss Taverner informieren zu dürfen, daß er eher sterben würde!»

«Fahren Sie zu – Clorinda!» sagte der Earl, und ein kleines Lächeln verzog seine Lippen.

Sie verneigte sich, das Gespann zog an, und in der nächsten Minute trabte es munter den Feldweg dahin. Der Earl sah ihm nach, bis es nicht mehr zu sehen war, und wandte sich dann wieder seinem Pächter zu. Seine Angelegenheit hielt ihn nicht lange auf; er ritt gleich darauf querfeldein und kam in Worth gerade an, als Miss Taverner die Treppe hinaufging, um ihren Reitanzug gegen ein Musselinkleid zu wechseln. Sie blickte über die Schulter zurück und sagte spitzbübisch: «Wurde mir verziehen, Lord Worth? Oder stehe ich auf Ihrer schwarzen Liste?»

Er kam die Treppe herauf und ging langsam neben ihr die Galerie entlang. «Sie wären enttäuscht, wenn ich sagte, daß es Ihnen nicht gelungen ist, mich zu ärgern, Miss Taverner.»

«Nein, wirklich, Sie haben ja eine sehr seltsame Vorstellung von mir! Sie halten mich für entsetzlich unliebenswürdig.»

«Ich halte Sie für –» Er hielt inne und fuhr nach einem Augenblick etwas gepreßt fort: «Ich glaube von Ihnen, daß es Ihnen großes Entzücken bereitet, die Klinge mit mir zu kreuzen.»

«Ich habe Ihnen zufolge einen traurigen Charakter. Aber gegen diesen Angriff muß ich protestieren. Unsere Streitereien sind nur Ihre Schuld.»

«Das kann ich nicht zugeben; ich bin überhaupt nicht streitsüchtig.»

Sie lächelte, ließ es aber hingehen. Sie gingen bis zu ihrer Schlafzimmertür weiter. Bevor sie sie öffnen konnte, sprach der Earl wieder. «Sind Sie entschlossen, Miss Taverner, am Montag in die Brook Street zurückzukehren?»

Sie sah ihn überrascht an. «Entschlossen? Ich habe die Absicht, gewiß. Warum fragen Sie?»

«Ich kenne Ihre Verabredungen nicht, die Sie vielleicht getroffen haben, aber wenn es Ihnen nicht widerwärtig ist, möchte ich gern, daß Sie und Peregrine Ihren Besuch ausdehnen.» Er sah ihren ablehnenden Ausdruck und fügte mit seinem sarkastischen Lächeln hinzu: «Sie brauchen keine Angst zu haben: ich werde nicht hier sein. Ich habe etwas zu tun, das mich auf einige Wochen in die Midlands führt.»

«Aber warum wünschen Sie, daß wir hierbleiben?» fragte Judith.

«Ich glaube, es wäre für Peregrines Gesundheit gut.»

«Mir scheint, daß es ihm besser geht», sagte sie. «Er hustet nicht mehr so viel, glaube ich.»

«Zweifellos, aber ich halte eine sofortige Rückkehr in die Stadt nicht für ratsam. Die Luft von Worth wird ihm besser tun als die Luft im Watier-Klub.»

Dem stimmte sie zu, zögerte aber doch. Unvermittelt sagte er: «Tun Sie mir den Gefallen, Miss Taverner!»

Sie hob die Brauen. «Ist das ein Befehl?»

«Ich habe sorgfältig vermieden, meiner Bitte den geringsten Anschein eines Befehls zu geben.»

«Was ist der wahre Grund dafür, Lord Worth?»

«Wenn ich nicht in London sein kann, um Sie, Miss Taverner, daran zu hindern, Ihre Verlobung mit einem Herzog der Königsfamilie bekanntzugeben, und Peregrine daran, daß er irgendeine Torheit zur Gefahr für sein Leben oder sein Vermögen begeht, ziehe ich es vor, Sie sicher versorgt unter meinem eigenen Dach zu lassen.»

Sie sagte schnell: «Sie glauben also doch, daß Peregrine irgendwie bedroht ist.»

Er zuckte die Achseln. «Ich glaube, er ist ein unüberlegter junger Mann, der sich in Schwierigkeiten bringt, wo immer er kann.»

Sie schwieg einen Augenblick und sagte dann: «Sehr schön. Wenn Sie es wünschen, bleiben wir noch etwas länger hier.»

«Danke. Ich wünsche es wirklich. Ich bin überzeugt, daß mein Bruder alles tun wird, was in seiner Macht liegt, um Ihnen den Aufenthalt angenehm zu machen. Wenn Sie ihn davon abhalten können, seine Kraft zu überfordern, werde ich Ihnen sehr verbunden sein.»

Sie konnte es nicht verhindern, daß ihr ein Verdacht durch den Kopf schoß. Etwas zurückhaltend sagte sie: «Ein solches Amt kann ich nicht übernehmen. Ich habe weder Interesse an Captain Audley noch Einfluß auf ihn.»

In seinen Augen, die sie mit jenem leicht zynischen Glitzern ansahen, das ihr so sehr mißfiel, stand sehr viel Verständnis.

«Sie irren, Miss Taverner.»

«Verzeihung – ich verstehe nicht ...»

«Ich werde Ihnen nicht erlauben, meinen Bruder zu heiraten. Ihr würdet nicht zusammenpassen.»

Miss Taverner fegte in ihr Schlafzimmer und schloß die Tür mit unnötigem Nachdruck.

Als sie den Earl beim Diner wiedertraf, schien er sich nicht bewußt zu sein, etwas gesagt zu haben, das sie geärgert hätte. Ihr Benehmen war kalt; er verriet nicht, ob er es bemerkte; und nach einer Weile kam sie zu dem Schluß, daß es für sie am würdevollsten war, eine ähnliche Sorglosigkeit zur Schau zu tragen wie er.

Lady Fairford, an die man sich in einem Expreßbrief wandte, gab bereitwillig ihre Zustimmung, daß ihre Tochter unter Mrs. Scattergoods Obhut in Worth blieb; Miss Fairfords Anwesenheit versöhnte Peregrine mit Leichtigkeit mit der Änderung des Plans; und der Earl verließ sein Haus am Montag in der Überzeugung, daß seine Gäste bis zu seiner Rückkehr fröhlich miteinander beschäftigt bleiben würden.

Sein Vertrauen war nicht fehl am Platz. Mit Reitpferden zu ihrer Verfügung, Unterhaltungen in Longhampton und ihrer eigenen Gesellschaft waren die jüngeren Leute sehr zufrieden. Captain Audley gab einen bezaubernden Gastgeber an, und es dauerte nicht lange, bis Peregrine ihn genauso gern mochte, wie es seine Schwester tat, und ihn für das genaue Vorbild dessen hielt, was er insgeheim gern gewesen wäre. Drei Wochen verflogen, ohne daß es jemand gemerkt hätte, und als die Gesellschaft schließlich aufbrach, stand jedes ihrer Mitglieder mit den übrigen auf ausgezeichnetem Fuß. Miss Taverner, die es zuließ, daß der Captain so nahe an einen Flirt mit ihr kam, wie es ihr Sinn für Anstand nur billigen konnte, verliebte sich jedoch nicht in ihn; und als Peregrine sie fragte, ob sie sich vorstellen könnc, mit ihm verheiratet zu sein, gab sie sehr entschieden zur Antwort:

«Heiliger Himmel, nein, Perry! Was kann dir eine solche Idee in den Kopf gesetzt haben?»

«Ich dachte, du scheinst ihn sehr gern zu mögen.»

«Aber natürlich! Das muß doch einfach jeder.»

«Na ja, ich sag dir was, Ju: Ich hätte nichts dagegen, wenn du ihn doch heiraten würdest. Er ist ein großartiger Bursche.»

Sie lächelte. «Sicher. Aber er ist überhaupt nicht der Mann, von dem ich mir vorstellen könnte, daß ich mich in ihn verliebe. Er hat eine Flatterhaftigkeit an sich, eine Gewohnheit, allen gefallen zu wollen, die es ausschließt, daß ich ihn sehr ernst nehme.»

«Ich bin überzeugt, er ist verliebt in dich.»

«Und ich bin überzeugt, daß er genauso in jedes andere halbwegs gutaussehende Frauenzimmer verliebt ist», antwortete Miss Taverner.

Man ließ das Thema fallen. Gegen Ende Januar waren die Taverners wieder in London, nur um eine Woche später nach Osterley Park zu fahren. Selbst Peregrine, der sich wieder in die Vergnügungen der Großstadt gestürzt hatte, hielt eine Einladung von Lady Jersey für viel zu schmeichelhaft, als daß man sie ablehnen konnte. Er erhob keinen Einwand, und nach einem Abrechnungstag bei Tattersall neigte er wirklich zu dem Gedanken, daß ein weiterer Aufenthalt auf dem Land etwas sehr Gutes an sich hätte.

«Ja», stimmte ihm sein Vetter trocken zu. «Etwas sehr Gutes, wenn du mir am Ende einer einzigen Woche in der Stadt erzählen kannst, daß du auf dem trockenen sitzt.»

«Oh, na ja», sagte Peregrine, «so schlimm ist es auch wieder nicht, vermute ich. Ich hatte eben entsetzliches Pech. Fitz hat mir den Tip gegeben, auf Kiss-in-a-Corner zu setzen. Ich hab das Biest in Bailys Calendar nachgeschlagen – ein großartiger Steepler! Aber wer hat dann in dem bewußten Rennen wirklich gewonnen? Niemand anderer als Turnabout-Tommy, von dem ich schwören könnte, daß noch nie jemand von ihm gehört hat! So ein Riesenpech war noch nie da. Ich sitze nicht ganz so fest im Sattel, wie ich möchte, aber vermutlich wird sich mein Glück gewendet haben, wenn ich von Osterley zurück bin.»

«Das hoffe ich. Du siehst nicht sehr gut aus. Bist du wirklich ganz gesund?»

«Oh, nie gesünder gewesen. Wenn ich heute ein bißchen mitgenommen aussehe, so kommt das daher, daß Fitzjohn, Audley und ich gestern abend ziemlich gebummelt haben.» Er zog seine Schnupftabaksdose heraus und bot sie an: «Versuch doch einmal meine Mischung! Großartiger Tabak, genau das Richtige.»

«Ist das der Tabak, den du zu Weihnachten bekommen hast? Nein, danke. Unter Judiths Augen wage ich nicht, dabei ertappt zu werden, daß ich parfümierten Tabak schnupfe.»

«Na, da irrst du dich aber sehr», sagte Peregrine, bediente sich und schloß die Dose. «Selbst Petersham urteilte, daß er tadellos sei.»

«Aber mir liegt mehr am Urteil Judiths als an dem Petershams.»

«Och Himmel, das ist unsinnig», sagte Peregrine mit brüderlicher Verachtung.

Er ging bald fort, um sich Mr. Fitzjohn anzuschließen; Mr. Taverner wandte sich an Judith, die ruhig nähend am Kamin saß, und sagte: «Ist er gesund? Er sieht eine Spur kränklich aus, glaube ich. Oder bilde ich mir das ein?»

«Er war nicht ganz gesund», antwortete Judith. «Er hatte einen lästigen Husten – eine Erkältung von unserer Reise nach Worth, aber ich glaube, daß er jetzt wieder auf dem Weg der Besserung ist.»

«Sie tun recht daran, ihn aus London fortzubringen. Noch eine Pechsträhne, und er sitzt auf dem trockenen, wie man so sagt.»

«Sie seufzte. «Ich kann ihn nicht dazu bringen, das Wetten aufzugeben, Vetter. Ich kann nur auf Lord Worth vertrauen. Er hält Perry auf Apanage und hat, glaube ich, ein Auge auf ihn.»

«Ein Auge auf ihn! Wenn Sie gesagt hätten, ein Auge auf sein Vermögen, dann könnte ich Ihnen das bereitwilliger glauben! Ich habe es von einem, der anwesend war, als Lord Worth vor einigen Monaten vom Macao-Tisch im Watier-Klub mit Schuldscheinen von Perry in der Tasche in der Höhe von viertausend Pfund aufstand!»

Sie sah bestürzt auf, wurde jedoch durch den Eintritt Captain Audleys an einer Antwort gehindert. Der Captain war die Brook Street hinunterspaziert und wollte nicht am Haus vorbeigehen, ohne hereinzukommen und einen Vormittagsbesuch abzustatten. Miss Taverner machte die beiden Herren miteinander bekannt und war froh, daß sich aus dieser Vorstellung nicht eine derart formelle Höflichkeit ergab, wie sie das Resultat gewesen war, als sie Worth ihrem Vetter vorgestellt hatte. Captain Audleys Benehmen war zu natürlich, um das zuzulassen. Es wurde ein herzlicher Händedruck ausgetauscht; Mr. Taverner machte eine höfliche Bemerkung über die Verwundung des Captains; und das Gespräch wandte sich sofort den Ereignissen auf der Halbinsel zu. Die Nachricht von der Erstürmung Ciudad Rodrigos war erst vor kurzem bekanntgegeben worden; es gab viel dazu zu sagen; und eine halbe Stunde verging anscheinend zur Zufriedenheit beider Herren. Nachdem der Captain gegangen war, gab Mr. Taverner zu, daß Audley ein sehr angenehmer Bursche sei, über dessen Bekanntschaft er sich freue. Bei der Unterhaltung über ihn wurde das ursprüngliche Gesprächsthema vergessen. Judith erinnerte sich später daran, und als sie Peregrine sah, wiederholte sie, was ihr Vetter gesagt hatte. Sie wünschte die Wahrheit zu erfahren.

Peregrine war verärgert. Er wurde rot und sagte ungehalten: «Unser Vetter mischt sich viel zuviel ein! Was gehen ihn meine Angelegenheiten an?»

«Aber Perry, dann ist es also wahr? Schuldest du Lord Worth Geld? Ich hätte nicht gedacht, daß das möglich wäre!»

«Nichts dergleichen. Ich wünschte, du zerbrächst dir nicht den Kopf über mich!»

«Bernard sagte, er hätte es von einem, der dabei war.»

«Himmel, kannst du es nicht sein lassen? Ich habe Macao an Worths Tisch gespielt, aber ich schulde ihm nichts.»

«Bernard sagte, Lord Worth habe Schuldscheine über viertausend Pfund von dir.»

«Bernard sagte, Bernard sagte!» rief Peregrine zornig aus. «Ich kann dir sagen, ich will mich nicht an diese Affäre erinnern! Worth benahm sich verdammt unangenehm – als wäre es etwas Ungewöhnliches, daß ein Mann mit meinem Vermögen bei einem Spiel ein paar Tausender verliert!»

«Daß er – dein Vormund! – dir eine solche Summe abgewinnt!»

«Oh, red doch nicht ewig darüber, Judith! Worth hat meine Schuldscheine zerrissen, und das ist alles.»

Sie war sich eines Gefühls der Erleichterung bewußt, das in keinem Verhältnis zu dem Vorfall stand. Der Verlust von viertausend Pfund konnte Peregrine kaum in Verlegenheit bringen, daß aber Worth ihm beträchtliche Geldsummen abgenommen hätte, entsetzte sie. Sie hatte ihn einer solchen Unanständigkeit nicht für fähig gehalten; sie war glücklich, daß sich diese Meinung bestätigt hatte.

Der Besuch in Osterley Park verlief sehr angenehm, und die Taverners kehrten Mitte Februar mit der Absicht nach London zurück, hier zu bleiben, bis die Saison in Brighton begann. In der Stadt hatte sich nicht sehr viel geändert; es wurden keine neuen Zerstreuungen geboten, kein aufsehenerregender Skandal hatte sich abgespielt, der ein Gesprächsthema geboten hätte. Es lief die gleiche Runde von Bällen, Unterhaltungen, Kartenpartien, Theaterbesuchen ab, von Konzerten alter Musik am Hannover Square oder einem Besuch des Bullock-Museums, das soeben für Leute ernsterer Geisteshaltung am Piccadilly eröffnet worden war. Die einzige Neuigkeit lieferte Mr. Brummell, der ein leichtes Aufsehen mit der Ankündigung erregte, daß er seine Lebensweise reformiere. Die Vermutungen, was für drastische Änderungen das wohl sein mochten, waren verschiedener Art; als er jedoch offen gefragt wurde, worin denn seine Reformen bestanden, antwortete er in seiner arglosesten Art: «Meine Reformen – ah, ja! Zum Beispiel – ich esse früh zu Abend; ich nehme etwas – etwas Hummer, ein Aprikosensoufflé oder so etwas, und um zwölf herum etwas Champagner, und um drei bringt mich mein Kammerdiener zu Bett.»

Nach einem weiteren Versuch, Miss Taverner zu gewinnen, wandte sich der Herzog von Clarence der Belagerung von Miss Tylney Long zu; in den Klubs wurden jedoch seine Erfolgschancen für gering gehalten, da die Dame begonnen hatte, Anzeichen einer Begünstigung der Werbung Mr. Wellesley Pooles zu zeigen.

Anfang März schwanden alle anderen interessanten Themen vor einem neuen und glitzernden dahin: Ein Name war in aller Munde, und es war kein Salon zu finden, in dem nicht ein Exemplar von «Childe Harold's Pilgrimage» auf dem Tisch lag. Es waren nur zwei Gesänge dieses Werkes veröffentlicht worden, aber von diesen beiden war jeder hingerissen. Man war der Meinung, daß der plötzlich zu Ruhm gelangte Lord Byron alle übrigen Dichter in den Schatten stellte, und glücklich war die Gastgeberin, die sich ihn zur Attraktion ihrer Abendgesellschaft sichern konnte. Er wurde von der Melbourne-House-Clique mit Beschlag belegt; es war bekannt, daß Lady Caroline Lamb wahnsinnig in ihn verliebt war, verständlicherweise, denn es hatte ja bestimmt noch nie soviel Schönheit, soviel romantisch Geheimnisvolles einen Poeten umgeben.

«Verflixt sei dieser Kerl Byron!» sagte Captain Audley humorvoll. «Seit ‹Childe Harold› erschienen ist, gönnt keine von euch Damen uns weniger begabten Sterblichen auch nur einen Blick!»

«Werfen Sie diese Beschuldigung nur ja nicht mir an den Kopf», antwortete Miss Taverner lächelnd.

«Ich bin überzeugt, daß ich Sie nicht einmal, sondern dutzende Male hingerissen murmeln hörte, ‹*Adieu, adieu! My native shore fades 'er the waters blue'!*› Wissen Sie, daß wir alle graue Haare bekommen bei dem Bemühen, ebenfalls Dichter zu werden?»

«Ah, seine Dichtung! Der könnte ich ewig zuhören, aber bitte, verwechseln Sie meine Bewunderung für sie nicht mit einer Vorliebe für Seine Lordschaft. Ich habe ihn im Almack kennengelernt. Ich gestehe ihm zu, daß er so schön ist, wie Sie nur immer wollen, aber er gibt sich derart hochmütig und legt sich so viel melancholische Großartigkeit zu, daß es mir ihn richtig widerwärtig macht. Er heftet seinen strahlenden Blick auf einen, verbeugt sich, sagt mit kalter Stimme zwei Worte, und das ist alles! Ich werde ganz aufgebracht, wenn ich sehe, wie sich alle um ihn scharen, schmeichelnd, bewundernd an seinen Lippen hängen. Stellen Sie sich boß vor – er wurde gebeten, mit Mr. Roger im St. James's Place zu speisen, kam zu spät, lehnte jeden angebotenen Gang ab und aß schließlich in Essig zerdrückte Kartoffeln, zum allgemeinen Erstaunen, wie Sie sich vorstellen können. Ich habe es von jemandem gehört, der anwesend und scheinbar sehr davon betroffen war. Ich persönlich halte es für bewußte Ziererei und kann nicht darüber lächeln.»

«Vortrefflich! Ich bin entzückt!» sagte der Captain. «Ich sehe, ich brauche also doch nicht zu versuchen, Seine Lordschaft nachzuahmen.»

Sie lachte. «Ein solches Genie nachahmen! Das könnte bestimmt niemand. Sie müssen wissen, daß mein Schmähen Lord Byrons nur durch Verstimmung hervorgerufen wurde. Er hat mich kaum bemerkt! Sie können von mir nicht erwarten, daß ich ihm nach so etwas noch Gerechtigkeit widerfahren lasse.»

Lord Byron beschäftigte die Gedanken der großen Welt auch weiterhin. Seine Verbindung mit Lady Caroline wurde überall besprochen, und man ereiferte sich darüber; seine Verse und seine Person wurden übertrieben gepriesen. Selbst Mrs. Scattergood, die kein Bücherwurm war, konnte zwei, drei aufeinanderfolgende Zeilen aus «Childe Harold» auswendig zitieren.

Wie anzunehmen, interessierte sich Peregrine nicht sehr für Seine Lordschaft. Er war seinen Husten los, seine Gesundheit schien die beste, und nur zwei Dinge ärgerten ihn: erstens, daß Worth nicht dazu gebracht werden konnte, Peregrines Hochzeitstag festzusetzen; zweitens, daß nicht einmal Mr. Fitzjohn ihn als Mitglied im Four Horse Club befürworten wollte. Diese erlesene Versammlung der besten Fahrer traf sich jeden ersten und dritten Donnerstag im Mai und Juni am Cavendish Square und fuhr in flottem Trab in gelben Landauern nach Salt Hill. Hier dinierten die Mitglieder entweder im «Castle» oder im «Windmill», nachdem sie in Turnham Green zu Mittag gegessen und auf der Hounslow Heath in den «Magpies» eine Erfrischung zu sich genommen hatten. Die Rückfahrt fand jeweils am nächsten Tag und ohne Pferdewechsel statt. Judith sah nicht ein, was es an der Leistung so Bemerkenswertes gab, volle zwei Monate lang bestand jedoch Peregrines ganzer Ehrgeiz darin, das Recht zu erwerben, sich dieser vornehmen Prozession nach Salt Hill anschließen zu dürfen und die Braunen zu fahren, die (obwohl die Farbe nicht absolut Bedingung war) sehr *de rigueur* waren. Er konnte Mr. Fitzjohn nie ohne einen Stich im Herzen im Klubanzug sehen und hätte alle seine teuren Westen für eine blaue mit zollbreiten gelben Streifen hergegeben.

«Nein, mein lieber Perry, ich kann es wirklich nicht tun!» sagte Mr. Fitzjohn untröstlich. «Außerdem, selbst wenn ich es täte, woher nähmen wir den zweiten Bürgen für dich? Peyton tät's nicht, und Sefton tät's nicht, und du hättest nicht mich gebeten, dich einzuführen, wenn du Worth dazu gebracht hättest, es zu tun.»

«Ich kenne Mr. Annesley ziemlich gut», sagte Peregrine. «Glaubst du nicht, daß er den zweiten Bürgen für mich abgäbe?»

«Nicht, wenn er dich mit einem Viererzug gesehen hätte», sagte Mr. Fitzjohn brutal. «Übrigens würdest du auf alle Fälle hinausgestimmt, mein lieber Alter. Versuch den Bensington-Klub; ich glaub, die sind bei weitem nicht so streng, und vielleicht haben die einen Platz frei.»

Das jedoch befriedigte Peregrine keinesfalls; für ihn gab es nur den F. H. C. oder nichts.

«Die Tatsache ist», sagte Mr. Fitzjohn freimütig, «daß du eben nicht fahren kannst, Perry. Ich gebe zu, daß du ein toller Reiter bist, aber ich möchte nicht um hundert Pfund hinter dir sitzen, wenn du ein Gespann fährst. Derbe Pratzen, lieber Junge, derbe Pratzen!»

Peregrine schäumte vor Wut, seine Schwester brach jedoch in leises Gelächter aus und wiederholte den Ausdruck, der ihr gefallen hatte, später ihrem Vormund gegenüber. Sie holte sein Karriol ein, als sie ihren Phaeton im Park kutschierte, fuhr neben ihn heran und sagte charmant: «Ich habe mir gewünscht, Lord Worth, Sie zu treffen. Ich muß Sie um einen Gefallen bitten.»

Er hob überrascht die Brauen. «Nein, wirklich? Worum denn, Miss Taverner?»

Sie lächelte. «Sie sind nicht sehr galant, mein Herr. Sie müssen sagen: ‹Ich werde mich glücklich schätzen, alles in meiner Macht Stehende für Sie tun zu dürfen›, oder schlichter: ‹Sie erweisen mir eine Gunst, wenn Sie mich um etwas ersuchen.›»

Er antwortete leicht belustigt: «Ich traue Ihnen immer dann am wenigsten, wenn Sie schmeicheln, Miss Taverner. Um welchen Gefallen handelt es sich denn?»

«Nun, nur, daß es Ihnen gelingt, Perry in den Rennfahrer-Klub zu bringen», sagte Judith mit ihrer süßesten Stimme.

«Mein Instinkt für Gefahr läßt mich doch selten im Stich», bemerkte Seine Lordschaft. «Das tue ich bestimmt nicht, Miss Taverner.»

Sie seufzte. «Ich wollte, Sie täten es doch. Er denkt an nichts anderes mehr.»

«Empfehlen Sie ihn, seinen Freund Fitzjohn darum zu bitten. Der mag ihn anmelden, obwohl ich ihn hinauswähle.»

«Sie sind sehr unangenehm. Mr. Fitzjohn ist genauso schlimm. Er sagt, Perry habe derbe Pratzen.»

«Ich kann mir vorstellen, daß er es sagt, aber ich sehe die Notwendigkeit nicht ein, daß Sie diesen Ausdruck verwenden.»

«Ist er sehr ordinär?» erkundigte sich Judith. «Ich hielt ihn für angebracht.»

«Er ist außergewöhnlich ordinär», sagte der Earl niederschmetternd.

«Nun ja», sagte Judith und bereitete sich vor, weiterzufahren. «Ich bin sehr froh, daß ich nicht Ihre Tochter bin, Lord Worth, denn Sie sind viel zu streng in Ihren Anschauungen, glaube ich.»

«Meine Tochter!» rief der Earl aus und sah wie vom Donner gerührt drein.

«Ja. Überrascht Sie das? Sie müssen wissen, ich möchte Sie durchaus nicht zum Vater haben.»

«Ich bin erleichtert, daß Sie das sagen, Miss Taverner», sagte der Earl grimmig.

Miss Taverner verbiß sich ein Lächeln, weil sie ihn aus der Fassung gebracht hatte, verneigte sich und fuhr weiter.

Es dauerte eine Weile, bis sich Peregrine von seiner Enttäuschung erholte, aber Mitte April wandten sich seine Gedanken in eine andere Richtung, und er begann Judith zu drängen, sich wegen eines zwei- oder dreimonatigen Aufenthalts in Brighton an Worth zu wenden. Dazu war sie sehr bereit; in London wurde dank dem Umstand, daß der Regent seinen Geburtstag am 12. April in Brighton gefeiert hatte, die Gesellschaft schon spärlich, und nach allem, was Judith gehört hatte, würden sie Gefahr laufen, keine passende Unterkunft in Brighton mehr zu finden, wenn sie viel länger zögerten. Die Geschwister vereinbarten, daß Peregrine, wenn Worth zustimme, mit ihrem Vetter nach Brighton fahren und für Anfang Mai eine Unterbringung arrangieren würde.

Der Earl gab seine Zustimmung äußerst bereitwillig, es gelang ihm jedoch, Miss Taverner trotzdem zu reizen. «Sicherlich. Es wird sehr wünschenswert sein, wenn Sie über den Sommer aus der Stadt herauskommen. Ich hatte den 12. Mai als ein passendes Datum festgesetzt, aber wenn Sie früher fahren möchten, kann es vermutlich auch so eingerichtet werden.»

«Sie haben festgesetzt –!» wiederholte Miss Taverner. «Wollen Sie mir erzählen, daß Sie bereits Vorkehrungen für unseren Aufenthalt in Brighton getroffen haben?»

«Natürlich. Wer sonst sollte es tun?»

«Niemand!» sagte Miss Taverner zornig. «Es liegt an Peregrine und mir, es einzurichten. Sie haben die Angelegenheit keinem von uns beiden gegenüber auch nur erwähnt, und wir lassen unsere Zukunft nicht in dieser überheblichen Art für uns bestimmen.»

«Ich dachte, Sie wünschten nach Brighton zu fahren?» sagte der Earl.

«Und ich fahre auch nach Brighton!»

«Also wozu dann diese ganze Aufregung?» erkundigte sich Worth ruhig. «Als ich Blackader hinschickte, sich passende Häuser anzusehen, habe ich nur das getan, was Sie haben wollten.»

«Sie haben sehr viel mehr getan. Perry wird mit meinem Vetter hinüberfahren, um ein Haus auszusuchen!»

«Diese Mühe kann er sich sparen», antwortete Worth, «es sind nur noch zwei zu haben, und ich habe beide an der Hand. Sie müssen wissen, daß in Brighton Häuser für die Saison äußerst schwer zu bekommen sind. Falls Sie nicht in einer Hinterstraße wohnen wollen, werden Sie mit dem einen der beiden zufrieden sein, die Blackader für Sie gefunden hat. Das eine liegt an der Steyne, das andere an der Seepromenade, der Marine Parade.» Er sah sie einen Augenblick an und senkte dann den Blick. «Ich rate Ihnen sehr, wählen Sie das Haus an der Steyne. Die Marine Parade wird Ihnen nicht gefallen; die Steyne ist eine passendere Lage, mitten in der Stadt, mit Blick auf den Pavillon – praktisch der Mittelpunkt von Brighton. Ich werde Blackader beauftragen, mit dem Besitzer abzuschließen. Es werden dreißig Guineen pro Woche für das Haus verlangt, aber setzt man die Lage in Rechnung, kann man das nicht für übertrieben teuer halten.»

«Ich halte es für lächerlich», sagte Miss Taverner sofort. «Soviel mir mein Vetter erzählt hat, würde ich es unendlich vorziehen, an der Marine Parade zu wohnen. Mitten in der Stadt, mitten in all dem Wirbel zu wohnen, kann sich nicht empfehlen. Ich will mich mit unserem Vetter beraten.»

«Ich wünsche nicht, daß Sie das Haus an der Marine Parade nehmen», sagte der Earl.

«Es tut mir leid, Ihnen nicht den Gefallen tun zu können», sagte Miss Taverner mit einem kriegerischen Licht in den Augen. «Sie werden die Güte haben, Mr. Blackader zu informieren, dieses und kein anderes Haus für uns zu mieten.»

Der Earl verbeugte sich. «Sehr wohl, Miss Taverner», sagte er.

Judith, die sich auf einen Kampf gefaßt gemacht hatte, blieb triumphierend, aber verwirrt zurück. Die unerwartete Nachgiebigkeit des Earl erklärte sich jedoch bald. Als Captain Audley Miss Taverner im Park traf, kletterte er zu ihr in den Phaeton und sagte: «Sie fahren also nach Brighton, Miss Taverner! Mein Arzt empfiehlt mir Seeluft – Sie werden mich bestimmt auch dort sehen.»

«Wir fahren nächsten Monat», antwortete Judith. «Wir werden an der Marine Parade wohnen.»

«Ja, ich war anwesend, als Blackader aus Brighton zurückkam. Es wird dort diesen Sommer voll sein. Es waren nur noch zwei elegante Häuser zu haben, und das eine an der Steyne – keine sehr passende Lage für Sie, meinte Worth.»

Miss Taverner blieb der Mund offenstehen; sie wandte dem Captain die Augen zu und betrachtete ihn mit schmerzlicher Eindringlichkeit. «Er wollte, daß ich das andere wähle?» fragte sie.

«Aber natürlich; ich bin überzeugt, er hatte nicht die Absicht, Sie an der Steyne unterzubringen. Sie ist zweifellos sehr mondän, aber alles würde Ihnen in die Fenster starren, und die jungen Stutzer würden ständig Ihr Kommen und Gehen begaffen.»

«Captain Audley», sagte Miss Taverner und beherrschte sich mit größter Anstrengung. «Sie müssen sofort absteigen, denn ich fahre heim.»

«Guter Gott!» rief der Captain bestürzt aus. «Was habe ich denn gesagt, das Sie beleidigt hat?»

«Nichts, nichts. Mir fiel nur ein, daß ich einen Brief schreiben muß, der unverzüglich abgesandt werden muß.»

In einer Viertelstunde saß Miss Taverner an ihrem Schreibtisch, Handschuhe und Halstuch auf den Boden neben sich hingeworfen, und richtete wütend ihren Federkiel. Als er zu ihrer Zufriedenheit ausgefallen war, tauchte sie ihn in das Tintenfaß und zog ein Blatt des eleganten Büttenpapiers heran. Dann saß sie da und knabberte an der Feder herum, während die Tinte langsam eintrocknete. Endlich nickte sie energisch vor sich hin, tauchte die Feder zum zweitenmal ein und begann sorgfältig einen Brief an ihren Vormund zu schreiben.

Brook Street, 19. April

Lieber Lord Worth! Ich fürchte, daß ich mich heute morgen schlecht benommen habe, als ich Ihren Wünschen in der Angelegenheit des Hauses in Brighton widersprach. Nach einiger Überlegung muß ich zugeben, daß ich unrecht hatte. Ich schreibe Ihnen jetzt, um Ihnen zu versichern, daß ich nicht wirklich wünsche, an der Marine Parade zu wohnen, und werde Ihnen gehorchen, indem ich an der Steyne Aufenthalt nehme.

Aufrichtig
Ihre Judith Taverner

Sie las das Schreiben mit einem erfreuten Lächeln durch, steckte es in einen Umschlag, siegelte ihn, schrieb die Anschrift und läutete nach dem Diener.

Der Brief wurde persönlich abgegeben, da jedoch der Earl ausgegangen war, als er abgeliefert wurde, brachte man Miss Taverner keine Antwort zurück.

Am Mittag des folgenden Tages war jedoch die Antwort gekommen. Miss Taverner erbrach das Siegel, entfaltete das einzelne Blatt und las:

Cavendish Square, 20. April

Liebe Miss Taverner – ich nehme Ihre Entschuldigung an; obwohl mich Ihr Versprechen, gehorsam zu sein, freuen muß, ist es jedoch jetzt für eine Änderung zu spät! Es tut mir leid, Sie unterrichten zu müssen, daß das Haus an der Steyne nicht mehr zu haben ist; jemand hat es uns bereits weggeschnappt. Ich habe heute morgen den Mietvertrag für das Haus an der Marine Parade unterzeichnet.

Der Ihre etc.
Worth

«Meine Liebste», rief Mrs. Scattergood, die in Straßenkleid und Hut plötzlich ins Zimmer kam, «du mußt auf der Stelle mit mir in die Bond Street fahren! Ich habe das hinreißendste Promenadenkleid für den Strand gesehen! Ich bin entschlossen, daß du es kaufen mußt. Nichts könnte wünschenswerter, nichts besser für den Strand geeignet sein. Es ist aus gelbem Kreppmusselin, am Busen und die ganze Vorderseite hinunter mit Maschen aus grünem Band und um den Hals mit, ich glaube, drei Reihen desselben Bandes geschlossen. Du kannst dir vorstellen, wie nett! Es hat einen hohen Halsstreifen aus Spitze und Rüschen an den Ärmeln und einen dazu passenden Zephyrmantel aus Spitze, der in langen Zacken bis zu den Füßen fällt, an jeder Zacke eine grüne Quaste und um die Mitte eine Schärpe. Du könntest deine gelben Marokkosandalen dazu tragen und die Kieselohrringe und Halskette und den Bienenstockhut mit dem langen Schleier. Oh, und was glaubst du, meine Liebe?! Ich traf Charles Audley unterwegs, und er erzählte mir, daß Worth ebenfalls nach Brighton fährt und für den ganzen Sommer ein Haus an der Steyne gemietet hat. Aber was ist denn los? Warum schaust du mich so an? Hast du schlechte Nachrichten bekommen?»

Judith sprang auf, knüllte den Brief des Earl zusammen und schleuderte den Ball in den leeren Kamin. «Ich glaube», sagte sie stürmisch, «daß Lord Worth der hassenswerteste, aufreizendste, abscheulichste Mensch unter Gottes Sonne ist!»

16

Worths Doppelzüngigkeit, Worths verachtenswerte Strategie, Worths infamer Triumph beschäftigten Miss Taverners Gemüt tagelang. Bei all dem Geschäft, Musseline, Gaze, französischen Batist und Krepp zu der Garderobe für Brighton auszusuchen, wälzte sie Rachepläne, und ihre Gedanken schweiften ab, selbst wenn sie damit beschäftigt war, zwischen Sandalen aus weißem Ziegenleder und römischen Stiefelchen aus dänischer Seide zu wählen. Mrs. Scattergood war verzweifelt, und als Miss Taverner einen gleichgültigen Blick auf zwei Hüte warf, die von einer Modistin ausgestellt waren – der eine ein bezaubernder Basthut à la Lavinia, mit Seidentaftbändern gebunden, der andere ein himmelblaues Hütchen mit einem Jockeyschirmchen und mit Honigwabenputz eingefaßt –, und sagte, ihr gefalle keiner von beiden, sprach ihre Anstandsdame ernstlich beunruhigt davon, um Doktor Baillie zu schicken, damit er ein Tonikum verschreibe.

Miss Taverner lehnte es ab, einen Arzt zu sehen, sondern brütete weiter düster über Worths Ungeheuerlichkeiten.

Zu Peregrines Enttäuschung gingen die Fairfords nicht nach Brighton, sondern nach Worthing, einem Kurort, der von Leuten besucht wurde, denen der Wirbel in Brighton widerlich war. Einzig die Entdeckung, daß Worthing nur dreizehn Meilen von Brighton entfernt war, versöhnte ihn mit der Wahl des Kurorts seiner Schwester, und bei der geringsten Ermutigung hätte er auf alle Lustbarkeiten Brightons verzichtet und sich statt dessen eine Wohnung in Worthing gesichert. Judith blieb jedoch hart, und er war gezwungen, sich mit der Aussicht zufriedenzugeben, drei-, viermal in der Woche hinüberzufahren, um seine Harriet zu sehen.

Die Zeit ihrer Abreise von London rückte näher; alles lief glatt; es blieb ihnen nur noch, die Koffer zu packen und sich für den Reiseweg zu entscheiden. Es stand nicht viel in Frage: Man war sich aller Vorzüge der New Road bewußt, die kürzer und in besserem Zustand war als alle anderen. Es durfte höchstens ein viermaliger Pferdewechsel vonnöten sein, und da längs der Straße ihre eigenen Pferde stationiert waren, konnte Judith erwarten, die Reise in fünf oder sogar noch weniger Stunden zurückzulegen. Zwischen London und Brighton verkehrten in der Saison achtundzwanzig Postkutschen, Peregrine konnte jedoch nicht herausfinden, daß irgendeine von ihnen die Reise in weniger als sechs Stunden zurücklegte. Er war der Meinung, daß ein leichter vierspänniger Reisewagen sie sehr gut in fünf zurücklegen konnte, obwohl er, da er sein Karriol fahren würde, durchaus erwartete, der Leistung des Regenten im Jahr 1784 Konkurrenz zu machen, als dieser, damals noch Prinz von Wales, einen dreispännigen Phaeton, in Tandemform angespannt, vom Carlton House zum Marine Pavillon in viereinhalb Stunden gefahren war.

«Obwohl ich natürlich nicht dreispännig fahren werde», fügte er hinzu. «Ich werde vierspännig fahren.»

«Mein Lieber, ein Dreigespann könntest du nicht fahren, selbst wenn du wolltest», sagte Judith. «Diese ungleichen Gespanne sind am schwierigsten zu behandeln. Ich wollte, ich könnte mit dir fahren. Ich hasse es, in eine Kutsche gezwängt zu reisen.»

«Na, warum tust du's eigentlich nicht?» fragte Peregrine.

Sie hatte das gesagt, ohne sich etwas dabei zu denken, aber sowie Peregrine gesprochen hatte, schlug die Idee Wurzeln, und Judith begann ernstlich zu überlegen, ob es nicht möglich wäre. Sie überzeugte sich selbst sehr bald, daß nichts dabei war; man konnte es vielleicht für ausgefallen halten, aber sie, die Tabak schnupfte und einen Sportphaeton eigens deshalb fuhr, um aufzufallen, konnte das kaum für ein Übel halten. Eine halbe Stunde nach der ersten Erwähnung des Plans hatte sie bereits beschlossen, ihn auszuführen.

Obwohl sie sich selbst versichert hatte, daß gegen ihn nichts einzuwenden war, überraschte es sie nicht, bei Mrs. Scattergood auf Widerstand zu stoßen. Diese Dame warf die Hände hoch und erklärte, der Plan sei unmöglich. Sie stellte Judith alle Ungehörigkeit vor Augen, in einem offenen Gefährt nach Brighton zu rattern, und bat sie, zu überlegen, in welch einem Licht sie erscheinen mußte, als Wildfang, wenn sie bei ihrem Vorhaben blieb. «Es geht nicht!» sagte sie. «Es ist etwas anderes, einen eleganten Phaeton im Park zu fahren, und auf dem Land kannst du tun, was dir gefällt, ohne Gerede zu verursachen; aber in einem Karriol die belebteste Zollstraße des Landes zu fahren, von jedem ordinären Lebemann, der dich erblickt, spöttisch betrachtet zu werden – daran ist nicht zu denken. Es würde zu eigenartig aussehen! Das darfst du um keinen Preis der Welt tun! So etwas ist nur bei Frauen wie Lady Lade zulässig, und ich bin überzeugt, kein Mensch würde sich wundern, was der alles einfällt.»

«Regen Sie sich nicht auf, Ma'am», sagte Judith und warf trotzig den Kopf zurück. «Ich habe keine Angst, daß man mich für eine Rivalin Lady Lades hält. Sie können keine Bedenken haben, mich mit meinem eigenen Bruder fortfahren zu sehen.»

«Ich flehe dich an, schlag es dir aus dem Kopf, mein Liebes! Das muß jedes Gefühl verletzen! Aber ich weiß, du willst mich ja nur aufziehen. Ich bin überzeugt, du bist grundsätzlich viel zu taktvoll, um dich in ein solches Abenteuer einzulassen. Ich erschauere bei dem bloßen Gedanken, was Worth sagen würde, wenn er das hörte!»

«Aber nein?!» sagte Judith und fing Feuer. «Ich werde ihm nicht erlauben, Richter meiner Handlungen zu sein, Ma'am. Ich glaube, mein Ansehen dürfte eine Reise nach Brighton im Karriol meines Bruders überleben. Sie müssen wissen, daß mein Entschluß feststeht. Ich fahre mit Perry.»

Keine Argumente konnten sie umstimmen; Flehen war nutzlos. Mrs. Scattergood ließ den Kampf sein und beeilte sich, Worth eine Zeile zu senden.

Am nächsten Tag kam Peregrine zu seiner Schwester und sagte mit einer kläglichen Grimasse: «Maria muß dich verpfiffen haben, Ju. Ich war heute morgen im White Klub und traf dort Worth. Kurz und gut, du mußt in einer Chaise nach Brighton fahren.»

Eine kurze Zeit ruhiger Überlegung hatte viel dazu beigetragen, Miss Taverners Entschlossenheit zu mildern; sie mußte wider Willen zugeben, wie richtig die Worte ihrer Anstandsdame waren, und war mehr als geneigt, gnädig deren Wünschen nachzugeben. Durch Peregrines Worte jedoch wurde jede Regung der Fügsamkeit, jede Rücksicht auf Anstand zerschmettert. Sie rief aus: «Was?! Ist das der Urteilsspruch Lord Worths? Soll ich verstehen, daß er es auf sich nimmt, meine Reiseart zu bestimmen?»

«Na ja», sagte Peregrine, «eigentlich hat er mir entschieden verboten, dich in mein Karriol aufzunehmen.»

«Und du? Was hast du ihm geantwortet?»

«Ich sagte, ich sähe nichts Schlimmes dabei. Aber du kennst ihn ja. Ich hätte mir genausogut den Atem sparen können.»

«Du hast dich gefügt? Du läßt dir in dieser unerträglichen Art diktieren?»

«Na ja, um ehrlich zu sein, Ju, ich sehe nicht ein, warum das schließlich gar so eine große Sache ist. Und weißt du, ich wollte gerade jetzt nicht mit ihm streiten, weil ich die Hoffnung habe, daß er meiner Hochzeit noch in diesem Sommer zustimmt.»

«Deiner Hochzeit zustimmen! Er hat nicht die geringste Absicht. Das hat er mir schon vor Monaten gesagt. Er hat nicht vor, dich heiraten zu lassen, wenn er es verhindern kann.»

Peregrine starrte sie an. «Unsinn! Was kann das *ihm* schon ausmachen?»

Sie antwortete nicht, sondern saß einen Augenblick stumm da, klopfte mit dem Fuß auf den Boden und sah ihn düster an. Nach einer Pause sagte sie kurz angebunden: «Du hast also zugestimmt? Du hast ihm gesagt, daß du mich nicht nach Brighton fährst?»

«Ja, das habe ich wirklich. Vermutlich hat er recht; er sagt, du dürftest dich nicht zum Gerede der ganzen Stadt machen.»

«Ich bin ihm sehr verbunden. Mehr habe ich nicht zu sagen.»

Er grinste sie an. «Das sieht dir aber gar nicht ähnlich. Was geht dir jetzt wieder im Kopf herum?»

«Wenn ich es dir sagte, würdest du mit der Neuigkeit zu Worth rennen», sagte sie.

«Verdammt, Ju, das täte ich nicht. Wenn du Worth in seine Grenzen weisen willst, dann wünsche ich dir nur Glück dazu.»

Sie sah ihn mit einem Glitzern in den Augen an. «Ich setze glatte Hundert gegen dich, Perry, daß ich in einem vierspännigen Karriol Brighton am 12. Mai vor dir erreiche.»

Ihm blieb der Mund offenstehen; dann brach er in Lachen aus und sagte: «Abgemacht! Du Närrin, ist das dein Ernst?»

«Sicher ist es mein Ernst.»

«Worth fährt selbst am 12. nach Brighton», sagte er warnend.

«Es würde mir unendliches Vergnügen bereiten, ihn auf der Straße zu treffen.»

«Himmel, ich gäb was drum, sein Gesicht zu sehen! Aber glaubst du – sollst du das wirklich tun? Wird man sich nicht den Mund darüber zerreißen!»

«Oh!» sagte sie und verzog verächtlich den Mund. «Von der reichen Miss Taverner erwartet man, daß sie die Welt in Erstaunen versetzt.»

«Jawohl, das ist sehr richtig, so ist es! Schön, ich bin dabei. Es ist Zeit, daß Worth eine Kostprobe von unserem Mut bekommt. Wir waren viel zu nachgiebig ihm gegenüber, und er fängt an, sich über ein vernünftiges Maß hinaus einzumischen.»

«Kein Wort davon zu Maria!» sagte sie.

«Keinen Muckser!» versprach er fröhlich.

Da Mrs. Scattergood nicht wußte, was ihr bevorstand, und sie der Meinung war, ihren Schützling in Schach gehalten zu haben, machte sie sich mit großem Behagen an die Aufgabe, die Abreise vorzubereiten.

Hätte sie geahnt, daß Miss Taverners nachgiebiges Einverständnis mit allen ihren Plänen nichts anderem als dem Wunsch entsprang, jeden Verdacht, den sie hegen mochte, zu beschwichtigen, wäre es mit ihrem Frieden aus gewesen. Sie hatte jedoch keine Ahnung von der Willensstärke Miss Taverners. In glücklicher Sorglosigkeit ging sie ihren Geschäften nach, wies die Haushälterin an, welche Sessel und Sofas Überzüge bekommen mußten, ordnete an, daß die Dienerschaft, die sie mitnahmen, Brook Street nicht später als um sieben Uhr morgens verlassen durfte, und gab Befehl, daß die Kutsche, die sie und Miss Taverner befördern sollte, mittags vorgefahren werden müsse.

Der wichtige Tag dämmerte herauf. Um zehn Uhr betrat Miss Taverner in ihrem Sportanzug, eine Handvoll Reservepeitschenspitzen durch eines ihrer Knopflöcher gezogen, das Schlafzimmer Mrs. Scattergoods, die zwischen Hutschachteln und Gepäckstücken herumflatterte. Judith sagte kühl: «Nun, Ma'am, ich sehe Sie später. Ich wünsche Ihnen eine angenehme Reise.»

Mrs. Scattergood warf einen entsetzten Blick auf sie und rief:

«Guter Gott, was soll das bedeuten? Warum hast du deinen Sportdress an? Was hast du vor?»

«Nun, Ma'am, ich habe mich mit Perry zu einer Wettfahrt nach Brighton verabredet. Im zweiten Karriol», sagte Miss Taverner, schon im Gehen.

«Judith!» kreischte Mrs. Scattergood und setzte sich mit einem Plumps auf ihren besten Hut.

Miss Taverner steckte den Kopf noch einmal zur Tür herein. «Keine Sorge, Maria; ich kann Perry schlagen. Ich bitte, vergessen Sie nicht, Lord Worth davon zu verständigen, sollte er noch in der Stadt sein.»

«Judith!» stöhnte die bekümmerte Dame. Aber Miss Taverner war schon fort.

«Na, Judith, einverstanden?» fragte Peregrine, als seine Schwester aus dem Haus trat. «Wir nehmen die New Road und wechseln die Pferde nur dreimal, in Croydon, Horley und Cuckfield. Das Rennen beginnt am anderen Ende der Westminster Bridge und endet an der Marine Parade. Bist du bereit?»

Sie nickte, nahm die Zügel in die Rechte, kletterte auf die Box ihres Karriols und wechselte geschickt die Zügel. Peregrine folgte, die Grooms nahmen ihre Plätze ein, und beide Fahrzeuge setzten sich die Straße hinunter in Bewegung.

Solange die Westminster Bridge nicht überquert war, mußte das Tempo notwendigerweise langsam sein, aber sowie sie die Brücke hinter sich hatten, zügelte Judith die Pferde, um Peregrine auf gleiche Höhe kommen zu lassen. Das Rennen begann.

Ganz wie sie erwartet hatte, trieb Peregrine seine Pferde sofort zu schneidigem Tempo an und fuhr voraus. Judith hielt ihr Gespann in einem flotten Trab und sagte nur: «Seine Pferde werden außer Atem sein, sowie sie auf dem ersten Hügel oben ankommen. Nicht nötig, die meinen schon anzutreiben.»

Nach eineinhalb Meilen erreichte sie den Schlagbaum von Kennington. Peregrine war nicht zu sehen, und da das Tor geschlossen war, konnte man annehmen, daß er einige Minuten vorher durchgefahren war. Der Groom hielt das Horn bereit und blies rechtzeitig um den Zollwärter; als das Karriol durchfuhr, bemerkte er mit Genugtuung: «Der gnädige Herr muß sie springen lassen. Brixton Hill wird den Schwung aus seinen Biestern holen, Miss. Sie können ihn zwischen Stratham und Croydon überholen, wo Sie wollen.»

Weitere eineinhalb Meilen brachten die Kirche von Brixton in Sicht. Von Peregrine war nichts zu sehen, statt dessen bot eine hoch mit Gepäck beladene öffentliche Postkutsche einen lächerlichen Anblick mit einem verlorenen Rad und allen ihren Passagieren, die verstimmt am Wegrand saßen oder standen. Es schien niemand verletzt worden zu sein, und Judith, die nur eine Minute angehalten hatte, fuhr vorbei und in das Dorf Brixton ein. Sie hatte ihre Pferde umsichtig geschont, und sie brachten sie in gutem Tempo über den Berg. Über den Gipfel hinweg ließ sie sie langsamer gehen, raste dann an einer hellgrün und gold bemalten Postkutsche vorbei, deren Bestimmungsort in grellen weißen Großbuchstaben auf die Seiten gemalt war, und ließ ihre Pferde voll ausgreifen. Eine Meile weiter, als sie den Stratham Common überquerten, kam Peregrines Karriol in Sicht. Seine Pferde mühten sich ab, und es war zu sehen, daß er sie den Brixton-Hügel zu stark hinaufgehetzt hatte. Judith kam ihm ständig näher. Er ließ seine Peitschenschnur knallen, um ein träges Leitpferd zu berühren, und daher scheute das Stangenpferd bös. Judith nahm ihre Chance wahr, zeigte, wie man ein Leitpferd antreibt, ohne das Stangenpferd zu erschrecken, indem sie ihre Peitschenschnur weit nach rechts schwang und sie mit einem scharfen Ruck zurückbrachte, und schoß im Galopp an ihm vorbei, gerade als die Königliche Postkutsche um eine Biegung auftauchte. Das Karriol schwang an die Straßenseite, die beiden Fahrzeuge trafen einander und fuhren ohne Unfall aneinander vorbei.

Peregrine konnte nun nicht mehr hoffen, seine Schwester auf der ersten Etappe zu überholen, sondern mußte froh sein, die vier Meilen, die zwischen ihnen und Croydon lagen, so dicht, wie er konnte, hinter ihr einherzufahren.

Ein quer über die Croydon High Street gespanntes Schild zeigte die Lage des «Greyhound» an, eines der beiden Hauptposthäuser der Stadt; der Groom ließ einen langen Hornstoß für den Pferdewechsel ertönen, und als das Karriol in den Hof einbog, regten sich bereits die Stallknechte und Postjungen, um für jedes Fahrzeug, das auch immer erschien, bereit zu sein.

Miss Taverner blieb sitzen, während die Pferde ausgespannt und das neue Gespann schnell angeschirrt wurde, Judson jedoch, ihr Groom, sprang hinunter und lief unter den Torbogen, um nach Peregrine Ausschau zu halten. Kurz darauf kam er mit der Nachricht zurück, der gnädige Herr sei vorübergefahren und zum «King's Head» in der Market Street eingebogen. Etwas Zeit ging damit verloren, die nötigen Anweisungen für die Rückkehr des eigenen Gespanns der Miss Taverner zu geben, in einer kurzen Zeitspanne war jedoch das Karriol wieder weg und ratterte durch die Stadt auf die dreiviertel Meilen lange Zollstraße zu.

Knapp vor dem Schlagbaum lief die Sussex-Eisenbahn eine kurze Strecke neben der Straße dahin. Eben wurden eine Anzahl Kohlenwagen von Pferdegespannen über Eisenschienen gezogen, und der Anblick war für Miss Taverner so neu, daß sie ihre Geschwindigkeit minderte, um diese seltsame Beförderungsart zu beobachten.

Das neue Gespann war zum Kutschieren nicht ideal, da eines der Stangenpferde die übrigen sehr aufhielt. Seine ständigen Versuche, in einen leichten Galopp zu verfallen, dazu die träge Veranlagung seines Gefährten, erschwerten die Aufgabe, das ganze Gespann gleichmäßig aufeinander einzufahren. Miss Taverner hatte einige Mühe mit den Tieren und auch das Pech, hinter einer Postkutsche aufzukommen, die eine gute halbe Meile lang hartnäckig die Straßenmitte hielt. Die Kutsche schlingerte und schwankte und fuhr mit einer für ein in seinem oberen Teil übergewichtiges Fahrzeug ungewöhnlichen Geschwindigkeit. Die Passagiere auf dem Dach, die sich alle an ihre Sitze klammerten, sahen drein, als genössen sie ihre Reise durchaus nicht. Als es Miss Taverner endlich gelang, das Fahrzeug zu überholen, erklärte sich dessen seltsame Fahrweise: Judith sah, daß es von einem liederlich aussehenden jungen Stutzer gefahren wurde, der den Kutscher bestochen hatte, seinen Platz eine Etappe lang aufzugeben, und nun selbst die Kutsche in schnellem Tempo lenkte, sämtliche Zügel in einer Hand zusammengerafft. Es wirkte ganz so, als ob der Stutzer das Gefährt bei der ersten Kurve umwerfen würde – ein nicht ungewöhnliches Ende dieses besonderen Zeitvertreibs. Miss Taverner taten die Passagiere leid, besonders ein dünner, unglücklich dreinsehender Mann unmittelbar hinter dem Kutschsitz, der in ständiger Gefahr dasaß, daß ihm der Hut von der ungebärdigen Peitschenschnur des Stutzers vom Kopf gefegt würde.

Sowie Miss Taverner einmal die Postkutsche überholt hatte, gab es kein weiteres Aufhalten. Sie wußte jedoch, daß sie wertvolle Zeit verloren hatte und nur hoffen konnte, daß Peregrine von ähnlichem Pech verfolgt war. Einige hundert Meter vor Foxley Hatch kam er jedoch in Sicht und holte seine Schwester am Zolltor ein, wo sie durch den Versuch des Mautners, sie mit einer nur bis zum nächsten Schlagbaum gültigen Karte abzuspeisen, aufgehalten wurde. Judson nahm die Sache unverzüglich in die Hand, und während er den Zollwärter in kernigen Ausdrücken davon unterrichtete, daß er kein grüner Junge sei, den man um die richtige Karte betrügen könne (die alle Tore und Schlagbäume bis Gatton öffnete), hatten Peregrine und Judith Zeit, einige Worte zu wechseln.

«Was für ein Gespann, Perry?» fragte Judith. «Du hast ein kurzatmiges Pferd bekommen, wie ich sehe.»

«Himmel, ja!» antwortete Peregrine heiter. «Und dazu ein paar richtiggehende Knocheneinrichter. Hast du den Unfall hinten auf der Straße gesehen? Irgendein Kerl hat die Postkutsche in den Graben gefahren. – Was ist denn hier los? Versucht dich der Mautner zu beschwindeln? He, Judson, sage Er ihm, wenn er meint, wir seien Dummköpfe, dann irrt er sich sehr!»

Inzwischen war jedoch der Streit geschlichtet worden, und Miss Taverners Karriol durfte passieren. Sie fuhr durch die Schranke, und sowie sie an Godstone Corner vorbei war, setzte sie ihre Pferde auf der langen geraden Straße, die zum Paß nach Smitham Bottom hinaufführte, in einen flotten Trab. Der Regel eingedenk, daß ein ungleichmäßiges Gespann am besten schnell gefahren wird, fuhr sie es nach dem vier Meilen weit entfernten Merstham in leichtem Galopp und minderte die Geschwindigkeit erst, als das Dorf erreicht war. Gleich hinter Merstham lag ein Zolltor, aber die in Foxley Hatch ausgegebene Karte öffnete es, und fast ohne anzuhalten, schoß Miss Taverner hindurch und ließ ihren Leitpferden auf der Meilenstrecke, die zum Zolltor von Gatton führte, die Zügel schießen. Das Tor befand sich am neunzehnten Meilenstein, an dem die alte Straße nach Reigate abzweigte. Hier mußte eine neue Karte gelöst werden. Peregrine war ihr hart auf den Fersen und wartete nur auf eine Gelegenheit, sie herauszufordern. Judith begann sich mit der Aussicht abzufinden, die Führung in der zweiten Etappe abgeben zu müssen.

Sie hielt sie jedoch auf den zwei Meilen, wobei ihr der Zufall half, denn als Peregrine zweimal zum Überholen ansetzte, kam gerade ein Fahrzeug aus der Gegenrichtung und machte es ihm unmöglich, so daß sie imstande war, ihm wieder davonzufahren. Der Red Hill verschaffte ihr einen Vorteil, denn Peregrine pflegte auf ebener Strecke viel zuviel aus seinen Leitpferden herauszuholen und war nun gezwungen, sein Gespann dort in Schritt fallen zu lassen.

Hinter dem Red Hill verlief die Straße in einer Reihe Haarnadelkurven über den Earlswood Common, und Miss Taverners Blick bot sich immer wieder eine so herrliche Aussicht, daß sie in ihrer Bewunderung für die großartige Landschaft fast ihren Ehrgeiz vergaß, Horley vor ihrem Bruder zu erreichen.

Sie näherten sich dem Ende der langen Etappe, und ihr Gespann, das ja nie gut zusammengegangen war, quälte sich ab. Sie war etwas überrascht, daß Peregrine sie nicht wieder herausforderte, schloß jedoch, daß das Auf und Ab der Straße nicht nach seinem Geschmack war.

«Der gnädige Herr schont seine Pferde, Miss», bemerkte Judson. «Hinkson wird ihm gesagt haben, wo er seine Chance packen soll. Ich bin überzeugt, daß er Sie kurz vor dem Schlagbaum von Salford herausfordern wird.»

«Wie weit ist's bis Horley?» fragte Miss Taverner.

«Jetzt nur noch ein paar Meilen, Miss, immer bergab.»

Sie lächelte. «Er kann vielleicht seine Chance doch noch versäumen.»

Über die einsame Heide führte ein langes, allmählich abfallendes Gelände an Petridge Wood und Salfords vorbei zum Weald hinunter. Das

Gespann nahm seine Geschwindigkeit wieder auf, und eine Viertelmeile lang konnte Peregrine nicht vorbeischlüpfen. Gerade als Miss Taverner berechtigte Hoffnungen hegte, in Führung bleiben zu können, fing jedoch ihr rechtes Leitpferd zu lahmen an, und Peregrine raste in einer Staubwolke vorbei.

Es blieb ihr nichts übrig, als ihm in ruhigem Tempo zu folgen, und als das Karriol am «Chequers» in Horley hielt, hatte Peregrine seinen Pferdewechsel beendet und war wieder fort. Als Miss Taverner vorfuhr, wurde eben sein altes Gespann abgeführt, sie erhaschte gerade noch einen Blick auf sein Rückbrett, als es die Straße hinab verschwand, und erkannte an dem Anblick eines Kellners, der mit einem leeren Bierkrug auf einem Tablett in den Gasthof zurückging, daß sich Peregrine Zeit für eine Erfrischung gegönnt hatte.

Im «Chequers», dem Posthaus auf halbem Weg nach Brighton, herrschte geschäftiges Treiben; es wimmelte von Stallknechten. Eine nach London fahrende Kutsche, die ihre Ankunft mit drei langen Hornstößen ankündigte, fuhr eben ein, als Miss Taverners Pferde herausgeführt wurden; irgendwo in den Ställen schlug eine Glocke an, es wurde nach dem ersten Gespann gebrüllt, und kaum war die Kutsche vorgefahren, als auch schon das frische Gespann samt den Postjungen, die bereits im Sattel saßen, herausgeführt wurde.

Abgesehen von der Postkutsche standen auch mehrere Privatfahrzeuge in dem großen Hof, einschließlich eines privaten Reisewagens mit einem eleganten Paar, das Miss Taverner neugierig musterte. Ein junger Mann, der mit seinem Gig anscheinend aus der Umgebung gekommen war, starrte Miss Taverner einige Minuten lang herausfordernd an und wollte schon auf ihr Karriol zukommen, begegnete aber einem derart frostigen Blick von ihr, daß er sich anders besann und statt dessen einen der Stallknechte zu verfluchen begann. Judith hatte um ein Glas Limonade hineingeschickt, als sie sich aber Gegenstand so vielen Interesses sah, bedauerte sie, es getan zu haben, und wäre lieber mit ausgedörrter Kehle weitergefahren, als im Hof warten zu müssen, um frech betrachtet zu werden. Sie begann sich unbehaglich zu fühlen und zu wünschen, daß sie sich nicht auf ein solches Abenteuer eingelassen hätte. Zum erstenmal erkannte sie die Ungehörigkeit, auf dem Kutschbock eines Herrenkarriols zu sitzen, ohne andere Begleitung als die ihres Grooms, und das auf der belebtesten Zollstraße des ganzen Südteils des Landes. Ein sehr kleiner Page, der zu einem elganten, von einem Paar Grauer gezogenen Tilbury zu gehören schien, über dessen Wagenschlag nachlässig der scharlachrot gefütterte Kutschiermantel seines Besitzers hing, betrachtete sie mit dem Ausdruck starker Verachtung, stieß ganz offen einen der Stallknechte mit dem Ellbogen an, sagte etwas hinter vorgehaltener Hand und kicherte. Gerade in diesem Augenblick kam ein magerer, finsterer Gentleman mit einem Klumpfuß aus dem Gasthof, das Grinsen verschwand prompt vom Gesicht des Pagen, und er nahm Haltung an. Der Herr hinkte zu dem Tilbury und streifte dabei seine Handschuhe über. Er erblickte Miss Taverner und maß sie von oben bis unten, bis sie rot wurde; dann zuckte er die Achseln, stieg in sein Fahrzeug und fuhr weg.

«Das ist der Earl of Barrymore, Miss», sagte Judon unaufgefordert. «Der, den sie Cripplegate nennen.»

Inzwischen war das frische Gespann angeschirrt und die Limonade getrunken worden. Miss Taverner gab ihren Pferden das Zeichen zum Start und bog aus dem Hof hinaus.

Der Tilbury war bereits außer Sicht, wofür sie zutiefst dankbar war, und wenn man Judson glauben konnte, brauchte man kaum zu fürchten, ihn einzuholen.

Miss Taverner hatte nun ein schnelles Gespann von Braunen in der Hand, und der große Unterschied zwischen den starken, schnellfüßigen Tieren und dem schlecht aufeinander abgestimmten Vierergespann, das sie über die zweite Etappe hatte fahren müssen, machte sich bald bemerkbar. Die Meilensteine schienen vorbeizuhuschen, und da die Straße in ausgezeichnetem Zustand war und Judson jeden Zoll von ihr kannte, war sie imstande, ihren Zeitverlust aufzuholen und Crawley nicht sehr weit hinter ihrem Bruder zu erreichen, der gerade an der engen Stelle der Straße beim «George»-Gasthof in Schwierigkeiten mit einem Bauernwagen geraten war.

Hinter Crawley stieg die Straße zum Pease Pottage ständig an. Hier gab es nicht viel Gegenverkehr, und mit Ausnahme eines Leitpferdes, das vor einer Henne scheute, die gackernd quer über die Straße floh, wurden die nächsten zwei Meilen mit nur einem einzigen Zwischenfall zurückgelegt, dem Überholen eines sehr heruntergekommen aussehenden Mannes in einem dreispännigen Phaeton, der einen Blick auf Miss Taverner warf, als sie vorbeifuhr, und seine Pferde in dem vergeblichen Versuch, sie einzuholen, antrieb. Eine goldblonde Schönheit, die ein vierspänniges Karriol die Straße nach Brighton entlang kutschierte, war schließlich kein alltägliches Ereignis.

Der Phaeton war bald zurückgelassen, und Miss Taverner erreichte Pease Pottage in der Überzeugung, daß sie ihrem Bruder beträchtlich näher gekommen war. Neben dem Gasthof «Zum Schwarzen Schwan» gewährte ein Zolltor rechter Hand den Zugang zur Straße nach Horsham, und die herrlichen Birken und das Haselgebüsch des Tilgate Forest linker Hand hätten Miss Taverner zu jeder anderen Zeit verlockt, die Pferde zu zügeln. Ihr Ehrgeiz richtete sich jedoch darauf, Peregrine zu überholen; sie fuhr mit einem flüchtigen Blick und einem entzückten Ausruf an den Wäldern vorüber und hatte die Genugtuung, eine halbe Meile weiter das Karriol ihres Bruders etliche Meilen vor sich zu sehen.

Sie hatte ihre Leitpferde locker geführt, ließ sie aber jetzt voll ausgreifen. Peregrine blickte einmal über die Schulter zurück und trieb sein Gespann an. Die beiden Karriols rasten ein gerades Straßenstück dahin, wobei sich das zweite langsam an das erste heranschob. Eine scharfe Kurve kam in Sicht; Peregrine nahm sie im Galopp, verlor die

Herrschaft über den Wagen und geriet mit den linken Rädern an die Böschung. Judith sah Hinkson abspringen und zu den Pferden vorlaufen, erhaschte einen Blick von dem Tumult, wie er Peregrines Reisen nicht selten belebte, und fuhr mit einem triumphierenden Peitschenwirbel über dem Kopf an ihm vorbei.

Sie wußte, daß Peregrine einige Minuten brauchen würde, um alles wieder in Ordnung zu bringen. Sowie sie an ihm vorbei war, schlug sie ein gemächlicheres Tempo ein und fuhr gleich darauf in flottem Trab in Hand Cross ein.

Hand Cross war zwar nicht wegen Größe oder Schönheit bemerkenswert, aber der größte Gasthof des Ortes, der «Rote Löwe», ein vielgiebeliger Bau mit hohen Rauchfängen und einer Reihe mit Ketten verbundener weißer Pfosten, erfreute sich sehr vieler Kunden. In den Ställen war eine Anzahl Postpferde untergebracht, und in Kennerkreisen flüsterte man, daß die Fässer vorzüglichen Brandys in seinen Kellern im Schutz der Nacht abgeliefert zu werden pflegten und kein Hafen für sie Zoll kassiert habe.

Als Miss Taverner auf den Gasthof zufuhr, sah sie nur ein Fahrzeug unter dem Schatten der beiden großen Bäume an seiner Front stehen. Es war ein Karriol mit einem Pagen. Etwas an dem Schwung seiner Mütze war ihr vertraut; im nächten Augenblick konnte Miss Taverner das Ganze klarer sehen, und sie erkannte nicht nur den Pagen, sondern auch das Gespann der Füchse, die an das Karriol gespannt waren. Sie fuhr daran vorbei, hörte Henrys schrille Stimme rufen: «Himmelherrgottchen, Chef, wenn das nicht Miss Taverner ist!» und sah ihren Vormund mit einem Glas in der Hand im Eingang des Gasthofs stehen. Als sie vorbeifuhr, begegnete sie eine Sekunde lang seinem erschrocken ungläubigen Blick, verbeugte sich leicht und setzte ihren Weg mit erhöhter Geschwindigkeit fort.

Judson drehte sich auf seinem Sitz um und blickte nach hinten. Miss Taverner konnte sich beim besten Willen nicht zurückhalten und fragte, was Seine Lordschaft denn täte.

«Ich glaube, Miss, er hat vor, Ihnen nachzufahren», antwortete Judson unheilverkündend. «Wenn ich so sagen darf, Miss, Seine Lordschaft sieht nicht gerade sehr erfreut drein.»

Miss Taverner lachte kurz auf und setzte ihre Pferde in einen gefährlichen Galopp bergab. «Ich habe nicht vor, mich von ihm einholen zu lassen. Er muß seine Rechnung bezahlen, bevor er losfahren kann. Wenn ich Cuckfield erreichen kann, bevor er mich schnappt, und mit einem frischen Gespann –»

«Aber Miss Judith, mit den Füchsen können Sie nicht um die Wette fahren!» rief der Groom entsetzt.

«Das werden wir sehen. Wir wissen schließlich nicht, wann sie angespannt wurden.»

«Um Gottes willen, Miss, fahren Sie den Berg nicht im Galopp hinunter! Sie werden umschmeißen!»

Sie sagte kühl: «Dieses Karriol fahre ich, Judson. Beschränke Er seine Aufmerksamkeit auf die Sicht, wenn ich bitten darf. Ich weiß nicht, wann ich je schönere Ausblicke ins Land gehabt habe als auf dieser Straße.»

Das Tal, das sich vor ihnen öffnete, als sie den Berg hinunterrasten, war mit seinen Hügeln, sich schlängelnden Straßen und dem warmen Rot vereinzelter Ziegeldächer zwischen den Bäumen tatsächlich wunderschön, aber Judson klammerte sich an seinen Sitz und hoffte nur inbrünstig, daß seine Herrin sich nicht davon ablenken ließe. Er warf einen beunruhigenden Blick auf ihr Profil und war erleichtert, als er sah, daß ihr Blick auf die Straße geheftet blieb.

Am Fuß des Berges überquerte die Straße den Staplefield Common und lief drei Meilen weit durch hügeliges Gelände nach Cuckfield weiter. Das Gespann sprach tapfer an, aber als sie am Zolltor in Whitemans Green vorfuhren, lagen Schaumflocken auf den bebenden Flanken der Tiere. Jeder Augenblick, der am Tor verschwendet wurde, erschien Miss Taverner, die ständig über die Schulter zurückblickte, eine Ewigkeit. Die Karte wurde ihr hinaufgereicht, als sie eben das Geräusch von Hufen hörte, die hinter ihr herdonnerten. Das Tor wurde langsam aufgestoßen; sie startete ihr Gespann mit einem Ruck, trieb es zu einem leichten Galopp an und war weg, als Judson meldete, daß der Earl das Tor erreicht habe. Sie fuhren jetzt einen Hohlweg zwischen Böschungen voll dichten Gewirrs von Haselbüschen dahin. Die Krümmungen der Straße verbargen das verfolgende Karriol immer wieder, aber das Geräusch der Hufe von Lord Worths Füchsen schien Miss Taverner unerbittlich näher zu kommen. Sie hielt sich grimmig in der Straßenmitte, in einer seltsamen Mischung von Starrsinn und unerklärlicher Angst entschlossen, Worth am Überholen zu hindern.

Sie bog haarscharf um eine Ecke und rasierte fast die Räder einer entgegenkommenden Postkutsche, hörte Judson den Atem scharf anziehen und lachte kurz und leichtsinnig auf. «Wie weit ist er?» fragte sie.

«Dicht hinter Ihnen, Miss. Um Gottes willen, halten Sie sie bei der nächsten Kurve ein! Sie ist schärfer, als Sie ahnen.»

Eines der Leitpferde stolperte, aber Judith fing es auf und drängte weiter. Die Krümmung kam in Sicht; Miss Taverner zügelte die Pferde leicht und hielt sich an die linke Straßenseite, überzeugt, daß der Earl es nicht wagen würde, seine Pferde um die Ecke rasen zu lassen. Ein scharfer, befehlender Hornstoß ertönte unmittelbar hinter ihr; ein kastanienbrauner Pferdekopf schob sich neben sie, und im nächsten Augenblich war der Earl in vollem Galopp vorbeigeflitzt.

Sie sah ihm in entsetztem Staunen nach, weil sie einen Augenblick glaubte, daß die Füchse durchgingen. Aber deren vorwärtsstürmendes Tempo wurde allmählich zurückgenommen; sie verfielen in einen leichten Galopp, liefen so eine kleine Strecke weiter und klapperten dann in flottem Trab in Cuckfield ein.

Ihr eigenes Gespann war erschöpft; sie konnte dem Earl nur in dessen Kielwasser durch die enge Straße zur Stadtmitte folgen.

Er erreichte den Gasthof «King's Head» lange vor ihr, und als sie vorfuhr, war er bereits abgestiegen und erwartete sie. Zwei Stallknechte, von Henry schrill dirigiert, führten seine Pferde ab.

«Blase Er für den Pferdewechsel, Judson!» sagte Miss Taverner scharf.

Der Groom sah jedoch Worth an und gehorchte ihr nicht. Der Earl legte seine Hand an das Karriol und sagte kurz: «Wollen Sie bitte absteigen, Miss Taverner.»

Sie warf einen Blick auf sein Gesicht hinunter und empfand einen Schock. Sie hatte den Earl hochmütig erlebt, sie hatte ihn verächtlich erlebt, aber noch nie war sie bei ihm einem so flammend zornigen Blick begegnet. Der Atem blieb ihr in der Kehle stecken, aber sie sagte mit erträglicher Fassung: «Auf keinen Fall, Lord Worth. Sie waren, glaube ich, dagegen, daß ich in Peregrines Karriol nach Brighton fahre. Sie müssen wissen, daß ich mich Ihrem Befehl unterworfen habe und mit ihm verabredete, statt dessen in meinem eigenen Karriol mit ihm eine Wettfahrt dorthin zu machen.»

«Miss Taverner, muß ich Sie noch einmal ersuchen, abzusteigen?»

«Ich steige nicht ab, Sir. Die Zeit ist kostbar. Ich warte nur auf den Pferdewechsel.»

Seine Augen trafen die ihren; er sagte mit einer Drohung in der Stimme, die sie nicht überhören konnte: «Ihr Wettrennen ist zu Ende. Ich habe Ihnen sehr viel zu sagen. Wenn es Ihnen lieber ist, wird es hier auf offener Straße gesagt werden, aber ich glaube, Sie ziehen es vor, es allein zu hören!»

Sie errötete vor Demütigung, vor dem Groom und den wartenden Stallknechten so angesprochen zu werden. Es konnte für sie kein Zweifel daran bestehen, daß der Earl zu seinem Wort stehen würde. Mit einem einzigen wütenden Blick, den sie ihm unter gerunzelten Brauen hervor zuwarf, übergab sie die Zügel Judson und ließ es zu, daß ihr der Earl hinunterhalf. Seine Finger packten ihr Handgelenk unsanft und ließen es sofort wieder los, als ihre Füße den Boden berührten. Er sagte: «Gehen Sie in den Gasthof!» und drehte sich um, um den Stallknechten Anweisungen zu geben.

Es nützte nichts, sie mußte ihm gehorchen. Stolz erhobenen Hauptes ging Miss Taverner in den «King's Head», gefolgt vom Wirt, der am Eingang gestanden war, sie sofort in eines der Extrazimmer führte und wissen wollte, was für eine Erfrischung er ihr bringen durfte.

Sie lehnte jedes Angebot von Tee, Kaffee oder Limonade ab, blieb neben dem Tisch in der Mitte des Zimmers stehen, streifte ihre Handschuhe ab und zerrte an ihnen herum. Bald öffnete sich die Tür, um den Earl einzulassen. Er kam mit festem Schritt herein und sagte übergangslos: «Sie werden Ihre Reise in der Postkutsche beenden, Miss Taverner. Ich habe eine für Sie gemietet. Sie dürfte in kürzester Zeit bereitstehen.»

Ihre Augen blitzten. Sie rief aus: «Wie wagen Sie nur? Wie wagen Sie es? Ich werde meine Reise beenden, wie ich sie begann. Diese Einmischung in die von mir gewünschte Reiseart übersteigt alle Grenzen.»

«Miss Taverner», sagte der Earl, «ich werde Sie nicht daran erinnern, daß Sie mein Mündel sind, denn das ist eine Tatsache, deren Sie sich sehr wohl bewußt sein müssen; aber ich werde Ihnen eine Warnung erteilen, die vielleicht nicht fehl am Platz ist. Solange ich die Zügel halte, werden Sie laufen, wie ich es will, und bei Gott, Ma'am, wenn Sie versuchen, das Gebiß zwischen die Zähne zu nehmen, wird das um so schlimmer für Sie ausgehen!»

Diese Art, die Angelegenheit zu formulieren, war kaum dazu angetan, Miss Taverner zu besänftigen, noch auch wirkte das Wissen, daß sie im Unrecht war, auf ihre Stimmung so, wie es hätte sollen. Sie war weiß vor Zorn und preßte die Lippen fest zusammen. Sie hörte dem Earl erregt atmend und schweigend zu, und als er fertig war, sagte sie mit leiser, zitternder Stimme: «Ich gestehe Ihnen nicht das Recht zu, meine Handlungen zu bestimmen. Mein Vermögen ist in Ihren Händen, und ich war es zufrieden, aber ich sagte Ihnen von Anfang an, daß Ihre Autorität sich nicht weiter als auf die Leitung meiner geschäftlichen Angelegenheiten erstreckt. Sie haben sich bei jeder Gelegenheit eingemischt, wenn Sie weder Ursache noch das Recht dazu hatten. Ich habe bisher nachgegeben, weil es mir nicht paßt, ewig mit jemandem zu streiten, an den ich zu meinem Pech in irgendeiner Weise gebunden bin. Aber das geht über alles hinaus, was ich mit Geduld ertragen kann. Sie werden sich nicht zum Richter der Schicklichkeit meiner Handlungen aufspielen! Wenn es mir gefällt, ein Karriol nach Brighton zu fahren, so geht Sie das nichts an!»

«Glauben Sie, ich werde zulassen, daß sich mein Mündel zum Gerede Londons macht? Glauben Sie, es paßt meinem Stolz, daß mein Mündel nach Brighton fährt, windverweht, zerzaust, Zielscheibe für jeden möglichen derben Witz, Gegenstand des Abscheus für jeden Menschen von Geschmack und Kultur? Sehen Sie sich doch einmal an, mein gutes Mädchen!» Er packte sie bei den Schultern, während er sprach, und drehte sie so herum, daß sie sich in dem Spiegel über dem Kamin sehen konnte. Zu ihrem Ärger bemerkte sie, daß ihr Haar unter dem knappsitzenden Hut hervorgequollen und vom Fahrtwind verwirrt und ihr Sportanzug staubbedeckt war. Das machte sie noch viel zorniger. Sie wand sich los und rief: «Ja, ein Gegenstand des Abscheus für Sie und jeden anderen Dandy, vermute ich! Glauben Sie, mir liegt an Ihrer guten Meinung? Es ist für mich höchst gleichgültig. Von dem Augenblick an, als ich Sie zum erstenmal gesehen habe, mochte ich Sie nicht – ja, und traute Ihnen auch nicht! Ich weiß nicht, was Sie dazu bewogen hat, meine Abneigung überwinden zu wollen, aber gelungen ist es Ihnen nicht!»

«Sichtlich nicht», sagte er, und ein grimmiges Lächeln kräuselte seine Lippen. «Das glaube ich gern, aber ich wäre Ihnen verbunden, wenn Sie mir sagen wollten, was ich getan habe, um Ihr Mißtrauen zu erringen.»

Da sie keine sehr klare Vorstellung davon hatte, aber als echte Frau nur die verletzendsten Sätze, die ihr einfielen, vorgebracht hatte, überging sie diese schlichte Frage und sagte: «Bilden Sie sich ja nicht ein, daß ich mir nicht über den Grund für diesen Ihren ungezogenen Ausbruch klar bin! Ihnen liegt weniger an der Erscheinung, die ich vielleicht biete, als vielmehr daran, daß Ihre Befehle übergangen wurden! Immer müssen Sie der Herr sein; Sie ertragen es nicht, wenn Ihrem Willen widersprochen wird.»

«Sehr richtig, das ertrage ich nicht», antwortete er. «Dasselbe könnte ich von Ihnen sagen, Miss Taverner. Der starke Wunsch, Ihren Kopf durchzusetzen, hat Sie in eine Klemme gebracht, die, wenn ich nicht hier wäre, um Ihren Gehorsam für meine Befehle zu erzwingen, Ihren Ruf ärger beschädigt hätte, als Sie es ahnen. Diese Streiche eines Wildfangs mögen ja in der Wildnis des Yorkshire recht gut angehen. Ich bin glücklich, sagen zu können, daß ich nichts von den Manieren weiß, die dort herrschen; aber hier gelten sie nicht. Sie haben sich sehr ins Unrecht gesetzt. Das sollten Ihnen Ihre eigenen Grundsätze sagen; es müßte nicht nötig sein, daß ich Sie erst darüber informiere. Was Ihre liebenswürdige Beschreibung meines Charakters betrifft, erlaube ich mir zu sagen, daß diese Vormundschaft, die mir aufgedrängt wurde und die von Anfang an für mich eine Quelle von Unannehmlichkeiten und Ärger war, mehr umfaßte als die bloße Verwaltung Ihres Vermögens. Sie hatten einmal die Güte, Miss Taverner, mich zu informieren, daß Sie froh seien, nicht meine Tochter zu sein. Auch ich bin darüber froh, aber so wenig mir der Posten gefallen mag, auf dem ich mich befinde – wenn Sie mir nicht gehorchen, werde ich stark versucht sein, Sie so zu behandeln, wie es Ihr Vater, könnte er Sie in diesem Augenblick sehen, wohl zweifellos täte.»

«Ich bin nur für eines dankbar!» rief Judith. «Nämlich, daß es jetzt in ganz kurzer Zeit nicht mehr in Ihrer Macht stehen wird, mir zu drohen oder sich in meine Angelegenheiten zu mischen! Sie können zumindest des einen sicher sein, Lord Worth: Sowie Ihre Vormundschaft über mich erlischt, werde ich Sie freiwillig nicht wiedersehen!»

«Danke. Sie haben jetzt Ihrem Zorn die Zügel voll schießen lassen und können unmöglich mehr zu sagen haben», erwiderte er, drehte sich um und hielt ihr die Tür auf. «Ihre Kutsche dürfte bereitstehen, Ma'am.»

Sie ging auf die Tür zu; bevor sie sie jedoch noch erreicht hatte, stürmte Peregrine herein, erhitzt und viel staubiger und zerraufter als seine Schwester.

«Was, zum Teufel, ist los?» fragte er. «Ich dachte, du seist jetzt schon auf halbem Weg nach Brighton! Ich hatte das vermaledeiteste Pech, kann ich dir sagen!»

«Lord Worth», sagte Judith und beherrschte ihre Stimme nur mühsam, «hat es für richtig gefunden, unsere Wettfahrt als beendet zu erklären. Es paßt seiner Würde nicht, daß sein Mündel selbst nach Brighton kutschiert.»

«Da liegt uns schon was dran!» sagte Peregrine. «Verdammt, Worth, hier geht's um eine Wette! Sie können meine Schwester doch jetzt nicht aufhalten!»

«Was ich dir zu sagen habe, sage ich dir später», erwiderte Worth in unangenehmem Ton. «Miss Taverner, ich warte, um Ihnen in die Kutsche zu helfen!»

«Sie können Ihre Reise fortsetzen», sagte sie. «Wenn mein Bruder bei mir ist, brauche ich keinen anderen Schutz als den seinen.»

«Wie wir gesehen haben», bemerkte Worth sarkastisch. «Nun, ich habe Sie gewarnt, daß ich Ihren Gehorsam erzwingen werde.»

Er kam auf sie zu, aber Peregrine trat schnell mit erhobenen Fäusten zwischen sie und sagte scharf: «Und ich warne Sie, Sir, lassen Sie meine Schwester in Ruhe!»

«Ich fürchte, diese edle Geste ist an mir verloren», sagte Worth. «Tröste dich mit der Überlegung, daß es dir, wenn ich zuschlagen würde, mehr als leid täte, mich dazu herausgefordert zu haben.»

Miss Taverner drängte sich an ihrem Bruder vorbei. «Mach keine Szene, Perry, ich bitte dich! Ich bin bereit, mit Ihnen zu gehen, Lord Worth.»

Er verneigte sich; sie ging an ihm vorbei aus dem Zimmer, und gleich darauf wurde ihr in die wartende Kutsche geholfen. Die Tür wurde geschlossen; sie hörte, wie ihr Vormund den Postjungen einen Befehl gab, und sank in eine Ecke der Kutsche, als sich die Pferde in Bewegung setzten.

Sie entdeckte, daß sie zitterte, ihre Gedanken verwirrt waren und ihr ein Klumpen in der Kehle stak. Ihre ganze Freude, nach Brighton zu fahren, war wie weggeblasen; sie wußte nur, daß sie das elendste Geschöpf unter Gottes Sonne war. Es gab keine Verteidigung für ihr Benehmen; sie hatte in Horley erkannt, wie ungehörig es war, und hatte nun die Demütigung, sich Worths Verurteilung verdient zu haben. Er dachte mit Abscheu an sie; er hatte keine Bedenken gehabt, sie zu demütigen noch sie in höchst kränkender Verachtung anzusprechen. Es war kaum ein Wunder, daß sie ihre Beherrschung ihm gegenüber verloren hatte: er war unverzeihlich gewesen. Das bessere Verständnis, das sich anscheinend zwischen ihnen angebahnt hatte, bestand nicht mehr. Es lag ihr nichts daran; wenn er sie nicht um Entschuldigung bat, konnte sie es nicht über sich bringen, ihm ohne Gefühle stärksten Widerwillens zu begegnen. Sie war ziemlich sicher, daß er sie nie um Verzeihung bitten würde. Ihr Ansehen bei ihm war ganz und gar zerstört; er war hassenswert, unverschämt, hochfahrend – und sie selbst wenig besser als die ordinäre Lady Lade.

Diese erregenden Überlegungen zeitigten ihr natürliches Ergebnis: stumm liefen Tränen über Miss Taverners Wangen, und malerische Dörfer, Schlagbäume und Aussichten zogen unbemerkt vorüber. Als sie endlich am Haus an der Marine Parade abgesetzt wurde, vermochte nicht einmal der Anblick der See ihre Stimmung zu heben. Sie eilte mit heruntergezogenem Schleier ins Haus und rannte fast die Treppe empor, um sich in der Abgeschlossenheit ihres Schlafzimmers ihrem Elend zu überlassen.

17

Es dauerte viele Tage, bis Miss Taverner wieder Fassung gewann, und lange, bis die Übel ihrer Reise aufhörten, sich bemerkbar zu machen. Sie kämpfte darum, wieder Mut zu fassen, aber der war völlig zuschanden, und wenn sie auch eine Miene ruhiger Heiterkeit aufsetzte, so waren alle ihre Überlegungen demütigend. Ihr Herz war schwer.

Peregrines Ankunft in Brighton eine halbe Stunde nach ihr brachte ihr keinen Trost. Sie fragte nicht danach, was sich zwischen ihm und Worth abgespielt hatte, und er verriet es nicht. Er kam mürrisch, halb trotzig, halb beschämt zu ihr, bereit, Worth zu beschimpfen, aber zögernd, die Ursache ihrer Unstimmigkeit zu erörtern. Es war klar, daß Worth ihn nicht geschont hatte. Judiths Stimmung sank noch tiefer. Sie fühlte, daß sie zwischen den beiden Männern Zwist gesät hatte, und kein Eingeständnis – das wirklich schwer zu machen gewesen wäre –, daß sie Worths Kritik verdient hatte, würde die Empörung Peregrines zu besänftigen vermocht haben. Es konnte nichts Gutes dabei herauskommen, wenn man die Angelegenheit besprach; es mußte der Zeit überlassen bleiben, den Schaden gutzumachen, der gestiftet worden war. Sie konnte auch nicht erwarten, daß er es alles so sah wie sie. Er war sich bewußt, unrichtig gehandelt zu haben, vielleicht tat es ihm auch heimlich leid, aber schließlich war es keine große Sache; man konnte alles, außer Worths Rolle dabei, in kürzester Zeit vergessen. Ziemlich leichten Herzens stob er davon, um Brighton anzusehen.

Als Mrs. Scattergood am Haus abgesetzt wurde, waren einige Stunden vergangen, und Judith war imstande, ihr zumindest mit scheinbarer Fassung entgegenzutreten. Es war hart, sich ihre Vorwürfe anhören und ihr etwas von dem berichten zu müssen, was sich in Cuckfield zugetragen hatte. Doch selbst Mrs. Scattergood konnte nicht ewig reden, und als sie sich zum Abendessen setzten, war sie bereit, alles zu vergessen und ihre Gedanken dem zuzuwenden, was Brighton an Unterhaltung bot.

Das Haus an der Marine Parade war nett und genügend geräumig, um seine Mieter zu befriedigen. Sie hätten wünschen können, daß die Salons schöner gewesen wären, mußten jedoch zugeben, daß die Möblierung des Hauses, wenn sie auch nicht luxuriös war, doch das übertraf, was im allgemeinen in vermieteten Häusern am Meer zu finden war. Was an Eleganz fehlte, wurde bald durch alle die hübschen Kleinigkeiten und Vorhänge wettgemacht, die Mrs. Scattergood vorsorglicherweise in einem ihrer vielen Koffer aus der Brook Street mitgebracht hatte. Der erste Abend verging ruhig damit, sich einzugewöhnen; beide Damen gingen früh zu Bett, die ältere breitete rohe Kalbfleischscheiben aufs Gesicht, um Runzeln vorzubeugen, die jüngere lag die halbe Nacht in fruchtlosem Nachdenken wach.

Dieses Unglücklichsein konnte jedoch nicht lange anhalten. Am Morgen brachte der Anblick der Sonne, die das Meer funkeln ließ, Erleichterung; und die frische und salzige Luft kräftigte den Geist. Etwas Niedergeschlagenheit mußte natürlich noch anhalten, aber ewig kann man nicht unglücklich sein. In der Erwartung eines interessanten und vergnügten Tages schloß sich Judith ihrem Bruder und Mrs. Scattergood im Frühstückszimmer an.

Da ihre Augen voller Tränen gewesen waren, als ihre Kutsche tags zuvor in Brighton einfuhr, war sich Judith der Umgebung kaum bewußt geworden; sie hatte nicht einmal aufgeblickt, um den Pavillon zu sehen, der so lag, daß er den Blick des Reisenden unmittelbar bei der Einfahrt in die Stadt anzog. Also mußte er das erste Ziel ihres Morgenspaziergangs sein, und bald nach dem Frühstück begaben sich die beiden Damen auf den Weg, von Peregrine, der in den Raggets-Klub mußte, bis zur Steyne begleitet.

Ein Weg von fünf Minuten den Strand entlang brachte sie zum Südende der Steyne. Es bot sich ihnen sofort der Anblick des Pavillons, wenn auch nicht der beste. Sie richteten ihre Schritte auf der Steyne landeinwärts und gingen auf dem Pflaster aus glasierten roten Ziegeln vorbei an sauberen Gärten mit geometrischen Blumenmustern und an Donaldsons Leihbücherei, bis sie die Pavillon Parade erreichten und unmittelbar vor dem schimmernden, kostspieligen Gebäude selbst standen.

Der Pavillon, den Mr. Henry Holland für den Prinzregenten erbaut hatte, wies eine Fassade von vierhundertachtzig Meter Länge auf und bedeckte zehn Morgen Landes. Er war nach einer vagen Idee des Prinzen erbaut, die ihm beim Anblick von einigen chinesischen Tapeten – eines Geschenks – gekommen war, und das Ergebnis war verblüffend und originell. Auf den ersten Blick hätte sich der Besucher bei der Sehenswürdigkeit gut vorstellen können, daß er sich in irgendein Phantasieland verirrt habe, so prächtig und unkonventionell war der Palast. Griechischer, maurischer und russischer Stil herrschten vor. Ein Säulengang und das darüberliegende Gebälk in ionischem Stil führte die Front entlang. Über einem die obere Linie des ganzen Gebäudes entlanglaufenden Zinnenkranz erhob sich eine Reihe grüngedeckter Kuppeln und Minarette. Zwei Kegeltürme von gleicher Höhe wie die mittlere und größte Kuppel krönten die beiden Flügel. Die Spitztürme und Minarette an jeder Ecke des Baues waren aus Bathgestein, der übrige Palast aus Stuckziegeln. Vor jedem Flügel befand sich ein offener Arkadengang, dessen Bögen durch achteckige Säulen voneinander getrennt und mit Gitterwerk verziert waren. Der Haupteingang lag an der Westseite, die Hauptfassade jedoch, die Mrs. Scattergood und Miss Taverner betrachteten, ging nach Osten und auf eine Wiese, die von der Seepromenade durch eine niedrige Mauer und einen auf ihr stehenden, noch niedrigeren Zaun getrennt war. Ein spitzfindiger Kritiker hatte einmal, als er den Palast zum erstenmal sah, bemerkt, er sähe aus, als habe die St.-Pauls-Kathedrale Junge bekommen und eine Brut Kuppeln zur Welt gebracht. Ein so profaner Gedanke schoß Miss Taverner freilich nicht durch den Kopf. Wenn der Pavillon auch nicht ganz in dem einfachen Geschmack entworfen war, wie er sich gehörte, so stand es ihr doch nicht zu, zu mäkeln; sie würde ihr Urteil nicht in Gegensatz zu dem Mr. Hollands stellen.

«Ist das nicht ein vornehmer Bau?» sagte Mrs. Scattergood, die ihn nie sehen konnte, ohne von seiner Pracht neuerlich betroffen zu sein. «Allein die Errichtung der Ställe kostete siebzigtausend Pfund. Bestimmt hast du noch nie einen Palast gesehen, der diesem hier gleichkäme. Carlton House ist nichts dagegen! Das ist bescheiden bis zur Ärmlichkeit. Dies hier muß jedoch sofort das Auge fesseln und den Besucher verzaubern!»

«Sehr richtig, es ist wirklich etwas völlig Ungewöhnliches.»

«Und erst das Innere! Aber du wirst es ja selbst sehen. Wir werden natürlich zu einem der musikalischen Abende eingeladen werden. Jeder Raum von höchst vornehmen Ausmaßen, und das Ganze mit derartiger Eleganz ausgestattet, daß es einfach unvorstellbar ist!»

Sie gingen weiter, um die Ställe zu sehen, die am nördlichen Ende der Gründe lagen. Nicht weit von hier entfernt war die New Road, und als sie in diese einbogen, befanden sie sich bald in der North Street, einer steilen, menschenüberfüllten Überlandstraße, die ständig von Verkehr durchbraust war. Einige der wichtigsten Reisebüros lagen an der North Street, und die beiden Damen blieben eine Weile stehen, um die Abfahrt einer der Postkutschen nach London zu beobachten. Dank einigen Läden mit verlockenden Waren im Fenster kamen sie nur langsam weiter, erreichten aber bald den Promenade Grove, den Promenadenhain an der Südwestseite des Pavillons, und setzten sich für eine Weile zum Ausruhen in den dürftigen Schatten der ihn säumenden Pappeln. In den Parkanlagen zeigte sich eine Zierlichkeit und ein richtiger Geschmack, der auch einen kritischeren Beobachter als Miss Taverner entzückt hätte. Sie brach in begeisterte Ausrufe aus, war bezaubert und erklärte nach kurzer Rast ihre Absicht, die zahlreichen Lauben und Zickzackwege der Anlage des Hains erforschen zu wollen. Mrs. Scattergood war ganz dazu bereit, und man verbrachte eine halbe Stunde damit, umherzuwandern und die Schönheit der Blumen zu bewundern, die in Fülle in den abgezirkelten Beeten blühten. Der Hain war nicht von Menschen überfüllt, da die Stunde für den Bummel der mondänen Welt erst später war, wenn ein Orchester auf einem Holzpodium in der Mitte des Hains musizierte. Dennoch trafen die beiden Damen doch schon mehrere Bekannte auf ihrem Spaziergang und erfuhren, daß der Prinzregent zwar noch nicht im Pavillon wohnte, man ihn jedoch Ende der Woche erwartete. Oberst McMahon, sein Sekretär, befand sich bereits in Brighton.

Ein Blick auf die Uhr informierte Mrs. Scattergood, daß der Vormittag bereits weit vorgeschritten war, und da sie in der Absicht ausgegangen waren, sich in einer der Leihbüchereien einschreiben zu lassen, verließen beide Damen den Hain und begaben sich am Schloßhotel vorbei über die Steyne zu Donaldsons Leihbibliothek.

Sosehr sich Miss Taverner nunmehr schon an die Überlegenheit der

Londoner Büchereien gewöhnt hatte, war sie doch über die Geräumigkeit und Eleganz von Donaldsons Lokal erstaunt. Die Auswahl der Bücher war groß; die Morgenblätter und die besten Zeitschriften lagen zur Benutzung auf Tischen bereit. Die Räume, deren es viele gab, waren mit einem außergewöhnlichen Geschmack ausgestattet. Während der Saison gab es hier jeden Abend Kartenpartien und Musik, und tagsüber bot ein ständiges Kommen und Gehen mondäner Leute, die herkamen, um ein Buch umzutauschen oder Bekannte zu treffen oder aber sich in neuen Kleidern zu zeigen, ein ständig wechselndes, lebhaft bewegtes Bild.

Mrs. Scattergood und ihr Schützling erreichten ihr Heim etwas nach Mittag und entdeckten, daß Peregrine schon vor ihnen heimgekommen war und nun im Erker des Salons im ersten Stock saß, sehr beschäftigt damit, ein Teleskop auf die Badewagen einzustellen, die den Strand entlang aufgereiht standen. Er hatte nicht lange gebraucht, um zu entdecken, daß es eine der beliebtesten Unterhaltungen der Stutzer in Brighton war, ein Teleskop auf diese Wagen zu richten – die zum Unterschied von jenen in Scarborough oder Ramsgate keine Markisen hatten –, in der Hoffnung, einen Blick auf die Schönheit zu erhaschen, die eben ins Meer stieg, und er hatte sich unverzüglich selbst ein Teleskop gekauft.

Mrs. Scattergood schimpfte mit ihm und schalt ihn rundweg einen abscheulichen, ordinären Jungen, da aber der Sommer noch nicht weit genug fortgeschritten war, um die Damen zu einem Seebad zu verlocken, konnte er alle ihre Beschuldigungen widerlegen und ihr das Teleskop anbieten, damit sie mit eigenen Augen sehen konnte, daß der einzig interessante Gegenstand am Strand ein dicker Herr in einem scharlachroten Badeanzug war, der vorsichtig einen Fuß ins Wasser tauchte. Empört lehnte sie es ab, ein Blickchen durch das Teleskop zu tun, entwand es ihm, sperrte es weg und trieb ihn unerbittlich ins Eßzimmer hinunter, wo ein kalter Lunch auf dem Tisch bereitstand.

Die Frage, die ihrer aller Gedanken während des Mittagsimbisses beschäftigte, war, was man mit dem Rest des Tages anfangen sollte. Es war Mittwoch, daher fand kein Ball statt. Diese Bälle wurden abwechselnd im Schloßhotel und dem «Alten Schiff» veranstaltet. Die Mittwoch- und Freitagabende waren Kartenpartien gewidmet, und obwohl Mrs. Scattergood sehr gern den Abend mit Commerce oder Casino verbracht hätte, wußte sie, daß ihr Schützling Karten nicht mochte. Zum Glück hatte Peregrine in einem Anfall von Bruderliebe für ihre Unterhaltung gesorgt und nicht nur eine Loge im Theater genommen, sondern war auch bereit, Judith den ganzen Nachmittag herumzufahren.

Sie war sehr froh, eine Kartenpartie gegen das Theater eintauschen zu können, aber die bloße Erwähnung, mit ihm zu fahren, genügte, um sie aus der Fassung zu bringen und erröten zu lassen. Sie lehnte ab und entschuldigte sich damit, daß sie von dem Streifzug durch die Stadt müde sei. Er drängte nicht weiter in sie, sondern ging kurz nach dem Mittagessen auf die Suche nach anderer Unterhaltung. Mrs. Scattergood zog sich in ihr Schlafzimmer zurück, und Judith setzte sich in den Salon, um sich mit ihrer Netzarbeit zu beschäftigen und durch das Fenster das lebhafte Bild zu betrachten, das sich auf der Promenade bot.

Sie wurde nicht lange allein und in Ruhe gelassen. Bald meldete man einen Besucher, und leicht verwirrt stand sie auf, um Captain Audley zu begrüßen.

Es fiel ihr schwer, ihm in die Augen zu sehen, aber schon aus seiner ersten Frage ging hervor, daß ihm Worth nichts von der Eskapade am Vortag erzählt hatte. Er fragte, ob sie eine erträglich bequeme Reise gehabt hatte; sie war sicher, daß er zuviel Taktgefühl besaß, um eine solche Frage zu stellen, wenn er die Tatsachen gewußt hätte. Sie gab eine ziemlich gepreßte Antwort und beeilte sich, das Thema zu wechseln. Das war nicht schwer; als er sich neben ihr auf dem Sitz am Fenster niederließ, wollte er wissen, wie ihr Brighton gefiel, und über diesen Gegenstand konnte sie sich frei von allen erregenden Überlegungen lebhaft genug äußern.

«Oh, ich bin ganz entzückt!» sagte sie. «Sicher, es ist nicht so groß wie Scarborough, aber tausendmal besser. Und dabei dachte ich immer, es könne nichts Schöneres geben. Brighton aber übertrifft alles, was ich bisher gesehen habe. Ich wünschte, ich könnte für immer hierbleiben.»

«Wenn der Herbst kommt, würden Sie sich bald nach London zurücksehnen», erwiderte er lächelnd. «An einem Sommertag ist es sehr schön, aber nach einer Weile werden Sie entdecken, daß hier eine Gleichförmigkeit herrscht, die alles langweilig erscheinen läßt.»

«Das kann ich nicht glauben. Finden Sie das so?»

«Ich? Nein, ich sicher nicht; haben Sie mir denn nicht gesagt, ich hätte eine höchst glückliche Natur? Aber ich versichere Ihnen, jede junge Dame ist bald von Brighton gelangweilt. Es ist durchaus nicht so, daß es einem ständig gefällt.»

«Vermutlich würden diese selben jungen Damen genauso leicht erklären, daß sie sich in London langweilen. Was mich betrifft, so möchte ich, selbst wenn einmal die Bälle und Gesellschaften schal werden, ewig eine Aussicht wie diese hier betrachten.»

«Und ich wette, beim ersten düsteren Morgen werden Sie sich das anders überlegen. Oder meinen Sie letzten Endes gar nicht das Meer, sondern den ‹Goldenen Ball›? Das, muß auch ich sagen, ist eine Aussicht, deren man nicht so bald müde werden kann.»

Sie beugte sich vor, um auf die Straße hinunterzusehen, und der Richtung der Blicke des Captains folgend, sah sie in amüsierter Anerkennung einen schokoladebraunen, von weißen Pferden gezogenen Landauer, der von einem großen dünnen Herrn langsam über die Promenade gefahren wurde; er war derart übertrieben modisch gekleidet, daß er in jeder Gesellschaft auffallen mußte.

«Sie vergessen», erwiderte sie, «daß Mr. Hughes Ball ein Anblick ist, den ich schon in den letzten sechs bis sieben Monaten genossen habe. Er wohnt nämlich in der Brook Street und erwies mir einmal die Ehre, mich zu besuchen. Wer ist jener seltsame alte Herr mit gepudertem Haar und einer Rose im Knopfloch? Wie komisch der aussieht, wirklich!»

«Was, Sie kennen den Old Blue Hanger nicht?» fragte der Captain. «Meine liebe Miss Taverner, das ist Lord Coleraine. Sie erkennen ihn vielleicht an seinem grünen Mantel und seinem Puder. Sie müssen seinen Bruder in London kennengelernt haben.»

«Oh, Oberst Hanger! Ja, natürlich.»

«Und konnten ihn überhaupt nicht leiden», sagte der Captain zwinkernd. «Er ist kein übler Bursche, aber, um ehrlich zu sein, die intimen Freunde des Regenten sind bei der übrigen Welt nicht übermäßig beliebt. Hier kommt gerade einer von ihnen die Promenade heraufgehüpft. Sie müssen lange suchen, bevor Sie einen finden, der McMahon gleichkommt. Da, das Männchen in der blaubraunen Uniform, das sich vor Lady Downshire verbeugt und seinen Kratzfuß macht.»

Sie bemerkte: «Das also ist der Sekretär des Regenten! Er ist sehr häßlich.»

«Sehr häßlich und ein Tunichtgut.»

Nachdem sich Oberst McMahon von Lady Downshire getrennt hatte, kam er langsam die Promenade herauf. Als spüre er die beiden Augenpaare auf sich gerichtet, sah er auf, als er am Haus vorbeiging, und als er Miss Taverner erblickte, starrte er sie mit einem Ausdruck kritischer Anerkennung sehr genau an. Sie zog sich sofort zurück und wurde rot, der Captain jedoch sagte nur: «Seien Sie nicht überrascht, Miss Taverner, daß er Sie herausfordernd betrachtet. Er hat sehr seltsame Manieren.»

Bald darauf schlug er vor, sie auf einem Spaziergang zu begleiten, um sich Rossis Statue des Regenten anzusehen, die vor dem Royal Crescent stand; und da sie bereitwillig zustimmte, dauerte es nicht lange, bis sie das Haus verließen und die Promenade entlangspazierten. Sie genossen die großartige Majestät des Meeres auf der einen Seite der Promenade und betrachteten die Reihen der eleganten Häuser auf der anderen Seite, die mit Säulen, Pilastern und Giebeln in korinthischem Stil geschmückt und im Lauf der letzten zwölf Jahre errichtet worden waren. Es gab nichts, was das Auge beleidigt hätte, wohin auch immer zufällig der Blick fiel; alles war in zierlichstem Stil, und eine Anzahl gutgehaltener Plätze und halbmondförmiger Straßen rettete die Esplanade davor, allzu eintönig zu erscheinen, und erfreute das Auge mit willkommenen Grünflächen.

Als sie ins Haus zurückkehrten, begegnete ihnen Mrs. Scattergood. Sie erging sich in überraschten Ausrufen, ihren jungen Vetter (den sie noch einige Tage lang nicht in Brighton erwartet hatte) zu sehen, und lud ihn herzlich ein, sie am Abend ins Theater zu begleiten. Er nahm sichtlich erfreut an, und nachdem er noch ein Weilchen bei den Damen gesessen war, verabschiedete er sich von ihnen mit dem Versprechen, sie später wieder im Theater zu treffen.

Das Theater, an dem Mrs. Scattergood und Miss Taverner auf ihrem

Morgenspaziergang vorbeigekommen waren, lag in der New Road. Wenn auch nicht groß, so war es doch ein schönes Gebäude, mit aller Rücksichtnahme auf Bequemlichkeit eingerichtet. Das Parkett und die Galerie waren geräumig, und zwei Reihen hoher Logen, mit goldbefransten Draperien verziert, boten reichlich Unterbringungsmöglichkeit für den vornehmeren Teil des Publikums. Die Loge des Regenten links von der Bühne, die von den anderen durch ein reich vergoldetes Gitterwerk getrennt war, stand leer, fast alle übrigen aber waren besetzt. Miss Taverner war, bevor sich der Vorhang hob, voll damit beschäftigt, ihre Verbeugungen denjenigen ihrer Bekannten zu machen, die anwesend waren, Mrs. Scattergood damit, jede Kappe und jeden Turban im Haus genau zu betrachten und ihren eigenen allen vorzuziehen.

In der ersten Pause besuchten einige Herren die Loge der Taverners, unter ihnen Oberst McMahon, der Mrs. Lews auf den Fersen folgte und um Erlaubnis bat, sich Mrs. Scattergood ins Gedächtnis zurückrufen zu dürfen. Sie war gezwungen, ihn Miss Taverner vorzustellen, an die er sich sofort heftete. Er blieb die ganze Pause neben Judith, die er mit seinen kriecherischen und gezierten Manieren abwechselnd amüsierte und anwiderte. Er bekannte, höchst erstaunt zu sein, daß er sie noch nie zuvor kennengelernt hatte, und als er hörte, daß sie noch nicht die Ehre gehabt hatte, dem Prinzregenten vorgestellt zu werden, versicherte er ihr, sie könne sich darauf verlassen, schon demnächst eine Einladungskarte in den Pavillon zu erhalten.

«Ich wage zu glauben», sagte er eindringlich, «daß Ihnen sowohl das Innere des Pavillons wie dessen königlicher Besitzer gleich gut gefallen werden. Solche Manieren trifft man nicht oft. Sie werden finden, daß Seine Hoheit in höchstem Maß leutselig ist. Einen liebenswürdigeren Mann hat es noch nicht gegeben! Er wird Ihnen äußerst gut gefallen, und ich erkühne mich zu sagen, ich verbürge mich für ihn, daß er von Ihnen besonders angetan sein wird.»

Sie konnte kaum ihre Fassung bewahren, als sie ihm dankte, und war froh, daß die Pause fast vorbei war. Es war Zeit für ihn, auf seinen Platz zurückzukehren; er machte ihr eine tiefe Verbeugung und ging, sich die Hände reibend, zu seinem Platz.

In der zweiten Pause begab sich etwas, das Miss Taverners ganzes Vergnügen zerstörte. Sie wurde sich bewußt, daß sie prüfend betrachtet wurde, und als sie zur gegenüberliegenden Loge blickte, entdeckte sie, daß der Earl von Barrymore sie starr durch sein Lorgnon fixierte.

Sie erkannte ihn sofort, und das leichte Lächeln auf seinen Lippen zeigte ihr, daß auch er sie erkannt hatte. Er stieß seinen Gefährten an, wies auf sie und stellte sehr deutlich erkennbar eine Frage. Miss Taverner konnte deren Inhalt erraten und wandte sich errötend ab.

Sie sah sich vor, nicht wieder in jene Richtung zu blicken, aber Peregrine, der sich zufällig im Haus umsah, rief plötzlich aus: «Wer ist der Kerl, der ständig in unsere Loge starrt? Ich habe gute Lust, hinüberzugehen und zu fragen, was er damit meint.»

«Ich glaube nicht, daß ich an deiner Stelle seine Unverschämtheit zur Kenntnis nähme», antwortete der Captain. «Es ist nur Cripplegate, und weißt du, die Barrymores kann man nicht für ihre seltsamen Manieren verantwortlich machen. Hättest du Hellgate, den verstorbenen Earl, gekannt, würdest du dir nichts über diesen Menschen hier denken.»

Peregrine schaute stirnrunzelnd hinüber. «Ja, aber er scheint praktisch zu versuchen, unsere Aufmerksamkeit zu erregen. Ju, du kennst ihn doch nicht, oder?»

Sie schaute flüchtig zur entgegengesetzten Loge hinüber. Der Earl warf ihr eine Kußhand zu, und Captain Audley wandte sich ihr mit einem überraschten, fragenden Blick zu. «Meine liebe Miss Taverner, sind Sie mit Barrymore bekannt?»

Sie sagte ziemlich verwirrt: «Nein, nein! Ich habe noch nie in meinem Leben mit ihm gesprochen!»

«Na, dann gehe ich vielleicht hinüber und informiere ihn davon», sagte der Captain und stand auf.

Sie legte ihm die Hand auf den Arm und sagte sehr erregt: «Es ist unwichtig! Ich bin überzeugt, er verwechselt mich mit jemandem anderen. Schauen Sie, er hat seinen Irrtum selbst entdeckt und sieht nicht mehr herüber! Bitte, setzen Sie sich doch wieder, Captain Audley!»

Die Höflichkeit zwang ihn, nachzugeben, obwohl er alles andere als befriedigt wirkte. Da fast sofort darauf der dritte Akt begann und der Earl noch vor Schluß der Komödie das Theater verließ, erlebte man an diesem Abend keinen Ärger mehr.

Die Auswirkungen dessen, daß er in Miss Taverner die Karriolfahrerin in Horley erkannt hatte, waren indessen bald zu spüren. Die Kenntnis, wer sie war, hinderte ihn nicht daran, die Umstände zu beschreiben, unter denen er ihr zum erstenmal begegnet war, und als sie am folgenden Abend mit Mrs. Scattergood die Gesellschaftsräume im «Alten Schiff» betrat, wurde ihr Name ziemlich frei herumgetragen, und zwei Damen, die sie bis dahin betont liebenswürdig behandelt hatten, verneigten sich mit so kalter Höflichkeit, daß sie fast in den Boden versunken wäre.

Die Räume waren voll, und ein Großteil der Versammelten waren Offiziere, von denen Brighton immer überquoll, weil etwas außerhalb der Stadt in der Lewis Street eine Kavalleriekaserne lag. Der Zeremonienmeister stellte Miss Taverner einige der Jüngeren vor, aber sie tanzte die beiden ersten Tänze mit Captain Audley.

Es konnte eine Einbildung sein, aber sie meinte, eine Spur Zurückhaltung in seinem Benehmen zu entdecken, und in seinen für gewöhnlich so lustigen Augen einen ernsten Ausdruck. Nach einer kleinen Weile sagte sie, so leicht sie konnte: «Ich vermute, Sie haben inzwischen von meinem entsetzlichen Betragen gehört, Captain Audley. Sind Sie angewidert? Glauben Sie, daß Sie mit einem so traurigen Wesen wie mir tanzen sollten?»

«Sie meinen Ihre Fahrt von London herüber, vermute ich. Ich jedenfalls hätte sie nicht so beschrieben.»

«Aber Sie billigen sie nicht. Ich kann erkennen, daß Sie von mir schlecht denken, weil ich es getan habe.»

Er lächelte. «Mein Gesicht muß demnach sehr trügen. Ich und schlecht von Ihnen denken! Nein, wirklich, das tue ich nicht!»

«Ihr Bruder ist sehr böse auf mich.»

Darauf erwiderte er nichts, und nach ein, zwei Augenblicken sagte sie mit einem kleinen Lachen: «Trotz allem war es gar nicht so sehr schlecht.»

«Sicher nicht. Was Sie tun, kann nie schlecht sein. Sagen wir lieber, es war nicht sehr klug.»

Sie spürte, daß sich etwas in ihrer Kehle zusammenkrampfte; sie überwand es und antwortete: «Es ist mir wirklich gleichgültig. Eine derart übertriebene Rücksicht auf die öffentliche Meinung ist etwas, womit ich keine Geduld habe. Ihr Bruder ist, glaube ich, heute abend nicht hier.»

«Er ist mit einigen Freunden zum Abendessen verabredet, aber ich vermute, daß er gleich hier sein wird.»

Sie gingen eben die Reihe der Tanzenden entlang hinunter, und als sie einander wieder gegenüberstanden, ergab sich ein anderes Gesprächsthema und beschäftigte sie weiterhin für den Rest der Zeit, die sie beisammen waren.

Als Miss Taverner neben dem Captain zu Mrs. Scattergood zurückging, sah sie, daß Worth eingetreten war und nun mit ihrer Anstandsdame sprach. Nach dem Blick, den Mrs. Scattergood in ihre Richtung warf, war sie überzeugt, daß sie der Gegenstand des Gesprächs gewesen war, und begrüßte daher ihren Vormund äußerst steif.

Seine Verbeugung war förmlich, er lächelte nicht; und die wenigen Minuten, die er neben ihnen stehenblieb, sagte er nichts als Gemeinplätze. Die Ereignisse des Dienstags wurden nicht erwähnt, aber daß sie einen wichtigen Platz in seinen Gedanken einnahmen, konnte Miss Taverner nicht bezweifeln. Alle Demütigung ihrer letzten Begegnung wurde ihr bei seinem Anblick lebhaft ins Gedächtnis zurückgerufen, und in seinem Benehmen war keine Nachgiebigkeit, in seinen Augen kein Licht zu entdecken, das ihr Unbehagen erleichtert hätte. Als ihre Höflichkeit von einem Offizier beansprucht wurde, der herbeikam, um sie zum nächsten Tanz zu führen, ging der Earl an das andere Ende des Saals und nahm gleich darauf seinen Platz in einer anderen Gruppe einer jungen Dame in einem durchsichtigen Kleid aus gelbem Seidentaft gegenüber ein. Er verließ den Ballsaal noch vor dem Tee und ohne sein Mündel ein einziges Mal zum Tanz aufgefordert zu haben. Sie sah ihn gehen, und es war ihr wirklich elend zumute. Was seinen Geschmack betraf, so hielt sie ihn für sehr armselig, denn sie konnte nicht die geringste Spur von Schönheit an der Dame im gelben Seidentaft entdecken – praktisch nichts, was es dem Earl die Mühe wert gemacht hätte, dem Ball beizuwohnen.

Der Abend lieferte ihr eine Kostprobe dessen, was sie, wie sie vermutete, würde ertragen müssen, bis ihre Eskapade vergessen war. Einige Witwen beäugten sie ziemlich streng, und ihre besonderen Freunde schienen unter sich abgesprochen zu haben, sich ihr gegenüber so zu benehmen, als sei nichts geschehen, was sie derart betont taten, daß Judiths Mut tiefer denn je sank. Die Herren sahen die Sache als einen famosen Spaß an; sie waren wirklich bereit, darüber zu reden und ihrem Wagemut Beifall zu zollen; die Kühnsten unter ihnen betrachteten sie mit einer Art vertraulicher Galanterie, die ihren Stolz geradezu unerträglich verletzte. Um die Sache noch schlimmer zu machen, stöhnte Mrs. Scattergood über das Ergebnis der Unvorsichtigkeit ihres Schützlings auf dem ganzen Heimweg und prophezeite, daß die Übel eines solchen Benehmens noch so manchen langen Tag zu fühlen sein würden.

Am Ende der Woche traf der Regent in Brighton ein, begleitet von seinem Bruder, dem Herzog von Cumberland; und einigermaßen zu Miss Taverners Überraschung erhielt Mrs. Scattergood eine Karte, die sie beide zu einer Abendgesellschaft am folgenden Dienstag im Pavillon einlud. Am Sonntag sah man die königlichen Brüder in der Kirche: der ältere dick, von einer bleichen Schönheit und sehr modisch; der jüngere mager, sehr groß, das dunkle Gesicht von einer Narbe, die er bei Tournai erhalten hatte, entstellt.

Miss Taverner konnte es sich nicht versagen, ihn sehr interessiert anzusehen, denn der Skandale, die sich an seinen Namen hefteten, waren Legion, und man schrieb ihm allgemein so ziemlich jede Form des Lasters zu, einschließlich Mord. Erst vor ein paar Jahren hatte sein Kammerdiener Selbstmord begangen, und es gab noch immer jede Anzahl Leute, die keine Bedenken hatten, anzudeuten, daß der Unglückliche nicht so zugrunde gegangen sei, wie das offiziell ausgegeben wurde. Der Herzog von Clarence, der, wie jeder seiner Brüder, mit Ausnahme Cumberlands, selbst ein hemmungsloser und indiskreter Schwätzer war, hatte bei Gelegenheit auf diesen Skandal angespielt, und als er Miss Taverner versicherte, daß nichts Wahres daran sei, hatte er hinzugefügt: «Ernst ist nicht schlecht, nur – wenn er weiß, wo Sie ein Hühnerauge haben, tritt er gern drauf.» Wenn Miss Taverner das Gesicht des Herzogs von Cumberland ansah, konnte sie gern glauben, daß die Feststellung stimmte.

Noch vor der Gesellschaft im Pavillon hatte Judith den Trost, zu erfahren, daß ihr Vetter in Brighton war. Er und der Onkel kamen am Montag um vier Uhr im Schloßhotel an, nach einer Reise vom «White Horse Cellar» am Piccadilly aus in etwas weniger als sechs Stunden mit der Postkutsche, und sprachen an der Marine Parade nach dem Abendessen vor. Peregrine war schon früh am Tag nach Worthing gefahren und noch nicht zurück, aber beide Damen waren daheim, und während sich Mrs. Scattergood mit dem Admiral unterhielt, konnte Judith ihren Vetter beiseite ziehen und ihn mit einem Bericht über ihre Schande und deren Ursachen überschütten.

Er hörte ihr mit einem besorgten Ausdruck zu und drückte ihre Hand zweimal mit einem Blick glühenden Verständnisses, so daß es ihr schwer fiel, nicht in Tränen des Selbstmitleids auszubrechen. Die Erleichterung, ihr Herz abladen zu können, war groß; und das Wissen, daß es zumindest einen Menschen gab, der sie nicht verurteilte, bewog sie, eine betontere Bevorzugung für ihren Vetter zu zeigen, als sie sich dessen bewußt war.

«Sie sehen, wie schlecht ich war», sagte sie mit einem zitternden Lächeln. «Aber ich hätte es nie getan, wenn Lord Worth nicht so entschieden verfügt hätte, daß ich nicht mit Perry fahren dürfe.»

«Die Ungehörigkeit Ihres Benehmens ist nichts im Vergleich zu dem gänzlichen Mangel an Takt, den er gezeigt hat!» erwiderte er herzlich. «Sie hatten unrecht; Ihre Handlungsweise war schlecht beraten, aber ich kann leicht erkennen, wie Sie dazu gereizt wurden. Lord Worth gibt sich mit nichts weniger zufrieden, als Ihren Geist vollständig zu beherrschen! Ich habe mit Besorgnis seinen wachsenden Einfluß auf Sie gesehen; es ist klar, daß er dachte, Sie würden sanft seinen willkürlichen Befehlen gehorchen. Seien Sie nicht unglücklich! Er wurde dazu verleitet, sich Ihnen in seiner wahren Natur zu zeigen, und das kann nur von Nutzen sein. Er ist selbstherrlich; die Milde des Benehmens, die er seit neuestem Ihnen gegenüber an den Tag gelegt hat, ist genauso falsch wie sein angebliches Gefühl für Sie. Ihm liegt nichts an Ihnen, meine liebe Base; kein Mann hätte Sie in den demütigenden Ausdrücken ansprechen können, die Sie mir beschrieben haben!»

Sie war sehr bestürzt über die Heftigkeit dieser Rede, und ihr Inhalt brachte ihr auch durchaus nicht den Trost, der angeblich ihr Zweck war. Die Übel ihrer Lage schienen nur noch größer zu werden; niedergeschlagen sagte sie: «Er hat mir nie einen Grund gegeben, ihn zu verdächtigen, daß er ein Gefühl für mich hege.»

Er sah sie eindringlich an. «Mir schien das anders zu sein. Ich hatte manchmal schon Angst, daß Sie sogar geneigt waren, seine Zuneigung zu erwidern!»

«Bestimmt nicht», sagte sie nachdrücklich. «Ein solcher Gedanke ist absurd! Mir liegt nichts an seiner guten Meinung, und ich sehne mich nach dem Tag, an dem ich seiner Vormundschaft ledig bin.»

Er sagte bedeutungsvoll: «Und auch ich freue mich auf diesen Tag, Judith.»

Am folgenden Abend fuhren Mrs. Scattergood und Miss Taverner in einem geschlossenen Wagen zum Pavillon, wurden pünktlich um neun Uhr an der gewölbten Säulenhalle abgesetzt und durch ein achteckiges Vestibül geführt, in dessen Mitte eine chinesische Laterne von der zeltförmigen Decke hing, und dann weiter in die Eingangshalle, einen quadratischen Raum mit einer Decke, die einen azurblauen Himmel mit weißen Wolken darstellen sollte. Hier konnten sie ihre Schals ablegen und eifrig ihre Erscheinung in dem Spiegel über dem marmornen Kaminsims prüfen. Mrs. Scattergood nannte einem der Lakaien, die an beiden Seiten der Tür hinten in der Halle standen, ihre Namen; der Mann kündigte sie an, und sie betraten die chinesische Galerie.

Hier war bereits eine größere Gesellschaft versammelt; der Prinzregent stand im Mittelteil der Galerie, um seine Gäste bei ihrem Eintritt zu begrüßen. Seine blendende Erscheinung fesselte sofort das Auge, denn er hatte eine große Neigung zum Putz, und sein Umfang, der beträchtlich war, hinderte ihn nicht daran, die prächtigsten Westen und buntesten Röcke zu tragen. Seine Ärzte hatten ihm unter Androhung der Todesgefahr verboten, den Mängeln seiner Figur abzuhelfen, indem er sich schnürte, und da er um seinen Gesundheitszustand immer sehr besorgt war, gehorchte er ihnen. Trotz seiner Korpulenz und den Zeichen der Ausschweifung, die sein Gesicht verdorben hatten, waren jedoch noch immer Spuren jenes Prinzen Florizel zu entdecken, der die Welt etliche dreißig Jahre zuvor bezaubert hatte.

Als sich Mrs. Scattergood aus dem tiefen Hofknicks erhob und um die Erlaubnis bat, Miss Taverner vorzustellen, lächelte er und reichte jeder der Damen mit jener Leutseligkeit die Hand, die ihn so vielen Leuten teuer gemacht hatte, welche er sich später ohne geringste Schwierigkeit zu entfremden vermochte. Mit jener ungezwungenen Höflichkeit, die er so gut anzunehmen verstand, versicherte er, daß er sich gut an Mrs. Scattergood erinnere, glücklich sei, sie wiederzusehen (und so gut aussehend), und sehr glücklich, die Bekanntschaft ihrer jungen Freundin zu machen. Es war schwer zu glauben, daß ein so liebenswürdiger Fürst alles, was er nur konnte, getan hatte, um den gefährdeten Geist seines Vaters ganz zu zerstören, zwei Gattinnen zu verabschieden und herzlos jeden Freund im Stich zu lassen, dessen er zufällig müde geworden war. Miss Taverner wußte von ihm, daß er egoistisch, launenhaft und jeder Ausschweifung ergeben war, aber sie konnte nicht daran denken, als er sich ihr zuwandte und mit seinem anziehenden Lächeln und gütiger Miene sagte: «Sie müssen wissen, Miss Taverner, daß ich von einem Mitglied meiner Familie schon so viel Lobendes über Sie gehört habe, daß ich wirklich begierig war, Sie kennenzulernen!»

Sie wußte kaum, wohin blicken, aber als sie zufällig seinen Augen begegnete, die ihr listig zuzwinkerten, wurde sie erkühnt, sein Lächeln zu erwidern und zu murmeln, daß er sehr gütig sei.

«Sind Sie zum erstenmal in Brighton?» erkundigte er sich. «Werden Sie lange bleiben? Es ist eine Stadt, die ich allmählich so ausgesprochen als die meine ansehe, daß es nicht unangebracht für mich ist, Sie hier willkommen zu heißen.»

«Danke, Sir. Es ist mein erster Besuch hier. Wenn ich meiner Neigung folgen könnte, würde ich wahrscheinlich für immer hierbleiben.»

«Das ist großartig!» sagte er leutselig. «Genauso empfinde auch ich, kann ich Ihnen sagen, Miss Taverner. Es ist viele Jahre her, seit ich zum erstenmal nach Brighton kam – wir nannten es damals Brighthelmstone, wissen Sie –, aber Sie verstehen, was für eine Macht es über mich gewonnen hat. Ich mußte mir hier einfach einen kleinen Sommerpalast bauen, und ich gebe Ihnen mein Wort, daß ich herkomme, um in ihm zu wohnen, wann immer ich nur kann.»

«Und das ist auch bestimmt kein Wunder, Sir!» sagte Mrs. Scattergood, an die diese Rede zum Teil gerichtet war. «Ich habe Miss Taverner schon oft die Schönheit und Eleganz des Pavillons beschrieben. Es gibt nichts, das an ihn je herankäme!»

Er lächelte und schien erfreut zu sein, obwohl er ihr Lob mit einer Geste abwehrte. «Ich glaube selbst, er ist etwas jenseits des Üblichen», bekannte er. «Ich will nicht sagen, daß er durchaus vollkommen ist, aber er behagt mir eben so und wird von denjenigen bewundert, auf deren Geschmack und Urteil ich mich verlasse. Miss Taverner wird sich, vermute ich, für einige Beispiele chinesischer Kunst interessieren, die sie hier findet. Das Licht unmittelbar über uns zum Beispiel, Ma'am», fuhr er fort und wies zu einem horizontalen Deckenfenster mit Glasmalerei, das in die Mitte der Decke eingesetzt war, «stellt Lin Shin dar, den Gott des Donners, im Flug und von Trommeln umgeben, wie Sie sehen.»

Miss Taverner blickte hinauf, sah und bewunderte; er forderte sie herzlich auf, sich anzusehen, wozu immer sie Lust hatte, und es schien, daß er sie am liebsten selbst rund um die Galerie geführt hätte, wenn er sich nicht von ihr hätte abwenden müssen, um einen anderen Gast zu empfangen, der soeben gemeldet wurde.

Mrs. Scattergood und Miss Taverner zogen sich zu einer Bekannten zurück, und während die beiden älteren Damen miteinander plauderten, hatte Miss Taverner Muße, sich voll Staunen umzusehen.

Der Anblick des Pavillons von außen hatte sie schon erwarten lassen, daß das Innere mehr als üblich prächtig sein würde, aber auf das, was ihrem Blick nun begegnete, war sie nicht gefaßt gewesen. Die Galerie, in der sie stand, war ungeheuer lang und durch Gitterwerk in fünf ungleiche Teile unterteilt, das scheinbar Bambus war, sich aber bei näherem Zusehen als bemaltes Eisen herausstellte. Über der mittleren Abteilung schwebte ein chinesischer Baldachin aus ähnlichem, mit Glöckchen behangenem Gitterwerk. Über diesem wölbte sich im oberen Stockwerk jene Decke, in die das Dachfenster eingesetzt war, auf das der Regent ihre Aufmerksamkeit gelenkt hatte. Ein Kamin aus Messing und Eisen, ebenfalls als Bambusimitation gearbeitet, stand genau gegenüber dem mittleren Eingang, und rechts und links von ihm enthielten mit gelbem Marmor ausgekleidete Nischen Sammlerschränke. In den anderen Abteilungen schienen, soweit Miss Taverner sehen konnte, ebenfalls solche Nischen vorhanden zu sein sowie zwei Wandvertiefungen mit je einer Porzellanpagode. Von den Ecken der Decke hingen Laternen aus Buntglas herab, und außerdem kam noch weiches Licht aus Wandleuchtern in Form von gläsernen Tulpen und Lotosblüten, welche die drei Kamine der Galerie schmückten. Die beiden Abteilungen an den äußersten Enden wurden von zwei Treppen, ebenfalls in Bambusimitation, eingenommen, und die zwei Spiegelglastüren verlängerten die Galerie scheinbar ins Unendliche. Die Wände waren durch Leisten aufgeteilt und mit Leinwand bespannt, deren Grund in der Farbe von Pfirsichblüten bemalt war und auf den Felsen, Bäume, Gebüsch, Vögel und Blumen in Blaßblau gezeichnet waren. Alle Sofas und Stühle waren aus schwarz eingelegtem Elfenbein. Das Tageslicht drang nur durch die Fenster in den verschiedenen gewölbten Decken und durch das Buntglasfenster über einer der Treppen herein. Das ihm entsprechende Fenster über der zweiten Treppe war nur gemalt.

Während Judith sich umsah und über das, was sie erblickte, staunte, war ein Lakai mit Erfrischungen herangekommen; sie nahm eine Tasse Kaffee von dem Tablett, und als sie sich umdrehte, entdeckte sie Mr. Brummell an ihrer Seite, in den schlichtesten schwarzen Rock und in schwarze Kniehosen gekleidet; er wirkte inmitten einer solch prächtigen Umgebung seltsam fehl am Platz. «Hingerissen, Miss Taverner?» erkundigte er sich.

«Mr. Brummell! Ich wußte nicht, daß Sie in Brighton sind! Ja, wirklich, es ist alles sehr – sehr – schön, ganz außerordentlich!» Sie sah das schwache, ungläubige Lächeln, das er immer aufsetzte, wenn er Beifall Einhalt gebieten wollte, und seufzte erleichtert auf. «Ihnen gefällt es auch nicht!»

«Ich dachte, Sie hätten entschieden, es sei alles sehr schön?»

«Nun ja, vermutlich ist es das auch. Natürlich muß es das sein, weil doch alle davon hingerissen sind.»

«Haben Sie gehört, daß ich mich darüber hingerissen äußere?»

«Nein, aber –»

«Dann gibt es also keinen Grund für Sie, der Schönheit hier sicher zu sein.»

Sie lächelte. «Bitte, erteilen Sie mir keine Rüge, Mr. Brummell! Wenn Sie das tun, dann bin ich in dieser gräßlich kritischen Welt überhaupt ohne jede Stütze. Sie müssen doch wissen, daß ich ein bißchen in Ungnade gefallen bin!»

«Ich habe etwas dergleichen gehört. Wenn mein Rat für Sie von Wert ist, dann habe ich einen für Sie.»

«Ja?» sagte sie eifrig.

Er ließ seine Tabaksdose in seiner unnachahmlichen Art aufschnappen und nahm eine Prise. «Fahren Sie Ihren Phaeton», sagte er. «Sie sind wirklich sehr dumm, daß Sie nicht schon selbst daran gedacht haben.»

«Meinen Phaeton fahren?» wiederholte sie.

«Natürlich. Bei jeder Gelegenheit, und dort, wo man es am wenigstens erwarten würde. Habe ich Ihnen nicht gesagt, Miss Taverner, daß man einen Fehler nie eingestehen soll?»

Sie sagte langsam: «Ich verstehe. Sie haben recht; das ist es, was ich sofort hätte tun sollen. Ich bin in Ihrer Schuld.»

Die Gäste begannen sich die Galerie entlang zu den Spiegeltüren am Nordende in Bewegung zu setzen. Diese waren zum Musiksaal, in dem ein Konzert gegeben werden sollte, weit geöffnet worden. Der Regent rief Mr. Brummell herbei und wünschte seine Meinung über ein Stück Sèvresporzellan zu hören, das er einem seiner Gäste gezeigt hatte; Miss Taverner kam zu ihrer Anstandsdame zurück, sie schlossen sich der Prozession an und befanden sich bald in einem riesigen Raum, der alles, was Judith bisher gesehen hatte, in den Schatten stellte.

Beim ersten Anblick war er nichts als ein Meer von Rot und Gold, aber nach einem erstaunten Atemholen war sie imstande, sich das Ganze näher anzusehen und zu erkennen, daß sie nicht in irgendeinem phantastischen Traumpalast stand, sondern in einem quadratischen Raum mit rechteckigen Nischen an jedem Ende, der im orientalischen Stil eingerichtet war. Der quadratische Teil wurde von einem mit Schilden verzierten Sims überragt, das von netzförmig geschmückten Säulen, die vor Blattgold schimmerten, getragen wurde. Darüber erhob sich eine konvex gewölbte Decke mit Blattornamenten in Gold und Schokoladebraun; und über dieser Decke befand sich die Mittelkuppel, mit einem grün und gold glitzernden Schuppenwerk verkleidet. In ihre Mitte war eine riesige vielblättrige Verzierung gesetzt, aus deren Becher ein immenser Kristallüster in Form einer Pagode hing. An diesen war mit Ketten eine Leuchte befestigt, die einer ungeheuren Wasserlilie in Karmesinrot, Gold und Weiß glich. Vier vergoldete Drachen schmiegten sich an die Unterseite der Leuchte, und unter ihnen wieder hing eine kleine gläserne Wasserlilie.

Die Nischen am Nord- und Südende des Raumes wurden von konvexen Bogen aus imitiertem, mit Bändern gebundenem Bambus überdacht. Sie enthielten die vier Ausgänge des Raumes, deren jeder von einem Baldachin in Karmesinrot und Gold, mit Glöckchen und Drachen verziert, überdacht war. Diese Baldachine wurden von vergoldeten Säulen getragen, um die sich weitere Drachen schlangen. An den Wänden hingen zwölf Ansichten der Umgebung Pekings, in Hellgelb auf einem karmesinroten Hintergrund und in Rahmen aus Drachengirlanden gesetzt. Noch weitere Drachen wanden sich über den Fensterdraperien aus blauem und karmesinrotem Satin und gelber Seide. Den Boden bedeckte ein gigantischer Axminsterteppich, auf dessen blaßblauem Grund goldene Sonnen, Sterne, Schlangen und Drachen nur so wucherten; und die Sofas und Stühle waren mit gelbem und taubenfarbenem Satin tapeziert.

In dem Kamin aus gemeißeltem Marmor an der Westwand brannte ein Feuer. Eine große Standuhr auf dem Kaminsims bot einen höchst verblüffenden Anblick der Ungereimtheit: zwar wand sich um ihre Basis einer der unvermeidlichen Drachen, oben jedoch standen überraschenderweise Venus und Kupido mit dem Liebespfau, und Mars kletterte zu ihnen empor.

Miss Taverner war ziemlich überwältigt und konnte nur blinzeln vor dem, was sie sah. Die Hitze im Raum war bedrückend; alle Damen fächelten sich. Miss Taverner begann sich etwas schwach zu fühlen, die

Drachen und Lichter fingen seltsam vor ihren Augen zu tanzen an, und hätte sie in diesem Augenblick nicht einen Stuhl gefunden, in den sie sich sinken lassen konnte, wäre sie ihrer Meinung nach ohnmächtig geworden.

Sie erholte sich in einigen Minuten und war imstande, das Konzert zu genießen. Der Regent, der in seiner Jugend bei Crossbill Violoncello spielen gelernt hatte und sehr musikalisch war, schlug mit dem Fuß den Takt; der Herzog von Cumberland starrte alle hübschen Damen derart an, daß sie aus der Fassung gerieten; Mr. Brummell blickte mit einem Ausdruck müder Geduld vor sich hin; und Sir John Lade, welcher genau wie ein Postkutscher aussah, der nur irrtümlich in den Pavillon geraten war, schlief in der Ecke eines Sofas ein und schnarchte leise, bis es Zeit zum Heimgehen war.

18

Am nächsten Morgen entsandte Miss Taverner ihren Groom expreß nach London um ihren Phaeton, und kaum war er angekommen und die Pferde ausgeruht, als sie Brighton damit aufscheuchte, daß sie ihn zur mondänen Stunde selbst zu Donaldson fuhr, um ihr Buch umzutauschen. Niemand, der ihren Ausdruck ruhiger Sicherheit beobachtete, hätte erraten, welche Anstrengung es sie kostete, so unbekümmert dreinzusehen. Sie traf Captain Audley auf der Steyne, nahm ihn neben sich auf und fuhr ihn zu der Chalybeate-Quelle in Hove und wieder zurück. Auf dem Ball im Schloßhotel am selben Abend wagte der eine oder andere eine Bemerkung darüber zu machen. Sie hob die Brauen und sagte kühl: «Mein Phaeton? Ja, er ist gerade aus der Stadt gekommen. Ich mußte ihn wegen irgendeiner Kleinigkeit zum Wagner senden, weshalb Sie mich in letzter Zeit zu Fuß sahen. Sie müssen wissen, daß ich es gewöhnt bin, mich überallhin, wohin ich auch gehe, selbst zu fahren.» Sie ging mit einem Lächeln und einer Verneigung weiter.

«Ausgezeichnet, Miss Taverner!» murmelte Mr. Brummell. «Sie sind eine derart fähige Schülerin, daß ich glaube, wenn ich nur zehn Jahre jünger wäre, würde ich um Ihre Hand anhalten.»

Sie lachte. «Das kann ich nicht für möglich halten. Haben Sie denn je einer Dame einen Heiratsantrag gemacht, Sir?»

«Ja, ein einziges Mal», erwiderte Mr. Brummell mit sanft melancholischer Stimme. «Aber es wurde nichts daraus. Ich entdeckte, daß sie doch tatsächlich Kohl aß – was also konnte ich anderes tun, als die Verbindung zu lösen?»

Wenn es Miss Taverners Phaeton auch nicht gelang, aller Kritik ihrer Fahrt aus London ein Ende zu setzen, so brachte er doch sehr viele Zungen zum Schweigen. Ihre Gewohnheit, in ganz Brighton selbst herumzukutschieren, wurde bald als eine Laune angesehen, die bei einer

Dame mit einem Vermögen von achtzigtausend Pfund zulässig war. Obwohl die Witwen mit ein, zwei Ausnahmen darin übereinstimmen mochten, man müsse ihre Ausgefallenheiten nachsichtig betrachten, so gab es doch einen Menschen, der kein Anzeichen verriet, daß er ihr verziehen hätte. Lord Worth hielt sich weiterhin fern, und wenn sie einander begegneten, führte er sich ihr gegenüber mit einer so kalten Höflichkeit auf, daß es ihr zeigte, wie frisch die Vorgänge in Cuckfield noch in seinem Gedächtnis waren. Nachdem sie sich und ihm häufig versichert hatte, daß nichts ihre Abneigung gegen ihn übertreffen konnte, blieb ihr nichts anderes übrig, als ihn ähnlich kühl zu behandeln und mit Captain Audley zu flirten. Der Captain war ganz und gar bereit, ihr darin zu Gefallen zu sein, und als sie zweimal den halben Abend miteinander getanzt hatten und man sie zweimal miteinander im Sportphaeton über die Esplanade hatte fahren sehen, wurde ziemlich frei in Umlauf gesetzt, daß der Captain der Glückliche werden dürfte.

Selbst Mrs. Scattergood begann die Affäre ernst zu betrachten, und nachdem sie eine Woche lang schweigend zugesehen hatte, wagte sie endlich eines Abends nach dem Abendessen, das Thema zu berühren. «Judith, mein Liebes», sagte sie, sehr beschäftigt mit den meterlangen Fransen, die sie knüpfte, «habe ich dir schon erzählt, daß ich heute morgen in der East Street Lady Downshire begegnet bin? Ich bin nämlich mit ihr zur Westfield Lodge zurückgegangen.»

«Nein, das haben Sie mir nicht erzählt», antwortete Miss Taverner und legte ihr Buch hin. «War irgendein Grund vorhanden, warum Sie es hätten tun sollen?»

«Oh, keiner in der Welt! Aber ich muß gestehen, ich war ziemlich verblüfft, als sie mich fragte, wann denn deine Verlobung mit Charles Audley bekanntgegeben würde. Ich wußte nicht, was ich sagen sollte.»

Judith lachte. «Verehrte Ma'am, ich hoffe, Sie sagten ihr, daß Sie es nicht wüßten?»

Mrs. Scattergood warf ihr einen schnellen Blick zu. «Ich sagte ihr natürlich, daß ich keine Ahnung von irgendeiner Verlobung hätte. Aber der Fall ist der, weißt du, daß die Leute sich über die Bevorzugung, die du für Charles zeigst, zu wundern beginnen. Du darfst nicht verletzt sein, wenn ich so offen rede.»

«Verletzt? Wie könnte ich?»

Mrs. Scattergood begann etwas beunruhigt dreinzuschauen. «Aber Judith, ist es möglich, daß du eine Heirat mit Charles in Betracht ziehst?»

Miss Taverner lächelte spitzbübisch und sagte: «Ich bin überzeugt, Sie sehen nichts mehr zu Ihrer Franse, Ma'am. Lassen Sie mich um einige Arbeitskerzen läuten!»

«Ich bitte dich, sei doch nicht so aufreizend!» flehte ihre Anstandsdame. «Ich habe nichts in der Welt gegen Charles. Wirklich nicht. Ja, ich schätze ihn überaus; aber ein jüngerer Sohn, meine Liebe, und ohne die geringste Aussicht, sich zu verbessern! Denn es ist nicht anzunehmen, daß Worth ihm zu Gefallen unverheiratet bleibt. Ich könnte dir von einer ganzen Anzahl junger Damen erzählen, die nach ihm angeln. Er denkt bestimmt daran, eines Tages, und zwar bald, zu heiraten.»

«Ich werde mich freuen, ihm Glück zu wünschen, wann immer das sein wird!» sagte Miss Taverner scharf. Sie nahm ihr Buch auf, las einige Zeilen, senkte es wieder und fragte hoffnungsvoll: «War er es, der Ihnen auftrug, herauszufinden, ob ich vorhabe, Captain Audley zu heiraten oder nicht?»

«Worth? Nein, meine Liebe, auf mein Wort nicht. Er hat überhaupt nicht davon zu mir gesprochen.»

Miss Taverner nahm ihr Buch mit einem so abweisenden Ausdruck wieder auf, daß Mrs. Scattergood es für klüger hielt, nichts mehr zu sagen.

Sie wußte nicht, was sie denken sollte. Angeborener Scharfsinn hatte sie dazu gebracht, von Anfang an anzunehmen, daß bei Judith sehr wenig Gefahr bestand, sich in den Captain zu verlieben. Eine Andeutung, daß die Leute ihre Namen miteinander in Verbindung brachten, hätte, wenn sie nicht vorhatte, ihn zu heiraten, genügen müssen, daß sie sich mit mehr Umsicht benahm; aber es hatte überhaupt keine Wirkung auf sie. Sie flirtete weiterhin mit dem Captain, und ihr Bruder bemerkte zu Mr. Taverner in bester Laune, er glaube, die beiden würden ja doch eine dauernde Verbindung miteinander eingehen.

«Audley und deine Schwester!» sagte sein Vetter und wurde etwas blaß. «Das ist doch sicher nicht möglich!»

«Nicht möglich! Warum nicht?» fragte Peregrine. «Er ist ein großartiger Bursche, kann ich dir sagen; überhaupt nicht wie Worth. Ich dachte sofort, als ich ihn erblickte, daß er sehr gut zu Judith passen würde. Ich glaube, sie sind in einer Art Einverständnis miteinander. Ich habe Ju darüber zur Rede gestellt, aber sie wurde nur rot und lachte und wollte mir keine Antwort geben.»

Peregrines eigene Angelegenheiten wandten sich bald dem Besseren zu. Er hatte in letzter Zeit die Gewohnheit angenommen, zweimal wöchentlich nach Worthing hinüberzufahren und bei den Fairfords zu übernachten; und er war imstande, Judith bei seiner Rückkehr von einem dieser Ausflüge mitzuteilen, daß Sir Geoffrey, unzufrieden mit der Unsicherheit der Verlobung seiner Tochter, nach Brighton kommen wollte, um mit Lord Worth zu sprechen.

«Wir werden sehen, wie das wirkt», sagte Peregrine sehr befriedigt. «Wie wenig Worth auch auf meine Bitten hören mag, er kann nicht umhin, einen Mann von Sir Geoffreys Alter und Stand zu beachten.»

«Darauf verließe ich mich nicht, obwohl ich wirklich wünschte, es würde klappen», erwiderte Judith. «Ich gestehe, ich wäre überrascht, wenn Sir Geoffrey Seine Lordschaft leichter zu überreden vermöchte, als es uns gelungen ist.»

Peregrine blieb jedoch weiter optimistisch, und in wenigen Tagen bewiesen die Ereignisse, daß er recht gehabt hatte. Sie setzten sich eines Abends an der Marine Parade zum Essen, als der Butler Sir Geoffreys

Karte hereinbrachte. Peregrine lief hinaus, um ihn zu begrüßen und die Neuigkeiten, die er brachte, zu hören, während Mrs. Scattergood einen ängstlichen Blick auf den Hummer in Butter warf und der Köchin sagen ließ, sie solle die Gänsekleinpastete sowie das Kalbsfricandeau servieren lassen. Sie fragte sich noch immer, ob die Käsekuchen Anklang finden würden, und jammerte, daß eine besonders gute Weinchadeau-Torte mittags ganz aufgegessen worden war, als Peregrine ihren Besucher in das Eßzimmer brachte. Peregrines Gesicht verriet seiner Schwester sofort, daß er gute Nachricht erhalten hatte; seine Augen funkelten, und als Judith aufstand, um Sir Geoffrey zu begrüßen, platzte er heraus: «Du hast unrecht gehabt, Ju! Es ist alles auf dem besten Weg! Ich wußte, wie es werden würde! Ich soll Ende Juni heiraten. Also gratuliere mir!»

Sie wandte ihm erstaunt die Augen zu. Das hätte sie nicht für möglich gehalten. «Wirklich, wirklich, ich wünsche dir Glück! Aber wieso kommt das? Lord Worth stimmt zu?»

«Jawohl, tut er. Warum auch nicht? Aber Sir Geoffrey wird uns später alles erzählen. Für meinen Teil bin ich mit der bloßen Tatsache zufrieden.»

Sie mußte ihre Ungeduld bezähmen, zu erfahren, wie sich alles zugetragen hatte, welche Argumente vorgebracht worden waren, um bei Worth den Sieg davonzutragen, und Sir Geoffrey bitten, sich zu setzen. Alle empfanden, wie unschicklich es gewesen wäre, sein Gespräch mit Worth vor der Dienerschaft zu erörtern, und ihre Neugierde konnte erst, als sie im Salon versammelt waren, befriedigt werden.

Es lag nicht in Sir Geoffreys Macht, lange bei ihnen zu verweilen; er hatte keine Vorkehrungen zu einer Übernachtung in Brighton getroffen und wollte vor Dunkelwerden in Worthing sein. Schließlich gab es sehr wenig zu erzählen; er hatte erraten, daß Lord Worths Weigerung, die Heirat stattfinden zu lassen, aus Bedenken stammte, die bei einem Mann in seiner Lage nur natürlich waren. Seine Lordschaft hatte nämlich alle Übel einer Ehe, die zu jung geschlossen wurde, vor Augen gehabt, aber nach Sir Geoffreys Darstellung der erwiesenen Dauerhaftigkeit von Peregrines Zuneigung (sechs Monate lang im Alter von neunzehn war sicherlich eine lange Zeitspanne) wurde bewogen, nachzugeben.

«Dann gab es also keine Schwierigkeiten?» fragte Judith und heftete die Augen auf ihn. «Und dennoch antwortete er mir, als ich zu ihm darüber sprach, in einer Art, daß ich glaubte, nichts könne ihn umstimmen! Das ist wirklich wunderbar. Es ist unerklärlich.»

«Eine kleine Schwierigkeit gab es», bekannte Sir Geoffrey. «Seine Lordschaft zögerte sehr, was ich jedoch überwinden konnte. Ich kenne ihn nicht, glaube auch nicht, daß ich bis heute mehr als zwei Worte mit ihm gewechselt habe, so daß ich nicht vermuten kann, was in seinem Kopf vorging. Er ist ein zurückhaltender Mann; ich maße mir nicht an, seine Gedanken lesen zu können. Ich gestehe, es scheint mir, daß bei ihm etwas mehr ins Gewicht fiel als nur ein Zweifel daran, daß die beiden noch zu jung seien, um schon den Ehestand in Betracht zu ziehen.»

«Weshalb denken Sie das?» fragte Miss Taverner schnell. «Er kann keinen anderen Grund haben!»

Sir Geoffrey legte die Fingerspitzen gegeneinander. «Nun, nun, ich kann mich irren. Sein Betragen, das dazu neigt, schroff zu sein, kann mich leicht irregeführt haben. Als ich ihm jedoch den Zweck meines Besuchs bekanntgab, waren seine ersten Worte Ablehnung. Er machte mir jedoch sofort klar, daß er nichts gegen den Charakter meiner Tochter oder ihrer Lebensumstände einzuwenden habe.»

«Nichts einzuwenden!» rief Peregrine höchst empört. «Wogegen hätte er schon etwas einzuwenden, Sir?»

«Nichts, vermute ich», erwiderte Sir Geoffrey freundlich. «Aber sein Gesichtsausdruck führte mich zu der Annahme, daß ihm mein Ersuchen sehr unwillkommen war. Er sagte entschieden, daß du zu jung seist. Ich wagte ihn daran zu erinnern, daß er selbst eine Verlobungszeit von sechs Monaten vorgeschlagen habe, worauf er derart verärgert ausrief, daß es mich überraschte, er habe sich da einer höchst unverantwortlichen Torheit schuldig gemacht, als er überhaupt einer Verlobung zustimmte.»

«Na, und das habe ich damals auch gedacht», bemerkte Mrs. Scattergood. «Es erschien mir höchst unsinnig, wie vermutlich Ihnen auch, Sir. Denn wissen Sie, ich war durchaus überzeugt, daß es nicht mehr als eine vorübergehende Einbildung bei den beiden sei.»

«Aber warum? Warum nur?» fragte Judith und schlug die Hände zusammen. «Ein Zweifel, daß Peregrine nicht alt genug sei, könnte bei ihm nicht so schwer wiegen. Ich verstehe ihn einfach nicht! Was hat er dann gesagt? Wie konnten Sie ihn doch umstimmen?»

«Ich muß hoffen», sagte Sir Geoffrey mit einem Lächeln, «daß die Vernunft meiner Argumente Seine Lordschaft veranlaßte, nachzugeben, aber ich bin ziemlich überzeugt, daß er nicht mehr als die Hälfte von ihnen hörte. Seine eigenen Überlegungen schienen ihn ganz in Anspruch zu nehmen.»

«Ah, und ob!» nickte Mrs. Scattergood. «Sein Vater war genauso. Man konnte eine ganze Stunde auf ihn einreden, wie ich das wirklich oft getan habe, und schließlich entdecken, daß er an etwas ganz anderes gedacht hatte.»

«Was das betrifft, Ma'am, so kann ich Seine Lordschaft nicht beschuldigen, daß er seine Gedanken von dem Gegenstand meines Besuchs hätte abschweifen lassen. Alles, was ich sagen wollte, war nur, daß sich seine eigenen Gedanken auf seine Beurteilung mehr auswirkten als meine Argumente. Er ging einige Male um das Zimmer, und als in diesem Augenblick Captain Audley hereinkam, informierte er ihn kurz von dem Grund meiner Anwesenheit.»

«Captain Audley! Ah, in dem haben Sie einen Verbündeten gefunden!»

«Ja, Miss Taverner, es war, wie Sie sagen. Audley riet seinem Bruder sofort, zuzustimmen. Mit größter Gutmütigkeit erklärte er, er könne Peregrines Ungeduld verstehen. Er sagte, es könne keinen Zweck haben, die Sache hinauszuschieben. Lord Worth sah ihn an, als hätte er etwas sagen wollen, sagte aber nichts. Captain Audley bemerkte nach ganz kurzer Pause: ‹Genausogut jetzt wie später.› Lord Worth sah ihn weiter an, ohne mir jedoch den Eindruck zu machen, als höre er ihm genau zu, und sagte plötzlich: ‹Sehr gut. Sei es, wie Sie wünschen.›»

«Lauter Vorurteile!» sagte Peregrine. «Aber ich wußte, wie es sein würde, wenn er mit Ihnen zusammenkäme, Sir. Und jetzt sehen Sie, was für einen unangenehmen Burschen wir zum Vormund haben! Ja, Maria, Sie hören es nicht gern, daß ich es sage, aber Sie wissen selbst, daß es so ist.»

«Ich gestehe, ich hielt Seine Lordschaft wirklich für so, wie du ihn mir beschrieben hast», sagte Sir Geoffrey, «aber ich muß sagen, von dem Augenblick an, als er seine Zustimmung erteilt hatte, hätte nichts seine Liebenswürdigkeit übertreffen können. Weißt du, diese mondänen Männer haben ihre Launen und Seltsamkeiten. Ich fand ihn völlig bereit, die Einzelheiten mit mir zu erörtern; wir besprachen den Ehekontrakt und welches Einkommen für Peregrine bis zu seiner Großjährigkeit angemessen wäre, und waren uns völlig einig. Er drängte mich mit äußerster Höflichkeit, mit ihm zu dinieren – eine Einladung, die ich anzunehmen glücklich gewesen wäre, hätte ich es nicht für meine Pflicht gehalten, keine Zeit zu verlieren, um dich, mein lieber Perry, zu beruhigen.»

«Nun, und ich bin überzeugt, daß es alles sehr zu Worths Gunsten spricht», sagte Mrs. Scattergood. «Sie und ich, mein lieber Sir, können seine Bedenken leicht verstehen, wie wenig das auch diese ungeduldigen jungen Leute können.»

Bald darauf stand Sir Geoffrey auf, um sich zu verabschieden, und bis das Teetablett hereingebracht wurde, waren die anderen voll damit beschäftigt, zu besprechen, was sich abgespielt hatte. Ein Klopfen an der Haustür ließ sie noch einen Besucher erwarten, aber der Butler kam nur mit einem Brief für Peregrine herein, der durch Boten von der Steyne herübergebracht worden war. Er stammte von Worth, der Peregrine ersuchte, am nächsten Vormittag bei ihm vorzusprechen, um den Ehekontrakt zu erörtern. Judith hörte zu, als der Brief laut vorgelesen wurde, und wandte sich ab, um einen der Bände des Romans «Selbstbeherrschung» vom Sofatisch zu nehmen. Aber nicht einmal Lauras Fahrt den Amazonas hinunter konnte ihr Interesse fesseln. Es war klar, daß Worth keinen Wunsch hatte, sie zu treffen, sonst hätte er eine Verabredung mit Peregrine an der Marine Parade getroffen.

Das Gespräch am nächsten Vormittag diente dazu, Pergrine in beste Laune zu versetzen. Worth wurde wieder einmal ein sehr erträglicher Bursche, und wenn auch seine Grobheit in Cuckfield nicht ganz vergessen war, so war Perry doch auf dem besten Weg, sie ihm zu verzeihen.

Der erste Mensch, der die Neuigkeit erfahren sollte, war Mr. Bernard Taverner, den Peregrine vor dem Postamt in der East Street traf. Peregrine war seit der Sache mit seinem verhinderten Duell seinem Vetter gegenüber ziemlich kühl gewesen, sein augenblickliches Glücksgefühl setzte ihn jedoch mit der ganzen Welt in Harmonie und bewog ihn, Mr. Taverner herzlich einzuladen, mit ihnen am selben Abend an der Marine Parade Tee zu trinken. Die Einladung wurde angenommen, kurz nach neun Uhr erklang Mr. Taverners Klopfen an der Tür, und er wurde in den Salon geführt, um die Damen mit einem Bericht über das Wettrennen zu unterhalten, dem er nachmittags beigewohnt hatte, Peregrine Glück zu wünschen und sich im allgemeinen so angenehm zu machen, daß selbst Mrs. Scattergood, welche die ganze unzweifelhafte Anziehungskraft seines Airs und Benehmens empfand, fast ein Bedauern in sich entdeckte, daß seine Lebensumstände ihn als Freier so unpassend machten. Er war nie ihr Liebling gewesen, aber sie ließ ihm die Gerechtigkeit widerfahren, anzuerkennen, daß er die Nachricht von der bevorstehenden Hochzeit seines Vetters gut aufnahm – viel besser, vermutete sie, als der Admiral, als sie am nächsten Tag das zweifelhafte Vergnügen hatten, ihn zu sehen.

Peregrines Hochzeit bildete natürlich das Thema eines Großteils ihres Gesprächs. Er war in Hochstimmung, und als er alle seine eigenen Pläne besprochen hatte, fiel es ihm leicht, seine Schwester aufzuziehen, ihr Pech zu beklagen, daß sie zusehen mußte, wie er vor ihr heiratete, und viele dunkle Andeutungen zu machen, daß es wohl nicht lange dauern würde, bis sie ihm an den Altar folgte. «Ich nenne keine Namen», sagte er spitzbübisch. «Ich bin nichts als Diskretion, wie du weißt! Aber man kann ruhig sagen, daß es nicht ein gewisser Herr sein wird, der für die See erzogen wurde, noch ein großer, dünner Bürgerlicher, der seine Kälber weiden läßt, noch jener verflixte Lümmel, der dich und Maria in die British Gallery mitnahm, noch –»

«Wie kannst du nur so reden, Perry?» unterbrach ihn seine Schwester und wandte den Kopf ab.

«Oh, ich verrate dich um nichts in der Welt!» antwortete er unverbesserlich. «Wenn du eine Vorliebe für eine rote Jacke hast, ist das nichts Besonderes. Bei Frauenzimmern ist eine rote Jacke alles, und wenn es einen Offizier unter deinen Bekannten gibt, der schicker und tapferer ist als die übrigen, dann bin ich überzeugt, kann kein Mensch die geringste Ahnung haben, wer der wohl sein könnte!»

Sie wurde durch diese Rede ganz aus der Fassung gebracht und wußte nicht, wie sie dem ernsten Blick ihres Vetters begegnen sollte. Mrs. Scattergood begann zu schelten, denn eine solche Rede entsprach nicht ihrem Anstandsgefühl, aber ihre Bemühungen, Peregrine zu bändigen, reizten ihn nur noch mehr zu Neckereien. Es blieb Mr. Taverner überlassen, dem Gespräch eine schicklichere Richtung zu geben, was er auch tat, indem er plötzlich sagte: «Übrigens, Perry, dieses ganze Gerede von Heiraten erinnert mich an etwas, das ich dir sagen muß. Du wirst, vermute ich, deinen Haushalt vergrößern. Hast du Platz für einen zweiten Stallburschen? Ich gebe einen sehr guten Mann weg und wäre froh, einen passenden Posten für ihn zu finden. Er verläßt mich ohne eigenes Verschulden. Ich gebe nämlich meinen Wagen auf, und im Gegensatz zu dir wünsche ich meinen Haushalt zu verkleinern.»

«Deinen Wagen aufgeben?!» rief Peregrine aus, dessen Gedanken sofort abgelenkt waren. «Wie kommt das? Erzähl mir ja nicht, deine Taschen seien leer!»

«So schlimm ist es nicht», antwortete Mr. Taverner mit einem leichten Lächeln. «Aber ich möchte nicht ins Hintertreffen geraten, und ich glaube, es ist klug, mich ein bißchen einzuschränken. Mein Vater behält natürlich seinen Wagen, also mußt du nicht glauben, ich sei gezwungen, zu Fuß zu gehen. Wenn du jedoch einen Platz für meinen Burschen in deinen Ställen hast, dann wäre ich froh, ihn dir empfehlen zu können.»

«Oh, sicher gibt es immer irgend etwas für einen zweiten Stallburschen zu tun», sagte Peregrine gutmütig. «Er soll mich aufsuchen. Ich wette, zumindest Hinkson ist dir dafür zu Dank verpflichtet!»

«Ich glaube es gern, daß er die Straße nach Worthing herzlich satt hat», sagte Mr. Taverner schalkhaft.

Wäre es nach Peregrine gegangen, dann hätte Hinkson noch öfter diese Straße gesehen, aber zum Glück für ihn war die Zuneigung Sir Geoffrey Fairfords zu seinem Schwiegersohn doch nicht so groß, daß er die Anwesenheit dieses jungen Herrn in seinem Haus an jedem lieben Tag der Woche wohlgefällig betrachtet hätte. Er setzte als Regel fest, daß Peregrine Harriet nur am Montag und Donnerstag besuchen durfte. Da aber Lady Fairfords Besorgnis es nicht zuließ, daß Peregrine nach Dunkelwerden nach Brighton zurückfuhr, dauerten diese Besuche immer bis zum nächsten Tag, und das Liebespärchen war also doch nicht sehr zu bemitleiden.

Mr. Taverner dachte, es sei eher Judith, die zu bemitleiden sei, und sagte ihr das eines Abends bei der Abendunterhaltung im Schloßhotel. «Peregrine vernachlässigt Sie sehr», bemerkte er. «Er denkt an nichts anderes als daran, in Worthing zu sein.»

«Ich versichere Ihnen, es macht mir nichts aus. Es ist ganz natürlich.»

«Sie werden einsam sein, wenn er verheiratet ist.»

«Vielleicht ein wenig. Aber ich denke nicht dran.»

Mr. Taverner nahm ihr das leere Limonadenglas ab. «Er sollte sich glücklich schätzen, eine solche Schwester zu besitzen.» Er griff nach ihrem Schal und legte ihn ihr fürsorglich um die Schultern. «Ich muß Ihnen etwas sagen, Judith. In Ihrem Haus ist Mrs. Scattergood ständig bei Ihnen; ich kann Sie nie allein sehen. Wollen Sie mit mir in den Garten hinausgehen? Es ist eine sehr milde Nacht; ich glaube nicht, daß Sie sich erkälten könnten.»

Ihr Herz sank; sie antwortete etwas verwirrt: «Ich möchte lieber –

das heißt, es kann keinen Anlaß zu einer derartigen Zweisamkeit geben, Vetter, bestimmt nicht.»

«Lehnen Sie es nicht ab!» sagte er. «Sind Sie mir nicht wenigstens so viel schuldig, daß ich fünf Minuten mit Ihnen allein sein darf?»

«Ich schulde Ihnen sehr viel», sagte sie. «Sie sind wirklich gütig, aber ich bitte Sie, mir zu glauben, daß es keinen Zweck hat, das – das, was Sie vorschlagen.»

Sie standen in einem der Räume neben dem Ballsaal, und da sich soeben eine Tanzgruppe bildete, waren jetzt nur sie beide in dem kleineren Raum. Mr. Taverner blickte umher, umfing dann Judiths Hand, hielt sie zwischen seinen beiden fest und sagte: «Dann lassen Sie mich jetzt sprechen, denn ich kann nicht länger schweigen! Judith – liebste, süßeste Base! – gibt es für mich keine Hoffnung? Sie sehen mich nicht an! Sie wenden den Kopf ab! Gott weiß, ich habe Ihnen wirklich wenig genug zu bieten. In Wirklichkeit nichts als ein Herz, das vom ersten Augenblick an, als ich Sie erblickte, ganz Ihnen gehörte! Ihre Umstände und die meinen – ach, so weit voneinander entfernt – haben mich stumm sein lassen, aber es geht nicht, ich kann nicht weiter so leben, mag das Ergebnis sein, wie es will! Ich bin gezwungen gewesen, andere das erbitten zu sehen, was ich nicht zu verlangen gewagt habe. Aber es ist mehr geworden, als ein Mann ertragen kann! Judith, ich flehe Sie an, sehen Sie mich an!»

Es gelang ihr, zu ihm aufzusehen, aber sie antwortete sehr erregt: «Ich bitte Sie, nicht weiter zu sprechen! Lieber Vetter, für Ihre Freundschaft bin ich dankbar und werde es immer sein, aber wenn ich Sie (unwissentlich, glauben Sie mir) zu der Annahme geführt habe, daß zartere Gefühle –» Ihre Stimme versagte völlig; sie machte eine flehende Geste, daß er nichts mehr sagen möge.

«Wie könnte ich – wie könnte irgendein Mann – Sie kennen und Sie nicht lieben? Ich kann Ihnen keinen Titel bieten, ich kann Ihnen keinen Reichtum bieten –»

Sie fand ihre Stimme genügend wieder, um zu sagen: «Das würde bei mir nicht ins Gewicht fallen, wenn meine Neigung berührt worden wäre. Ich tue Ihnen weh – verzeihen Sie! Aber es kann nie sein. Sprechen wir nicht davon!»

«Ich habe Sie schon einmal gefragt, ob ein anderer Mann da ist. Sie sagten nein, und ich glaube, damals war es wahr. Aber jetzt! Könnten Sie mir dieselbe Antwort geben?»

Sie errötete tief. «Sie haben kein Recht, mir eine solche Frage zu stellen», sagte sie.

«Nein», erwiderte er, «ich habe kein Recht, aber dies muß und will ich sagen, Judith! Kein Mann, es ist mir gleichgültig, wer es sein mag, kann für Sie das fühlen, was ich fühle! Solange Worth weiter Ihr Vormund ist, weiß ich gut, daß er es Ihnen nie erlauben wird, mich zu heiraten. Aber jetzt werden Sie in sehr kurzer Zeit frei sein, und keine Überlegungen dieser –»

«Meine Ablehnung hat nichts mit den Wünschen Worths zu tun!» sagte sie schnell. «Ich möchte immer Ihr Freund sein; ich ehre und schätze Sie als Vetter, aber ich kann Sie nicht lieben. Quälen Sie mich nicht weiter, ich bitte Sie! Schauen Sie – können wir denn nicht gute Freunde bleiben?»

Er beherrschte sich mühsam, und nachdem er einen, zwei Augenblicke lang fest in ihr Gesicht geblickt hatte, hob er ihre Hand an seine Lippen und küßte sie leidenschaftlich.

Eine sehr trockene Stimme sagte unmittelbar hinter ihnen: «Ich hoffe, Sie werden verzeihen, wenn ich Sie störe, Miss Taverner.»

Miss Taverner riß ihre Hand los und drehte sich um: «Lord Worth! Sie – Sie haben mich erschreckt!»

«Offensichtlich», sagte er. «Ich bin damit beauftragt, Sie zu suchen. Ihr Wagen ist vorgefahren, und Mrs. Scattergood wird allmählich besorgt.»

«Danke, ich komme sofort», murmelte sie. «Gute Nacht, Vetter.»

«Darf ich Sie nicht zu Mrs. Scattergood führen?» fragte er.

Sie schüttelte den Kopf. Sie war noch immer fassungslos, daher legte sie die Hand nachgiebig auf den dargebotenen Arm des Earl und ließ es zu, daß er sie wegführte. Sowie sie außer Hörweite waren, gelang es ihr zu sagen, wenn auch mit einer sehr kleinen Stimme: «Ich vermute, es muß für Sie sehr eigenartig ausgesehen haben, aber Sie irren sich.»

«Worin?» sagte der Earl kalt.

«In dem, was Sie soeben denken.»

«Wenn Sie imstande sind, in diesem Augenblick meine Gedanken zu lesen, müssen Sie sehr klug sein.»

«Sie sind der unangenehmste Mensch, dem ich je begegnet bin!» sagte Miss Taverner mit schwankender Stimme.

«Das haben Sie mir schon früher gesagt, Miss Taverner, und ich versichere Ihnen, mein Gedächtnis ist ausgezeichnet. Trösten Sie sich mit der Überlegung, daß Sie nunmehr in kurzer Zeit imstande sein werden, zu vergessen, daß ich überhaupt lebe.»

Sie sagte unsicher: «Ich nehme an, daß ich dem Tag nicht eifriger entgegensehe als Sie.»

«Ich habe nie ein Geheimnis aus der Tatsache gemacht, daß meine Vormundschaft äußerst lästig war. Erwarten Sie jedoch nicht zuviel, Miss Taverner. Noch sind Sie mein Mündel. Diese rührenden Auseinandersetzungen mit Ihrem Vetter sollten lieber verschoben werden.»

«Wenn Sie sich vorstellen, daß ich – daß ich im Einverständnis mit Mr. Bernard Taverner bin, dann haben Sie unrecht!» sagte sie. «Ich werde ihn nicht heiraten!»

Er sah auf sie nieder, und einen Augenblick schien es, als wollte er etwas sagen. Dann aber kam Mrs. Scattergood heran, und die Gelegenheit war vorbei. Er geleitete beide Damen zu ihrem Wagen hinaus, und erst beim Abschied konnte Miss Taverner ihrer Stimme genügend trauen, um zu sagen: «Ich wollte Ihnen danken, Lord Worth, daß Sie Peregrines Heirat zugestimmt haben.»

«Sie haben mir für nichts zu danken», erwiderte er ziemlich kurz angebunden, verbeugte sich und trat zurück, damit der Wagen anfahren konnte.

19

Warum ihr so viel daran gelegen war, ihren Vormund zu informieren, daß sie nicht die Absicht hatte, Mr. Bernard Taverner zu heiraten, war eine Frage, die Miss Taverner ziemlich lange beschäftigte. Wenn ihr eine Antwort auf das Rätsel einfiel, ließ sie es zumindest nicht zu, sie für die richtige zu halten, und da sich ihr keine zweite Antwort darbot, war sie zu dem Schluß gezwungen, daß die Erregung des Augenblicks sie veranlaßt hatte, aufs Geratewohl zu reden. Mrs. Scattergood bemerkte, daß sie niedergeschlagen war, nahm an, daß sie der Hochzeit ihres Bruders sehr melancholisch entgegensah, und tat, was sie konnte, um sie aufzuheitern, indem sie versprach, so lange bei ihr zu bleiben, solange ihre Gesellschaft benötigt wurde, und ihr viele vergnügte Besuche bei dem jungen Paar in Beverley prophezeite. Die Wahrheit war jedoch, daß die Aussicht, von Peregrine getrennt zu werden, Miss Taverner nicht so sehr bedrückte, wie der Gedanke an ihre eigene, sich nähernde Freiheit. Sie wußte nicht, was aus ihr werden sollte. Lord Worth war aufreizend, tyrannisch und sehr oft hassenswert, aber er verwaltete ihr Vermögen bewundernswert und erledigte unerwünschte Freier in einer Weise, der sie nicht gleichzukommen hoffen konnte. Sie mochte ja mit ihm streiten und sein Eingreifen in ihre Pläne verabscheuen, aber solange er hinter ihr stand, hatte sie ein Gefühl der Sicherheit, dessen sie sich bisher kaum so bewußt gewesen war wie nun, da der Zeitpunkt so nahe gekommen war, an dem sein Schutz zurückgezogen werden würde. Und wenn er nicht gerade unangenehm und anmaßend war, dann war er gütig zu ihr gewesen. Er hatte ihr ein Rezept für Schnupftabak geschenkt und ihr erlaubt, seine Grauen zu fahren, und hatte sie in sein Haus eingeladen. Bis zu dem unglückseligen Zusammenstoß in Cuckfield hatte sie ihn sehr gut leiden können. Natürlich war es unmöglich, ihn nach seinem unerträglichen Benehmen an jenem fatalen Tag weiterhin zu schätzen, aber trotzdem hatte der Gedanke, daß sie in Kürze imstande sein würde, zu vergessen, daß er überhaupt lebte, eine derart niederdrückende Wirkung auf sie, daß es ihr schwerfiel, die Tränen aus ihren Augen fernzuhalten. Und wenn er als Alternative zu diesem Kurs vorhatte, daß sie seinen Bruder heiratete, so würde er entdecken, daß er einem Irrtum unterlag. Sie sah voraus, daß sie dazu verurteilt war, eine einsame alte Jungfer zu werden.

Inzwischen fuhr sie jedoch fort, an all den Vergnügungen teilzunehmen, die Brighton zu bieten hatte, verschwendete ziemlich viel Geld und fuhr mit Peregrine nach Worthing, um dort einige Tage zu verbringen. Sie war jedoch nicht versucht, dieses Erlebnis zu wiederholen, denn obwohl sie Sir Geoffreys Wert gebührend zu schätzen wußte und Lady Fairford dankbar war für ihre mütterliche Güte, schien der Anblick zweier glücklich Verliebter nicht dazu angetan, ihre Stimmung zu heben. Nach dem einen Besuch lehnte sie entschlossen alle anderen Einladungen ab, und als sie von Peregrine gedrängt wurde, ihn zu begleiten, sagte sie scherzend, daß es jetzt, da er endlich einen Groom engagiert hatte, der das eine Ende eines Pferdes von dem anderen zu unterscheiden vermochte, keine Quelle der Besorgnis mehr war, ihn allein abfahren zu sehen.

Peregrine protestierte laut gegen diese Verleumdung seiner Fahrkunst, gab jedoch, unter Druck gesetzt, zu, daß Tyler ein besserer Groom war als Hinkson. Hinkson hatte bei Miss Taverner nie Gnade gefunden. Sie dachte (in dem Idiom, das Mr. Fitzjohn anwandte), daß er derbe Pratzen hatte, und sie mochte sein vierschrötiges Boxergesicht noch weniger als seine rauhen Manieren. Mr. Bernard Taverners Diener hingegen war viel mehr nach ihrem Geschmack. Er verstand seine Arbeit, konnte mit einem Gespann umgehen und war nicht nur respektvoll, sondern unterhielt die Ohren seines jungen Herrn nicht mit wüsten Erzählungen aus dem Boxring, einer von Hinksons Fehlern, den Miss Taverner immer sehr getadelt hatte. Sie zögerte nicht im geringsten, die von Peregrine verwendeten ordinären Ausdrücke wie «Flossen», «ihm den Kork ziehen», und «ihn zu Brei schlagen» Hinkson zuzuschreiben, und hoffte, daß die Vortrefflichkeit seines neuen Grooms ihn allmählich seiner Vorliebe für Hinkson abspenstig machen würde.

Hinkson zeigte, wie zu erwarten war, Zeichen der Abneigung gegen Tylers Anwesenheit, und er hatte immer irgendeine Ausrede bereit, damit er an Tylers Stelle nach Worthing mitgenommen wurde. Judith erfuhr von ihrem eigenen Groom, daß in den Ställen sehr viel Zwist schwelte, da Hinkson ein rauher Geselle war, sehr schnell mit den Fäusten bei der Hand und mißtrauisch gegen seine Kollegen. Judith erwähnte die Sache ihrem Bruder gegenüber und meinte, wie ratsam es wäre, den Mann zu entlassen, aber Perry lachte nur und sagte, sie sei gegen ihn voreingenommen. Das gab sie zu. Sie mochte Hinkson nicht, traute ihm nicht und meinte, daß sein Gesicht mit der gebrochenen Nase und den tiefen Falten fast schurkisch sei. Aber nicht einmal dann, als eines Donnerstags Tyler statt Hinkson den Tilbury vorfuhr, weil Hinkson in einer benachbarten Taverne reichlich «Blauen Ruin» getankt hatte, konnte Peregrine dazu gebracht werden, den Mann zu entlassen. Er sagte nur: «Na schön, es ist schließlich das erstemal, daß er sich besoffen hat. Weißt du, Ju, ‹Splitternackt› schmeißt uns alle von Zeit zu Zeit einmal unter den Tisch.»

«Wenn du doch bloß nicht diesen gräßlichen Dialekt sprechen wolltest! Noch vor einem Augenblick hast du gesagt, daß er ‹Blauen Ruin› getrunken hat.»

«Das ist dasselbe», sagte er grinsend, «du kannst es einen ‹Blitz› nennen, wenn du willst, oder den ‹Alten Tom›. Es bedeutet alles Wacholderschnaps, meine Liebe.» Er lachte über ihr angewidertes Gesicht, umarmte sie flüchtig und rief nach einem Blick auf die Uhr aus, es sei bereits drei Uhr vorüber, und er müsse weg. Ihre einzige Befriedigung war, daß er mit einem sachverständigen Groom davonfuhr statt mit einem Stallburschen, der in einem Boxring besser am Platz gewesen wäre.

Die Straße nach Worthing führte an den Ruinen von Aldrington vorbei, durch das Dorf Hove, die niedrigen Klippen entlang nach New Shoreham und Lancing und somit durch Sompting und Broadwater. Peregrine fuhr am Ende der Steyne in mäßigem Tempo auf die Ostklippe zu und wollte eben knapp hinter dem «Alten Schiff» seine Pferde über die weniger befahrene Westklippe Tempo vorlegen lassen, als plötzlich ein leichter Phaeton um die Ecke der West Street stob, dessen Fahrer, als er Peregrine erblickte, seine Pferde anhielt und ihm ein Zeichen machte, stehenzubleiben.

Peregrine zog gehorsam neben dem Phaeton die Zügel an und hoffte, daß ihn sein Vormund nicht lange aufhalten wollte. «*How do you do?* Ich bin eben auf meinem Weg nach Worthing.»

«Dann habe ich dich rechtzeitig abgefangen», erwiderte der Earl. «Ich brauche deine Unterschrift unter ein, zwei Dokumente.»

Peregrine zog eine Grimasse. «Jetzt?» fragte er.

«Ja, gewiß, jetzt. Außerdem ist da noch eine zweite geschäftliche Angelegenheit, die ich mit dir besprechen muß, aber ich glaube kaum, daß die Straße der geeignete Ort dafür ist.»

«Aber könnte ich Sie nicht morgen besuchen?» fragte Peregrine.

«Mein guter Junge, ist deine Verabredung in Worthing so dringend, daß du keine halbe Stunde für mich erübrigen kannst? Morgen könnte ja vielleicht dir besser passen, aber es wäre mir im höchsten Maße ungelegen. Ich fahre zu den Rennen.»

«Na schön», seufzte Peregrine. «Dann muß ich wohl mitkommen, wenn Sie solchen Wert darauf legen.»

Der Earl tastete die Mäuler seiner Pferde mit einer Bewegung seiner langen Finger an den Zügeln ab. «Ich habe dich schon oft fragen wollen, Peregrine, warum es dein Vater eigentlich unterlassen hat, dich nach Oxford zu schicken», bemerkte er. «Es hätte dir sehr gut getan.»

Peregrine wurde rot, wendete seine Pferde und folgte ziemlich mürrisch im Kielwasser des Phaetons.

Das Haus, das Worth an der Steyne gemietet hatte, stand an der Ecke der St. James's Street und hatte den Vorteil, daß der Hof und die Ställe im hinteren Teil lagen. Worth bog in die gepflasterte Seitengasse ein, die hinter dem Haus vorbeiführte, fuhr seinen Phaeton in den Hof und stieg ab. Henry krabbelte von seinem Sitz herunter und übernahm gerade die Pferde, als Peregrines Tilbury in den Hof einfuhr.

«Sage deinem Diener, er soll die Pferde lieber in den Stall führen», sagte der Earl, während er die Handschuhe abstreifte.

«Ich dachte, er könnte sie genausogut auf und ab führen», wandte Peregrine ein. «Ich bleibe doch bestimmt nicht so lange hier?»

«Ganz wie du willst», sagte der Earl achselzuckend. «Es sind nicht meine Pferde.»

«Na schön, tue Er, was Seine Lordschaft sagt, Tyler», sagte Peregrine und kletterte von seinem Sitz herunter. «Ich werde sie in einer halben Stunde wieder brauchen, merke Er sich's!» Das wurde in festem Ton gesagt, der dem Earl anzeigen sollte, daß eine halbe Stunde die Grenze war, die Peregrine für das Gespräch festsetzte, da jedoch Worth bereits auf eine Eisentreppe zuschlenderte, die zu einer Hintertür ins Haus führte, war es zweifelhaft, ob er es gehört hatte. Peregrine ging die Treppe hinter ihm hinauf und wünschte, daß er zehn Jahre älter und imstande wäre, eine noch zehnmal so sichere Art anzunehmen, wie der Earl sie an sich hatte.

Die Tür führte in einen Flur, der von der Halle zum hinteren Teil des Hauses führte. Sie war nicht versperrt, und der Earl führte Peregrine zu seinem Bücherzimmer, einem quadratischen Raum, dessen Fenster auf die St. James's Street hinausgingen. Das Zimmer war in einem etwas düsteren Stil eingerichtet, und die Netzvorhänge vor dem Fenster hinderten zwar die Neugierigen, hereinzuschauen, nahmen aber auch ziemlich viel Licht weg.

Der Earl warf seine Handschuhe auf einen Tisch, drehte sich um und sah, daß Peregrine ziemlich verächtlich um sich blickte. Er lächelte und sagte: «Ja, ihr seid an der Marine Parade wirklich besser dran, nicht?»

Peregrine blickte schnell zu ihm hinüber. «Dann war also das jenes Haus, das meine Schwester haben wollte!»

«Aber natürlich! Hast du das nicht erraten?»

«Na ja, ich habe nicht sehr viel darüber nachgedacht», gestand Peregrine. «Es war Judith, die so versessen war auf –» Er schwieg und lachte kläglich. «Um ehrlich zu sein, ich weiß nicht, welches von den beiden sie eigentlich wirklich wollte!» sagte er.

«Sie wollte natürlich dasjenige, von dem ich ihr sagte, daß sie es nicht bekommen würde», erwiderte der Earl, ging zu einem Konsolentisch, auf dem eine Weinkaraffe und zwei Gläser standen. «Zum Glück konnte ich ihre Absicht gerade rechtzeitig erraten, um meinen Fehler gutzumachen, daß ich dieses Haus je erwähnte.»

«Jawohl, und verteufelt bös haben Sie sie gemacht», sagte Peregrine.

«Das ist nichts Neues», sagte der Earl in seinem trockensten Ton.

«Oh, wissen Sie, damals war sie Ihnen keineswegs so abgeneigt», sagte Peregrine und untersuchte eine runde Tischdose für Tabak mit einem losen Deckel, die auf dem Schreibtisch des Earl stand. «Ja, sogar genau das Gegenteil.»

Der Earl stand mit dem Rücken zum Zimmer, warf jedoch einen Blick über die Schulter und hielt die Karaffe einen Augenblick über dem Glas in Schwebe. «Aber nein? Was kann das wohl heißen?»

«Himmel, nichts im besonderen», sagte Peregrine. «Was sollte es denn heißen?»

«Ich wollte, ich wüßte es», sagte der Earl und wandte sich wieder seiner Aufgabe zu, die Gläser zu füllen.

Peregrine sah ihn ziemlich scharf an, und nachdem er einen Augenblick mit dem Deckel der Dose herumgespielt hatte, platzte er heraus: «Darf ich Sie etwas fragen, Sir?»

«Sicher», sagte der Earl und steckte den Stöpsel wieder in die Karaffe. «Was denn?»

«Ich vermute, es wird Ihnen nicht gefallen, und natürlich kann ich unrecht haben», sagte Peregrine. «Aber ich bin Judiths Bruder, und ich habe einmal gedacht, als unser Vetter darauf anspielte, daß Sie vielleicht – nun, was ich Sie gerne fragen möchte, ist – ist, kurz gesagt –»

«Ich weiß genau, was du mich fragen willst», sagte der Earl und reichte ihm eines der Gläser.

«Oh!» Peregrine nahm das Glas entgegen und sah ihn zweifelnd an.

«Ich kann deine Besorgnis würdigen», fuhr der Earl etwas boshaft fort. «Der Gedanke, mich als Schwager zu haben, muß äußerst entmutigend sein.»

«Das habe ich nicht gemeint», sagte Peregrine hastig. «Außerdem glaube ich nicht, daß im geringsten zu befürchten wäre – ich meine, eine Chance besteht –, daß es eintritt.»

«Möglicherweise nicht», sagte der Earl. «Aber befürchten war wahrscheinlich der richtige Ausdruck. Möchtest du dieses Gespräch fortsetzen oder sollen wir uns deinen eigenen Angelegenheiten zuwenden?»

«Ich habe mir doch gedacht, daß es Ihnen nicht gefallen wird», sagte Peregrine mit einer gewissen Befriedigung. «Ja, regeln wir auf alle Fälle das Geschäftliche. Ich bin bereit.»

«Dann setz dich», sagte der Earl und öffnete eine Schublade seines Schreibtisches. «Das ist der Kontrakt, den du mir unterzeichnen sollst.» Er nahm ein offiziell aussehendes Dokument heraus und reichte es Peregrine.

Peregrine streckte die Hand nach einer Feder aus, wurde jedoch durch die hochgezogenen Brauen des Earl daran gehindert.

«Dieses blinde Vertrauen in meine Rechtschaffenheit ist zwar schmeichelhaft», sagte Worth, «aber ich bitte dich doch, keine Dokumente zu unterzeichnen, bevor du sie nicht gelesen hast.»

«Natürlich würde ich das sonst nicht tun, aber Sie sind doch mein Vormund, nicht? Och Himmel, was für ein Zeug das ist! Daraus kann man nicht klug werden!» Auf welch pessimistische Äußerung hin sich Peregrine mit einem Schluck Wein stärkte und sich im Stuhl zurücklehnte, um das Dokument durchzulesen. «Ich wußte doch, wie das ist! ‹Obengesagtes› und ‹Nachstehendes›, bis man überhaupt nichts mehr versteht!» Er hob das Glas wieder an die Lippen und nahm einen Schluck. Dann senkte er es und sah den Earl an. «Was ist denn das?» fragte er.

Der Earl hatte sich an den Schreibtisch gesetzt und sah ein zweites der Dokumente durch, die Peregrines Unterschrift erwarteten. «Das, mein lieber Peregrine, ist, was Brummell als den heißen, berauschenden Trank bezeichnen würde, der von den niedrigeren Rängen so viel getrunken wird. Mit einem Wort, Portwein.»

«Na ja, ich dachte mir's, aber er scheint mir seltsam zu schmecken.»

«Das tut mir aber leid», erwiderte der Earl höflich. «Du hast die Ehre, mit dieser Meinung allein dazustehen.»

«Oh, ich wollte nicht sagen, daß es kein guter Portwein ist!» sagte Peregrine und errötete heftig. «Ich bin da nicht zuständig. Ich zweifle nicht daran, daß es großartiges Zeug ist!» Er nahm einen weiteren Schluck und kehrte an die Aufgabe zurück, den Kontrakt zu meistern. Der Earl stützte den Ellbogen auf den Schreibtisch, das Kinn in die Hand, und beobachtete ihn.

Vor Peregrines Augen begannen sich die Worte seltsam zu bewegen. Er blinzelte und war sich plötzlich einer schweren Müdigkeit bewußt. In seinem Kopf summte es, seine Ohren waren dumpf, als hätte man Watte hineingestopft. Er sah auf und preßte die Hand an die Stirn. «Verzeihung – fühle mich nicht ganz wohl. Ein plötzlicher Schwindel – versteh das nicht.» Er hob das halbgeleerte Weinglas an die Lippen, hielt aber inne, bevor er trank, und starrte Worth mit einem Blick voll entsetzten Verdachts an.

Der Earl saß ganz still und betrachtete ihn unbewegt. Einer der Stahlknöpfe an seinem Rock zog Peregrines umwölkten Blick an und hielt ihn fest, bis er sich zwang, wegzusehen. Er hatte ein dumpfes Gefühl im Kopf und entdeckte, daß er über die schneeweißen Falten von Worths Krawatte nachdachte. Er hatte so oft versucht, einen «Wasserfall» zustande zu bringen, und immer war es ihm mißlungen. «Ich kann die meine nicht so binden», sagte er. «Wasserfall.»

«Eines Tages wirst du's können», antwortete der Earl.

«Ich hab ein so seltsames Gefühl im Kopf», murmelte Peregrine.

«Es ist ein bißchen heiß herinnen. Ich werde sofort das Fenster öffnen. Lies weiter.»

Peregrine riß den Blick von dieser faszinierenden Krawatte los und versuchte ihn auf das Gesicht des Earl zu richten. Er strengte sich an, seinen schweifenden Verdacht zu festigen. Die Urkunde entglitt seinen Fingern und fiel zu Boden. «Nein!» sagte er. «Es ist nicht das Zimmer!» Er taumelte hoch und stand schwankend. «Warum sehen Sie mich so an? Der Wein! Was haben Sie in den Wein getan? Bei Gott, S-Sie s-sollen mir an'worten!»

Er starrte sein Glas in einer Art verwirrten Entsetzens an. In diesem Augenblick war Worth auf den Beinen, trat mit einer schnellen Bewegung hinter ihn, packte ihn und umklammerte die rechte Hand des Jungen über dessen Schulter hinweg in einem grausamen Griff, der Peregrines Finger fest um das Weinglas bog. Sein linker Arm lag um Peregrine und zwang den Jungen an seine Schulter zurück.

Peregrine kämpfte wie ein Verrückter, aber die schreckliche Müdigkeit überfiel ihn immer stärker. Er keuchte. «Nein, nein, ich will nicht, ich will nicht! Du Teufel, laß mich los! Was hast du mir angetan? Was –» Seine Hand in der anderen, zupackenden; goß den Rest des Weins die Kehle hinunter. Er schien keine Kraft zum Widerstand zu haben, verschluckte sich, spuckte und sah das Zimmer kaleidoskopartig um sich kreisen. «Der Wein!» sagte er mit belegter Stimme. «Der Wein!»

Er hörte Worths Stimme von weit her: «Es tut mir leid, Peregrine, aber es gab keine Wahl. Du brauchst keine Angst zu haben.»

Perry versuchte zu sprechen, vermochte es jedoch nicht; er war sich undeutlich bewußt, daß er vom Boden aufgehoben wurde, sah Worths Gesicht über sich und verlor das Bewußtsein.

Der Earl legte ihn auf die Couch an einer Wand und lockerte die Falten von Perrys Krawatte. Eine Minute lang sah er stirnrunzelnd auf ihn hinunter, die Finger leicht um ein schlaffes Handgelenk gelegt, die Augen eindringlich und wachsam auf Peregrines Gesicht gerichtet. Dann ging er zu dem leeren Weinglas, das auf dem Teppich lag, hob es auf, stellte es auf den Tisch, ging aus dem Zimmer und versperrte die Tür hinter sich.

In der Halle war niemand. Der Earl ging durch die Hintertür zu der Eisentreppe und stieg in den Hof hinunter. Der Page begegnete ihm und grinste wie ein Kobold. Der Earl maß ihn. «Na, Henry?»

«Shapley ist noch nicht von dort zurück, wohin Sie ihn geschickt haben, Chef, und Sie wissen sehr gut, daß Sie dem zweiten Groom den ganzen Tag freigegeben haben.»

«Das habe ich nicht vergessen. Hast du getan, was ich dir gesagt habe?»

«'türlich hab ich!» erwiderte Henry beleidigt. «Tu ich's denn nicht immer? Ich hab's ja gewußt, daß er zu nichts nein sagt, was aus einer Flasche kommt. ‹Fleisch-und-Blut› is das, sag ich zu ihm, aber Gott behüte Sie, Chef, der hätte es auch nicht gekannt, wenn ich gesagt hätte, es is Gin! Er stürzt's runter und schnalzt mit den Lippen, und ich will verflucht sein, wenn er sich nicht, plumps, hingesetzt hat, direkt da vor meiner Nase, und eingeschlafen ist! So was hab ich doch noch in meinem ganzen Lebtag nicht erlebt!»

«Je früher du vergißt, was du gesehen hast, um so besser», bemerkte der Earl. «Wo ist Hinkson?»

«Och, der!» Henry schnupfte verächtlich auf und deutete mit dem Daumen über die Schulter. «Anspannen tut er, was so ziemlich das einzige ist, wozu der taugt, und auch dabei is er nicht so sehr gut, wenn Sie mich fragen.»

«Sei nicht eifersüchtig, Henry. Du hast deinen Teil sehr gut gemacht, aber alles kannst du nicht selbst machen», sagte der Earl und ging über den Hof zu den Ställen, gerade als Hinkson Peregrines Pferde herausführte. «Spann die Pferde an, Ned. Irgendwelche Schwierigkeiten?»

«Nein, Mylord, nicht an meinem Ende der Geschichte – das heißt, noch nicht. Aber Tyler hat was gerochen. Ich hab ihn angeschwindelt, daß ich besoffen bin, und er hat gemeint, er hätte mich sicher unterm

Tisch verlassen. Aber ich fürcht mich vor der Geschichte, Mylord; richtig fürchten tu ich mich. Am hellichten Tag!»

«Da haben wir's – was hab ich Ihnen gesagt, Chef?» fragte Henry verächtlich. «Der und ein Preisboxer! Sie hätten besser daran getan, den ganzen Job mich machen zu lassen. Es wird noch kommen, daß dieser hasenherzige, durchtriebene Kerl den Tyler einem Friedensrichter übergibt, wenn Sie nicht aufpassen!»

Hinkson ging wütend auf ihn los, aber als der Page sofort sagte: «Ja, du trau dich nur, mir einen zu versetzen, und wart, was du von meinem Chef einsteckst!» breitete sich langsam ein Grinsen über sein wenig einnehmendes Gesicht, und mit einem entschuldigenden Blick auf den Earl ging er, um die Pferde an den Tilbury zu spannen. Henry warf einen fachmännischen Blick auf die Schnallen und sah mit großem Interesse zu, wie sein Herr und Hinkson die unbewegte Gestalt Jem Tylers in den Tilbury hoben und eine dicke Wolldecke über ihn warfen.

Hinkson ergriff die Zügel und sagte mürrisch: «Ich laß Sie nicht im Stich, Mylord.»

«Nein, weil wenn du's tätst, dann tätst du eine dickere Börse verlieren, als du je für eine geboxt hast oder je boxen wirst!» sagte Henry.

«Und wenn alles im reinen ist», sagte Hinkson, rückte sich auf dem Kutschbock zurecht und wandte sich an den Pagen, «dann komm ich in diesen Hof zurück und dreh dir den dürren Hals um, mein Bürschchen!» Damit gab er den Zügeln einen Ruck und fuhr aus dem Hof in die Seitengasse hinaus.

Der Earl sah ihm nach, drehte sich dann zu dem Pagen um und sah ihn an. «Du kennst mich, Henry, nicht? Ein einziges Wort von dem hier über deine Zunge, und ich bin es, der dir den Hals umdreht, lange bevor Hinkson eine Chance dazu hat. Und jetzt fort mit dir!»

«Und Sie tät ich's sogar machen lassen, Chef, was mehr ist, als ich bei diesem Speckbrocken tät», erwiderte Henry unverfroren.

Eine Stunde später kam Captain Audley leise in das Bücherzimmer und schloß die Tür hinter sich. Der Earl saß schreibend an seinem Schreibtisch, blickte jedoch auf und lächelte leicht. Captain Audley sah zu Peregrines stiller Gestalt hinüber. «Julian, bist du ganz sicher –?»

«Vollkommen sicher.»

Captain Audley ging zu der Couch und beugte sich über Peregrine. «Eine verdammte Schande», sagte er und richtete sich auf. «Was hast du mit dem Stallburschen gemacht?»

«Der Stallbursche», sagte Worth, nahm eine Oblate und versiegelte seinen Brief, «wurde zu einem Fleck irgendwo in der Nähe von Lancing gebracht und wird an Bord eines gewissen, höchst verdächtigen Schiffs verladen, das nach Westindien segelt. Ob er seinen Bestimmungsort je erreicht, ist, meiner Meinung nach, äußerst problematisch.»

«Guter Gott, Worth, das kannst du doch nicht tun!»

«Ich habe es getan – das heißt eigentlich, Hinkson hat es für mich getan», antwortete der Earl ruhig.

«Aber Julian, das Risiko! Was ist, wenn Hinkson sich gegen dich kehrt?»

«Das wird er nicht.»

«Du bist wahnsinnig!» rief Captain Audley aus. «Was könnte ihn daran hindern?»

«Du dürftest glauben, daß ich meine Werkzeuge schlecht wähle», bemerkte der Earl.

Der Captain blickte wieder zu Peregrine hinüber. «Ich glaube, du bist ein verdammt kaltblütiger Teufel», sagte er.

«Möglich», sagte Worth. «Nichtsdestoweniger tut mir der Junge leid. Aber daß das Datum für seine Hochzeit festgesetzt wurde, war sein Todesurteil. Er muß aus dem Weg geräumt werden, und ich glaube wirklich, ich habe einen so angenehmen Weg, es zu tun, gewählt, wie ich nur konnte.»

«Ja, ich weiß, und ich sehe ein, daß es sein mußte, aber – nun, mir gefällt es nicht, Julian, und so ist das nun einmal. Wie soll ich vor Judith Taverner hintreten, mit dem da auf dem Gewissen –»

«Du kannst dich mit der Überlegung trösten, daß es ja gar nicht auf deinem, sondern auf meinem Gewissen liegt», unterbrach ihn der Earl.

«Sie geht heute abend in den Pavillon», sagte Captain Audley inkonsequent.

«Ja, und ich auch», erwiderte der Earl. «Gehst du auch oder hast du vor, dazusitzen und über Peregrines mißliche Lage zu trauern?»

«Oh, sei still, Julian! Ich glaube, ich muß hingehen, aber ich sage dir offen, ich fühle mich wenig besser als ein Mörder.»

«In diesem Fall tätest du klüger daran, wenn du das Abendessen auftragen läßt», empfahl ihm der Earl. «Man fühlt sich besser, wenn man gegessen und getrunken hat.»

«Wie wirst du ihn aus dem Haus schaffen?» fragte der Captain und sah wieder zur Couch hinüber.

«Sehr einfach. Evans wird von hinten hereinkommen, und ich werde ihm den Jungen übergeben. Den Rest besorgt er.»

«Nun, ich hoffe zu Gott, das Ganze geht nicht schief!» sagte Captain Audley fromm.

Aber es ergab sich kein Haken in dem Plan des Earl. Um elf Uhr fuhr eine einfache Kutsche in die Seitengasse ein, ein paar stämmige Männer stiegen aus und gingen durch das unversperrte Tor leise in den Hof. Niemand rührte sich über den Ställen, und die Männer machten kein Geräusch, als sie die Eisenstufen zur Hintertür hinaufgingen. Sie wurde ihnen vom Earl geöffnet, der seine Tuchjacke und die blaßgelben Pantalons gegen Kniehosen und eine Satinjacke vertauscht hatte. Er wies schweigend auf das Bücherzimmer. Fünf Minuten später hatte er Peregrines schlaffen Körper, in einen Friesmantel gehüllt, in die Kutsche gelegt, war ins Haus zurückgekehrt und versperrte die Hintertür. Dann prüfte er den Sitz seiner Krawatte vor dem Spiegel in der Halle, nahm Hut und Handschuhe, verließ das Haus und ging über die Steyne zum Pavillon.

20

Miss Taverners erstem Besuch im Pavillon waren bald weitere gefolgt, denn der Regent liebte es, während er in Brighton war, inoffizielle Gesellschaften in seinem Sommerpalast abzuhalten, und war immer sehr leicht zugänglich und selbst dem bescheidensten seiner Gäste gegenüber von vollendeter Liebenswürdigkeit. Es war nicht anzunehmen, daß er sich für Peregrine genauso stark wie für dessen Schwester interessierte, aber selbst Peregrine wurde einmal zum Abendessen in den Pavillon eingeladen. Er war im Zustand beträchtlicher Ehrfurcht hingegangen und von der Pracht der Staatszimmer benommen und von dem berühmten Diabolino Brandy des Regenten leicht angesäuselt heimgekehrt. Er hatte versucht, seiner Schwester den Bankettsaal zu beschreiben, hatte aber einen so verwirrten Eindruck zurückbehalten, daß er nur sagen konnte, er sei an einer ungeheuer langen Tafel unter einem zehn Meter hohen Lüster gesessen, der ganz aus Glasperlen und Rubinen und Brillantenquasten bestand und von einer Kuppel herunterhing, die wie ein Morgenhimmel bemalt war, über den sich das Laubwerk einer riesigen Platane breitete. Peregrine meinte, es gäbe keine Ketten, die stark genug wären, einen solchen Lüster zu halten; er war nicht imstande gewesen, die Augen von ihm abzuwenden. Im übrigen erinnerte er sich dunkel an goldene Säulen und silberne Karomuster, riesige chinesische Malereien auf einem Grund aus eingelegtem Perlmutt, Spiegel, welche die Lichter des Lüsters blitzend zurückwarfen, karmesinrote Draperien und Stühle und mit gefältelter blaßblauer Seide überzogene Pfeiler zwischen den Fenstern. Er hatte fünf Anrichten aus Rosenholz und vier Türen in üppiger Japanarbeit gezählt. Noch nie im Leben war er in einem derarti- Raum gewesen. Was die Bewirtung betraf, so war sie unübertrefflich! Ein so köstliches Diner mit, er wagte nicht zu sagen, wie vielen Weinen und nicht weniger als einem Dutzend Sorten Schnupftabak, die auf den Tisch gestellt wurden, sowie die Tischtücher entfernt waren!

Der Regent lud Damen zu seinen Dinergesellschaften nicht ein, weil es keine Gastgeberin zu ihrem Empfang gab, aber sie kamen in Scharen zu seinen Konzerten und Empfängen. Mrs. Scattergood erinnerte sich angenehmer Abende, die sie im Pavillon verbracht hatte, als noch Mrs. Fitzherbert dort Gäste empfing; sie schüttelte den Kopf und sagte: «Ach, die arme Seele! Die Leute mögen sagen, was sie wollen, aber ich werde immer überzeugt sein, daß sie seine wirkliche Gattin war. Und das ist auch die Überzeugung der Prinzessin von Wales, obwohl es seltsam ist, daß gerade sie es sagt!»

«Und dennoch wollten Sie, daß ich den Heiratsantrag von Clarence annehme», bemerkte Miss Taverner.

«Nein, wirklich nicht. Das war ja nichts als so eine Idee, die mir durch den Kopf ging. Diese morganatischen Ehen sind durchaus nicht das Richtige, obwohl ich meinerseits Mrs. Fitzherbert nie dafür tadelte, daß sie den Prinzen geheiratet hatte. Er war so überaus schön! Ungemein! Er ist heute etwas dick, aber ich werde immer so an ihn denken, wie ich ihn zum erstenmal sah, in einem mit Perlen besäten rosa Satinrock und mit einem Teint, für den jedes Frauenzimmer alles gegeben hätte, um ihn zu besitzen!»

«Sein Teint ist jetzt sehr fahl», bemerkte Miss Taverner. «Ich fürchte, er kränkelt.»

Zwar räumte Mrs. Scattergood ein, daß sich der Regent wirklich nicht der besten Gesundheit erfreute, man konnte sie jedoch nicht zu der Einsicht bringen, daß Zeit und Genußsucht seine Züge vergröbert hatten. Er war der Märchenprinz ihrer Jugend, und sie wollte nichts Herabsetzendes über ihn hören. Das tat Miss Taverner leid, da die häufigen Besuche im Pavillon nicht ganz nach ihrem Geschmack waren. Der Regent war fünfzig Jahre alt, aber er hatte einen Blick für hübsche Frauen, und obwohl es nichts in seinem Benehmen gab, das sie beunruhigt hätte, konnte sich Miss Taverner in seiner Nähe doch nicht wohl fühlen. Mrs. Scattergood, deren angeborener Scharfsinn von der ehrenden Aufmerksamkeit überrumpelt wurde, die ihr der Regent erwies, bezeichnete seine Haltung ihrem Schützling gegenüber als väterlich und sagte, Judith müsse sich durch seine Güte geehrt fühlen. Sie staunte, daß Judith nichts daran lag, in den Pavillon zu gehen, und erinnerte sie daran, daß königliche Einladungen so gut wie Befehle waren. Daher ließ es Miss Taverner zu, daß sie zwei-, dreimal in der Woche mitgenommen wurde, bis sie die Herrlichkeiten der Galerie und des Musikzimmers und des Salons so genau kannte, daß sie ihr überhaupt nicht mehr ungewöhnlich erschienen. Sie hatte den Genuß, dort Viotto Geige und Wiepart die Harfe spielen zu hören; sie war bei einer sehr erlesenen und festlichen Veranstaltung anwesend, bei der der Regent, nachdem er sich mehrere Wechselgesänge angehört hatte, überredet worden war, zur Erbauung der Gesellschaft «By the gaily flowing glass» zu singen. Man hatte ihr besonders kostbare Gegenstände gezeigt, wie den Schildpatttisch im Grünen Salon und die Pagoden in dem Großen Salon; und sie hatte die zweifelhafte Ehre der Annäherungsversuche des Herzogs von Cumberland gehabt. Sie konnte unmöglich glauben, daß der Pavillon irgendwelche weitere Überraschungen für sie enthielt, und als sie sich mit Mrs. Scattergood zu der Donnerstaggesellschaft begab, entsetzte sie die gute Dame ziemlich, als sie verkündete, sie wäre lieber zu dem Ball im «Alten Schiff» gegangen.

Als sie im Pavillon ankamen, entdeckte man, daß dies keine der musikalischen Veranstaltungen des Regenten sein sollte, sondern ein geselliger Abend in der Galerie und in dem überhitzten Großen Salon. Dieser war ein großer runder Raum, der Mittelpunkt der Zimmerflucht an der Ostfront des Gebäudes, von der unvermeidlichen Kuppel überragt und durch zwei halbkreisförmige Nischen erweitert. Rubin und Gold waren die vorherrschenden Farben, und mehrere prachtvolle Lüster, deren Licht von hohen Pfeilerspiegeln reflektiert wurde, verliehen dem Raum einen Glanz, der ebenso bemerkenswert wie verwirrend war.

Miss Taverner sah sich um, ob irgend jemand ihrer Bekannten anwesend war, und hatte die Genugtuung, Captain Audley im Gespräch mit Lord Petersham zu erblicken. Sie hatte nicht gewußt, daß er in Brighton war. Captain Audley sah sie und brachte seinen Gefährten sofort zu ihr. «Los, Petersham, ich bestehe darauf, es Miss Taverner zu zeigen!» sagte er fröhlich, als Judith Seiner Lordschaft die Hand reichte. «Ich weiß, sie wird entzückt sein. Meine liebe Miss Taverner, dieser Glückliche hat eine neue Tabakdose, die das Hübscheste ist, was ich in den letzten zehn Jahren gesehen habe.»

«Oh, Lord Petersham hat alle hübschen Tabakdosen in seinem Besitz!» sagte Miss Taverner lächelnd. «Ich habe zu jedem Kleid eine passende, aber er hat eine für jeden Tag im Jahr. Bitte, zeigen Sie mir diese neue, Sir! Ach ja, die ist wirklich reizend. Sèvres, glaube ich?»

«Ja», bestätigte Petersham in seiner sanften Art. «Es ist eine hübsche Dose für den Sommer, aber zur Winterkleidung ginge sie nicht.»

«Nein», sagte Judith ernst. «Ich glaube, Sie haben recht.»

«Diese Spitzfindigkeiten gehen über meinen Horizont», klagte der Captain. «Ich glaube, ich kann mich genausogut gleich im Meer ertränken, wenn ihr beide jetzt beim Thema Schnupftabak angelangt seid. Ihr werdet bis Mitternacht davon reden.»

«O nein», sagte Seine Lordschaft. «Über ein einziges Thema bis Mitternacht sprechen würde ein jedes sehr langweilig werden lassen. Aber du hast mich an etwas sehr Wichtiges erinnert. Wo ist Worth? Hat er sich schon für den Tabak aus Martinique vormerken lassen, den Fribourg and Treyer importieren?»

«Er hat es mir nicht erzählt, aber du kannst ihn selbst fragen. Er wird später herkommen. Schauen Sie auf keinen Fall nach rechts, Miss Taverner! Monk Lewis wartet eifrig auf eine Gelegenheit, sich Ihnen zu nähern, und sowie es ihm einmal gelingt, Ihre Aufmerksamkeit zu erregen, sind Sie ihn vor einer halben Stunde nicht los. Ich kenne keinen Mann, der so viel redet!»

Mr. Lewis, der Autor des berühmten Romans «Ambrosio oder Der Mönch» war nicht leicht von einer Beute zu verscheuchen. Bald hielt er Miss Taverner fest und ging daran, Captain Audleys Prophezeiung zu erfüllen, bis sie durch Sir John Lade gerettet wurde, der herankam, um zu fragen, ob sie Lust hätte, ihre Braunen zu verkaufen. Sie hatte keine Lust, und es lag ihr auch nichts an Sir John Lade, der nach Stall roch und sich der Sprache seiner Stallburschen bediente, aber sie war ihm dankbar für die Unterbrechung des Redeflusses von Mr. Lewis und behandelte seine wiederholten Angebote, ihre Pferde zu kaufen, geduldiger, als man es von ihr hätte erwarten können.

Die Hitze, die der Regent in seinen Räumen hielt, war immer schwer zu ertragen, und um halb zwölf hatte Miss Taverner Kopfschmerzen und dachte sehnsüchtig an ihr Bett. Man hatte jedoch im Grünen Salon, der an der Südseite an den Großen Salon grenzte, Kartentische aufgestellt, und Mrs. Scattergood war dort glücklich mit einem Rubber Casino beschäftigt und würde sicherlich noch eine Stunde bleiben. Miss Taverner fragte sich, warum ihr Vormund nicht kam, und entschied insgeheim, daß die Gesellschaft noch langweiliger als sonst war. Sie wollte sich eben so weit wie möglich vom Kaminfeuer entfernt auf ein rubinrotes Seidensofa setzen, als ihr Name genannt wurde. Sie sah auf und entdeckte den Regenten neben sich.

«Endlich bin ich imstande, mir zwei Worte mit Ihnen zu stehlen!» sagte der Regent jovial. «Ich weiß nicht, wie es kommt, aber ich hatte den ganzen Abend keine Möglichkeit, in Ihre Nähe zu kommen. Also, das geht ja wirklich nicht! Und ich habe Ihnen außerdem etwas sehr Hübsches zu zeigen, etwas, das Ihnen, wie ich mir schmeichle, gefallen wird.»

Sie lächelte und gab eine höfliche Antwort. Ein leichtes Aroma von Maraschino umschwebte ihn, und obwohl er keineswegs betrunken war, so hatte sie wider Willen den Verdacht, daß er gerade genügend zu sich genommen hatte, um etwas unbesonnen zu sein.

«Ja, ja, Sie sollen es sehen!» versprach er. «Und Sie sollen es auch mitnehmen, wenn Sie mir eine Freude machen wollen. Aber es ist nicht hier; wir müssen darum in den Gelben Salon schlüpfen. Kommen Sie, lassen Sie mich Ihnen den Arm bieten! Ich glaube nicht, daß Sie jenes Zimmer schon gesehen haben, oder? Es ist mein Lieblingszimmer.»

«Nein, Sir, ich kann mich nicht erinnern – aber vielleicht würde Mrs. Scattergood –»

«Ach, papperlapapp!» sagte der Regent. «Ich versichere Ihnen, Mrs. Scattergood ist sehr schön beschäftigt und wird Sie nicht vermissen. Und selbst wenn das der Fall ist, dann brauchen Sie ihr ja nur zu sagen, daß Sie mit mir zusammen waren, und sie kann nicht den geringsten Einwand haben.»

Miss Taverner versuchte eine Ausrede zu finden, aber es fiel ihr keine ein. Sie wußte nicht, was sie sagen sollte, denn wie konnte eine bloße Miss Taverner aus dem Yorkshire so anmaßend sein, einen Prinzregenten zurückzuweisen, der alt genug war, ihr Vater zu sein? Sie wollte nicht mit ihm gehen, und dennoch, wie sollte sie ablehnen? Es hieße ihn beleidigen, und das war undenkbar. Sie ließ es also zu, daß er ihre Hand durch seinen Arm zog, und versuchte sich einzubilden, daß der Druck, den er ihr gab, keine Absicht war. Er führte sie zu einer der Flügeltüren am Nordende des Salons und ließ sie in den Gelben Salon eintreten.

«Da!» sagte er. «Ist das nicht sehr viel besser, als mitten in einer Menge anderer Leute zu plaudern? Das ist mein Privatsalon, nicht riesig groß, wie Sie sehen, aber genau der Raum, in dem man gemütlich und zwanglos sein kann.»

Miss Taverner konnte nicht umhin zu überlegen, daß «gemütlich» nicht das Eigenschaftswort gewesen wäre, das sie benützt hätte, um den Gelben Salon zu beschreiben. Heiß war es hier, sicher, und die Luft sehr stickig, aber ein Raum, der mehr als fünfzehn Meter lang und über neun Meter breit war, dessen Decke von weißgoldenen Säulen getragen wurde, um die sich Schlangen wanden und die in glöckchenbehangenen

Schirmkapitellen endeten, erschien ihr kaum als ein für zwanglose Gemütlichkeit bestimmter Raum. Auch konnte sie nicht das Gefühl haben, daß fünf mit Spiegelglas belegte Türen die Behaglichkeit des Raumes steigerten. Die Draperien über den Fenstern waren aus gestreiftem Satin; es gab jede Menge mit Schildpatt eingelegter Tische, die asiatisches Porzellan trugen; und die Wände, weiß, mit vergoldeten Randleisten, wurden von chinesischen Bildern, Laternen und fliegenden Drachen verschönt. Die Stühle und Sofas waren mit blauem und gelbem Satin tapeziert, und der Kunsttischler, der sie gebaut hatte, hatte die ebenso geschmackvolle wie originelle Idee gehabt, auf die Lehne eines jeden Stükkes eine Chinesenfigur mit einem Glöckchen in beiden Händen zu setzen.

«Nun, was für einen Eindruck macht es Ihnen? Gefällt es Ihnen?» fragte der Regent.

«Äußerst elegant! Es ist etwas völlig Ungewöhnliches, Sir», murmelte Miss Taverner und wünschte, daß er die Tür in den Großen Salon nicht geschlossen hätte.

«Ja, das ist es wirklich, wie ich mir schmeichle», sagte er sehr befriedigt. «Aber ich will Ihnen etwas sagen, meine Liebe: Ihre hübschen Lokken haben genau die Farbe meiner Vergoldung! Nun, ist das nicht seltsam? Sie müssen mir erlauben, Ihnen zu sagen, daß Sie hier ein bezauberndes Bild bieten.» Er lachte über ihre offensichtliche Verwirrung und kniff sie in die Wange. «Nein, nein, Sie brauchen nicht rot zu werden! Sie brauchen nicht erst mich, um sich sagen zu lassen, was für eine kleine Schönheit Sie sind, wenn Sie sich im Spiegel sehen können, nach welcher Seite immer Sie sich drehen.»

Er stand sehr dicht neben ihr, eine Hand tätschelte ihr Handgelenk, und seine Augen waren mit einem gierigen Blick auf ihr Gesicht gerichtet, so daß ihr heißer denn je wurde und sie sehr verängstigt war. Sie tat, als interessiere sie sich für die Vulliamy-Stehuhr auf dem Kaminsims, ging hin und sagte: «Sie haben so viele schöne Dinge im Pavillon, daß man ständig in Bewunderung versunken ist.»

«Ja, ja, schon möglich, aber das Schönste kam erst vor einer Stunde», antwortete er, ihr folgend.

Regent hin oder her, sie mußte versuchen, diese verliebte Stimmung zu zügeln. Sie sagte, so leicht sie konnte: «Sie wollten mir etwas zeigen, Sir. Was kann das wohl sein? Darf ich es sehen, bevor wir in den Salon zurückkehren?»

«Oh, das hat keine Eile», erwiderte er. «Aber sicherlich sollen Sie es sehen, denn wissen Sie, es gehört Ihnen. Da!» Er nahm eine Petitot-Schnupftabaksdose von einem der Tische und schloß Miss Taverners Finger um sie. «Ein seltsames Geschenk für eine Dame, nicht? Aber ich bilde mir ein, Sie mögen Schnupftabaksdosen lieber als Schmuck.»

«Ich weiß nicht, was ich sagen soll, Sir», stammelte Miss Taverner. «Sie sind sehr gütig. Ich – ich danke Ihnen und versichere Ihnen, daß ich sie hochhalten und – und mich immer geehrt fühlen werde, wirklich.»

«Na, na, na!» sagte der Regent und lächelte breit. «Das ist es nicht, wie ich gern bedankt sein möchte! Nehmen wir an, wir vergessen dieses ganze Zeremoniell, eh?»

Er stand jetzt so dicht bei ihr, daß sie die Wärme seines Körpers spürte. Er machte sich daran, sie zu küssen. Seine Hand stahl sich ihren nackten Arm hoch; sein Atem war dicht an ihrer abgewandten Wange. Seine Dickleibigkeit, allein schon das Parfüm, mit dem er seine Kleider verschwenderisch besprengt hatte, machten ihr übel. Sie hatte die plötzliche Regung, ihn wegzustoßen und in den Salon zurückzulaufen, aber sie fühlte sich seltsam schwach, und von der Hitze im Zimmer schwindelte ihr.

Sein Arm umschlang ihre Taille; er sagte schmeichelnd: «Ei, ist das ein schüchternes kleines Fräulein! Aber mir gegenüber brauchst du doch nicht schüchtern zu sein, nicht wahr?»

Miss Taverner hatte das äußerst seltsame Gefühl, daß ihr gleichzeitig heiß und kalt war. Sie sagte mit unsicherer Stimme: «Verzeihen Sie, Sir, aber das Zimmer ist so dumpf – ich fürchte – ich muß – mich einen Augenblick setzen!» Sie machte einen schwachen Versuch, sich seinem Griff zu entziehen, und dann, zum erstenmal in ihrem Leben, wurde sie einfach ohnmächtig.

Ein, zwei Minuten später kam sie zu sich; zuerst wurde ihr bewußt, daß ihr sehr schlecht war, und dann, daß sie in einer fremden, glitzernden Umgebung war. Eine grämliche Stimme sagte laut: «Unsinn, nichts dergleichen! Sie wurde von der Hitze übermannt! Höchst unglücklich! Ganz außergewöhnlich! Ich habe noch nie so etwas gehört. Im Pavillon ohnmächtig werden! Wirklich, das ist eine verdammt peinliche Situation! Wenn es bloß um nichts in der Welt geschehen wäre!»

Miss Taverner erkannte die Stimme, spürte eine kühle Hand auf der Stirn und zitterte haltlos. Sie atmete schluchzend auf, öffnete die Augen und entdeckte, daß sie geradewegs in das Gesicht ihres Vormunds blickte. Sie starrte ihn einen Augenblick an. «Oh, Sie sind's!» murmelte sie dankbar.

«Ja, ich bin's», sagte Worth mit seiner ausgeglichenen Stimme. «Es wird Ihnen gleich wieder besser gehen. Versuchen Sie nicht, aufzustehen.»

Sie tastete nach seiner Hand. «Bitte, bleiben Sie. Bitte, gehen Sie nicht weg, lassen Sie mich nicht allein hier!»

Seine Hand schloß sich beruhigend um ihre. In seinem Gesicht stand ein seltsamer Ausdruck, als sei er von etwas überrascht. «Es gibt nichts hier, das Sie beunruhigen könnte», sagte er. «Ich gehe nicht weg, aber ich will Ihnen ein Glas Wein holen.»

«Ich weiß nicht, wieso ich ohnmächtig geworden bin», sagte sie kindlich. «Es geschah noch nie. Aber ich wußte nicht, was tun, und –»

«Sie sind von der Hitze ohnmächtig geworden», unterbrach er sie. In seiner Stimmte lag etwas endgültig Abschließendes. Er schien zu wollen, daß sie nichts mehr sagte. Er machte sich los und stand auf. «Ich hole Ihnen jetzt etwas zu trinken.»

Miss Taverner sah ihm nach und versuchte, ihren Verstand zur Ordnung zu rufen. Es dämmerte ihr, daß sie in voller Länge auf einem Sofa im Gelben Salon des Regenten lag, der Regent selbst anwesend war und mürrisch und sehr gekränkt dreinsah. Es gelang ihr, sich aufzusetzen und die Füße auf den Boden zu stellen, obwohl sich ihr Kopf unangenehm drehte. Jetzt erinnerte sie sich halbwegs deutlich an die Vorgänge vor ihrer Ohnmacht. Wie es kam, daß Worth hier war, ahnte sie nicht; sie konnte sich auch nicht vorstellen, was ihr eingefallen war, sich wie ein erschrockenes Schulmädchen an seine Hand zu klammern. Sie sagte und versuchte gelassen zu sprechen: «Ich muß Sie um Verzeihung bitten, Sir, daß ich so lästig bin. Ich habe mich wirklich schandbar benommen.»

Die Miene des Regenten erhellte sich etwas. «Oh, durchaus nicht, durchaus nicht! Ich vermute, im Zimmer war es wirklich ein bißchen warm. Jetzt aber geht es Ihnen besser; Sie haben doch nichts dagegen, wenn ich das Fenster wieder schließe?»

Sie blickte umher und sah, daß die gestreiften Vorhänge zurückgezogen waren und eines der hohen Fenster offenstand. «Sicherlich nicht, Sir. Ich versichere Ihnen, ich habe mich wieder ganz erholt.»

Der Regent eilte zum Fenster und schloß es. «Die Nachtluft ist sehr trügerisch», sagte er streng. «Und ich bin für Erkältungen besonders anfällig. Es war entsetzlich achtlos von Worth – aber ich sage nichts, und wir müssen nur hoffen, daß nichts Schlimmes daraus entsteht.»

Sie stimmte zu und stützte ihren schmerzenden Kopf auf die Hand. Der Regent betrachtete sie sehr ängstlich und wünschte nur, daß Worth sich beeilte, zurückzukommen. Miss Taverner sah sehr blaß aus, und es wäre äußerst peinlich, wenn sie wieder ohnmächtig würde. So ein Pech hatte es wirklich noch nie gegeben. Wie hätte er auch wissen sollen, daß das Mädchen ein solch prüder kleiner Narr war? McMahon – dem er gleich etwas zu sagen haben würde – hatte ihn grob irregeführt. Und was diesen verfluchten Kerl Worth anging, der sich angeblich nicht um sein Mündel kümmerte, das war ein weiterer unverzeihlicher Schnitzer McMahons. Worth war formlos hereingestelzt, ohne die geringste übliche Höflichkeit, und nicht nur, daß er kein Wort von dem, was sein Prinz ihm erzählte, geglaubt hatte, besaß er auch noch die Unverschämtheit, es ihm zu erkennen zu geben. Es war wirklich allzu schlimm von dem Mädchen, ihn in eine so unbehagliche Lage zu bringen. Denn er hatte nichts getan, überhaupt nichts! Jedoch mit einem ohnmächtigen Frauenzimmer im Arm angetroffen zu werden, gezwungen zu sein, das alles dem Vormund des Mädchens in größter Hast zu erklären, verletzte seine Würde – schon immer seine verwundbarste Stelle. Er war lächerlich gemacht worden. Es würde ihm schwerfallen, Miss Taverner zu verzeihen. Sie schien sich jedoch jetzt vernünftiger zu benehmen; er hatte eine gräßliche Angst davor gehabt, daß sie, wenn sie wieder zu sich kam, Worth gegenüber irgendeine unsinnige, unwahre Version der Affäre heraussprudeln würde.

Er sah sie ängstlich an. Sie sah noch immer sehr blaß aus. Wenn er nicht gezwungen gewesen wäre, an seine eigene Gesundheit zu denken, hätte er sich versucht gefühlt, das Fenster doch wieder zu öffnen. «Nach einem Glas Wein werden Sie sich viel besser fühlen», sagte er hoffnungsvoll.

«Ja, Sir. Es ist nichts, und ich schäme mich, daß ich Ihnen solche Ungelegenheiten verursacht habe. Ich bitte, vernachlässigen Sie Ihre übrigen Gäste nicht um meinetwillen. Man wird Ihre Abwesenheit bemerken. Wenn man um Mrs. Scattergood schicken könnte –»

«Sicher, wenn Sie es wünschen – sofort!» sagte er. «Obwohl, wissen Sie, sie spielt Karten, und ich vermute, es würde ein bißchen Gerede verursachen, was Ihnen sicher nicht gefiele.»

«O nein! Sie haben sehr recht, Sir», antwortete sie gehorsam. «Lord Worth wird wissen, was am besten zu tun ist.»

Eben da kam der Earl mit einem Glas in der Hand zurück. «Ich sehe, es geht Ihnen besser, Miss Taverner. Darf ich vorschlagen, Sir, daß es ratsam für Sie wäre, in den Salon zurückzukehren? Sie brauchen keine Bedenken zu haben, Miss Taverner in meiner Obhut zu lassen.»

Der Regent war völlig bereit, diesem Rat zu folgen, obwohl er vielleicht die Art etwas übelnahm, in der er gegeben wurde. Er bat Miss Taverner, nicht daran zu denken, den Salon zu verlassen, solange sie sich nicht ganz erholt hatte, versicherte ihr, daß er die Unannehmlichkeit, die sie ihm bereitet hatte, nicht übelnehme, und ging durch die Tür, die Worth für ihn offenhielt, in die Chinesische Galerie hinaus. Der Earl schloß die Tür hinter ihm und kam an Miss Taverners Seite zurück. Er zwang sie, etwas von dem Wein zu trinken, den er ihr gebracht hatte. Die Erleichterung, die sie empfunden, als sie ihn zuerst erblickt hatte, wich nun dem demütigenden Gefühl, daß er sie in einer so kompromittierenden Situation angetroffen hatte. Sie sagte mit Mühe: «Ich wußte nicht, daß Sie im Pavillon sind. Sie müssen sich wundern, daß Sie mich in diesem Raum antreffen, vermute ich, aber –»

«Miss Taverner, wie kommen Sie dazu, so etwas zu tun?» unterbrach er sie. «Ich betrat den Großen Salon, um Brummells Mitteilung zu hören, daß Sie mit dem Regenten davongeschlüpft seien. Ich ging sofort hierher, um einem so ungehörigen Tête-à-tête ein Ende zu setzen, und fand Sie in Ohnmacht sinkend in den Armen des Regenten. Sie werden mir jetzt bitte auf der Stelle sagen, was das bedeutet! Was hat sich in diesem Zimmer abgespielt?»

«Oh, nichts, nichts, auf meine Ehre!» sagte sie unglücklich. «Es war die Hitze, nur die Hitze!»

«Warum sind Sie hier?» verlangte er zu wissen. «Was konnten Sie vorgehabt haben, um sich mit dem Regenten abzusondern? Daß Sie Ihrem Ruf gegenüber achtlos sind, weiß ich, aber ich hätte es nicht für möglich gehalten, daß Sie sich derart unklug betragen könnten!»

Gekränkt antwortete sie: «Was hätte ich denn tun sollen, als mitzugehen, wenn er derart darauf drängte? Was sollte ich sagen? Mrs. Scattergood war im Spielzimmer; Sie waren nicht da. Wie konnte ich wissen, was ich tun oder sagen sollte, wenn niemand Geringerer als der Prinzregent persönlich meine Gesellschaft wünschte? Diese Vorwürfe können Sie sich sparen! Sie kennen die Umstände nicht. Sagen Sie nichts weiter. Halten Sie mich, für was immer Sie wollen – es liegt mir wirklich nichts daran!»

«Nein», sagte der Earl sehr empört, «dessen zumindest bin ich mir sehr bewußt! Aber solange ich noch gesetzliche Gewalt über Sie habe, muß und werde ich ein solches Benehmen tadeln.»

Es gelang ihr, aufzustehen, obwohl ihr die Knie noch immer zitterten.

«Es hat keinen Sinn, weiter darüber zu reden. Sie sind entschlossen, mich zu verachten.»

Einen Augenblick herrschte Stille. «Ich, und entschlossen, Sie zu verachten!» sagte der Earl in geändertem Ton. «Was für ein Unsinn ist denn das?»

«Ich habe nicht vergessen, was Sie mir an jenem Tag sagten – in Cuckfield.»

«Meinen Sie, ich hätte jenen Tag vergessen?» sagte der Earl streng. «Ich versichere Ihnen, Ihre Meinung über mich, die Sie so freimütig zum Ausdruck brachten, dürfte aus meinem Gedächtnis wohl kaum gelöscht werden.»

Sie entdeckte zu ihrer Bestürzung, daß ihr Tränen über die Wangen liefen. Sie wandte das Gesicht ab und sagte in einem gebrochenen Flüstern: «Mein Wagen – Mrs. Scattergood – ich muß heimfahren!»

«Mrs. Scattergood wird eine Botschaft überbracht werden, wenn Sie das Spielzimmer verläßt», sagte er. «Ich bringe Sie heim, sobald Sie sich genügend erholt haben.» Er schwieg und fügte dann hinzu: «Sie dürfen nicht weinen, Clorinda. Das ist ein schlimmerer Vorwurf für mich als alles, was ich Ihnen vorzuwerfen hätte.»

«Ich weine ja nicht», erwiderte Miss Taverner und tastete in ihrem Retikül nach ihrem Taschentuch. «Es ist nur, weil ich Kopfschmerzen habe.»

«Ich verstehe», sagte der Earl.

Miss Taverner trocknete die Tränen und sagte heiser: «Es tut mir leid, daß Sie das lästige Amt haben, mich heimzubringen. Ich bin bereit. Wenn man doch nur Mrs. Scattergood holen könnte –»

«Mrs. Scattergood vom Kartentisch wegzuholen, würde genau die Neugierde der Öffentlichkeit erregen, die ich zu vermeiden trachte», antwortete er. «Schauen Sie doch – Ihr Mißtrauen gegen mich kann sicher nicht so groß sein, daß Sie mir nicht erlauben werden, Sie in Ihrem eigenen Wagen einige hundert Meter weit zu bringen.»

Daraufhin hob sie den Kopf. «Wenn ich das an jenem hassenswerten Tag wirklich gesagt haben sollte, dann bitte ich um Verzeihung», sagte sie. «Sie haben mir nie – würden mir vermutlich nie die geringste Ursache geben, Ihnen nicht zu vertrauen.» Sie sah den finsteren Blick in seinen Augen und wunderte sich darüber. «Sie sind noch immer böse. Sie glauben mir nicht, wenn ich sage, daß es mir leid tut.»

Er streckte rasch die Hand aus. «Mein liebes Kind! Natürlich glaube ich Ihnen. Wenn ich böse dreinsah, müssen Sie den Umständen schuld geben, die mich gezwungen haben –» Er brach ab und lächelte sie an. «Wollen wir den Tag in Cuckfield vergessen?»

«Bitte ja», flüsterte Miss Taverner. «Ich bin mir bewußt – war mir fast von Anfang an bewußt –, daß ich nicht von London hätte selbst kutschieren sollen.»

«Miss Taverner», sagte er, «ich bin ernstlich beunruhigt. Sind Sie sicher, daß Sie wieder bei Sinnen sind?»

Sie lächelte, schüttelte jedoch den Kopf. «Ich bin nicht genügend bei Sinnen, um heute abend mit Ihnen zu streiten, sosehr Sie mich auch dazu reizen wollen.»

«Arme Clorinda! Ich verspreche, ich werde Sie nicht mehr herausfordern», sagte er, zog ihre Hand durch seinen Arm, führte sie zur Tür in die Chinesische Galerie und zu ihrem Wagen hinaus.

21

Mr. Brummell, der sich am Morgen nach der Gesellschaft im Pavillon entschlossen hatte, von seiner Wohnung an der Steyne zum Haus des Earl of Worth hinüberzuschlendern, setzte die Pekinger Konfektdose aus rotem Lack mit zärtlicher Vorsicht auf den Tisch und seufzte. «Ja», sagte er. «Ich neige dazu, die Meinung zu wagen, daß sie echt ist. Ch'ien Lung. Ich bitte dich sehr, entferne sie mir aus den Augen.»

Der Earl stellte das Kästchen auf seinen Platz im Sammlerschrank zurück.

«Ich fand sie ausgerechnet und unwahrscheinlicherweise in Lewes. Charles will nicht zugeben, daß sie eine Guinee wert ist.»

«Charles' Meinung über antike Lackwaren ist mir äußerst gleichgültig», sagte Brummell. Er kreuzte die wunderschön mit blaß bisquitfarbenen Hosen bekleideten Beine, lehnte den Kopf gegen die Stuhllehne und sah lässig zu Worth auf. «Nun, ich habe den Großen Mann besucht», sagte er. «Wisse denn – du bist völlig in Ungnade gefallen.»

Der Earl lachte kurz auf. «Ja, bis er mein Urteil über ein Pferd oder eine Tabaksorte haben will. Bist du gekommen, um mir das zu erzählen?»

«Keineswegs. Ich bin gekommen, um dir zu erzählen, daß er sich eine Erkältung zugezogen hat, für die er anscheinend dich verantwortlich macht.»

«Ich kann nur sagen, hoffentlich erweist sie sich als tödlich», entwortete der Earl.

«Er scheint es für wahrscheinlich zu halten», sagte Brummell. «Ich habe ihn verlassen, als er sich eben zur Ader lassen wollte. Ich bin nicht unvernünftig. Wenn er Aderlassen gern zu seinem Steckenpferd machen will, ist das ausschließlich seine Sache; aber er war beklagenswerterweise geschmacklos genug, mir zu erzählen, wieviel Blut er sich in den letzten dreißig Jahren nehmen ließ. Weißt du, es wird darauf hinauslaufen, daß ich ihn leider fallenlassen muß. Ich denke allmählich, daß ich einen großen Fehler gemacht habe, ihn überhaupt in Mode gebracht zu haben.»

«Er schlägt dir ja wirklich nicht zum Ruhm an», bemerkte der Earl mit dem Schimmer eines Lächelns.

«Im Gegenteil, er trägt sehr zu meinem Ruhm bei», sagte Brummell. «Du dürftest vergessen haben, wie er aussah, bevor ich mich um ihn angenommen habe. Er pflegte im Freien mit flitterbesetztem grünem Samt herumzustolzieren. Was mich daran erinnert – du wirst es gern hören –, daß ich ihn an deiner Stelle gestraft habe, als du gestern abend gegangen warst. Er fragte mich doch tatsächlich um meine Meinung über den Rock, den er trug.» Er inhalierte eine Prise Schnupftabak und stäubte sich elegant die Finger ab. «Ich meinte schon, er würde in Tränen ausbrechen», fügte er nachdenklich hinzu.

In diesem Augenblick wurde die Tür schnell aufgestoßen, und Captain Audley kam herein. Er sah nur seinen Bruder an und sagte ohne Einleitung: «Bist du frei, Julian? Miss Taverner ist hier und wünscht dich zu sehen – in einer sehr ernsten, sehr wichtigen Angelegenheit.»

Der Earl drehte sich um, und einen Augenblick trafen sich ihre Blicke. «Miss Taverner wünscht mich zu sehen?» wiederholte der Earl mit einem leicht überraschten Ton in der Stimme.

«Dringend», sagte Captain Audley.

«Dann führe sie, bitte, herein», sagte der Earl ruhig. Er ging zur Tür. «Meine liebe Miss Taverner, wollen Sie nicht hereinkommen? Ich weiß nicht, was sich Charles dabei dachte, daß er Sie in der Halle stehenließ.»

Judith kam schnell auf ihn zu. Sie war in ihrem Sportanzug und ungewöhnlich blaß. «Lord Worth, Perry ist etwas zugestoßen!» sagte sie. «Ich bin sofort zu Ihnen gekommen.»

Er zog sie in den Salon herein und schloß die Tür hinter ihr. «Wirklich? Es tut mir äußerst leid, das zu hören. Was ist es? Hat er sein Karriol umgeworfen?»

Ihre Augen blieben auf Brummell haften, der bei ihrem Eintritt aufgestanden war und sie mit einem Ausdruck höflicher Anteilnahme betrachtete. «Ich bitte um Entschuldigung. Ich dachte, Sie seien allein. Sie müssen verzeihen, daß ich so unvermittelt bei Ihnen einbreche, aber ich weiß kaum, was ich tun soll. Ich habe soeben erfahren, daß Perry gestern nicht nach Worthing fuhr!»

Der Earl hob die Brauen. «Von wem haben Sie es erfahren? Sind Sie ganz sicher?»

«O ja, es kann kein Irrtum sein. Ich habe mit Lady Fairford gesprochen. Sie und Miss Fairford sind nach Brighton gekommen, um einige

Besorgungen zu machen. Ich fuhr durch die East Street. Als ich sie erblickte, blieb ich stehen, und bevor ich etwas sagen konnte, fragte mich Lady Fairford, ob Peregrine unpäßlich sei, weil er seine Verabredung mit den Fairfords gestern nicht eingehalten hat.» Sie schwieg und hob die Hand an die Wange. «Vielleicht glauben Sie, daß ich unnötig beunruhigt bin – es kann ein Dutzend einfache Erklärungen dafür geben. Das sage ich mir selbst, aber – ich kann es nicht glauben. Lord Worth, Perry verließ mich gestern nachmittag, und er ist nicht zurückgekommen.»

Eine der beweglichen Brauen Mr. Brummells ging in die Höhe. Er blickte von Worth zu Charles Audley, sagte jedoch nichts.

Der Earl zog einen Stuhl herbei. «Ja, ich glaube, es kann mehrere Erklärungen geben», sagte er. «Wollen Sie sich nicht setzen? Charles, biete Miss Taverner ein Glas Wein an.»

Sie lehnte mit einer Geste ab. «Danke, danke, ich mag nichts. Was für eine Erklärung kann es geben? Alles, woran ich denken kann, ist, daß er irgendeinen Unfall hatte, aber selbst das stimmt nicht, denn wie ist es möglich, daß ich jetzt nicht schon davon gehört hätte? Er war nicht allein – sein Stallbursche war mit. Lord Worth, was ist Perry zugestoßen?»

«Ich kann diese Frage leider nicht beantworten», erwiderte der Earl. «Da er aber von seinem Stallburschen begleitet wurde, kann man fast mit Sicherheit annehmen, daß er keinen Unfall hatte. Die wahrscheinlichere Erklärung ist die, daß er zu einem Hahnenkampf oder etwas dergleichen gefahren ist und nicht wünschte, daß Sie es erfahren.»

«Oh», sagte sie eifrig, «glauben Sie, daß es so sein könnte? Er hätte es nämlich wirklich lieber, wenn ich so etwas nicht erführe. Aber die Fairfords – er sollte sie zu einer Unterhaltung begleiten – o nein, er hätte sich nicht so fest verabredet, wenn er nicht vorgehabt hätte, sie einzuhalten!»

«Nun, nehmen wir an, er hatte vor, sie einzuhalten», sagte der Earl. «Soweit ich ihn kenne, kann ich mir nicht vorstellen, daß es irgendeinem Bekannten von ihm schwerfallen würde, ihn zu überreden, wenn er sich im letzten Augenblick einen Boxkampf oder Hahnenkampf ansehen wollte.»

«Nein, vielleicht wirklich nicht», räumte sie zweifelnd ein. «Aber wäre er dann nicht jetzt schon zurück?»

«Anscheinend nein», sagte der Earl.

Die sachliche Art, in der er sprach, übte ihre Wirkung auf sie aus. Sie versuchte zu lächeln und sagte leicht errötend: «Sie lassen meine Ängste lächerlich erscheinen. Natürlich muß so etwas vorgefallen sein. Zehn zu eins gewettet finde ich ihn zu Hause vor, wenn ich heimkomme. Nur – Lord Worth, glauben Sie das wirklich? Sie sehen keinen Grund zu Besorgnis?»

«Jetzt jedenfalls noch nicht», antwortete er. «Wenn Sie bis zum Abendessen keine Nachricht von ihm haben, benachrichtigen Sie mich, und ich komme hinüber, um zu besprechen, was am besten geschehen soll. Inzwischen werde ich auf der Straße nach Worthing Erkundigungen einziehen. Ich glaube, an Ihrer Stelle würde ich die Sache niemandem gegenüber erwähnen. Sollte Peregrine zurückkehren und entdecken, daß die ganze Stadt von seiner Eskapade spricht, wäre er nicht gerade erfreut.»

«Sie haben ganz recht. Ich werde nichts sagen. Natürlich muß es irgendeinen ganz einfachen Grund für sein Verschwinden geben.» Sie stand auf. «Ich darf mich nicht aufhalten. Mrs. Scattergood wird sich schon fragen, was aus mir geworden ist.»

Captain Audley, der sich ans Fenster zurückgezogen hatte, trat vor. «Sie werden mir erlauben, Sie zu begleiten?» sagte er.

Sie lächelte. «Ja, wirklich, ich würde mich freuen. Bestimmt finden wir trotz allem Perry an der Marine Parade vor. Mr. Brummell, ich wollte, Sie wären nicht hiergewesen, denn ich bin mir bewußt, wie ich in Ihrer Achtung gesunken sein muß. Sie haben mir einmal gesagt, ich solle nie Erregung verraten, und hier stehe ich, auf dem besten Weg, hysterisch zu werden. Nein, nein, kommen Sie nicht mit hinaus, Lord Worth! Ich bin in Captain Audleys Obhut.»

Der Earl begleitete sie trotzdem zu ihrem Phaeton, half ihr hinauf und sah ihr nach. Als er in den Salon zurückkam, traf er Mr. Brummell dort an, wo er ihn verlassen hatte, ein Glas Madeira schlürfend. Mr. Brummell sagte in seiner nachdenklichen Art: «Es fällt mir ein, Julian, daß zwar ich vielleicht nicht so gut informiert sein mag, aber die Neuigkeit von einem Boxkampf, der im Bezirk ausgefochten wird, zumindest dir zu Ohren gekommen sein müßte.»

«Sollte man meinen», erwiderte der Earl kurz.

Mr. Brummell sah ihn über den Rand des Glases hinweg an. «Nun ja, weißt du, ich glaube schon», sagte er. «Der Hahnenkampf war eine bessere Idee, und wenn du mit ihr zufrieden bist, wäre es albern von mir, zu nörgeln.»

«Ich bin nicht im geringsten mit ihr zufrieden», sagte der Earl. «Aber irgend etwas mußte gesagt werden. Wenn du irgendeinen Vorschlag zu machen hast, werde ich ihn mir gern anhören. Woran denkst du, George?»

«Wer», fragte Mr. Brummel, «erbt Peregrines Vermögen?»

«Zum größten Teil seine Schwester.»

Mr. Brummell schüttelte den Kopf. «Ich kann mir nicht denken, daß Miss Taverner sich der Ungehörigkeit schuldig machen würde, ihren Bruder zu ermorden.»

Der Earl goß sich ein Glas Wein ein und kostete ihn, bevor er antwortete. «Mord, George, ist ein sehr starkes Wort», sagte er. «Es waren auch ein Stallbursche und ein Tilbury und ein Paar Pferde vorhanden.»

«Stimmt», sagte Brummell, «dennoch bin ich der Meinung, daß ein einfallsreicher Mensch – in der Not – ein Mittel finden kann, einen Stallburschen, einen Tilbury und sogar ein Paar Pferde loszuwerden.»

«Das ist eine Möglichkeit, an die auch ich schon gedacht habe. Es ist jedoch keine, die ich Miss Taverner vorzusetzen beabsichtige.»

Mr. Brummell stellte sein Glas nieder und öffnete wieder seine Tabaksdose. «Wie viele Jahre kenne ich dich schon, Julian?» erkundigte er sich.

«Genau achtzehn», antwortete der Earl katastrophal prompt.

«Unsinn!» sagte Brummell sehr erschrocken. «So lange ist das bestimmt noch nicht her, daß ich in das Regiment eintrat?»

«Es wurde im Juni 1794 im Amtsblatt bekanntgegeben, daß du in das 10. Husarenregiment eingetreten bist, und du hast uns 1798 verlassen – als das Regiment nach Manchester verlegt wurde», sagte der Earl unerbittlich.

«An das erinnere ich mich», gab Brummell zu. «Aber wie entsetzlich! Dann muß ich ja vierunddreißig oder fünfunddreißig sein!»

«Vierunddreißig», sagte der Earl.

«Mein lieber Julian, ich bitte dich, erwähne es niemandem gegenüber», sagte Brummell ernst.

«Werde ich nicht. Was wolltest du eigentlich sagen?»

«Oh, bloß, daß ich dich in all den Jahren, die ich dich kenne, immer für einen Mann von beträchtlichem Einfallsreichtum gehalten habe», sagte Brummell.

«Ich bin dir sehr verbunden», sagte der Earl. «Du brauchst nur noch hinzuzufügen, daß der beharrlichste Bewerber um die Hand Miss Taverners ein gewisser Charles Audley ist, und wir werden einander ziemlich gut verstehen.»

«Aber ich kenne dich seit achtzehn Jahren», wandte Brummell ein. «Und mir kommt vor, daß ich einen anderen beharrlichen Bewerber gesehen habe – einen sehr höflichen Herrn, der, glaube ich, ein Vetter ist.»

«Der Sohn Admiral Taverners», sagte der Earl kurz.

Brummell nickte. «Ja, ich traf den Admiral einmal in der Brook Street. Das ist ein Bursche, der seinen Teller zweimal um Suppe hinaufschicken würde. Ich bin völlig bereit, jeden Sohn von ihm zu verdächtigen.»

«Ja», sagte der Earl. «Ich stelle mir vor, daß der Verdacht auf Mr. Bernard Taverner zielen wird, falls man nichts von Peregrine hört. Das wäre ein Pech für Mr. Bernard Taverner.»

«Soviel ich verstehe», bemerkte Brummell, «ist der in Frage stehende Herr kein Freund von dir.»

«So wenig mein Freund», antwortete der Earl, «daß ich gestehe, ich wäre nicht überrascht, wenn er nicht sofort herumerzählte, ich sei es gewesen, der Peregrine und seinen Stallburschen, seinen Tilbury und seine Pferde verschwinden ließ.»

«Was absurd ist», sagte Brummell.

«Was», sagte der Earl zustimmend, «natürlich absurd ist, mein lieber George.»

An der Marine Parade verbrachte Miss Taverner einen unbehaglichen

Tag. Sie lief bei dem geringsten Geräusch von Kutschenrädern, die vor dem Haus anhielten, zum Fenster und versuchte sich irgendeinen guten Grund für Peregrines ausgedehnte Abwesenheit auszudenken. Während Mrs. Scattergood ihr Bestes tat, sie zu beruhigen, war zu erkennen, daß auch sie sehr in Sorge war, und als um sechs Uhr abends noch immer kein Zeichen von Peregrine gekommen war, war sie es, und nicht Miss Taverner, die einen Lakai mit einem dringenden Brief für den Earl of Worth zur Steyne sandte. Er kam sofort und wurde in den Salon geführt, wo beide Damen ihn erwarteten. Miss Taverner sah blaß aus und begrüßte ihn mit einem ziemlich matten Lächeln. «Er ist nicht zurückgekommen», sagte sie und versuchte, ruhig zu sprechen.

«Nein, das hörte ich», antwortete er. «Und Sie haben ihn, wie ich sehe, schon seit einer Stunde und länger tot vor sich gesehen.»

Seine Kühle hatte, obwohl sie für einen Mangel an Empfindsamkeit sprechen mochte, immer die Macht, jede ungewöhnliche Nervenüberreizung bei Miss Taverner zu besänftigen. Sie hatte Perry für tot gehalten, spürte aber sofort, daß solche Befürchtungen unsinnig waren. Mrs. Scattergood rief jedoch heftig erschauernd aus: «Wie kannst du so etwas sagen? Wenn es das ist, was du glaubst –»

«Nein, es ist das, was Miss Taverner glaubt», antwortete er. «Habe ich recht, mein Mündel?»

«Lord Worth, was soll ich denken? Er ist verschwunden. Mehr weiß ich nicht.»

«Sie täten gut daran, sich nicht mehr vorzustellen», sagte er. «Ihr Bruder ist ein äußerst sorgloser junger Mann, aber weil es ihm gefallen hat, zu irgendeinem Abenteuer davonzuschlüpfen, ohne es jemanden wissen zu lassen, ist das noch kein Grund zur Verzweiflung.»

«Das stimmt nicht», sagte sie. «Sie wissen am besten, wieviel Grund ich habe, das Schlimmste zu fürchten. Den ganzen Tag habe ich an dieses Duell gedacht, an den Versuch, ihn am Finchley Common zu erschießen – selbst seine Krankheit in Ihrem Haus. Haben Sie das alles vergessen?»

«Nein», erwiderte er. «Ich habe es nicht vergessen. Ich fahre heute abend nach London. An der Straße nach Worthing kann ich nichts über ihn erfahren. Sie müssen versuchen, mir zu vertrauen, Miss Taverner. Ich wünsche, daß Sie inzwischen in Brighton bleiben und womöglich Ihren gewohnten Tagesablauf fortsetzen. Solange wir keine genaueren Informationen haben, wäre es unerwünscht, eine öffentliche Aufregung zu verursachen. Je weniger Leute von Peregrines Verschwinden wissen, um so besser.»

«Ich habe niemandem als meinem Vetter davon erzählt», sagte sie. «Dagegen können Sie nichts einzuwenden haben.»

«Durchaus nichts», sagte er mit einem grimmigen kleinen Lächeln. «Ich wäre sogar interessiert zu hören, wie er die Nachricht aufnahm.»

«Mit einer Besorgnis, die ihm mehr Ehre machte, als Ihnen Ihr Hohn, Lord Worth!» gab sie hitzig zurück.

«Das glaube ich gern. Haben Sie sich je gefragt, Miss Taverner, wer an Peregrines Tod am meisten interessiert wäre?»

«Verwende dieses gräßliche Wort nicht!» flehte Mrs. Scattergood. «Nicht daß ich dächte, du hättest unrecht. Ich mochte den Mann nie!»

Miss Taverner stand schnell auf und stützte sich mit einer Hand auf den Tisch, die Augen auf den Earl geheftet. «Ihr vergeßt beide, glaube ich, daß ihr von einem Mann sprecht, der eng mit mir verwandt ist; von einem Mann außerdem, der sich mein Vertrauen in einer Art verdient hat, die es für immer ausschließen muß, mein Ohr solchen Verdächtigungen zu leihen. Hätte mein Vetter Peregrine umbringen wollen, dann hätte er dessen Duell mit Farnaby im vergangenen Jahr nicht abbrechen lassen.»

«Das habe ich wirklich vergessen», stimmte ihr der Earl zu.

«Sie vielleicht, ich aber werde es nie vergessen. Mr. Bernard Taverner hat nichts mit Perrys Verschwinden zu tun. Er aß mit Freunden zu Abend und war bis nach Mitternacht mit ihnen beisammen.»

«Und war es nicht Mr. Bernard Taverner, der vor kurzem einen seiner eigenen Diener in Ihren Haushalt eingeführt hat – einen Diener, der, durch den seltsamsten Zufall, in diesem Augenblick ebenfalls vermißt wird?» erkundigte sich der Earl.

Mrs. Scattergood kreischte laut auf. «Gottes Barmherzigkeit, das hat er! O Himmel, was wird aus uns? Ich werde heute nacht kein Auge zutun!»

«Lord Worth, Sie sollen keine derartigen Anspielungen machen!» sagte Miss Taverner. «Wenn Peregrine überwältigt wurde, dann muß das auch Tyler widerfahren sein.»

«Miss Taverner, Sie haben gesagt, Sie fürchten, Peregrine sei irgendeine Büberei widerfahren. Wenn Ihr Vetter über jeden Verdacht erhaben sein soll, wen wollen Sie dann als Ihren Schurken wählen? Da Charles nur einen Arm hat, fürchte ich, kommt er nicht in Frage. Es bleibe dann also noch ich.»

Sie senkte die Augen. «Sie haben nicht recht. Es gibt noch einen», sagte sie leise. «Ich habe – immer an ihn gedacht, obwohl sich jedes Gefühl bei einem solchen Gedanken empören muß! Aber mein Vater traute ihm nicht. Das geht mir nicht aus dem Kopf.»

«Spielen Sie auf Ihren Onkel an?» fragte der Earl. Sie nickte. «Ich verstehe. Während Ihr Vetter untadelig bleiben soll. Das erscheint mir nicht sehr wahrscheinlich, aber die Zeit wird es zeigen. Ich hoffe, imstande zu sein, Ihnen in ein, zwei Tagen sicherere Nachrichten senden zu können. Bis dahin kann ich Ihnen nur raten, mit so viel Geduld zu warten, wie Sie nur aufbringen können.»

«Was willst du in London unternehmen?» fragte Mrs. Scattergood. «Glaubst du, daß Perry dorthin gefahren ist?»

«Ich habe keine Ahnung», erwiderte der Earl. «Ich hoffe, daß mir die Detektive der Bow Street helfen können, es herauszufinden.» Er streckte die Hand aus, und Miss Taverner legte die ihre hinein. «Leben

Sie wohl», sagte er kurz. «Bleiben Sie mutig, Clorinda.» Er verbeugte sich und war im nächsten Augenblick gegangen.

«Wie hat er dich da genannt?» fragte Mrs. Scattergood, für einen Augenblick abgelenkt.

«Nichts», sagte Miss Taverner errötend. «Nur ein Witz.»

Sie sah ihren Vetter am nächsten Morgen, als er vorsprach, um sich zu erkundigen, ob man etwas von Peregrine gehört hätte. Sie unterrichtete ihn von Worths Reise nach London und bat ihn, Peregrines Abwesenheit niemandem gegenüber zu erwähnen. Er sagte schnell: «Ich werde von Ihren Angelegenheiten bestimmt nicht ohne Erlaubnis sprechen – aber warum wünschen Sie so ausdrücklich, daß ich schweige? Ist das Lord Worths Werk?»

«Er hält es für vorteilhaft, nichts darüber zu verbreiten. Vermutlich hat er recht. Ich muß mich von ihm leiten lassen.»

Er machte eine Runde durch das Zimmer und sagte gleich darauf etwas zurückhaltend: «Ich bin mir bewußt, daß ich nicht zu kritisieren habe. Aber was für einen Grund kann er für den Wunsch haben, Perrys Verschwinden geheimzuhalten? Sie erzählen mir, daß er zur Bow Street gegangen ist; das wäre tatsächlich gut getan – wenn man ihm glauben darf. Sie sollen nichts tun, keine Erkundigungen einleiten – es soll alles nur ihm überlassen bleiben. Weiß er, daß ich in dieses Geheimnis eingeweiht bin?»

«Ja», sagte sie, «sicherlich weiß er es.»

Er sah sie eindringlich an. «Ach, ich verstehe! Ich bin verdächtig.»

«Nicht bei mir», antwortete sie.

«Nein», sagte er mit einem kleinen Lächeln, «aber bei ihm. Wenn Perry etwas zugestoßen ist – was Gott verhüten möge! –, wird Worth sein Äußerstes tun, es mir zuzuschieben. Allein die Tatsache, daß ich Tyler an Perry empfohlen habe, gibt ihm eine Waffe, obwohl ich es gerade tat, um dieses Ereignis abzuwehren.»

«Sie haben es getan, um es abzuwehren – Sie haben ihn bei Perry untergebracht, um meinen Bruder zu schützen?»

«Ja, um ihn zu behüten. Ich hatte alle diese Wochen hindurch ein unbehagliches Gefühl. Judith, wer hat Hinkson in Perrys Dienst gebracht?»

«Hinkson? Aber niemand! Perry brauchte einen Stallburschen; Hinkson hat sich um den Posten beworben. Mehr weiß ich nicht, Vetter.»

«Ich auch nicht, aber ich meine schon seit langem, daß er in Worths Sold steht.»

«Was für einen Grund haben Sie, so etwas zu sagen? Das kann ich nicht glauben!»

«Der Mann war nie im Leben Stallbursche. Das ist ein Teil meines Grundes. Im übrigen – können Sie mir sagen, warum man Perrys Stallburschen in Worths Haus gehen sieht? Ich habe das selbst beobachtet.»

Sie war erschrocken, aber nach einem Augenblick der Überlegung vermochte sie sehr vernünftig zu sagen: «Wenn ich Grund hatte, Lord

Worth eine Botschaft zu schicken, wurde sehr oft Hinkson damit beauftragt. Ich kann nicht zulassen, daß Sie annehmen, er werde von Worth bezahlt, nur weil Sie ihn hingehen gesehen haben.»

«Wo war Hinkson gestern, als Perry nach Worthing abfuhr?»

«Er war in irgendeinem Wirtshaus – ich kann Ihnen nicht sagen, wo. Er war betrunken.»

«Oder er wollte, daß man dachte, er sei betrunken. Noch eine Frage, und ich bin fertig. Wo war Lord Worth gestern abend?»

«Im Pavillon», antwortete sie sofort. «Ich wurde – ich wurde dort ohnmächtig, und er brachte mich heim.»

«Er war den ganzen Abend dort?»

«Nein», sagte sie langsam, «er kam spät.»

Er stand stirnrunzelnd vor ihr. «Judith, ich habe keinen Beweis, und ich will auch keine Beschuldigungen erheben, die durchaus unbegründet sein können, aber ich sage Ihnen offen, ich bin zutiefst überzeugt, daß Worth von dieser Angelegenheit mehr weiß, als er sagt.»

Sie stand hastig auf. «Oh, ich kann es nicht ertragen!» rief sie. «Ist es nicht genug, daß ich fast verrückt vor Angst um Perry bin? Muß ich auch noch durch solche Verdächtigungen gequält werden? Ich wollte nicht auf Worth hören, als er mich vor Ihnen warnte, und ich will jetzt Ihnen nicht zuhören! Bitte, verlassen Sie mich! Ich bin nicht in der Verfassung, mit Ihnen oder sonst jemandem zu reden.»

«Verzeihen Sie mir!» sagte er. «Ich hätte Sie nicht mit meinen Verdächtigungen quälen sollen. Vergessen Sie, was ich gesagt habe. Ich will alles tun, was in meiner Macht liegt, um Ihnen bei dieser Suche zu helfen. Sie in solcher Verzweiflung zu sehen –» Er unterbrach sich, fing ihre Hand in der seinen ein und hielt sie sehr fest. «Wenn ich Ihnen nur diese Angst hätte ersparen können! Es ist eine verfluchte Angelegenheit!» Er sprach mit echtem Gefühl; seine Miene und sein Gesicht zeigten, daß er stark bewegt war. Er drückte ihre Hand einen Moment an die Lippen, und mit einem letzten vielsagenden Blick ging er schnell aus dem Zimmer.

Er ließ sie wirklich tief unglücklich zurück. Sie wußte nicht, was sie glauben, noch wem sie vertrauen sollte, und als der Vormittag fortschritt und keine Nachrichten von Peregrine kamen, wurde sie immer bedrückter, bis sie entdeckte, daß sie selbst Mrs. Scattergood zweifelnd ansah. Mrs. Scattergood tat, was sie konnte, um sie dazu zu bewegen, mit ihr auszugehen, aber Judith fühlte sich dem nicht gewachsen und bat so ernst, allein gelassen zu werden, daß die gute Dame es für das klügste hielt, ihr nachzugeben, und allein ausging, um auf den Borden der Leihbücherei irgendeine neue Veröffentlichung zu finden, die genügend fesselnd war, um selbst den geplagtesten Geist abzulenken.

Sie war noch keine zehn Minuten fort, als Sir Geoffrey Fairfords Visitenkarte zu Miss Taverner heraufgebracht wurde, die sich in ihrem Schlafzimmer hingelegt hatte. Ihre Gefühle, als sie sie las, waren pure Dankbarkeit, denn zumindest auf Sir Geoffreys Rechtschaffenheit konnte sie sich unbedingt verlassen. Sie stand auf, ordnete mit zitternden Fingern ihr Haar und zupfte ihr Kleid zurecht. Fünf Minuten später war sie im Salon, umklammerte beide Hände Sir Geoffreys mit einem so von Herzen kommenden erleichterten Blick, daß der Umstand ihrer an sich erst flüchtigen Bekanntschaft vergesssn wurde. Sir Geoffrey zog sie zum Sofa, zwang sie, sich zu setzen und befahl ihr, als wäre sie seine eigene Tochter, ihn in Kenntnis aller Tatsachen zu setzen.

Er war auf dem Weg nach London, um Lord Worth aufzusuchen, wollte aber nicht eher hinfahren, bis er zuerst Judith besucht und von ihr erfahren hatte, ob irgendwelche Nachrichten über Peregrine gekommen waren. Sie war ihm wirklich dankbar. Wenn er es zu seiner Sache machte, sich der Suche nach Peregrine anzuschließen, dann konnte sie sicher sein, daß alles nur Mögliche getan wurde. Sie erzählte ihm, so konzentriert sie nur konnte, was sie wußte, und hatte den Trost zu erfahren, daß er, obwohl er den Fall für ungewöhnlich hielt, doch nicht das Gefühl hatte, daß er verzweifelt lag. Sein Urteil war ruhig, seine Ansichten so sehr die eines Mannes von Vernunft und Erfahrung, daß man auf ihn hören mußte. Er war imstande, ihre schlimmsten Befürchtungen zu beschwichtigen, und als er gleich darauf ging, ließ er sie ziemlich gefaßt zurück, ja sogar voll Hoffnung auf einen glücklichen Ausgang.

Ein Besuch Captain Audleys half weiter, ihre Ruhe bis zu einem gewissen Grad wiederherzustellen. Er kam kurz nach Mrs. Scattergoods Heimkehr und entführte Miss Taverner auf eine Ausfahrt. Zuerst lehnte sie ab, ließ sich aber schließlich doch überreden.

«Miss Taverner», sagte er, «Sie wollen daheim Trübsal blasen und den abscheulichsten Einbildungen Ihrer Phantasie freien Lauf lassen. Gestehen Sie, Sie haben sich schon Kerker, unterirdische Gefängnisse, Hinterhalte vorgestellt – mit einem Wort, alle Schrecken, die auf den Seiten der besten Romane lauern. Aber so geht das nicht – wir leben im neunzehnten Jahrhundert, und statt Forderungen nach einem fabelhaften Lösegeld zu erhalten, dürften Sie viel wahrscheinlicher entdecken, daß Perry davongefahren ist, um irgendein Pferd zu kaufen, von dem er hörte, es sei in allen Gangarten so vollkommen, daß es einfach schrecklich wäre, die Chance eines guten Handels zu verpassen. Zehn zu eins gewettet, wird sich die Erklärung als etwas sehr Ähnliches herausstellen, und wenn Sie ihn schelten, weil er Ihnen eine solche Angst verursacht hat, wird er mächtig empört sein, von dem Brief erzählen, den er Ihnen durch die Post geschickt hat und den er dann in der Tasche seines Kutschiermantels finden wird.»

«Wenn ich das bloß glauben könnte!» seufzte sie.

«Ich versichere Ihnen, Sie werden entdecken, daß es so ist. Inzwischen aber habe ich strengsten Auftrag, nicht zuzulassen, daß Sie sich abquälen. Sie haben mich, bitte sehr, als Worths Stellvertreter zu betrachten, und in dieser Eigenschaft befehle ich Ihnen, Miss Taverner, Ihr Fahrkleid anzuziehen und mit mir zu kommen. Schauen Sie aus dem Fenster und sagen Sie mir, ob Sie so undankbar sein können, abzulehnen.»

Sie blickte wirklich hinaus und lächelte leicht, als sie sah, daß Worths Graue von einem Stallburschen auf und ab geführt wurden. «Zu jeder anderen Zeit wäre ich versucht gewesen», sagte sie, «aber heute –»

«Miss Taverner, wagen Sie sich meinem Bruder in dieser Art zu widersetzen?» fragte er. «Das kann ich nicht glauben!»

Mrs. Scattergood schloß sich seinem Drängen an. Miss Taverner gab nach und saß bald auf dem Kutschsitz des Karriols, die Zügel in ihren fähigen Händen. Captain Audley strengte sich an, sie abzulenken, und war abwechselnd kühn, drollig, witzig, vernünftig, aber keiner seiner Späße entlockten ihr einen so seelenvollen Blick, noch ein so ungezwungenes Lächeln, als sein Angebot bei der Rückkehr des Karriols vor dem Haus an der Marine Parade, sie nach London zu begleiten, sollte man in dieser Woche nichts von Peregrine gehört haben.

«Ich zweifle nicht daran, daß wir Nachricht bekommen», sagte er «aber wenn bis nächsten Donnerstag nichts kommt, verpflichte ich mich, mit Ihnen und Maria nach London zu fahren und Sie persönlich in die Bow Street zu führen.»

«Oh, würden Sie das wirklich tun?!» rief sie. «Hierbleiben zu müssen, nicht imstande sein, Zweckdienliches zu tun, nicht zu wissen, welche Schritte Lord Worth unternimmt – es ist unerträglich!»

«Sie haben mein Versprechen», sagte er. «Aber bis dahin versuchen Sie zu tun, wie Worth Ihnen geheißen hat. Seien Sie geduldig, setzen Sie die Zungen nicht in Bewegung, und stellen Sie sich nicht das Schlimmste vor.» Er half ihr absteigen, begleitete sie ins Haus und nickte dem Groom zu, auf den Kutschbock zu steigen. Seine Heiterkeit fiel von ihm ab, sowie sich die Tür hinter Miss Taverner geschlossen hatte. Als er zur Steyne zurückgefahren wurde, sah er so finster drein, daß es den Groom zu der Annahme verleitete, sein Arm müsse ihn sehr schmerzen.

Er aß allein zu Abend, ging aber nachher zu einem Bummel über die Steyne aus. Die mondäne Promenadenstunde dort war neun Uhr, und er war noch nicht weit gegangen, als er schon ein halbes Dutzend Bekannter getroffen hatte. Man erkundigte sich, wo Worth stecke, aber die Neuigkeit von Peregrines Verschwinden schien sich noch nicht herumgesprochen zu haben, und über Worths Reise nach London aus geschäftlichen Gründen wunderte sich niemand sehr. Captain Audley hatte gerade diese Erklärung der Abwesenheit seines Bruders zum fünftenmal gegeben, als er Mr. Bernard Taverner auf sich zukommen sah, offenkundig in der Absicht, ihn anzusprechen. Er verbeugte sich vor den beiden Damen, die Worths Abreise bedauerten, und ging auf Mr. Taverner zu.

«Ich freue mich über diese Möglichkeit, mit Ihnen zu sprechen», sagte Bernard Taverner. «Ich mag nicht ständig an der Marine Parade um Nachrichten vorsprechen. Hat man schon irgend etwas über meinen Vetter gehört?»

«Ich weiß nicht, was mein Bruder erfahren haben mag», erwiderte der Captain. «Ich jedenfalls habe noch nichts gehört.»

Mr. Taverner schritt neben ihm aus und sagte mit einer Miene ernster Überlegung: «Wie ich höre, hofft Ihr Bruder Neuigkeiten über ihn in London zu erfahren. Gibt es irgendeinen Grund anzunehmen, daß Peregrine dorthin gefahren sei?»

«Oh, Worth zieht mich leider nicht so weit ins Vertrauen, daß ich Ihnen darauf antworten könnte. Sie können sich jedoch darauf verlassen, daß er bestimmt genügend Grund hatte, nach London zu fahren. Mein Bruder, Mr. Taverner, ist keineswegs ein Narr.»

Mr. Taverner neigte den Kopf. «Sie wissen nicht, was für Pläne Lord Worth hat, um zu entdecken, was aus meinem Vetter geworden ist?»

«Nein, er fuhr in Eile weg und erzählte mir sehr wenig. Es tut mir leid: Ich bin überzeugt, Sie müssen sehr eifrig darauf aus sein, es zu wissen.»

«Ja», sagte Mr. Taverner. «Ich bin wirklich begierig, zu erfahren, daß die richtigen Maßnahmen getroffen werden.»

«Dessen können Sie sicher sein», erwiderte der Captain. «Aber wir sollten das nicht an einem so öffentlichen Ort wie hier erörtern. Ich war auf meinem Weg ins Schloßhotel. Wollen Sie mitkommen?»

Mr. Taverner stimmte zu und ging schweigend mit ihm zu dem Gasthof. Sie betraten den Schankraum, der Captain bestellte eine Flasche Wein und ging zu einem Tisch an der Wand voraus. «Ich kann Ihnen wirklich nichts erzählen, das Sie nicht bereits wüßten», sagte er. «Es ist eine höchst unerklärliche Angelegenheit, aber wenn es sich um eine Büberei gehandelt haben sollte, dann wette ich, daß Worth den Betreffenden dessen überführen wird.»

«Lord Worth hat also den Verdacht, daß etwas Bübisches dahintersteckt?»

«Nun, was soll man denn sonst davon halten?» fragte Captain Audley. «Sieht es nicht ganz danach aus?»

«Ja», sagte Mr. Taverner. «Ich glaube, ja, Captain Audley.»

«Aber bitte, kein Wort davon Miss Taverner gegenüber. Wissen Sie. sie ist ohnehin schon in großer Sorge.»

«Das ist nicht erstaunlich. Ihre Lage ist ja tatsächlich elend.»

Der Captain blickte ihn unter gesenkten Augenlidern hervor an. «Sie dürfen nicht glauben, daß sie vergessen ist, weil Worth Brighton verlassen hat», sagte er. «Ich habe die Absicht, sie am Donnerstag nach London zu begleiten, sollte man bis dahin nichts von Peregrine gehört haben.»

«Sie nach London begleiten! Zu welchem Zweck? Was kann sie dort schon nützen?» rief Mr. Taverner aus.

«Was das betrifft, nichts, glaube ich, aber Sie werden selbst hören, daß sie hinfahren will. Es ist verständlich.»

«Verständlich ja, aber ich bin überrascht, daß Lord Worth es erlaubt.»

Der Captain lächelte und ergriff die Weinflasche. «Wirklich?» sagte er. «Vielleicht hat mein Bruder auch dafür einen Grund.»

Er begann einzuschenken, aber seine linke Hand war noch immer nicht gewöhnt, die Arbeit der rechten zu verrichten, er verschüttete etwas von der Flüssigkeit und bespritzte seine tadellose Hose. Er sagte sehr ärgerlich: «Können Sie die einfachste Sache mit der linken Hand tun? Ich nicht, wie Sie sehen. Verdammt!» Er stellte die Flasche hin, zog heftig ein Taschentuch aus der Tasche und betupfte zornig den Fleck auf seinem Knie. Als er jedoch das Taschentuch herausgezogen hatte, war auch sonst noch etwas mit herausgerissen worden, das zwischen seinem und Taverners Stuhl zu Boden flatterte. Er blickte hinunter und machte eine schnelle Bewegung, um es aufzuheben.

Mr. Taverner aber war schneller. Seine Finger schlossen sich um das Papier gerade, als Captain Audley danach langte. Bernard Taverner sah es einen Augenblick an und hob dann die Augen zum Gesicht des Captains. «Muß ich Ihnen Glück wünschen, Captain Audley?» fragte er gemessen. «Ich hatte keine Ahnung, daß Sie ans Heiraten denken, da Sie jedoch eine Sondererlaubnis in der Tasche tragen, muß ich annehmen, daß der glückliche Tag unmittelbar bevorsteht.»

Der Captain nahm ihm das Dokument hastig weg und stopfte es wieder in die Tasche. «Himmel, nein!» sagte er leichthin. «Die ist nicht für mich, mein lieber Junge. Ein Freund von mir wird demnächst heiraten und hat mich beauftragt, die Erlaubnis zu besorgen, das ist alles!»

«Ich verstehe», sagte Mr. Taverner höflich.

22

Der Sonntag zog sich dahin, ohne Peregrines Schwester eine Nachricht von dem Vermißten zu bringen. Sie ging mit Mrs. Scattergood vormittags in die Kirche, und als sie nach dem Gottesdienst herauskam, wurde sie von ihrem Onkel angerufen, der auf einen Stock gestützt auf sie zugehumpelt kam. Sie hatte ihn seit der Zeit vor Peregrines Verschwinden nicht mehr gesehen, und ihr Mißtrauen gegen ihn war derart stark, daß es ihr schwerfiel, ihn mit der Achtung zu begrüßen, die ihre Verwandtschaft mit ihm ihr gebot. Er sah nicht gesund aus; seine üblicherweise roten Wangen hatten einen fahlen Stich, aber er schrieb alles seiner Gicht zu, die ihn in der vergangenen Woche ans Haus gefesselt hatte. Heute, sagte er zu seiner Nichte, sei sein erster Tag im Freien. Sie spürte einen starken Verdacht, weil er ihr das so ausdrücklich erzählte, zwang sich jedoch, weil sie die Aufmerksamkeit, die ihm gebührte, nicht außer acht lassen wollte, sich zu erkundigen, ob er schon die heißen Quellen versucht habe. Das hatte er, ohne jedoch viel Nutzen daraus gezogen zu haben. Es war offenkundig, daß er seine Gesundheit nicht zum Gegenstand des Gesprächs machen wollte; er bat seine Nichte, ihm ihren Arm bis zu seinem Wagen zu leihen, und kaum ging er langsam mit ihr dahin, wandte er sich ihr auch schon eifrig zu, blickte ihr ins Gesicht und sagte leise: «Wissen Sie, ich hätte schon vor zwei Tagen zu Ihnen kommen sollen, meine Liebe, wäre ich nicht mit diesem verfluchten Fuß da auf Grund gelaufen. Das ist eine gräßliche Sache! Ich weiß nicht, was ich Ihnen sagen soll. Ich wollte um alles in der Welt nicht, daß so etwas passiert wäre. Jawohl, mein armes Mädel, ich verstehe, wie Ihnen ums Herz sein muß!»

Er drückte ihr die Hand; als sich ihre Augen trafen, sah sie einen so bekümmerten Ausdruck in den seinen, daß sie ihn fast hätte freisprechen können. Sie dankte ihm und sagte: «Ich erlaube es mir nicht, zu verzweifeln, Sir. Ich glaube, Lord Worth wird Peregrine finden.»

«Jawohl, und das hoffe ich auch», antwortete er. «Es ist eine schreckliche Geschichte, eine ganz schreckliche Geschichte!»

«Unser Vetter ist heute nicht bei Ihnen, Sir?» bemerkte sie, weil sie nicht wünschte, Peregrines Schicksal mit ihm zu erörtern.

«Wie?» sagte er und besann sich mit einem Ruck. «O nein! Wußten Sie nicht, daß Bernard losgegangen ist, um alles, was er kann, für Sie zu tun! Jawohl, so ist das. Er brach gestern abend auf; konnte nicht in Brighton herumsitzen während seine Base und sein Vetter unter Deck sind, wie wir sagen. Ah, meine Liebe, wenn Sie die Tiefe der Gefühle meines Jungen für Sie kennten – aber ich will Sie wirklich nicht quälen, und es ist ja auch nicht der richtige Augenblick, von hochzeitlichen Gefühlen zu sprechen.»

Sie hatten seinen Wagen erreicht, und er kletterte leicht stöhnend hinein. Miss Taverner war entschlossen, sein Angebot, sie zu ihrer Haustür zu bringen, abzulehnen, konnte jedoch nicht glauben, daß sein Mitgefühl nur geheuchelt war, und verabschiedete sich von ihm freundlicher, als sie es bei sich für möglich gehalten hätte.

Der Montag brachte ihr einen Brief von Sir Geoffrey Fairford aus dem Reddish-Hotel in der St. James's Street in London. Er hatte Worth gesprochen, und obwohl er ihr nichts Neues über Peregrine schreiben konnte, war er überzeugt, daß sie in wenigen Tagen im Besitz aller Tatsachen sein würden. Er schrieb in Eile und wollte seinen Brief noch zum Postamt bringen damit es keine Verzögerung bei dessen Beförderung gäbe. Er konnte ihr nur raten, die Hoffnung nicht aufzugeben, und versicherte ihr, daß ihr Vormund alles tat, was in seiner Macht lag, um einen glücklichen Ausgang herbeizuführen.

Mit diesem kurzen Brief mußte sie sich zufriedengeben. Sie verließ sich nun auf das Versprechen Captain Audleys, sie nach London zu begleiten. Jeder Tag, den sie in quälender Ungewißheit in Brighton verbringen mußte, war schwerer zu ertragen als der vergangene. Mrs. Scattergoods Versuche, sie bei Stimmung zu halten, wechselten mit Anfällen düsterster Vorahnung ab und machten die Sache nur noch schlimmer. Sie gab Peregrine so offenkundig verloren, daß Judith ihre Gesellschaft nicht als Stütze empfinden konnte; und da Mrs. Scattergood nach drei Tagen nicht ohne Hilfe von Laudanumtropfen schlafen konnte und die meiste Zeit mit einem Riechfläschchen in der einen und einem feuchten Taschentuch in der anderen Hand auf einer Couch verbrachte, hatte ihre Anwesenheit den einzigen Vorteil, daß sie Miss Taverner etwas zu tun gab, weil sich diese eingehend um sie kümmern mußte.

Von Worth kam keine Nachricht. Judith glaubte, daß er in London sei, aber selbst Captain Audley konnte ihr in diesem Punkt keine sichere Auskunft geben.

Am Mittwoch früh, mehr aus der Unfähigkeit, stillzustizen, als in echter Erwartung, einen Brief von ihrem Vormund vorzufinden, zog Miss Taverner ein Straßenkleid an, setzte einen Hut auf und ging zum Postamt nachfragen. Aber die Nachtpost hatte keinen Brief für sie gebracht, und schweren Herzens kehrte sie also wieder zur Marine Parade zurück. Sie war in Sichtweite ihres Hauses gelangt, als sie plötzlich ihren Namen hörte und sich schnell umdrehte; ihr Vetter sprang eben von einem leichten Reisewagen herunter, der hinter ihr angehalten hatte.

Sie lief ihm entgegen; in ihrem Gesicht stand alle Begier nach Nachrichten, die sie bei seinem Anblick empfand. «Vetter! Oh, haben Sie etwas entdeckt? Sagen Sie – sagen Sie doch!»

Er packte ihre Hände, die sie ihm entgegengestreckt hatte, und sagte mit unterdrückter Stimme: «Ich war auf dem Weg zu Ihnen. Aber so ist das noch besser. Ich glaube – ich bin überzeugt –, daß ich etwas entdeckt habe.»

Der Ausdruck seines Gesichts, das sehr blaß war, verführte sie zu der Annahme, daß seine Nachrichten schlecht sein mußten. Auch ihre Wangen erbleichten; sie fand gerade nur die Kraft hervorzubringen: «Was ist? Oh, halten Sie mich nicht in Ungewißheit! Ich kann alles ertragen, nur das nicht!»

«Ich glaube, ich habe ihn gefunden», sagte er mit Mühe.

Ihre Augen wurden groß. «Ihn gefunden! O Gott, doch nicht tot?»

«Nein, nein!» antwortete er schnell. «Aber in welchen Umständen, wage ich nicht zu sagen!»

«Wo?» fragte sie. «Warum bringen Sie mich nicht sofort zu ihm? Warum stehen wir hier herum und verschwenden die Zeit? Wo ist er?»

«Ich will Sie zu ihm bringen», sagte er. «Es ist etwas weit, aber ich habe einen Wagen für Sie mitgebracht. Kommen Sie mit?»

«Guter Gott, natürlich komme ich!» rief sie. «Lassen Sie mich nur heimlaufen und eine Nachricht für Mrs. Scattergood hinterlassen, und wir können sofort aufbrechen!»

Sein Griff um ihre Hand wurde fester. «Judith, ich bitte Sie feierlichst, tun Sie es nicht. Eine Nachricht für Mrs. Scattergood wird alles verderben. Sie wissen nicht das Ganze.»

«Was versuchen Sie mir damit zu sagen?» fragte sie. «Wie könnte eine Nachricht für Mrs. Scattergood alles verderben?»

«Base, all mein Verdacht hat sich bestätigt. Sie sollen Peregrine nicht finden. Der Ort, an den ich Sie bringe, ist tief im Land versteckt. Ich glaube daß er dort festgehalten wird – Sie können erraten, von wem.»

Sie hatte das Gefühl, als hätte sie einen Schlag erhalten, der sie aller

Sprache beraubte. Sie machte eine seltsame kleine Geste, als wollte sie etwas abwehren, drehte sich wortlos um und eilte zum Wagen.

Er half ihr einsteigen und nahm neben ihr Platz. Der Tritt wurde hochgeklappt, im nächsten Augenblick waren die Pferde gewendet und fuhren im Trab die Steyne zur Londoner Straße hinauf.

Obwohl der Tag sonnig und sehr warm war, fröstelte Judith. Es gelang ihr, ein Wort herauszubringen. «Worth?»

«Ja», antwortete er. «Er hat Perry entführt; wie, weiß ich nicht.»

«O nein!» flüsterte sie. «O nein, o nein!»

Er sagte gepreßt: «Bedeutet es Ihnen so viel, daß er es war?»

Es gelang ihr, sich genügend zu beherrschen, um zu sagen: «Was für einen Beweis haben Sie dafür? Warum hätte er das tun sollen? Das ist nicht glaubwürdig!»

«Nehmen Sie an, daß Perrys Reichtum nicht genügt, um ihn zu reizen?»

«Perry ist nicht der Erbe –» Sie unterbrach sich und preßte die Hände im Schoß gegeneinander. «Oh, das wäre zu niederträchtig! Das will ich nicht glauben!»

«Sie sind die Erbin», sagte er. «Aber schmeicheln Sie sich nicht, daß Sie je dazu bestimmt waren, Worths Frau zu werden, Base. Hätte ich nicht durch den reinsten Zufall das Komplott entdeckt, das ausgeheckt wurde, dann wären Sie durch irgendeinen teuflischen Trick gezwungen worden, Charles Audley zu heiraten.»

«Unmöglich!» sagte sie. «Nein, das kann ich nicht glauben. Captain Audley denkt nicht daran, mich zu heiraten.»

«Und dennoch sollte Captain Audley Sie morgen nach London bringen, und Captain Audley trägt eine Sondererlaubnis zur Heirat in der Tasche.»

«Was?!» rief sie aus.

«Ich habe sie selbst gesehen», sagte er.

Sie war völlig betäubt und konnte ihn nur anstarren. Nach einem Augenblick fuhr er fort: «Ich stelle mir vor, Sie sollten in den wenigen Tagen bis zu Ihrer Großjährigkeit sicher an ihn gefesselt werden. Haben Sie überlegt, daß Sie ab Freitag von Worths Vormundschaft frei sind?»

«Was kann das bedeuten?» fragte sie. «Oh, das stimmt nicht, Vetter, Captain Audley ist ein Ehrenmann, einer solchen Niedrigkeit nicht fähig!»

«Geld kann einen Mann zu verzweifelteren Maßnahmen treiben, als Sie ahnen», sagte er mit einem harten Ton in der Stimme. «Worth hat einen Versuch um den anderen auf Perrys Leben unternommen. Sie wissen, daß das wahr ist!»

«Nein», sagte sie schwach. «Ich weiß nicht, daß das wahr ist. Ich kann nicht denken – mein Kopf ist so leer! Ich muß warten, bis ich Perry gesehen habe. Wie weit müssen wir fahren?»

«Sie kennen den Ort nicht. Er ist einige Meilen westlich von Henfield. Ich wurde durch eine Reihe von Umständen zu ihm geführt – aber ich will Sie nicht mit all den elenden Einzelheiten ermüden.»

Sie erwiderte nichts; ihre Sinne waren fast überwältigt; sie konnte sich nur in ihre Ecke zurücklehnen und versuchen, alle Erinnerungen heraufzubeschwören, die seine Beschuldigungen beweisen oder entkräften konnten. Er sah sie mitleidig an, schien jedoch Verständnis dafür zu haben, daß sie schweigen wollte. Einmal sagte er, wie dazu gezwungen: «Wenn ich Sie bloß hätte schonen können! Aber ich konnte nicht!»

Sie versuchte ihm zu antworten, aber die Stimme versagte ihr. Sie wandte den Kopf ab und starrte blind aus dem Fenster.

Der Wagen rollte in schnellem Tempo dahin und hielt nur an den Schlagbäumen. Viele Meilen lang war sich Judith der Entfernung, die sie zurücklegten, kaum bewußt, als sie aber die Zollstraße verließen und in einen holprigen Feldweg einbogen, riß sie sich zusammen, sah ihren Vetter ausdruckslos an und sagte: «Fahren wir noch sehr weit? Wir müssen schon einen langen Weg hinter uns haben. Sollten wir nicht die Pferde wechseln?»

«Das wird nicht nötig sein», erwiderte er. «Dieses Paar kann die Reise machen, da der Wagen leicht ist. Wir haben nur noch zehn Meilen vor uns. In einer Stunde dürften wir bestimmt angekommen sein.»

«Wenn ich Perry finde – lebendig, kann – muß – alles andere ertragen werden!» sagte sie. «Verzeihen Sie, daß ich so schweigsam bin! Ich kann nicht darüber sprechen.»

Er drückte ihre Hand. «Ich verstehe. Wenn wir ankommen, wird noch Zeit genug sein für alles, das gesagt werden muß.»

«Ist – ist Lord Worth dort?» fragte sie.

«Nein, der ist in London. Sie brauchen keine Angst zu haben, daß Sie ihm begegnen müssen.»

«Aber warum hat er – warum wird Perry an diesem Ort festgehalten, zu dem Sie mich führen? Wenn alles, was Sie gesagt haben, wahr ist, wieso lebt er noch? Bestimmt –»

«Sie werden es gleich erfahren», erwiderte er.

«Sie sagte nichts mehr. Der Wagen holperte zwischen hohen, wirren Baumhecken dahin; Heugeruch lag in der warmen Luft; gelegentlich erhaschte Judith zwischen den Hecken einen Blick auf wellige Felder vor einem blauen Hintergrund von Hügeln in der Ferne. Als sie tiefer in das Land hineinfuhren und sie sich in Reichweite von Peregrine fühlte, wich die Benommenheit, die sie am Denken gehindert hatte, der Ungeduld, anzukommen. Sie wandte sich ihrem Vetter zu und fragte: «Werden wir den Ort denn nie erreichen? Warum haben Sie die Pferde nicht auf halbem Weg gewechselt?»

«Wir sind fast dort» antwortete er.

Fünf Minuten später bogen die müden Pferde durch ein Tor und fuhren nun in leichtem Trab über den derben Karrenweg, der zwischen fruchtbaren Feldern zu einem ziemlich großen, in eine Mulde geschmiegten Bauernhaus führte. Es war von einem eingezäunten Garten und einigen Schuppen umgeben. Hennen liefen umher, und hinter dem Haus wühlte ein Schwein zwischen Kohlköpfen. Judith hatte sich vorgebeugt, um deutlicher zu sehen, und drehte sich mit einem überraschten Ausdruck um. «Aber das ist nichts als ein Bauernhaus!» rief sie aus. «Wird Perry hier festgehalten?»

Er öffnete den Schlag, sprang hinaus und ließ den Tritt für sie herunter. Sie konnte kaum warten, sondern sprang fast hinunter, stieß das niedrige Gartentor auf und ging schnell über den Weg zum Bauernhaus.

Bevor sie noch Zeit hatte, anzuklopfen, wurde die Tür von einer alten Frau mit wirrem grauem Haar und dem etwas leeren Blick Schwerhöriger geöffnet. Sie knickste vor Judith und bat sie zugleich, einzutreten und zu entschuldigen, daß sie nicht sehr gut höre.

Judith drehte sich heftig herum, um ihren Vetter mit zusammengezogenen Brauen anzusehen. «Peregrine?» fragte sie scharf.

Er legte eine Hand, die heftig zitterte, auf ihren Arm. «Gehen Sie hinein, Base, treten Sie ein, ich kann es Ihnen nicht auf der Türschwelle erklären.»

Sie sah, wie sein Kutscher die Pferde zu einer der Scheunen hinter dem Haus führte. Ihre Augen wurden dunkel vor Verdacht. «Wo ist Peregrine?»

«Um Gottes willen, Judith, gehen wir doch hinein! Ich werde Ihnen alles erzählen, aber nicht vor dieser Frau!»

Sie sah auf die taube Frau hinunter, die noch immer die Tür offenhielt und ihr zunickte und sie anlächelte, dann trat sie über die Schwelle in einen engen Flur mit einigen Stufen an seinem Ende. Bernard Taverner stieß eine Tür auf und ließ Judith in ein niedriges, aber geräumiges Zimmer mit Fenstern an beiden Enden eintreten, das sichtlich die gute Stube war. Judith ging ohne Zögern hinein und wartete, bis er die Tür geschlossen hatte. «Peregrine ist nicht hier?» fragte sie.

Er schüttelte den Kopf. «Nein. Ich konnte mir nichts anderes ausdenken, um Sie hierherzubringen. Urteilen Sie nicht zu streng über mich! Sie anscheinend so herzlos täuschen zu müssen, war das Schmerzlichste von allem! Aber Sie wären nie mitgekommen. Sie wären mit Audley nach London gefahren und durch List gezwungen worden, ihn zu heiraten. Sie müssen – Sie werden mir verzeihen!»

«Wo ist Peregrine?» unterbrach sie ihn.

«Ich glaube, er ist tot. Ich weiß es nicht. Glauben Sie, daß ich Sie nicht zu ihm gebracht hätte, wenn ich es wüßte? Worth hat ihn beiseite geschafft –»

«Worth!» sagte sie. «Nein, nicht Worth! Ich frage Sie: was haben Sie Peregrine angetan? Antworten Sie!»

«Judith, ich schwöre Ihnen, ich weiß nicht mehr als Sie, was aus ihm geworden ist! Ich hatte meine Hand dabei nicht im Spiel. Was liegt mir an Peregrine oder seinem Vermögen? Habe ich mich als so falsch erwiesen, daß Sie das von mir glauben können? Sie sind es, die ich haben will, haben wollte von dem Tag an, als ich Sie zuerst sah! Ich hatte nie beabsichtigt, es auf diese Art durchzuführen, aber was konnte ich tun, welcher andere Weg stand mir offen? Nichts hätte Sie davon abgehalten, mit Audley nach London zu fahren, und sowie Sie einmal in seinen und Worths Händen gewesen wären, welche Hoffnung hätte ich dann noch gehabt, Sie vor dieser schändlichen Heirat zu retten? Ich habe Sie immer wieder gewarnt, Worth nicht zu trauen, aber Sie haben nicht auf mich gehört. Und dennoch wäre ich vor diesem Schritt zurückgeschreckt hätte ich nicht die Heiratserlaubnis in Audleys Besitz gesehen. Da aber wußte ich, daß ich, wenn ich Sie davor retten sollte, das Opfer von Worths teuflischen Plänen zu werden, drastisch handeln müßte – verräterisch, wenn Sie so wollen! –, aber trotzdem, weil ich Sie liebe!»

Sie sank auf einen Stuhl neben dem Tisch und vergrub das Gesicht in den Händen. «Was macht das schon?» sagte sie. «Ich weiß nicht, ob Sie die Wahrheit sagen oder nicht. Es ist mir gleichgültig. Perry ist alles, worauf es ankommt.» Sie ließ die Hände sinken und streckte sie ihm entgegen. «Vetter, was immer Sie getan haben, kann ich verzeihen, wenn Sie mir nur sagen, daß Perry nicht tot ist!»

Er kniete neben ihrem Stuhl nieder und ergriff ihre Hände. «Ich kann es Ihnen nicht sagen. Ich weiß es nicht. Ich war es nicht, der ihn erledigt hat. Vielleicht ist er nicht tot; wenn Sie mich heiraten, werden wir –»

«Sie heiraten!» rief sie. «Ich werde Sie nie heiraten!»

Er stand auf und ging zum Fenster. Mit dem Rücken zu ihr gewandt, sagte er: «Sie müssen mich heiraten.»

Sie starrte ihn an. «Sind Sie verrückt?»

Er schüttelte den Kopf. «Nicht verrückt. Verzweifelt.»

Sie sagte nichts. Sie sah um sich, als erkenne sie soeben erst die Bedeutung dieses im Wald versteckten Bauernhauses. Nach einem Augenblick sagte er ruhiger: «Ich muß versuchen, es Ihnen verständlich zu machen.»

«Ich verstehe ja», sagte sie. «Ich verstehe, warum ich keine Nachricht für Mrs. Scattergood hinterlassen sollte, warum Sie unterwegs die Pferde nicht wechseln wollten. Die Frau, die hier lebt – wird sie von Ihnen bezahlt?»

«Ja», sagte er kurz.

«Ich hoffe, Sie bezahlen sie gut», sagte sie.

«Judith, Sie hassen mich dafür, aber Sie haben nichts von mir zu fürchten, versichere ich Ihnen!»

«Sie irren sich; ich fürchte Sie nicht.»

«Das brauchen Sie auch nicht. Ich will, daß Sie meine Frau werden –»

«Hätten Sie gewollt, daß ich Ihre Frau werde, wenn ich kein Vermögen besäße?» sagte sie schneidend.

«Ja! Oh, ich leugne nicht, daß ich Ihr Vermögen brauche, aber meine Liebe zu Ihnen ist echt! Zu echt, um zuzulassen, daß ich jetzt etwas tue, das Sie noch mehr gegen mich einnehmen würde! Ich bin mir bewußt, wie sehr ich meiner eigenen Sache durch diesen Schritt geschadet habe. Es ist an mir, Ihnen zu zeigen, wie sehr ich Sie achte. Ich werde mir nicht anmaßen, Sie ohne Ihre Erlaubnis auch nur zu berühren, obwohl ich Sie hier behalten muß, bis ich Ihr Versprechen habe, mich zu heiraten!»

«Ich versichere Ihnen, das werden Sie nicht bekommen.»

«Ah, Sie verstehen nicht. Sie haben es sich nicht überlegt. Daß ich gezwungen sein soll, Sie darauf hinzuweisen – aber es muß getan werden! Judith, wissen Sie, daß vierzehn Tage – eine Woche –, in meiner Gesellschaft verbracht, vor Ihren Freunden verborgen, es Ihnen unmöglich macht, abzulehnen? Das würde Ihrem Ruf derart schaden, daß selbst Worth persönlich Ihnen raten muß, mich zu heiraten! Offen gesagt, Base –»

Vom anderen Ende des Zimmers warf eine Stimme kühl ein: «Sie brauchen nicht offener zu sprechen, Mr. Taverner. Sie haben bereits genug gesagt, um sich bloßzustellen.»

Judith schrie auf und drehte sich um. Der Earl of Worth saß rittlings auf dem Fensterbrett am hinteren Ende des Zimmers. Er trug einen Reitanzug und Handschuhe und Reitgerte in der Hand. Als Judith von ihrem Stuhl aufsprang, schwang er das zweite Bein über das Fensterbrett, trat schnell ins Zimmer und warf Handschuhe sowie Reitgerte auf den Tisch.

«Sie!» Das Wort brach von Bernard Taverners blassen Lippen. Bei dem Klang der Stimme des Earls war er herumgefahren. Nun stand er da, auf den Fußballen wippend, starrte den Earl über das Zimmer hinweg einen Augenblick funkelnd an und sprang los.

Miss Taverner schrie entsetzt auf, aber ehe noch der Schrei von ihren Lippen verhallte, war alles vorüber. Eine Sekunde lang hatte es geschienen, daß der Earl in Gefahr war, von ihrem Vetter ermordet zu werden. Im nächsten Augenblick war Bernard Taverner von einem krachenden Hieb ans Kinn zu Boden gegangen, lag neben einem umgestürzten Stuhl, und der Earl stand mit geballten Fäusten und einem Ausdruck über ihm, der Miss Taverner hinlaufen und die Hände um seinen Arm schließen ließ. «O nein!» keuchte sie. «Sie dürfen nicht! Lord Worth, ich bitte Sie –!»

Er sah auf sie herunter, und der Ausdruck, der sie so entsetzt hatte, erstarb in seinen Augen. «Ich bitte um Verzeihung, Clorinda», sagte er. «Ich hatte Ihre Anwesenheit ganz vergessen. Sie dürfen aufstehen, Mr. Taverner. Wir werden das hier beenden, wenn Miss Taverner nicht dabei ist.»

Bernard Taverner hatte sich mühsam auf einen Ellbogen gestützt. Er zog sich hoch, stand schwer an die Wand gelehnt da und versuchte, wieder in den Vollbesitz seiner Sinne zu kommen. Der Earl hob den umgestürzten Stuhl auf und half Miss Taverner sich setzen. «Ich schulde Ihnen eine Entschuldigung», sagte er. «Sie hatten einen unbehaglichen Vormittag, und ich fürchte, es war mein Werk.»

Sie stammelte: «Peregrine – er sagte, Sie seien es, der Peregrine entführt habe!»

«Das», erwiderte der Earl, «ist wahrscheinlich die einzige richtige Auskunft, die er Ihnen gegeben hat.»

Sie wurde sehr weiß. «Richtige –?»

«Völlig richtig», sagte er, und sein Blick ruhte spöttisch auf Mr. Taverners Gesicht.

«Ich verstehe nicht! Oh, Sie können es nicht getan haben!»

«Danke, Clorinda», sagte er mit einem leichten Lächeln. «Aber Tatsache bleibt, daß ich es getan habe.»

Sie blickte zu ihrem Vetter hinüber und sah, daß er Worth mit einer Mischung aus Entsetzen und Ungläubigkeit anstarrte. Sie stand auf. «Oh, was sagen Sie da? Wo ist Perry? Um Gottes willen, sagt es mir doch, einer von euch!»

«Jetzt eben» sagte der Earl, «ist Peregrine wahrscheinlich schon an der Marine Parade. Schauen Sie nicht so überrascht drein, Mr. Taverner: Sie können sich doch nicht ernstlich eingebildet haben, daß ich es zuließe, Sie mein Mündel nach Westindien schaffen zu lassen.»

«An der Marine Parade!» wiederholte Judith. «Westindien! Bernard! Oh, nein, nein!»

Bernard Taverner fuhr sich mit der Hand über die Augen. «Das ist eine Lüge! Ich habe Peregrine nicht beiseite geschafft!»

«Nein», sagte der Earl zustimmend. «Sie haben zwar Ihr Bestes dazu getan, haben aber nicht mit mir gerechnet. Sie können sich jedoch mit der Überlegung trösten, daß Ihre sorgfältigen Vorbereitungen nicht verschwendet waren. Der Kapitän jenes höchst verdächtigen Schiffs bei Lancing war es ganz zufrieden, statt Peregrine Tyler zu bekommen. Ja, ich neige sogar dazu, zu bezweifeln, ob er erkannte, daß ein Tausch vorgenommen wurde. Sehen Sie, ich war ganz sicher, daß Sie nicht erwarten würden, Tyler in Brighton zurück zu sehen. Das wäre zu gefährlich gewesen, hatte ich das Gefühl. Also war es wirklich eine sichere Sache für mich, ihn genauso loszuwerden, wie er vorhatte, Peregrine loszuwerden.»

«Lord Worth, Sie können ja versuchen, diese ungeheuerliche Geschichte mir anzuhängen», sagte Mr. Taverner. «Aber es wird Ihnen schwerfallen, sie zu beweisen.»

«Es wäre mir vielleicht schwergefallen, sie zu beweisen, wenn Sie heute nicht so zuvorkommenderweise Miss Taverner entführt hätten», sagte der Earl. «Diese Fehlhandlung, mein lieber Herr, hat es mir so leicht gemacht, den Rest zu beweisen, daß ich darauf baue. Sie werden mir nicht die Mühe bereiten, meinen Beweis einem Geschworenengericht vorzulegen.»

Miss Taverner sank auf ihren Stuhl zurück. «Alle diese anderen Versuche – haben Sie unternommen? Aber das Duell! Ah nein, das zumindest kann nicht Ihr Werk gewesen sein!»

«Es tut mir leid, Sie enttäuschen zu müssen, Miss Taverner», sagte der Earl unerbittlich, «aber das Duell war Mr. Bernard Taverners erster Versuch, Peregrine umzubringen. Die Nachricht davon brachte mir mein Page, der durch einen glücklichen Zufall auf der Galerie des Cock-Pit Royal war, als der Streit zwischen Peregrine und Farnaby stattfand. Übrigens, Miss Taverner, obwohl ich ernste Zweifel daran hege, daß der

Arzt imstande ist, Ihren Vetter wiederzuerkennen, baue ich doch darauf, daß er mich wiedererkennt.»

Sie rief aus: «Sie waren es, der das Duell verhindert hat? O Narr, der ich war! Aber Sie haben es mir auch nicht gesagt! Warum ließen Sie mich bei dem Glauben, daß es mein Vetter war, der es getan hatte?»

«Ich hatte mehrere Gründe, Miss Taverner – alle recht gut.»

Bernard Taverner hob die Hand zu seiner Krawatte und richtete sie mechanisch. Er ging zu dem leeren Kamin und stand neben ihm, einen Arm auf den Sims gelegt. Ein häßlicher blaugrüner Fleck begann sein Gesicht zu entstellen; er sah aus, als sei er sehr erschüttert, sagte aber mit der ganzen üblichen Ruhe seines Betragens: «Bitte fahren Sie fort. Sie sind mit einer lebhaften Phantasie gesegnet, ich stelle mir jedoch vor, daß jedes Geschworenengericht genauere Auskünfte als diese verlangen würde, bevor man mich wegen eines so wilden Verbrechens verurteilen würde. Sie beschuldigen mich, jenes Duell zustande gebracht zu haben, aber es würde mich interessieren, zu hören, welchen Beweis Sie dafür Ihren Geschworenen vorlegen würden.»

«Wenn ich einen verwendbaren Beweis gehabt hätte, dann wären Sie heute nicht mehr auf freiem Fuß, Mr. Taverner.

Judith sah den Earl staunend an. «Wann haben Sie den Verdacht gefaßt, daß das Duell von meinem Vetter zustande gebracht wurde?» fragte sie.

«Fast sofort. Sie erinnern sich vielleicht, daß Sie mir einmal mitgeteilt haben, Peregrine sei in schlechte Gesellschaft geraten. Sie erwähnten Farnabys Namen, und es ging mir durch den Kopf, daß ich Farnaby tatsächlich ein-, zweimal in Gesellschaft Ihres Bruders gesehen hatte. Damals war mein einziger Verdacht der, daß vermutlich ein Komplott bestand, Peregrine beim Kartenspiel um sein Vermögen zu bringen. Das erledigte ich damit, daß ich Peregrine mit der Drohung schreckte, ihn ins Yorkshire zurückzusenden, wenn er Spielschulden machte, die seine Apanage übersteigen. Ich dachte auch, daß eine diskrete Prüfung des Zustands der Finanzen Mr. Taverners nicht unangebracht wäre. Ich gebe jedoch zu, daß ich so weit davon entfernt war, die Wahrheit zu vermuten, daß ich die Unvorsichtigkeit beging, Peregrines Verlobung mit Miss Harriet Fairford gutzuheißen. Als ich das tat, setzte ich ihn zweifellos der Lebensgefahr aus. Solange Peregrine unverheiratet blieb, war es nicht dringend notwendig, ihn loszuwerden. Ich stelle mir vor, daß Ihr Vetter, bevor er den Tod Ihres Bruders vorbereitet hätte, sich zunächst Sie gesichert hätte, wenn er seine Karten nicht auf den Tisch hätte legen müssen. Die Verlobung aber machte es für ihn nötig, schnell zu handeln. Mr. Farnaby wurde gedungen, um Peregrine in einem Duell zu erschießen, und es hätte ihm recht gut gelingen können, wenn er einen weniger öffentlichen Ort ausgesucht hätte, den Streit zu erzwingen. Als ich von meinem Pagen erfuhr, was beabsichtigt war, setzte ich ihn darauf an, den Arzt zu entdecken, den Fitzjohn engagieren wollte. Der Rest war die Einfachheit selbst.»

Judith preßte die Hände an die Wangen. «Es ist zu schrecklich! Zu entsetzlich! Seit jenem Tag war Peregrine ständig in Gefahr!»

«Das kaum», erwiderte der Earl. «Ich ließ ihn seither sorgfältig bewachen. Ich glaube, Ned Hinkson war Ihnen nie sehr genehm, Miss Taverner, aber Sie werden zugeben, daß sein rasches Handeln auf dem Finchley Common seinen Mangel an Geschicklichkeit auf dem Kutschbock aufwog. Er ist von Beruf Boxer, und obwohl ich Grund habe zu glauben, daß mein Page – ein etwas strenger Kritiker – seine Fähigkeit, sich im Ring auszuzeichnen, bezweifelt, habe ich persönlich das Gefühl, daß er, vorausgesetzt, er hat den richtigen Gönner, recht gut abschneiden kann.»

«Hinkson!» rief Miss Taverner aus. «Ich war wirklich blind!»

«Ich weiß, daß einmal ein Versuch gemacht wurde, meinen Vetter am Finchley Common zu überfallen», sagte Bernard Taverner verächtlich. «Soll auch das mir zur Last gelegt werden?»

«Ich bin ganz sicher, daß es Ihnen zur Last gelegt werden kann», erwiderte der Earl, «aber ich glaube kaum, daß sich ein Geschworenengericht dafür interessieren würde. Interessieren könnte es sich jedoch für einen gewissen Tabakstopf, der gegenwärtig in meinem Besitz ist, und noch mehr für die Wirkungen jenes Tabaks auf den menschlichen Organismus.»

Bernard Taverners Hand schloß sich krampfhaft um den Rand des Kaminsimses. «Ich fürchte, jetzt verstehe ich Sie überhaupt nicht, Mylord» sagte er.

«Aber nein?» fragte der Earl. «Haben Sie sich nie gewundert, warum jener Tabak Peregrine anscheinend nicht schadete? Ich gestehe Ihnen einen gewissen Grad an Voraussicht zu, daß Sie Ihren Vetter durch ein Mittel vergiften wollten, für das ich als Fachmann bekannt bin; aber Sie hätten überlegen müssen – hätte ich gedacht –, daß ich sicherlich verdächtigt werden konnte, den Tabak zu mischen, daß aber auch, hätte man je entdeckt, daß er vergiftet war, eine starke Wahrscheinlichkeit bestand, daß gerade ich derjenige sein würde, diese Entdeckung zu machen. Der Umstand, daß die Mischung schwer parfümiert war, genügte, mich mißtrauisch zu machen. Ich fand Gelegenheit, während Peregrine in meinem Haus weilte, seine Tabaksdose zu entführen. Es war etwas schwierig, das genaue Mischverhältnis der drei Sorten der ursprünglichen Mischung zu bestimmen, aber ich glaube, es gelang mir ziemlich gut. Jedenfalls merkte Peregrine keinen Unterschied.»

«Seine Krankheit in Ihrem Haus!» rief Miss Taverner. «Jener Husten! Guter Gott, ist das möglich?»

«O ja», sagte der Earl in seiner sachlichen Art. «Parfümierte Tabake sind seit langem ein Mittel, Menschen zu vergiften. Sie erinnern sich vielleicht, Miss Taverner, daß ich eine Ausrede fand, um Hinkson in die Brook Street zu senden, während Sie in Worth waren?»

«Ja, Sie wollten den Mietvertrag haben.»

«Keineswegs. Ich wollte den Rest von Peregrines Tabak haben. Er hatte mir gesagt, wo er den Topf aufbewahrte, und Hinkson konnte leicht eine Gelegenheit finden, um in Peregrines Ankleidezimmer zu gehen und den Topf gegen einen anderen, ähnlichen, auszutauschen, den ich ihm mitgegeben hatte. Als ich später wieder in der Stadt war, ging ich in die wichtigsten Tabakläden in ganz London – eine ermüdende Aufgabe, aber sie lohnte sich. Diese besondere Mischung ist keine gewöhnliche; im Dezember sind nur drei Vierpfundtöpfe davon in London verkauft worden. Einer bei Fribourg and Treyer an Lord Edward Bentinck; einer wurde von Wishart dem Herzog von Sussex verkauft, und der dritte von Pontet an der Pall Mall einem Herrn, der ihn sofort bezahlte und ihn mitnahm, ohne einen Namen zu hinterlassen. Die Beschreibung dieses Herrn, mit der mich der Ladenbesitzer liebenswürdigerweise versorgte, war genau genug, nicht nur, um mich zu befriedigen, sondern auch mich zu der Annahme zu erkühnen, daß es ihm nicht schwerfiele, seinen Kunden, wenn nötig, wiederzuerkennen. Glauben Sie, daß die Geschworenen sich vielleicht dafür interessieren würden, Mr. Taverner?»

Bernard Taverner umklammerte noch immer den Rand des Kaminsimses. Ein ziemlich geisterhaftes Lächeln teilte seine Lippen. «Sich interessieren, aber nicht überzeugt werden, Lord Worth.»

«Sehr gut», sagte der Earl. «Wir müssen also zu Ihrem nächsten und letzten Versuch übergehen. Ich will Ihnen die Gerechtigkeit widerfahren lassen, zu sagen, daß ich nicht glaube, Sie hätten diesen Versuch unternommen, wenn der festgesetzte Hochzeitstag Peregrines es für Sie nicht zwingend gemacht hätte, ihn sofort loszuwerden. Sie waren ziemlich in die Enge getrieben, Mr. Taverner, und allzu verzweifelt, um zu überlegen, ob ich mich nicht in die Sache einschalten könnte. Von dem Augenblick an, als Peregrines Hochzeitstag bekanntgegeben wurde, haben Sie keinen Schritt aus Ihrem Haus getan, über den mir nicht sofort berichtet worden wäre. Sie verdächtigten Hinkson, aber Hinkson war nicht der Mann, der Sie beschattete; Sie hatten eine viel bekanntere Gestalt an Ihren Fersen, eine, die genauso bekannt sein dürfte wie ich. Sie haben dem Mann sogar einen Shilling zugeworfen, weil er Ihr Pferd gehalten hat. Kennen Sie denn meinen Pagen wirklich nicht, Mr. Taverner?»

Bernard Taverners Augen waren auf das Gesicht des Earls geheftet. Er schluckte, sagte aber nichts.

Der Earl nahm eine Prise. «Im übrigen glaube ich», sagte er nachdenklich, «Henry genoß die Aufgabe. Sie war zwar ein bißchen unter seiner Würde, aber er hängt sehr an mir, Mr. Taverner – ein viel verläßlicheres Werkzeug, versichere ich Ihnen, als irgendeiner Ihrer nicht sehr tüchtigen Mietlinge – und er gehorchte mir bedingungslos darin, Sie nicht aus den Augen zu lassen. Sie wären von seiner Findigkeit überrascht. Als Sie Ihr Gig nach New Shoreham fuhren, um mit Ihrem seefahrenden Freund einen Handel abzuschließen, nahmen Sie Henry mit, im Kutschkasten eingerollt. Seine Beschreibung dieser Reiseart ist ordinär, aber sehr anschaulich. Ich greife jedoch vor. Ihre erste Handlung war, eine Ihrer Kreaturen in Peregrines Haushalt einzuführen – ein etwas tollkühnes Unterfangen, wenn ich so sagen darf. Es wäre klüger gewesen, in diesem kritischen Augenblick selbst in den Vordergrund zu treten mein lieber Herr. Sie hätten Peregrine eigenhändig erledigen sollen. Nun, Sie trafen Vorkehrungen, um Peregrine aufs Meer hinaustransportieren zu lassen. Sollte er dann über Bord geworfen werden? Es wäre interessant, genau zu erfahren, welches Schicksal ihm bevorstand. Ich kann nur hoffen, daß es Tyler getroffen hat, dessen Aufgabe es zweifellos war, Peregrine in einem passenden Augenblick auf seiner Fahrt nach Worthing zu übermannen und ihn dem Kapitän jenes Schiffes zu übergeben. Um es doppelt sicher zu machen, versuchte Tyler, bevor er aufbrach, Hinkson unter den Tisch zu trinken. Aber Hinkson hat einen dickeren Schädel, als Sie das für möglich halten würden, und statt unter dem Tisch liegen zu bleiben, kam er zu mir. Ich lauerte Peregrine an der West Cliff auf und ersuchte ihn, in einer geschäftlichen Angelegenheit mit mir heimzukommen. Sowie ich ihn unter meinem Dach hatte, gab ich ihm Wein, der mit einer Droge versetzt war. Henry besorgte dasselbe bei Tyler. Dann brachte Hinkson Tyler zu dem Stelldichein, das Sie, Mr. Taverner, verabredet hatten, und lieferte ihn Ihren einnehmenden Freunden aus. Er war es, der Ihnen die Botschaft schrieb, von der Sie meinten, sie käme von Tyler, und in der Ihnen mitgeteilt wurde, er habe seine Rolle gespielt und wolle Sie in London treffen. Peregrine wurde am Abend aus meinem Haus getragen und an Bord meiner Jacht genommen, die im Hafen von New Shoreham lag.»

«Oh, wie konnten Sie nur?» unterbrach ihn Judith. «Was muß er gelitten haben!»

Er lächelte. «Charles hatte so ziemlich das gleiche Gefühl wie anscheinend Sie, Miss Taverner. Zum Glück bin ich nicht so zartfühlend. Peregrine hat nichts Schlimmeres erlitten als schwere Kopfschmerzen und eine einwöchige Kreuzfahrt bei herrlichem Wetter. Er war in keinerlei Gefahr, denn ich hatte meinem Kapitän einen Brief mitgegeben, der alles erklärte und der Peregrine übergeben werden sollte, sowie er wieder zu Bewußtsein käme.»

«Das hätten Sie mir sagen können!» warf Judith ein.

«Sicher – wenn ich nicht den glühenden Wunsch gehabt hätte, zu versuchen, ob sich Ihr Vetter nicht selbst verrät», erwiderte der Earl kühl. «Mit diesem Zweck nämlich verließ ich Brighton. Charles hat das übrige besorgt. Er brachte Mr. Bernard Taverner dazu – nicht wahr, mein lieber Herr? –, zu glauben, daß er und ich einen Plan zusammengebraut hätten, um Sie nach London zu locken und Sie dort zur Ehe mit einem von uns beiden zu zwingen. Er ließ unter Mr. Taverners Nase eine Sonderheiratserlaubnis zu Boden fallen und überließ den Rest dessen Einfallskraft. Sie bekamen Angst, Sir, genau wie Sie das sollten, und das hier ist das Ergebnis. Das Spiel ist aus.»

«Aber – aber Sie?» fragte Miss Taverner verwirrt. «Wo waren Sie,

Lord Worth? Wie konnten Sie wissen, daß mein Vetter vorhatte, mich hierherzubringen?»

«Ich wußte es nicht. Als Henry Charles berichten konnte, daß Ihr Vetter Samstag abend Brighton verließ, benachrichtigte mich Charles auf schnellstem Wege, und ich kehrte Sonntag abend nach Brighton zurück, wo ich seither war und auf den nächsten Schachzug Ihres Vetters wartete. Henry folgte Ihnen heute morgen zum Postamt, beobachtete Ihr Zusammentreffen mit Mr. Taverner und lief zurück, um es mir zu erzählen. Ich hätte Sie während Ihrer Fahrt hierher jederzeit überholen können, wenn ich gewollt hätte.»

«Oh, das war nicht fair!» rief Miss Taverner empört aus. «Sie hätten es mir sagen sollen. Ich bin Ihnen für alles sehr dankbar, aber das hier –!» Sie stand von ihrem Stuhl auf, ziemlich rot, und blickte zu ihrem Vetter hinüber. Er stand noch immer vor dem Kamin, das Gesicht starr und fast blutleer. Sie erschauerte. «Und Ihnen habe ich vertraut!» sagte sie. «Die ganze Zeit über, als Sie versuchten, Perry zu ermorden, habe ich Sie für unseren Freund gehalten. Meinen Onkel verdächtigte ich, Sie aber nie!»

Er sagte gepreßt: «Was immer ich getan haben mag, mein Vater hat nichts damit zu tun. Ich gebe nichts zu. Lassen Sie mich verhaften, wenn Sie wollen; Lord Worth muß seine Beschuldigungen erst beweisen.»

Ihr Mund zitterte. «Ich kann Ihnen nicht antworten. Ihre Güte, Ihre Bezeugungen der Zuneigung zu mir – alles Falschheit! Oh, es ist gräßlich!»

«Zumindest meine Zuneigung zu Ihnen war nicht falsch!» sagte er heiser. «Die war so echt, die wurde allmählich so – aber es nützt nichts, zu sprechen!»

«Wenn Sie so verzweifelt Geld brauchten», sagte sie stockend, «hätten Sie uns das nicht sagen können? Wir wären glücklich gewesen, Ihnen aus Ihren Schwierigkeiten herauszuhelfen.»

Er zuckte zusammen, aber der Earl sagte in seinem dämpfendsten Ton: «Möglich, aber es ist denkbar, daß auch ich etwas dazu zu sagen gehabt hätte, mein Mündel. Und ich glaube auch nicht, daß mit einem Vermögen von zwölftausend Pfund jährlich als Verlockung Mr. Taverner damit zufrieden gewesen wäre, Ihr Rentner zu werden. Darf ich vorschlagen, daß Sie diese Sache jetzt in meinen Händen lassen, Miss Taverner? Sie haben nichts mehr von Ihrem Vetter zu fürchten und können diese Erörterungen nicht mehr nutzbringend fortsetzen. Die Chaise, die Sie nach Brighton zurückbringen soll, dürfte inzwischen angekommen sein. Ich wünsche, daß Sie zu ihr hinausgehen und mich diese Affäre auf meine eigene Art und Weise beenden lassen.»

Sie sah zweifelnd zu ihm auf. «Sie fahren nicht mit mir?» fragte sie.

«Ich muß Sie bitten, mich zu entschuldigen, Miss Taverner. Ich habe hier noch etwas zu erledigen.»

Er brachte sie zur Tür, aber als er sie öffnete und Judith mit einer Verbeugung hinauslassen wollte, legte sie ihm die Hand auf den Arm und sagte ganz leise: «Ich will nicht, daß er verhaftet wird!»

«Sie können alles ruhig mir überlassen, Miss Taverner. Es wird keinen Skandal geben.»

Sie warf einen Blick auf ihren Vetter und sah dann wieder den Earl an. «Sehr gut. Ich – gehe. Aber ich – ich will nicht, daß Ihnen etwas geschieht, Lord Worth!»

Er lächelte ziemlich grimmig. «Sie brauchen keine Angst zu haben, mein Kind, mir geschieht nichts.»

«Aber –»

«Gehen Sie, Miss Taverner», sagte er leise.

Miss Taverner erkannte den Ton der Endgültigkeit in seiner Stimme und gehorchte.

Eine vierspännige Kutsche mit dem Wappen des Earl am Wagenschlag wartete vor dem Bauernhaus auf sie. Sie stieg ein und sank in die Kissen zurück. Der Wagen fuhr an, Miss Taverner schloß die Augen und überließ sich ihren Gedanken. Die Ereignisse der letzten Stunden, der Schock der Entdeckung, daß ihr Vetter ein Schurke war, von alledem konnte sie sich nicht so bald erholen. Die Fahrt nach Brighton, die ihr auf der Herfahrt so unendlich lang erschienen war, war nun zu kurz, um ihr genügend Zeit zu geben, ihre Gedanken zu sammeln. Diese waren in Verwirrung; es würde viele Stunden dauern, ehe Judith wieder ruhig sein konnte, viele Stunden, bis ihr Geist fähig sein würde, andere und glücklichere Eindrücke aufzunehmen.

Die Kutsche trug sie in glatter Fahrt nach Brighton, wo Peregrine sie schon an der Marine Parade erwartete. Sie warf sich in seine Arme, und ihr überlastetes Gemüt fand endlich Erleichterung in einem Tränenausbruch. «O Perry, Perry, wie braun du bist!» schluchzte sie.

«Na ja, da gibt's doch nichts zu weinen, oder?» fragte Peregrine sehr erstaunt.

«Nein, o nein!» schluchzte Miss Taverner und schmiegte die Wange an seine Schulter. «Es ist nur – weil ich so dankbar bin!»

23

Wenn Miss Taverner erwartete, daß ihr Bruder über die Behandlung, die ihm widerfahren war, empört sein würde, so wurde sie bald eines Besseren belehrt. Er hatte sich großartig amüsiert.

«Etwas Schöneres gibt es nicht!» erzählte er ihr immer wieder. «Ich muß selbst eine Jacht haben. Wenn Worth nicht zustimmt, dann ist das einfach schändlich von ihm! Ich bin überzeugt, daß es Harriet über alles gefiele. Ich wollte, Worth wäre heute abend hergekommen. Ich versteh nicht, wieso er nicht kommt. Evans – das ist Worths Kapitän, ein prima Bursche! –, Evans sagt, ich sei sehr begabt dafür. Nie im geringsten seekrank – und wir sind am Dienstag in eine ziemliche Dünung gekommen, kann ich dir sagen! Aber mir macht das überhaupt nichts aus, ich hab mich noch nie so wohl gefühlt!»

«Aber, Perry, als du von dieser Droge aufgewacht bist, warst du da nicht schrecklich beunruhigt?»

«Nein, warum denn auch? Ich hatte verteufelte Kopfschmerzen, aber die haben sich bald gelegt, und dann hat mir Evans Worths Brief übergeben.»

«Was mußt du nur gefühlt haben, als du den gelesen hast! Hat er dir darin alles erzählt?»

«O ja, ich war äußerst empört. Aber seit unser Vetter die Unverschämtheit hatte, sich in jenes Duell einzumischen, habe ich ihn ja überhaupt nicht mehr leiden können, wie du weißt.»

«Aber Perry, er hat sich ja gar nicht eingemischt! Er war es, der –»

«Na ja, schon, schon, das habe ich vergessen. Es ist ja egal. Ich habe ihn jedenfalls die ganzen letzten Monate für einen schäbigen Kerl gehalten.»

«Wir haben den Schutz Lord Worths nicht so geschätzt, wie das notwendig gewesen wäre», sagte Judith leicht errötend. «Wenn wir ihm mehr vertraut hätten, auf freundlicherem Fuß mit ihm gestanden wären, dann hätte er dich vielleicht nicht verschickt, oder –»

«Himmel, da ist doch nichts dabei!» erklärte Peregrine. «Ich bin mächtig froh, daß er es getan hat, denn ich war noch nie im Leben auf See. Ich möchte es um nichts in der Welt missen. Ehrlich gesagt, hat es mir gar nicht gepaßt, wieder an Land gehen zu müssen, außer natürlich, daß ich dich und Harriet wiedersehen konnte. Aber ich bin fest entschlossen, mir eine eigene Jacht zuzulegen. Nur dürfte sie ziemlich viel kosten, und zehn zu eins gewettet, wird Worth nichts davon hören wollen.»

«Ich wollte, du lenktest deine Gedanken in eine anständigere Richtung», sagte Miss Taverner etwas scharf. «Lord Worth sind wir zutiefst verpflichtet. Ich neige sehr zu dem Gedanken, daß wir ohne seinen Schutz alles ziemlich verpfuscht hätten.»

«Das ist sehr richtig, auf meine Ehre! Ich versichere dir, er hat wirklich einen Stein im Brett bei mir. Aber weißt du, schließlich war ich ihm ja nie so stark abgeneigt wie du, obwohl er oft erstaunlich unangenehm war.»

Miss Taverner errötete noch stärker. «Ja, zuerst mochte ich ihn nicht. Die Umstände unserer –»

«Gott, ich werde den Tag nie vergessen, als wir am Cavendish Square vorsprachen und entdeckten, daß ausgerechnet er unser Vormund ist! Du warst fuchsteufelswild.»

«Es ist eine Erinnerung, die wir wirklich vergessen sollten», erwiderte Miss Taverner. «Lord Worths Art ist – ist nicht immer versöhnlich, aber an der Richtigkeit seiner Beweggründe können wir nie zweifeln. Wir schulden ihm Dankbarkeit, Perry.»

«Das weiß ich sehr gut. Sicher, wir waren sehr von unserem Vetter eingenommen. Und mich zu betäuben und mich auf seine Jacht bringen zu lassen – Gott, ich glaubte, er ermordet mich, als er mir das Zeug den Schlund hinunterzwang! – war ein sauberes Stück Arbeit! Ich hatte keine Ahnung, daß es mir so sehr gefallen würde, auf See zu sein! Evans war sehr aufgeregt, daß ich böse darüber sein könnte, aber ‹Gott›, sagte ich – ‹Sie brauchen wirklich nicht zu glauben, daß ich an Land zu schwimmen versuche. Das hier ist doch großartig!›»

Miss Taverner seufzte und gab den Kampf auf. Peregrine sprach von seinen Erlebnissen auf See weiter, bis es Zeit war, zu Bett zu gehen. Da er die Absicht hatte, am nächsten Tag nach Worthing zu fahren, konnte sie nur froh sein, daß jede weitere Beschreibung von Dünung, Böen, Halsen, Anluven, Rahsegel und Segelreffen das Los Miss Fairfords und nicht mehr das ihre sein würde. Es war eine betrübliche Überlegung, daß sie zwar noch einen Tag zuvor bereit gewesen war, ihn, wenn er ihr wiedergegeben würde, nie wieder aus den Augen zu lassen, nun aber drei Stunden in seiner Gesellschaft genügten, um sich insgeheim darauf zu freuen, daß er sie am nächsten Morgen sofort nach dem Frühstück verlassen würde. Selbst wenn er seine Abenteuer nicht schilderte, war seine Rede nautisch gewürzt. Er sprach davon, alle Segel Kurs Worthing beizusetzen, beizulegen und an den Wind zu gehen und einen Freund auf Kabellänge zu sichten. Eine leere Weinflasche wurde zu einem «Marineoffizier», Schiffspassagiere waren Landratten, und ein Passant auf der Straße war für ihn «rund wie ein Neunpfünder». Seemannslieder, die laut und falsch durch das ganze Haus erklangen, entzogen ihm sogar Mrs. Scattergoods Sympathie, und Donnerstag um elf Uhr hätte die eifrige Besorgtheit der beiden Damen nicht übertroffen werden können, mit der sie ihn auf den Weg nach Worthing trieben.

Dann setzte sich Miss Taverner hin, um ihren Vormund zu erwarten. Er kam nicht. Nur Captain Audley sprach an diesem Vormittag an der Marine Parade vor, und als Miss Taverner, so lässig wie möglich, fragte, ob Seine Lordschaft in Brighton sei, sagte der Captain nur: «Julian? O ja, er ist hier, aber ich nehme an, Sie werden ihn heute nicht zu Gesicht bekommen. York ist nämlich gestern in Brighton eingetroffen.»

Miss Taverner, die dazu neigte, ihre Ansprüche an Worth genauso hoch einzuschätzen, wie es die des Herzogs von York waren, sagte kalt: «Aber nein, wirklich?» und wechselte das Thema.

Auch auf dem Ball am selben Abend erschien Worth nicht, als jedoch Miss Taverner heimkam, fand sie einen Brief von ihm auf dem Tisch in der Halle liegen. Sie erbrach das Siegel sofort und entfaltete das einzelne Blatt.

Old Steyne, 25. Juli 1812

Liebe Miss Taverner – Ich werde mir die Ehre geben, Sie, falls es Ihnen genehm ist, morgen mittags aufsuchen, um die Ihre Angelegenheiten betreffenden Dokumente, die mir für die Dauer meiner Vormundschaft anvertraut waren, Ihrer Obhut zu übergeben.

Der Ihre usw.
Worth

Miss Taverner las diese Botschaft mit sinkendem Mut und faltete sie langsam wieder zusammen. Mrs. Scattergood, die ihre Niedergeschlagenheit bemerkte, hoffte, daß sie keine schlechte Nachricht erhalten habe. «O Himmel, nein!» sagte Miss Taverner.

Das Frühstück am nächsten Tag wurde durch das Auftauchen Peregrines belebt, der so früh von Worthing zurückgefahren war, um seiner Schwester viele glückliche Wiederholungen ihres Geburtstages zu wünschen. Er hielt sich für einen sehr guten Bruder, weil er sich an das Ereignis erinnert hatte, und hätte ihr auch ein Geschenk besorgt, wenn ihn Harriet früher an das Datum erinnert hätte. Aber sie würden nach dem Frühstück miteinander ausgehen, und sie sollte sich das Geschenk selbst aussuchen, was schließlich viel besser war. Er bewunderte den gesteppten Sonnenschirm aus schattierter Seide, den Mrs. Scattergood Judith geschenkt hatte, und sagte, es sei nicht nötig zu fragen, wer ihr den Riesenstrauß roter Rosen geschickt habe, der den Tisch zierte. «Ich wette, die sind von Audley.»

«Ja», stimmte Miss Taverner mit einem merklichen Mangel an Begeisterung zu. «Ich habe auch einen Brief von unserem Onkel erhalten. Du kannst ihn lesen, wenn du willst. Es ist peinlich – er kann einem nur leid tun. Er scheint nur einen Teil von dem gewußt zu haben, was unser Vetter vorhatte.»

«Na ja, denken wir doch jetzt nicht mehr an den!» sagte Peregrine. «Wir sind die beiden jetzt sehr fein los. Stell dir bloß vor! Worth hat Geoffrey alles erzählt, als er ihn diese Woche in London sah. Sir Geoffrey hält Worth für einen sehr erträglichen Burschen.» Er goß sich eine weitere Tasse Kaffee ein. «Also, was möchtest du heute gern unternehmen? Du brauchst es nur zu sagen; ich stehe dir ganz zur Verfügung. Sollen wir nach Lewes hinüberfahren? Ich glaube, dort ist ein Schloß oder so was zu sehen.»

«Danke dir, Perry», sagte sie, gerührt über dieses schöne Angebot. «Aber Lord Worth wird mich heute vormittag besuchen. Ich glaube, du solltest mit mir daheim bleiben. Du wirst ihm für alles, was er getan hat, danken wollen.»

«O sicher», sagte Peregrine. «Ich werde mich sehr freuen, ihn zu treffen, wirklich. Du weißt ja, ich will mit ihm über meine Jacht reden.»

Kurz vor Mittag verkündete Peregrine, der am Salonfenster saß und die Passanten betrachtet hatte, daß Worth sich nähere. «Meine liebe Ju», sagte er ehrfurchtsvoll, «schau dir bloß den Mantel an, den er trägt! Ich möchte wissen, ob der von Weston ist? Der Sitz an den Schultern!»

Miss Taverner lehnte es ab, sich aus dem Fenster zu beugen, um Seine Lordschaft anzustarren, und bat ihren Bruder, seinen Kopf zurückzuziehen. Statt etwas dergleichen zu tun, winkte Peregrine Worth zu, und als der Earl zu ihm hinaufsah, war Perry sofort von der köstlichen Anordnung seiner Krawatte beeindruckt. Er drehte sich um und sagte nachdrücklich: «Mir ist es egal, wenn er mir eine seiner Abfuhren erteilt – ich muß einfach erfahren, wie er seine Krawatte bindet!»

Inzwischen hatte der Earl an die Haustür geklopft, und kurz darauf war sein Schritt auf der Treppe zu hören. Peregrine ging hinaus und ihm entgegen. «Kommen Sie herauf, Sir! Wir sind beide da!» sagte er. «*How do you do?* Wissen Sie, Sie sind doch wirklich ein Teufelskerl! Mein Kopf, als ich erwachte –! Und mein Mund auch! So was war noch nie da!»

«War es sehr schlimm?» erkundigte sich der Earl, gemächlich die letzten drei Stufen nehmend.

«Oh, über alles! Aber ich will mich nicht beklagen; ich habe dadurch eine großartige Zeit erlebt. Aber kommen Sie doch in den Salon! Meine Schwester ist da, und ich habe Ihnen etwas ganz besonders Wichtiges zu sagen. Ju, Lord Worth ist da.»

Miss Taverner, die aus Gründen, die allein ihr bekannt waren, plötzlich sehr in ihre Stickerei vertieft war, legte den Rahmen beiseite und stand auf. Sie gab dem Earl die Hand. Bevor sie jedoch noch etwas sagen konnte, war Peregrine schon wieder in Fahrt.

«Ich wollte, Sie würden mir verraten, Sir, wie Sie diese Art, die Krawatte zu binden, nennen. Teuflisch schick!»

«Ich nenne sie gar nicht», erwiderte Worth. «Es ist meine eigene Mode. Es geht Ihnen trotz Ihres Abenteuers nicht schlechter, Miss Taverner?»

«Oh, eine eigene Mode – das bedeutet wahrscheinlich, daß es in einer Woche der letzte Schrei ist. Ist es sehr schwer zu machen?»

«Ja, sehr», sagte der Earl. «Ist das das besonders Wichtige, das du mir sagen wolltest? Ich bin äußerst geschmeichelt –»

«O nein, das war's nicht. Sie müssen wissen, daß ich eine Vorliebe für die See gefaßt habe – ich war vorher noch nie im Leben auf einer Jacht und hatte keine Ahnung, wie das ist. Soviel Gemütlichkeit auf so kleinem Raum! Und dann, wissen Sie, das Segeln selbst! Evans meint, ich hätte eine angeborene Begabung dafür. Ein Jammer, daß ich so bald an Land gehen mußte, denn an einem Schiff ist noch so viel dran, was ich nicht gelernt hab.»

Die Aufmerksamkeit des Earl schien auf Miss Taverner gerichtet zu sein, aber daraufhin wandte er den Kopf und sagte einigermaßen belustigt: «Aber nein, wirklich? Nun, es freut mich zu hören, daß du mich nicht fordern wirst – wie schon einmal –, weil ich dich an Bord einer Jacht gesetzt habe.»

«Sie fordern! Guter Gott, nein! Natürlich sage ich nicht, daß ich freiwillig an Bord gegangen wäre, wenn Sie es von mir verlangt hätten, denn damals wußte ich noch nichts darüber, was es heißt, auf See zu sein, aber das hat sich jetzt alles geändert, und ich bin Ihnen äußerst dankbar.»

«Lord Worth», schaltete sich Miss Taverner ein, «Perry und ich haben das Gefühl, daß wir uns bei Ihnen dafür entschuldigen müssen, weil wir Sie nicht mit dem Vertrauen behandelt haben, das –»

«Nein, ich doch nicht!» wandte Peregrine ein. «Ich habe ihm nie mißtraut, Ju. Das warst du. Alles, was ich je von ihm gesagt habe, war – Aber ist ja egal!»

«Alles, was du je von mir gesagt hast, war, daß ich die unliebenswerteste Person deiner Bekanntschaft sei», meinte der Earl. Er ließ seine Tabaksdose aufschnappen und bot sie Peregrine an.

Peregrine sah drein, als könne er seinen Augen nicht trauen, und stieß hervor: «Das haben Sie noch nie getan, Sir!»

«Ich bin heute in einer ungewöhnlich milden Stimmung», erklärte der Earl.

Peregrine nahm eine Prise; seine Schwester ergriff die Gelegenheit, solange Peregrine noch durch die Aufforderung überwältigt war, sich aus der Dose des Earls zu bedienen, und sagte: «Lord Worth weiß, hoffe ich, daß es viele Monate her ist, seit ich dumm genug war, ihm nicht zu trauen.»

«Lord Worth ist Ihnen sehr verbunden, Miss Taverner», sagte der Earl.

Sie hob die Augen sehr schüchtern zu den seinen auf und erkannte, daß er noch immer belustigt dreinsah. Sie sagte mit einem mahnenden Blick zu Peregrine: «Hätten wir mehr auf Sie gehört, dann wäre vielleicht keine der Maßnahmen, die Sie für Peregrines Sicherheit treffen mußten, nötig gewesen. Ich glaube, wir schulden Ihnen eine Entschuldigung; und wir sind Ihnen sehr dankbar für ihre Fürsorge, nicht wahr, Perry?»

«Na, natürlich», erwiderte Perry und stäubte einige Körnchen Schnupftabak von seinem Ärmel. «Äußerst, und ich sogar mehr als meine Schwester, Sir, denn wenn Sie mich nicht so aus dem Weg geschafft hätten, dann hätte ich mir vielleicht nie im Leben in den Kopf gesetzt, auf Kreuzfahrt zu gehen. Und der Gedanke ist kaum erträglich, denn wissen Sie, eine Jacht zu segeln schlägt sogar ein Wettrennen im Karriol. Mir jedenfalls gefällt es besser.»

«Ich hoffe nur, du kannst es auch besser», bemerkte der Earl.

«Na ja, ich glaube schon», sagte Peregrine eifrig. «Und das ist es, was ich Sie fragen wollte. Nichts wird mir je wieder Freude machen, bis ich nicht meine eigene Jacht habe. Bitte, sagen Sie nicht nein! Bestimmt wollen Sie das, aber überlegen Sie nur – wenn es bedeutet, daß ich eine höhere Apanage haben muß, dann können Sie doch sicher nichts dagegen einwenden! Und Harriet würde es auch über alles gefallen! Ich habe ihr erzählt, wie begeistert sie wäre, und sie hat sofort ja dazu gesagt. Aber Sie müssen mir bald Bescheid geben, bitte, denn der Fall liegt so, daß Evans von einem Schiff weiß, wie es mir genau entsprechen würde – ein Zweimaster: das denkbar netteste kleine Fahrzeug, sagt er. Er liegt in Southampton Water. Ich habe vergessen, wem er gehört, aber er soll privat verkauft werden, und Evans sagt, ich könne nichts Besseres tun, als ihn schnappen, bevor es allgemein bekannt wird. Und Evans hat einen Vetter, der genau der richtige Mann als Kapitän wäre. Er sagt –»

«Peregrine», unterbrach ihn der Earl, «weißt du, wo du Evans treffen kannst?»

«Aber ja, an Bord der ‹Seemöwe› vermutlich.»

«Nein», sagte der Earl. «Im Augenblick ist er irgendwo in der Stadt. Möglicherweise im ‹Krone und Anker›, oder falls dort nicht, dann im ‹Greyhound›. Bestimmt findest du ihn, wenn du Brighton sorgfältig absuchst. Und wenn du ihn findest, richte ihm von mir aus, ich wäre ihm sehr verbunden, wenn er dich wieder entführt und dich auf eine ganz lange Kreuzfahrt mitnimmt.»

«Oh», sagte Peregrine grinsend, «dazu braucht er mich nicht erst zu entführen, kann ich Ihnen sagen. Aber kann ich eine Jacht haben?»

«Du kannst ein Dutzend Jachten haben», erwiderte der Earl, «wenn du bloß gingest!»

«Ich war doch überzeugt, daß Sie zustimmen!» erklärte Peregrine strahlend. «Ich konnte mir keinen Grund vorstellen, warum nicht. Und glauben Sie, daß Evans' Vetter –»

«Ja», sagte der Earl. «Ich bin überzeugt, Evans' Vetter ist genau der richtige Mann für dich. Es wäre besser, du gingst und besprächst das mit Evans, bevor er Brighton verläßt.»

Peregrine war von diesem Gedanken sehr beeindruckt. «Meiner Seel, das ist eine großartige Idee. Ich glaube, ich erledige das lieber sofort, wenn es Ihnen nichts ausmacht, daß ich Sie verlasse?»

«Ich kann es ertragen», sagte der Earl. «Laß mich dir raten, verliere keine Zeit und brich auf.»

«Na ja, ich glaube, es ist wirklich am besten, ich geh sofort», sagte Peregrine. «Und wenn ich es mit Evans besprochen habe, dann komme ich und erzähle Ihnen alles.»

«Danke vielmals», sagte der Earl ernst. «Ich versichere dir, ich werde ungeduldig nach dir Ausschau halten.»

Miss Taverner wandte sich ab, um ein Lächeln zu verbergen, und nach einem letzten Versprechen, daß Peregrine später beim Earl vorsprechen würde, verschwand er.

Der Earl sah Miss Taverner mit leicht hochgezogenen Brauen an. «Ich merke, daß Sie es sind, und nicht Peregrine, die mir wegen der Entführung grollen muß», sagte er. «Ich hatte wirklich keine Ahnung, daß sie solche entnervende Ergebnisse zeitigen würde. Es tut mir wirklich leid.»

Sie lachte. «Ich glaube, es ist Harriet, die zu bemitleiden ist.»

«Ich muß daran denken, mich bei ihr zu entschuldigen. Darf ich Sie, Miss Taverner, zu Ihrer Großjährigkeit beglückwünschen?»

«Danke», murmelte Miss Taverner. «Vielleicht bin ich es, die Sie beglückwünschen muß, daß Sie eine Bürde losgeworden sind, die für Sie, glaube ich, sehr lästig geworden war.»

«Ja», bemerkte der Earl nachdenklich. «Ich glaube nicht, daß Sie viele Gelegenheiten vorübergehen ließen, meiner Autorität zu spotten.»

Sie biß sich auf die Lippen. «Wenn Sie mich mit mehr Höflichkeit – mehr – mehr Rücksicht behandelt hätten, dann hätte ich es nicht getan. Sie jedenfalls haben keine Gelegenheit vorübergehen lassen, mich zu ärgern.»

«Aber ich hätte es nicht getan, wenn Sie die Versuchung dazu nicht so unwiderstehlich gemacht hätten», erklärte er.

«Ich glaube», sagte Miss Taverner kalt, «daß Sie einige Dokumente mitgebracht haben, um sie mir auszuhändigen.»

«Ja», erwiderte er. «Aber wenn ich es näher bedenke, habe ich beschlossen – natürlich mit Ihrer Erlaubnis –, sie statt dessen Ihrem Anwalt zu schicken.»

«Ich weiß wirklich nicht, wer sich um meine Angelegenheiten kümmern soll», sagte Miss Taverner.

«Das wird die Aufgabe Ihres Gatten sein», antwortete er.

«Ich habe keinen Gatten», sagte Miss Taverner verdrießlich.

«Sehr richtig, aber dem kann bald abgeholfen werden. Jetzt, da Sie meiner Fesseln ledig sind, werden sich Ihre Freier in Scharen in Ihr Haus drängen.»

«Sie sind äußerst gütig, aber ich hege nicht den Wunsch, einen von ihnen zu heiraten. Ich gestehe, damals gefiel es mir gar nicht, aber seit kurzem bin ich froh, daß Sie ihnen allen Ihre Zustimmung verweigert haben. Was mich an das erinnert, Lord Worth, was ich Ihnen sagen wollte.» Sie holte tief Atem und begann mit der Rede, die sie vorbereitet hatte. «Es hatte nicht immer den Anschein, daß ich für die Fürsorge empfänglich war, die Sie mir gewidmet haben, aber jetzt weiß ich, daß sie nie aufgehört hatte. Ich bin Ihnen zutiefst dankbar für Ihre vergangene Güte –»

«Für meine – was?!» fragte der Earl.

Sie sagte steif: «Für die vielen Bezeugungen Ihrer Güte.»

«Aber ich dachte, ich sei der hassenswerteste, aufreizendste, abscheulichste Mensch auf Gottes Erde?»

Sie sah ihn vernichtend an. «Sind Sie auch!» sagte sie. «Die Höflichkeit zwang mich, zumindest zu versuchen, Ihnen für die Dienste zu danken, die Sie mir erwiesen haben, aber wenn Sie nichts davon hören wollen, so versichere ich Ihnen, ist mir das gleichgültig! Sie haben mich in die gräßlichste Lage versetzt, als Sie meinen Vetter ermutigten, mit mir auf und davon zu gehen; Sie waren nicht einmal so höflich, gestern vorzusprechen, um zu sehen, wie ich es überstanden habe; statt dessen haben Sie mir den hassenswertesten Brief geschrieben – und ich wette, wenn Mr. Blackader nicht abwesend gewesen wäre, dann hätten Sie ihm gesagt, er solle es tun, um Ihnen die Mühe zu ersparen –;

und jetzt besuchen Sie mich in einer Ihrer unangenehmen Stimmungen und versuchen, mich in Wut zu bringen! Nun, das werde ich nicht zulassen, aber ich werde mir erlauben, Ihnen, Mylord, zu sagen, daß Sie, wie froh Sie auch sein mögen, Ihr Mündel loszusein, nicht so froh sein können wie ich, meinen Vormund loszuwerden!»

Seine Augen strahlten vor Lachen. «Es tut mir sehr leid, daß ich Sie in eine gräßliche Lage gebracht habe», sagte er. «Ich bin gestern nicht hergekommen, um Sie zu besuchen, weil Sie da noch immer mein Mündel waren; ich dachte nicht daran, Ihnen einen hassenswerten Brief zu schreiben – Mr. Blackader ist gar nicht fort –; und ich befinde mich nicht in einer meiner unangenehmen Stimmungen. Aber ich bin wirklich sehr froh, mein Mündel loszuwerden.»

«Das weiß ich», sagte Miss Taverner böse.

«Das kann ich mir vorstellen, aber wissen Sie auch, warum, Clorinda?»

«Ich wünsche nicht, daß Sie mich bei diesem Namen nennen!»

Er nahm ihre Hände in die seinen. Sie unternahm einen lauen Versuch, sie ihm zu entziehen, und wandte das Gesicht ab. «Ich werde Sie so nennen, wie ich will», sagte der Earl lächelnd. «Sind die Erinnerungen, die dieser Name heraufbeschwört, noch immer so peinlich?»

«Sie haben mich abscheulich behandelt!» sagte Miss Taverner mit sehr dünner Stimme.

«Das ist sehr wahr», entgegnete der Earl. «Ich habe Sie wirklich abscheulich behandelt, und ich habe seither immer darauf gewartet, es wieder zu tun. Jetzt, Miss Taverner, sind Sie nicht mehr mein Mündel, und jetzt werde ich es wieder tun!»

Alles Anstandsgefühl hätte Miss Taverner veranlassen müssen, Widerstand zu leisten. Sie errötete auch wirklich leicht, aber obwohl ihre Hände sich in denen des Earls bewegten, geschah es deswegen, um den Druck seiner Finger zu erwidern. Einen Augenblick lang hielt er sie auf diese Weise fest und sah in ihr Gesicht hinunter; dann ließ er ihre Hände los und riß Taverner in seine Arme.

Mrs. Scattergood, die soeben leise ins Zimmer treten wollte, blieb wie gebannt auf der Schwelle stehen und starrte in heller Verblüffung auf das Bild, das sich ihr bot: ihr Schützling, fest umschlungen vom Earl of Worth. Er stand mit dem Rücken zur Tür, und Mrs. Scattergood, die sich noch rechtzeitig von ihrem Erstaunen erholte, huschte aus dem Zimmer, bevor ihre Anwesenheit auch nur vermutet worden war.

«Weißt du jetzt, warum ich froh bin, mein Mündel losgeworden zu sein?» fragte der Earl.

«Oh», sagte Miss Taverner töricht, «ich hatte Angst, du wolltest mich mit deinem Bruder verheiraten!»

«Aber nein, wirklich? Und war all das entschlossene Flirten zwischen euch beiden, dem ich zugesehen habe, bloß dazu da, um mir zu zeigen, wie bereitwillig du mir den Gefallen tätest? Dummes Kind! Ich habe dich fast von dem ersten Augenblick an geliebt, in dem ich dich erblickte.»

«Oh, das ist schrecklich!» sagte Miss Taverner, von Reue geschüttelt. «Ich war dir wochenlang erstaunlich abgeneigt!»

Der Earl küßte sie wieder. «Du bist ganz und gar anbetungswürdig», sagte er.

«Nein, bin ich gar nicht», erwiderte Miss Taverner, sowie sie wieder dazu imstande war. «Ich bin genauso unangenehm wie du. Du möchtest mich am liebsten prügeln. Das hast du einmal gesagt, und ich glaube, du hast es ernst gemeint!»

«Wenn ich es nur einmal gesagt habe, dann staune ich über meine Nachsicht. Ich hätte dich am liebsten mindestens dutzendmal geprügelt und war einmal sogar sehr nahe daran – in Cuckfield. Aber ich halte dich trotzdem für anbetungswürdig. Gib mir deine Hand.»

Sie streckte sie ihm hin, und er ließ einen Ring auf ihren Finger gleiten. «Du siehst, ich habe ja doch ein Geburtstagsgeschenk für dich, Clorinda.»

Miss Taverner hob schüchtern die Hand und berührte die Wange des Earl. Er fing sie ein und preßte sie an seine Lippen. Sie errötete und sagte: «Ich habe – nach Cuckfield gedacht, daß ich keine Macht mehr habe, dich zu fesseln. Du hast mich so unglücklich gemacht! Keine ständige Beachtung mehr, keine jener ehrenden Aufmerksamkeiten, die unsinnigerweise meinem Wohlbefinden so nötig geworden waren!»

«Daß gerade ich dir auch nur einen Augenblick Pein verschafft habe», sagte er. «Aber deine Worte in Cuckfield, der Ton, in dem du sie aussprachst, überzeugten mich, daß nichts den Abscheu vor mir überwinden konnte, den unser erstes Zusammentreffen in dir geweckt hat.»

Sie lächelte spitzbübisch zu ihm auf. «Du weißt ja so gut, wie wenig Feingefühl ich habe, daß ich es dir bedenkenlos gestehen kann: Es ist viele Wochen her, daß ich an jene erste Begegnung ohne den starken Wunsch dachte, du mögest doch dein entsetzliches Benehmen wiederholen. Aber nach Cuckfield schien das alles zu Ende zu sein. Ich hatte dich unverzeihlich verletzt. Und dann die Demütigung, daß du mich an jenem elenden Abend im Gelben Salon gefunden hast! Ich werde wohl nie meine Bestürzung darüber vergessen, was du dir wohl gedacht hast!»

«An jenem Abend?» sagte er und zog sie fester an sich. «Ob ich wohl je den Ausdruck vergesse, der in deine Augen trat, als du sie öffnetest und mich ansahst? Oder wie sich deine Hand an die meine klammerte! Bis dahin hatte ich gedacht, mein Fall sei hoffnungslos. Aber du hast mich gebeten, dich nicht zu verlassen! Wäre Prinney nicht neben mir gestanden, hätte ich jede Rücksicht auf Ehre in den Wind geschlagen und schon damals gesprochen! Aber da er anwesend war, mußte ich schweigen, und als er fort war, hatte ich mich besonnen, wie ungehörig es gewesen wäre, zu dir zu sprechen, solange ich noch dein Vormund war. Außerdem hatte ich gerade Peregrine den Händen meines Kapitäns übergeben. Ich lasse nicht gelten, daß die Übel deiner Lage mit den meinen zu vergleichen waren!»

«Es war wirklich eine Spannung vorhanden», sagte sie zustimmend. «Ich spürte sie selbst, als du mir mein Benehmen in Cuckfield verziehst. Erst als du meinen Vetter niederschlugst, wagte ich zu denken, daß deine Zuneigung zu mir wieder aufgewacht sei. Aber dein Ausdruck damals! Ich war überzeugt, nicht nur bloße Empörung über die Schurkerei meines Vetters hätte diesen Ausdruck bei dir hervorrufen können. Ich dachte, du würdest ihn umbringen!»

«Ich hatte im Augenblick deine Anwesenheit vergessen. Du mußt mir verzeihen, daß ich dem Impuls nachgegeben habe.»

«Oh», sagte Miss Taverner schalkhaft, «von Entschuldigung kann keine Rede sein, wenn du überlegst, daß ich die Gewohnheit habe, mich in Städten aufzuhalten, in denen ein Boxkampf stattfindet! Um ehrlich zu sein, ich hatte nicht das geringste dagegen, daß du meinen Vetter niederschlugst. Ich hätte es am liebsten selbst getan. Und bis dahin, weißt du, hatte ich keine Ahnung, daß du einen Mann überhaupt niederschlagen kannst.»

«Nie eine Ahnung, daß ich einen Mann niederschlagen kann?» wiederholte der Earl überrascht.

«Nein, wie hätte ich denn auch? Ich dachte immer, daß du gerade nur ein Dandy bist. Aber Captain Audley sagte einmal, du hättest die denkbar tödlichste Linke, und obwohl ich damals nicht wußte, was er damit meinte, dachte ich, als du meinem Vetter jenen schauerlichen Hieb versetztest, daß er vielleicht das damit meinte. Denn du hast doch deine linke Hand benützt, nicht?»

«Ja», sagte der Earl ernst. «Ich vermute schon.»

«Und so schnell warst du!» sagte Miss Taverner bewundernd. «Ich dachte, mein Vetter würde dich rücklings durch das Fenster stoßen, denn er stürzte mit einer solchen Wut auf dich los! Aber vermutlich boxt du ein bißchen.»

«Ja», sagte der Earl wieder. Seine Lippen zitterten. «Ich glaube, man kann von mir sagen, daß ich ein bißchen boxe.»

«Du ziehst mich auf!» sagte Miss Taverner mißtrauisch.

«Mein Liebling», sagte der Earl, «ich sparrte mit dem großen Jem persönlich!»

«Oh?» sagte Miss Taverner. «Und war das ein guter Boxer?»

«Er war der größte von allen», erwiderte der Earl.

«O nein!» sagte Miss Taverner, froh, mit ihrem Wissen prunken zu können. «Der größte von allen war Belcher. Ich hörte es meinen Vater des öfteren sagen.»

«Es nützt nichts», meinte der Earl, «ich muß dich ja doch wieder küssen, Clorinda. Jem Belcher war ja der Mann, den ich gemeint habe.»

«Guter Gott!» rief Miss Taverner aus, der plötzlich etwas einfiel. «Ich hatte keine Ahnung – oh, ich hoffe wirklich, daß du meinen Vetter nicht umgebracht hast!»

«Nicht ganz», sagte der Earl.

«Und ich hatte schon Angst, daß du verletzt werden könntest! Du mußt mich ja für lächerlich gehalten haben!»

«Ich habe dich für hinreißend gehalten», sagte der Earl.

Zehn Minuten später kam Peregrine die Treppe heraufgelaufen und betrat den Salon in seiner gewohnt stürmischen Art. «Oh, Sir, können Sie mitkommen und mit Evans reden?» fragte er. «Er glaubt, ich sollte sofort ein Angebot für die Jacht machen, wenn ich sie haben will.»

«Ich habe nicht den geringsten Wunsch, mit Evans zu reden», erwiderte der Earl.

«Aber Evans sagt, sie sei ein prachtvolles Schiff! Er sagt, sie segelt um einen Punkt näher am Wind als Ihre ‹Seemöwe›!»

«Selbst das weckt in mir nicht den Wunsch, mit ihm zu reden. Ich muß dir eine entsetzliche Neuigkeit beibringen: Ich habe mich soeben mit deiner Schwester verlobt.»

«Aber Sie werden nicht länger als eine Viertelstunde brauchen – was haben Sie da eben gesagt? Mit meiner Schwester verlobt? O Gott, das habe ich befürchtet!»

«Peregrine!» sagte Judith.

«Na ja, doch», sagte er beharrlich. «Harriet meinte, sie sei sicher, daß du ihn schon die ganze Zeit her liebst. Ich hoffte, es würde Charles werden, aber sie sagte, davon könne gar keine Rede sein. Ich wünsche euch wirklich viel Glück. Ich sollte euch ja vermutlich nicht unterbrechen, aber es ist teuflisch dringend, und wissen Sie, es wird nicht länger als eine Viertelstunde brauchen. Worth, ich wünschte, Sie kämen mit, um selbst zu hören, was Evans zu sagen hat!»

«Peregrine», sagte der Earl sanft überredend, «nimm dir Evans, nimm dir meine ganze Mannschaft und die ‹Seemöwe› obendrein, wenn du magst, fahr nach Southampton und sieh dir dieses Fahrzeug selbst an. Nur sprich mir nie mehr darüber!»

«Meinen Sie damit, daß ich sie kaufen darf?» fragte Peregrine eifrig.

«Meinetwegen kannst du dir eine ganze Flotte von Jachten kaufen», sagte Seine Lordschaft.

«Ich bin schon weg!» rief Peregrine und eilte aus dem Zimmer.

«Liebster», sagte Miss Taverner ziemlich verstört, «du hättest ihm nicht sagen dürfen, daß er nach Southampton fahren soll! Er ist durchaus imstande, sofort in einer Chaise aufzubrechen!»

«Ich hoffe sehr, daß er es tut. Wenn ich die Geistesgegenwart gehabt hätte, dann hätte ich ihm gesagt, er solle Henry mitnehmen. Ich bin überzeugt, sie werden sich recht gut verstehen. Henry wird sogar noch weniger erfreut über die Neuigkeit unserer Verlobung sein als Peregrine – und fast genauso schwer zum Schweigen zu bringen.»

«Ja, wirklich, wenn ich an Henrys Ansichten über das weibliche Geschlecht denke, dann staune ich über deine Tollkühnheit, mir überhaupt einen Heiratsantrag zu machen», sagte Miss Taverner. «Ich hoffe, du bist nicht verletzt, daß es Perry nicht übermäßig gefällt. Ich bin überzeugt, es wird ihm gefallen, wenn er dich besser kennt.»

Der Earl lächelte. «Nein, ich bin nicht verletzt», sagte er. «Ich war auf Schlimmeres gefaßt. Ich tröste mich mit der Überlegung, daß die Art, wie dein Bruder die Nachricht aufnahm, für mich nicht weniger unschmeichelhaft sein kann, als es die Meinung meines Pagen über dich sein wird, mein Liebling!»

GEORGETTE HEYER

Die bezaubernde Arabella [357]
Die Vernunftehe [477]
Die drei Ehen der Grand Sophy [531]
Geliebte Hasardeurin [569]
Der Page und die Herzogin [643]
Die spanische Braut [698]
Venetia und der Wüstling [728]
Penelope und der Dandy [736]
Die widerspenstige Witwe [757]
Frühlingsluft [790]
April Lady [854]
Falsches Spiel [881]
Serena und das Ungeheuer [892]
Lord «Sherry» [910]
Ehevertrag [949]
Liebe unverzollt [979]
Barbara und die Schlacht von Waterloo [1003]
Der schweigsame Gentleman [1053]
Heiratsmarkt [1104]
Die galante Entführung [1170]
Verführung zur Ehe [1212]
Die Jungfernfalle [1289]
Brautjagd [1370]
Verlobung zu dritt [1416]
Damenwahl [1480]
Die Liebesschule [1515]
Skandal im Ballsaal [1618]
Mord mit stumpfer Waffe [1627]
Der schwarze Falter [1689]
Ein Mädchen ohne Mitgift [1727]
Der Mörder von nebenan [1752]
Eskapaden [1800]
Findelkind [1837]
Mord ohne Mörder [1859]
Lord Ajax [1900]
Der Tip des Toten [1919]
Herzdame [1954]
Der Tote am Pranger [1971]
Junggesellentage [4009]
Mord vor dem Dinner [4026]
Der Trumpf des Toten [4069]
Zärtliches Duell [4125]
... und sie fanden einen Toten [4162]
Warum den Butler erschießen? Detektivroman [4217]
Mord beim Bridge Detektivroman [4325]
Lord John [4560]
Königliche Abenteuer [4785]

802/4